Sebastian Benedict

Operation Fledermaus

Kriminalroman

Querverlag

Handlung und Personen sind frei erfunden. Jede Ähnlichkeit mit tatsächlichen Ereignissen oder Personen wäre rein zufällig.

Erste Auflage März 2013

Lektorat: Veit Schmidt

Umschlag und grafische Realisierung von Sergio Vitale
unter Verwendung eines Fotos vom Bildarchiv der Österreichischen Nationalbibliothek ÖNB/Wien, Bildnummer 74944B
Gesamtherstellung: Finidr
ISBN 978-3-89656-210-4
Printed in the Czech Republic

Bitte fordern Sie unser Gesamtverzeichnis an:
Querverlag GmbH
Akazienstraße 25, 10823 Berlin
www.querverlag.de

1

Ein erregter bürgerlicher Schneider und ein gelassener, nur auf den ersten Blick ebenso bürgerlicher Hofrat sind verschiedener Meinung.

Randalierende Nazi hatten am Wochenende im Arbeiterbezirk Simmering ein Rotes Parteilokal überfallen, es waren Tote und Verletzte zu beklagen gewesen, und die Polizei hatte dabei – ganz wie das von der Staatsführung gerne gesehen wurde – eine unrühmliche Rolle gespielt; abwartend zunächst und in der Folge vandalisch im „roten Unterschlupf“.

Deshalb herrschte im Präsidium nicht die übliche montägliche Unentschlossenheit, ob mit der Arbeit zu beginnen sei oder doch lieber der Sonntag einen unbeschwerten Ausklang finden sollte; nein, in dem prächtigen Gebäude am Schottenring 11 summte und brummte es wie in einem Bienenstock: Eiliges Hin und Her auf den Gängen, Sitzungen wurden einberufen, Pressemeldungen ausgegeben, Dementi formuliert und Sündenböcke gesucht – kurz, es gab zu tun.

Das Bureau von Hofrat Bubetz hätte auch in der Aufgescheuchtheit dieses Tages jene friedliche Insel sein können, die sie immer war, wäre da nicht Kommerzialrat Kuhlmann gewesen.

Karl Kuhlmann, christlichsozialer Schneider und Eigentümer des Modepalais Kuhlmann auf der Mariahilferstraße, verlangte hartnäckig die Aufklärung des Mordes an seinem Sohn Karl Kuhlmann junior, den die Behörde längst und seiner Meinung nach sehr voreilig als Selbstmord zu den Akten gelegt hatte.

Der Wirkliche Hofrat Bubetz, der sich auch noch mit dem Titel Polizeidirektor schmücken durfte – was in der Hierarchie fast ganz oben bedeutete, drei Monate vor der Pensionierung aber nichts wirklich Glanzvolles war –, dieser Hofrat versuchte nun seit geraumer Zeit dem renitenten Schneider, der rechts von ihm an der Schmalseite des Schreibtisches saß, zu erklären, dass er sich in etwas verrenne, wenn er den Selbstmord seines Sohnes einem stadtbekannten Rechtsanwalt und dessen Mandanten in die Schuhe schieben wolle.

„Der Tod Ihres Sohnes hat mit den beiden Herren nichts zu tun. Wie oft darf ich Ihnen das noch versichern?"

Karl Kuhlmann junior, Schneiderlehrling – und in den Kreisen, in denen er verkehrt hatte, als Charly bekannt gewesen –, war am Morgen eines späten Maitages im Schönbrunner Schlosspark von ersten Spaziergängern tot in der Römischen Ruine gefunden worden. Er hatte einen Abschiedsbrief in der einen und einen Revolver in der anderen Hand gehalten, und die Polizei stellte aufgrund der Sachlage fest, dass der Sechzehnjährige sich selbst das Leben genommen haben musste.

Karl Kuhlmann senior – Wiens Modewelt als „Charles" Kuhlmann ein Begriff – blickte den Beamten wortlos an und vermittelte damit recht deutlich den Eindruck, dass er vorhatte, hier sitzen zu bleiben, bis er endlich zu hören bekommen würde, was er zu hören wünschte: Dass nämlich ein Homosexueller seinen Sohn umgebracht oder wenigstens erwiesenermaßen in den Tod getrieben hatte, unterstützt von Dr. Kort, diesem Anwalt, der dafür bekannt war, Leute, die wegen Unzucht wider die Natur vor Gericht standen, zu verteidigen.

Der Hofrat fühlte seines Gastes Entschlossenheit, nicht eher weichen zu wollen, als bis die Schuld jenes Mannes und seines Anwalts eingestanden würde, und er griff zu versöhnlicheren Tönen: „Glauben Sie nicht, dass ich Ihren Schmerz nicht nachvollziehen kann", sprach der Hofrat. „Aber der tragische Tod Ihres Sohnes hat mit Dr. Kort und seinem Mandanten nichts zu tun."

„Aber der Mann hat Karl die Waffe gekauft", wandte Kuhlmann trotzig ein.

„Das bestreitet er vehement, und wir können es ihm nicht nachweisen. Und wer sonst Ihrem Sohn behilflich gewesen sein könnte, den Revolver zu erwerben, ist nicht festgestellt. Aber", versuchte Bubetz das Gespräch auf nüchterne Fakten zu reduzieren, „selbst wenn Herr Dr. Kort oder sein Mandant Ihrem

Sohn zu diesem illegalen Waffenbesitz verholfen haben sollte – und ich muss betonen: sollte! –, dann wäre derjenige trotzdem nicht unmittelbar schuld daran, wenn Ihr Sohn sich später mit eben dieser Waffe das Leben nimmt."

„Sie haben ihn dazu gezwungen, sich zu erschießen. Deshalb haben sie ihm die Waffe besorgt!" Vater Kuhlmann war nahe daran, die Fassung zu verlieren. „Und wer ist denn überhaupt dieser Mandant?", forderte er zu wissen.

„Das kann ich Ihnen nicht sagen", zog sich der Hofrat auf seine Amtsverschwiegenheit zurück. „Aber was Dr. Kort vorgetragen hat, ist sehr glaubwürdig. Das steht im Akt, und das kann ich Ihnen daher sagen. Sie haben es wahrscheinlich ohnehin schon in den Zeitungen gelesen. Dr. Kort hat zu Protokoll gegeben, Ihr Sohn Karl hätte gemeinsam mit zwei anderen Lehrlingen seinen Mandanten mit der Behauptung zu erpressen versucht, er habe sie zu Unzucht wider die Natur verführt, was – wie Dr. Kort betont – natürlich nicht der Fall war. Dr. Kort hätte dann, so sagt er, in seiner Kanzlei den drei Lehrlingen klargemacht", referierte der Hofrat weiter, „dass die Härte des Gesetzes nicht nur seinen Mandanten, sondern auch die Burschen selbst treffen würde; und wenn schon nicht wegen Unzucht wider die Natur, so doch wegen versuchter Erpressung, denn dass sein Mandant das angeben würde, war klar."

Charles Kuhlmann kannte diese Rechtfertigung des Herrn Dr. Kort. Sie war in den Blättern genüsslich ausgewalzt worden, glücklicherweise ohne zu Umsatzeinbußen im „Modepalais Kuhlmann" zu führen. Der Kommerzialrat glaubte davon jedoch kein Wort. Er glaubte an Verführung seines Sprosses, erst zur Unzucht, dann zum Selbstmord. Wieder mit diesen Gedanken konfrontiert zu sein, schien den Mann zu verstören; er sank kurz ein wenig zusammen und wurde blass.

„Darf ich Ihnen ein Glas Wasser bringen lassen?", erkundigte sich Bubetz betont anteilnehmend, aber Kuhlmann schüttelte schweigend den Kopf, blickte aus dem Fenster auf die im leichten Wind sich ablösenden späten Blätter an den Bäumen und Hofrat Bubetz nahm einen neuen Anlauf zur Güte: „Wir wissen doch beide, dass Ihr Sohn in sehr unsicheren Kreisen verkehrt hat, und bei der Art, wie er sich dort extra Taschengeld verschafft hat, ist es doch nur zu verständlich, dass er sich eine Waffe besorgt hat, um sich gegebenenfalls schützen zu können."

Derlei wollte Charles Kuhlmann nicht hören. Die Erinnerung an den Sohn musste rein gehalten werden; er schüttelte zweifelnd den Kopf. „Und wenn einer einen Revolver kauft, um sich zu schützen, schießt er sich dann damit eine Kugel in den Kopf?", fragte er mit provokantem Blick auf den Beamten. „Das ist doch ganz und gar unlogisch!"

„Es muss aber so gewesen sein", beharrte der Hofrat auf der amtlichen Version. „Ihr Sohn hat in dem Abschiedsbrief doch selbst geschrieben: ‚Ich habe schwer gesündigt und muss jetzt sterben. Verzeiht Eurem auf Abwege geratenen Sohn.'"

Die Polizei ging davon aus, dass der Abschiedsbrief, den der Lehrling in der toten Hand gehalten hatte, wegen seines wehmütigen Stils an die Mutter gerichtet war. Lange hatte Vater Kuhlmann den Brief als eine Fälschung verteufelt, schließlich hatte er sich den Gutachten der beiden Graphologen – des eigenen und dem der Polizei – ergeben. Aber immer noch hatte er Einwände. „Dazu hat man ihn gezwungen", blieb Kommerzialrat Kuhlmann unnachgiebig. „Man hat ihn gezwungen, den Brief zu schreiben."

Hofrat Bubetz war nahe daran, die Fassung zu verlieren. Er blickte seufzend nach oben, dann hinaus auf die schräg vis-à-vis hockende Börse, bevor er sich wieder an seinen Besucher wandte.

„Dass sich – Sie entschuldigen schon – Ihr Sohn in sehr fragwürdiger Gesellschaft herumgetrieben hat, wissen wir. Aber wer, bitte, sollte sich die Mühe machen, sich mit ihm abends in den Schönbrunner Schlosspark einsperren zu lassen, ihn zu der Römischen Ruine zu locken, ihn zu zwingen erst einen Abschiedsbrief zu schreiben und sich dann zu erschießen? Außerdem, ich muss es noch einmal sagen: Es gibt keinerlei Hinweise auf Fremdeinwirkung."

Und nun, das wusste Bubetz, würde Kuhlmann sein Ass aus dem Ärmel holen, und zwar den zweiten Abschiedsbrief, den nicht die Polizei, sondern erst der Bestatter gefunden hatte; eingenäht im Futter des Jacketts, das er hinten aufgeschnitten hatte, um es dem Toten anziehen zu können für seinen letzten Weg.

„Und der zweite Brief?“, bestätigte Kuhlmann die Erwartung des Hofrats. „Wie klingt dieses: ‚Wenn mir etwas zustoßen sollte, wendet Euch an Dr. Kort‘? Und es hat den Leichenbestatter gebraucht, damit Licht in die Sache mit dem Selbstmord“, er betonte hämisch die Silbe „selbst“, „meines Sohnes kommt, nicht wahr?“

Bubetz musste sich eingestehen, dass dies tatsächlich ein wunder Punkt war in der amtlichen Argumentation. Offenbar hatte sich Karl Kuhlmann junior nicht sicher, ja vielleicht sogar bedroht gefühlt und deshalb diesen zweiten Brief geschrieben und – ein Leichtes für einen Schneiderlehrling – in das Jackett eingenäht.

Derart in die Defensive geraten, sann Bubetz, wie er das Gespräch wieder auf einen für ihn sicheren Pfad lenken könnte, aber Kuhlmann fühlte Oberhand zu gewinnen und ließ sich nicht beirren. „Und was hat mein Sohn, bitte, draußen in Hietzing gemacht? Und warum wurde er auf der Römischen Ruine gefunden?“

„Das ist rätselhaft“, räumte der Hofrat ein. „Da haben Sie recht. Ich habe keine Ahnung. Eine romantische Anwandlung vielleicht, um seinem Drama eine angemessene Kulisse zu geben?“

Glücklicherweise überhörte Kuhlmann das in seiner Erregung: „Aber Sie sind doch ‚die beste Polizei der Welt‘, wie sie immer so gerne von sich selbst behaupten. Und Sie wissen sonst ja immer alles, da müssten Sie doch wissen, wie solche Verbrechen vor sich gehen.“

Bubetz weigerte sich, auf unsachliche Anwürfe zu reagieren; er schwieg, indes Kuhlmann mit immer neuen Fragen auffuhr: „Und was ist mit dem Wirt, bei dem mein Sohn gegessen hat? Warum kann sich der an den Karl erinnern, aber nicht an seinen Begleiter? Und: Haben Sie den Mandanten von Dr. Kort dem Wirt vorgeführt?“ Er starrte dem Beamten hasserfüllt in die Augen. „Nein, nicht wahr?“

Bubetz versuchte mit Fakten zu parieren: „Weil es keinen Begleiter gab. Der Wirt sagt, Ihr Sohn war allein. Daher hat es keinen Sinn, ihm Dr. Kort und dessen Mandanten vorzuführen.“

Wie alles, das sich nicht in sein Bild vom schlimmen Ende seines Sohnes fügte, wies Kuhlmann auch diesen Einwand zurück. „Der Wirt wird unter Druck gesetzt. Oder er ist bestochen. Aber der Beranek, der sich gewiss erinnern könnte, wer um meinen Sohn herumscharwenzelt ist in den letzten Wochen, wurde dem der geheimnisvolle Mandant vorgeführt?“

Schneidermeister Rudolf Beranek war der Lehrherr des Karl Kuhlmann junior gewesen; er hatte die ganze tragische Geschichte ins Rollen gebracht, indem er Vater Kuhlmann über die abartigen Verehrer informiert hatte, die sein Sohn im Salon empfing. Einbezogen in die Ermittlungen hatte man den Beranek aber nicht; wozu auch, stand doch fest, dass Kuhlmann junior sich selbst in den Kopf geschossen hatte.

„Man müsste doch nur den Dr. Kort ordentlich in die Mangel nehmen“, regte der Kommerzialrat an. „Dann wäre die Angelegenheit rasch aufgeklärt! Aber genau das darf ja nicht sein!“

Hofrat Bubetz seufzte und schwieg; ob schuldbewusst oder bloß ermüdet, ließ sich aus dem Gesicht des Beamten nicht ablesen, sicherlich aber nicht gelangweilt. Kuhlmann deutete es als uninteressiert und erhob, mit gestrecktem Zeigefinger auf Bubetz im Takt seiner Anschuldigungen hinhackend, die Stimme: „Nein! Alles das haben Sie nicht gemacht! Ja, Sie haben sich nicht einmal die Mühe gemacht, meinen Sohn zu obduzieren! Wer weiß, vielleicht war er von Drogen umnebelt, als er die Waffe vielleicht – und ich sage bewusst: vielleicht! – selbst gegen sich gerichtet hat! Mit dem Mörder als Zuschauer!“

Der junge Kuhlmann, das hatte auch Bubetz erkannt, obwohl er keinerlei Schwächen in diese Richtung hatte, war ein außerordentlich attraktives Bürschchen gewesen. Ein sanftes Jünglingsgesicht, in dem aber auch Verkommenheit zu lesen war, vor allem für jene, die eine Vorliebe und daher auch den Blick dafür hatten. Und es dürften einige gewesen sein, die um Charly Kuhlmann „herumscharwenzelten“, wie der Vater das nannte. Näher darauf einzugehen wollte der Hofrat dem Vater nicht zumuten; er versuchte es möglichst nüchtern zu formulieren. „Ich bin für Mord und Totschlag nicht wirklich zuständig“, nahm er einen neuen Anlauf, dem Mann klarzumachen, dass sein Sohn sich auf schwankenden Boden begeben hatte. „Und ich kann auch nichts dafür, dass es Menschen gibt, wie jene, mit denen Ihr Sohn offensichtlich Umgang pflegte. Und das zunächst wohl nicht zu seinem materiellen Schaden. Und ich weiß auch, dass man über Tote nur Gutes sagen soll, aber wir sind in unserem Beruf auf Tatsachen angewiesen, Herr Kommerzialrat, und die Fakten sprechen eine unmissverständliche Sprache."

Kuhlmann schwieg trotzig. Die Fakten sprachen in seinen Augen in der Tat eine sehr klare Sprache, die aber von der Polizei absichtlich missverstanden wurde.

„Ich gehe davon aus, dass Ihnen der Umgang Ihres Sohnes nicht bekannt war", fuhr Bubetz ruhig fort, „und ich will Sie auch nicht mit Einzelheiten darüber quälen. Aber glauben Sie mir, Ihr Sohn war bereits in einer kriminellen Laufbahn unterwegs, wie sie mir bei jemandem in seinem Alter und aus Ihren Kreisen noch nicht untergekommen ist."

Das war hart, aber der Hofrat hatte für das Amt eine Position zu verteidigen, und wenn der halsstarrige Mann anders nicht von der Unsinnigkeit seiner Behauptungen überzeugt werden konnte, dann ging es eben nur so.

„Schau'n Sie, was soll ich machen?", fuhr der Hofrat fort. „Ich kann mich nur an der Aktenlage orientieren. Und die ist recht klar. Es kann kein Zweifel bestehen, dass sich Ihr Sohn Karl selbst getötet hat."

„Ja, ja! Ich weiß!", warf Kuhlmann betont gelangweilt und halblaut ein.

„Was ihn dazu gedrängt hat, das zu klären ist nicht unsere Aufgabe. Es gäbe viele Aspekte, die da infrage kommen. Ich kenne Selbstmörder, die von ihren Beichtvätern in den Tod getrieben wurden. Und oft spielt eine Rolle auch das Familienleben."

Kommerzialrat Charles Kuhlmann, katholischer, gewerbetreibender und recht alter Familienvater, war damit schwer angeschlagen. Bubetz hatte ihn dort getroffen, wo die Wurzel zu finden war für seine renitente Weigerung, die Sache zu akzeptieren: bei seinem schlechten Gewissen. Er hatte es oft geahnt, hatte sich wieder und wieder vorgenommen, energisch einzuschreiten und dem offenkundig befremdlichen Lebenswandel des Sohnes ein Ende zu machen. Von Internaten war die Rede gewesen, doch hatte Karl genau gewusst, dass irgendein Internat sich mit seiner Schneiderlehre nicht in Einklang bringen lassen würde, aber die Schneiderlehre war unabdingbar für die Nachfolge im väterlichen Betrieb. Außerdem fand der Junior in allen diesen Auseinandersetzungen stets eine sehr beredte Fürsprecherin in seiner Stiefmutter, die sich solcherart Zuneigung des Kindes aus der ersten Ehe des strengen Gatten zu erwirtschaften hoffte und sich in diesen Debatten immer durchsetzte. Überschattet war das Familienleben der Kuhlmanns überdies von der schweren chronischen Krankheit des jüngeren Sohnes Gustav, der alle Aufmerksamkeit der Eltern auf sich zog, sodass Karl – im Windschatten des langsamen Sterbens seines Stiefbruders – die Möglichkeit hatte, zu tun und zu lassen, was er wollte.

Ohne über die erstaunlichen Fähigkeiten von Edgar Allan Poes Urbild aller Ermittler – des von ihm hoch verehrten C. Auguste Dupin – zu verfügen, wusste Hofrat Bubetz doch, woran Kuhlmann inwendig gerade kiefelte, und er blieb auf der eingeschlagenen Linie. „Ich weiß nicht, warum Ihr Sohn Selbstmord begangen hat. Aber dass diese Leute ihn umgebracht haben, ist ganz und gar ausgeschlossen“, versuchte der Hofrat das Gespräch zu einem Ende zu bringen, weil es nichts brachte, weiter gegen eine Wand aus Ablehnung und Misstrauen zu argumentieren. „Sie haben sich da in eine Sackgasse manövriert, und vielleicht – verzeihen Sie, wenn Sie den Eindruck haben sollten, ich überschreite meine Kompetenzen –, vielleicht ist es ja auch nur der Versuch, die Verantwortung für den Tod des Jungen auf andere abzuschieben, weil Sie selbst das Gefühl nicht loswerden, versagt zu haben.“

Jetzt hatte Kuhlmann vollends genug. Er hieb mit der Faust auf den Schreibtisch des Hofrats und beugte sich bedrohlich zu Bubetz hin: „So einfach wollen Sie es sich also machen, Herr Hofrat?“ Der „Hofrat“ war mit spöttischem Unterton versehen. „Aber so einfach wird es nicht sein. Dafür werde ich sorgen, nehmen Sie das als ein Versprechen.“

Bubetz sah in der Unbeherrschtheit seines Besuchers eine willkommene Gelegenheit, den Mann endlich loszuwerden.

„Mäßigen Sie sich doch, ich bitte Sie, Herr Kommerzialrat!", sprach er streng und erhob sich von seinem Sessel. „Ich bin Ihnen doch sehr entgegengekommen. Wenn ich das mit allen Leuten machen würde, die mit der Polizei nicht zufrieden sind, ich säße jeden Tag bis Mitternacht da."

Und dann, zu Horak, dem Sekretär, gewandt, der von Kuhlmanns Schlag auf den Schreibtisch aufgescheucht in der offenstehenden Tür erschienen war: „Sind'S so gut, Horak, und begleiten'S den Herrn Kommerzialrat nach unten."

Kuhlmann erhob sich wortlos, deutete mit einem trotzigen Kopfnicken einen Gruß an und wandte sich zu Horak, der den Kommerzialrat mit einer Handbewegung seitlich an sich vorbei bat.

Der Sekretär begleitete den Kommerzialrat nicht nur bis zur Treppe, sondern die Prunkstiege hinab, rechts neben Kuhlmann, der eine Stufe voraus war und ihn ignorierte, um ihn loszuwerden. Ein Beobachter dieser Szene musste den Eindruck gewinnen, dass der Mann sich von Horak bedrängt fühlte und bemüht war, seinem Verfolger zu entkommen. Aber Horak hielt Schritt, und am Treppenabsatz schnitt er Kuhlmann die Wendung des Weges nach rechts zur Mittelstiege hin ab: „Hören Sie, es kann schon sein, dass der Hofrat sich irrt. Aber was soll er denn machen? Er kann sich ja auch nur an der Aktenlage orientieren! Die ist recht klar, und für alles andere sind wir hier nicht zuständig."

„Ach! Fahren Sie doch zur Hölle mit Ihren manipulierten Akten!", fauchte Kuhlmann hasserfüllt, drängte sich zwischen dem Treppengeländer und Horak durch und strebte, nun zwei Stufen auf einmal nehmend, hastig dem Ausgang zu. Aber Horak hielt abermals Schritt. „Hören Sie", begann er wieder auf Kuhlmann einzureden, der nun die Halle erreicht hatte und sich weiterhin taub stellte. „Ich kann Ihnen nichts versprechen, aber Sie sollten sich an den Nowak wenden."

Kuhlmann blieb abrupt stehen und packte Horak am Rockaufschlag: „Was wissen Sie?"

„Nichts! Wirklich, gar nichts, was nicht in den Akten steht", versicherte Horak erschrocken und versuchte sich Kuhlmann zu entziehen. „Aber wenn Ihnen einer helfen kann, dann ist das der Nowak."

Kuhlmann starrte den Beamten ratlos an. „Ferdinand Nowak, ein Detektiv", erklärte Horak. „Fragen Sie den Kellner im Café Pilgramhof in der Schönbrunnerstraße; der weiß, wo Sie den Nowak finden."

Wie schon beim Hofrat war Kuhlmann auch dem Sekretär gegenüber nicht zu Höflichkeit oder gar Dank fähig. Er ließ das Jackett los, nickte kurz, wie er es auch bei Bubetz getan hatte, trat durch das offenstehende, mittlere der drei Tore eilig hinaus auf den Schottenring in den Herbsttag und wandte sich nach links, wo in der Seitengasse sein Chauffeur ihn erwartete. Kuhlmann ließ sich die Wagentür öffnen, sackte auf den Sitz, und als der Chauffeur hinter dem Volant Platz genommen hatte, nannte er das Fahrziel. „Café Pilgramhof in der Schönbrunnerstraße! Kennen Sie das?" Der Chauffeur nickte und fuhr los, hinaus auf die Ringstraße in Richtung Oper, während Horak die prachtvolle Treppe wieder hinaufstieg, gequält von der ihm eigenen Unsicherheit, bei allem, was er tat, stets im Zweifel, ob es richtig oder falsch gewesen sei.

Adam Horak hatte den Ferdinand Nowak einmal genossen, aber er wusste um die Flüchtigkeit solcher Begegnungen und verrannte sich nicht in trügerische Hoffnungen immerwährender Leidenschaft. Vielmehr bewahrte er dem Nowak eine fortdauernde Zuneigung, die sich nicht in aufdringlichen Annäherungen an das begehrte Objekt äußerten, sondern in einer stillen Liebe, die sich in Gedanken und Träumen am Leben erhielt und die nun auch zu der Empfehlung an Kuhlmann geführt hatte.

Als Horak sich zurückmeldete, erkundigte sich der Hofrat, ob noch etwas gewesen sei. Horak schüttelte den Kopf, weil er das nicht für eine Lüge hielt. „Großartig", sagte der Hofrat, „und jetzt sind'S so gut und schicken'S dem Kunschak bitte eine Notiz, dass ich den Herrn Kommerzialrat empfangen hab!"

Horak kehrte von Schuldgefühlen geplagt an seinen Schreibtisch zurück, um dem Landtagsabgeordneten Leopold Kunschak zu schreiben. Der war in seiner Partei, den Christlichsozialen, nicht gern gelitten und hatte sich deshalb verbittert zurückgezogen, was ihn aber nicht daran hinderte, für Parteifreunde zu intervenieren.

Hofrat Bubetz starrte aus dem Fenster, ohne die sich langsam entblätternden Baumwipfel wahrzunehmen, und seufzte. Tatsächlich bedauerte er Kuhlmann und dessen Gattin aufrichtig. Aber abgesehen von dem behaupteten, doch nicht nachweisbaren Vergehen, dem jungen Kuhlmann einen Revolver gekauft zu haben, gab es keine Anhaltspunkte, um in die vom wütenden Vater starrsinnig gewünschte Richtung zu ermitteln.

Dabei hätte Bubetz gerne etwas getan, was den Kommerzialrat, der von Kunschak empfohlen war und den er deshalb hatte empfangen müssen, befriedigt hätte. Denn der renitente Schneidermeister nahm nicht nur Zeit in Anspruch, die der Hofrat dringlicheren Angelegenheiten zu widmen hatte.

Anlass zu Sorge war auch die Tatsache, dass Charles Kuhlmann prominent genug war, um sich bei der Presse Gehör zu verschaffen. Immerhin hatte er – erfolglos zwar – für einen Sitz im Gemeinderat kandidiert, war redegewandt und kannte einige Journalisten der rechten Blätter. Und Bubetz war überzeugt, dass Kuhlmann sich sogar an linke Zeitungen wenden würde, wenn es nur half, der Polizei eins auszuwischen.

Es war mithin nur eine Frage der Zeit, bis irgendeinem Redakteur nichts einfallen und er dann die leeren Spalten bereitwilligst mit Kuhlmanns obskuren Verschwörungstheorien füllen würde. Und das konnte sehr unerfreulich ausfallen, denn Kommerzialrat Charles Kuhlmann hatte – ohne es zu wissen – begonnen, in ruhigem Bodensatz zu stochern und aufzuwühlen, was besser ruhig am Grunde ruhend hätte verbleiben sollen, um die geheime „Operation Fledermaus“ nicht zu gefährden, deren Leiter Polizeidirektor Bubetz war. Hätte Kuhlmann die Sorgen des Hofrats gekannt, er hätte in seiner gediegenen Art die Lage mit „*Le chapeau en flamme*“ bezeichnet; Bubetz nannte es schlicht: „Der Hut brennt!“

2

Der Wirkliche Hofrat Bubetz nimmt seine Aufgabe sehr ernst, ahnt aber auch, dass er in seinem Kampf auf ziemlich verlorenem Posten steht.

Die Polizeidirektion, auf Stempeln wegen des beschränkten Platzes zu PolDion verkürzt und auch im internen Sprachgebrauch als solche bezeichnet, war in einem sehr repräsentativen Gebäude am Schottenring untergebracht: ein würfelförmig wirkender Bau, mit je einem, ebenfalls würfeligen Türmchen an jeder Ecke. Menschen mit Phantasie mochten Londons Tower darin erblicken, für den Wirklichen Hofrat Bubetz war es nichts weiter als ein Stück wenig inspirierter Architektur an Wiens Prachtstraße. Ursprünglich als Hotel Austria für die Weltausstellung 1873 errichtet und zwei Jahre später zum noblen Hauptquartier der Polizei umgewandelt, bot das Gebäude ausreichend repräsentatives Interieur für Präsidenten und Vizepräsidenten, und nach vielen Umzügen, die seine Laufbahn begleitet hatten, residierte der Wirkliche Hofrat und Polizeidirektor Bubetz nun in einem sehr feudalen Bureau an einer Ecke zur Ringstraße hin – der legendäre Präsident Schober war zu Lebzeiten nebenan anzutreffen gewesen.

Emil Wenzel Bubetz – privat seit jeher Wenzel, im Amte jedoch ausnahmslos Emil, denn Habsburg hegte so seine Vorbehalte gegen alles Böhmische –, Emil Bubetz hatte einen Auftrag, in dessen Wesen es lag, dass er mit den Forderungen, die Kommerzialrat Kuhlmann hier vor Kurzem gestellt hatte, nicht vereinbar war. Mit welchem Recht eigentlich, fragte sich Bubetz, erhob dieser emporgekommene Schneider Forderungen, um sich sogleich selbst die Antwort darauf zu geben: mit dem Recht dessen, der über politische Verbindungen verfügt. Ärgerlich. Unabänderlich. Na ja.

Das „Na ja“ bei Bubetz kam häufig als formelhafter Abschluss von Überlegungen und Ausführungen; sozusagen als ein „bis hierher und nicht weiter“, ein Signal an das Gegenüber – mitunter, wie eben jetzt, auch an sich selbst –, dass hier noch mehr gesagt werden konnte, aber nicht sollte oder durfte.

Den Rechtsanwalt Dr. Kort „in die Mangel zu nehmen“ – wie Kuhlmann sich das vorstellte – war schon grundsätzlich unmöglich. Auf welcher Rechtsgrundlage sollte das geschehen, dachte Bubetz, der immer zuerst an die Rechtsgrundlage dachte und deshalb den Gedanken gleich beiseiteschob.

Und überhaupt: Das eigenartige Verschwinden von Schülern und Lehrlingen – in einem Umfang, der neuerdings tatsächlich über die gängigen Vermisstenzahlen hinausging – betraf den Hofrat nicht. Deshalb ging ihn auch Kuhlmanns Problem überhaupt nichts an. Kommerzialrat Kuhlmann war zu ihm nur geschickt worden, weil Hofrat Emil Bubetz im Rufe stand, in der Kunst des Beschwichtigens unerreicht zu sein.

Hauptsächlich jedoch stand der kleine, runde Mann mit einem angegrauten Haarkranz, aber jugendlich lebendigen Äuglein einer geheimen Sonderabteilung vor, die dazu gebildet worden war – unbelastet vom täglichen Zank und Hader der politischen Gruppierungen –, Licht in eine interne Angelegenheit zu bringen respektive dafür zu sorgen, dass diese Angelegenheit niemals das Licht der Öffentlichkeit erblicken würde.

„Das will ich nicht haben. So etwas darf nicht sein. Das muss abgestellt werden!“ So hatte Johann Schober, damals noch Polizeipräsident, gesprochen. Er hatte Bubetz kommen lassen, ihm das feudale Quartier in der Führungsetage zugewiesen und ihm „die Angelegenheit“ aufgehalst: Er möge sich eine kleine vertrauenswürdige Mannschaft zusammenstellen, ans Werk gehen und vermutete Unregelmäßigkeiten drüben im Sicherheitsbureau aufklären. Die „Operation Fledermaus“ war geboren und nicht nach dem Tier benannt, das zielsicher die Nacht durchjagt, sondern nach der Operette von Johann Strauss, in der Recht und Justiz auch eine, wenngleich recht eigenartige Rolle spielen.

Mittlerweile war Schober gestorben, der vormalige Vizepräsident Franz Brandl war aufgerückt und residierte nun als Chef nebenan, und die „Operation Fledermaus“ war immer noch im Gange. „Im Gange“ – das musste auch Bubetz zugeben – war eine sehr beschönigende Wortwahl, denn tatsächlich trat er auf der Stelle. Aber der Hofrat war wild entschlossen, die Sache aufzuklären, bevor er mit Ende des Jahres in den wohlverdienten Ruhestand treten würde. Wobei er den Weisungen Schobers entsprechend unter „aufklären“ verstand, die Sache – ganz gleich, wie tief die Verstrickungen der Verdächtigen in die kriminellen Vorkommnisse waren – intern zu aplanieren; was nichts anderes hieß als: ohne viel Aufhebens – und vor allem ohne, dass die Presse davon Wind bekam – aus der Welt zu schaffen.

Die Ansichten darüber, wie das zu bewerkstelligen wäre, waren unterschiedlich. Es gab noch Figuren aus der Vergangenheit, die eine Lösung wie seinerzeit im Falle des Oberst Redl für zielführend hielten. Ottokar Kalbeck von Kieselgrund, republikanisch nun lediglich Kalbeck-Kieselgrund, hochdekorierter Militär i. R., ein Mann, dem man jederzeit ansah, wie nackt er sich ohne seine k. u. k. Uniform fühlte, war einer von ihnen und mit dem Avancement Dr. Brandls zum Präsidenten in die Position des Vizepräsidenten hochgeschwommen.

Polizeidirektor Bubetz sah das anders, obwohl er seinerzeit, ganz jung, auch mit dem Verräter Redl zu tun gehabt hatte. Gemeinsam mit dem jetzigen Polizeipräsidenten hatte er sich 1913 in der Herrengasse vor dem Hotel Klomser eine halbe Maiennacht lang die Füße in den Bauch gestanden, weil sich der Herr Hochverräter drinnen nicht und nicht hatte dazu durchringen können, endlich die ihm freundlich überlassene Pistole an die Schläfe zu setzten und dieser für die Armee so unrühmlichen Affäre ein ehrenmännliches Ende zu bereiten; im Sinne einer eleganten Lösung.

Mit dem Effekt freilich, dass – nachdem der erlösende Schuss endlich gefallen war – der Generalstab sich seines einzigen Zeugen beraubt hatte, der angeben hätte können, welche Pläne an die Russen verraten worden waren und welche nicht. Wie lückenlos die Russen informiert gewesen waren, hatte sich dann im Herbst Vierzehn gezeigt, als die glorreiche kaiserliche und königliche Armee an der Ostfront eine Niederlage nach der anderen einstecken musste. Aber: Der abartige Hund war hin, und nur darauf war es den Herren in ihren Operettenuniformen letztlich angekommen. Na ja.

Das Übel, das Emil Wenzel Bubetz hier und jetzt zu bekämpfen berufen war, ähnelte dem Fall Redl insofern, als auch hier Informationen von da nach dort zu gehen schienen, weswegen zahlreiche Aktionen der Polizei – die sich seit Schober mit dem Selbstlob „beste Polizei der Welt" schmückte – nicht zu dem erwünschten Erfolg geführt hatten. Blamabel ausgefallen waren, käme der entwürdigenden Wahrheit wohl näher.

Das eine Problem waren die Spielhöllen, die – da es staatlich konzessionierte Kasinos noch nicht gab – ein stetig sprudelnder Quell dunklen Geldes für zwielichtige Gestalten auch feinerer Kreise waren.

Nekladal, der Chef des Korrespondenzbüros, der gelegentlich am Schottenring weilte und mit dem Bubetz am Gange gelegentlich ein paar Worte wechselte, hatte dafür eine prima Lösung parat: „Ja, ich versteh nicht, wenn man etwas nicht ausrotten kann, dann sollte man versuchen, davon zu profitieren. Konzessionen ausgeben, hoch besteuern!" „Zuhälterei?", hatte Bubetz eingeworfen und damit Nekladal nicht aus der Fassung gebracht. „Wenn Sie so wollen", war seine Antwort gewesen, und erst Bubetzens Bemerkung: „Aber Staatsbordelle wollen Sie nicht, oder?", hatte das Thema beenden können.

Wenn es aber nur die Spielhöllen gewesen wären, die jedes Mal zu harmlosen Bridge-Runden mutiert waren, sobald die Polizei die Türen eingetreten hatte!

Das andere Problem lag nämlich auf dem Gebiet der Unsittlichkeit, wo Fahndungserfolge ebenfalls dünn gesät waren. Ein berüchtigter Mädchenhändler hatte kurz vor seiner Verhaftung entkommen können; das Geheimbordell der Frau Manon Ottersheim war leer gewesen, als die Truppe anrückte; und in jener Druckerei, in der erhobenermaßen Unsittliches in Wort und Bild vielfach zu Papier gebracht wurde, waren nur

Heiligenbildchen und die Auflage eines erbaulichen Büchleins gefunden worden: „Jahresalmanach für die christliche Hausgehilfin".

Mit einem Wort, die „Fledermaus" flog hier und da und war nicht zu haschen. Zwar war in dieser Sache der eine oder andere Beamte ins Fadenkreuz des Hofrats geraten; Figuren, von denen er annahm, dass sie nicht nur aus Unfähigkeit bei ihren Razzien gescheitert waren. Beweisen hatte sich bislang jedoch nichts lassen.

Auch, wie viele Amtspersonen vom Schimmelpilz der Korruption befallen und zu Nutznießern des Amtseidbruchs geworden waren, wusste niemand. Und weil – sollte sich der Verdacht erhärten, dass hier ein Netzwerk zugange war – niemals mit Sicherheit gesagt werden konnte, dass nicht auch ein mit den Ermittlungen beauftragtes Polizeiorgan diesen Auftrag loyal an seine Spießgesellen weiterflüstern würde, um den geplanten Erfolg eines Einschreitens zu vereiteln –, weil also Bubetz nicht wusste, wem er trauen konnte und wem nicht, war er bei diesem Unterfangen weitestgehend auf sich selbst gestellt.

Beamte vom untadeligen eigenen Schlage gab es unter den Jungen nicht mehr. Vertrauenswürdige Leute seiner Generation und seines Amtsverständnisses, die es vereinzelt und nicht nur in seiner Tarockrunde noch gab, konnte er jedoch nicht einsetzen, weil ihnen langwierige Observationen und schon gar kräfteraubende Verfolgungen nicht zumutbar waren.

Um trotz all dieser widrigen Umstände dennoch zum Ziel zu gelangen, war Bubetz notgedrungen auf eine Strategie verfallen, die zwar einigermaßen sicher war, sich aber nicht unbedingt als sehr effizient erwies: Er hatte einen kleinen Kreis von Mitarbeitern um sich geschart, von denen er überzeugt war, dass sie zu blöd waren, um korrupt zu sein.

Wie jeder Leser von Kriminalromanen weiß, braucht der Detektiv einen klugen Gesprächspartner, mit dem er sich über seine Ermittlungen austauschen kann. Im vorliegenden Fall, über den sich der Hofrat wegen der Vertraulichkeit mit niemandem von gleicher Intelligenz besprechen konnte, blieben ihm nur seine beschränkten Agenten Sieber, Seibert und Klusaček, alle drei mit Vornamen Josef. Das war für Emil Wenzel Bubetz, einen, der auf die feine Klinge des Verstandes setzte, begreiflicherweise eine Qual.

Auch die von C. Auguste Dupin so hochgeschätzte „Unendlichkeit der Anregungen, die stilles Beobachten vermitteln kann“ war dem Hofrat nicht gegeben. Er saß an seinem Schreibtisch mit unwandelbarem und nur wenig anregendem Ausblick auf die gegenüberliegende Ecke des Schottenrings zur Wipplingerstraße und musste sich auf die Beobachtungen seiner drei Josefs verlassen.

Ein Unterfangen, das – abgesehen von der Einfallslosigkeit der drei anständigen Beamten – vor allem dadurch erschwert wurde, dass es Personen zu bespitzeln galt, die selbst Polizeibeamte waren und daher spielend in der Lage, die unbeholfenen Versuche des redlichen Trios zu unterlaufen. Bubetz nannte Sieber, Seibert und Klusaček das „Schmächtige Häuflein“ und niemand hätte es – nachsichtig und verzweifelt zugleich – präziser zusammenfassen können.

Bubetz stand, was die feine Klinge des Verstandes betraf, aber nicht nur seinen drei Agenten gegenüber alleine da. Auch Dr. Franz Brandl, der neue Präsident nebenan – derzeit aber in Rom –, suchte Erfolge auf die derbe Art zu erzielen und hatte deshalb Dr. Franz Waldhäusl aus Salzburg ins Wiener Sicherheitsbureau berufen; und er war von seinem Protegé bei einigen Mordfällen auch nicht enttäuscht worden.

Zum Erfolg der „Operation Fledermaus“ hätte Waldhäusl freilich nichts beitragen können. Denn er war einer, der einen Verdächtigen brauchte, den er verhören konnte. Dann war alles bald geklärt, Geständnisse waren bei Waldhäusl unvermeidlich. Ob sie vor Gericht halten würden, zählte vorläufig nicht, galt es doch in erster Linie die Pressehaie zu füttern, die nichts lieber taten, als zu nörgeln und auf der „besten Polizei der Welt“ herumzutrampeln, die Johann Schober selig geschaffen hatte. Besonders die linken Blätter taten das mit großem Genuss.

Bubetz dachte mit Schaudern an jenen Einsatz in der Leopoldstadt, in dessen Verlauf erst ein Wachmann und dann ein

Sturmtrupp der Polizei einen vermuteten Einbrecher in einem Pelzgeschäft zur Strecke zu bringen versucht und dabei den ganzen Laden in Trümmer geschossen hatten, weil der Einbrecher eine Schaufensterpuppe gewesen war, und deshalb im Kugelhagel der Amtsgewalt nicht hatte sterben wollen. Die Blamage war groß, der selbst gespendete, aber wenig heilsame Trost lautete: Wer liest denn schon die rote Kacke? Und die offizielle Haltung der PolDion war: Nicht einmal ignorieren. Bubetz war dies verwehrt geblieben, denn bei der auf diese Narretei folgenden Tarockrunde wurde er natürlich genau auf das angesprochen, was als „Das Massaker in der Komödiengasse" in aller Munde war. Besonders vergrämte den Beamten, dass er in seinem Freund und Tarockpartner Max Meyer den Verfasser der Verhöhnung wusste, sich aber versagen musste, darüber zu jammern.

Waldhäusl also war fürs Grobe engagiert – der Präsident liebte das Grobe, wenn er es nicht selbst tun musste –, Bubetz versuchte seinen Fall durch den Geist zu lösen; verständlich daher, dass der einzige Detektiv, den er gelten ließ, Sherlock Holmes war. Dass ihn neuerdings diese Engländerin mit ihrem Hercule Poirot schamlos kopierte – der Hofrat hatte gekostet –, schmeckte ihm nicht.

Was das Denken anging, durch das er diesen Fall zu lösen gedachte, war er ohnehin eine rare Erscheinung in dieser Festung der Ordnung. Es gab glanzvollere – um nicht zu sagen: aufdringlicher schillernde – Figuren in den Führungsrängen der PolDion. Bubetz hatte auf Flitter nie Wert gelegt. Er war unauffällig, und das hatte viel Wissen angeschwemmt im Laufe der Jahre – nahm man ihn doch einfach nicht wahr; man redete und dachte nicht daran, der fleißige, unscheinbare Mann könnte es aufnehmen. Aber er konnte und hatte.

Bubetz wusste viel. Selbst dort, wo er nicht unmittelbar mit den Vorgängen befasst gewesen war, hatte er gehört, aufgeschnappt, aus Andeutungen gefolgert; und wie sich in den Rohren, durch die das Wiener Wasser fließt, Kalk anlegt, so wuchs im Gedächtnis des damals noch nicht Hofrats ein Wissen, auf das er jederzeit zurückgreifen konnte bei seinen Überlegungen zu jedem beliebigen anstehenden Fall.

Dieses Aufgehen in seinem Amt rührte daher, dass, anders als für die meisten seiner Kollegen, für Bubetz niemals der Weg – das hinter sich Bringen der Dienstjahre – das Ziel seines Daseins als Beamter gewesen war. Der Weg wollte gegangen sein, aufrecht und loyal zum jeweiligen Staatswesen, aber das Ziel war die Erfüllung der Aufgaben, die am Wege warteten. Sekretär Adam Horak hätte „lauerten" gesagt, denn seine Amtsauffassung war eine, in der Arbeit eher eine Bedrohung darstellte.

Stetig, keineswegs unverdient aufgestiegen – der Weg war ja nicht das Ziel –, aber immer im Hintergrund, ohne es dabei jemals zur sprichwörtlichen „grauen Eminenz" einer Abteilung gebracht zu haben, hatte Hofrat Emil Bubetz seine Laufbahn nun fast beendet. Und: Er freute sich auf den bevorstehenden Ruhestand.

Warum er Tag für Tag dennoch verbissen arbeitete, war dies: Er wollte etwas Bedeutendes geleistet haben, bevor er in den Ruhestand trat; auch das hob ihn aus der Masse der Beamtenschaft heraus, und deshalb brannte auch der sprichwörtliche Hut.

Wenn er an den erfolgreichen Abschluss der „Operation Fledermaus" dachte – und das tat er unentwegt –, schlich sich in die Vision seines Triumphes jedoch immer häufiger auch die ernüchternde Einsicht, dass die Beseitigung der „Fledermaus" das Übel nicht tilgen, sondern lediglich andere Nutznießer an die Quelle unredlichen Einkommens befördern würde.

All dies nach Kuhlmanns Abgang nun bedenkend, wechselte der Hofrat von seinem Schreibtisch hinüber zu jenem Aktenschrank, in dem der Cognac verschlossen war. Ordinäre Obstbrände waren das Laudanum der trinkenden Massen; wer Cognac trank, wurde nicht den Trinkern zugezählt, sondern den Genießern, und ein solcher war unser Hofrat letztendlich auch. Daran konnte selbst das Flattern der „Fledermaus" nichts ändern.

3

Der erregte bürgerliche Schneider begegnet seinem Kaffeehaus-Detektiv und beruhigt sich.

Charles Kuhlmann rückte sich im Fond des Wagens zurecht, und langsam legte sich die Erregung, in die er vis-à-vis dem Hofrat und dessen Sekretär geraten war. Das sonderbare Benehmen dieses jungen Mannes, diese Art, wie er sich um ihn herumgewunden hatte, gab ihm zu denken.

Tatsächlich: Horak war im Alltag unauffällig, es gab jedoch zwei Situationen, in denen er die sich zügelnd auferlegten Hemmungen fahren ließ und sich dann durch ganz nebensächliche flüchtige Gesten wie etwa schwingend runde Handbewegungen verriet: wenn er etwas getrunken hatte – wobei wenig genügte – und wenn ihn innere Zerrissenheit befiel, wie das beim Verrat am Hofrat ganz klar der Fall gewesen war.

Und dieser Verrat beschäftigte nun auch Kuhlmann. Warum unterlief dieser Mann die Linie seines Vorgesetzten? Oder war es eine Pflanzerei, entsprungen dem Übermut der Ämter, den Hamlet schon beklagte? Kurz schoss ihm der Gedanke durch den Kopf, dieser Sekretär wäre ohnehin auf Linie mit seinem Hofrat und wollte nur verwirren und verschleiern, indem er ihn hierherschickte, nach Margareten, den fünften Bezirk, der eine dem Kommerzialrat fremde Gegend war. Suspekt dieses Kaffeehaus und das Hauptquartier der Sozialdemokratischen Arbeiterpartei um die Ecke.

Viele der Bewohner dieses Bezirks waren wohl auch seine Kundschaft, vorwiegend vermutlich im Tiefparterre, wo Billiges in minderer Qualität verkauft wurde. Ein Bezirk, tiefrot, wie ja ganz Wien, seufzte der Kommerzialrat, in Erinnerung an die Zeiten, da noch Lueger mit einer schwarzen Zweidrittelmehrheit regiert hatte.

Nun aber hatten die Nationalsozialisten abgeräumt, bei den Christlichsozialen vor allem, auch im sechsten Bezirk, wie er übellaunig feststellte, denn der Sitz im Gemeinderat, der verloren gegangen war, wäre der seine geworden. Kunschak hatte Kuhlmann überredet, für seine Christlichsozialen zu kandidieren; ein idealer Kandidat: katholisch und ein erfolgreicher Kaufmann in Mariahilf, einem Bezirk, den die Kaufmannschaft schon immer geprägt hatte, wie kaum einen anderen.

Aber auch Hakenkreuzler brauchen Wäsche und Kleidung, dachte Kuhlmann versöhnlich, während der Wagen die Ringstraße zum Parlament hinrollte, und praktisch veranlagt, wie er war, überlegte er, dass es sich in den kommenden Jahren vielleicht lohnen könnte, Uniformschneiderei ins Angebot seines Modepalais aufzunehmen.

Was aber war von diesem Nowak zu erwarten? Kuhlmann stellte die geschäftlichen Überlegungen zurück und fragte sich, weswegen dieser Nowak denn geeignet sein konnte, Licht ins Dunkel um den Tod seines Sohnes zu bringen. Und er kam zu dem Schluss, dass es sinnvoll wäre, sich vorweg etwas über diesen Mann zu informieren. In diesem Sinn änderte er sein Fahrziel und wollte erst in ein Café beim Volkstheater gebracht werden, um im Adressbuch Näheres über diesen Nowak zu erfahren.

Kuhlmann ließ den Chauffeur vor dem Café Raimund halten, eilte hinein und gab dem Kellner zu verstehen, dass er nur in den „Lehmann“ – Wiens Adressbuch – schauen wollte; er konnte sich das erlauben, er war hier bekannt, denn er hatte in der Neustiftgasse gegenüber eine Geliebte.

Die Suche im Branchenverzeichnis nach Ferdinand Nowak unter den Detektivs blieb ohne Erfolg. Auch im Namenverzeichnis: Nowaks spaltenweise noch und noch und auch acht Ferdinands; Kutscher, Schlosser, Schneider, Tischler und Straßenbahner. Der einzige Ferdinand Nowak im Fünften war ein Spenglermeister. Der konnte das nicht sein.

Während er zu seinem Wagen zurückkehrte, war Kuhlmann entschlossen, die Sache sein zu lassen, als der Chauffeur aber erkundigend fragte: „Café Pilgramhof?“, sagte er: „Ja!“ Ein großer

Umweg auf der Fahrt zurück ins „Modepalais“ war es schließlich nicht.

Als er schließlich vor dem genannten Kaffeehaus stand, musste er abermals mit seiner Skepsis kämpfen, siegte aber und trat ein. Links vom Eckeingang standen zwei große Billardtische, um beide herum Müßiggänger, spielend. Arbeitslose, dachte er missbilligend, bevor er sich mit der Frage: „Herr Nowak?“ an den Kellner wandte, der in einer Hand zwei Tabletts mit leeren Tassen und Wassergläsern balancierend, mit der anderen ein Tischchen sauber wischte.

„Letzte Loge links“, sagte er, ohne von der Marmorplatte aufzublicken, und Kuhlmann verfiel einmal mehr in Zweifel, ob es nicht geraten wäre, hier umzukehren. Er hatte erwartet, dass ihm der Kellner sagen würde, ob Nowak in seinem Büro war, aber der schien ein Büro gar nicht zu haben, und bei der ganzen Detektivspielerei konnte es sich wohl nur um den fragwürdigen Versuch eines Arbeitslosen handeln, irgendwie zu Geld zu kommen.

Kuhlmann blickte ohne Zuversicht in die Tiefe des verrauchten Raumes zur letzten Loge links. Dort saß neben dem Zugang zu den Toiletten ein Mann Ende zwanzig, Anfang dreißig. Schlecht angezogen, ein ausgesteuerter Arbeitsloser, wie vermutet; fraglich, ob diese Figur in Kuhlmanns „Modepalais“ oberirdisch bedient worden wäre, hätte sie versucht, dort einzukaufen.

Der Kommerzialrat stand unentschlossen da und fühlte sich unwohl. Nicht, dass Kaffeehäuser nicht sein Revier gewesen wären, nein, das nicht! Dieses hier aber war seine Sache nicht. Er mustert den Nowak. Der erhob sich, ging zu den Zeitungen, die auf einem Pult beim Kücheneingang lagen, suchte zwei davon aus und kehrte zu seinem Platz zurück.

Kuhlmann beurteilte Menschen immer aus dem Blickwinkel des Schneiders; den hatte er, trotz allen Erfolges – sogar Lueger hatte bei ihm gekauft – niemals ablegen können. Schlafwandlerisch sicher stellte er die Konfektionsgröße Nowaks fest – für einen Maßanzug kam er ja nicht infrage – und ordnete ihn jenen Gestalten zu, wie sie in der schwarz-weißen Welt des Films eher auf der unverzichtbaren Schattenseite der Gesellschaft angesiedelt waren.

Anderseits, wenn er sich den Mann *well dressed* vorstellte! Kuhlmann liebte es, Englisches einzustreuen, wenn es um Herrenmode ging, bei Damenmodeangelegenheiten mischte er Französisches in seine Verkaufsmonologe ein. Nun erwachte der Verkäufer in ihm: Er kleidete Nowak ein und stellte fest, dass aus dem schlampig angezogenen und offensichtlich arbeitslosen jungen Mann eine ganz attraktive Erscheinung wurde; zum Friseur hätte man ihn freilich noch schicken müssen. Allerdings – und über diesen Schatten zu springen erlaubte ihm sein bürgerliches Ich nicht – kam bei dem, was er da vor seinem inneren Schneiderauge geschaffen hatte, allenfalls ein Hochstapler heraus; eine jener Figuren, die – nicht ohne eine gewisse erotische Ausstrahlung – in den Hallen und Restaurants der großen Hotels herumstrichen: charmant, immer Komplimente auf den Lippen, ohne zu wissen, wie sie ihr Zimmer oder gar Appartement bezahlen sollten, und daher stets nach einem Opfer Ausschau haltend, zugleich aber auch beständig auf der Hut und fluchtbereit. Weil sie mit Geld, das sie entweder bei ihrem Brotherrn unterschlagen oder leichtgläubigen Damen abgenommen hatten, Zugehörigkeit zu einer Gesellschaftsschicht vorgaukelten, in die sie durch Betrug erst aufzusteigen hofften.

Nachdem Charles Kuhlmann diesen „Kaffeehaus-Detektiv" – wie er Nowak zu nennen beschloss – solcherart neu eingekleidet hatte, schwand seine Skepsis, und er schritt entschlossen die innen liegende Gasse zwischen den Tischen auf Nowak zu. „Herr Nowak? Gestatten Sie? Ich komme aus der Polizeidirektion, Hofrat Bubetz, nein, genau genommen, sein Sekretär, ein Herr Horak …"

„Nehmen Sie doch Platz", unterbrach Nowak, nahm die Zeitungen, die auf dem Sessel lagen, weg und legte sie neben sich auf die gepolsterte Bank.

„Dieser Herr Horak hat mir gesagt, dass ich Sie hier finde. Und er hat gemeint, dass Sie mir helfen können."

Nowak blickte ihn freundlich an: „Und in welcher Sache?"

„Ach ja, Kuhlmann, Kommerzialrat Kuhlmann“, stellte sich der Mann endlich vor.

„Kuhlmann!“, nickte Nowak, der sich flüchtig erinnerte, von dem Fall in den Zeitungen gelesen zu haben. „Es ist wegen Ihrem Sohn. Mein Beileid. Aber, bitte, setzen Sie sich doch.“

Endlich nahm der Mann Platz. Der Kellner kam, Kuhlmann bestellte einen Cognac, er war in einem für seine Verhältnisse außerordentlich hohen Maß derangiert und meinte, einen vertragen zu können. Gewöhnlich war Charles Kuhlmann hochfahrend, hier allerdings, in einer Umgebung, die nicht die seine war, erstaunlich zurückgenommen. Für weitere Gespräche – falls es dazu kommen müsste – nahm er sich vor, Nowak zu sich in den Salon kommen zu lassen. Dann fragte er: „Sie sind Privatdetektiv?“

Ferdinand Nowak nickte: „So in der Art.“

„Sie stehen aber nicht im ‚Lehmann‘. Auch keine Firma. Kein Büro. Keine Referenzen ...?“

Nowak kannte das. Er lächelte, blickte den Mann abermals freundlich an: „Mehr als eine Empfehlung aus dem Polizeipräsidium habe ich tatsächlich nicht zu bieten.“

Kuhlmann sah das ein und fühlte sich kurz dumm, das nicht bedacht zu haben. „Natürlich, verzeihen Sie! Es ist nur etwas ungewohnt.“ Dabei blickte er sich um, ob jemand nahe genug säße, um das Gespräch mit anzuhören. Die Nachbartische waren alle unbesetzt, Kuhlmann wandte sich beruhigt wieder Nowak zu: „Sie haben ihn umgebracht“, stieß er dann hervor, „und ich will, dass Sie das beweisen!“

„Wenn es möglich ist, gerne“, zeigte Nowak sich bereit. „Können Sie mir irgendetwas sagen, was nicht in den Zeitungen stand?“

Nun berichtete Kuhlmann, wie er gar nichts bemerkt hätte von der Wandlung seines Sohnes; wie er erst von Beranek, dem Sitznachbar im Philharmonischen und auch Lehrherrn des Sohnes, unterrichtet worden war von diesen ... Dingen; wie er Karl Vorhaltungen gemacht habe, Verbote ausgesprochen und so weiter.

Natürlich, gab Kuhlmann zu, mache er sich nach allem, was geschehen war, Vorwürfe, dass er den Sohn nicht in die eigene

Werkstatt als Lehrling aufgenommen hatte. Aber die Sorge, im vertrauten Umfeld würde Karls Neigung zu Bequemlichkeit, ja, zu ausgesprochener Faulheit überhandnehmen, und er selbst und seine Gattin würden scheitern, wenn es darum ging, die Trägheit des Sohnes erzieherisch zu überwinden … So wurde Karl zu Beranek gegeben, und eine Zeit lang lief ja alles gut. Zu unguter Letzt war es dann zu einer heftigen Auseinandersetzung zwischen Vater und Sohn gekommen, in deren Folge der Junge verschwunden war.

„*Anyway* …" Im Hinterkopf war der Modemann wohl noch immer mehr mit der Ausstattung des Herrn Nowak als mit dem Tod seines Sohnes beschäftigt, und seine Mitteilungen wurden wirr. „Und was hat mein Sohn, bitte, draußen in Hietzing gemacht? Und wie ist er dorthin gekommen?"

„Mit der Stadtbahn!", lag Nowak auf der Zunge, und er dachte auch, dass der junge Kuhlmann sich wohl ein Taxi hätte leisten können, aber er behielt es bei sich. „Ich habe gehofft, dass Sie mir sagen können, was Ihr Sohn in Hietzing gemacht hat", versuchte er den aufgescheuchten Mann wieder zu sachlichen Auskünften zu bewegen.

Kuhlmann schüttelte ratlos und mit schlechtem Gewissen den Kopf: „Ich bin ein viel beschäftigter Mann und ich weiß, das ist keine Entschuldigung. Ein Vater sollte wissen, in welcher Gesellschaft und wo seine Kinder ihre Zeit verbringen."

Bei weiterem Nachfragen stellte sich heraus, dass Kuhlmann völlig ahnungslos gewesen war, wo und mit wem sich Karl junior herumgetrieben hatte. „Wenn er nicht zu Hause war, dachte ich, er ist im Verein."

„Welcher Verein?", forschte Nowak.

„Der katholische Jünglingsverein in der Kirchengasse! Er war dort Mitglied", gab der Vater Auskunft.

Nowak versuchte nun, System in die Befragung zu bringen. „Haben Sie eine Photographie von Ihrem Sohn?"

Kuhlmann griff in sein Jackett und holte die Brieftasche hervor, klappte sie auf, klaubte zwischen einigen großen Banknoten eine Photographie hervor und legte sie vor Nowak auf die Marmorplatte. Karl Kuhlmann junior sah tatsächlich sehr begehrenswert aus, soferne einer eine Schwäche dafür hatte. Und er fragte sich, ob es denkbar war, dass der Kommerzialrat – um die sechzig Jahre alt und stets hier ansässig – nicht wusste, dass in der Gegend, wo sein Sohn in der Lehre gewesen war, viele unterwegs waren, deren Blicke der junge Karl auf sich hatte ziehen müssen? Dass sich dort gegenüber eine stadtbekannte Buchhandlung befand, die wegen des speziellen Angebots gerne von solchen Leuten aufgesucht wurde, dass da vor allem die Toilette am Karlsplatz stand und dort Schanigärten waren, von denen aus diese Leute genau beobachten, wer sich da in unverkennbarer Absicht herumtrieb.

Ferdinand Nowak überlegte: Sollte er den Mann mit Einzelheiten belasten, die er nur als quälend empfinden musste; war es für den Vater notwendig, zu wissen, dass der in seinen Augen noch sosehr unschuldige Schneiderlehrling Karl offenbar eine ergiebige Nebenbeschäftigung gefunden hatte? Und dass unter jenen, mit denen der Junior offensichtlich sehr profitablen Umgang gepflogen hatte, auch Menschen waren, die vor einer Gewalttat nicht zurückschrecken würden, wenn es galt, erpresserische Forderungen und die Aussicht auf eine Gefängnisstrafe von sich abzuwenden.

Er verzichtete darauf und fragte stattdessen, weil er von Kuhlmanns Fehde mit den ermittelnden Behörden wusste: „Was werfen Sie der Polizei vor?“

„Was ich ihr vorwerfe? Das fragen Sie? Im Ernst? Ich werde Ihnen sagen, was ich dieser Polizei vorwerfe: Schlampig gearbeitet haben sie. Eine Bagatelle, der Selbstmord eines verwirrten Halbwüchsigen, nicht wahr, so sollte es aussehen! Der Abschiedsbrief ließ so einen Schluss ja zu.“ Kuhlmann beugte sich zu Nowak vor und senkte die Stimme: „Man hat das alles sehr rasch abgeschlossen. Sie wissen ja: Den zweiten Brief hat erst der Bestatter gefunden, als er ...“ Der erzürnte Vater war mit seinen Vorwürfen noch lange nicht am Ende: „Und was ist mit den Burschen, die behauptet haben, etwas zu wissen? Die wurden auch nicht vernommen! Trittbrettfahrer nennt sie die Polizei, dumme Kerle, die sich wichtig machen wollen.“

„Vielleicht waren sie nur auf die Belohnung aus. Ich erinnere mich, Sie hatten doch eine ausgesetzt“, warf Ferdinand ein; er hatte damals im Mai daran gedacht, sich die tausend Schilling zu verdienen. Kuhlmann legte den Kopf kurz schief. „Möglich. Das kann ich nicht beurteilen. Aber es wäre doch auf jeden Fall interessant, zu hören, was sie zu sagen haben.“

Ferdinand Nowak nickte; er hatte keine Ahnung, wovon der Mann redete, aber er würde sich informieren.

„Aber in Wahrheit, wissen Sie“, redete Kuhlmann weiter, „in Wirklichkeit ist es nicht Schlamperei! Nein, es ist gezielte Verschleierung von Tatsachen, die der Polizei sehr wohl bekannt sind.“

„Welche Tatsachen?“, wollte Nowak wissen.

„Die Tatsache, dass es ein Mord war. Die haben das von Anfang an erkannt.“

„Woran?“ Nowak war drauf und dran, sich um den Auftrag zu bringen mit seinen Fragen, die an Kuhlmanns Argumentation kratzten. Der aber bemerkte das gar nicht und steigerte sich abermals in seinen Zorn: „Ja, das dürfen Sie nicht mich fragen! Das könnte Ihnen dieser Hofrat erklären, dieser Bubetz! Aber er mauert. Wie alle anderen! Die wissen sehr gut, dass diese Verbrecher meinen Sohn umgebracht haben, aber sie haben alles getan, um es wie einen Selbstmord aussehen zu lassen. Sogar Karls Beichtvater hat er unterstellt, Schuld zu tragen.“ Kuhlmann nickte dabei unentwegt sich selbst bestätigend mit dem Kopf. „Aber dann“, er beugte sich wieder konspirativ zu Nowak vor und schob das Cognacglas zur Seite, „dann ist dieser zweite Brief aufgetaucht! Sie wissen ja, den hat der Leichenbestatter entdeckt. Und ich muss sagen, selbst auf die Gefahr hin, mich zu wiederholen: Es wirft doch ein sehr bezeichnendes Licht auf die Arbeit dieser Polizei, dass erst der Bestatter den zweiten Brief gefunden hat.“

„Vielleicht war das gut so“, warf Ferdinand ein und erntete einen unwilligen Blick. Wie kam er dazu, Kuhlmanns Empörung zu stören? „Die Polizei hätte ihn vielleicht unterschlagen, weil er die Selbstmordtheorie doch infrage stellt?“

Nun nickte Kuhlmann wieder. „Da haben Sie recht! Gott sei Dank, der Brief ist da und er passt gar nicht zur Theorie des Selbstmordes, an der die Polizei so hängt."

Kuhlmann war nun restlos davon überzeugt, mit Ferdinand Nowak den Richtigen gefunden zu haben. Dieser etwas unordentlich wirkende junge Mann – von diesem Eindruck kam Kuhlmann offenbar bei bestem Willen nicht los –, dieser Kaffeehaus-Detektiv war offenbar mit der Verlogenheit der Polizei bestens vertraut und wusste um die Verschlagenheit von Ermittlern, die von der Presse in aller Öffentlichkeit an den Pranger gestellt wurden, wenn sie nichts lieferten. Und dann lieferten sie eben, was ihnen gelegen kam. So ging Kuhlmann die Sache durch den Kopf, bevor er mit der Bemerkung: „Sie werden sicherlich eine Anzahlung brauchen", in die verrauchte Realität des ihm so fremden Café Pilgramhof zurückkehrte. „Reichen fürs Erste fünfhundert Schilling? Ich habe nicht mehr dabei."

Nowak, dem es bei der Summe die Rede verschlagen hatte, nickte wortlos: Fünfhundert Schilling, das wäre als Honorar fürstlich gewesen, aber wenn der etwas konfus wirkende Mann es als Anzahlung betrachtete, so konnte ihm das nur recht sein.

Kuhlmann klappte seine Brieftasche wieder zu und steckte sie ein. Berauscht, nicht vom Cognac – davon vertrug er mehr –, sondern von der Gewissheit, mit Nowak den richtigen Mann gefunden zu haben, und auch nach wie vor ein wenig verstört in der ungewohnten Umgebung, dachte der Geschäftsmann nicht daran, sich den Empfang der Anzahlung bestätigen zu lassen. Zu sehr brannte er darauf zu wissen, welche Schritte der Kaffeehaus-Detektiv nun ergreifen würde: „Was haben Sie vor?"

„Zunächst werde ich mir alle Unterlagen besorgen", sagte Nowak und ließ seinen Auftraggeber, der wieder ins Nicken geraten war, in dem Glauben, es handle sich um den Polizeiakt und nicht bloß um die Zeitungsmeldungen zum Fall.

„Und ich denke", skizzierte der Kaffeehaus-Detektiv sein Vorhaben für seinen Auftraggeber weiter, „dass es wichtig wäre, diese anderen Lehrlinge zu finden, die an dieser Erpressung …"

„An der von diesem Doktor Kort behaupteten Erpressung", fiel ihm Kuhlmann mit erhobenem Zeigefinger ins Wort.

„... beteiligt gewesen sein könnten."

Das gefiel Kuhlmann; der Hofrat hatte ja von den Bürschchen nichts wissen wollen. Jetzt aber war die Sache in den richtigen Händen. Und nun, hoffte Kuhlmann, würde vielleicht auch endlich bekannt, wer dieser ominöse Mandant war, dessen Identität Hofrat Bubetz nicht hatte preisgeben wollen und den der Anwalt mit seiner Schweigepflicht schützen zu müssen vorgab. Dabei war – wie ganz Wien wusste – die Schweigepflicht bei Dr. Kort nicht immer bestens aufgehoben. Kuhlmann bebte bei der Erinnerung daran, wie er von diesem Kort abgeschüttelt worden war, als er versucht hatte, dem Anwalt auf dem Weg vom Café Meteor zum Landesgericht den Namen des geheimnisvollen Mandanten zu entlocken: als tief trauernder Vater, der ein Recht darauf hätte. Der Anwalt hatte nur hämisch gelacht und damit gedroht, Klage gegen ihn einzubringen, wenn er ihn weiter belästigen würde. Diese Erniedrigung nagte noch heute am Kommerzialrat, aber nun sah er sich einen gewaltigen Schritt näher an seinem Ziel, diesen windigen Rechtsverdreher – so dachte und sprach er über Dr. Kort – mitsamt seinem geheimnisvollen Mandanten endlich als die Mörder seines Sohnes entlarven zu können.

Beglückt bestellte Kuhlmann noch einen Cognac, seinen dritten, und einen für den Kaffeehaus-Detektiv dazu, und nachdem sie auf die erfolgreiche Klärung des Falles getrunken hatten, verließ Kuhlmann das Café Pilgramhof, sank besäuselt zufrieden auf den Rücksitz seines Wagens und ließ sich heim ins Modepalais Kuhlmann auf der Mariahilferstraße fahren, was ein Katzensprung war, weswegen Kuhlmann sich bemühte, nicht einzuschlafen vor lauter Zufriedenheit.

Ferdinand Nowak, wegen der fünfhundert Schilling gleichfalls sehr zufrieden, blieb im Kaffeehaus, um auf Max Meyer zu warten, seinen väterlichen Freund und Zimmerherrn, der Redakteur beim „Vorwärts" war, dem sozialdemokratischen Verlagshaus um die Ecke, und der ihm die Zeitungsmeldungen zum Tod des Karl Kuhlmann junior besorgen würde. Die hatten das sicher ablegt; und wenn schon nicht die Polizeikorrespondenz, so doch ihre eigenen Artikel.

4

Wie Ferdinand Nowak in die Stadt kam, auf die schiefe Bahn geriet und dort Max Meyer kennenlernte.

Ferdinand Nowaks Geburtsdatum – er ging mit dem Jahrhundert – hatte ihm zwar erspart, zur Völkerschlachtbank getrieben zu werden; die Jahre des „Großen Völkerringens" – wie das sinnlose Schlachten patriotisch beschönigend genannt wurde – waren aber düster gewesen, und auch die Inflationszeit nach dem Umsturz hatte ihn Bescheidenheit gelehrt.

Ferdinands Vater galt als unbekannt; romantischen Gerüchten zufolge war es ein Mann aus einem verlotterten Wanderzirkus, der dort wegen seiner weit über dem Durchschnitt liegenden Größe als „Riese Ferdinand" zur Schau gestellt worden war und während der Vorstellung das Publikum auch als Feuerschlucker begeistert haben soll.

Paula Haslinger dürfte hingerissen gewesen sein, als der Zirkus sein Zelt in ihrem Dorf aufgestellt hatte. Jedenfalls ging sie an der Seite des „Riesen Ferdinand" mit der Truppe durch und kehrte erst ein Jahr später mit der Ernte ihrer Wanderschaft, dem kleinen Ferdi, zurück an den elterlichen Hof. Dort wurde sie geduldet, solange ihr Vater das Sagen hatte; als der Patriarch jedoch unter ungeklärten Umständen an Magenbeschwerden verschieden und der Hof auf ihren frömmelnden Bruder übergegangen war, hatten sie der geheuchelten Moral des neuen Herrn weichen müssen.

So kamen Paula und Sohn Ferdi Haslinger mit nichts, als was sie am Leibe hatten – und einer unvermeidlichen Bibel – neunzehnhundertzehn in die Residenzstadt, wo sie sich an eine Cousine mütterlicherseits wandten, eine Hausbesorgerin in der Corneliusgasse, die sie bei sich aufnahm.

Im Jahr darauf hatte Mutter Paula dann einen Herrn Nowak kennengelernt, mit dem sie fortan – Erfahrung hatte sie darin ja – in Sünde lebte. Der Nowak war Eisenbahner und hatte einen Schrebergarten, draußen im Rosental, unweit der Irrenanstalt Am Steinhof, und Ferdi hatte sich dort wohlgefühlt. Der Nowak war auch ein recht anständiger Kerl gewesen. Als er für Gott, Kaiser und Vaterland in den Krieg ziehen sollte, heiratete er die Paula und legitimierte den Ferdi, das Kind der fremden Sünde, das mithin fortan nicht mehr Haslinger hieß, sondern Nowak.

Der Ehestand mit dem Nowak hatte freilich nicht lange gedauert, schon im Herbst vierzehn war der Gatte tot, und mit ihm dahin auch der Schrebergarten und die Erdäpfel, die dort gepflanzt waren und die gerade in den kommenden Jahren sehr dringend gebraucht worden wären. Was Mutter und Sohn blieb, war eine zum Leben zu kleine Rente und der Name, mit dem sie draußen auf dem Lande aufgefallen wären, der sie in Wien jedoch als durchaus bodenständig auswies.

Nachdem also der gute Nowak den Heldentod gefunden hatte – ob gesucht, war eine offene Frage –, hatte Ferdinands Mutter keine Versuche mehr unternommen, glücklich zu sein. Aber das Schicksal meinte es noch einmal gut mit ihr, denn die Cousine kam ums Leben und die Hausmeisterei in der Corneliusgasse fiel an die Witwe Nowak. Das war viel Arbeit, sich in der Inflationszeit allein damit über Wasser zu halten, war jedoch ein Kunststück, das kaum jemand zustande brachte. Paula Nowak wäre übel dran gewesen, hätte sie – vom Greißler empfohlen – nicht auch noch eine Stelle als Hausgehilfin bei den Meyers gefunden. Außerdem war es selbstverständlich gewesen, dass am Abend in der Küche der Hausmeisterei ein Klappbett aufgestellt wurde, auf dem ein Herr Konrad Mladek, Eisengießer von Beruf, gegen bare Münze die Nacht verbrachte.

Schon damals, als Nowak zwischen Mutter und Sohn eingedrungen war, hatte Ferdinand begonnen, schwierig zu werden; im Elend des Krieges steigerte sich seine Auflehnung und damit die Ratlosigkeit der Mutter noch mehr. Die Schulpflicht hatte der Bursche hinter sich, eine Lehre oder geregelte Arbeit war kaum zu finden. Es gab zwar – damals noch – Kohle zu tragen, und Ferdl, wie er nun gerufen wurde, konnte am nahe gelegenen Markt aushelfen oder auch in einem einigermaßen anrüchigen Beisl, dessen Hintereingang der Tür der Hausmeisterwohnung gegenüberlag, in der Paula Nowak und ihr Ferdl wohnten.

Daheim am Land war Ferdi immer gehänselt und als „Zigeunerkind" und daher nichtsnutzig verspottet worden. Oft hatte es deswegen Prügeleien mit den Dorfkindern gegeben. Als Ferdi aber dann ganz offensichtlich dem Vater nachgeriet, in die Höhe schoss und Steinbrocken zu heben vermochte, die seine Altersgenossen keinen Zoll vom Boden brachten, kehrte Ruhe ein. Ausgewachsen erreichte Ferdinand zwar nicht die zirkusreife Höhe seines Vaters, aber er überragte seine Zeitgenossen doch um meist einen Kopf. Das regte auf und an. Jenen, die kleiner waren, verursachte es das Gefühl, in einer anzuzettelnden Schlägerei durch taktische Überlegenheit die mangelnde Höhe ausgleichen zu müssen, was den Ferdl wiederum dazu anregte, Körpergröße und Kraft erbarmungslos zum Einsatz zu bringen.

Gelegenheit zu solchen Prügeleien gab es umso mehr, als Ferdinand von einem Gerechtigkeitssinn beseelt war, der schon ein Fimmel genannt werden durfte. Wo immer es unter den Marktmenschen oder unter Wirtshausgästen gegen Schwächere ging, ergriff er deren Partei und kassierte dabei – weil die Kleineren sich ganz gemein gegen ihn zusammenrotteten – von der aufgehetzten Übermacht oft genug gewaltige Prügel. Auch seine gebrochene Nase hatte der Ferdl sich bei einer solchen Streitschlichtung eingeheimst, was seinem Gesicht aber nicht schadete, im Gegenteil.

Mitten im Krieg war es dann passiert. Ferdl hatte es erwartet; ein Landkind zwar, aber nicht auf den Kopf gefallen, dazu neugierig, und vif genug, um mitzukriegen, was rund um ihn vorging. Und so verdiente er sich eines Tages auf der Kellerstiege neben Mutters Hausmeisterei seine erste Krone dafür, dass er sich hatte ablutschen lassen vom Wirt, während nebenan der Bettgeher Mladek schnarchte. Und weil es so einfach war, eine Krone zu verdienen und dabei selbst Lust zu empfinden, ließ er es wieder zu, sodass es bald zu einer Gewohnheit Ferdls wurde; einer Gewohnheit, die sich rasch auf weiterreichende Dienstleistungen ausdehnte – kurzum: Die schiefe Bahn war betreten und der Ferdl schlief von da an nicht mehr oft im eigenen Bett, was dem Eisengießer Mladek und Paula Nowak nicht ungelegen kommen konnte.

Dann kam die Nacht, in der dem Sohn der Hausbesorgerin aus der Corneliusgasse Max Meyer über den Weg lief. Max verfiel dem Ferdl auf der Stelle, und der erlag dem Zauber von Meyers Augen, die sich seiner so kühlen, distanzierten Haltung nicht unterordnen wollten, und von tiefer innerer Zügellosigkeit und Anfälligkeit für alle möglichen Lüste zu sprechen vermochten.

Aus dem gewerbsmäßig nüchternen Bande zwischen den beiden entwickelte sich – unterstützt wohl durch die Tatsache, dass Ferdls Mutter bei den Meyers Haushälterin geworden war – Max recht bald zu einer väterlichen Autorität, obwohl beim Körperlichen ihrer Beziehung der Ferdl dominierte. Max schleppte den Burschen ins Museum, wo er über Ferdls Vorliebe für Landschaftsbilder erstaunt war. Er zwang ihn zu lesen. Für Karl May schien ihm der Kerl bereits zu alt, aber den „Graf von Monte Christo“, die Musketier-Romane, die phantastischen Geschichten von Jules Verne und andere Abenteuer-Klassiker von Stevenson oder Jack London verschlang der Bursche sehr bald aus eigenem Antrieb; und neben anderen Detektivgeschichten natürlich auch den „Hund der Baskervilles“ und die übrigen Fälle von Sherlock Holmes; wodurch vielleicht hier schon die Richtung für des späteren Ferdinands Laufbahn gewiesen worden war.

Max Meyers Bemühen um den Ferdl war freilich keineswegs selbstlos, denn der kultivierte Mann, der diesem Strizzi total verfallen war, sehnte sich danach, den Burschen ins Theater, in die Oper und in Restaurants mitnehmen zu können, was in Ferdls anfänglichem Zustand nicht geraten schien, wollte Meyer seine Reputation in der Gesellschaft – auf die er auch berufsmäßig sehr angewiesen war – nicht gänzlich verspielen.

Soziale Akzeptanz einer Beziehung ist wichtig, aber die war in Meyers und der anderen Abartigen Fall ohnehin nicht zu kriegen, so blieb Max wenigstens das Vergnügen, den Artgenossen vorzuführen, wie glücklich er war. Ein wenig wie reiche alte Industrielle in ihren Logen in der Oper die Dekolletés ihrer jungen Erwerbungen präsentierten.

Um den geliebten Strizzi nicht zu verlieren, hatte Max sehr weise niemals Einschränkendes gefordert oder ungebetenen Rat gegeben. Max hatte gelitten vor Eifersucht, wenn Ferdl fortging zu anderen, und er war sich manchmal ausgenützt vorgekommen; Gedanken, die roter Wein jedoch stets rasch zu verscheuchen half. Niemals aber in den Monaten, in denen die Geschäftsbeziehung langsam, aber stetig zu einer freundschaftlichen Kumpanei wurde, hatte Max jemals Sorge gehabt, der Ferdl könnte an ihm versuchen, was andere seines Gewerbes so gut wie immer taten: erpressen. Und auch dem Ferdl wäre Derartiges niemals in den Sinn gekommen.

So hätte es problemlos weitergehen können, hätte Max Meyer nicht eines Tages etwas Heldenhaftes beschlossen. Besessen von der Idee, den wüsten Burschen von der Straße und seinem schändlichen Gewerbe wegzuholen, begriff Max, dass das nur möglich sein würde, wenn er selbst sein Verhältnis zu dem angebeteten Kerl von dort wegholen würde, wo es begonnen hatte. Und so schwer es ihm auch fiel, auf Ferdls raue Zärtlichkeiten zu verzichten, der Wunsch, dem geliebten Burschen eine bessere Zukunft zu sichern, war übermächtig.

Nachdem also aus dem kleinen Ferdi vom Land der Ferdl geworden war, der schon für kleine Summen sehr fachmännisch Anstand und Sittlichkeit vergessen konnte, war nun durch Maxens hartnäckig verzichtende Liebe aus dem heruntergekommenen Ferdl ein respektabler Ferdinand geworden, und er, Max, stolz in eine ziehväterliche Beziehung verstrickt, wie sie sonderbarer nicht hätte sein können. Und hätte Bundeskanzler Prälat Seipel – den Max nun endlich in der Hölle wusste – ein Musterbeispiel für eine „sanierte Seele“ gesucht, er hätte dem Kirchenmann ohne zu zögern und ganz ohne Zynismus seinen Ferdinand empfohlen.

Wie auch immer, all das war Jahre her, geblieben war die väterliche Seite der Affäre und Meyer würde immer noch alles für

Ferdinand tun, und für den gab es auch nichts, was er für Max nicht getan hätte, wenn es notwendig gewesen wäre. Sogar ins Bett wäre er wieder mit ihm gestiegen, wäre es nicht von Max eines Tages aus ihrer Beziehung ausgeschlossen worden, und zwar dauerhaft.

Anzügliche Bemerkungen gab es immer wieder, scherzhaft bekundete Wünsche, die in jene Bereiche führten, die sie anfangs miteinander verbunden hatten, aber es blieb alles immer ein Davon-Reden, ja, das schon, aber nichts weiter. Mit einer Ausnahme, einer selbstquälerischen Inszenierung in einer lauen Nacht im Mai, die jemanden anderen süchtig gemacht hatte.

5

Der nunmehrige Kaffeehaus-Detektiv Ferdinand Nowak trifft seinen nunmehrigen väterlichen Freund, den Redakteur Max Meyer.

Jetzt ging es Ferdinand gut. Belebt vom Cognac, den Kuhlmann in seiner Begeisterung gespendet hatte, und zuversichtlich gestimmt von der Anzahlung in der Tasche, dachte er daran, dass er nun seine, zuletzt recht angewachsenen Schulden bei Franz, dem Kellner, begleichen würde. Auch die Miete, die er Max Meyer seit Monaten schuldig war, konnte er nun zahlen, ja, er nahm sich sogar vor, eine ordentliche Vorauszahlung zu leisten, damit er das Problem mit dem Zins wenigstens eine Zeit lang los sein würde, obwohl es gar kein sonderlich großes Problem darstellte, denn Meyer war, was die Zahlungen seiner Untermieter anging, ein sehr geduldiger Quartiergeber.

Im Pilgramhof erschien Max Meyer – der Doktor der Philosophie, den es zum Journalismus verschlagen hatte – stets gegen eins. Franz hielt um diese Zeit für den Herrn Redakteur den letzten Fensterplatz gegenüber Ferdinands Tisch bei der Toilettentür bereit. Franz wusste auch, was er in der Küche zu bestellen hatte, wenn Meyer seinen Auftritt hatte.

Mittelgroß, schlank, das immer noch reichlich vorhandene, seitlich leicht angegraute Haar von der Stirne glatt nach hinten gekämmt, fiel Max Meyer zunächst durch die schmale Erscheinung auf, die auf ein sportloses Leben hinzudeuten schien. Unter seinem tadellosen Anzug – für den er auf modische Schulterpolster verzichtete – und dem Maßhemd – ein Luxus, den er sich gestattete, ohne es sich wirklich leisten zu können – war er jedoch eher drahtig zu nennen. Der zähe Eindruck, den auch noch die schwindenden Muskeln des Mittfünfzigers machten, war dem Tennis geschuldet, dem er in seiner Jugend vorübergehend hingegeben gewesen war. Dass er später ins Schwimmbecken wechselte, entsprach seinem melancholisch verzichtenden Voyeurismus, den er – wie vieles seiner Persönlichkeit – einer hysterischen Mutter verdankte und im Laufe seines Lebens zu geradezu pathologischer Perfektion entwickelt hatte.

Insgesamt verkörperte Max Meyer den Typus jener von existenziellen Sorgen freien, gesunden, aber dennoch schwermütigen Herren, wie sie das Fin de Siècle auf die Bühnen gebracht hat, wo sie seither am Leben zu leiden haben. Mit fortwährendem Erfolg beim Publikum, obwohl sich so mancher der Zuschauer doch sagen müsste: Dem seine Sorgen möcht ich haben.

Was Max Meyer unwiderstehlich machte, waren seine Augen: groß und dunkel, mit überlangen Wimpern vereinnahmten sie unverzüglich jeden, der ihm gegenübertrat. Und sobald er mit seinem samtigen Bariton zu sprechen begann, hatte er jeden in seinen Bann gezogen.

An der Eingangstür, einen Schritt aus dem Windfang getreten, sodass ein etwa Nachkommender an ihn angerannt wäre, hielt Max Meyer stets kurz inne, blickte in die beiden Trakte des Eckkaffeehauses wie ein Gymnasialprofessor, der eine Klasse betritt und innehaltend strengen Blickes Ruhe fordert: Links freute er sich dann bisweilen über den einen oder anderen Hintern, den ein zum Stoß ansetzender Billardspieler sehen ließ – selten genug, denn die meisten waren schlecht ernährt und die Hosen schlotterten; rechts an den Tischen prüfte er, ob Bekannte da waren. Fallweise begrüßte er sie, bevor er sich in seiner Fensterloge einrichtete.

Ferdinand wartete meist ab, bis Max sich auf dem durchgesessenen Polsterbänkchen niedergelassen und die Lesebrille aufgesetzt hatte, um die am Weg zum Tisch von einem anderen Gast eroberte Zeitung zu lesen. War Max endlich derart etabliert, ging Ferdinand hinüber und setzte sich zu ihm.

„Schon gelesen?", war stets die erste Frage, die Max stellte, und er meinte damit seine eigenen Beiträge im Blatt. Ferdinand nickte. „Brillant, wie immer. Unglaublich, was sich die Leute alles erlauben." Es ging um die Banken und wie sie dem Staat auf der Tasche lagen mit ihren Verlusten, vom Staat aber nichts wissen wollten, wenn sie Gewinne machten.

„Ich habe einen Fall", verkündete Ferdinand stolz. Max blickte ihn über die nur aus einem Halbrund bestehende Lesebrille an. „Großartig, gratuliere! Und zwar was?"

„Kuhlmann!"

„Um den Tod des kleinen Karl aufzuklären – ja?"

„Richtig! Fünfhundert Schilling Anzahlung hat er gegeben!"

„Allerhand! Da kannst du endlich deine Mietrückstände begleichen. Aber du weißt, was das Sicherheitsbureau sagt? Da gibt es nichts zu klären. Der Bursche hat Selbstmord begangen. Das gilt als erwiesen."

„Der Kuhlmann bezweifelt das", wandte Ferdinand ein und wurde sofort von Max mit erhobenem Zeigefinger korrigiert: „Kommerzialrat Kuhlmann, bitte schön! Vergiss das nie!"

Franz schlurfte heran und stellte Meyer das Tablett mit dem obligaten Wasserglas neben der Kaffeeschale auf den Tisch: „Bitte sehr, Herr Professor, der große Schwarze. Sonst noch Wünsche?", blickte er Ferdinand an, der wortlos Wunschlosigkeit vermittelte. Franz schlurfte von dannen.

„Mein Gott, Kuhlmann!" Meyer kannte Kuhlmann. Meyer kannte fast jeden, und war das einmal nicht der Fall, dann schwieg er, gab sich wissend und redete erst, wenn er Erkundigungen eingezogen hatte. Bei Kuhlmann erübrigte sich das, der Kommerzialrat war eine öffentliche Gestalt. Max nahm die Brille ab, lehnte sich gedankenverloren zurück und Ferdinand hörte nun, was von der Affäre, die gut ein halbes Jahr zurücklag, bekannt geworden war.

„Der alte Kuhlmann ist einer von den christlichsozialen Gewerbetreibenden, mit denen sich früher der Lueger zweckdienlich umgeben hat und die dann beiderseits nutzbringend um den Kunschak versammelt waren", malte Max – von Zeit zu Zeit aus dem Fenster blickend – ein lebendiges Bild von Ferdinands Auftraggeber. „Wenn Kuhlmann beim Ball der Kleidermacher auftaucht und eine Rede hält, dann kann sich das hören und sehen lassen. Eine stattliche Figur, immerhin; sehr elegant, vielleicht ein bisschen zu sehr, aber für einen Schneider nicht ungebildet. Wie er als Vater ist, weiß ich nicht; sehr einfühlsam kann ich ihn mir nicht vorstellen. Ein recht alter Vater übrigens, und gewiss keiner, dem man sich als Sohn gerne anvertrauen würde." Ging draußen vor dem Fenster jemand vorbei, den Meyer kannte, nickte er grüßend, sammelte sich kurz wieder und fuhr mit der Schilderung des bürgerlichen Familienvaters fort: „Dazu kommt, dass er geschieden ist. Der Junge musste sich seit acht Jahren mit einer Stiefmutter herumschlagen und dann ist da noch der jüngere Halbbruder, von dem es heißt, dass er nicht sehr gesund sein soll."

„Ein trautes bürgerliches Heim", grinste Ferdinand.

Max legte den Kopf kurz zur Seite und zog die Mundwinkel nach unten. „Kuhlmann war immer allen voran, wenn – noch unter Lueger – die Gewerbetreibenden gegen die Konsumgenossenschaften demonstriert haben. Obwohl der Konsum keine Konkurrenz für den Salon Charles Kuhlmann darstellte."

„Charles?"

„Jaja! Die übliche bürgerliche Schwäche fürs Französische. ‚Scharl' bei der Damenmode. ‚Tscharls' in der Herrenabteilung!"

„Im Ernst?"

„Im Ernst! Aus dem Salon auf der Mariahilferstraße ist jetzt das Modepalais Charles Kuhlmann geworden! Und im Keller, den er beschönigend Tiefparterre nennt, verkauft er Billigware an die Proleten. Übrigens, seine Verkäufer klagen über seine aufbrausende Art ... Sag, hat die Nell den Fisch besorgt?", brach Max unvermittelt aus seiner Erzählung aus. Ferdinand wusste vom Fisch nichts, aber sie hatte zweifellos. Die Nell war Meyers Haushälterin. Melanie Abandanell, der Name: ein Lied, sie selbst: eher prosaisch. Der Einfachheit halber wurde sie Frau Nell genannt; in ihrer Abwesenheit war sie einfach „die Nell".

Dieses „Hat die Nell den Fisch besorgt?" war Maxens Art, sich der Verantwortung des Erinnerns zu entledigen. Er halste sie einem anderen auf, und im Falle des Vergessens setzte es dann Vorwürfe: „Aber ich habe dir doch gesagt, dass ...!"

Max wechselte überhaupt oft sprunghaft das Thema, weil ihn plötzlich nicht mehr interessierte, worüber er gerade gesprochen hatte. Ferdinand fürchtete, dass dies hier der Fall war, aber er irrte. Die Sache schien Max durchaus in einem Maß zu beschäftigen, das über freundliche Auskünfte an Ferdinand hinausging. Tatsächlich konnte die Verworrenheit des Falles jeden Journalisten, der einigermaßen bei Trost war, nur fesseln.

Da gab es diesen Dr. Kort, den stadtbekannten Rechtsanwalt und dessen geheimnisvollen Mandanten, ferner einen angeblichen Erpressungsversuch von Karl Kuhlmann junior und die vom Vater behauptete Vertuschung eines Mordes durch die ermittelnde Behörde.

„Eine sehr sonderbare Sache. Völlig in Schwebe. Kann so sein oder auch ganz anders. Und unsere ‚beste Polizei der Welt' hat sich nicht gerade mit Ruhm bedeckt. Ich beneide dich nicht." Das klang, als hätte Max nun doch genug von der Angelegenheit.

„Ich frage mich, ob es ähnliche Fälle gegeben hat", versuchte Ferdinand das Thema zu erhalten.

„Wahrscheinlich", meinte Max beiläufig und schlürfte an seinem Schwarzen. „Sich in eine bessere Welt zu expedieren ist heutzutage sehr in Mode. Für die Schüler ist gerade keine kritische Zeit; die verabschieden sich, wenn es ein Zeugnis mit schlechten Noten gibt. Manche werden auch von ihren Lehrern terrorisiert. Meist vom Katecheten." Max hatte gegen alles

Klerikale eine ideologisch bedingte Abneigung, die freilich objektiver Ursachen nicht entbehrte. „Der junge Kuhlmann war Schneiderlehrling. Soviel ich weiß, hatte er ein lukratives Nebengeschäft. Der Bursche war alles andere als ein Unschuldsengel. Der Löwy von der Buchhandlung hat ihn vom Sehen gekannt; er war ja vis-à-vis beim Beranek in der Lehre. Er soll recht appetitlich ausgesehen haben, der kleine Karl. Da findet sich bald ein großzügiger Verehrer." Ferdinand war erstaunt, wie gut Max informiert war. „Jedenfalls war er keiner von denen, die Geld für irgendwelche Besorgungen bekommen, es unterschlagen und sich dann aus Angst vor den Folgen vor die Stadtbahn werfen oder aus dem Fenster springen. Die findest du erst bei den Abgängigen, ein paar Tage später sind sie dann unter den Lebensmüden aufgelistet; du kennst das ja." Ferdinand nickte, und Max ergänzte: „Kuhlmann junior ist übrigens sehr malerisch drapiert in der Römischen Ruine im Schönbrunner Schlosspark wieder aufgetaucht. Willst du das Archivmaterial dazu haben?"

„Ginge das?", blickte Ferdinand Max fragend an; er wusste, dass die Frage ein Angebot war, er wusste aber auch, dass der Herr Redakteur gebeten werden wollte.

„Natürlich geht das; es wäre ja nicht das erste Mal. Mit dem ‚Lehmann' alleine wirst du da nicht weiterkommen, oder?"

„Wann?", fuhr Ferdinand mit dem Ritual fort und bekam die ebenfalls rituelle Antwort: „Frag nicht so blöd! Jetzt gleich, wann denn sonst?" Max Meyer stand auf, ließ den Kellner wissen, dass er wiederkommen würde, und verließ in verhaltener Eile das Kaffeehaus, schritt um die nächste Ecke und ins „Vorwärts"-Verlagshaus, in dem um diese Zeit bereits Hochbetrieb herrschte.

Vom Portier freundlich begrüßt, steuerte Meyer zielstrebig das Archiv an, ließ – wie vordem im Kaffeehaus – in der Tür den Blick schweifen, um Frau Käthe Schuldt zu suchen, an die er sich ausnahmslos wandte, wenn es galt, für ihn etwas aus dem Halbbewusstsein des Archivs heraufzubefördern ins Licht der Aktualität.

Wie den anderen beiden Damen, die das Archiv betreuten, sah man auch Frau Käthe von Weitem an, dass die Vergangenheit mit ihren Ablagerungen ihr Lebensraum war: immer ein bestaubtes Gewand und dazu jener nach innen gekehrte Blick, mit dem auch Kellner und Verkäuferinnen sich Kundschaft vom Leibe hielten und der bei Frau Käthe überdies von dem tiefen Wissen kündete, über das sie und ihre beiden Kolleginnen geboten.

„Die Nornen" nannte Meyer sie, denn es waren nicht nur die Redakteure schicksalhaft in deren Hände gegeben, wenn sie der Dienste der drei Damen bedurften. Ausschlaggebender für Meyers Benennung war, dass die drei Damen in ihrem vom zarten Mandelduft des Klebestoffs durchwehtem Reich auch bestimmten, was – ausgeschnitten und mit Pelikanol auf Makulatur geklebt – fortan erinnert werden sollte, und was verdiente, in den Papierkorb zu wandern, um so ewigem Vergessen anheimzufallen. Geschichte geschieht nicht, war Meyer besorgt überzeugt, Geschichte wird von den Archivaren gemacht.

Sobald Frau Käthe den Dr. Meyer erblickt hatte, kam sie nach vorne an die Budel, die Besucher und Mobiliar – zu dem sich Frau Käthe mit stolzer Ironie zählte – ordnend trennte.

„Kuhlmann, bitte! Und die Abgängigen." Mit einem freundlichen Lächeln brachte Dr. Meyer seinen Wunsch kurz und präzise vor, wofür sie ihm dankbar war. Sie hasste unbeholfen unpräzise Suchangaben, und Ansätze zu ausschweifenden Unterhaltungen, die den Betrieb störten, schnitt sie meist schroff ab. Sie galt deshalb bei den meisten Leuten im Haus als mürrisch und unzugänglich; Meyer hatte nie Schwierigkeiten mit ihr. Er liebte es, die Kollegen damit zu ärgern, dass er sie „meinen Engel im Archiv" nannte. Er war ein Herr der alten Schule, noch vor dem Umsturz kultiviert, wie auch sie selbst. Sie schätzte ihn über die Maßen und tolerierte auch, dass er häufig vergaß, Material zeitgerecht zurückzubringen.

Ebenfalls mit der Andeutung eines Lächelns entschwand Frau Käthe nun zwischen den raumhohen Regalen in die Tiefe der papierenen Erinnerungen, während Meyer sich bange fragte, ob der Tod des Karl Kuhlmann junior von den Nornen für würdig erachtet worden war, geschichtsbildend aufbewahrt zu werden.

Er war. Nach kaum einer Minute erschien Frau Käthe wieder an der Budel und legte zwei der Tausenden braunen Pappmappen vor Meyer hin: „Kuhlmann, Karl etc." sowie „Abgängige und Vermisste" und daneben ein Blatt, auf dem in drei Kolonnen Zeitpunkt der Abholung und der Rückstellung sowie der Name des Beziehers aufgelistet waren. An dessen rechtem Rand quittierte Meyer mit seiner Unterschrift die Übernahme der Sammlungen. Zum Abschied gab es noch ein Lächeln, das sich auf Frau Käthes Gesicht spiegelte, dann war er weg, der Charmeur der alten Schule. Sie aber ahnte, dass es hoffnungslos war, sich Hoffnungen zu machen, was sie aber nicht daran hinderte, es dennoch zu tun.

Beim Portier griff sich Meyer eine der Zeitungen, die dort auslagen, steckte die Pappmappen, die korrekterweise das Haus nicht verlassen durften, in die gefaltete Zeitung und kehrte um die Ecke ins Pilgramhof zurück. An seinem Stammplatz angelangt, legte er die Zeitung mit der Beute aus dem Reich der Nornen auf den Tisch. Ferdinand warf einen Blick darauf, hob die Sammlung Kuhlmann hoch und betrachtete mit einem fragenden Blick auf Max die zweite Mappe: „Was ist das?"

„Da sind die Abgängigen", gab Max knapp Auskunft und widmete sich seinem inzwischen kalten Kaffee.

„Wieso die Abgängigen?", wollte Ferdinand wissen. „Kuhlmann junior war doch nicht abgängig!"

„Doch", korrigierte Max. „Das war auch recht tragisch. Die Meldung, dass er abgängig und eine sehr hohe Belohnung ausgesetzt war, ist am Montag in den Mittags- und Abendblättern erschienen. Wie zum Hohn, denn zu dem Zeitpunkt hatte man ihn schon tot gefunden." Beide schwiegen kurz; Ferdinand nahm die Unterhaltung wieder auf:

„Kannst du mir erklären, was der Unterschied zwischen ‚abgängig' und ‚vermisst' ist?" Max zuckte mit den Achseln. „Abgängig, nehme ich an, ist jemand, der vor Kurzem verschwunden ist. Und wird er nicht gefunden, dann ist er wohl vermisst. Abgängig ist Amtssprache. Bei vermisst sind schmerzliche Empfindungen im Spiel. Und irgendwann gilt ein Verschwundener dann als verschollen. Wenn du die Fristen für eine Todeserklärung eines Verschollenen wissen willst, bin ich allerdings überfragt."

„Und was kannst du mir sagen?", versuchte Ferdinand seine Quelle am Sprudeln zu halten.

„Dieser Doktor Kort ist hauptsächlich ein Anwalt der Unterwelt. Er wird auch gerne von ‚diesen Kreisen' in Anspruch genommen, die mit dem ‚Hundertneunundzwanziger' Probleme haben. Er ist recht dreist, kaum einer überbietet seine Auftritte vor Gericht. Aber er ist vorsichtig. Er kennt seine, sagen wir, labile Position im Rechtsgeschäft. Auf unsichere Sachen lässt sich Kort nicht ein. Aber wie es ausschaut, so hat er in diesem Fall bei der Polizei sehr einflussreiche Komplizen, die mauern. Warum, ist schwer zu sagen."

Das hatte Ferdinand auch schon von seinem Auftraggeber Kuhlmann gehört. „Ich weiß", plauderte Max weiter, „man sollte im Zusammenhang mit Rechtsanwälten nur von Kollegen und nicht von Komplizen reden, hier aber dürfte es so sein. Daher gilt wohl auch: Wären irgendwelche Beweise für Verbindungen von Dr. Korts Mandanten zum Tod des kleinen Kuhlmann vorhanden gewesen, so waren sie wohl schon längst dauerhaft beseitigt, bevor noch die Leiche gefunden wurde."

„Und der zweite Brief?", warf Ferdinand ein.

„Ja, da wird der Herr Doktor überrascht gewesen sein", lachte Max. „Unangenehm, nichts weiter. Es wird trotzdem nicht viel dabei herauskommen. Kort leugnet ja nicht, für seinen Mandanten die drei jugendlichen Erpresser ‚darüber aufgeklärt' zu haben, dass im Falle einer Anzeige nicht nur der, sondern auch sie selbst vor dem Richter landen würden. Und dann geht der dumme Bub halt hin und erschießt sich."

„Aus schlechtem Gewissen?"

„Ich habe keine Ahnung. Hebephrenie vielleicht ..." Den ratlosen Blick Ferdinands aufnehmend fuhr Max erläuternd fort: „Ja, Jugendirresein, auch als ‚Läppische Verblödung' bekannt. Vielleicht auch juveniler Weltschmerz, was weiß ich. Lies die Romantiker! Jedenfalls sind die Behauptungen des alten Kuhlmann, dass Kort und sein Mandant seinen Sohn in den Selbstmord getrieben haben, ziemlich absurd, meinst du nicht auch? Weshalb sollten die beiden den Burschen überreden, sich zu erschießen. Was hätten sie denn davon? Ein ausreichend eingeschüchterter kleiner Karl, der gegen die üblichen Geschenke weiterhin zur Verfügung steht, das ist doch was. Warum ihn also umbringen?"

„Satanische Spiele?", bot Ferdinand als Möglichkeit an und brachte Max damit auf ein anderes Thema. „Apropos, morgen wird geputzt, stell dich drauf ein. Die Badura kommt um sieben." Die Badura war die Hausmeisterin; sie kam fallweise, um die Nell beim „Gründlichmachen" zu unterstützen. Ferdinand stöhnte. „Wie soll ich da arbeiten?"

„Um sieben hab ich dich noch nie arbeiten gesehen", ätzte Max. „Außerdem, wenn ich dir einen unmoralischen Rat geben darf: Beeil dich nicht mit den Ermittlungen. Der Kuhlmann hat viel Geld, und wenn du dich nicht ganz blöd anstellst, wird er dir davon lange und reichlich geben."

Ferdinand hörte das gern und strahlte. „Ich werde ihn nicht enttäuschen", nahm er sich stolz vor, doch Max holte ihn gleich wieder auf den Boden der Tatsachen. „Weniger, weil er wirklich hofft, dass etwas herauskommt bei deinen Untersuchungen, denke ich. Mehr aus schlechtem Gewissen. Weil er sich um seinen Sohn nicht besser gekümmert hat. Dein Honorar ist so eine Art Obolus, wie sie der Fährmann in der Unterwelt bekommt. In der griechischen Mythologie. Und bei uns die Pompfüneberer."

Der Vergleich entzückte Ferdinand nicht, aber diese und ähnliche Bemerkungen waren eben der Preis dafür, einen klassisch gebildeten väterlichen Freund zu haben. Und nun war auch klar, dass Max das Thema endgültig aufgeben hatte.

Ferdinand erhob sich, es gab zu tun; die Gaben der Nornen waren überreichlich ausgefallen. Im Kaffeehaus in den entführten Mappen zu blättern, hätte leicht Schwierigkeiten bereiten können, falls einer von den anderen Redakteuren, die das Café frequentierten, es bemerkt hätte. Ferdinand verabschiedete sich.

„Das Material muss morgen wieder zurück“, mahnte Meyer, „und komplett, wenn ich bitten darf!“

„Was denn sonst. Und ich bin dir was schuldig“, lächelte Ferdinand. „Wenn ich etwas für dich tun kann …“

„Da wüsste ich schon etwas“, gab Max ebenfalls, aber ironisch lächelnd zurück, räkelte sich an seinem Fensterplatz zurecht und begann, nachdem er seine Brille wieder aufgesetzt hatte, die „Neue Freie Presse“ zu lesen.

Ferdinand, das Archivmaterial in der „Azett“ – wie die „Arbeiter-Zeitung“ kurz hieß – unter dem Arm, bezahlte bei Franz seine Schulden, verließ das Kaffeehaus, schritt über die Pilgrambrücke in den Sechsten hinüber, den Wienfluss entlang ein Stück stadtwärts zu Meyers Haus, wo im dritten Stock die Wohnung lag, in der er selbst als Maxens Untermieter lebte.

6

Die kleinen Leiden eines „roten“ Hausherrn an der Mietgesetzgebung und die großen an sich selbst.

Häuser der Gründerjahre gaben gerne vor, etwas zu sein, was sie nicht waren. Unter protzig aufgedonnerten Fassaden betrat man zwischen in Serie gefertigten Atlanten oder Karyatiden oft genug ein ordinäres Zinshaus, in dem Wasser und Toiletten nur am Gang zu finden waren, und wo sich in Zimmer, Küche, Kabinett bis zu zehn Personen drängten. Die Wohlhabenheit der Fassade kaschierte die Armut dahinter und vermittelte denen draußen, dass im Staate alles in Ordnung war.

Max Meyers Haus war nicht in solcher Verlegenheit, denn seine Wohnungen – ursprünglich eine einzige in jedem Stockwerk – waren nicht für den Pöbel gedacht gewesen, aber selbstverständlich war sich auch ein gutbürgerliches Zinshaus an der Wienzeile einiges an Prunk schuldig, und so zierte den Bau an seiner Ecke ein vom Hochparterre bis in den dritten Stock rund ausragender Erker, zu dessen Seiten sich seichte Balkone wie Klettersteige vor den Fenstern auch noch der benachbarten Zimmer hinzogen.

Die Wohnung der Meyers war lange Zeit jene in der Beletage gewesen, jenem dem Hausherrn einzig angemessenen Stockwerk, das allerdings den Nachteil hatte, dass Abgase und Lärm der zunehmend stärker befahrenen Ausfallstraße zum kaiserlichen Schloss hin und nach Westen hinaus sehr störend sich bemerkbar machten. Max hatte deshalb unmittelbar nach dem Krieg mit einer Offizierswitwe im dritten Stock getauscht, die nun das Piano nobile mit einer Fremdenpension entehrte, während Max zwei Stockwerke weiter himmelwärts weniger laut und mit etwas besser durchwehter Luft lebte.

Der Aufzug, edelhölzern, mit geschliffenen Kristallglasscheiben und obligat in einem „besseren" Haus, war seit jenem Jahr, in dem auch Franz Joseph gegangen war, stillgelegt, ohne dass da irgendein Zusammenhang bestanden hätte. Der Betrieb war einfach zu teuer geworden, und außerdem standen Reparaturen an, die der Hausherr zu bezahlen hatte, was Max aber ablehnte: „Stiegensteigen hält jung", sagte er, und die Mieter hatten sich zu fügen.

Im Zuge dieser Umquartierung der Meyers war die großzügig angelegte Wohnung geteilt worden, und Vater und Sohn Meyer – die Mutter war achtzehn ein Opfer der spanischen Grippe geworden und tot – behielten den vorderen Bereich mit seinen schmalen Balkonen und dem großen Ecksalon, von dem der Blick auf den zwischen steilen Mauern kümmerlich dahinplätscherten Wienfluss ging und weiter südlich auf den „Vorwärts", wo Max arbeitete.

Das ehemalige Speisezimmer hatte Max, ohne die Einrichtung auszutauschen, zu seinem Arbeitszimmer gemacht; der Speisetisch war – ausgezogen – zu einem gewaltigen Schreibtisch mutiert, auf dem sich Bücher, Manuskripte, Zeitungen und

Zeitschriften stapelten. Die Kredenz, ihrer ursprünglichen Bestimmung entfremdet, beherbergte die von Max am häufigsten benutzen Bücher, der Rest seiner Bibliothek stand im ehemaligen „Herrenzimmer“, wo in besseren Tagen Vater Meyer seine Coupons geschnitten hatte und vierundzwanzig über den Berichten vom Zusammenbruch der Franc-Spekulation verstorben war.

An das zum Arbeitszimmer zweckentfremdete Speisezimmer schloss ein Kabinett an, das Max als Schlafzimmer diente. Beide Räume blickten auf die Seitengasse; zur Wienzeile hinaus lag neben dem Salon mit seinem halbrunden Erker auch das erwähnte ‚Herrenzimmer‘, in dem nun Ferdinand untergebracht war.

Mit seinen schweren, dunklen Bücherschränken, dem prachtvoll massiven Schreibtisch, auf dem eine bronzene Schreibgarnitur mit der Bedeutung seines Benutzers prahlte, war der Raum, der sich mit einer Flügeltür zum Ecksalon hin öffnete, einst gutbürgerliche Dekoration für Vater Meyer gewesen. Nun aber machte das hineingestellte Bett an Einquartierung denken, und alles im Raum ließ erkennen, dass zwischen seinem jetzigen Bewohner und den Büchern hinter den geschliffenen Scheiben der Schränke keine sehr intensive Beziehung bestand. Außer zum Schlafen hielt sich Ferdinand nicht in dem düsteren Raum auf, an dem nur der Ausblick erfreute. Denn auf den schmalen Balkonen, die sich, kaum nutzbar, vom Erker zu beiden Seiten hin erstreckten, zog Ferdinand in einer Schar von Töpfen kleine Bäumchen und Blumen, sodass sein Blick aus dem Fenster einen grünenden und blühenden Vordergrund hatte, der die Traurigkeit der gegenüberliegenden Häuser an der Rechten Wienzeile milderte, die sich mit der Pracht der Linken niemals hatten vergleichen können. Und für die Nell gab es Töpfchen mit Schnittlauch und Petersilie, wofür sie den Ferdinand liebte.

Das Kabinett neben Ferdinands Quartier – für Dienstboten gedacht und daher nur durch die Küche zu erreichen – war bis in den Frühling dieses Jahres von einem trockenen Handelsvertreter bewohnt gewesen, den die Nell kleiner Diebstähle in der Küche verdächtigte und der, nachdem die Polizei sich nach ihm erkundigt hatte, von Meyer kurzerhand an die Luft befördert worden war.

Danach war das Dienstbotenzimmer eine Weile leer gestanden, bis schließlich Béla York eingezogen war, ein junger Mann, der älter war, als er aussah, Verführungswünsche weckte, im Theater an der Wien vielfältig beschäftigt war und in Wirklichkeit nicht York hieß, sondern Tschinder. Er nannte sich aber so, weil York für ihn etwas von „Neuer Welt" hatte und ihm als Künstlername für eine spätere Karriere als Sänger oder Schauspieler geeignet schien.

So etwas wie ein Anrecht auf dieses Quartier hatte sich Béla in einer lauen Nacht im Mai auf recht eigenartige Weise erarbeitet, und er avancierte nach seinem Einzug rasch zum Liebling der Nell, denn der Bursche vom Theater, bei dem sie es am allerwenigsten vermutet hatte, hielt in seiner Behausung eine Ordnung, wie sie weder die Nell noch die Badura von einem anderen Raum in der Wohnung kannten. Für Béla war das selbstverständlich, denn in einer engen Garderobe an übellaunigen Provinztenören rasche Kostümwechsel zu bewerkstelligen, erforderte eine nachgerade militärische Ordnung, und am Schminktisch die Organisiertheit eines Operationssaales.

Da das Speisezimmer von Max okkupiert war, wurde in der Küche gegessen; waren wirklich wichtige Gäste da, was selten geschah, wurde der Tisch im riesigen Vorzimmer, auf den gewöhnlich die Mäntel geworfen wurden – eine Kleiderablage gab es nicht –, abgeräumt und gedeckt; aus Maxens Arbeitshöhle kamen von Zeitungs- und Bücherstapeln befreite Sessel. Max hasste diese Eingriffe in seine sehr individuelle Ordnung, weswegen es im Falle unerlässlicher Bewirtungen weniger bedeutender Besucher fast immer nur Sandwiches gab, die im Salon serviert werden konnten. Überdies kamen belegte Brote durch das Geschick der Nell, aus Nichts etwas Ansprechendes herzustellen, sehr billig. Denn die Nell kümmerte sich um den Haushalt mit herausragender Umsicht und mit einer ökonomischen Verantwortung, als wäre das Geld, das Meyer zur Verfügung stellte, ihr eigenes.

Das Prunkstück der Küche – die sie konsequent „meine" nannte – war der Eiskasten, der gelb auf vier Beinen dastand und in dem hinten ein Gasflämmchen brannte, das auf unergründlich wundersame Weise den Innenraum kühlte. Weniger der Kälte bedürftige Lebensmittel fanden in einer kleinen Speisekammer Platz, die während des Krieges durchschnittlich sechs Hühner beherbergt hatte, deren Eier am Schwarzmarkt gut absetzbar gewesen waren. Nach dem Ausbruch des Friedens, wie Max das nannte, musste die Kammer tagelang mit den schärfsten Putzmitteln gesäubert und frisch ausgemalt werden, bevor sie wieder zur Haltung toter Lebensmittel brauchbar war.

Hinter der Küche lag das Badezimmer. Max, der öffentliche Badeanstalten mied, leistete sich den ungeheuren Luxus eines Durchlauferhitzers, der eine Monat für Monat wachsende Gasrechnung verursachte. „Mein einziges Vergnügen", sagte Max, und damit hatte er letztlich nicht ganz, aber doch ziemlich unrecht.

Die Untermieter Ferdinand und Béla waren im Hinblick auf die Gasrechnung von der Benützung der Badewanne ausgeschlossen und frequentierten das nur eine Straße weiter gelegene städtische Tröpferlbad, von wo Béla immer in eine Duftwolke von frischer Lavendelseife gehüllt nach Hause kam.

Max Meyer, aus sogenanntem „guten Hause", war – nachdem hurrapatriotische Kriegsanleihen das elterliche Vermögen bis auf das Zinshaus in der Wienzeile aufgezehrt hatten – keineswegs auf Rosen gebettet. Aber mit seinem Gehalt von der Zeitung, gelegentlichen Übersetzungen und – wovon niemand wusste – unsittlichen Romanen für den dafür verrufenen Kleinverlag des Buchhändlers Löwy, hielt er sich finanziell einigermaßen über Wasser. Und war es einmal besonders knapp, dann wanderte der Schmuck der Frau Mama, den in Nahrung umzuwandeln sie sich während der Hungerjahre des Krieges stets geweigert hatte, vorübergehend ins Dorotheum, bis abseits des Gehalts auch die Honorare endlich gezahlt wurden.

Aus dem sicheren Elternhaus war Max – wohl aus Trotz gegen die bieder behagliche Wohlhabenheit der Eltern – früh zur Bewegung gestoßen und so hatte er nun als Hausherr mit den Entbehrungen zu leben, die seine Genossen den Hausbesitzern gnadenlos aufbürdeten. War in den goldenen Zeiten vor dem

Umsturz das Haus eine solide Basis gewesen, um davon zu leben, musste Meyer – als Hausherr zähneknirschend, als Genosse aber stolz – die roten Regelungen für den Zins umsetzen, die nicht dazu gedacht waren, Hausbesitzer zu erfreuen.

Max Meyer war jedoch froh, dass wenigstens das Haus übrig geblieben war, auch wenn es nun nicht mehr viel einbrachte; nichts im Grunde, weswegen es auch etwas desolat dastand. Selbst für die notwendigen Reparaturen aufzukommen, lehnte Max nicht nur ab, er hätte es auch nicht können, denn nach den Kriegsanleihen und der Franc-Spekulation des senil kaisertreuen Vaters war ihm kein anderes Vermögen geblieben als eben dies einstmals stattliche, nun aber langsam verkommende Eckhaus.

Als Ausweg blieben Untermieter. Das war geradezu natürlich in einer Wohnung, die viel zu groß war, seit des Vaters Tod. Bei den Hungermieten mussten sich selbst Hausherren einschränken und ihre drei Zimmer und zwei Kabinette mit Untermietern teilen.

Meyer hatte auch früher schon Untermieter gehabt, unmittelbar nach dem Untergang, als die Bezirksarbeiterräte die Wohnungen kontrollierten und manch eine als viel zu groß befanden für die dort lebenden ein oder zwei Personen bürgerlichen Standes; dann wurde eingewiesen, oder, wo möglich, sogar abgeteilt. Unerfreulich – vermeidbar aber dadurch, dass man die Wohnung voll hielt.

Deshalb hatte Max immer für „Gedränge in der Wohnung“ gesorgt – wie er das nannte – und war so stets von Einweisungen unerwünschter Personen verschont geblieben. Dass er ausschließlich Burschen einquartiert hatte, rechtfertigte er mit dem Vorhandensein nur eines Klosetts und nur eines Bades, dessen gemeinschaftliche Benutzung Damen als unschicklich doch nicht zugemutet werden könnte. Als wäre Schicklichkeit in der Not nach dem Krieg irgendjemandem ein großes Anliegen gewesen.

Gleich nach dem Untergang war es auch für die Meyers selbstverständlich gewesen, „Bettgeher“ aufzunehmen; Fremde, die gegen geringes Entgelt in der Küche oder im Vorzimmer auf Klappbetten schliefen und früh morgens zu verschwinden hatten.

Von Meyers gegenwärtigen Untermietern Ferdinand und Béla meinten spitze Zungen im Hause, dass sie wohl eher der Sorte Bettgeher zuzuzählen waren. Aber letztlich ging, was Hausherren taten, die Hausparteien auch in der Republik nichts an, und überdies war die Hausgemeinschaft geprägt vom friedlichen Zusammenleben eines Haufens verschiedenartig Gestrandeter. Professor Aberwicz, der Nachbar, ein leidenschaftlicher Tarockierer, nannte die drei nach den drei Karten Pagat, Mond und Gstieß „die Trull"; und sie waren tatsächlich ein sehr eindrucksvolles Trio, wenn sie sich an Sonntagen bisweilen in den Prater begaben, zu Stelzen und Budweiser Bier ins Schweizerhaus.

Ferdinand und Béla, der dann gewöhnlich zur Nachmittagsvorstellung ins Theater musste, machten sich nach dem Essen bald auf den Heimweg, Max dagegen schlenderte meist noch eine Weile durch die Hauptallee. Auf Abwegen, wie die anderen beiden Teile der Trull vermuteten.

Aber sie irrten, denn Max Meyer entsprach auch inwendig jenen gebrochenen Helden der Bühne, die er äußerlich so sehr repräsentierte. Seiner Umgebung gegenüber stets distanziert, hielt er sich mit der ihm zur zweiten Natur gewordenen Ironie auch geistig vom Leib, was ihm nicht nahegehen sollte. Auch hatte Max eine Art, stets nur zurückhaltend codiert über jene Dinge zu sprechen, für die Ferdinand über sehr einfache, allgemein verständliche Ausdrücke verfügte.

Max Meyers ganz zweifelsfrei gebrochenes Verhältnis zu seiner Umwelt zeigte sich auch darin, dass er die Natur offenbar nur in der Wiedergabe durch die Kunst zu lieben imstande war. An der Augenweide, die ein Marktstand mit seinen ausgelegten Früchten bot, konnte Max achtlos vorübergehen, über einem Apfel oder einer Birne auf einem Stillleben aber in helles Entzücken ausbrechen. Und gleichermaßen begeisterte er sich auch in erotischen Belangen vorzugsweise an schriftlich oder bildhaft eingefangenem Geschehen. Was Leopold, der Zahlkellner im „Weißen Rössl" so gar nicht zu können meinte, war Meyers Seligkeit: Zuaschaun!

Weil aber die nur sehr zögerlich in den unsittlichen Markt drängenden und daher sündteuren Schmalfilme für Max Meyer schlicht unerschwinglich waren, beschränkte er sich bei seiner Sammlung auf Texte und unbewegte Bildwerke sowohl photographischer wie auch künstlerischer Natur.

Er war Voyeur – der Not gehorchend, nicht dem eignen Triebe. Denn tatsächlich war dieses Sich-Beschränken dem Leiden an sich selbst geschuldet, dem aus seinem Altern erwachsenden Gefühl, körperlich eine Zumutung zu sein für andere und deshalb nicht mehr mithalten zu können. Denkbar wäre aber auch, dass er auf eigenes Tun verzichtete, nachdem er gehabt hatte, was nicht zu übertreffen war: das einmalig makellose Glück, das er mit Ferdinand erlebt hatte, und das nun in der Erinnerung konserviert wurde.

Auf der Suche nach der verlorenen – im Falle von Max eher der verweigerten – Lust hatte es dann aber doch ein Vorkommnis gegeben, das – bedenkt man Max Meyers übliche Zurückhaltung – tatsächlich nur Exzess genannt zu werden verdient.

Eines Abends im Mai, etwa in jenen verfrüht sommerlich heißen Tagen, da Charly Kuhlmann so traurig zu Tode gekommen war, hatte Max aus einem Lokal ein blondes Bürschchen mitgebracht; einen, von dem er wusste, dass er Ferdinand gefallen würde. Er hatte ihm den Burschen fast komisch formell vorgestellt, und – nachdem sie eine Weile ordentlich gezecht hatten – war Ferdinand, der wusste, was Max erwartete, über den mehr als willigen Gast hergefallen.

Max war völlig bekleidet und regungslos in seinem Hoffmann-Fauteuil, dem strengen „Kubus", gesessen, sein Glas Rotwein in der Hand, und hatte zugeschaut, einem unbeteiligten Analytiker ähnlich, als wären die beiden seine Patienten.

Zu sehen, wie der Körper, der ihn oftmals niedergerungen hatte, jemand anderem lustspendend zusetzte, das hatte selbstverständlich etwas Masochistisches; und als die Sache zu ihrem natürlichen Ende gekommen war, hatte Max sich wortlos erhoben und sich zurückgezogen, ohne Applaus zu spenden, denn derlei ließ sein Respekt für die Intimität der beiden Erschöpften auf dem Sofa nicht zu. Der verquere Mann ging schweigend in sein Schlafzimmer, jedoch nicht um den geschauten Höhepunkten einen eigenen hinzuzufügen, sondern um zu weinen, wovon aber niemand wusste.

So war Béla erstmals in den Genuss von Ferdinand gekommen, und danach sehnte er sich seither zurück – freilich erfolglos. Auch als er wenig später ins Dienstbotenzimmer hinter der Küche eingezogen war und Gelegenheit sich jederzeit geboten hätte, blieb Ferdinand auf freundlicher Distanz. Nicht, dass es ihm peinlich gewesen wäre, mit Béla nun auf alltäglicher Basis verkehren zu müssen, nachdem er ihn der Schaulust Meyers zuliebe alles andere als widerwillig genommen hatte. Er mochte den Burschen und verstand sich gut mit ihm. Von Gefühlen aber, wie sie Béla seither plagten, war Ferdinand frei, obwohl er damals auf dem Sofa im Wohnzimmer doch auch gespürt hatte, dass da ein Gleichklang war in ihrem Tun, der sich nicht allemal einstellte, wenn zwei flüchtig aneinandergerieten.

7

Der Kaffeehaus-Detektiv Nowak vertieft sich in seinen Fall, ohne neue Erkenntnisse zu gewinnen.

Ging es Max Meyer finanziell schon nicht rosig, so war Ferdinand mit seiner „Detektiverei“ noch schlechter dran. Ohne Möglichkeit, initiativ zu werden, musste er darauf warten, dass ein Gatte die Gattin, eine Ehefrau den Herrn Gemahl überwacht wünschte oder ein Geschäftsmann Informationen über einen Bewerber für eine verantwortungsvolle Position benötigte. Das war dieser Tage eine recht sinnvolle Investition, denn niemals zuvor hatte es so viele Geldboten und Bürodiener gegeben, die mit der Barschaft der Firma nicht zur Bank, sondern ins Blaue fuhren. Kurzum, Ferdinand hatte zwar zu tun, aber beileibe nicht so regelmäßig, wie die Miete zu begleichen war.

Eine Zeit lang hatte er als Detektiv in einem Warenhaus gearbeitet, fest angestellt – zu einem Hungerlohn natürlich – und mit fixen Dienstzeiten im Trockenen und Warmen. Aber genau das war es, was er nicht aushielt. Die Ungebundenheit seiner „wilden Jahre" ging ihm ab, und er verkümmerte so sehr, dass Max ihn nach anfänglichem Widerstand nicht länger davon abhielt, den sicheren Posten aufzugeben und sich auf das Abenteuer selbstständiger Schnüffelei einzulassen.

Der Erste, der seine Dienste in Anspruch genommen hatte, war der Cafétier des Pilgramhof gewesen, der seine beiden Kellner kontrolliert wissen wollte, und später dann, als ihm aus der Wohnung über dem Café Schmuck gestohlen worden war; den hatte Ferdinand wieder beschafft. Seither sparte der Cafétier gegenüber den Gästen nicht mit Lob für Ferdinand, und so wandten sich bald andere mit ihren Sorgen an ihn. Auch Max schickte Ferdinand aus; er wurde Zuträger für den Redakteur, mischte sich unter Chauffeure, Marktfieranten und Agioteure und oft verfolgte er tagelang Personen, die Meyer ins journalistische Visier genommen hatte, was dann gegen die Miete aufgerechnet wurde.

Außerordentlich erfolgsverwöhnt war er nicht, der Ferdinand, aber auch kleine Arbeiten brachten etwas ein, und mit seiner von den Umständen der Zeit diktierten Anspruchslosigkeit konnte er überleben, nicht zuletzt, weil er bei Meyer wohnte und Miete nur zahlte, wenn es ging. Bei seinen Konsumationen im Kaffeehaus streckte er sich nach der finanziellen Decke, außerdem war der Kellner seit der Wiederbeschaffung der Preziosen der Gattin des Chefs dazu angehalten, dem Kaffeehaus-Detektiv unbegrenzt zu kreditieren.

Dass Ferdinand Kaffeehaus-Detektiv war, lag übrigens nicht zuletzt an den beiden Bänden „Lehmann", deren private Anschaffung erhebliche Kosten verursacht hätte, die jedoch – wie in jedem ordentlichen Kaffeehaus – auch im Pilgramhof zur Verfügung standen.

In der Wohnung angekommen, machte sich Ferdinand daran, die Meldungen zum Tod des Karl Kuhlmann junior zu lesen, die Max aus dem Archiv besorgt hatte.

Im ehemaligen Herrenzimmer, das er bald nach dem Tod des alten Meyer bezogen hatte, stand zwar der prachtvolle Schreibtisch, aber den benützte Ferdinand nur als Ablage für alles Mögliche. Wenn er lesen oder arbeiten wollte, ging er in die Küche und setzte sich an den Küchentisch, ganz so, wie er früher in der Hausmeisterei der Mutter in der Corneliusgasse über den Küchentisch gebeugt seine Hausaufgaben erledigt hatte; die Lampe am Kabelzug tief heruntergeholt, wenn es dunkelte, tagsüber mit Blick in den Hof, auf sechs Mistkübel und auf die beiden Klopfstangen, auf denen der Teppichpracht vergangener Zeiten jetzt der Staub der Republik ausgeklopft wurde.

In der Küche der Nell und mit Blick über den Hof auf die Gänge und Klosette der gegenüberliegenden Häuser begann er nun die Zeitungsausschnitte, auf denen der Name Kuhlmann rot unterstrichen war, nach dem Datum zu sortieren, das die Nornen aufgestempelt hatten.

Die erste Meldung war die Abgängigkeitsanzeige vom Montag, 23. Mai; doppelt, weil aus beiden Tagesblättern des Verlages ausgeschnitten. Die eine, kürzere, lautete:

„Seit vergangenem Freitag nachmittags ist Karl Kuhlmann jr., 16, aus der elterlichen Wohnung in Mariahilf abgängig. Karl ist mittelgroß, blond und hat blaugrüne Augen. Er trägt eine helle Hose, ein blassrosa Hemd und eine dunkelblaue Jacke. Der Vater, Kommerzialrat Kuhlmann, hat für zweckdienliche Hinweise eine Belohnung von tausend Schilling ausgesetzt."

Die zweite, längere Notiz meldete ergänzend, dass Karl Lehrling war, gesunde Zähne und sauberen Teint hatte und dass auf die Jacke ein Wappen gestickt war. Erwähnt wurde auch, dass der Vater mit Vornamen Charles hieß, Besitzer des Modepalais Kuhlmann in der Mariahilferstraße war und die Belohnung zahlen wollte.

Die weiteren Ausschnitte waren vom Dienstag und betrafen bereits die Auffindung der Leiche bei der Römischen Ruine im Schönbrunner Schlosspark am Tag zuvor.

Jetzt, da er die Berichte wiederlas, formte sich eine undeutliche Erinnerung an den Fall; Max hatte ihn damals darauf aufmerksam gemacht, und Ferdinand hatte wegen der hohen Belohnung auch kurz mit dem Gedanken gespielt, sich zu engagieren; das jedoch erübrigte sich, da die Polizei den Fall sofort als Selbstmord abgetan hatte.

Es schien auch tatsächlich alles darauf hinzudeuten, so ging auch die Presse davon aus. Der junge Karl Kuhlmann hatte tot, ein Loch im Kopf, mit einem Revolver in der einen und einem Abschiedsbrief in der anderen Hand links im Hintergrund der Römischen Ruine gekauert. Frühe Spaziergänger hatten ihn gefunden und die Polizei verständigt.

Beim Lesen der Zeitungsmeldungen formte sich für Ferdinand nun ein Bild, zu dem auch die wachgerufene Erinnerung beitrug. Der Fall hatte wenig später eine erstaunliche Wendung genommen, als – kurz vor Karl Kuhlmann juniors Beerdigung – ein zweiter Brief auftauchte, in dem der Junge einen Rechtsanwalt nannte, der Auskunft über die Hintergründe seines Todes geben könnte. Es war jener Dr. Kort, den Vater Kuhlmann lauthals als Mörder seines Sohnes anprangerte, worin ihm Hofrat Bubetz mit Nachdruck widersprach. Der Fall Kuhlmann war von der Polizei abgeschlossen. Punktum. Na ja.

Ferdinand notierte einige Fakten aus den Berichten, dann klappte er die die Mappe „Karl Kuhlmann jr." zu und brachte sie – ordentlich eingeschlagen in ein Blatt der liberal-konservativen Konkurrenz – in den Pilgramhof zurück, wo Max allabendlich seine von ihm sogenannte Korrekturpause verbrachte; die Zeit zwischen der Abgabe der Manuskripte und dem Korrigieren der Fahnen.

Später am Abend, wenn Max gegen elf heimkam, wollte Ferdinand das alles besprechen. Wie ein Pilzsammler, der, heimgekehrt, sein Körbchen auf den Küchentisch leert und die Beute mustert – Pilze sind, im Wettstreit mit anderen Sammlern an sich gebracht, niemals Ernte, sondern immer Beute –, so breitete Ferdinand dann seine Fundsachen vor Max aus, um gemeinsam zu ordnen, Schlüsse zu ziehen und die Maßnahmen für den nächsten Tag festzulegen. Die Mappe „Abgängige und Vermisste" wollte er noch behalten, weil ihm beim flüchtigen Durchblättern der Zeitungsausschnitte aufgefallen war, wie viele der verschwundenen Burschen darin als blond und blauäugig beschrieben wurden.

8

Der Hofrat pflückt gemeinsam mit seiner Gattin Emma die „Blume von Hawaii" und steigt anschließend nieder in die Halbwelt des Café Sarastro.

Polizeidirektor Hofrat Emil Bubetz hatte sein Büro gegen sechs verlassen, um sich in die eheliche Wohnung zu begeben, die scherzhaft Wenzelshöhle genannt wurde und – wie sich das für einen Beamten nachgerade gehörte – in der Josefstadt unweit des alten Allgemeinen Krankenhauses lag, in einem Biedermeierhaus in jener Ecke, wo die Tulpengasse an die ebenfalls dort endende Schlösselgasse stößt. Wenn es die Witterung zuließ, legte der Hofrat morgens und abends die Wege zwischen Wenzelshöhle und PolDion zu Fuß zurück; diesmal war er eilig und hatte sich von der Fahrbereitschaft heimbringen lassen, denn ein Theaterbesuch war angesagt.

Gattin Emma, als Wenzel ankam bereits für den abendlichen Ausgang adjustiert, hatte die entsprechende Garderobe für den Gatten schon vorbereitet. Die Prozedur des Ankleidens – sie musste die Manschettenknöpfe anbringen – dauerte nicht lange, sodass die beiden Bubetze zeitgerecht eine Straßenbahn der Zweierlinie besteigen konnten, die sie zum Naschmarkt brachte, wo Direktor Marischka in seinem Theater an der Wien allabendlich Paul Abrahams „Blume von Hawaii" erblühen ließ.

Respektvoll begrüßt vom diensttuenden Theaterpolizisten – früher, erinnerte sich Wenzel, war das ein gewisser Vogelsang gewesen – kaufte er für Emma ein Programmheft, und kurz nachdem sie auf ihren Ecksitzen Platz genommen hatten, hob sich der Vorhang.

Im ersten Akt wurden die Liebespaare präsentiert, im zweiten mit Müh und Not auseinandergerissen, um im dritten – das stand für alle im Publikum fest – zum Happy End vereint zu werden, wie sich das gehört. Kasperltheater für Erwachsene, ging es Wenzel durch den Kopf, nicht zuletzt angesichts des Meeres, das ruckweise wogte, und des Mondes, der tags und nachts spiegelnd in den Wellen glitzerte, die ein Spielzeugschiff stoßartig durchpflügte. Der Himmel – stellte er nüchtern fest – wechselte innerhalb eines Aktes öfter die Farbe als die Hauptdarstellerin ihre Toiletten, und mit dem Palast der Königin von Hawaii vor Augen, meinte sich Wenzel vollends in der Grottenbahn im Wurstelprater angekommen. Aber die Musik war mitreißend und die Tanznummern wie „Golden Baby" und vor allem das famose „Diwanpüppchen" wurden immer wieder dacapo verlangt, bis zur völligen Erschöpfung der Sänger. Was mehr konnte man von einer Operette erwarten?

In der Pause stieß das Ehepaar Bubetz beim Büffet auf Nekladal, der – typisch für ihn, dachte Wenzel – in der Loge des Präsidenten für sich und seine Frau Plätze geschnorrt hatte. Nekladals Gattin war eine knöcherne Figur, rümpfnasig im Gesicht und ließ ihrer Begrüßung anmerken, wie sehr wurscht ihr die beiden waren, die der Gatte ihr vorstellte.

„Die hat's notwendig", konnte sich Emma nicht verkneifen, denn tatsächlich war Nekladal dienstlich so tief unter Polizeidirektor Bubetz beheimatet, dass andere als der stets freundliche Wenzel den Nekladal außerdienstlich nicht einmal wahrgenommen, geschweige denn gegrüßt hätten. Um es abzurunden, fügte Emma ihrem Urteil noch etwas hinzu, das wie „Funsn!"

klang, aber im Gemurmel der zum Büffet drängenden Menge Gott sei Dank unterging.

Nekladal hatte es vielleicht aufgeschnappt, denn er unternahm unmittelbar anschließend den Versuch, dem so beneidenswert aufgerückten und dem Ruhestand so nahen Hofrat den Theaterabend zu versauen: „Und, die Fledermaus, flattert sie noch?“, fragte er beiläufig, aber Wenzel ließ es an sich abgleiten. „Wie finden Sie denn die Rita Georg?“, lenkte er das Gespräch auf die Hauptdarstellerin. „Na, fulminant, diese Doppelrolle!“, kam es von Nekladal zurück. „Als hawaiische Prinzessin Laya rührt sie durch ihre süße Melancholie, als Revuestar Susanne Provence hat sie richtig Gelegenheit, ihre ganze Kunst zu zeigen.“ Er plappert die „Reichspost“ nach, stellte Wenzel fest, dem vor allem das „Diwanpüppchen“ gefiel. Emma war die „Traumschöne Perle der Südsee“ ins Ohr gegangen, Frau Nekladal, die während des kurzen Gespräches – kontrapunktisch zu ihrer Dürre – fünf Sandwiches verschlungen hatte, äußerte sich nicht zum Gebotenen.

Der Rest des Abends brachte, was alle im Publikum erwartet hatten, und Wenzel war von seinem Eckplatz rasch bei der Garderobe, wo er seiner Emma galant in den Mantel half, um das Theater mit ihr zu verlassen, bevor noch das große Gerangel an der Garderobe einsetzte, und die Aussichten auf einen Platz in einem der umliegenden Kaffeehäuser noch gut waren.

Nach einer Vorstellung im Theater an der Wien kamen in bequemer Gehdistanz im Grunde nur zwei Lokale infrage, um eine Flasche Sekt zu leeren: das Dobner, ein ganz gewöhnliches Kaffeehaus, in dem sie wahrscheinlich den Nekladals wieder begegnet wären, und die Wienzeile etwas weiter aufwärts das Café Sarastro.

Das Café Sarastro des Herrn Eduard Schediwy, der auch „k. u. k. Schediwy“ genannt wurde, wobei die beiden Ks in seinem Fall nicht für kaiserlich und königlich standen, sondern für „Kokain und Kerle“. Wenn Schediwy jedoch – etwa von der Polizei – auf die Bedeutung dieser schmückenden Ergänzung seines Namens angesprochen wurde, erklärte er das „k. u. k.“ frech freundlich lächelnd als „Kaffee und Kuchen“, woraufhin die Herren von der Wache sich gepflanzt fühlen und abziehen durften. Denn über dem Imperium des Schediwy waltete eine starke schützende Hand; wessen sie war, wusste niemand.

Das geräumige Lokal, das, dank seiner umsichtigen Gliederung, dennoch einen sehr intimen Rahmen abgab, wirkte tagsüber wie ein ganz normales Kaffeehaus, allerdings waren auch bei Tageslicht Gestalten anzutreffen, die sich nicht ins Bild eines seriösen Kaffeehauses fügten, weswegen der Chef oder seine Geschäftsführerin sofort zur Stelle waren, um diese Irrläufer ins hinterste Extrazimmer zu eskortieren, von denen es mehrere gab. War jedoch abends die Stunde etwas vorgerückt, wurde auf Diskretion gepfiffen.

Publikum, das nach der Vorstellung vom unfernen Theater an der Wien ins Lokal kam, tat dies im vollen Bewusstsein der Tatsache, dass man sich damit in die Halbwelt oder wenigstens hart an deren Grenze begab; es war wie ein Besuch im Zoo, der Gelegenheit bot, sich Aug' in Aug' mit wilden Bestien zu fühlen, ohne im Geringsten gefährdet zu sein.

Was lockte, war der Umstand, dass man im Sarastro abgeschminkt und alltäglich gewandet manche von jenen erleben konnte, die noch kurz davor auf der Bühne schmachtend vor Soubretten auf den Knien gelegen waren, und hier ihre Blicke auf Schediwys zweites K richteten. Frivoles Kokettieren mit dem Unordentlichen war ein solcher Besuch im Sarastro; er hatte nicht annähernd die verquere Schlüpfrigkeit eines bürgerlichen Herrenabends oder das Anregende einer freizügigen französischen Komödie, aber es war prickelnd.

Odette, die Geschäftsführerin – für die Behörden Ottilie Schwab –, war früher anders erwerbstätig gewesen, und erst als ihre Qualitäten abgegriffen und nur mehr schwer an den Mann zu bringen gewesen waren, ins Gastgewerbe gewechselt. Vorübergehend in die Geschäfte der beiden illegalen Glücksfeen Else Ruttersheim und Mimi Marlow verwickelt, versuchte sie eine kurze Karriere als Diseuse in einem Prateretablissement, wo „der Edi“ sie entdeckt und dann – wenn auch nur handelsregisterlich – heimgeführt hatte in die „Schwab und Schediwy“ Kaffeehausbetriebs-Ehe.

Auf besonderen Wunsch der Gäste – und es fanden sich immer Schmeichler, die besonders wünschten, dass Odette ihre rabenraue Stimme erhob, nein, richtiger, senkte –, in solchem Falle also, der regelmäßig gegen ein Uhr nachts eintrat – und nebenbei gewöhnlichem Publikum nahelegte, „Zahlen bitte!" zu rufen und das Weite zu suchen –, in solchem Falle schleppte sich Dalibor Ondracek, der kriegsinvalide Garderobier, von seinem Platz beim Eingang ans Klavier und griff für Odette recht unsentimental in die Tasten. „Von Kopf bis Fuß auf Liebe eingestellt" war unvermeidlich, und sehr viel mehr hatte die Odette auch nicht zu bieten. Dies wenige aber wurde höflich beklatscht, die Odette badete im Applaus, der für kaum mehr als ein Fußbad reichte, und war auch das überstanden, ging das Lokal ganz in seiner Bestimmung auf, einsame Herzen zueinanderfinden zu lassen.

Max Meyer, grundsätzlich unsentimental und so gänzlich ohne Sinn für Romantik, redete von anderen Körperteilen, die hier zueinanderfanden, was letztlich aber aufs Gleiche herauskam. Tatsächlich waren es die beiden Ks des Schediwy, die für seine vermögende Klientel den besonderen Reiz des Lokals ausmachten: das Kokain und die Kerle, die er in seinem Lokal bereithielt, zur gefälligen Benützung. Wer weit nach Mitternacht besser gekleidet im Sarastro Platz nahm, hatte wenig später schon Gesellschaft; nicht unbedingt gute, aber – und das musste der Neid dem Schediwy lassen – die beste, die für Geld auf diesem Gebiet zu haben war, weswegen hier auch besonders tief in die Tasche gegriffen werden musste. Diese teils noble, vereinzelt sehr noble Kundschaft des Sarastro dürfte es auch gewesen sein, die Schediwy auf unergründliche Weise vor häufigem Ungemach bewahrte, das weniger privilegierte Stätten öfter traf: Razzien und Perlustrierungen.

Neben dem Café Sarastro war Eduard Schediwy auch an der noblen Pamina-Bar unweit von Sankt Stephan beteiligt und an noch vielen anderen, namenlosen Stätten nächtlicher Umtriebe. Draußen in Währing, unweit des Nobelviertels Cottage – der Wiener sagt Kottähsch –, wo er auch wohnte, betrieb er als Pächter ein Bad, das auf seine Art als Schauplatz von Geschichte gelten durfte. Erzherzöge hatten hier mit den Kleidern auch ihre Standesdünkel abgelegt und sich zügellos mit den Untertanen vermengt, wobei sich der Sinn von Untertan häufig umgekehrt hatte.

Was das Bad wie auch das Sarastro und die übrigen Geschäftsstellen des Eduard Schediwy auszeichnete, war die absolute Diskretion, die dort herrschte. Und auch die Burschen des Edi waren eine eigene Klasse. Sie waren zwar nicht durchwegs blond und blauäugig wie die verschollenen Schüler und Lehrlinge, die Ferdinand ausgegraben hatte, aber sie waren allesamt eine Augenweide und auch in allem, was darüber hinausging, in jeder Hinsicht sehr einnehmend. Schediwy hatte seine Truppe fest im Griff, und dass einer auf die Idee gekommen wäre, etwas mehr als die übliche Entlohnung aus einem feinen Herrn herauszuquetschen, war ausgeschlossen; der Schediwy verstand da keinen Spaß.

Begonnen hatte Eduard Schediwy nicht an seinem gegenwärtigen prächtigen Standort, sondern in einer muffigen Seitengasse. Das Lokal hatte zwar schon den edlen Namen Café Sarastro getragen, war aber zunächst nur ein Naschmarktcafé gewesen, wie viele andere auch: wenig elegant, der Kaffee ein „Gschlader", wie die Wiener ungenießbaren Kaffee verächtlich liebevoll nennen; die Mehlspeisen zerbröselten trocken auf dem Teller, und auch von den Würsteln war abzuraten; sie kamen vom Pepihacker, und dem Ekel während des Verzehres folgte Übelkeit danach, wie das Amen in Gebet. Arm, wie die meisten waren, die jene Gegend bevölkerten, konnten sie jedoch nicht wählerisch sein.

Aber – und auch das war damals schon so halb bekannt gewesen – es gab schon in diesem Tschocherl ein Extrazimmer, in dem Kaffee und Kuchen keine Rolle spielten. Vor allem war schon damals für den Baron Latsch im Keller eine spezielle Lasterhöhle eingerichtet worden, wo er sich seiner dunklen Seite ergeben konnte, wie er das zu nennen pflegte. Der Kellerraum war eine Orgie an geschmacklosem Orientalismus, das Ganze wie ein türkisches Zelt drapiert, schwere Vorhänge vor Fenstern, die es nicht gab, und statt eines Diwans ein Berg von Samtpolstern in anzüglichen Farben sowie Wasserpfeifen als Dekoration. Schediwy behauptete gerne, die Ausstattung wäre vom berühmten Hans Makart, in Wirklichkeit aber stammte alles aus dem Fundus einer Praterbude, wie übrigens ja auch „der Edi" selbst.

Um das Wesen des Sarastro sehr wohl wissend und auch in detailreicher Kenntnis der Laufbahn seines Eigentümers sowie voller Vermutungen über mögliche Beziehungen des Schediwy zur „Fledermaus", führte Wenzel die Gattin nach der „Blume von Hawaii" dorthin. Auch Emma wusste um die Eigenart, die dem Sarastro nicht nur nachgesagt wurde, sondern für jeden zu sehen war, sobald er das Lokal betrat; aber die „Frau Hofrat" – wie sie in der Trafik, bei der Greißlerin, vom Hausmeister und den anderen Hausparteien angesprochen wurde – hatte keine ausgeprägte Meinung zu diesen Angelegenheiten. Wenzel junior war von derartigen Verwirrungen der Gefühle verschont geblieben, das genügte. Aber es war unterhaltsam und außerdem – so kannte Emma ihren Wenzel – mochten auch berufliche Überlegungen für den Abstieg in die Halbwelt ausschlaggebend sein, und so schwenkten die Bubetze vor dem Theaterportal nach rechts und brachten – es war recht kühl geworden – rasch die zwei Blocks hinter sich, die das Sarastro von Marischkas Operettenhaus entfernt lag.

Cafétier Schediwy begrüßte den Hofrat persönlich, der auf derartig demonstrative Bevorzugung wenig wert legte, weil sie Aufmerksamkeit auf ihn zog. Aber da Eduard Schediwy und Wenzel Bubetz gewissermaßen dienstlich miteinander bekannt waren, konnte Bubetz sich den Freundlichkeiten des sinistren Cafétiers nicht entziehen. Und ganz unangenehm war es ja auch nicht, in dem stark besuchten Lokal vom Chef an einen der reservierten Tische gebeten zu werden, während andere Gäste bei der Garderobe standen, auf frei werdende Plätze wartend.

Dem Hofrat war auch zwiespältig bewusst, dass ohne den Schediwy sowohl der Witwen- und Waisenfonds der Polizei wie auch der alljährliche Polizeiball schlecht dagestanden wären und dass sich in der Truppe des Schediwy auch der eine oder andere Polizeischüler fand; aber das war ein Gerücht, dem nachzugehen niemandem ein ernsthaftes Anliegen war.

Schediwy unternahm keine Versuche, mit den Gästen vom Schottenring Konversation zu machen. Andere hätte er – so sie denn einer persönlichen Begrüßung für würdig erachtet worden wären – nach dem Theaterabend gefragt, wie es gefallen hätte, und derlei oberflächliches Gerede mehr. Beim Herrn Polizeidirektor unterließ er es, hier waren unaufdringliche Höflichkeit und dezente Bevorzugung gefordert, mehr nicht. In diesem Sinn dauerte es nur wenige Minuten und der Eiskübel mit verheißungsvoll unter der Serviette daraus hervorragendem Flaschenhals stand auf dem Tisch, den der Hausherr dem Polizeidirektor und seiner Gattin gewiesen hatte, und von dem das Lokal gut überblickt werden konnte. Es gab jedoch nicht viel zu sehen.

Richard Billinger, der erdige Poet, dem die Weihwasserer gnädig nachsahen, dass er ihre aus Blut und Boden dampfenden Werte zwar sang, aber nicht lebte, war da und von einem Jüngling gefesselt, mit dem er wenig später gegen die Extrazimmer hin verschwand. Als Wenzel und Emma ihre Flasche halb geleert hatten, kam Burgschauspieler Aslan mit einem Kollegen vom Deutschen Volkstheater, wurde von Schediwy an einen der reservierten Tische gelotst und sonnte sich dort in der Aufmerksamkeit, die ihm und vor allem seinem neuen jungen Geliebten Tonio zuteilwurde.

Auch Direktor Marischka – stets bemüht, allerorten gegenwärtig zu sein – schaute im Sarastro vorbei und kam – von Schediwy auf den Polizeidirektor aufmerksam gemacht – an der Bubetze Tisch. „Küss die Hand, gnädige Frau, und habe die Ehre, Herr Hofrat“, süßelte er. „Ich hoffe, es war nach Ihrem Geschmack!“

„Aber ja, durchaus“, ließ Wenzel Zustimmung vernehmen und auch Emma nickte freundlich.

„Sonnenschein tut ja so gut in diesen Zeiten, meinen Sie nicht auch?“, schwätzte Marischka weiter. „Und wenn es nur die Sonne der Bühne ist.“

Tatsächlich hatte – wie „Die Neue Zeitung“ plump formulierte – „Marischka alle seine Scheinwerfer losgelassen“, und Bubetz wunderte sich, dass der Mann nicht hinzufügte: „Kostspielig, wie sie ist, diese Sonne der Südsee, wird sie mich noch ruinieren!“ Denn Marischka – das hatte auch Bubetz vernommen – war ein strenger Rechner, der naturgemäß seine liebe Not mit den Gewerkschaften hatte; nicht nur weil er Sozis in seinem Haus nicht duldete, sondern auch wegen der Billeteure, die er – ohne dafür extra bezahlen zu wollen – auf der Bühne als Statisten einsetzte, sobald das Licht im Zuschauerraum erloschen war.

„Übrigens! Nächste Woche kommen Sie doch, wir feiern die fünfundsiebzigste Vorstellung“, verströmte Marischka weiter seinen Charme. „Erst auf der Bühne und dann in kleinem Kreis bei mir draußen in der Villa ... Enttäuschen Sie mich nicht, Gnädigste!“ – und weg war er wieder, um an einem anderen Tisch präsent zu werden.

Kurze Unruhe brachte wenig später ein Auftritt von Aslans ehemaligem Lebensgefährten, der versuchte, dem Treulosen eine Szene zu machen, aber auf Schediwys Handzeichen hin von einem Kerl mit Ringerstatur unverzüglich auf die Straße expediert wurde. Und während Wenzel und Emma mit ihrem Schampus langsam zu Ende kamen, wurde ringsum die wahre Bestimmung des Lokals deutlicher. Tische, an denen kurz zuvor bürgerliche Ehepaare mit dem Unordentlichen kokettiert hatten, waren nun zusehends von alleinstehenden Herren besetzt, deren Einsamkeit meist nicht lange währte. Und als schließlich gegen eins begehrliche Rufe einiger Gäste und sich zierendes Gehabe der Odette an der Theke untrügliche Anzeichen dafür waren, dass ihre Gesangsdarbietung unmittelbar bevorstand, wünschte Wenzel zu zahlen. Schediwy unterließ es, den Hofrat einzuladen; er wusste, Bubetz hätte das empört abgelehnt. Wenzel beglich die – wohl etwas geschmalzene – Rechnung, Schediwy ließ von Ondracek ein Taxi für den Herrn Polizeidirektor herbeitelephonieren und kurz darauf verließ der Hofrat samt Gattin das Lokal, verfolgt von Marischkas quer durchs Lokal gerufener Erinnerung an die Einladung, die jedoch halb unterging in den ersten Akkorden, mit denen Ondracek den Auftritt der Odette einbegleitete.

„Ich lass den Horak absagen“, bemerkte Wenzel, als der Wagen losfuhr. Emma, leicht beschwipst – zu zweit eine Flasche, das war schon was –, protestierte halbherzig und döste ein, um erst wieder zu erwachen, als der Wagen nach mäßig langer Fahrt vor der Wenzelshöhle hielt. Und wenig später lagen beide – nach annähernd vierzig Ehejahren wie steinerne Figuren einer Doppelgruft – unter Betthäuptern wie spanische Hochaltäre auf den Matratzen. Und mit einem Lächeln das „Diwanpüppchen“ erinnernd schlief Wenzel ein, heimgekehrt in seine und seiner Gattin „ordentliche“ Existenz, in der alles, was getan oder unterlassen wurde, das Attribut „hochanständig“ verdiente.

9

Max Meyer und Ferdinand Nowak trinken Rotwein, lassen sich von Béla verwirren und kommen der Lösung des Falles Kuhlmann keinen Schritt näher.

Kurz nach elf – die Bubetze strebten eben ins Café Sarastro – kam Max Meyer nach Hause. Wie gewöhnlich warf er seinen Mantel auf den Tisch im Vorzimmer und brachte die Zeitungen ins Arbeitsspeisezimmer. Durch die offene Tür sah er Ferdinand, der im kümmerlichen Schein einer kleinen Stehlampe auf dem Sofa lag und an die Decke starrte, deren Stuck an einigen Stellen abgebröckelt war.

Max war das bekannt, er verdächtigte die Badura, die Schäden durch brutale Säuberungen verursacht zu haben. An Ferdinand gewandt, der sich aufgerichtet hatte, fragte er: „Und? Ist der Fall schon gelöst?"

Ferdinand überging diese entbehrliche Frage und versuchte Max seine Überlegungen dazulegen. „Was macht der Bursch in Hietzing?", redete er laut zu Max hinüber, der in sein Schlaf-Kabinett gegangen war und von dort im Schlafrock – „*Dressing Gown*!", hätte Kuhlmann korrigiert – zu Ferdinand in den Salon trat.

„Das hat sich auch der Vater aufgeregt gefragt", fuhr Ferdinand fort. „Und wie kommt er zwei Tage später in die Römische Ruine?"

Max hörte schweigend zu, während er die Vorhänge zuzog und die große Stehlampe einschaltete.

„Wir müssen Licht in die Angelegenheit bringen, nicht wahr?", scherzte er, wofür Ferdinand aber im Augenblick wenig Sinn hatte.

„Wenn wenigstens der Todeszeitpunkt bekannt wäre! Keine Obduktion, kein Mageninhalt", klagte er.

„Doch, kann ich dir sagen", überraschte Max seinen Kaffeehaus-Detektiv, während er die Vorhänge des dritten Fensters dichtmachte. „Frittatensuppe, Schnitzel mit Reis und Erdäpfelsalat; danach: Sachertorte mit Schlag."

Ferdinand war baff: „Woher ...?"

„Schau in die Presse vom Sonntag. Bürgerlicher Speisezettel! Und unsere kleine Leiche war sicherlich an bürgerliche Verköstigung gewohnt."

Maxens mangelnde Ernsthaftigkeit verstimmte Ferdinand. Er versuchte mit Konkretem zu kontern: „Ich werde den Wirt aufsuchen."

„Welcher ist es denn?"

„Zwei kommen infrage. Der eine ist der Rappel, vorne an der Ecke vom Platzl, der andere ist der Lustig, weiter oben in der Maxingstraße. Die Polizei hat keinen mit Namen genannt."

„Du hast das Restaurant im Parkhotel vergessen. Kuhlmann junior würde doch am ehesten dorthin gehen, oder?", belehrte Max, während er das letzte Fenster verhüllte.

„Was hat der Bursch den ganzen Nachmittag gemacht?", versuchte Ferdinand immer noch, Max zu einer ernsthaften Beschäftigung mit der Sache zu bewegen. „Und vor allem, was hat er von Freitagabend bis Sonntag nachts gemacht? Bevor er sich in den Schlosspark hat einschließen lassen, um sich dann ..."

„Wenn wir das wüssten, dann wäre der Fall geklärt", sagte Max und fügte erläuternd an: „Du weißt, ich kann auch sehr banal sein."

War damit das Thema beendet? Max jedenfalls strebte der Küche zu. Ferdinand folgte ihm, wollte eine Frage stellen, aber Max, enttäuscht von bloß zwei Fingern hoch Rot in der Flasche, unterbrach: „Könntest du so gut sein und Nachschub bringen?"

Ferdinand holte die Petroleumlampe aus der Besenkammer, zündete sie an und stieg damit hinab in den Keller, um in dem Korb, der dort bereitstand, weil darin zuvor die Leerflaschen abwärtsgegangen waren, vier von dem hinaufzubringen, was Max seine Wärmflaschen nannte; bis übermorgen sollte das reichen.

Im Stiegenhaus stieß er auf Béla, der früher dran war als sonst, denn gewöhnlich verließ er das Theater wesentlich später als das Publikum, das in die umliegenden Kaffeehäuser und Restaurants strömte oder sich auf den Heimweg machte. Es waren die Kostüme zu kontrollieren, kleine Ausbesserungen zu machen, denn manch einer und eine waren zu stark für das Gewand aus dem Fundus und sprengten die Nähte; während der Vorstellung halfen Sicherheitsnadeln, wenn alles vorüber war, musste Béla zu Nadel und Zwirn greifen. Auch die Perücken mussten versorgt werden, und so kam er meist nicht vor zwölf aus dem Theater. Dann aber hatte er nicht weit in sein Kabinett bei Meyer.

Max wartete bereits in der Küche mit dem Korkenzieher in der Hand. „Aber ich bin nicht alkoholabhängig", kommentierte er seine ungeduldige Bereitschaft, und als er bemerkte, dass auch Béla heimgekommen war, lud er ihn wie stets ein, auch auf ein Glas Wein in den Salon zu kommen: „Wir bedürfen deines fachmännischen Rates in einem Mordfall", präzisierte er seine Einladung nicht ohne ironischen Unterton, während er die Spindel des Korkenziehers langsam in den Kork drehte, um dann, kräftig gezogen, mit einem Schnalzen den Weg für die labende Flüssigkeit freizumachen.

Max, als Hausherr, ging mit der Flasche voran, Ferdinand folgte, nachdem er zu den beiden vorbereiteten Gläsern noch ein drittes aus der Kredenz genommen hatte, und Béla löschte das Licht in der Küche und querte im Dunkel das Vorzimmer zum Salon hin, dessen verglaste Flügeltür hell den Weg wies. Max hatte sich schon in seinem Kubus bequem eingerichtet und wartete, dass Ferdinand die Gläser auf das Tischchen stellte; der setzte sich in den zweiten Fauteuil im Osten und Béla machte es sich auf dem Sofa bequem, das in der Windrose genau ostwestlich stand, weswegen es Max – immer bildungstrunken – seinen „Westöstlichen Diwan" nannte.

Nach den Mühen des Tages, dem redaktionellen Zurechtstutzen der Welt auf den verfügbaren Platz im Blatt und dem Hinbiegen der Wirklichkeit auf die Erwartungen der Leser, nach der Hast, mit der Fertiges wieder herausgerissen wurde, weil die Aktualität anderes forderte, das aber erst geschrieben werden musste, kurz, nach der Tretmühle der Lohnschreiberei des Tages – der trotz zweier Abstecher ins Pilgramhof nicht wirklich erfreulich gewesen war –, schwang sich Max, mit „Erlauer" unterfüttert, zur wahren Seinswerdung als tonangebendes Drittteil der hier komplett versammelten Trull auf.

Nachdem er als Erstes für Béla eingeschenkt hatte – offenbar betrachtete er ihn anders als Ferdinand als Gast –, wandte er sich an ihn: „Du gehst doch so gern ins Kino. Was würden die aus dem Tod des Karl Kuhlmann junior machen? Was für eine Geschichte könnte das werden?"

Béla wusste über den Fall aus den Zeitungen Bescheid; es war damals wohl auch im Theater über die Sache gesprochen worden, und so setzte Max voraus, dass Béla sich auskannte. Das tat er und es war ihm sogar bekannt, dass der Bursch bei seinen Kunden Charly genannt worden war. „Dass der Charly in solche Kreise gerät, wäre der Anfang", begann Béla mit dem Glas in der Hand sein Leinwanddrama zu spinnen. „Vermutlich im Mode-Salon. Ein Herr gibt Trinkgeld, lädt ihn ein, und so weiter, man kennt das."

„Jaja, das wissen wir“, drängte Max zu Eile, während er Ferdinand mit Wein versorgte. „Das war ja auch in Wirklichkeit so; damit ist er nun auf der schiefen Bahn. Und jetzt?“

„Im Film?“, wollte Béla wissen; Max nickte und füllte sein eigenes Glas. „Ja, im Film!“

„Er könnte zu einer Orgie eingeladen werden. Dort wird russisches Roulette gespielt“, schlug Béla vor.

„So einfach“, schlug Max zurück, „ist das wohl nur im Kino oder bei Monsieur Poirot, mein Lieber.“

„Poaroh?“ Béla war ratlos.

„Ja, auch so ein Superdetektiv“, klärte ihn Max auf. „Von einer Engländerin. Agatha Christie. Schon gehört?“

Béla schüttelte den Kopf. „Nachholen!“, kam es streng von Max, dann hob er sein Glas: „Auf Ferdinands Auftrag!“

Ferdinand hob ebenfalls sein Glas und etwas verlegen auch Béla. Mit dem Lesen haperte es bei ihm ein wenig; er war besser in den Schauergeschichten der Filmleinwand bewandert als mit den Verbrechen, die sich zwischen Buchdeckeln abspielten. Warum er Agatha Christies „Alibi“ im Kino nicht gesehen hatte, war ein Rätsel.

Während Max mit gespitzten Lippen und kopfnickend den Wein als annehmbar absegnete, drängte Ferdinand zum Thema zurück: „Bitte, Béla! Bei solchen Orgien werden ganz andere Sachen gespielt. Da gibt es zu saufen, da gibt es Kokain und anderes!“

„Du musst das ja wissen“, konnte Max sich nicht verkneifen; aber ohne zu beachten, wie Béla hier die Ohren spitzte, rief er sich selbst gleich wieder zur Ordnung: „Zur Sache! Von dort kommt also der kleine Kuhlmann nicht mehr lebend heraus. Warum? Aber bitte ohne russisches Roulette!“

„Warum?“, gab sich Béla nicht geschlagen. „Das ist doch ganz einfach: Er stirbt an einer Überdosis von was weiß ich. Und um das zu verschleiern, schießt ihm jemand in den Kopf. Solange er noch warm ist.“

„Also bitte, etwas mehr Respekt vor den Toten!“, mahnte Max, ohne sich ein Grinsen verbeißen zu können.

„Wegen dem Blut!“, rechtfertigte sich Béla. „Das schaut nach Selbstmord aus. Dann wird er in Schönbrunn abgelegt. Niemand wird auf die Idee kommen, nach Kokain zu suchen.“

„Und warum darf nach Kokain nicht gesucht werden?“

„Das ist doch ganz klar”, triumphierte Béla. „Weil die Verbindung von Kokain und bezahlten Burschen auf den Gastgeber hinweist!“

„Und an wen denkt der Wiener da in Wirklichkeit?“, ließ sich Ferdinand hören.

„An den Nabob von Wien, den Baron Latsch von Latschenfels!“, antwortete Béla, aber Max Meyer wollte das nicht gelten lassen: „Überleg doch einmal: Wäre bei einer Orgie auf Burg Latschenfels jemals einer verschwunden, die Revolverblätter hätten davon Wind bekommen und mit Schlagzeilen über die halbe Titelseite davon berichtet!“ Kopfschüttelnd fuhr er fort. „Das alles kannst du vergessen. Die Unzucht beim Baron geht nach kaufmännischen Prinzipien über die Bühne. Und zwar unter den Augen der Polizei, von der meist auch einer dabei ist.“

„Wer?“, kam es zugleich von Ferdinand und Béla. Meyer schüttelte den Kopf. „Nein, nein. Ich bin weder lebensmüde noch will ich meinen Posten verlieren. Vergiss das einfach!“ Und während er sich Wein nachschenkte, fügte er an Ferdinand gerichtet mit Unterton hinzu: „Du kennst das doch, du warst doch bei dem Skandal damals dabei, als der Latsch dann in die Schweiz geflüchtet ist.“

Bélas Neugier wallte wieder auf: „Was für ein Skandal, damals? Warum musste er flüchten?“ Fragen, die weder Ferdinand noch Max beantworten wollten.

„Kommen wir zur Sache“, dekretierte Max. „Was haben wir an gesicherten Fakten?“

„Den Fundort der Leiche“, sprach Ferdinand. „Ganz in der Nähe des Wirtshauses, wo Charly zuletzt gesehen wurde.“

„Aber er kann nicht seit Freitagnacht in der Römischen Ruine gelegen sein“, nörgelte Max. „Das wäre schon am Samstag aufgefallen.“

„Dann hat er sich Sonntag in der Nacht erschossen", hatte Béla eine einfache Erklärung zur Hand. „Hat jemand den Schuss gehört?"

„Wer soll in der Nacht im Schönbrunner Schlosspark einen Schuss hören?", wies Ferdinand die Frage als unsinnig ab. Max hatte die Erklärung dafür: „Im Rundfunk gab's wahrscheinlich Operette. Da haben alle Radio gehört."

„Großartig!", seufzte Ferdinand. „Bringt uns aber nicht weiter."

„Und wie kommt er in der Nacht in den Schlosspark?", brachte sich Béla wieder ein, nachdem sein Glas von Max wieder aufgefüllt worden war. „Der Park wird nachts doch gesperrt."

„Natürlich, aber wenn jemand bleiben will, dann schafft er das schon", dozierte Max. „Er braucht sich nur zu verstecken. Dann kann er sich in der Römischen Ruine in aller Ruhe erschießen. Sehr dramatisch!"

„Und warum die Ruine? Ich würde zur Gloriette hinaufgehen", steigerte sich Béla in eine romantische Vision, „und mich dort umbringen. Sehr pompös, genau in der Mitte ... ein letzter Blick auf das Schloss ... peng! Himmlisch."

„Und Vorhang! Danke!", versuchte Meyer das Gespräch zurück in ernsthaftere Bahnen zu lenken. „Zur Gloriette geht man schon eine ziemliche Weile, da ist doch die Römische Ruine bequemer, das geht ganz eben dahin."

„Und was soll das für einen so jungen Burschen für einen Unterschied machen?", verteidigte Béla seinen Einfall. „Der war ein Schneider, ja, aber doch kein Krüppel, oder? Wenn ich meinen Abgang so richtig großartig zelebrieren will, da kommt doch eigentlich nur die Gloriette infrage!"

Max und Ferdinand schwiegen. Dann mussten sie Béla den Fundort erklären: eine Architekturphantasie, die mit seitlichen Mauerflügeln und einem von sechs korinthischen Säulenstümpfen getragenen mächtigen Rundbogen ein Bassin umfängt, in dem auf einer Felsinsel Quellfiguren hocken. Das Ganze ein sehr spätes Kind des Manierismus – wie alles hierzulande stets später war – und unvollendet durch der Habsburger Knausrigkeit, weil Wasser für die Kaskaden fehlte, die hinter dem maroden Triumphbogen herniederrieseln sollten in das Becken. Dort, links hinten, hatte man Charly gefunden.

Das fand Béla geschmacklos. „Wenn er sich wenigstens zwischen den beiden Figuren vorne erschossen hätte, hingegossen ...! Aber einfach so im Hintergrund, am Rand, an eine Säule gelehnt aus der Welt zu scheiden. Schwach!"

Ferdinand reagierte sachlich: „Gott sei Dank nicht zwischen den Quellfiguren! Da ist es nass, der Abschiedsbrief wäre dahin gewesen!"

Max griff das Thema auf: „Was hältst du übrigens von den Briefen?", wandte er sich an Ferdinand. „Der alte Kuhlmann hat anfangs doch behauptet, dass der eine davon eine Fälschung ist."

„Zwei?", war Béla verwundert.

„Ja, zwei!" Und das Gutachten des Graphologen hatte eindeutig festgestellt, dass beide Briefe von der gleichen Person geschrieben wurden und dass es die Handschrift des jungen Kuhlmann war. Darauf berief sich auch der Hofrat. Tatsächlich war die Sache komplizierter.

„Der Vater bezweifelt die Echtheit des einen, zuerst bei dem Toten gefundenen Brief", wurde Béla von Ferdinand ins Bild gesetzt. „Das ist der, den er in der Hand gehalten hat."

„‚Er hielt einen Abschiedsbrief in seiner linken Hand'", zitierte Max die Polizeikorrespondenz. „Er muss Rechtshänder gewesen sein."

„Und warum bezweifelt der Vater nicht auch den zweiten Brief?", wollte Béla nun wissen.

„Weil ihm das sehr entgegenkommt. Da wird Dr. Kort genannt und ist somit verdächtig. Das passt ihm gut!", gab Max Auskunft. „Im Gegenzug hat dann die Polizei den zweiten Brief als Fälschung des Vaters hinzustellen versucht. Aber das war nicht aufrechtzuerhalten, denn der Graphologe ist sich absolut sicher, dass beide Briefe von Karl Kuhlmann junior stammen. Daran besteht kein Zweifel."

„Und was steht in den beiden Briefen?", erkundigte sich Béla.

„In dem einen, von dem die Polizei denkt, dass er an die Mutter gerichtet ist, steht, dass er entsetzlich gesündigt hat und sich deshalb jetzt umbringen muss", antwortete Ferdinand.

„Das klingt eher nach einer Botschaft an den Beichtvater", grinste Béla. „Und was steht im zweiten Brief?"

„Wenn ihm etwas zustößt, dann sollen sich die Eltern an Rechtsanwalt Dr. Kort wenden. Der könne alles erklären."

Béla schien etwas ratlos.

„Du musst ihm schon sagen, dass der eine Zettel von der Polizei in der Hand des Toten gefunden wurde", mahnte Max den Ferdinand, „und dass den anderen der Leichenbestatter im Futter des Sakkos entdeckt hat, das ihm die Eltern gebracht haben für den Sarg." Das hatte Béla nicht gewusst.

„Von diesem zweiten Brief ist in der Polizeikorrespondenz aber erst später die Rede", fuhr Max fort, abermals sein Glas füllend. „Und auch davon, dass darin Hinweise auf einen Anwalt gegeben werden. Der Name Kort wurde nie veröffentlicht."

„Woher weiß Kuhlmann, dass es sich bei diesem Rechtsanwalt um Kort handelt?", wollte Béla wissen.

„Weil der Leichenbestatter den Brief nicht gleich zur Polizei getragen hat, sondern erst zum alten Kuhlmann! Der hat ihn dann der Polizei übergeben. Deshalb auch der Verdacht, dass der Vater den Brief gefälscht hätte."

„Wie im Film!", schwärmte Béla. „Aber ein in eine Jacke eingenähter Brief hätte doch gefunden werden müssen. Man sucht doch immer nach Abschiedsbriefen."

„Ja schon. Aber es war ja einer da. Den hat er in der Hand gehalten, so in der Art vielleicht", wandte Ferdinand ein, griff sich eine der Papierservietten, die – wie das „Mensch ärgere Dich nicht"-Spiel, mit dem sie einander manchmal quälten – am Tisch bereitlagen und hielt sie fest umklammert in der Faust. „Also, warum nach einem zweiten suchen? Kein Mensch sucht bei einem vermutlichen Selbstmörder nach einem zweiten Abschiedsbrief, wenn einer sich so offenkundig anbietet. Außerdem war der Brief nicht in dem Jackett, das Charly anhatte, als er gefunden wurde!" Und während Max die Gläser von Béla und Ferdinand auffüllte, bemühte der sich um eine Zusammenfassung:

„Gehen wir einmal davon aus, dass der Sachverständige recht hat und beide Briefe echt sind", begann er laut zu denken. „Aber warum zwei? Warum einer in der Hand des Toten, so, dass man ihn gleich findet, und ein zweiter, eingenäht im Rockfutter? Nur weil einer Schneiderei gelernt hat, näht er doch einen solchen Brief nicht unbedingt ins Rockfutter ein!"

„Unser Charly scheint ein ausgeprägtes Sicherheitsbedürfnis gehabt zu haben", bot Béla als Erklärung an. „Dafür spricht ja auch der Revolver, den er gehabt hat."

„Also kein sehr tapferes Schneiderlein", witzelte Max.

„Bitte, ernsthaft", murrte Ferdinand. „Bleiben wir bei den Abschiedsbriefen: zwei Stück und zwei so verschiedene! Ein dramatisch sentimentaler für die Mutter und dann der zweite, der sehr sachlich einen Hinweis liefert auf einen angeblich Schuldigen. Und dieser zweite Brief war gut versteckt."

„So gut, dass das Risiko bestand, dass er gar nicht gefunden würde", gab Max zu bedenken.

„Und was regt die Polizei so auf?", wollte Béla nun wissen. „Dass der zweite Brief in einem anderen Jackett war, dafür können sie doch nichts."

„Nein, aber der Hofrat sollte nicht von einer Fälschung faseln, die nach dem von ihm so heftig verteidigten graphologischen Gutachten ausgeschlossen ist. Das legt ihn beim zweiten Brief fest. Sehr zu seinem Missvergnügen", klärte Max auf.

„Und warum das Missvergnügen?", rätselte Béla.

„Weil es sehr heikel ist, den Doktor Kort in irgendwelche polizeilichen Ermittlungen zu verwickeln. Der Mann ist gefährlich", zeigte Max auch Verständnis für den Hofrat in der Zwickmühle.

„Das wäre also geklärt!", griff Ferdinand den alten Faden auf. „Zurück zum Fundort! Die Frage, warum Römische Ruine und nicht Gloriette, haben wir nicht ausreichend bedacht! Wie du richtig gesagt hast", blickte Ferdinand zu Béla, „war der Charly ein Schneider, aber kein Krüppel. Und wenn er auf die Inszenierung seines Abgangs so viel Wert gelegt hat, wie du ihm andichtest, dann wäre es ihm sicherlich nicht zu mühsam gewesen, zur Gloriette hinaufzugehen."

„Aber dann entscheidet er sich doch für die Römische Ruine. Und da nicht für das dramatische Arrangement zwischen den

Brunnenfiguren, sondern er klettert an der Seite hinauf in den Hintergrund", ließ Max seiner Unzufriedenheit mit den Spekulationen freien Lauf.

„Vielleicht wollte er sich keine nassen Füße holen", warf Béla ein und kassierte dafür einen verständnislosen Blick von Max: „Weil er Angst hatte, sich zu verkühlen, ja?"

„Selbstmörder agieren oft ganz irrational", gab sich Béla sachkundig.

„Ja, im Schundroman und im Kriminalfilm", blieb Max stur.

„Hört auf! Das hatten wir schon! Das führt zu nichts!", griff Ferdinand ein. „Gloriette oder Römische Ruine macht für Charly keinen Unterschied. Das stimmt. Er geht dahin oder dorthin. Aber was ist, wenn er gar nicht mehr gehen kann, weil er schon tot ist? Wenn ihn nämlich jemand anderer im Park abgelegt hat. Da ist der Weg hinauf zur Gloriette dann schon recht mühsam und die Ruine entschieden bequemer."

Max gefiel das. Aber Béla widersprach: „Das mag schon sein, aber was, wenn Charly lebend zur Römischen Ruine gelockt und dort erschossen wurde? Dann kommt es auf Bequemlichkeit nicht an. Und der Mörder hätte ihn ebenso gut auf die Gloriette locken können, um ihn dort umzubringen."

Damit hatte Béla seine allererste, wilde Hypothese vom nachträglich erschossenen Drogentoten aufgegeben. Offenbar bedauerte das, weswegen er noch anfügte: „In Wirklichkeit! Der Film mit der Rauschgiftorgie gefällt mir aber viel besser."

„Jetzt sind wir genau so weit wie vorher. Ich geh schlafen!", murrte Max mit Blick auf die leere Flasche, erhob sich und entschwand durch die offenstehende Flügeltür ins Dämmerlicht des Esszimmers. Von dort gab er, ohne sich umzudrehen, noch einen Rat: „Und vor allem wissen wir immer noch nicht, wo Kuhlmann junior zwischen dem Abendessen im Wirtshaus am Freitag und Sonntagnacht gewesen ist! Das sollten wir nicht aus dem Blickfeld verlieren!" Dann klappte die Schlafzimmertür hinter Max zu.

Béla hatte noch nicht ausgetrunken und auch Ferdinands Glas war nicht leer. Sie blieben sitzen. Béla stellte sich vor, Ferdinand würde zu ihm auf das Sofa wechseln wie damals im Mai.

Er behielt das Datum in Erinnerung wie einen Hochzeitstag. Fast dreißig Grad waren es tagsüber gewesen, abends erlösende Gewitter. Aber er wusste, dass es eine Illusion war. Insgesamt und vor allem im Augenblick, weil Ferdinand noch ganz in den Überlegungen zu seinem Fall verfangen war.

„Wir stehen davor und sehen es nicht!", murmelte Ferdinand.

Den Satz kannte Béla aus mehreren Kriminalfilmen und – um ehrlich zu sein – er hätte von Ferdinand Geistreicheres erwartet. Als wirklich störend empfand er es jedoch nicht; es war eben nicht Ferdinands Verstand, wovon Béla gerade träumte.

Max riss den Schwärmer grob aus seinen Träumen. Von der spaltbreit geöffneten Schlafzimmertür her warnte er mit schon etwas schwerem Zungenschlag: „Und bei allen Überlegungen sollten wir Béla und seiner Räuberg'schicht nicht aufsitzen. Was ist, wenn der kleine Kuhlmann nicht nur den Mandanten von Doktor Kort zu erpressen versucht hat, sondern andere auch?"

Damit verschwand Max endgültig.

Das war unfair, denn nun war die leichte Schläfrigkeit, die sich auch bei den beiden Jungen eingestellt hatte, wieder dahin.

Natürlich konnte es sein, dass der blonde Unschuldsengel Charly und seine Kumpane die Erpressernummer auch noch bei anderen Herrschaften versucht hatten. Bei Leuten, die nicht so dezent reagierten wie angeblich der Anwalt Kort für seinen unbekannten Mandanten.

Erpressung war eine übliche Sache. Fälle dieser Art gab es sonder Zahl, und es musste gar nicht zu unzüchtigen Handlungen wider die Natur gekommen sein – wie das Gesetz das nannte. Es genügte, das einfach zu behaupten und Zeugen zu nennen. Vorteilhaft war auch, wenn der zu Erpressende sich dabei an Orten aufhielt, die das unterstellte Verbrechen für den Arm – nicht das Hirn – des Gesetzes wahrscheinlich machten.

Das einzige Risiko dabei war, dass die Drohungen erfolglos blieben. Dann wurde aus Rache eine Anzeige erforderlich, die sich auch gegen den Anzeigenden wenden konnte. Diese Figuren waren fast durchwegs gerichtsbekannt und hatten meist wenig Erfolg mit der Ausrede, sie hätten sich ohnehin gewehrt und es wäre über die Belästigung hinaus zu keinen unzüchtigen Handlungen wider die Natur gekommen. Dieses Risiko auf sich zu nehmen waren nicht wenige bereit. Der Aufenthalt im Gefängnis stellte in Zeiten, in denen es schwer war, sich ein Dach über dem Kopf zu erhalten und für tägliche Mahlzeiten zu sorgen, keine so schreckliche Möglichkeit dar, einen Winter zu überleben, ohne verhungern oder erfrieren zu müssen. Und was sie von den Mithäftlingen auf sich zu nehmen hatten, das war ihnen ohnehin vertraut.

Weitaus schwerer wog das andere Risiko, dass sich das Opfer erfolgreich zur Wehr setzte, indem es seinen Erpresser beseitigte. Das soll – selten, aber doch – vorgekommen sein, und es war am wirksamsten, wenn zur Tat geschritten wurde, noch bevor der mögliche Quälgeist zur Polizei gegangen war.

Wäre das bei Charly so gewesen, dann lag ein Motiv für einen Mord vor und der Selbstmord wäre tatsächlich nur vorgetäuscht, wie Vater Kuhlmann so hartnäckig behauptete. Er war offenbar zutiefst davon überzeugt, dass die beiden Herren, der Rechtsanwalt und sein Mandant, seinen Sohn ermordet oder wenigstens dazu gebracht hatten, dass er sich selbst erschoss.

„Cui bono?“ Ferdinand hatte von Max gelernt, dass dies stets den sicheren Weg zur Lösung eines Falles wies. Kuhlmann fragte sich nicht, welchen Nutzen Kort und Kompanie vom Tod von Kuhlmanns Sohnes gehabt hätten. Keinen. Ferdinands Antwort war jene, die schon Max im Pilgramhof gegeben hatte: Ein eingeschüchterter Charly dürfte wohl keine große Bedrohung mehr gewesen sein. Dass Vater Kuhlmanns Hauptverdächtige seinen Sohn nicht ermordet hatten, lag für Ferdinand damit zumindest im Bereich des Möglichen.

Dann aber musste er sich fragen, warum Charly sich in einer der ersten warmen Frühlingsnächte augenscheinlich selbst umgebracht hatte. Vielleicht hatte er sich eine schreckliche Krankheit zugezogen? Das war nicht ausgeschlossen, bei dem Umgang, den er gepflogen hatte. Und dies war eine Variante, die mit beiden Abschiedsbriefen vereinbar war. Sowohl mit der Selbstbezichtigung, schwer gesündigt zu haben und deshalb aus dem Leben scheiden zu müssen, wie auch mit dem Hinweis auf

Dr. Kort, der vielleicht von dieser Krankheit wusste und es den Eltern schonend beibringen sollte.

Aber Kort hatte den Eltern nichts beigebracht; er weigerte sich vielmehr, überhaupt mit ihnen zu reden und der Polizei hatte er glaubwürdig die Geschichte mit der abgewendeten Erpressung aufgetischt. Was nun? Schlafen gehen!

Während Ferdinand über dem Rest aus der Flasche gegrübelt hatte, war Béla auf dem Sofa eingeschlafen. Ferdinand ließ ihn liegen, löschte das Licht und ging ebenfalls schlafen.

10

Ein heruntergekommener Lehrherr, unmoralische Lehrlinge sowie Beichtväter und der Erdäpfelsalat eines grantigen Wirten.

„Und heute?", wollte Max wissen, als Ferdinand verschlafen in die Küche trat, wo auch die Nell schon werkte und längeres Verweilen deshalb nicht geraten war, der Geräusche wegen, die sie bei ihren häuslichen Hantierungen entwickelte.

Dem unscheinbarsten, per se lautlos anmutenden Ding vermochte sie die unglaublichsten Geräusche zu entlocken, vor allem wenn ihr Packpapier oder eines der daraus gefertigten Stanitzel der Greißler und Marktstandler zwischen die Finger kam, entlockte sie dem harmlosen Papier ganze akustische Schlachtenbilder oder Seestürme samt berstenden Schiffen.

Wagners Tutti wären Wiegenlieder verglichen mit den Küchensymphonien der Nell, urteilte Max blumig wie immer; und Ferdinand malte sich aus, wie im Sommer, wenn das Küchenfenster zum hallenden Hof hin weit offen stand, das unfreiwillige Publikum der Melanie Abandanell das erleben musste.

„Was heute?", wiederholte Max seine Frage, weil Ferdinand offenbar nicht gehört hatte.

„Zu Beranek zuerst", gab Ferdinand an, „und dann zu den Wirten."

Max nickte wortlos, und obwohl die Nell sich in seiner Anwesenheit um ein piano bemühte, ergriff er nun die Flucht. Wieder einem Krisentag entgegen, wieder einmal zuerst zu Löwy, dem Verleger des Unsittlichen, um Honorar einzumahnen und sich wieder dessen Jammern über den mauen Geschäftsgang anhören zu müssen. Und dann Ärger mit Emm, dem Chef vom Dienst, und seinen Marotten.

Ferdinand beeilte sich, seine eingebrockte Semmel rasch aus dem Malzkaffee zu löffeln, denn war Herr Max einmal aus dem Haus, auferlegte sich die Nell bei ihrem Werken keinerlei Zurückhaltung mehr. Sosehr Ferdinand liebte, was aus ihrer Küche hervorging, sosehr verabscheute er das Getöse, das die Seinswerdung ihrer Köstlichkeiten begleitete. Und wenn es, selten genug, Fleisch zu klopfen galt – unerlässlich bei der Qualität, die der Haushalt sich leisten konnte –, dann mochte man meinen, es wäre mit dem Abriss von Maxens Eckhaus begonnen worden.

Davon, dass sie – unempfindlich gegen den eigenen Lärm – auch sang, wussten die anderen lange Zeit nichts, denn sie tat es nur, wenn sie sich allein in der Wohnung wähnte. Dem schwertschmiedenden Siegfried gleich sang und hämmerte sie mit dem Fleischschlegel auf die Schnitzel, dass es eine schaurige Freude war. Aufgeflogen war ihre Leidenschaft zur Oper als Béla – von ihr unbemerkt noch in der Wohnung – in eines ihrer fragmentarischen Duette eingestimmt, und sie fast der Schlag getroffen hatte.

Wie Béla es in seinem anschließenden Kabinett fertigbrachte, bis gegen Mittag murmeltierisch zu schlafen, während die Nell in der Küche ihre Tongemälde schuf, war Max und Ferdinand ein Rätsel, aber er schaffte das. Für Béla begann der Tag spät, wenn es keine Nachtmittagsvorstellung gab, keine außertourlichen Kostümproben oder Neuinszenierungen, in denen er im Ballett mithopste oder im Chor gebraucht wurde. Da waren die Tage härter, jetzt war wenig zu tun. Die „Blume“ lief seit zwei Monaten ausverkauft und würde es wohl noch bis in den Fasching hinein machen. Béla hatte Lenz. Dann betrat er erst gegen halb zwölf vergnügt und ausgeschlafen das Reich der Nell, die immer etwas für ihn übrig hatte, beispielsweise ein Briochekipferl zum Kaffee, während die anderen nur einfaches Gebäck bekamen. Sie schien ihn als Ersatz für den eigenen Sohn zu betrachten, den ihr Habsburgs Krieg genommen hatte.

Ferdinand hatte sich gegen zehn auf den Weg zu Beranek, dem Lehrherrn des Kuhlmann junior, gemacht. Das Wetter war mies, er ging zu Fuß, das Gedränge des Marktes meidend unter seinem Schirm die Linke Wienzeile stadtwärts, querte die Ausläufer des Karlsplatzes und bog in die Bösendorferstraße ein, wo der Modesalon Beranek lag, in dem Charly Kuhlmann seine Lehre gemacht hatte.

Mit Beranek ging es bergab. Charles Kuhlmann konnte den Schein bürgerlich honorigen Gewerbes wahren, indem er im Souterrain seines Modepalais zu Schleuderpreisen Billigware anbot, die Heimarbeiterinnen in düsteren, feuchten Kabinetten anfertigten, nachdem sie das Material von Kuhlmann hatten kaufen müssen, zu bösen Preisen, und wenig für die Arbeit bekamen.

Der Salon Beranek dagegen, ein alteingesessener Betrieb, war nach außen hin immer noch vornehm, und auch im Verkaufsraum konnte der Besucher noble Vergangenheit ahnen. Wie Gerüche sich festsetzen, auch wenn ihre Quelle nicht mehr vorhanden ist, so wurde die Kundschaft im Salon von vergangener Größe umfangen. Spiegel, da und dort fleckig abblätternd, baldige Erblindung kündend; dunkles Holz, an den häufig begriffenen Stellen abgenutzt, und Teppiche, die in diesem Zustand vor Sarajevo im Lokal nicht geduldet worden wären; in den Lustern nur jede zweite Glühbirne eingeschraubt: Niedergang, soweit das Auge reichte. Beraneks Vater hatte noch Erzherzöge vermessen und von allen gewusst, ob sie Rechts- oder Linksträger waren; das aber war Geschichte.

Leck geschlagen war die Welt neunzehnachtzehn, dann vollgelaufen mit roter Anarchie und nun, das Heck hoch über den einst ruhigen schwarzgelben Wassern, war sie dabei, sich in den Grund zu bohren. Mit Schaudern dachte Rudolf Beranek daran, dass, wenn es so weiterginge, er wohl noch gänzlich zum Änderungsschneider herabsinken würde, denn ändern und wenden war sehr angesagt in diesen Zeiten.

Mit einem Wort, Charlys Lehrherr hatte es nicht leicht. Den Karli hatte er nur genommen, weil er auf Kuhlmanns Aufträge angewiesen war, was auch der Karli gewusst und sich entsprechend überheblich aufgeführt hatte. Andererseits jedoch – er gestand es sich nur ungern ein – war ihm der kleine Kuhlmann doch gelegen gekommen, weil er Kundschaft angelockt hatte; nicht die allerfeinste, aber immerhin. Erst als der Knabe übermäßig frech wurde und schließlich zu arbeiten ablehnte, hatte Beranek – mehr als Rache an dem unbotmäßigen Lehrling denn aus Sorge über Karlis Entwicklung – den Vater informiert.

Auch den Ferdinand jammerte Herr Beranek nun an, was das für Zeiten wären, und malte in düsteren Bildern die eigene Zukunft als Änderungsschneider für den Pöbel, bevor er dem Detektiv die Lehrlinge vorstellte.

Von den Fünfen, die Beranek beschäftigte – sie waren weitaus billiger als Gesellen –, war der Albin jener, der mit dem Karli offenbar am engsten gewesen war. Albin war durch sein rachitisches Aussehen – die Folgen einer Hungerkindheit im Krieg – gewappnet gegen die Zudringlichkeiten jener speziellen Kundschaft, die bei Beranek wegen Charly gerne vorbeigeschaut hatte. Vielleicht hatte Karli sich dem hässlichen Albin auch deshalb anvertraut, weil der keine Konkurrenz darstellte.

Von Karlis wüstem Leben hatte Albin nur eine schwache Ahnung; er kannte auch die Herren nicht, die um Karli herumscharwenzelt waren, denn Beranek ließ Albin seines Aussehens wegen aus der Werkstatt nicht hinaus. Umso mehr wusste Albin von Karlis Frömmigkeit zu berichten. „Er hat immer von der Sünde geredet“, erzählte Albin, während er nervös sein Gesicht nach Wimmerln abtastete, „und gejammert, was der Pater Waitz dazu sagen wird? Ich hab ihn gefragt, warum er dem das alles auf die Nase binden muss? Da hat er nur die Schultern gezuckt. Das war sicherlich wegen dem Jünglingsverein“, vermutete er, „dass er sich gar so geschämt hat und immer beichten gegangen ist.“

Jünglingsverein? Ferdinand wurde hellhörig. Vater Kuhlmann hatte einen Verein erwähnt, in dem er den Sohn vermutet hatte, wann immer er nicht daheim war. Albin ging dort nicht hin, seine Eltern waren Sozi, aber er wusste Bescheid. „Das war der Jünglingsverein Maria Hilf. Irgendsowas von den christlichen Gewerbetreibenden.“ Und er wusste auch wo: „In der Kirchengasse, hinter dem Gerngroß!“, sonst aber nichts.

Ferdinand redete noch mit den anderen Lehrlingen, aber auch die konnten – oder wollten – nicht mehr sagen, als der Albin schon erzählt hatte. Nur einer von ihnen, der Ernstl, frech und – davon war Ferdinand überzeugt – an dem Erpressungsversuch an Dr. Korts Mandanten beteiligt, war recht gesprächig, nachdem Ferdinand ihm geschworen hatte, nicht von der Polizei zu sein. „Die hat uns ja bis jetzt nicht belästigt”, stellte der Ernstl zufrieden fest, aber viel war es auch nicht, womit er aufzuwarten hatte. Charly sei recht beliebt gewesen bei den Herren. „Der war immer gut beinand, der hat sich alles g'fallen lassen, der muss so gewesen sein“, verriet er Ferdinand, der: „So wie?“, fragte. Der Ernstl war nicht verlegen: „Ein Warmer halt“, präzisierte er seine Vermutung. „Und ihr?“, wollte Ferdinand wissen. „Mir machen das nur fürs Geld, und nicht alles, was der Charly g'macht hat.“

Im Café Sarastro – das er selbst meiden würde – sei der Charly öfter gewesen, berichtete er; ferner, dass der Kollege die Herren nach Strich und Faden ausgenommen hätte, und auch von Charlys Beichtzwang wusste er. „Erst hat er sich aufgeführt wie die letzte Praterhur', dann ist er beichten g'rennt“, rundete Ernstl grinsend das Bild von Karl Kuhlmann junior ab.

Ferdinand bedankte sich, auch bei Beranek, und ging zur Kirchengasse, wo er den Jünglingsverein unschwer fand. Es war aber geschlossen. Die Hausmeisterin, ganz, was als alter Drachen geläufig war, wusste das auch.

„Die haben jetzt zu“, sagte sie spitz. „Was wollen'S denn?“

Ferdinand wollte wissen, wer sich um das Seelenheil der gewerblichen Jünglinge kümmerte. Das hob ihn in ihrem Ansehen, und sie gab bereitwillig Auskunft: „Das ist der hochwürdige Herr Pater Waitz. Der ist aber jetzt auch nicht da. Der ist überhaupt gern selten da. Die gehen alle zu ihm in die Kirche. Drüben in Fünfhaus."

Ferdinand bedankte sich bei der Hausmeisterin, die sich wieder in ihre Höhle zurückzog, und machte sich auf den Weg; zu der roten Backsteinkirche am Gürtel war es ein Katzensprung.

Kuhlmann hatte die böse Unterstellung des Hofrats im Café empört erwähnt: Es hätten schon Beichtväter ihre Beichtlinge in den Freitod getrieben! Nun galt es festzustellen, ob der hochwürdige Herr Pater Waitz verzweifelt machende Verdammung donnerte oder verständnisvoll vergebend war.

Ferdinand bedeutete die Kirche nichts. Er war zwar getauft, aber sobald sich in den Zwanzigerjahren die Möglichkeit dazu geboten hatte, war er ausgetreten. Wie es im Beichtstuhl zuging, das wusste er noch aus seiner frühen Schulzeit. Sie hatten dafür gesorgt, dass die verderbten Schäflein das niemals vergessen würden.

„... habe gesündigt in Gedanken, Worten und Werken", frischte Ferdinand sein Bekenntnissprüchlein auf, aber Pater Waitz, den er damit aus der Reserve locken wollte, war nicht zugegen. „Auf einer Lehrlingswallfahrt nach Mariazell", gab der Mesner Auskunft, und wenn es zum Beichten unbedingt der Pater Waitz sein müsste, wurde er beschieden, so möge er doch morgen abends wiederkommen.

Ferdinand verließ die Kirche ungeläutert und beschloss, sich nun um die Wirte zu kümmern. Die Station der Stadtbahn war nicht weit, sie würde ihn nach Hietzing bringen.

Das Schema „Ermittler überführt nach genauer Detektion den Verbrecher" war Ferdinand fremd. Er hatte keine Methode; er ging ähnlich chaotisch vor, wie er es bei der Polizei wahrnahm. Zudem hatte er vielfach Glück, der Zufall spielte ihm in die Hände. Und er war ein geschickter Jäger und Sammler. Was ihm für erfolgreiche Observierungen an Geduld fehlte, kompensierte er mit einem bemerkenswerten Quantum an Hartnäckigkeit. Sein Aussehen – schlank, wie fast alle damals, aber gesund und fesch – kam ihn dabei sehr zugute. Bei Wohlgesinnten beseitigte es scheue Widerstände, feindselig Eingestellte kapitulierten oft vor seiner Größe.

In Hietzing angekommen, eilte Ferdinand drei Stufen auf einmal nehmend die flache Stiege der Stadtbahn hinauf und ging gleich – wie Max angeregt hatte – ins Restaurant des Parkhotels.

Dort wurde Kundschaft, die wie Ferdinand aussah, prinzipiell sofort mit dem Hinweis „Alles reserviert!" abgewimmelt. Nachdem er dem Maître de Salle erklärt hatte, dass er gar nicht essen wollte, sondern nur eine Auskunft im Fall des Karl Kuhlmann junior brauchte, schob ihn der befrackte Mann am Ellbogen sachte gegen den Ausgang hin, ohne auf die Photographie zu achten, die ihm Ferdinand zeigte. „So etwas kommt bei uns nicht vor. Nein. Natürlich war dieser junge Mann nicht hier. Er wäre wohl auch nicht bedient worden!" Hier irrte der Mann, denn die Kuhlmanns waren schon öfter im Parkhotel speisen gewesen und stets mit ausgesuchter Höflichkeit behandelt worden. Beim Eingang angelangt, hielt er Ferdinand die Tür auf und blickte ihm noch nach, um sicherzugehen, dass der unerwünschte Gast auch wirklich fort war.

Nur wenig besser erging es Ferdinand beim Rappel an der Ecke. Auch dieser Mann dünkte sich erhaben. „Na, des fehlert mir grad, so a Reklame könnt i brauchen! Des war drüben, beim Lustig – mir is's sowieso liaba, wenn die ganzen Halbseidenen beim Lustig bleib'n; i hab gern seriöse Leut' im Lokal."

Als Ferdinand nicht locker ließ, gab der Wirt immerhin zu, dass Karl Kuhlmann junior an dem fraglichen Freitag da gewesen war. „Ja. Aber er ist gleich wieder gegangen, weil wir voll waren." Auch Ferdinands Frage, ob er alleine gewesen sei, bejahte der Wirt, und ohne dass Ferdinand weiterfragen musste, fuhr er fort: „Er ist nach rechts, ich habe ihn noch im Fenster gesehen. Zum Lustig, hab ich mir gedacht, weil er ja was essen wollt'. Und so war's dann ja auch. Nicht wahr? Und jetzt lassen'S mich in Ruh, ich hab Gäst'."

Ferdinand ging, genau wie vermutlich damals der Charly, den Zipfel vom Hietzinger Platzl hinauf in die Maxingstraße, zum anderen Wirt, dem Lustig.

Das Lokal war kaum zu erkennen, weil es farblich wie auch in der Höhe in die Mauer eingepasst war, die den Schlosspark hier umstand. Neben dem Eingang – den ein flüchtiger Betrachter als Tor in der Gartenmauer wahrgenommen hätte – standen zwei Tafeln, auf denen mit Kreide das Mittagsmenü angeschrieben war: Karfiolsuppe, gebratene Augsburger mit Erdäpfelschmarrn auf der einen Seite, und was die Schank des Hauses zu bieten hatte, auf der anderen. Es war das Gängige: Weißer Spezial, Sooser Rotweine, bestens gepflegtes Bier. Ferdinand trat ein, und der Lustig hatte offensichtlich nichts gegen Gäste, die aussahen wie der Ferdinand. Niemand versuchte ihn zu verscheuchen, weder unmissverständlich handgreiflich noch mit der dezent vorgetragenen Behauptung, kein Tisch sei frei.

Es ging zwar schon auf eins, aber die meisten Gäste waren noch beim Mittagessen; ein gemischtes Publikum, wie es in jedem Eckbeisl zu finden war. Dazwischen saßen Männer in Overalls, ein Mann mit weißem Mantel und zwei Herren im Frack in Begleitung einiger Damen in Abendroben speisten an zwei Tischen in einer Veranda, die als Extrazimmer figurierte und die sich zu einem kleinen Gastgarten mit Kies unter Kastanien öffnete; dahinter erhob sich das Sonnenuhrhaus, das kleine Treibhaus im Schlosspark Schönbrunn. Ferdinand fiel auf, dass die Damen aber auch die Herren sehr stark geschminkt waren: Das waren offensichtlich die Halbseidenen, über die sich der Rappel abfällig geäußert hatte.

An der Schank wandte sich Ferdinand an den Mann, der niemand anderer als der Wirt sein konnte; und der Josef Lustig war zwar auch nicht sehr entgegenkommend, aber an Charly konnte er sich gut erinnern: „Kommt ja net jeden Tag vor, so was, net?"

Wohin der kleine Kuhlmann gegangen war, wusste er nicht. „Haaß war's. Des ist alles. Und wir waren voll."

Ferdinand bestellte ein Bier.

„Und glaub'n'S, jetzt waaß i mehr?", reagierte der Wirt grantig wie zuvor, aber Ferdinand, lange genug in der Stadt, um die feinen Nuancen von Unwillen zu unterscheiden, erkannte nun doch Bereitschaft, sich genauer zu erinnern.

„Ja, der war da", grantelte der Wirt, während er Ferdinands Bier zapfte. „Durt is er g'sessn", deutete er zu einem Tisch in der Ecke, nachdem er das Bierglas vor Ferdinand auf die Theke gestellt hatte.

„Hat er gegessen?", fragte Ferdinand weiter.

„Ja, hat er", sagte der Wirt mit dem Rücken zu Ferdinand, zwei Kracherl aus dem Eiskasten greifend. „Frittatensuppe, ein Schnitzel mit Reis und Erdäpfelsalat und eine Sacher mit Schlag."

„Das wissen Sie noch so genau?", staunte Ferdinand und wurde von Lustig unverzüglich belehrt: „Der Erdäpfelsalat ist gatschig, hat er g'sagt, der Rotzbua, der verzogene. Das ist mir mein Lebtag noch nicht untergekommen, der Erdäpfelsalat von der Fini gatschig!"

„War er öfter da?", fragte Ferdinand, ohne auf die Empörung des kopfschüttelnden Wirtes einzugehen.

„Na!", kam es sofort vom Lustig, „des ane mal hat g'reicht." Der Erdäpfelsalat von der Fini ..., dachte Ferdinand.

Und natürlich hatte Charly beim Abendessen keine Gesellschaft gehabt. „Da lass ich mi einestechen", führte der Wirt den Korkenzieher an seinen Hals, „wenn der net allein war! Fragen's den Egon", deutete er auf den Kellner, der mit einem Tablett auf die Küche zusteuerte. „Der kann das bestätigen."

Tatsächlich erinnerte sich auch der Egon an den einsamen Karli. Bei ihm war es das großzügige Trinkgeld, das die Erinnerung wachgehalten hatte, und das – begriff Ferdinand – wohl mehr dem feschen Kellner als dem Essen geschuldet war. „Dort ist er g'sessen", deutete Egon mit dem freien Arm auf den Ecktisch, den schon der Wirt bezeichnet hatte. Und dann war Karl Kuhlmann junior gegangen. „Wohin?", wollte Ferdinand wissen.

„Links oder rechts, was weiß ich, das ist Monate her!", ließ die Auskunftsfreudigkeit des Lustig nach, während er den Kork aus der Spirale des Korkenziehers drehte. „Ich schau doch den Leuten nicht nach, wenn's Lokal voll ist. Ich glaub, er ist nach links, zum Friedhof hinauf." Von jemandem, der ein paar Tage später tot aufgefunden wird, nimmt man wohl an, dass er zum Friedhof geht, dachte Ferdinand.

„Vielleicht ist er auch nach rechts, zum Eingang vom Park, wo er dann seinen Mörder getroffen hat", überraschte der Wirt mit Einbildungskraft, während er den Korkenzieher an einem weiteren Doppler ansetzte. „No a Bier?"

Ferdinand schüttelte den Kopf. „Danke." Er bezahlte das Seidel und verließ das Lokal. Vor der Tür blickte er sich um, ob der Wirt ihm nachschaute; der Lustig schichtete Flaschen in seinen Eiskasten, aber Ferdinands Blick traf ganz genau auf den des Kellners Egon, der dabei die Augenbrauen leicht hob. Der Egon sah ganz gut aus, aber es musste nicht sein, dachte Ferdinand, der viel zu sehr mit Charly Kuhlmann beschäftigt war, als dass er mit einem Kellner geflirtet hätte. Es wäre ein nettes Vergnügen geworden; zum Fall hätte Egon nichts beitragen können, obwohl er – ohne es zu wissen – so sehr an der Quelle saß.

Ferdinand resümierte: Die Aussagen waren klar, eindeutiger ging es gar nicht. Dass sich Charly mit seiner Nörgelei über den Erdäpfelsalat beim Lustig für ewige Zeiten eingeprägt hatte, war einleuchtend. Auffällig hohes Trinkgeld hatte bei einem Kellner wohl die gleiche Wirkung. Aber vielleicht waren sie eingeschüchtert oder bestochen, wie der Kuhlmann behauptete? Ferdinand war die Wortwahl des Wirts aufgefallen: „Der Egon kann das bestätigen!" Das hatte etwas Amtliches, Eingelerntes, das stutzig machte. Vielleicht klang es aber auch nur deshalb so unglaubwürdig, weil der recht bodenständige Wirt sich aus unerfindlichen Gründen hier der Schriftsprache bediente. Was natürlich die Frage aufwarf, warum er für diese Auskunft die ihm vertraute Sprache verließ. War es, weil er meinte, seine Lüge würde hochdeutsch ausgesprochen leichter als Wahrheit hingenommen, oder …?

Ferdinand merkte, dass er wenig zielführend im Kreis dachte, und beschloss, während er die Maxingstraße zum Platzl hinging, den Wirt und seinen Kellner als glaubwürdig zu betrachten und sich als Nächstes ein Bild vom Fundort des Charly Kuhlmann zu machen. Er betrat den Schlosspark durch das Hietzinger Tor, ging an den an- und absteigenden gläsernen Hügeln des Palmenhauses und am Eingang zum Zoo vorbei ein Stück in den Park hinein und, weil der Regen vorüber und es föhnig mild geworden war, setzte sich auf eine der Bänke, die fast alle leer standen.

Eine Weile saß er da, schaute den Kindern zu, die sich unermüdlich bückten, um Kastanien aufzuheben, und den Eichhörnchen, die völlig dumm-zahm hin und her huschten und gefüttert werden wollten. Mütter oder Gouvernanten mit Kinderwagen sowie ein oder zwei Sprösslingen an der Hand zogen an ihm vorbei; Gärtner sammelten das farbige Laub auf und luden es auf Karren, die an jene erinnerten, mit denen die Feinde der Revolution zur Guillotine gekarrt worden waren.

Nach einer Weile machte sich der Oktober doch bemerkbar, Ferdinand fühlte die herbstliche feuchte Kühle vom Boden her, erhob sich und schlenderte noch ein Stück die breite Achse entlang, die an der Gartenfront des Schlosses vorbeiführte, bog dann aber nach rechts, weiter in die Tiefe des Parks zum Neptunbrunnen hin und von dort geradeaus bis zur Römischen Ruine: Hier also war Charly Kuhlmann an jenem Montagmorgen im Mai gefunden worden! Ein bizarrer Ort, um sich eine Kugel in den Kopf zu schießen, dachte Ferdinand. Passte das zu dem doch recht lebenslustigen Lehrling, den er bisher kennengelernt hatte? Diesem nicht so tapferen Schneiderlein, das sich einen Revolver besorgte, weil es Angst um sein Leben hatte? Oder doch, um sich damit umzubringen?

Dass Charly gerne beichten ging, war nicht unbedingt ein Hinweis auf ein romantisch verworrenes Gemüt. Auch die Aussagen des Lehrlings Ernstl deuteten eher auf eine kühl berechnende Wesensart als auf eine Prägung durch wirre Phantasien; und kühl berechnend war wohl auch der zweite Brief, der nun Rechtsanwalt Kort Tätigkeiten abverlangte, die dieser nicht mochte, weil sie nicht honoriert wurden.

Der Abschiedsbrief, den Charly in der Hand gehalten hatte, der passte: *mea culpa, mea culpa, mea maxima culpa!* Aber der zweite war alles andere als die Botschaft eines religiös verwirrten Schwärmers. Sachlich kurz war an Dr. Kort verwiesen.

Jugendlicher Irrsinn manifestiert sich anders, dachte Ferdinand, aber vielleicht bringt ja morgen die Beichte bei Pater Waitz Licht ins Dunkel.

Ferdinand verließ den Park zur Stadtbahnstation hin. Um Max in dessen Korrekturpause im Pilgramhof zu treffen, war es zu früh, deshalb beschloss er, sich bis dahin den Zeitungsausschnitten mit den Abgängigen zu widmen.

11

Wer abgängig ist, wird nicht unbedingt vermisst, und auch wer viel Geld hat, ist nicht unbedingt glücklich.

Wieder am Küchentisch, ein Häferl Kaffee als Bedrohung für das Archivmaterial absturzgefährdet nahe an dessen Rand, begann Ferdinand eine wegweisende Linie in die Meldungen über die Abgängigen zu bringen. Und er ging dabei nicht ganz so chaotisch vor, wie es sonst seine Art war.

Zunächst sortierte er alle Ausschnitte aus, die ältere Personen oder Mädchen betrafen, weil er sich – auch wenn Max ihm heftig widersprochen hatte – von seiner vorgefassten Meinung nicht lösen konnte, dass Baron Ludwig Latsch von Latschenfels etwas mit dem Verschwinden der Burschen zu tun hatte.

Hierauf ordnete er die jungen Vermissten in drei Gruppen: Wieder gekommen, tot aufgefunden und noch immer vermisst. Den Stapel mit den glücklich Heimgekehrten – unter ihnen gab es eine erstaunlich große Zahl von Schülern oder Lehrlingen, die einfach Muße brauchten oder eine Tante besuchen wollten – legte er gleich wieder in die braune Archivmappe. Bemerkenswert war ohnehin nur ein Fall, nämlich jener Knabe, der von Entführung und Fremdenlegion gefaselt hatte, was Meyers Blättern nur eine kleine Notiz, der „Sonn- und Montagszeitung" aber eine reißerische Riesengeschichte wert gewesen war. Für Ferdinand waren alle diese Fälle ohne Bedeutung.

Anders verhielt es sich bei jenen, die nach einigen wenigen Tagen tot aufgefunden wurden. Von ihnen notierte Ferdinand nur die fragwürdigen Fälle, jene mit besonders auffälligen Todesarten, die Fremdeinwirkung nicht ausschlossen, auch wenn die ermittelnden Behörden Selbstmord protokolliert hatten, wie bei Charly Kuhlmann. Davon gab es nur zwei, beides Wasserleichen, von denen aber Zeugen versicherten, dass die Toten ausgezeichnete Schwimmer gewesen seien.

Die verbliebenen Vermissten unterschied Ferdinand in solche mit und solche ohne Abschiedsbrief; Charly war mit seinen zwei Botschaften an die Eltern ein absoluter Einzelfall.

Beim Studium der Meldungen war Ferdinand noch auf eine andere, fallweise Gemeinsamkeit gestoßen: Es gab vermisste Burschen, die mit Gepäck aufgebrochen waren, und von diesen hatten zwar nicht alle, aber doch einige einen Brief hinterlassen, oder aus der Ferne Post nach Hause geschickt. Sie schienen Ferdinand jene zu sein, von denen am ehesten Rückschlüsse auf seinen Fall zu erwarten waren. Und so hatte er, als er sich vom Küchentisch erhob und alle Blätter wieder in der Archivmappe lagen, eine kurze Liste mit einem halben Dutzend abgängiger Burschen: alle ungefähr im Alter von Kuhlmann junior, manche – das war auf der Suchmeldungen dann auch als Besonderheit vermerkt – ein wenig älter oder ein wenig jünger aussehend, alle aber mit gesunden Zähnen. Fünf davon waren mit Gepäck von Zuhause verschwunden, und unter ihnen fanden sich zwei, die einen Abschiedsbrief hinterlassen, und einer, von dem die Eltern nach einigen Tagen Post bekommen hatten. Immer mit sinngemäß gleichem Inhalt. Bedauern über den Kummer der Eltern, Aufforderungen, sich keine Sorgen zu machen, und das Versprechen, die Eltern stolz sein zu lassen, eines Tages. Zwei – und darauf kam es Ferdinand letztlich an – waren verschwunden, bevor

Baron Latsch in die Schweiz geflüchtet war, die übrigen vier hatten ihr Elternhaus verlassen, nachdem er – aus dem „Exil" zurückgekehrt – sich auf seiner Burg im Waldviertel eingenistet hatte.

Ferdinand notierte Namen und Anschrift der Eltern in sein Heft; bei jenen, wo diese Hinweise in der Zeitung fehlten, wollte er im Kaffeehaus den „Lehmann" konsultieren, wenn er am frühen Abend Max in dessen Korrekturpause dort traf.

Begeistert über sein Konstrukt, mit dem er Baron Latsch eindeutig mit den Vermissten in Zusammenhang bringen konnte, fieberte Ferdinand förmlich danach, Max zu berichten. Als der endlich aufgetaucht war, seinen großen Schwarzen bekommen und sich in sein Fensterbänkchen hatte sinken lassen, sprudelte Ferdinand los:

„Ich habe mir alle diese Abgängigen und Vermissten angeschaut. Da gibt es solche, die wiederkommen. Von denen ist nur der mit der Fremdenlegion aufgefallen, du erinnerst dich. Und dann die Toten, die manchmal auch Abschiedsbriefe hinterlassen. Und da gibt es eine Handvoll Lehrlinge und Schüler, die Gepäck mitgenommen haben. Manche auch Geld. Recht wenig oder etwas mehr, aber nie so viel, dass sie damit weit kommen konnten. Zwei davon schreiben in ihren Abschiedsbriefen, dass es ihnen, dort, wohin sie gehen, gut gehen wird."

„Ins Jenseits also!", ätzte Max. „Paradies, du verstehst, ein besseres Leben nach dem Tod, wie das die Christlichsozialen propagieren. Das können sie weitaus besser, als der Not im Diesseits Abhilfe schaffen."

Ferdinand überging es und komplettierte seine Erkenntnisse: „… und dass sich die Eltern keine Sorgen machen sollen und dass sie bald stolz auf sie sein könnten!"

„Na bitte, ein Sohn im Himmel, darauf kann man doch so richtig stolz sein. Wer außer dem Himmelvatta hat das schon?", lachte Max verächtlich in sich hinein.

Auch diese Bemerkung ließ Ferdinand unerwidert, aber den nächsten Einwand konnte er nicht übergehen. „Und wo ist der Zusammenhang mit dem kleinen Kuhlmann?", stellte Max trocken Ferdinands Erkenntnisse infrage. „Der hat doch zwei Abschiedsbriefe hinterlassen; und noch dazu solche, die einander widersprechen, oder täusche ich mich da."

Max wollte hören, dass er sich niemals täuschte, Ferdinand aber versagte ihm diese Befriedigung. „Ja, genau das müssen wir herausfinden. Warum hat der Charly gemeint, es könnte sein, dass ihm etwas zustößt? Hat er mit ‚zustößt' vielleicht ‚verschwinden' gemeint?"

„Verschwinden stößt einem doch nicht zu. Das macht man. Dabei ist man sehr aktiv", belehrte Max. „Und etwas, worauf die Eltern stolz sein würden, hat der kleine Karli auch nicht in Aussicht gestellt. Also wo, bitte, ist da der Zusammenhang mit deinen Abgängigen?"

Ferdinand ließ sich davon nicht beirren: „Ich habe mir das genau angesehen und notiert, wann Lehrlinge und Schüler verschwunden sind. Es gibt zwei Fälle vor der Flucht vom Latsch, danach sind bis letzten Herbst keine verschwunden."

„Das gibt es nicht!" Max schüttelte ungläubig den Kopf.

„Natürlich sind welche verschwunden", räumte Ferdinand ein. „Aber nur solche, die aus Abenteuerlust abgehauen sind. Und Schüler mit schlechten Zeugnissen. Ein paar Selbstmörder auch. Aber", legte Ferdinand seine Theorie weiter dar, „keiner mit Gepäck! Schultaschen, ja. Aber keine Koffer, keine Rucksäcke. Und auch keine Briefe aus der Fremde."

Max lauschte, ließ den Löffel in seinem großen Schwarzen kreisen und blickte aus dem Fenster. Dabei nickte er beständig, während Ferdinand seine argumentative Schlinge um Baron Latsch enger zog, so, wie er sich das vorgenommen hatte: „Es gab das vorher, dann war Ruhe, und dann hat es wieder angefangen. Was soll man sich dabei denken?"

„Nichts", wandte Max ein, ohne sich ihm zuzuwenden. „Wer sagt dir, dass das nicht vom Wetter abhängt?"

„Bitte, ernsthaft, ja! Ich glaube schon, dass das kein Zufall sein kann. Es hängt von irgendwelchen äußeren Einflüssen ab."

„Also doch das Wetter?", blieb Max ungläubig.

Ferdinand wurde ungeduldig: „Nein, der Latsch! Es hängt mit der Anwesenheit des Herrn Baron zusammen! In den Jahren, die er in der Schweiz war, gab es das nicht."

„Und jetzt meinst du“, wandte Max seine Aufmerksamkeit von den Passanten am Gehsteig wieder Ferdinand zu, „der Latsch lockt sie auf seine Burg und frisst sie dann auf wie die Blutgräfin Báthory ihre Mägde?“

„Mach dich nur lustig, alter Zyniker. Dein Geschäft hat dich verdorben. Aber was ist denn schon von einem alten Mann zu erwarten, der Tag für Tag gegen die Christlichsozialen geifern muss. Versuch es doch einmal mit Liebesgedichten anstelle deiner Hetzartikel.“

„Ich hetze nicht!“, reagierte Max grantig, um zu kaschieren, wie sehr ihn der „alte Mann“ verletzt hatte. „Und Liebesgedichte habe ich auch schon einmal geschrieben. Ungefähr im Alter vom kleinen Kuhlmann. Sie sind nicht erhalten, und das ist gut so. Die Zeiten sind nicht nach Liebeslyrik, daher schreibe ich brillante Artikel gegen die Schwarzen.“

Ferdinand sah ein, dass er zu grob gewesen war, und er bedauerte es; eine Entschuldigung brachte er nicht über die Lippen, aber an seinem betroffenen Gesicht vermochte Max zu lesen, wie leid es Ferdinand tat. Damit war die Sache erledigt. Aber Max würde sich revanchieren, das sah Ferdinand kommen.

„Zurück zu den Häufigkeiten!“, begann Max angriffslustig Ferdinands Theorie zu zerlegen. „Denen würde ich an deiner Stelle nicht allzu viel Bedeutung beimessen. Was ins Blatt kommt, wird ja nicht vom Streben nach Vollständigkeit diktiert. Ausschlaggebend ist, wie viel Platz verfügbar ist. Das solltest du eigentlich längst wissen. Die Verschwundenen müssen mit der Anwesenheit des Barons im Lande gar nichts zu tun haben. Außerdem: Die Burschen, die der Herr Sekretär für die Feste seines Herrn auftreibt – unter anderem im Café Sarastro, nehme ich an –, die gehen alle wieder nach Hause. Vermutlich mit einem fürchterlichen Kater, aber gut bezahlt.“

„Ja aber …“, Ferdinand setzte sich nicht durch.

„Außerdem, der Karli war ja nicht so richtig abgängig“, eröffnete Max die nächste Runde. „Er war zwei Tage nicht zu Hause, gut. Aber: kein Gepäck, kein Brief, der auf bessere Zeiten hinweist, nichts, worauf die Eltern vielleicht eines Tages stolz sein könnten. Nein, einfach nach einem Abendessen in Hietzing verschwunden und am dritten Tage in Hietzing wieder auferstanden; bedauerlicherweise aber tot."

Ferdinand war verzweifelt. Er hing an seiner Fährte, die zu Baron Latsch führte; er sah aber auch ein, dass Max nicht ganz unrecht hatte, wenn er diese Spur als eine selbst gelegte bezeichnete; eine Spur, der nur zugeordnet wurde, was dazu passte, und von der ausgeschlossen blieb, was sich nicht einfügen wollte, aber doch wichtig sein konnte für die Feststellung der Tatsachen, die für Ferdinand offenbar nicht vorrangig waren.

Als hätte Max Ferdinands Gedanken gelesen, holte er – sich erhebend, um in die Redaktion zurückzukehren – zum letzten, vernichtenden Schlag aus: „Alles, was dir passt, stopfst du in deinen Generalverdacht gegen den Baron Latsch. Was dir nicht passt, übergehst du. Ich halte das nicht für seriös, Herr Kaffeehaus-Detektiv." Damit war der „alte Mann" gerächt und Max konnte, seelisch wieder im Gleichgewicht, zu den Korrekturen seiner Pamphlete gegen die Christlichsozialen schreiten.

Ferdinand blieb ziemlich angeschlagen zurück. Das kommt davon, dachte er an den „alten Mann" und sagte sich, dass er wirklich zu weit gegangen war. Zugleich aber verdächtigte er Max, nur sehen zu wollen, was Baron Latsch entlastete; so wie er selbst danach trachtete, den Verdacht gegen den Baron zu erhärten. Wahrscheinlich, so sah er ein, war beides falsch, und er nahm sich vor, beim nächtlichen Gespräch die Standpunkte zu klären.

Und um sein seelisches Gleichgewicht wiederzufinden, beschloss Ferdinand, die Krautfleckerln der Nell, die in der Speis auf ihn warteten, zu lassen und im Wirtshaus zu essen; mit Kuhlmanns Vorschuss in der Tasche verursachte das ausnahmsweise kein schlechtes Gewissen.

Außerdem konnte dort, bei Mutter Motz in der Eszterházygasse, der alte Wachmann Vogelsang – ein Stammgast – freundlich in die Erwägungen einbezogen werden, was in der Sache meist nicht wirklich weiterhalf, den verbrauchten Mann aber freute. Vor allem dann, wenn Béla am Tisch war und mit seinen kühnen, weniger an denkbarer Wirklichkeit als an realitätsfremder Einbildung ausgerichteten Deutungen für kopfschüttelnde Heiterkeit sorgte. Vorzugsweise bei Wachmann Vogelsang, der sich als Polizeibeamter kompetent fühlte, die Unsinnigkeit dieser Einfälle zu entlarven, aber Béla, dem blonden Bürschlein, seine abstrusen Einfälle gerne nachsah, weil auch Béla Nachsicht übte, wenn Vogelsang ihm ab und zu an den Hintern griff.

12

Von harten Zeiten, einer Wirtin, ihren Speisen sowie ihren Gästen mittags und in der Nacht.

Josefa Pöll und Adolf Motz hatten einander kennengelernt, als der Kaiser gerade sechzig Jahre auf dem Thron saß. In diesem Jubiläumsjahr eröffneten sie gemeinsam ihre erste Gastwirtschaft, und damals wurde auch Tochter Anni geboren.

In den folgenden Jahren wechselten sie öfter den Standort ihres Lokals, verließen eigenmächtig den Hafen der Ehe und segelten eine Zeit lang getrennt – Adolf eignete sich nicht wirklich zum Familienleben –, fanden dann wieder zueinander, um wenig später, im ersten Jahr des großen Krieges am unteren Rand des Sechsten auf Grund zu laufen. Hier war die Odyssee der Motze zu Ende, aber wie eine Katze, die lange im Kreis tritt, bevor sie sich niederlässt, waren es erst Magdalenenstraße und Corneliusgasse gewesen, bevor sie in der Eszterházygasse neben dem Tröpferlbad für lange Zeit ankerten.

Beide waren knochige Gestalten, sie könnten von einer Egger-Lienz-Leinwand herabgestiegen sein, wäre es nicht bloß das Nachtgeschäft gewesen, das sie so hart geschnitzt hatte. Sie wurde von den Gästen „Mutter Motz“ genannt; Herr Motz, der nicht „Vater Motz“ war, sondern von allen nur Adolf gerufen wurde, lebte im Hintergrund der Gattin.

Das Reich der Josefa Motz wurde im „Lehmann“ eine „Speisewirtschaft“ genannt, woraus über die Beschaffenheit des Lokals und seines Angebots noch nichts hervorging. Die Anschrift lautete Eszterházygasse 4, das war das Eckhaus zur Magdalenenstraße, und es war ein Wirtshaus, wie es Hunderte in der Stadt gab: Stieg man die drei Stufen vom Gehsteig hinauf und öffnete die Tür, wehte einem entgegen, was den eintretenden Gast auch in diesen Hunderten anderen Lokalen entgegenwehte: der aus Bier und Rauch geeinte Wirtshausgeruch.

Im Winter schirmte ein Windfang, ein schwerer, aus Pferdedecken zusammengeschusterter Vorhang mit ledernen Säumen, den Schankraum gegen die Kälte draußen ab. Der geölte Parkettboden war dunkel, und den Bahnen, die Generationen von Kellnern ausgetreten hatten, folgte nun Josefas Gatte Adolf. Hinter der Schank ein monumentaler „Linde-Eiskasten“, der weiße Doppler im Kaltwasserbad in der Schank, Bierhähne und eine Glasvitrine, in der – vor Atem und Zugriff der Kundschaft geschützt – Mayonnaiseeier und eingesunkene Topfengolatschen westen; obenauf standen drei Körbchen mit Gebäck zur Weiterreichung durch den Keller an die Gäste bereit. Auf einem durchtränkten Geschirrtuch – rot kariert – standen die Krügel und die Seidel, die Viertelgläser und die seltener gebrauchten Achteln. Und auch einige Stamperl für den Slibowitz, den die Gäste aber als Schligowitz bestellten.

Rot kariert waren auch die verschmutzten Vorhänge an den Fenstern. Die Netzvorhänge waren steif von Nikotin, das vierundzwanzig Stunden am Tag in der Luft hing, und sorgten dafür, dass Tageslicht ein Fremdkörper blieb. Die einfachen Hängelampen mit den flachen Milchglasschirmen, wie sie in Küchen und Dienstbotenkabinetten üblich hingen, waren mit Vorhangstoff verhüllt, sodass auch ihr Licht gedämpft war, was als Hinweis auf die Andersartigkeit der Wirtschaft geargwöhnt werden konnte, aber deshalb gleich zu behaupten, sie wäre eine üble Spelunke, wäre ungerecht gewesen. Denn unter den schillernden Sumpfblüten, die in den Seitengasse des Naschmarkts reichlich gediehen, war die Speisewirtschaft der Familie Motz geradezu eine weiße Lilie der Unschuld und konnte als bürgerlich oder wenigstens kleinbürgerlich gelten – untertags.

Da nämlich waltete Tochter Anni umsichtig und emsig in der Küche, und Friederich Loiskandl, ihr Gatte, von den Gästen Fritz gerufen, machte den Kellner. Das Vormittagsgeschäft war flau. Die Anni werkte gemächlich in der Küche und auch der Fritz hatte an der Schank nur mäßig zu tun. Auf zwölf hin jedoch verwandelten sich Schank und Extrastüberl in einen Hexenkessel voll besetzter Tische und Wartender an der Schank.

Die Küche der Speisewirtschaft Motz hatte sich den Ruf erworben, eine erwägenswerte Alternative zum häuslichen Herd zu sein. Und wer nicht das Glück hatte, einer Koch-Gemeinschaft anzugehören, die von wechselnden Hausfrauen um gemeinsames Geld günstig hergestellte Mahlzeiten auf den Tisch zauberte, war mit Motzens Küche brauchbar und beim „Menü" zu einem kaum unterbietbaren Preis bedient.

Die Gäste, die zu den Tischen der Motze strömten, hätten natürlich auch eine Filiale der WÖK aufsuchen können; dort aber gab es nur gesundes Essen in kleineren Portionen, was hinzunehmen gewesen wäre; aber es gab keinen Alkohol, nicht einmal Bier wurde ausgeschenkt, wie mancher verdrossen anmerkte. Bei Motz gab es davon genug: „Stadtbräu" aus kommunalem Brauhaus und kein sehr verführerischer Gerstensaft, dem böse Zungen nachsagten, er werde aus Rosskastanien gekocht. Aber das „Stadtbräu" war billig.

Mutter Motz, wie das Lokal allgemein genannt wurde, ohne jedoch, dass ein Schild an der Fassade diesen Namen gewiesen hätte, war immer schon von den Unverwöhnten der Gesellschaft aufgesucht worden, und in den steigenden Zwanzigerjahren waren es ihrer mehr geworden; daher die Übersiedlung aus der Corneliusgasse in das geräumigere Gehäuse in der Eszterházygasse.

Hier, in dem lang gestreckten Raum und dem an seiner Schmalseite anschließenden Extrastüberl war ausreichend Platz für die anschwellende Schar jener, die sich einen feinen Gaumen nicht erlauben konnten, und die Motze bewiesen auch – in duldbaren Grenzen – Sinn für die Gemeinschaft.

Ein windiges Bürschchen konnte zwar nicht mit Erbarmen rechnen, wenn sich nach gehabtem Mahl die Geldbörse als leer erwies. Angezeigt wurde jedoch nicht; es hieß dann eben die Motz auf den Markt begleiten und ins Wirtshaus schleppen, was sie so alles zusammenkaufte; und weil die Motz'sche Küche vorwiegend eine Kartoffel- und Gulaschküche war, lagen die Säcke mit den Erdäpfeln und Zwiebeln oft schwer auf den Schultern jener Übermütigen, die gemeint hatten, sich als zahlungsunfähig aus der Affäre ziehen zu können.

Böse Zungen sagten der Josefa Motz gerne nach, dass sie diese Burschen nicht nur zum Schleppen der Erdäpfel einspannte, was verständlich gewesen wäre angesichts der Neigung des Herrn Motz zu ebensolchen Burschen. Aber es war nichts dran, denn: Wann hätte dieses Abarbeiten eines Mittagstisches an der Motz stattfinden sollen? Josefa Motz hatte einfach keine Zeit fürs Geschlechtliche, was ihr umso leichter fiel, als sie auch kein Interesse mehr daran hatte. Ihrer Gebärpflicht dem Kaiser gegenüber hatte sie seinerzeit mit der Tochter Genüge getan, wozu sich also noch auf etwas einlassen, das ein flüchtiges Vergnügen war, aber sehr dauerhafte Schäden verursachen konnte nicht nur an der Seele, sondern auch am Leib. Keuschheit war hier nicht Demut vor Gottes Gebot, sondern Ergebnis kühlen Abwägens von Vor- und Nachteilen.

Auch Herr Motz konnte damit leben; mit dem Töchterchen hatte auch er seinen Fortpflanzungsauftrag erfüllt und Nachfolge fürs Geschäft gesichert. Der Kellner Fritz, an dem die Anni ehelichen Gefallen gefunden hatte, war ein tüchtiger Kerl.

War der Mittagstrubel vorüber, fanden sich nur vereinzelt Gäste ein; die kamen aus dem benachbarten Städtischen Volksbad. Das war zwar nur ein Tröpferlbad, aber es war rege frequentiert, und nach der Reinigung des Leibes spülte manch einer den Schmutz, der am Gemüt sich angelagert hatte, mit einem Bier oder einem G'spritzn fort. Umsätze, die das Kraut nicht fett machten.

Zwischen fünf und sechs endete das Tagwerk des tüchtigen Schwiegersohnes und der Anni Loiskandl; Josefa und Adolf Motz rückten an und übernahmen: Sie die Küche, er die Schank, so, wie es auch die Jungen hielten. Mutter Motz kochte für die Anni voraus, was aufgewärmt absetzbar oder gar noch besser war als frisch, wie beispielsweise das Gulasch, das auf dem Herd fortwährend vor sich hin sott.

Mit der Losung der Mittagsstunde konnte sich der Abendumsatz der Küche freilich nicht messen. Wer zu Mittag auswärts gespeist hatte, war gezwungen, sich abends daheim mit einem Stück Brot und Dosenfisch oder ähnlich Anspruchslosem zu begnügen. Es gab jedoch noch einen anderen Grund für diese abendliche Flaute.

„Auf d'Nacht kann man dort net hingeh'n", sagten jene, die sich um die Mittagszeit dort recht gerne versammelten, um für wenig Geld ihren Hunger zu stillen; und sie hatten das auch schon über das Lokal in der Corneliusgasse gesagt, aus der die nächtliche Kundschaft mitgesiedelt war in die Eszterházygasse.

Denn zur Nacht hin entpuppte sich die Motz'sche Speisewirtschaft, diese kleinbürgerliche Unschuldslilie, als eine doch recht schillernde Sumpfblüte, die sich ganz natürlich in die sonstige Flora der Gegend fügte. Hatten die vereinzelten Abendesser, die sich eine „Knacker in Essig und Öl" oder „Würstel mit Saft" leisteten, auch ihr sparsames kleines Bier ausgetrunken und sich auf den Heimweg gemacht, konnte Josefa Motz sich eine kleine Weile hinsetzen, etwas essen und sich für die bevorstehende erste Metamorphose ihres Lokals rüsten.

Denn waren tagsüber die Gäste bei Mutter Motz die üblichen – gegessen wurde insgesamt weitaus mehr als getrunken –, so mutierten Schank und Extrastüberl vom frühen Abend an langsam zu einem Treffpunkt von Stadtbewohnern, die zu dem neigten, was die Konservativen und mit ihnen das Strafgesetzbuch „widernatürliche Unzucht" nannten.

Es waren harte Zeiten, da musste jeder sehen, wie er überlebte, und Mutter Motz hatte dieses Überleben immer schon mustergültig beherrscht. Durch Adolf, den Gatten – aus dessen Bekanntenkreis diese nächtliche Kundschaft gewachsen war –, ohnehin mit dem Phänomen vertraut, hatte Josefa Motz nie etwas dabei gefunden, auch jene gerne zu bedienen, die den rechten Blättern die „Abartigen“ waren. Willkommen war, wer konsumierte, und die nun anbrechenden Nachtstunden waren die besten für den Wirt, denn es wurde kaum mehr gegessen, aber sehr viel getrunken. Dass der Adolf für die Reize mancher Gäste sehr empfänglich war, kümmerte Mutter Motz nicht, solange er nicht zu viel „aufs Haus“ kredenzte.

In dieser Umgebung hatte Ferdinand begonnen – in zwiefacher Hinsicht. Wenn es Bier um Bier zu zapfen galt, was nur der Adolf konnte, hatte er serviert; er war über die Stiege im Hausflur zu Wein und Gemüse in den Keller gegangen und hatte Kisten mit Dopplern und die Erdäpfelsäcke heraufgeschleppt; und diese Stiege war dann auch auf andere Weise prägend für Ferdinand geworden.

Hierher kam er immer wieder gerne zurück; nicht regelmäßig zwanghaft, wie die Bevölkerung des Stammtischs, einfach manchmal, aus alter Anhänglichkeit an Mutter Motz und den Adolf.

13

Von den Leiden des Wachmann Vogelsang,
seinem mysteriösen Selbstmörder
sowie von drei glücklosen Erpressern.

Ferdinand betrat die Speisewirtschaft der Motze gegen halb neun. Einige Tische waren noch frei, aber er setzte sich zu Wachmann Vogelsang, der eben mit einem Stück Semmel den letzten Rest des Gulaschsaftes von seinem Teller wischte und über Ferdinands Gesellschaft hocherfreut war.

Adolf kam, um Vogelsangs Teller abzuräumen und den – hier immer noch – Ferdl um seine Bestellung zu fragen.

„Wie ist denn der Schweinsbraten?“, fragte Ferdinand den Adolf.

„Ganz frisch aus dem Rohr“, antwortete der Wirt, und Ferdinand leistete sich den Luxus; dazu ein Krügel.

Vogelsang war neben seiner Vorliebe für – mittlerweile völlig außer Reichweite geratene – junge Kerle auch noch mit einer Neigung zum Musischen geschlagen. Früher hatte er jahrelang Dienst in den Theatern gemacht, bevor ihn ein übelwollender Vorgesetzter zu grauslichem Außendienst vor diversen Botschaften und Regierungsgebäuden verdammt hatte; mit der Begründung, man dürfe die „Neigung“ des Vogelsang durch zwielichtige Dienstorte nicht nähren. Was für den Mann an Volkstheater, Josefstadt und Burg oder Akademietheater zwielichtig war, musste offenbleiben. Jedenfalls aber war diesem Außendienst auch eine von Vogelsangs Geschichten zu danken, die zwar alle längst kannten, die der Wachmann aber – nach mehreren Vierteln Spezial – unverdrossen immer wieder erzählte. Sie handelte von einer Leiche, die auf eine Tramway gewartet und es nicht mehr erlebt hatte – das war die Pointe. So früh am Abend durfte Ferdinand sich jedoch sicher fühlen. Vor allem hatte der Beamte gegenwärtig ganz andere Sorgen. Worunter er litt, war die betrübliche Tatsache, dass nun auch die Beamten die Krise zu spüren bekamen, indem ihre Gehälter nur mehr in Raten ausbezahlt wurden. „Ferdl“, sagte er – wie der Wirt die Metamorphose zum Ferdinand ignorierend –, „es ist nimmer schön.“

Dann klagte er, dass er bis zur zweiten Rate seines Gehalts nichts zu leben hatte, wenn er von der ersten alles bezahlte, was am Monatsanfang fällig war. Mutter Motz ließ ihn anschreiben und Ferdinand lud ihn auf ein Viertel ein, nicht ganz selbstlos, denn kaum hatte Vogelsang das Glas wieder hingestellt, nachdem sie angestoßen und getrunken hatten, da fragte Ferdinand: „Kennst du den Polizeidirektor Bubetz?“

„Wer kennt den nicht?", fragte Vogelsang zurück. „Der hat's jetzt schwer."

„Wieso denn?"

„Das weiß niemand so genau. Der Schober hat viel von ihm gehalten. Aber der ist jetzt tot."

Vogelsang trank, Ferdinand schaute ihn an.

„Wie er sich mit dem Brandl versteht, ist schwer zu sagen."

Schweigen, dann ging das Viertel wieder zum Mund und kam leer auf den Tisch zurück.

„Aber du kennst doch den Adam. Der war früher öfter da, du hast ihn doch ..."

Ferdinand erinnerte sich dunkel. „Und was hat der mit dem Bubetz zu tun?"

„Er ist sein Sekretär", klärte Vogelsang den Ferdinand auf. „Noch nicht lang. Ich glaub aber nicht, dass er dir was erzählen wird. Die schweigen alle. Außer vielleicht, du ..."

Ferdinand schüttelte schweigend den Kopf. Vogelsang nickte. „War wohl nichts. Hab ich mir eh 'dacht; der wirkt so fad."

„Es gibt Schlimmeres", beendete Ferdinand das Thema. Tatsächlich hatte die tatenlose, von schlechtem Gewissen diktierte Duldungsstarre, in die Adam damals verfallen war, auf Ferdinand wenig animierend gewirkt.

Vogelsang schwieg und drehte sein leeres Glas zwischen Daumen und Mittelfinger. Ferdinand ließ von Adolf ein weiteres Viertel Spezial bringen, Vogelsang dankte, trank und glaubte dann, doch etwas gehört zu haben. „Der Hofrat Bubetz soll an einer internen Angelegenheit dran sein, wird geredet. ‚Operation Fledermaus'. Streng geheim. Mit Ende des Jahres geht er in Pension. Aber was fragst du mich? Der Max kennt ihn doch recht gut. Frag doch den."

Ein gutgemeinter Rat, aber entbehrlich und kein Viertel Spezial wert. Natürlich kannte Max den Hofrat. Nicht nur vom Königrufen. Bubetz war einstmals Hofmeister bei Meyers gewesen, als Max des Lateinischen nicht und nicht mächtig werden wollte. Aber was Amtliches anging, schwieg Bubetz wie ein Grab. Sehr zum Leidwesen von Max, der sich ab und zu über kleine Indiskretionen gefreut hätte. Aber: nix da.

Max reagierte sich dann mit zynischen Berichten über die „beste Polizei der Welt“ ab; zuletzt war es das „Massaker in der Komödiengasse“ gewesen. Vogelsang erinnerte sich daran. „Der Artikel über die Sache mit dem Kürschnergeschäft war brillant!“, lobte er Max.

Ferdinand unterließ es „Wie immer“ zu sagen, obwohl das durchaus zutraf.

„Weißt du übrigens, was der Sohn vom Kürschner dort mitten in der Nacht gemacht hat?“

Vogelsangs breites Grinsen legte die Antwort nahe. „Der war nicht allein und hat sich nicht g'rührt aus Angst, dass sie ihn mit seinem Puderanten erwischen. Zu blöd, die zwei. Ich frag mich, warum haben's denn den Rollbalken nicht ganz heruntergelassen, das hätt ihnen den ganzen Schreck erspart. Und das Geschäft vom Papa wär ganz geblieben.“

„Wird eilig gewesen sein“, vermutete Ferdinand, der die Geschichte schon von Max kannte. „Haben Glück gehabt. In dem Aufruhr ist niemand auf die Idee gekommen zu fragen, was die zwei da um viertel drei in der Nacht im Geschäft zu suchen gehabt haben.“

Vogelsang schwieg eine Weile in sein Glas.

„Du arbeitest für den Kuhlmann?“, überraschte er Ferdinand nach einer kleinen Weile.

„Wer erzählt solche Sachen?“, hielt Ferdinand dagegen.

„Die Pierrette hat so was aufgeschnappt im Salon; der Chef hat telephoniert. ‚Jetzt wo dieser Nowak sich der Sache angenommen hat‘, hat er g'sagt.“

„Als wär ich der einzige Nowak“, blieb Ferdinand bemüht, seinen Auftrag nicht an die große Glocke zu hängen. Ein sicheres Einkommen – und wär's auch nur ein Gerücht – lockte Schnorrer an wie Scheiße die Fliegen.

„Der Goscherl weiß übrigens, wer den jungen Kuhlmann um'bracht hat“, redete Vogelsang weiter, überzeugt, dass Ferdinand an der Sache dran war.

Seit Ferdinand nicht mehr allabendlich wie einst bei Mutter Motz auftauchte, kannte er viele der jüngeren Gäste nicht oder nur vom Sehen, wie eben den Goscherl. „Goscherl“ wurde der

Bursche genannt, weil er ein unglaubliches breites Maul hatte, mit dem er sich seine Konsumationen bei der Motz verdiente. Er hieß Erich Panagl, war Glasbläser bei einer Werkstatt, die weiter oben an der Wienzeile Laborbedarf herstellte. Früher war er im Sarastro zugange gewesen, seit ihn der Schediwy aber hinausgeworfen hatte – warum wusste niemand –, frequentierte er die Motz'sche Wirtschaft; sein Goscherl brachte ihm hier aber nur einen Bruchteil dessen ein, was er im Sarastro damit verdient hatte.

„Hast du ihn heute schon gesehen?", erkundigte sich Ferdinand.

„Jaja, der ist eh da", wusste Vogelsang; und zu Adolf, der Ferdinands Schweinsbraten servierte: „Geh, schick den Goscherl herüber, sei so gut."

„Der is grad beschäftigt", antwortete Adolf. „Ich sag's ihm, wenn er fertig ist." Mit einem Blick auf Vogelsang nahm der Wirt dessen leeres Glas an sich, der Wachmann schaute fragend Ferdinand an und der nickte. Wenig später hatte Vogelsang – noch vergleichsweise früh – sein drittes Viertel Spezial.

Ferdinand wickelte das Besteck, das Adolf neben den Teller mit Schweinsbraten, Kraut und Knödel gelegt hatte, aus der Papierserviette und begann zu essen. Vogelsang sagte „Mahlzeit!" und „Schaut gut aus!" und kam dann doch wieder einmal auf den Toten an der Tramwayhaltestelle in Hietzing zu sprechen.

„Wegen der Elektrischen erschießt sich natürlich keiner", demontierte er andeutungsweise selbstquälerisch seine Lieblingsgeschichte. „Aber warum dann?"

„Irgendeinen Grund wird er schon gehabt haben", bemerkte Ferdinand höflich zwischen zwei Bissen.

„Aber so mir nichts, dir nichts? Noch dazu in Hietzing, wo er doch im Dianabad gewohnt hat", spann Vogelsang seine Ratlosigkeit weiter. „Da draußen ist ja nix."

Vogelsang hatte damals noch den schikanösen Außendienst machen müssen, so auch vor der Botschaft in der Hietzinger Hauptstraße in jener Nacht, als sich der Kaufmann Ignaz Sékely aus Budapest auf der Bank bei der Tramwayhaltestelle in den Kopf geschossen hatte. Ein Schutzbundmann, der von einer

Nachtübung heimging, konnte sich erinnern, den Mann gesehen zu haben: Er hätte einen niedergeschlagenen Eindruck gemacht.

Für Vogelsang, der sich auf den Schuss hin zur Haltestelle begeben und den Toten gefunden hatte, war es sein unaufgeklärter Fall, der ihn nicht losließ. Die Geschichte mit der Tramway, mit der er die Sache ins Lächerliche zog, war offenbar der Trost, den er sich selbst spendete, dafür, dass es ihm nicht gelang, eine Erklärung für das tatsächlich rätselhafte Verhalten des Selbstmörders zu finden. Der Mann hatte nur den Zimmerschlüssel vom Hotel bei sich gehabt. Kein Geld, keine Fahrkarte. „Gut, dass er tot war", konnte Vogelsang das Witzeln auch diesmal nicht lassen. „Er hätte einen Anstand mit dem Schaffner gehabt."

Weitere Erörterungen der Sache wurden vom Glasbläser Panagl verhindert, der – Ferdinand hatte inzwischen seine Mahlzeit beendet – sich mit einem fast leeren Seidel in der Hand zu ihnen setzte. Ferdinand lud ihn auf ein neues Bier ein, aber das Gespräch mit dem Goscherl war wenig ergiebig. Mit der Bemerkung: „Du kennst den Kort net?", würgte er alle Fragen ab, noch bevor Ferdinand sie stellen konnte. Aber er bestätigte, dass er selbst, der Charly und der Ernstl – auch ein Lehrling vom Beranek – versucht hatten, einem gewissen Herrn Kälbl Geld abzupressen. „Verheirat', drei Kinder und in der Kunschakpartei! Wir war'n sicher, dass der zahlt", sagte Erich verächtlich. „Und dann kommt der Oarsch mit dem Rechtsanwalt daher!"

Ferdinand begriff, was den Goscherl so schweigsam machte, er versuchte es aber trotzdem. „Und du weißt, wer den Charly umgebracht hat?"

Erich bestätigte das wortlos, schränkte aber gleich ein, dass er nicht das gleiche Schicksal erleben wollte wie der junge Kuhlmann.

Ferdinand blickte Vogelsang fragend an. Er hielt den Kerl für einen Angeber, der Wachmann teilte diese Ansicht: „Die Aussage über den Anwalt vom Kälbl klingt glaubwürdig", spielte Vogelsang den erfahrenen Kriminalisten. Und dann an den Goscherl gewandt: „Vom Tod des Kuhlmann junior hast du aber keine Ahnung, wenn du mich fragst."

„Aber leck mich doch!“, war die rüde Reaktion des Burschen; er ergriff sein Bier, stand auf und ging hinüber zur Schank, wo sich um diese Stunde bereits eine Schar von Gästen drängte, die eine Gelegenheit zur Unzucht wider die Natur suchten.

14

Was Mutter Motz von Eduard Schediwy unterschied und wie anders die Gäste da und dort waren, nebst einem kurzen Abendgespräch mit Max.

Die Speisewirtschaft der Mutter Motz in der Eszterházygasse war für Schediwys Café Sarastro keine Konkurrenz, und Mutter Motz empfand ihrerseits das einen Katzensprung entfernte Sarastro auch nicht als solche, denn sie betrachtete es ganz bodennah als eben etwas völlig anderes als das eigene Lokal.

Was Mutter Motz vom Schediwy unterschied, war vor allem dies: Schediwy lebte – neben anderem – von seinem Lokal, die Motz lebte für ihr Lokal. Und wo Schediwy aus dem Geschäftsgang zu tilgen trachtete, was nicht profitabel war, nahm die Motz geschmälerten Gewinn da und dort in Kauf um der Gäste willen. Heilige war sie darin keine, und Zechprellerei nahm sie nicht hin, da konnte sie zur Furie werden; aber einem, von dem sie wusste, wie schwer er sich tat, stellte sie gerne ein Seidel oder ein Viertel „aufs Haus“ auf den Tisch; ganz ohne jene Hintergedanken, die ihren Gatten Adolf bewogen, sich dem einen oder anderen Burschen gegenüber spendabel zu zeigen.

Die Bude der Mutter Motz quoll auch nicht über von attraktiven und willigen Kerlen, wie sie das Sarastro bot, aber es waren doch immer einige da, um ihren Körper anzudienen, wenige zum eigenen Vergnügen. Den meisten hätte man, bevor sie Bier, Wein oder Schnaps bestellten, raten sollen, ihr Geld besser zu sparen, anstatt in eine aussichtslose Sache zu investieren. Das Angebot war groß, übergroß, und wer ausgehungert daherkam, wem das Gewand am Leib schlotterte, aschgrau das Gesicht, der hatte nur geringe Aussichten, sich etwas zu verdienen. Vor allem galt bei der möglichen Kundschaft: Hände weg von den ganz Verzweifelten, denn da war die Gefahr, erpresst zu werden, besonders groß.

Chambres separées, wie sie der Schediwy hatte, konnte Mutter Motz ebenfalls nicht bieten. Aber jenen, die es ganz eilig hatten, und die sie gut kannte, überließ sie gegen ein Trinkgeld gern das sogenannte Magazin für hastige Lust, wo dann zwischen Kartons mit Putzmitteln und dem Sauerkrautfass erledigt werden konnte, was keinen Aufschub duldete. Die Kellertreppe, auf der Ferdinand seinerzeit in der Corneliusgasse auf den Geschmack gekommen war, wurde hier sauber gehalten.

Was das Lokal der Mutter Motz – für die Kundschaft des Schediwy gewiss eine Spelunke – vom Sarastro jedoch am nachdrücklichsten unterschied, war die Beziehung der Gäste zueinander und zum Interieur. Existierten Einrichtung und Gäste bei Schediwy stets sauber voneinander getrennt, war Mutter Motz eines jener Lokale, in denen die Stammkundschaft die Qualität von Möblierung annimmt und mit der übrigen Einrichtung zu einer Einheit verschmilzt; wenn „die Karolin" nicht am Stammtisch saß, dann fehlte etwas; und das galt auch für alle anderen, die Nacht für Nacht die Speisewirtschaft der Unverwöhnten zu einer Art Familienfest machten.

Wohl gab es auch im Sarastro Personen, die immer wieder kamen, aber selbst die blieben immer nur Gäste, mutierten niemals zum Mobiliar, und Schediwys Café war auch kein Ort, wo das Publikum sich mischte, vermengte zu einem einheitlichen, mehr oder minder schmutzigen Farbton. Hier verschwammen die Schichten der Gesellschaft so, wie auf marmoriertem Papier die Farben ineinander laufen, dabei aber doch scharf getrennt bleiben.

Selbst zu animiertester Stunde fand im Sarastro keine rauschige Verschwisterung der Gäste statt, wie sie sich bei Mutter Motz allnächtlich zu einem schrillen Hexensabbat steigerte.

Das dunkle Zentralgestirn dieser fortwährenden Walpurgisnacht war unbestritten der Stammtisch, um den alles andere kreiste. Dieser leicht acht Personen Platz bietende Tisch stand in der Bankecke des Extrastüberls und wurde von den Jungen nach dem städtischen Altenasyl am Rand des Lainzer Tiergartens spöttisch „die Versorgung" genannt.

Dort residierte Abend für Abend „die Karolin". Sie war – neben Mutter Motz – gewissermaßen die Schutzheilige des Lokals, die Nymphe dieser Quelle besteuerter und auch verbotener Genüsse. Zivil war diese Nymphe ein Herr Karl Peham, der in der Dürergasse unweit wohnte und in Zeiten, da das Apollo noch kein Kino gewesen war, dort als Damenimitator Triumphe gefeiert hatte. Von der Zeit aus dem Fach der Salondame zur komischen Alten hin gedrängt, war die Karolin immer zu derben Griffen in den Schritt der Burschen bereit, die mit „Schleich di, Oide" jegliche Hoffnung regelmäßig im Keim erstickten. Sie trug es mit Fassung, spielte dann entweder Karten oder begann aus besseren Zeiten zu plaudern. Unterstützt wurde sie dabei in einer Doppelconference von Jakob Aigner, der einst ebenfalls Damenimitator gewesen war, wenngleich nicht so vornehm wie die Karolin, sondern im Prater. Er war als „das Radlmadl" bekannt, weil er niemals ohne seinen Drahtesel anzutreffen war, und erschien auch jeden Abend, wenn er nach Ende der Vorstellung in der Staatsoper den letzten Mantel ausgegeben und sich daheim für die Nacht bei Mutter Motz aufgedonnert hatte. Das Radlmadl und die Karolin waren eine Art Doppelgestirn, Kastor und Pollux im Fummel, und Abend für Abend versuchten sie, einander mit ihren Kostümen zu übertreffen.

Was sie gemeinsam von der Silvesterfeier im Café Hager am Alsergrund berichteten, datierte ins Jahr des Untergangs, und die Geschichte war allen bekannt. Über hundert Leute waren damals hoppgenommen worden. Ferdinand hatte entwischen können, Baron Latsch war ebenfalls bald wieder daheim gewesen, und auch im Falle der anderen hatte es für die Moral der damals noch in den Windeln steckenden Republik nichts gebracht. Schelmisch kostete die Karolin jedes Mal den Triumph aufs Neue aus: Freispruch durch einen Richter, der befunden hatte, dass eine Gesellschaft im Keller eines Cafés keineswegs als öffentlich und als Ärgernis anzusehen wäre, ganz unabhängig davon, was da getrieben worden sein mochte oder nicht.

Allen Stammgästen ebenfalls vertraut war, womit ein alter Fregattenleutnant Carlo Grassetto – im Juni achtzehn mit Seiner Majestät Schiff „Szent István" gesunken und gerettet – sich interessant zu machen versuchte. Er behauptete, ein Verhältnis mit Oberst Redl, dem Spion, gehabt zu haben, was aber unwahrscheinlich war, denn selbst wenn man ihn sich wohlwollend jünger dachte, war kein Zustand vorstellbar, in dem er Redl einen Blick wert gewesen wäre. Was er zum Besten gab, war der Tratsch von damals; und da der Krieg so gut wie alle dahingerafft hatte, die ihn als Schmähtandler hätten entlarven können, blieben seine wilden Histörchen unwidersprochen.

Auch Wachmann Vogelsang saß, wann immer sein Dienstradl es zuließ, über seinem zweiten Viertel Spezial am Stammtisch, Ausschau haltend nach einem Opfer, dem er die Geschichte von seiner Leiche erzählen konnte. Zu den allnächtlichen Gestalten zählte auch noch Peter Moldauer, Verkäufer im Modepalais Charles Kuhlmann und abseits seines Arbeitsplatzes als „Pierrette" verrufen. Er verzehrte sich nach Ferdinand, ohne aber wie Horak oder Béla jemals begründete Ursache dafür erfahren zu haben.

Nach elf kam Stimmung auf. Doppler um Doppler wurde entkorkt, die Gesellschaft, in bedrohlich dichten Nebel von Zigarettenrauch gehüllt, den die schwachen Glühbirnen kaum mehr zu durchdringen in der Lage schienen, begann zu vergessen, aus welchen Verhältnissen sie hierher gefunden hatten. Fledermäusisches „Glücklich ist, wer vergisst, was doch nicht zu ändern ist" bemächtigte sich der – wie die Mittagsgäste – vom Leben ebenfalls nicht Verwöhnten. Mit den Krügeln, Seideln und Vierterln, die Adolf unter die Leute brachte, wuchs auch die Zuversicht, das Lokal vielleicht doch nicht alleine verlassen zu müssen.

Aber die Blicke, die sich auf jeden Neuankömmling richteten, der in der Tür oder im Winter zwischen den zur Seite geschobenen Pferdedecken auftauchte, lohnten kaum, weil diese Neuankömmlinge ganz selten anderes als alte Bekannte waren. Stammpublikum, die immer gleichen „Alten", und trat zwischendurch ein Junger ein, dann war er so gut wie sicher aus der Stammtruppe der Käuflichen.

Um die Geisterstunde herum, wenn die Vergangenheit erzählerisch restlos ausgebeutet war, ließen das Radlmadl und die Karolin die Zeiten ihrer Bühnentriumphe auferstehen. Sie schwebten vom Stammtisch ins gegenüberliegende Eck des Extrastüberls, wo neben der Klotür das Pianino stand, auf dem abwechselnd die eine die gesangliche Darbietung der anderen begleitete. Dann drängten die Gäste aus der Schank ins Extrastüberl und durften von der Karolin fallweise sogar die Arie der Königin der Nacht hören, wobei sie die Koloraturen mehr hühnerhaft gackerte als sang, ohne dabei freilich Missfallenskundgebungen zu riskieren. Das Radlmadl sang sich – gelegentlich auch passend kostümiert – mit Carmens „Habanera" in die Herzen der benebelten Schar, wobei die Androhung ihrer Liebe tatsächlich Anlass zu Sorge bot.

Immer wieder verlangt und von Wachmann Vogelsang, der Mitglied im Polizeichor war, auch geliefert, wurde die schmalzige Klage des Zahlkellners Leopold aus dem „Weißen Rössl" „Es muss was Wunderbares sein, von dir geliebt zu werden ..."

Nicht täglich, aber oft, hatte um diese Zeit auch Béla seinen Auftritt. Er war gern gesehen, denn er brachte als Pflaster für alle Mühseligen und Beladenen von seiner Arbeit im Theater eine große Portion Operettenseligkeit mit.

Dann hämmerte die Karolin in die Tasten, dass ihre falschen Armbänder rasselten, und Béla sang mit brauchbarer Stimme vom „Golden Baby": „... ich bleib dir treu, ich will in deinen starken Händen häppy enden ..."

Hatte er seinen Liebhaber Trajan, einen rumänischen Tenor, dabei, gaben sie gemeinsam das „Diwanpüppchen". „Ich hab ein Diwanpüppchen, süß und reizend wie du, genau wie du, genau wie du" tanzten sie. „Das hat so schöne weiße Zähne und im

Aug' die falsche Träne und im Herzen Sägespäne, so wie du, jaja, so wie du."

„Die Blume von Hawaii" von Paul Abraham füllte nicht nur das Theater an der Wien, sie riss auch hier mit und führte zum unvermeidlichen Höhepunkt, dem Seemannsmarsch, zu dem die schon etwas gelichtete Gästeschar durch das ganze Lokal trampelte: „Wo es Mädels gibt, Kameraden ..."

Wenn später das Klavier verstummt, Béla gegangen war und die Schwestern fast alle abgerauscht waren, dämmerte die zweite Metamorphose der Motz'schen Wirtschaft herauf. Ganz andere Kundschaft eroberte sich gegen vier die Tische und schwemmte die letzten Überbleibsel des täglichen Maskenballs fort. Es waren die ersten Marktfieranten, die kamen, um sich aufwärmen, zu stärken für das Tagwerk. Schwerfällige Leute, bäurisch, von weit her mit ihrem Gemüse und Geflügel angereist, ohne eine Vergangenheit, wie sie die Karolin vorzuweisen hatte, ohne eingebildete Verhältnisse zu Männern, die Geschichte geschrieben hatten, aber unbedroht vom Arm des Gesetzes, wo sie nicht geraubt oder gemordet hatten.

Dies war der Zeitpunkt, da sich Mutter Motzens Speisewirtschaft in etwas verwandelte, das im Umkreis von Märkten als „Gulaschhütte" weit verbreitet war. Serviert wurde Gulasch oder Gulaschsuppe, und Würstel mit Gulaschsaft konnte man auch haben. Und vor allem Bier und so viele Vierteln wie man wollte, aber kaum einer konnte sich so viele Vierteln leisten, wie er vertragen hätte.

Es kamen, von den Landleuten verstohlen begafft, die Huren, die hier nach vollbrachtem Nachtwerk – und nachdem sie abgeliefert hatten – in Gesellschaft ihrer Zuhälter frühstückten. Es kamen weinselige Spießer, abgerutschte Bürger oder Kleingewerbetreibende, die ihre Nacht in Witwenkaffeehäusern und Stundenhotelzimmern verbracht hatten, und nun ihre Fluchtachtel in sich hineinschütteten, um den unvermeidlichen Kater hinauszuzögern oder um sich darüber zu trösten, dass sie in einem obskuren Tschocherl beim „Stoß" kräftig ausgenommen worden waren.

Ferdinand hatte das oft genug erlebt, aber bis dahin waren es noch drei, vier Stunden. Im Extrazimmer begann das Kreischen und Gelächter der „Versorgung“ langsam ohrenbetäubend zu werden, und Béla war noch nicht aufgetaucht. Wahrscheinlich war er mit Trajan vornehmer ausgegangen, dachte Ferdinand, und drum hatte es wenig Sinn, auf ihn zu warten. Er bezahlte bei Adolf seinen Schweinsbraten, die Biere und die drei Vierteln Spezial des Vogelsang und trat kurz vor zwölf aus dem verrauchten Lokal in die frische Nachtluft. Von den Barnabiten her hörte er Mitternacht schlagen, keine fünf Minuten später war er daheim.

Im Ecksalon brannte noch Licht, Max thronte in seinem Kubus; er hatte gelesen. Als Ferdinand eintrat, legte er das Buch beiseite und füllte eines der beiden bereitstehenden Gläser; er hatte offenbar den Rest der Trull zu einer Abendrunde erwartet und blickte Ferdinand nun vorwurfsvoll an.

„Du stinkst nach Rauch!“, sagte er missbilligend, denn von der Trull rauchte keiner. Max hatte viel zu viel Angst vor Lungenkrebs, Béla träumte vielleicht noch von einer Sängerkarriere, und Ferdinand hatte sich das Rauchen mühsam abgewöhnt, weil es Max in seiner Wohnung nicht duldete und es überdies eine kostspielige Sucht war.

Ferdinand nahm im östlichen Fauteuil Platz und zog das Glas, das Max ihm entgegenschob, zu sich. Den Vorsatz, mit Max abermals den Verdacht gegen Baron Latsch zu erörtern, gab er auf, weil Béla, von dem er sich stets dramatische Unterstützung erwarten durfte, nicht da war. Stattdessen berichtete er von seinem Besuch bei Mutter Motz und den Enthüllungen des Wachmanns Vogelsang. „Der Hofrat Bubetz ist mit internen Ermittlungen beschäftigt, wusstest du das?“

„Und wer vermutet das?“, vermied Max zuzugeben, dass er es nicht wusste.

„Der Vogelsang“, sagte Ferdinand. „Geheime ‚Operation Fledermaus‘!“, worauf Max wissen wollte: „Nach dem wievielten Viertel?“

Es war das zweite gewesen, also räumte Max ein, dass etwas dran sein könnte. Viel anzufangen war mit diesem Hinweis aber nicht, denn der Hofrat würde dem Journalisten trotz der jahrzehntelangen Freundschaft, die sie verband, nichts sagen. Interessanter erschien Max, was Ferdinand vom Goscherl erfahren hatte; auf die Behauptung, die Mörder des jungen Kuhlmann zu kennen, reagierte Max mit einem verächtlichen „Angeber!"; aber was der Glasbläser vom Mandanten des Dr. Kort berichtet hatte, amüsierte ihn.

„Den Kälbl, den kenne ich von früher", festigte Max einmal mehr seinen Ruf, alles zu wissen. „Ob er damals auch schon verheiratet war, kann ich nicht sagen. Aber er war hinter jungen Bürschchen her, das weiß ich genau, weil wir einmal beide ..."

„Und wer hat ...", wollte Ferdinand wissen.

„Das tut nichts zur Sache", unterbrach Max beiläufig.

„Also Kälbl", dachte Ferdinand, indes er Max weiter gespannt anblickte, um zu hören, was sonst noch über den endlich enttarnten Mandanten des Dr. Kort wissenswert war.

„Der Kälbl hat von seinem Vater eine kleine Druckerei übernommen. Der Alte war für den Lueger im Gemeinderat und hat auch schon für die Pfaffen gearbeitet", breitete Max sein – in diesem Fall erstaunlich spärliches – Wissen über Kälbl vor Ferdinand aus. „Irgendwann hat er dann geheiratet, eine Kriegerwitwe mit zwei Kindern."

Damit griff er nach André Gides „Falschmünzern", die er bei Ferdinands Auftauchen weggelegt hatte. „Und jetzt möcht ich noch ein bissl' lesen, bevor ich mich niederleg."

Ferdinand zog sich zurück, zu frühem Schlaf, weil er morgen zeitig mit den Abgängigen beginnen wollte; zeitig bedeutete für die Trull aber: nicht vor sieben Uhr.

15

Vom Schicksalshaften falscher Türnummern, dem Elend der Abgängigkeit und der Liebe auf den ersten Blick.

Ferdinand ging es tatsächlich früh an. Max und Béla schliefen noch, nur die Nell werkte bereits in der Küche. Er würgte ein in Kakao eingebrocktes Milchlaberl vom Vortag hinunter und machte sich auf den Weg. Er wollte die traurigen Besuche hinter sich haben, so rasch es ging. Anfangen wollte er mit dem verschwundenen Maarten Huygens; dessen Wohnsitz lag Ferdinand am nächsten: Heinrichshof, Opernring.

Ferdinand betrat – vom Naschmarkt kommend – den Luxusbau, in dem auch Baron Latsch über eine Etage verfügte, von der Elisabethstraße her. Im zweiten Stock der Stiege rechts glaubte er die richtige Wohnung gefunden zu haben, aber er irrte und wurde von einem älteren Herrn, der geöffnet hatte, streng korrigiert: „Sie haben sich in der Tür vertan, Herr … wie war doch gleich ihr Name?"

Ferdinand stellte sich vor. „Nowak, Ferdinand Nowak, Detektiv."

„Aha", sagte der Mann, „da sollte Ihnen aber aufgefallen sein, dass wir hier auf Achtzehn wohnen." Und während dieser Rüge trat er einen Schritt aus der Tür, drehte den Kopf schräg nach oben und wies mit ausgestrecktem Arm und Zeigefinger auf die kleine, in Bronze gegossene Plakette mit einer Achtzehn, die oben in der Mitte des Türstocks angebracht war, von Schnitzwerk umrahmt.

„Die Dreizehn ist vis-à-vis", fuhr der Mann in einem Tonfall fort, der ebenso rechthaberisch belehrend war wie der Fingerzeig auf die Türnummer. „Aber nicht auf dieser, sondern auf der nächsten Stiege. Sie werden dort auf Dreizehn jedoch niemanden antreffen. Herr Huygens ist nach dem Verschwinden seines Sohnes übergeschnappt und nach Steinhof gebracht worden. Wie sind Sie überhaupt hereingekommen? Warum haben Sie nicht den Portier gefragt?"

Ferdinand hörte das alles abwesend an, es plätscherte labernd an sein Ohr, gerade, dass er noch den Sinn erfasste. „Es war kein Portier da, und das Tor stand offen", sagte er teilnahmslos, denn im Hintergrund des Vorzimmers stand ein Jüngling, der – indem er erst mit dem Finger auf sich selbst und dann mehrmals nach unten deutete – ihm offenbar zu verstehen gab, er würde im Parterre auf ihn warten.

Ferdinand nickte, und der Alte missverstand es als Bestätigung dafür, dass seine Belehrung angekommen war. „Mein Enkel muss in die Schule, Sie verzeihen …", bemerkte er noch, während sich der Bursche am Großvater vorbei durch die Tür drückte, Ferdinand kurz anblickte und dann laufend, die letzten Stufen zum Treppenabsatz mit einem Sprung nehmend, nach unten verschwand.

„Um dorthin zu gelangen, müssen Sie ins Erdgeschoss und dann den Hof Richtung Ringstraße überqueren", nahm der Mann seine Unterweisungen wieder auf, aber Ferdinand nahm es nicht wahr; er bedankte sich hastig und eilte, ebenfalls rasch, aber ohne zu springen, die Stiegen hinunter, während oben die Tür hinter einem kopfschüttelnden Sektionschef des Finanzministeriums nobel dumpf ins Schloss fiel.

Im Durchgang, der von der Elisabethstraße über den Innenhof zum Opernring führte, stand der Jüngling. Offenbar wollte er vermeiden, dass ihn der Portier oder sein Großvater vielleicht vom Fenster her mit dem Detektiv sprechen sahen.

„Sie suchen den Maarten?", begann er, als Ferdinand ihn erreicht hatte. Ferdinand nickte. „Ich kenne den Maarten. Ich muss aber jetzt in die Schule, der Chauffeur wird gleich da sein. Er fährt erst mich ins Gymnasium, dann bringt er Großvater ins Ministerium. Wenn Sie noch etwas wissen wollen – wo finde ich Sie am Nachmittag? Gegen halb drei?"

Ferdinand gab das Café Pilgramhof an, der Bursche nickte „Gut!", während er zur Straße hinlief, wo eben ein Automobil vor dem Torbogen hielt. Der Junge stieg hinten ein und der Wagen schnurrte davon.

Ferdinand stand noch eine Weile in der Einfahrt und starrte auf die Stelle der Straße, von wo der Dienstwagen den Jüngling entführt hatte. Ferdinand dachte „entführt“, wunderte sich selbst darüber und hatte dabei das Gesicht vor sich, das er hinter dem alten Herrn im Vorzimmer der Wohnung Achtzehn zuerst erblickt hatte: die ungekämmten, kurzen, schwarzen Haare, die starken Backenknochen und die grauen Augen, dazu hörte er die Schritte und die Sprünge auf der Treppe, die dem alten Herrn die Augenbrauen missbilligend zusammengezogen hatten. In dieser Verfassung stand Ferdinand da, und er wäre wohl noch länger so dagestanden, hätte ihn nicht ein Lieferant vertrieben, der mit seinem kleinen Lastauto in den Hof wollte.

Aus seinen Tagträumen aufgescheucht machte sich Ferdinand nun auf den Weg zur Familie Dobernigg, der wie dem holländischen Großkaufmann Huygens ebenfalls ein Sohn abhandengekommen war.

Ebba Dobernigg war Hausfrau, August Dobernigg Agent, ein in diesen Tagen häufiger Beruf, oft genug Tarnung für Arbeitslosigkeit. Neben Vermittlern von Künstlern und Wohnungen füllten vor allem jene Agenten die Spalten in den Adressbüchern, die in ausgetretenen Schuhen, mit Löchern in den Socken von Haus zu Haus und Tür zu Tür gingen, um Hausfrauen dies und das aufzuschwätzen. Dann wurde der Ratenvertrag unterschrieben, das Wirtschaftsgeld der Woche ging auf die Anzahlung drauf und die ganze Sache endete meist mit einer Pfändung und der Rückkehr zur Waschrumpel. So einer war August Dobernigg aus der Sicht der Hausbesorgerin, bei der Ferdinand nach dessen Wohnung gefragt hatte. Für den Verlust seines Sohnes verdiente er jedoch wie alle anderen gebührende Anteilnahme; es war aber nur die Gattin zu Hause.

Ferdinands Einleitungsritual sollte überall das Gleiche sein: Sich als Privatdetektiv vorstellen, Bedauern ausdrücken über den Schmerz der Betroffenen, andeuten, dass der Sohn wahrscheinlich noch am Leben wäre und Chancen bestünden, dass er heimkehrte, und dann, nach einigem Warten, bis die ersten Tränen getrocknet waren – bei denen es in der Regel nicht blieb –, behutsam zur Sache kommen.

„Die Meldung in der Zeitung war nur sehr kurz. Sie kennen sie sicher. Ich muss aber mehr wissen, wenn ich Ihnen helfen soll“, begann Ferdinand, aber das scheuchte die geplagte Frau auf. „Nein, nein!“, sagte sie streng, „einen Detektiv, das können wir uns nicht leisten!“, und versuchte, ihn mit dem Türflügel hinauszudrängen, wofür Ferdinand Verständnis zeigte. Es waren furchtbare Zeiten, Betrüger kamen mit den sonderbarsten Ausreden daher, um sich in Wohnungen einzuschleichen und dort wer weiß was anzustellen. Glücklich, jene, die nur bestohlen oder ausgeraubt, aber noch am Leben waren. Das war das Bild, das die Boulevardpresse täglich malte und dabei die Wahrheit gar nicht besonders aufzubauschen brauchte.

Ferdinand vermochte die Frau aber zu beruhigen; er werde bereits von jemandem bezahlt, sie selbst würde das keinen Groschen kosten. Es ginge nur darum, etwas mehr über das Verschwinden von Oskar zu erfahren, weil es möglicherweise Ähnlichkeiten mit dem Verschwinden anderer gab und dadurch vielleicht geklärt werden konnte …

Die Aussicht, ihren Sohn vielleicht wiederzusehen, besiegte schließlich die Bedenken Frau Doberniggs und sie ließ Ferdinand ins Vorzimmer, weiter nicht.

„Wissen Sie, was Oskar anhatte, als er verschwunden ist?“, begann Ferdinand seine Erkundigungen. Sie wusste es nicht. Im Kleiderkasten fehlten mehrere Sachen, was er anhatte, war unklar.

„Das habe ich doch schon der Polizei gesagt“, rang die Frau nach Worten. „Entweder den braunen Anzug oder die gestreifte Hose und die blaue Jacke. Die sind weg. Zwei Hemden auch und Wäsche. Was er anhatte, weiß ich nicht.“

„Hatte Ihr Sohn Reisegepäck dabei?“, wollte Ferdinand wissen, da wesentlich mehr Kleidung fehlte, als einer anhaben oder ohne Koffer oder Reisetasche mit sich führen konnte. „Woher soll ich das wissen?“, jammerte die Mutter. „Ich bin ja nicht zu Hause gewesen!“

Das war das Stichwort für einen Ausbruch von Schuldgefühl: „Wenn ich zu Hause gewesen wäre“, schluchzte die Frau, „dann wäre er noch da, dann hätte ich ihn aufhalten können“, gab sie sich ihrer Selbsttäuschung hin, wobei sie in der Schürze nach einem Taschentuch kramte, um sich die Tränen zu trocknen.

„Fehlt ein Gepäckstück?“, versuchte Ferdinand die verzweifelte Frau abzulenken. „Vermissen Sie vielleicht einen Koffer, einen Rucksack oder eine Reisetasche?“, fragte er nach und dachte, dass er das Wort „vermissen“ vielleicht besser nicht verwendet hätte.

Die Frau hatte keine Ahnung. „Die Koffer sind am Dachboden“, sagte sie. Auf die Idee, dort zu suchen, war sie bisher nicht gekommen. Wozu auch? Für sie machte es keinen Unterschied, ob Oskar mit oder ohne Gepäck fortgegangen war; er war nicht mehr da, und nur das zählte für die Mutter.

„Können wir nachsehen gehen?“, drängte Ferdinand, für den die Frage mit oder ohne Gepäck recht wesentlich war. Die Frau nickte, bat ihn, draußen auf dem Gang zu warten, bis sie von der Hausmeisterin den Dachbodenschlüssel geholt hatte, und dann stiegen sie gemeinsam die Bodenstiege hoch, die sich hinter einer Eisentür hochwand wie die anderen Stufen von Stockwerk zu Stockwerk auch.

Ein Winkel in der staubigen Düsternis des Dachbodens, aus der die beiden Eindringlinge orientierungslose Tauben aufgescheucht hatten, war der Platz der Doberniggs. Da stand zwischen allerhand Kram ein großer Koffer. Die Frau öffnete ihn, und darin stand ein mittelgroßer Koffer, den sie auch öffnete, aber der kleine Koffer, der als kleinster dort sein sollte, der fehlte. Also war Oskar nicht ohne Gepäck unterwegs. Ferdinand war zufrieden.

Nachdem Frau Dobernigg den Dachbodenschlüssel zur Hausbesorgerin zurückgebracht und Ferdinand wieder in die Wohnung gelassen hatte, erklärte sie sich sogar bereit, ihn einen Blick auf Oskars Garderobe zu gewähren. Ferdinand fiel auf, dass die Kleidung, die sie ihm zeigte für die Verhältnisse, in denen die Familie lebte, sehr ordentlich war, ja, sogar teuer wirkte. Wenn Oskar, wie die Mutter sagte, die besten Stücke mitgenommen hatte, dann mussten das besonders gute, teure Stücke gewesen sein.

Ferdinand wollte wissen, wo sie kaufte; bei Kuhlmann vielleicht? Aber sie kaufte nicht; der Schwager ihres Mannes war Schneider, der Anzug und das Jackett demnach Maßarbeit. Oskar war nicht Lehrling, er war Schüler gewesen, gute Noten, ein Vorzugsschüler. Auch die finanziellen Verhältnisse schienen zufriedenstellend zu sein, beurteilte Ferdinand nach der Einrichtung. Weit und breit kein Grund, das Weite zu suchen.

Schließlich bekam Ferdinand noch eine Photographie von Oskar; kein zufälliges Amateurbild, sondern Atelierarbeit, zum Verschicken an die Verwandtschaft, wie die Mutter erläuterte. Auch Oskar war ein hübscher Junge, und Ferdinand schwelgte in seinem Verdacht gegen den bösen Baron Latsch, während er zu den nächsten Hinterbliebenen auf seiner Liste ging.

Seine Tour führte ihn aus freudlosen Gassen in Arbeiterbezirken in Wohnungen wohlhabenden Bürgertums, und da wie dort traf er die gleiche verzweifelte Trauer, die gleiche ohnmächtig-zornige Ungewissheit. Sich mit ihm zu unterhalten, waren die meisten bereit; schon die Andeutung, ihr Sohn könnte am Leben sein, öffnete Ferdinand fast jede Tür, an die er klopfte oder klingelte. Nur eine Mutter lehnte es ab, mit ihm zu sprechen; sie habe mit der Sache abgeschlossen, kreischte sie haltlos, sie wollte sich nicht neuen Zweifeln, neuer Ungewissheit auftun; sie verlasse sich auf Gott, deshalb bedürfe sie windiger Detektive nicht.

Bis auf diese eine Ausnahme gelang es Ferdinand überall, angehört und mit Auskünften versorgt zu werden. Denn mehr über die verschiedenen Abgängigen zu erfahren, schien ihm der richtige Weg, Gemeinsames zu finden, womit Baron Latsch überführt werden konnte.

Er stand Müttern gegenüber, die sich Kerzen vom Mund absparten, um sie dann in der Kirche vor dem Heiligen Antonius zu entzünden, dem nachgesagt wurde, er vermöchte Verlorenes wiederzubringen. Mehr als einmal hatte er auf selbst nach vielen Monaten immer noch gebügelte Pölster und Decken auf den Betten der Verschwundenen geschaut, und er hatte frische

Blumen gesehen in einem verwaisten Zimmer in einem Gemeindebau. – „Er hat die Rosen so sehr gemocht", erklärte die Mutter den kleinen Luxus, den ihr Schrebergarten neben dem notwendigen Gemüse hervorbrachte.

Ferdinand blickte nicht unbewegt in die Behausungen und auf die Gefühle dieser Verhärmten, aber die Erschütterung, die diese Besuche verursachten, ging nicht tief. Die tristen Wohnverhältnisse und die Not waren allgemein; niemand war erstaunt über die fahlen Gesichter, die schleißigen Anzüge, die billigen Fähnchen, mit denen die Mädchen noch etwas aus sich machen wollten. Ungesunde Kreaturen, verlaust meist, voller Wanzenbisse, am Ende mit ihrem Leben, und es war bei den meisten nur eine Frage der Zeit, bis das Geld ausging für den Schnaps. Der half, die Einsicht niederzuhalten, dass sie im Grunde schon tot waren, und ohne den sie dann ihrem Leben wirklich ein Ende machten.

Oft zeigten Nachbarn, bei denen Ferdinand sich nach Türnummern erkundigen musste, nur wenig Mitgefühl; der Haufen eigener Sorgen ließ keinen Platz für Gedanken an das Leid anderer. Ja, sogar Genugtuung über das Verschwinden eines Lehrlings war ihm untergekommen. Nicht nur ein Hausmeister meinte verächtlich, dass es um den Warmen von der Dreierstieg'n nicht schade wäre; sogar der Vater des Verschwundenen, stockbesoffen, war der gleichen Meinung. „Guat, dass der Oarsch endlich weg is", brachte er kaum verständlich heraus, als Ferdinand sein Anliegen vorbrachte. Dabei spuckte er aus und auf seine Frau, die „Papa, Papa, red doch net so schiach vom Buam", stammelte, ging er los, um sie zu schlagen. Ferdinand trat dazwischen und schob den Mann von der Frau weg, die „Bittschön, geh'n'S jetzt, geh'n'S Herr!" wimmerte. Ferdinand ging; das Geplärr das, kaum war die Tür zu, drinnen anhob, bezeugte die Erfolglosigkeit seines Eingreifens. Das reichte Ferdinand, er machte sich auf den Heimweg.

Etwas mitgenommen von seinen Begegnungen mit diesen Halb-Hinterbliebenen kam Ferdinand gegen eins nach Hause. Die Nell war noch da und servierte ihm Graupensuppe und Erdäpfelgulasch, dazu Wasser und die „Arbeiter-Zeitung", die

Ferdinand links von seinem Teller auf dem Küchentisch aufblätterte, während er mit der rechten Hand löffelte.

Gegen zwei nahm er dann voll Ungeduld seinen Platz im Pilgramhof ein, bestellte einen Verlängerten und blätterte gedankenlos durch die konservativen Blätter. Nach kaum einer Viertelstunde erschien der Jüngling am Eingang, erfasste Ferdinand mit einem Blick und saß ihm wenige Augenblicke später gegenüber. Vom Nebentisch her, wo er abservierte, unterbrach der Keller kurz, um die Bestellung aufzunehmen, und dann noch einmal, als er den kleinen Schwarzen vor Ferdinands Besucher platzierte und dabei einen anzüglichen Blick nicht unterdrücken konnte.

„Also, genau genommen habe ich Maarten nicht wirklich gut gekannt", begann der Bursche, als der Keller abgetreten war, und bereitete damit den Erwartungen des Detektivs einen Dämpfer. „Er war ein Schulkollege, eine Klasse unter mir, wegen der Sprache. Ich mache heuer die Matura; ich sollte sie eigentlich schon haben, aber … Na ja, einmal musste ich ein Jahr wiederholen. Aus gesundheitlichen Gründen, sagt Großpapa. Mutter auch; in Wirklichkeit war ich einfach zu faul."

Der Bursche war völlig unverklemmt, ganz anders, als man es von einem bürgerlichen Fratzen erwartet hätte. Und in Ferdinand verdichtete sich der wohlige Verdacht, dass er nicht nur gekommen war, um über seinen verschwundenen Schulkollegen Auskunft zu geben.

„Ich bin der Vinzenz", sagte der Bursche dann unvermittelt und fuhr mit seinem Bericht über den verschollenen Huygens fort. „Er war sehr verschlossen, der Maarten." Ungewöhnlich, dass er den Vornamen benützt, dachte Ferdinand, der aus seiner Schulzeit wusste, dass fast ausnahmslos die Familiennamen benutzt wurden, wenn einer von Schulkameraden sprach.

„War er ein guter Schüler?", erkundigte sich Ferdinand.

„Der Maarten war ein Streber. Vorzugsschüler", gab Vinzenz in etwas verächtlichem Ton Antwort und blickte dabei um sich, genau wie Kuhlmann sich bei seiner Besprechung mit Ferdinand immer wieder umgewandt hatte, um sich gegen unerwünschte Mithörer zu versichern. Offenbar fühlte Vinzenz sich sicher, denn er ging nun – Ferdinand überraschend – weiter in Details. „Aber er war sehr schön. Richtig schön, wie im Film“, sprach Vinzenz ganz ohne verächtlichen Unterton. Dabei tauchte er den Zeigefinger in den Kaffee, um zu prüfen, wie heiß er noch war, und leckte ihn dann ab. „Dafür wurde er fortwährend gehänselt, aber er hat das ignoriert. Als ‚Blondes Gift‘ haben sie ihn verspottet und als ‚die Primadonna‘. Dabei war er sehr männlich und der beste Turner in der Klasse.“

Vinzenz kippte, nachdem er nochmals in der gehabten Art die Temperatur geprüft hatte, seinen kleinen Schwarzen hinunter und blickte sich erneut um. „Es ist hier ungemütlich“, bemerkte er dann und sah Ferdinand an.

„Wir können auch zu mir gehen“, bot Ferdinand an. „Es ist nicht weit.“

„Das wäre schön“, sagte Vinzenz, und Ferdinand war nun endgültig klar, dass der Bursche überhaupt nicht gekommen war, um über den verschwundenen Maarten Huygens zu reden.

Der Weg vom Pilgramhof nach Hause war nur ein Katzensprung, doch diesmal schien es Ferdinand eine Ewigkeit, bis sie endlich Meyers Haus erreichten. Die Nell hatte die Küche fertig aufgeräumt und war bereits gegangen, als die beiden ankamen. Die Schultasche ließ Vinzenz im Vorzimmer fallen, schüttelte sie ab, wie um seine Schülerexistenz – wohl keine von vielen Erfolgserlebnissen erfüllte – abzubeuteln. Ferdinand führte ihn in den Ecksalon und wies ihm das Sofa als Sitzplatz an. „Es gibt nur Wasser“, sagte er entschuldigend und verschwand kurz in die Küche. Wiedergekehrt stellte er das Tablett mit den beiden Gläsern auf den Tisch und setzte sich in den östlichen Fauteuil. Maxens Kubus war Tabu, obwohl sich Vinzenz an diesem Ende des Sofas niedergelassen hatte; aber kaum saß Ferdinand, rückte Vinzenz an das richtige Ende des west-östlichen Sofas.

„Haben Sie eine Idee, warum Maarten fortgegangen sein könnte?“, fragte Ferdinand, leicht abgelenkt von Vinzenz’ sinnlichem Mund. Der Junge schüttelte den Kopf.

„Ist es der Familie schlecht gegangen? Musste Maarten Not leiden?“, forschte Ferdinand weiter.

„Not?", lachte Vinzenz. „Die Huygens Not? Ausgeschlossen! Der Maarten hat immer alles bekommen." Er setzte sich aufrecht und griff nach dem Wasserglas. „Was er wollte, das hat er gekriegt." Und nach einer kleinen Pause, den Blick verlegen niedergeschlagen, kam das Bekenntnis. „Mich auch." Dabei hob er den Blick und schaute von unten her in Ferdinands Augen. „Aber nur einmal. Dann ist er verschwunden." Ferdinand hatte durchschaut, dass diese Verlegenheit Koketterie war. „Leider?", fragte er frech, aber da lag die Hand des schamlosen Burschen schon auf Ferdinands Knie.

Zwei Stunden später, als Vinzenz seine Schultasche im Vorzimmer aufklaubte und nach Hause aufbrach, um seine Schularbeiten zu erledigen, war der Verlust des Schulkollegen Maarten gänzlich verschmerzt. Und Ferdinand fühlte sich auf einer Welle des Glücks davongetragen: erst ein Auftrag mit opulentem Vorschuss und jetzt Vinzenz! Es hatte Ferdinand erwischt. Liebe auf den ersten Blick, wie das im Leben weitaus weniger häufig vorkommt als im Kino.

Aber Max bemerkte es sofort, als er zur Korrekturpause im Pilgramhof eintraf. Ferdinand verströmte sein Glück wie eine der modisch gewordenen elektrischen Höhensonnen ihre heilenden Strahlen.

„Und? Wer ist der Glückliche?", erkundigte sich Max, nachdem er abgelegt und auf seinem Fensterbänkchen Platz genommen hatte.

„Ploderer ...", setzte Ferdinand an.

Max unterbrach: „Ach, der Sektionschef, das hätte ich nicht von ihm gedacht!"

Ferdinand fühlte sich wieder einmal nicht ernst genommen und schmollte. „Willst du es wissen, oder nicht? Sonst gehe ich nach Hause. Es war ein anstrengender Tag."

„Das kann ich mir denken", ätzte Max weiter, wurde gleich darauf aber versöhnlich. „Also, komm schon, erzähl. Es ist natürlich der Enkel! Hab ich recht?"

„Ja", murrte Ferdinand; musste Max denn immer alles wissen?

„Also, ich höre!", sagte der, und Ferdinand begann, von seinen Recherchen zu erzählen.

Wie ihn die hysterische, auf Gott vertrauende Mutter hinausgeworfen hatte, wie er mit der Dobernigg auf den Dachboden gestiegen war, wie er überall die fahle Hinterlassenschaft der Verschwundenen zu sehen bekommen hatte und wie der Trunkenbold Befriedigung darüber gelallt hatte, dass „der Oarsch" endlich weg war. Und als krönenden Abschluss, als Satyrspiel nach all den Tragödien, erzählte Ferdinand, wie der – wie er nun wusste – Sektionschef ihn schulmeisterlich über Türnummern belehrt hatte und wie es zu der Vinzerei gekommen war.

„Darauf sollten wir anstoßen", sagte Meyer, ließ von Franz zwei Achtel Rot bringen und freute sich, dass es seinem Ferdinand so gut ging.

16

Geld macht vielleicht doch glücklich, und was ganz gewöhnliche Orgien von Bélas Phantasien unterscheidet.

Kurz nach Mitternacht war die Trull komplett im Ecksalon versammelt. Béla lehnte erfolglos aufreizend im Sofa, Ferdinand saß – auf seinen Fall konzentriert – im östlichen Fauteuil, während Max sich im Westen bequem im seinem Hoffmann-Kubus räkelte.

„Warum willst du deine Abgängigen unbedingt dem Baron Latsch in die Maßschuhe schieben?", fragte Max. „Späte Rache? Aber bitte, wofür? Er hat auch dich gut bezahlt, wenn ich mich recht erinnere."

Baron Ludwig Latsch von Latschenfels, der Nabob von Wien, war nicht mit einem goldenen Löffel im Mund aufgewachsen, sondern mit einem aus Platin. Die Mutter hatte ihn verzärtelt, Hauslehrer auf Schloss Lehmgrub und im väterlichen Palais an der Ringstraße hatten ihn unterrichtet, und nach des Vaters Tod stand er mit einem Vermögen da, das seinesgleichen suchte.

Die männliche Tatkraft der Vorfahren, die auf unergründliche Weise der Dynastie Latsch in nur einer Generation so völlig abhandengekommen war, kompensierte der Erbe nun mit der derben Tatkraft junger Proleten. Er konnte sich das nicht nur leisten, er konnte es sich – was weitaus mehr zählte – auch erlauben. Das wurde ihm von jenen angekreidet, die weniger hatten als er – und das waren in dieser Stadt praktisch alle anderen.

Dass er keine mäzenatische und keine karitative Ader hatte, lag wohl daran, dass er von Kunst gar nichts verstand und daher für sie nichts übrig hatte; und karitativ zu sein kam ihm vermutlich nicht in den Sinn, weil er in einer Umgebung aufgewachsen war, in der niemand sich vorstellen konnte, nicht reich zu sein; mit wem also teilen? Latsch war überdies so reich, dass es unmöglich war, ihn zu erpressen. Sein Sekretär, der Rittmeister Wilderer, regelte das aus einem Sonderkonto, von dem alle diese Probleme bedient wurden.

Tout Vienne wusste auch, wie es auf den Festen des Baron Ludwig Latsch von Latschenfels zuging, aber niemandem wäre es eingefallen, dort eine Razzia anzuordnen. Dass die Orgie in Baden an einem vielversprechenden Frühlingsabend 1920 ausgehoben worden war und der Baron hatte flüchten müssen, erklärte die Polizei damals mit einem angeblichen Irrtum: Es sollte in der Villa, die der Baron angemietet hatte, eine illegale Spielhölle ausgehoben werden, von denen es damals in Baden Dutzende gab, allesamt betrieben von den gewesenen Schauspielerinnen Ruttersheim und Marlow.

Dass dann weder Baccaraschlitten noch Rouletteschüsseln gefunden wurden, dafür aber eine bunte Gesellschaft unterschiedlich komplett bekleideter Männer unterschiedlicher sozialer Herkunft sowie eine Folterkammer im Keller, betrachtete selbst die Polizei als bedauerlichen Missgriff; und es wehte erleichtertes Aufatmen durch die PolDion, als bekannt wurde, dass Baron Latsch, dem Veranstalter der Fête, die Flucht gelungen war.

Gerüchte wollten freilich wissen, dass die Erstürmung der Villa und die – aufrund der vorgefundenen Sachlage erstattete Anzeige – ein Racheakt gewesen sei; kleinliche Revanche eines nicht zum Fest gebetenen Spitzenbeamten: So, wie die von Dornröschens Eltern nicht eingeladene Fee mit bösem Fluch auf den Lippen dennoch erschienen war, so wäre auch damals in Baden der nicht geladene Herr von der Polizei anstatt unauffällig in Zivil und bereit zur Sünde, recht dienstlich sittenstreng mit Mannschaft am Ort der Orgie erschienen, ebenfalls viel Ungemach verbreitend.

Dass Baron Latsch die Flucht durchs Gebüsch und über die Gartenmauer gelungen war und dass vor allem genau dort ein Automobil wartete, war seinem Sekretär Rittmeister Heinrich Wilderer zu danken gewesen; der dürfte – um den Erhalt seiner Geldquelle besorgt – einfach auf Nummer sicher gegangen sein. Durch die Rettung seines bedrängten Herrn hatte er sich endgültig als unentbehrlich erwiesen, und die Börse des Barons dürfte sich daraufhin noch weiter geöffnet haben, als sie es ohnehin schon war.

Für Ludwig Latsch von Latschenfels war die Sache jedenfalls sehr unangenehm. Der von der Orgie ausgeschlossene Polizeibeamte musste ungeheuer beleidigt gewesen sein, denn er schaffte es in seiner Rachsucht sogar, dass eine steckbriefliche Suche nach dem Baron angeordnet wurde, und so blieb Herrn von Latschenfels nach einer Odyssee durch seine diversen Wohnsitze letztlich nur die Flucht ins Ausland.

Nicht nur Rittmeister Wilderer, auch das übrige Personal des Barons war verlässlich nach alter Schule. Gleichviel, an welchem Wohnsitz des Barons amtlich nach dem Mann gefragt wurde, stets erhielten die Beamten die Auskunft, er sei nicht anwesend, sondern hielte sich gegenwärtig in diesem oder jenem anderen seiner Schlösser oder Palais auf. Das ging so lange, bis eines Tages die Auskunft eines Kammerdieners wahrheitsgemäß lautete: „Der Herr Baron weilt zur Kur in der Schweiz und wird vermutlich auch den Rest des Jahres im Ausland verbringen." Dass es der Rest des Jahrzehnts werden sollte, ahnte der Baron damals wohl noch nicht; aber wer Geld hat, lebt nicht schlecht auch fern der Heimat, selbst wenn daheim sein Konterfei in jedem Wachzimmer vom schwarzen Brett starrt.

Übrigens hätte dieses Fest in Baden auch für Ferdinand übel enden können, und nur ein glücklicher Zufall hatte ihm erspart, perlustriert, hoppgenommen und vor Gericht gestellt zu werden.

Ferdinand entkam, weil er – im Hinblick auf die bizarren Phantasien eines Gastes – als Chauffeur kostümiert in einem Wagen in der Garage auf diesen Herrn gewartet hatte, um dort dann dessen erotische Erwartungen zu erfüllen, wozu eben auch die Chauffeursmaskerade zählte. Als ein in der Garage offenbar Unbeteiligter vom Personal blieb Ferdinand deshalb von der Polizei unbehelligt und wurde lediglich aufgefordert, den Schauplatz der Amtshandlung unverzüglich zu verlassen, was ihm nicht zweimal geraten werden musste. Solcherart blieb den einschreitenden Hütern der Sittlichkeit verborgen, dass Ferdinand, kurz bevor er in die Chauffeuruniform gesteckt worden war, splitternackt Champagner serviert und Handlungen an sich hatte vornehmen lassen, die ihm ganz zweifellos eine Anklage wegen Unzucht wider die Natur einbracht hätten.

Béla war begierig, die Geschichte zu hören, und als Ferdinand sie missmutig erzählte hatte, wünschte Béla, jener Herr gewesen zu sein, auf den der Ferdl damals in der Garage gewartet hatte, als Chauffeur verkleidet und mundgerecht erregt.

„Neunundzwanzig ist das Verfahren gegen ihn dann eingestellt worden“, beendete Max seine Schilderung vom Exil des Baron Latsch.

„Eingestellt?“, staunte Béla.

„Niedergeschlagen, wenn dir das lieber ist“, erläuterte Ferdinand.

„Aber nur langsam und mühsam“, führte Max weiter aus, „denn inzwischen war Republik, die alten Verbindungen wirkten nicht mehr, wie sie sollten, und die Sozialdemokraten blockierten, weil es um den Klassenfeind Nummer eins ging.“

„Vielleicht sind aber die Akten einfach im Juli verbrannt“, meinte Ferdinand. „Und nun ist der Herr Baron mitsamt seinem Rittmeister wieder da.“

„Und wo?", wollte Béla wissen.

„Jetzt sitzt er wie der wahnsinnige Bayernkini auf seiner Burg Wasserstein", wusste Max Bescheid. „Die Gattin, eine gewesene Ballerina aus Bulgarien, lebt mit den Zwillingen auf Schloss Lehmgrub, dem Familiensitz. Ganz selten fährt sie mit den Kindern ins finstere Waldviertel zu Besuch", zeigte sich Max in Gesellschaftstratsch durchaus bewandert. „Der fesche Rittmeister, höre ich, wird bei solchen Besuchen nach Wien ausgelagert. Aber kaum ist die Alte weg, kehrt er zurück und das Sündigen geht weiter."

Über die Dekoration, in der dieses verwerfliche Leben geführt wurde, konnte selbst Max, der alle kannte und alles wusste, keine Auskunft geben. Mag sein, dass es auch auf Latschenfels ein orientalisches Zimmer gab, vielleicht stand auch ein Verlies zur Verfügung, aber wie es in der Burg insgesamt aussah, war nicht zu sagen, denn Latsch hatte die Angewohnheit, in sehr kurzen Abständen die Einrichtung auszutauschen. Schränke, Kommoden, Tische, Sessel, Truhen, Betten, Vorhänge, Teppiche und Kronleuchter – alles wurde abtransportiert und durch andere Kostbarkeiten ersetzt. Offenbar versuchte der Baron, sich durch rasch wechselnde Inszenierungen seiner Umgebung die zwanghafte Sesshaftigkeit wegzudekorieren.

Dass der Baron nun nicht mehr Gast im orientalischen Keller des k. u. k.-Schediwy war, sondern völlig abgeschieden in seiner Latschburg lebte, bedeutete keineswegs, dass nicht noch immer viel Geld an Schediwy floss. Denn was mit der Post nach Wasserstein angeliefert wurde, waren keineswegs „Muster ohne Wert", als die Schediwy diese Sendungen postalisch deklarierte.

„Und jetzt, wo er wieder da ist", kam Ferdinand auf seinen mit großer Sturheit bevorzugten Verdacht zurück, „sind die Abschiedsbriefe mit ‚Ihr werdet noch stolz auf mich sein' wieder häufiger. Wenn da kein Zusammenhang besteht."

„Was für ein Zusammenhang?", meckerte Max. „Was haben die vermissten Schüler, Lehrlinge, Gesellen und Studenten mit dem kleinen Kuhlman zu tun? Auch er ein Lehrling, ja. Aber sonst?"

„Gar nichts", musste Ferdinand zugeben. „Das ist ja unser Problem ..."

„... dein Problem!", unterbrach Max. „Du bildest dir ja ein, dass der Latsch die Bürschchen auffrisst und die Skelette dann bei Vollmond verscharrt."

„Sollten wir den Garten in Baden umgraben?", malte sich Béla – an zahllosen Gruselfilmen geschult – schauerliche Vorgänge aus. Max schüttelte den Kopf. „Oder die Verliese von Burg Latschenfels untersuchen?", tauchte Béla noch tiefer in seine abwegigen Phantasien.

„Das hat etwas für sich", grinste Max, „dürfte aber schwierig werden."

„Aber versuchen könnte man es ja", sah sich Béla schon nach Wasserstein reisen, natürlich mit Ferdinand, hinten auf dem Motorrad, die Arme um den Leib des Lenkers. Aber Max zerstörte herzlos Bélas Groschenroman: „Das ist absurd. Was der Latsch feiert, das sind ganz normale Orgien. Die haben Erzherzöge gefeiert, und andere Reiche feiern sie auch heute. Ganz ohne Mord und Totschlag. Davon lebt unter anderem der Schediwy. Die Burschen kommen, tun, was von ihnen erwartet wird, werden bezahlt und verschwinden wieder. Erpressungsversuche gibt es nicht, dafür sorgt der Edi und wenn doch, dann der Rittmeister mit seinem Reptilienfonds."

„Und in der Folterkammer im Keller", ergänzte Ferdinand aus seiner Erinnerung an Baden, „war das Opfer erwiesenermaßen kein entführter Jüngling, sondern der Generaldirektor ..."

Max legte den Zeigefinger auf die Lippen. „Pst! Still!"

Béla barst vor Neugier, aber Max überging das: „Bei Latsch gibt es keine Leichen im Keller, keine Leichen im Garten. Nichts weiter als Unzucht wider die Natur – bekannt, aber nicht nachzuweisen. Vor allem, weil sich niemand wirklich bemüht hat, das zu tun, und weil er sich damals rechtzeitig davongemacht hat. Außerdem hatte das Sicherheitsbureau tatsächlich ganz andere Sorgen: die illegalen Spielhöllen der Damen Ruttersheim und Marlow. Allein in Baden ein Dutzend. Der Latsch ist ein nicht besonders gebildeter Hedonist, ein Lebemann eben, und von viel Selbstmitleid erfüllt. Aber Verbrecher ist er keiner", schloss Max seinen Vortrag. „Wenn man davon absieht, dass sein Vermögen als Verbrechen betrachtet werden muss."

Ludwig Latsch von Latschenfels war für Max damit erledigt; er wechselte zum tatsächlichen Gegenstand von Ferdinands Auftrag: „Der kleine Kuhlmann ist aus dem Salon Beranek hinaus in diese Kreise geraten. Hat sie wohl auch gesucht, denke ich. Und das hat er nicht verkraftet."

„Wegen dem Beichtvater?", riet Béla.

„Ja, vielleicht", räumte Max ein. „Der hat ihm die Höllenqualen für Abartige in feurigen Farben geschildert. Und da hat er sich eben umgebracht. Weil er es nicht erwarten konnte. Ein bisserl ein Masochist war er ja wohl, der kleine Schneider."

Hier hatte es den Anschein, als wäre für Max der Zeitpunkt erreicht, um sich zurückzuziehen. Béla bemühte sich deshalb um Verlängerung, recht geschickt, durch Widerspruch: „Aber in einem hat Ferdinand schon recht", sagte er betont sachlich. „Der Charly war auch vermisst – von Samstag bis Montag. Immerhin."

„Für den Vater war er wohl mehr abgängig, als dass er ihn vermisst hat", erging sich Max in Spitzfindigkeiten.

Ferdinand wollte sachlich bleiben. „Versuchen wir doch einmal zu rekonstruieren, was der Charly am 20. Mai gemacht hat", schlug er vor, und Max – sein Glas füllend – meldete sich gleich zu Wort: „Das war ein Freitag. Ein schwarzer, wenn du mich fragst", musste er anmerken. „Die Suche nach dem Lindbergh-Baby noch immer erfolglos. In Amerika zehn Millionen ohne Arbeit, in Böhmen kreuzigt sich ein Liebhaber von Frauenschuhen selbst, und Dollfuß wird Bundeskanzler."

„Dem Charly dürfte das eher wurscht gewesen sein", versuchte Ferdinand das Gespräch bei der Sache zu halten. „Der Charly geht also ganz normal in die Arbeit. Zu Mittag will er nicht nach Hause essen gehen, sondern einen Verehrer treffen. Aber: Vater Kuhlmann verfolgt seinen Sohn. Er erwischt ihn bei einer Tramway, die nicht zum Modepalais fährt. Der Vater stellt ihn zu Rede. Er zwingt ihn, nach Hause mitzukommen, und macht ihm Vorhaltungen."

„Woher hast du das?", wollte Béla wissen.

„Das hat mit der alte Kuhlmann erzählt. So weit wissen wir noch Bescheid. Später am Nachmittag geht Charly von daheim weg. Gegessen hat er offenbar nach dem Streit mit dem Vater nichts; deshalb ist das Abendmahl beim Lustig wohl so üppig ausgefallen."

„Ob es sein Letztes war, wissen wir übrigens nicht", übernahm Max die Berichterstattung: „Also: Er isst im Wirtshaus in Hietzing zu Abend, zahlt, fällt durch ein großzügiges Trinkgeld auf und durch eine abfällige Bemerkung über den Erdäpfelsalat der Wirtin. Dann geht er und ist von da an verschwunden. Was ist passiert?"

„Er ist entführt worden", schlug Béla vor, der wie immer die dramatischen Inszenierungen bevorzugte.

„So mir nichts, dir nichts, nach dem Abendessen, vor der Wirtschaft des Pepi Lustig draußen in Hietzing?", zog Ferdinand eine Entführung in Zweifel, doch Béla blieb dabei: „Es muss ja nicht vor dem Wirtshaus gewesen sein", schränkte er ein, obwohl er ursprünglich genau das vor Augen gehabt hatte: Wie in einem Hollywoodfilm wird Charly, das ahnungslose Opfer, in ein Automobil gezerrt, und die Limousine rast davon. „Er kann ja auch in den Zoo gegangen sein, in den Schlosspark oder sonst wohin."

„Der Zoo ist um diese Zeit schon zu und der Park auch", wusste Max es wieder einmal besser.

„Ganz ausschließen können wir eine Entführung aber nicht", gab Ferdinand zu bedenken. „Sie muss ja nicht so gangstermäßig gewesen sein, wie Béla sich das wahrscheinlich denkt", bewies er Menschenkenntnis, und Max griff nun Bélas Vorschlag auf: „Karl Kuhlmann junior wird also – so mir nichts, dir nichts – entführt und taucht drei Tage später wieder auf. Im Schlosspark. Tot."

„Das legt uns auf Hietzing fest", meldete Ferdinand Bedenken an. „Zuletzt gesehen und tot gefunden in unmittelbarer Nachbarschaft."

„Darum müssten auch die Täter in der Gegend zu finden sein; meinst du das?", verwarf Max diesen Gedanken. „Das ist zu einfach. Die Frage muss lauten: Wo, bitte, war Charly von Freitag bis Sonntag?"

„Vielleicht sollte Kuhlmann erpresst werden“, ließ Béla seiner Phantasie erneut freien Lauf. „Der Charly war irgendwo versteckt. Dort ist er dann gestorben oder sie haben ihn umgebracht, weil der alte Kuhlmann nicht zahlen wollte.“

„Bitte, Béla!“, ermahnte Ferdinand. „Der alte Kuhlmann hat keine Forderungen erhalten.“

„Ja, weil der Charly da schon tot war; da haben sie die Forderung abgeblasen“, ließ Béla nicht locker.

„Unsinn, für Erpresser ist es doch gleichgültig, ob ihr Opfer noch lebt oder schon tot ist“, beendete Max diese Spekulationen. „Bezahlt wird. Der Entführte kommt dann bloß nicht in dem Zustand zurück, wie das der Zahlende erwartet.“

Das sah Béla ein: „Also nur Entführung.“

„Wohin und zu welchem Zweck: Unklar!“, fasste Max nicht sehr ernsthaft zusammen und schenkte sich Wein nach. „Und vor dem Abtransport ist er dann unglücklicherweise gestorben? Aber glücklicherweise hat er – röchelnd und in den letzten Zügen, nehme ich an – noch aufgeschrieben, dass er schwer gesündigt hat und daher jetzt sterben muss. So stellst du dir das also vor?“

„Warum nicht”, reagierte Béla trotzig, als er selbst bemerkte, dass er sich da in eine Sackgasse manövriert hatte. „Also, ein Abgängiger wie andere auch. Selbstmord. Das sagt doch der Abschiedsbrief, der, den er in der Hand hielt.“

„Das sagt auch die Polizei“, versuchte Ferdinand eine klare Linie in die Sache zu bringen, „und untermauert damit die arbeitssparende Selbstmordversion, an die der alte Kuhlmann so gar nicht glauben will.“

„Weil er“, nahm Max den Faden auf, „sich auf den zweiten Brief beruft, der zwar sehr vage formuliert ist, aber unmissverständlich ein Fremdverschulden andeutet.“

„Also doch eine Entführung!“ Béla konnte sehr rechthaberisch sein.

„Du meinst, der Charly hat gewusst, dass er irgendwann im Mai entführt werden wird“, grinste Max. „Und deshalb hat er den Brief ins Futter vom Sakko eingenäht?“

„Das alles ist unlogisch“, wandte Ferdinand ein.

„Mag sein“, witzelte Max und erhob sich. „Das liegt wahrscheinlich daran, dass es wahr ist. Und überhaupt: Wozu Logik? Edgar Wallace kommt auch ohne Logik aus. Gute Nacht.“

Max entschwand in die Düsternis des Arbeitszimmers, dann klappte die Tür zum Schlafzimmer zu, während Ferdinand und Béla Gläser und Flaschen einsammelten, in die Küche brachten und ebenfalls – jeder für sich allein – zu Bett gingen.

17

Ein Anwalt weiß von nichts und der Kaffeehaus-Detektiv ist ratlos, wird aber vom Schneider Kuhlmann neu eingekleidet.

Anderntags begab sich Redakteur Meyer schon in aller Früh widerwillig ins Café Meteor gleich hinter dem Landesgericht, um dort auf Dr. Kort zu warten. Frau Sidonie Zwick, die Kaffeesiederin – Neid erweckend ausgeschlafen –, servierte Max den gewünschten großen Schwarzen, und nachdem er die „Reichspost“ durchgeblättert und angewidert beiseitegelegt hatte, hing er für den Rest der Wartezeit seinen Gedanken über den in Kuhlmann juniors Abschiedsbrief genannten Rechtsanwalt nach.

Dr. Kurt Kort ähnelte in seiner Arbeitsweise ein wenig Ferdinand Nowak, weil auch er seine Klienten gerne im Kaffeehaus empfing, in eben jenem Café Meteor der Zwick – für Kort ein erotischer Imperativ –, denn Dr. Kort hatte keine repräsentative Kanzlei, wie es von seinem Anwalt seines Schlages zu erwarten gewesen wäre. „Was ich für meine Arbeit brauche, habe ich immer bei mir“, pflegte er zu sagen, wenn er gefragt wurde, wie ein derart vielbeschäftigter Anwalt ohne Personal auskommen könne; und dabei tippte er sich mit dem Finger über dem Ohr an den kahlen Schädel.

Für das absolut Unvermeidliche seines Gewerbes hatte er in der recht bescheidenen, fast schäbigen Behausung einer Cousine ein Zimmer mit einem Telephonanschluss, den ein ältliches Fräulein Ziesel betreute. Kort meldete sich dort mehrmals am Tag, meist aus dem Meteor, um die Telephonate abzufragen und Auskünfte zu hinterlassen. In diesem kahlen Zimmer stand vor einem Aktenschrank mit einigen Ordnern auch eine alte Remington, in die das Fräulein die Schreibarbeiten hämmerte. Aber nur die absolut unumgänglichen, denn Kort hielt wenig von schriftlich Festgelegtem, er zog es vor, seine Geschäfte mündlich abzuwickeln.

„Kort hält Wort", sagte er. Und tat es manchmal auch. Grundsätzlich aber war das Wort des Dr. Kort nicht mehr wert als das jedes beliebigen Unterweltlers. Aber Menschen, anfällig fürs Glauben nicht nur in religiösen Dingen, glaubten auch ihm; er lebte davon.

Der Doktor Kort war nicht nur für Hofrat Bubetz und nicht nur erst seit der Causa Kuhlmann ein Brechmittel; Kort verursachte auch Gerichtsvorsitzenden Sodbrennen, wenn sie erfuhren, dass er ihren Angeklagten verteidigte, und die Drohungen, ihn wegen seiner Ausfälle aus dem Gerichtssaal zu verbannen, waren Legion. Er ging immer wieder nach dem schlichten Prinzip „Frechheit siegt" vor, und obwohl diese seine dreiste Strategie allgemein bekannt war, fielen alle stets erneut darauf herein. Schleimig biegsam war er immer mit dem Gesetz zur Hand, das in seiner Auslegung offenbar nur dazu gemacht schien, sein Vis-à-vis ins Unrecht zu setzen. Selbstverständlich kannte er die Rechte seines Gegenübers, verhinderte aber durch Einschüchterung, dass dieses sich darauf besinnen konnte.

Er war ein nachgefragter Mann, daher waren seine Honorare unerfreulich hoch. Und weil er – wie er weiters zu betonen nicht müde wurde – keine Zeit hatte, säumigen Mandanten um sein Geld nachzulaufen, ließ er sich im Voraus bezahlen und hatte deswegen nur Kundschaft, die sich das leisten konnte.

Dass er den dümmlichen Kälbl in der Sache der versuchten Erpressung durch den kleinen Kuhlmann und dessen Spießgesellen rechtsfreundlich vertreten hatte, lag wohl daran, dass die Viertelstunde, die es gebraucht hatte, um die drei Buben einzuschüchtern, so viel einbrachte wie eine ganze Stunde. Von seiner Geldgier wissend, fragten sich auch viele in der Stadt, wie viel er wohl Baron Latsch abgenommen hatte für die Niederschlagung des Verfahrens wegen der Badener Fête. Kurzum: Kort war ein Mann von jener Art, wie sie die Anwaltskammer – wenn einer der ihren ungeschickt genug war, sich bei einer standeswidrigen Machination erwischen zu lassen – als schwarze Schafe in der sonst blütenweißen Herde der Notare und Advokaten zu bezeichnen pflegte.

Nach einer halben Stunde erschien Rechtsanwalt Kort. Sofort erblickte er den Redakteur und steuerte auf Meyers Fensterplatz zu. „Habe die Ehre, Herr Doktor!“, krähte er quer durch die Frühstücksandacht der anderen Gäste. Um den Mann unsympathisch erscheinen zu lassen, hätte es der unschönen dissonanten Stimme gar nicht bedurft. Kort war kahl – wer in moralisch instabilen Kreisen verkehrt, ist flüchtend ohne Haare schlecht zu fassen –, die Augen waren von diffusem, mattem Braun, das Gesicht fleischig und im Nacken wölbte sich eine Speckfalte. Auf Kleidung legte Dr. Kort offenbar nur so weit wert, als es die Auftritte vor Gericht geboten. Mausgrau, niemals modisch im Schnitt, trug er Bescheidenheit zur Schau. Korts Schlichtheit war, wie Kuhlmann geurteilt hätte, keine der kostspieligen Art und nicht „exklusiv“, weil leider nicht von ihm, sondern billige Konfektion, wahrscheinlich aus der Leopoldstadt.

Zu den Vertretern der Presse pflegte Kort ein von – gegenseitigem – Respekt getragenes Verhältnis. Gerichtsreporter sahen seinen Auftritten vor Gericht stets mit besonderer Spannung entgegen, obwohl so gut wie alle seine Verfahren größtenteils unter Ausschluss der Öffentlichkeit ausgetragen wurden. Es hieß aber, Kort wäre Indiskretionen nicht abgeneigt, wenn sie entsprechend honoriert würden, sodass besonders die Sudelpresse ihn hätschelte.

„Ein seltener Gast, wie! Was kann ich für Sie tun?", heuchelte Kort Freude über Meyers Anwesenheit. Dem Redakteur gegenüber war er gnädiger als beim Schneider Kuhlmann. Aber selbstverständlich wusste Kort, weswegen Meyer sich in die Josefstadt bemüht hatte, um ihm in seinem Stammcafé aufzulauern. Unaufgefordert – denn er setzte voraus, dass Meyer wusste, dass er, Kort, wusste, warum Meyer gekommen war – erklärte er stehend wieder einmal, dass er und sein Mandant nichts mit dem Tod des Lehrlings Karl Kuhlmann junior zu tun hatten.

„Ja. Es ist richtig, dass ich die Burschen darüber aufgeklärt habe, dass im Falle einer Erpressung – ganz hypothetisch gesprochen – auch sie selbst mit Strafverfolgung rechnen müssten. Das haben sie sich angehört und dann sind sie wiedergegangen. Mein Mandant hat keinen davon jemals wieder gesehen."

„Und einer davon ist jetzt tot", stellte Meyer trocken fest.

„Ja, das ist bedauerlich", erwiderte Kort ebenso trocken, „hat aber mit meinem Mandanten nichts zu tun."

„Und ein zweiter ist verschwunden", gab Meyer vor und fragte sich bange, was er sagen sollte, würde Kort Näheres wissen wollen. Kort überging das elegant. „Davon ist mir nichts bekannt. Der Umgang dieser jungen Leute ist ja recht sonderbar. Da kommt derlei vielleicht vor. Und sollte es tatsächlich so sein, Herr Doktor, darf ich Ihnen versichern, dass auch damit weder ich noch mein Mandant etwas zu tun haben!", holte Kort abermals das bekannte Textstück hervor. „Wenn Sie mich jetzt entschuldigen wollen, ich habe mich auf eine Verhandlung vorzubereiten. Ich habe die Ehre, Herr Redakteur."

Meyer war freundlich abgewiesen. Das und den großen Schwarzen hätte ich mir sparen können, ärgerte er sich über sich selbst und machte sich auf den Weg in die Redaktion.

Ungefähr zu dieser Zeit erwachte Ferdinand und dachte: Vinzenz. Für viel mehr war gegenwärtig nicht Platz in seinem Hirn; „sein Fall" vegetierte daneben dahin und wäre wohl gänzlich in den Hintergrund getreten, wäre da nicht die Aussicht auf das großzügige Honorar gewesen; das zwang Ferdinand, bei der Sache zu bleiben. Es hatte zwar Fortschritte gegeben, überwältigend war es nicht. Die Behauptung Vater Kuhlmanns, Karl junior wäre beim Lustig nicht alleine gewesen, war widerlegt. Ferdinand war davon überzeugt, dass Charly dort wirklich alleine gegessen hatte. Andere wichtige Fragen waren nach wie vor unbeantwortet. Ferdinand löffelte die Brocken aus seinem Kakao, während die Nell mit dem üblichen Getöse die Einkäufe in der Küche ordnete und sich aufs Kochen vorbereitete.

Vor allem: Wo war Charly zwischen dem Abendessen beim Lustig und der Auffindung seiner Leiche gewesen? Freitag früher Abend bis Montag früher Morgen. Die Polizei hatte das nicht interessiert. Wo sich Selbstmörder vor der Tat aufhielten, war uninteressant. Daran kiefelte Ferdinand und er sah keinen Ansatzpunkt, wie die Frage zu klären war. Gegen zwei, halb drei würde Vinzenz ...

Während die Geschäftigkeit der Nell raumgreifender und geräuschvoller wurde, beendete Ferdinand sein Frühstück und machte sich auf den Weg, um die letzte der Familien aufzusuchen, die er notiert hatte.

Erfolglos. Der Hausmeister – berufsmäßig ruppig, aber mit einem durchschimmernden Herzen – gab Auskunft: „Die beiden Müllers, fleißige Leute, wenn ich Ihnen sag, schrecklich! Zuerst hat sie die Gas auf'draht. Hätt a Katastroph'n werd'n können, mit der Schlosserei daneben. Zum Glück is nix passiert. Der Müller, der war bei der Krankenkasse, der hat sie g'fund'n; am Abend. Schrecklich! Ihn hat dann die Kleine vom Schlosser g'funden, wie's die Wäsch' aufhängen wollt', am Boden oben."

Der Mann war sichtlich erschüttert. „Wissens, wemma die Leut' so lang kennt, und der Bua! Noch in die Windeln ... G'scheit war er und ein fescher Bursch. Ich hab ihm noch alles Gute g'wunschen, wie er weggegangen ist."

„Wissen Sie, wohin?", fragte Ferdinand.

„Ja, klar!", sagte der Mann. „Als ob's gestern g'wesen wär, wie da g'standen ist. Da, wo Sie jetzt stehen, mit dem Koffer in der Hand. Zur Tant' nach Linz. Hat er g'sagt. Aber das war net wahr." Und wenn der Bursch zurückkommt, dachte Ferdinand – denn er war überzeugt davon, dass die armen Teufel irgendwo noch lebten –, dann ist er Vollwaise.

Nach der traurigen Geschichte des Haumeisters ging Ferdinand den ganzen Weg aus Favoriten zu Fuß zurück. Eine zusätzliche Quelle war versiegt, aus der hilfreiche Hinweise hätten sprudeln können. Kein Abschiedsbrief, schade. Aber ein Koffer!

Einer verschwindet, wird abgängig gemeldet, wird tot aufgefunden, manchmal gibt es noch einen Abschiedsbrief. Wenn es darin heißt: „genug vom Leben“ oder „kann nicht mehr“, dann ist alles klar. Verwirrend sind nur die Hoffnungsvollen. Denn Hoffnung war dieser Tage ein rares Gut, Selbstmord eine alltägliche Sache. Die Zeitungen hatten – etwa am Montag, wenn im Blatt zu viel Platz war für die kleine, teure Sonntags-Schreiber-Truppe – spezielle Spalten, wie „Die Lebensmüden“, in denen sie auflisteten, wer sich am Vortag wo, wie und warum aus dem Leben davongemacht hatte.

Schüler gingen in den Tod aus Angst vor Ärger mit Lehrern und Eltern, auch unglückliche Liebe führte dazu. Das waren die zeitlosen Motive. Sehr zeitbedingt waren die Taten jener, die aus Not aus dem elenden Dasein flohen. In diese Liste der „Lebensmüden“ passten Ferdinands Abgängige nicht. Diese Burschen packten und gingen von Zuhause weg, ohne den Eltern etwas zu sagen. Einige hinterließen Abschiedsbriefe, andere nicht. Warum? Die Aussicht auf eine neue, bessere Lehrstelle oder eine in dem gewünschten Beruf, die sie hier nicht hatten finden können, mochte sie weglocken, aber das könnten sie den Eltern doch sagen, die sich einem derart vernünftigen Wunsch doch nicht verschließen würden?

Ferdinand kam zu dem Schluss, dass es etwas Unvernünftiges sein musste, dem sie nachliefen. Daher die Heimlichkeit. Weil sie wussten, dass die Eltern ihnen ausreden würden, was sie vorhatten.

Ganz jungen Menschen rosige Aussichten vorzugaukeln, ihnen vorzumachen, sie könnten aufsteigen in der Gesellschaft, war sicherlich nicht schwierig. Einem alten, vom Schicksal zurechtgebeutelten Menschen mit Erfahrung, dem das Leben die nötige Portion Skepsis eingebläut hatte, könnte man das nicht so leicht weismachen. So einer oder eine würde einen Jungen zurückhalten, der dabei war, Illusionen nachzulaufen. Eltern, die zu den Unverwöhnten gehören und ihre und ihrer Kinder Zukunftschancen nüchtern einschätzen, wussten um die Schwierigkeiten, die es bedeutete, von dem Platz auszubrechen, an den Gott einen in dieser Gesellschaft gestellt hat. Und obwohl sie natürlich wollen, dass es den Kindern einmal besser geht, würden sie ein verbietendes Machtwort sprechen; allenfalls von einer Tracht Prügel begleitet. Deshalb mussten die Jungen heimlich fortgehen.

Wohin aber, wohin die Eltern sie nicht gehen lassen würden? Zur Fremdenlegion? Das würden vor allem die Mütter ihren Buben ausreden. Aber Buben nahmen sie bei der Fremdenlegion nicht. Charly Kuhlmann hätte da keine Chance gehabt, so chancenreich er auf anderen Gebieten auch war.

Warum sollte der reiche Kaufmannssohn Huygens für irgendwelche „rosigen Aussichten" packen und mitkommen? Er hatte „rosige Aussichten" nicht nötig. Allein die Adresse sprach schon dagegen. Heinrichhof! Wer hier, der Staatsoper gegenüber, wohnte, war rosig gebettet genug. Aber sie stahlen sich aus bescheidenem wie auch wohlhabendem Elternhaus weg. Warum? Ferdinand gab auf.

Wäre er, damals im Krieg und auch schon davor, nicht auch jeder „rosigen Aussicht" nachgelaufen? Und hatte er es dann nicht ohnehin getan? Er hatte zwar keinen Koffer gepackt und war nicht fortgegangen, aber er war doch weit abgeschert von allem, was sein Leben bis dahin ausgemacht hatte.

Er hatte der Stadt erlaubt, mit ihm zu machen, was sie mit Menschen macht, die nicht über ausreichende Mittel verfügen, um sich dagegen zu wappnen: Er ging unter.

Die Mutter war nicht in der Lage gewesen, den Buben zu halten, und Nowak, der eine Vaterfigur hätte werden können, war tot. Der Eisengießer Mladek war Bettgeher, nicht viel mehr; auch später, als seine Schlafstatt nicht mehr in der Küche aufgeschlagen war.

Wer hätte den Ferdl abbringen sollen von dem Weg, auf den ihn „rosige Aussichten" auf rasches, müheloses Geld geführt hatten?

Zwei Jahre dauerte damals schon der Krieg, und was man so hörte – wobei viel Wahres ja nicht zu hören war –, bestand wenig Aussicht auf ein Ende. Vielleicht würde es ja sogar noch ihn erwischen wie den Eisenbahner Nowak. Er hatte in der Bürgerschule vom Dreißigjährigen Krieg gehört; seinesgleichen geschieht.

Das Elend an der Front hielt die Aussicht auf erlösenden Tod bereit, eine Möglichkeit, hoch geachtet für Gott, Kaiser und Vaterland zu sterben. Der Heldentod war jedoch ein Ausweg, den die Heimat nicht bereithielt. Der Tod der vielen, die ihn aus Hunger und Verzweiflung suchten, war ehrlos und wurde einer christlichen Bestattung nicht gewürdigt. Erlösung kam erst durch die Spanische Grippe, die hungernde Mäuler in der Stadt großzügig zu Zigtausenden hinwegraffte.

Danach war es nicht besser. Der Krieg war aus, die habsburgische Bagage dahin, es war Demokratie, aber immer noch wurde gehungert und immer noch fehlte es an Kohle für den Winter. Auf eine Zukunft hin zu leben war noch immer nicht sehr naheliegend, und was Ferdinand tat, war ein Weg, Geld nach Hause zu bringen. Die Mutter nahm es; woher es kam, wollte sie nicht wissen.

Max Mayer wusste, woher es kam, weil es teils ja von ihm selbst zum feschen Ferdl wechselte, aber er fand, dass nicht gut war, was der Bursche da trieb.

Weil es zu früh war, um Max im Pilgramhof zu treffen, beschloss Ferdinand, bei seinem Auftraggeber vorbeizuschauen und dem Kommerzialrat von seinen Erkenntnissen zu berichten.

Karl Kuhlmann hatte sich nicht selbst von ganz unten hinaufarbeiten müssen, von einer Flick- und Änderungsschneiderei, zu der abzusinken Beranek fürchtete. Charles Kuhlmanns Aufstieg vollzog sich auf dem soliden Fundament, das sein Vater gelegt hatte, indem er achtzehnhundertdreiundsiebzig, dem Jahr des großen Börsenkrachs und der Weltausstellung, Handwerkerfleiß gegen Luftgeschäfte ausgespielt und den insolventen Textilhandel Jakob Mazzes und Bruder übernommen hatte.

Hier ward der Grundstein für das Modepalais gelegt, und als Charles den Laden 1903 übernommen hatte, war Textil Kuhlmann bereits ein Name, der an „Qualität zu günstigem Preis“ denken machte.

Hatten Mazzes und Bruder noch ausschließlich Tuche verkauft, war unter Charles' Vater – auch ein Karl – eine Maßschneiderei dazu gekommen. Warum nur Stoff verkaufen, wenn sich am Schneidern auch verdienen ließ? Und Charles hatte schließlich das Prinzip „Besseres zu ebener Erde, Schleuderware darunter und Angemessenes im ersten Stock“ zur wesentlichen Stütze des Hauses ausgebaut und den Tuchhandel an die erste Gattin abgegeben, die ihn unter eigener Firma weiterhin billig belieferte.

Karl Kuhlmann I. hatte Massenware stets verachtet, wobei für ihn schon drei gleiche Stücke Masse waren. Karl II. – jetzt Charles I. – hatte schon früh versucht, den Vater davon zu überzeugen, dass die Bereitschaft eines weithin Not leidenden Proletariats, für wenig Lohn in Heimarbeit zu nähen, eine gesunde Grundlage für Umsatzsteigerungen ungeahnten Ausmaßes wären, statt auf die aufwendige Maßarbeit zu setzen, aber Karl II. vermochte sich nicht durchzusetzen – darin kein Einzelfall im Aneinanderkrachen von alt und jung. Während des Krieges war ohnehin nicht viel zu erwarten gewesen, aber die Inflationszeit und die Massenarbeitslosigkeit der Wirtschaftskrise verhalfen Karl II. zum Triumph. Im Modepalais in der Mariahilferstraße wurde jetzt auf drei Ebenen Umsatz gemacht, wobei der Masse im Keller die Aufgabe zufiel, die profitlose Maßschneiderei am prestigeträchtigen Leben zu erhalten.

Bisweilen litt Charles Kuhlmann darunter, dass sich sein Modepalais nicht in der Inneren Stadt befand. Allerdings sah er ein, dass nur der Standort auf der Mariahilferstraße das Massengeschäft im Tiefparterre vertrug, und um einen zweiten, noblen Hauptsitz im Stadtzentrum zu eröffnen, dazu waren die Zeiten zu schlecht. Anfang der Zwanzigerjahre, als Kriegsgewinnler und Inflationsspekulanten den ganzen Stadtkern zu einem einzigen, großen Dienstleistungsbetrieb in Sachen Luxus gemacht hatten, da hätte er den Mut aufbringen müssen, auf die Spielwiese der plötzlich vermögenden Lebemänner und Lebedamen zu übersiedeln, aber – und das ließ ihn in Gedanken reuig in den Sechsten zurückkehren – wahrscheinlich hätte ihn die schlagartige Verarmung der Neureichen nach dem Zusammenbruch der Franc-Spekulation in den Ruin getrieben wie viele andere auch. Außerdem – und das versöhnte ihn vollends mit seinem Standort –, man sah ja am Beranek, dass auch eine gute Gegend in schlechten Zeiten keine Gewähr war für blendende Geschäfte.

Betrüblich war auch, dass Charly, in dem der Vater als „Charles Kuhlmann II." den Thronfolger gesehen hatte, nun nicht mehr vorhanden war. Zwar hatten schon die ersten Anzeichen von Charlys Leistungsscheu die bange Frage aufgeworfen, ob er denn überhaupt imstande sein würde, das Modepalais Kuhlmann – eventuell um eine Uniformschneiderei erweitert – weiterzuführen, doch hatte der Kommerzialrat dennoch gehofft, Karl junior würde schon noch zu einem würdigen Nachfolger heranreifen. Eine Hoffnung, die er nun hatte begraben müssen.

Nun ja. Mit dem Schicksal zu hadern war ein Luxus, den sich Kuhlmann senior nicht leisten wollte. Der Pfaffen Trost: „Der Herr hat's gegeben, der Herr hat's genommen!" kam ihm da sehr gelegen. Er drückte das Kreuz durch, erhob den Kopf – wie er das tat, wenn er prüfend sein Imperium durchmaß – und konzentrierte sich ganz auf seine Attacken auf Kort und Konsorten, wozu er auch die Polizei zählte; ein Entlastungsangriff, der eigene erzieherische Versäumnisse vernebelte und die Schuld anderen aufhalsen sollte. Ganz, wie Hofrat Bubetz es – Kuhlmann zufolge Kompetenz überschreitend – diagnostiziert hatte.

So war Ferdinand zum Erfolg versprechenden Werkzeug für Kuhlmanns Vergeltung geworden; ein zwielichtig attraktiver, doch erschütternd schlecht angezogener Racheengel. Für Ferdinand war an den Allegorien des Kommerzialrats nur eines von erfreulicher Bedeutung: Geld spielte dabei keine Rolle.

Um diese Quelle aber am Sprudeln zu halten, musste Kuhlmann regelmäßig Bericht erstattet werden. Ferdinand sah das ganz klar, als er sich auf den Weg in die Mariahilferstraße machte, aber was hatte er denn schon viel zu rapportieren?

Kaum mehr, als was der Goscherl bei Mutter Motz ausgelassen hatte: dass nämlich der Druckereibesitzer Ambros Kälbl der unbekannte Mandant des Dr. Kort war; dass sie tatsächlich zum Anwalt zitiert worden waren, nachdem sie versucht hatten, den christlichsozialen Gewerbetreibenden zu erpressen. Und dass, soviel der Bursche sich zu erinnern glaubte, der Kälbl dem Charly auch den Revolver gegeben hatte. Zu einem möglichen Zusammenhang zwischen den beiden Herren und dem Tod Charlys hatte er jedoch angeberisch geschwiegen.

So, wie Ferdinand sich das unterwegs zum Modepalais vorbereitet hatte, erzählte er es wenig später dem Kommerzialrat, der sichtbar aufblühte bei dem, was er da zu hören bekam. Ferdinand schränkte zwar noch ein, dass diese Auskunft leider nicht viel wert sei, weil der Goscherl gegebenenfalls alles abstreiten würde, aus Angst, es könnte ihm so gehen wie dem Charly, aber Kuhlmann überhörte das. Endlich den Namen des von Kort so hartnäckig beschwiegenen Mandanten zu wissen, endlich hingehen zu können zu Kälbl, diesem Verbrecher, und ihn bezichtigen, ja, öffentlich anklagen zu können, das befriedigte Kommerzialrat Charles Kuhlmann so sehr, dass ihn eine Laune von Großzügigkeit überkam.

„Sie sollten sich besser kleiden, junger Mann", sagte er. „Kommen Sie, ich weiß etwas, das wird Ihnen sicherlich gut stehen." Kuhlmann hatte vor seinem geübten Schneiderauge weiterhin diese sonderbare Vorstellung von Ferdinand als Hochstapler in einem vornehmen Hotel. Als Ferdinand zögerte und sagte: „Wissen Sie, ich brauche mein Honorar in bar", packte ihn Kuhlmann gönnerhaft an der Schulter: „Aber ja, das kriegen Sie auch. Sie sollten nur wirklich besser aussehen bei Ihren Nachforschungen. Sie ahnen ja gar nicht, was das ausmacht. Wenn Sie mir folgen wollen!"

Ferdinand kam aus dem Staunen nicht heraus. Er hatte gedacht, Kuhlmann würde ihn ins Untergeschoss bitten, wo die billigen Fetzen über den Ladentisch gingen. Aber nein! Kuhlmann leitete seinen Kaffeehaus-Detektiv die geschwungene

Treppe hoch in den ersten Stock, kommandierte drei Verkäufer zu sich und dirigierte sie zwischen Ferdinand und der langen Reihe von Anzügen hin und her, die an einer Stange vor der großen Fensterscheibe hingen, auf der in Goldbuchstaben „Modepalais Charles Kuhlmann" zu lesen war.

Die von den Verkäufern getroffene Auswahl missfiel Kuhlmann zutiefst und er griff ein. „Das Jackett, Wawra, ich bitt Sie, haben wir das nicht etwas gedeckter?", verwarf er, was der Angestellte noch am Bügel vor Ferdinand gehalten hatte. „Wir wollen doch keinen Praterstrizzi aus ihm machen, oder?", murmelte er und begann selbst das Sortiment an der Stange zu sondieren. „Ja, ich glaube, das kommt hin", bestätigte er sich kurz darauf sein Feingefühl und zog einen der Anzüge hervor. In eine der Ankleidekabinen bugsiert, schlüpfte Ferdinand in das selbst ihm, den gänzlich Unkundigen, als edel erkennbare Tuch und trat dann wieder hinaus vor Kuhlmanns prüfendes Auge. Grundsätzlich schien er einverstanden, Details sollten geändert werden. „Wawra, *please*! – Hier, das müssen wir etwas enger machen", diagnostizierte er, und kaum hatte er nach der Seite in die Luft gegriffen, stand schon einer da, der ihm ein Nadelkissen hinhielt, aus dem sich Kuhlmann bediente. „Die Ärmel passen! Strecken Sie den Arm, winkeln Sie den Arm ab, ja, gut. Und die Hose, ganz auslassen. Kein Problem, Halbfertigware, der letzte Schrei in Konfektion."

Ferdinand wollte zurück in die Umkleidekabine, Kuhlmann hielt ihn zurück. „Und noch ein passendes Hemd! Was für eine Kragenweite?" Ferdinand hatte keine Ahnung, schüttelte den Kopf und schon spürte er, nicht ohne zu erschrecken, ein kaltes Maßband um seinen Hals. 42, meldete der Lakai und ein paar Sekunden später stand der andere mit einem Stapel Hemden dieser Größe da und legte sie nebeneinander auf die Glasplatte der Theke, unter der Selbstbinder und Maschen ausgelegt waren.

„Das, das und … das!", tippte Kuhlmann auf drei, der Rest wurde wieder eingesammelt und weggebracht, indes Ferdinand in der Umkleidekabine zu seinem gewöhnlichen Aussehen zurückfand.

„Und wenn Sie jemand fragt: ‚Kuhlmann' sagen, ja? Bitte!", raunte der Kommerzialrat dem Ferdinand zu, während er ihn ins Parterre begleitete. Der Kenner sieht das zwar ohnehin, dachte er, aber ob Ferdinand sich viel unter Kennern eleganter Herrenmode umtat, schien dem Schneider doch eher fraglich.

„Morgen können Sie es abholen lassen", sagte er, um sich gleich zu korrigieren: „Abholen. Wir können es auch liefern. Ins Café Pilgramhof?"

Ferdinand wehrte ab; das fehlte gerade noch. Schlimm genug, dass die Pierrette, die affektierte Kuh, herumtratschen würde. „Nein, ich schicke jemanden vorbei oder ich komme selbst. Und eines noch", kam Ferdinand auf seine Aufklärungsarbeit zurück, als Kuhlmann ihn mit einladend leitend ausgebreitetem rechten Arm zur Tür manövrierte. „Ich hätte gern ein bisserl mehr von Ihrem Sohn gewusst. Wie er so war, im Familienkreis, im Alltag. Sie haben doch eine Köchin, ein Dienstmädchen, oder?"

„Selbstverständlich! Wo denken Sie hin", setzte Kuhlmann in einem irritierten Ton an, und der freundliche Arm senkte sich; „aber die wissen nichts. Können nichts wissen. Schade um die Zeit."

„Auch das Zimmer Ihres Sohnes ...", setzte Ferdinand nach, ohne sich davon mehr zu versprechen.

„Die Polizei hat das gar nicht interessiert", wies Kuhlmann auch dieses Ansinnen von sich; erstaunlich, wo er bisher doch recht wenig von der Vorgangsweise der Polizei gehalten hatte. Nun gut. Einblicke in den heiligen Schrein der Familie schien Kuhlmann nicht zu wünschen. Geheimnisse hatte jede Familie, dachte Ferdinand. Warum sollten die Kuhlmanns eine Ausnahme sein?

Ferdinand verließ das Lokal und machte sich auf den Weg, hinunter in den Fünften, ins Pilgramhof, um Max zu treffen, der ihm Einiges über die Geheimnisse des noblen Schneiders hätte erzählen können.

18

Die „Abteilung für Bekämpfung des Mädchenhandels und der Geschlechtskrankheiten", ein rätselhaftes Doppelhaus und keine Vergebung für Nowaks Sünden.

Im Pilgramhof setzte sich Ferdinand an den bereits reservierten Fensterplatz, um auf Max zu warten und einen neuen Versuch zu unternehmen, ihn vom Zusammenhang zwischen der Anwesenheit des Baron Latsch im Land und den Abgängigen mit Koffer und Abschiedsbrief zu überzeugen.

Er wusste, es würde schwer werden; aus irgendeinem unerfindlichen Grund hatte Max eine ganz und gar unsozialistische Schwäche für den reichen Mann. So setzte es auf Ferdinands ersten zaghaften Versuch, Latsch anzuschwärzen, denn auch sofort massives Sperrfeuer.

„Natürlich gab es damals im Krieg viele Abgängige, und oft wurden sie gar nicht vermisst. Viele Eltern waren froh, wenn sie einen Esser im Haus los waren, es gab meist ja noch genug andere. Da wurde dann auch keine Anzeige erstattet. Das war einfach so. Der Herr hat's gegeben, der Herr hat's genommen! Der Krieg macht alle Menschen roh, auch in der Heimat. Und viele der Verschwundenen haben sich so auch den Tod auf dem Feld der Ehre erspart."

Ferdinand wollte etwas einwenden, aber Max gebot Schweigen und fuhr fort: „Gab es damals Abschiedsbriefe mit: ‚Da, wo ich jetzt bin, geht es mir besser'?"

„Wahrscheinlich, das Paradies, verstehst du", meinte Ferdinand. Eine bessere Zukunft kann ja auch der Tod sein, das hatte Max auch schon gesagt, aber dorthin nimmt man keinen Koffer mit.

„Aber glaubst du", argumentierte Max weiter, „dass es auch welche gab mit: ‚Eines Tages werdet ihr stolz auf mich sein!'?"

„Kaum", muste Ferdinand zugeben.

„Wer sollte die entführen? Wer könnte die Hungergesichter schon gewollt haben? Außer natürlich dein Menschenfresser-Baron“, spöttelte Max, „der wahrscheinlich deiner Meinung nach jetzt einen groß angelegten Handel mit jungen Burschen betreibt, um sich was dazu zu verdienen?“

Ferdinand gab sich geschlagen, nicht weil er eingesehen hätte, dass er unrecht hatte, sondern weil auch Max, wenn er sich in eine Idee verkrallt hatte, ungeheuer stur sein konnte.

„Auch kurz nach dem Krieg gab es jede Menge Abgängige“, ließ Max nicht locker. „Aber erinnere dich doch, unter den Burschen, die damals in Baden dabei waren, war kein Einziger, der als abgängig gemeldet gewesen wäre. Ich sehe die Polizeikorrespondenz noch vor mir. Die haben das gemacht, um überleben zu können, und sind nicht gefressen worden, sondern gut bezahlt. Wie du ja auch.“

„Und warum hat sich der Charly umgebracht?“, fragte Ferdinand aus heiterem Himmel, ganz ohne apropos, weil er Max vom Thema Latsch ablenken wollte: „Warum also?“

„Einfach, weil er mit den ganzen Abgängigen nichts zu tun hat!“, schickte Max Ferdinand an den Start zurück. „Er ist tot. Sicher tot, weil tot gefunden. Aber Charly hat nicht gepackt. Das ist der eine Unterschied zu den anderen. Der zweite Unterschied ist der Vater, der queruliert und die Verantwortung auf andere abzuschieben versucht, indem er gegen den von der Polizei behaupteten Selbstmord einen Mord ausspielt, den Doktor Kort und Genosse an seinem Sohn begangen haben sollen!“

Nachdem Max seinem Ferdinand diese Abreibung verpasst hatte – es musste Ärger mit Emm gegeben haben, dem Chef von Dienst –, lenkte er ein. „Den Latsch können wir ausschließen“, vereinnahmte er Ferdinand für die eigene Ansicht. „Aber es ist durchaus denkbar, dass hinter diesen Abgängigkeiten düstere Geschäftemacher stehen.“

„Mädchenhandel mit Buben?“, grinste Ferdinand. „Gibt es das?“

„Das weiß ich nicht“, spielte Max einmal mehr seine journalistische Karte aus. „Aber ich kenne jemanden, den ich fragen kann!“

Und als er dann endlich seinen großen Schwarzen auf den Tisch hatte – „Warum hat das so lang gedauert?“„Der Kaffee war aus!“ –, lehnte er sich zurück und verriet Ferdinand, wen er im Sinn hatte. „Der Antony kann dazu auf jeden Fall etwas sagen. Der Chef der Abteilung für Mädchenhandel und Geschlechtskrankheiten im Sicherheitsbureau. Ich hab ihn beim Grazer Weltkongress im September vierundzwanzig kennengelernt. Und du solltest dich um Kort kümmern“, verordnete er Ferdinand abschließend. „Ich hab ihn in der Früh in seinem Kaffeehaus getroffen.“

Ferdinand brannte darauf, zu hören, was der Journalist dem Kort alles herausgerissen hatte. Die Antwort war enttäuschend: „Was hast du erwartet?“, grantelte Max. „Hast du gedacht, er wird von Gewissensbissen gepeinigt gestehen? Und was? Dass er den kleinen Kuhlmann hypnotisiert hat? Alles ganz hypothetisch, wie er zu sagen liebt. Und ich glaube nicht, dass du mehr aus ihm herausbringst.“

„Aber“, wandte Ferdinand ein, „er ist in vielen Fällen von widernatürlicher Unzucht als Verteidiger ...“

Max nickte. „Verdächtig viele Fälle, willst du sagen – aber willst du ihm das vorwerfen? Das ist sein Beruf.“

Dass Dr. Kort auch „abartige“ Kundschaft hatte, beruhte jedenfalls nicht auf derartigen eigenen Verirrungen des Dr. Kort. Der Anwalt war in Meyers Alter, vielleicht schon wenig darüber. Er lebte ein zurückgezogenes Junggesellendasein, aber man – sprich: Hofrat Bubetz – wusste, dass Dr. Kort häufig käufliche Liebesdienste in Anspruch nahm. Und zwar von Damen, die ihm von Herren zur Verfügung gestellt wurden, die ohne ihn, Kort, nicht auf freiem Fuß durch die Stadt wandeln würden.

Nicht zuletzt auch aufgrund dieser Gerüchte sahen verstockt bürgerliche Kreise – wie beispielsweise die Abonnenten der „Reichspost“ und der „Neuen Freien Presse“ – in Kort den Anwalt alles Unappetitlichen, mit dem gesellschaftlich zu verkehren nicht infrage kam. Aber selbst die honorigsten Familienoberhäupter rannten, wenn ein Sohn aus dem bürgerlichen Rahmen in die Arme eines anderen Mannes gefallen war, zu Dr. Kort. Seine Erfolge bei „Abartigen-Prozessen“ legten das einfach nahe.

Freisprüche auf diesem Gebiet waren so gut wie nicht zu haben; gab es dennoch einen, dann war das eine Sensation, die von der „Reichspost" empört als unentschuldbare Entgleisung eines – das stand fest – „roten" Richters angeprangert wurde. Kort versuchte deshalb niemals auf einen Freispruch hinzuarbeiten, sondern setzte vielmehr auf ein reumütiges *mea culpa* und heuchelte grandios, dass er und auch sein Mandant sich durchaus bewusst waren, dass hier ein Verbrechen begangen worden war. Das schmeichelte den Richtern, und so gelang es ihm immer wieder, das Strafmaß erfreulich zu reduzieren, Bewährung zu erwirken oder eben, wie seinerzeit im Fall des Baron Latsch, die Einstellung eines Verfahrens zu erreichen. Wobei er in solchen Fällen nicht davor zurückschreckte, auf seine – in Branchenkreisen und darüber hinaus – legendäre Kartei zurückzugreifen und juristisches Personal – Geschworene nicht ausgenommen – mit seinem Wissen gewogen zu stimmen.

Als Mann mit vielfältigen Verbindungen nach da und dort verfügte Kort auch über Wissen von da und dort, das er auf mittlerweile Zigtausenden Kärtchen evident hielt. Der Karteikasten war einer von der Sorte, wie sie die Meldeämter in den Bezirken benutzten und wahrscheinlich auch ausrangiert von dort bezogen, denn Kort war geizig. Dieser Schrein befand sich nicht in Korts Kanzlei in der Obhut des Fräulein Ziesel, sondern wurde in seiner Hietzinger Villa höchstpersönlich von ihm selbst bewacht.

Oftmals zog er ganz ohne unmittelbaren Anlass eine der Laden heraus und blätterte – wie andere über intime Zonen streichen – mit lüsternen Fingern durch die Karteikarten, auf denen Personen notiert waren nebst ihren Adressen, meist auch ihr Strafregister und – darin unterschied sich Korts Kartei von jenen, die den Wissensstand der Polizei bargen – eine Liste von weiteren Namen, mit denen die kartierten Personen verwandt oder verschwägert waren und in welchen sonstigen Beziehungen sie zueinanderstanden. Ja, sogar was einer über einen oder mehrere andere wusste oder wissen könnte, war festgehalten. Perfektion schlechthin. Eine Kloake an Indiskretion, aus der Kort ohne Unterlass schöpfte, um entweder Ungemach von einem Klienten abzuwenden, sich eine persönliche Geldquelle zu eröffnen oder aus bloßer Lust an seiner Macht, anderen nutzlosen Schaden zufügen zu können.

Müßig zu sagen, dass nicht nur ein Querschnitt der Unterwelt der Stadt in Korts Kartei lagerte, sondern auch ein breit gefächertes Sortiment an Vertretern der Gegenseite; vom schlichten Wachmann – Vogelsang etwa, der die Botschaft gegenüber Korts Haus bewachte – bis zu den obersten Etagen von Schottenring und Rossauerlände.

Als psychohygienisches Korrektiv, das verhinderte, dass er an seiner Fülle von Macht überschnappte, hatte Dr. Kort eine Schwäche für walkürenhafte Weiber entwickelt, die mit Peitschen und Stricken zu hantieren verstanden und gegen entsprechenden Aufpreis auch bereit waren, nicht nur ihre Blase auf den Doktor der Rechte zu entleeren.

„Deine speziellen Qualitäten wirst du dort also nicht einsetzen können“, schloss Max seine Erörterung des Dr. Kort. „Kuhlmann hat seine Abfuhr schon erhalten, in der groben Ausführung. Mich hat er ebenfalls abgeschasselt, wenngleich mit ausgesuchter Höflichkeit. Und für dich besteht ebenfalls nur geringe Hoffnung, nicht mit einer Klagsdrohung abgefertigt zu werden.“

Aber, so kamen sie überein, es konnte keinesfalls schaden, sich im Umfeld dieses Herrn umzusehen. Das bedeutete für Ferdinand: Auf nach Hietzing, während Max in die Redaktion zurückkehrte, zuallererst zu den Nornen, um mit Hilfe einer ihrer braunen Mappen sein Wissen über Dr. Clemens Antony aufzufrischen.

Als der „Grazer Weltkongress zur Bekämpfung des Mädchenhandels“ – das Hurenspektakel, wie Max Meyer die Veranstaltung respektlos nannte – unter dem Ehrenschutz des Herrn Bundespräsidenten damals in Graz getagt hatte, war Dr. Clemens Antony noch ein kleiner, bedeutungsloser Beamter gewesen, von höhergestellten Persönlichkeiten entsandt, die sich fünf öde Tage in der Provinz nicht hatten antun wollen. Antony hatte die Gelegenheit genutzt und mit seiner Rede, die unter

„ferner liefen“ angesetzt war, den Grundstein zu einer Karriere gelegt, wie sie an Schottenring und Rossauerlände ihresgleichen bis dahin nicht hatte.

Damals seit kaum zwei Jahren in der Abteilung tätig, war Dr. Clemens Antony während der wenigen Tage, die der „Grazer Weltkongress zur Bekämpfung des Mädchenhandels“ dauerte, geradezu zum Helden dieser Veranstaltung geworden.

Bundespräsident Hainisch, als republikanische Herrschergestalt, seinen Bart zwischen Lueger und Franz Josef angelegt, sprach zur Eröffnung große Worte, die sich zu „Es war sehr schön, es hat mich sehr gefreut“ eindampfen hätten lassen. Dennoch – so schwang die „Reichspost“ das Weihrauchfässchen – konnte sich der Bundespräsident „des Dankes all jener sicher sein, die in einer Entsittlichung unseres Volkes die schwerste Gefahr für seine Zukunft erkennen“.

Die wahrhaft aufrüttelnde, Zustände nicht nur öffentlich beklagende, sondern auch Auswege weisende „Anprangerung der Verbrecher, die an der sittlichen Verlotterung des Volkes arbeiten und aus Jugendvergiftung ein Geschäft machen“, kam allerdings von jenem weithin unbekannten Dr. Antony.

Dem Seelensanierer Seipel schmeichelnd, bedauerte auch er, dass dieser Tage viel zu sehr vom wirtschaftlichen Wiederaufbau gesprochen wurde, vom sittlichen aber leider viel zu wenig. Und um dem abzuhelfen, sprudelte er in seiner – danach viel zitierten – Rede eine schier endlose Reihe von zu ergreifenden Maßnahmen hervor, und tatsächlich wurde er kaum zwei Wochen nach dem Grazer Hochamt der Sittlichkeit mit der Leitung der Abteilung für Bekämpfung des Mädchenhandels und der Geschlechtskrankheiten betraut, wobei der Terminus „Mädchenhandel“ eine Verkleidung der Zuständigkeit für den gesamten Bereich der Prostitution war.

Damit war Antony, Anfang vierzig, dort angelangt, wohin der reguläre Dienstweg andere erst grau und welk und ohne großes Bedürfnis nach weltverändernden, geschweige denn verbessernden Taten führte. Seinen Beförderern – aus Seipels Dunstkreis – bewies Antony in der Folge, wie richtig ihre Entscheidung gewesen war. Ohne Rücksicht auf Amtsstunden oder

Bequemlichkeit pflegte er vielfältige Kontakte zum Ausland, zu den verlorenen Reichsteilen vor allem, aber auch zu jenen Ländern, die im „Großen Völkerringen" auf der anderen Seite der Front gestanden waren.

Wie sein Amtsvorgänger wegen dessen „Nervenfiebers", so war Antony durch seine Reisetätigkeit bedingt nur selten in seinem Büro anzutreffen, aber Berichte seiner Gespräche im In- und Ausland gingen fast täglich an die übergeordneten Stellen und an die Presse, und bei Empfängen des Ministers stach Antony stets aus der Menge der korrekt farblos gekleideten Beamten hervor, weil seinen Anzügen anzusehen war, dass sie Maßarbeit waren, und zwar nicht von Kuhlmann oder Beranek.

Dazu führte Antony – als Ausdruck seiner Verehrung für den Gotteskanzler – ein geradezu mönchisches Leben, das er sich von Wiens legendärem Bürgermeister Lueger abgeschaut hatte.

Was jedoch bei Lueger allgemein als politisch listige Lüge durchschaut worden war, nahm eine willige Öffentlichkeit im Fall des Dr. Clemens Antony für bare Münze. Er lebte mit einer matronenhaften Köchin, die auch den Haushalt besorgte, zurückgezogen in der Villa seiner verstorbenen Eltern in Pötzleinsdorf, gab einmal im Jahr einen Empfang für alle Angehörigen seiner Abteilung – nicht in der Villa, sondern im Sacher – und erfreute sich solcherart unten wie oben großer Wertschätzung.

Dass der ganze Aufwand, die internationalen Kontakte und die Maßnahmenpapiere am Mädchenhandel nichts geändert hatten, tat nichts zur Sache. Das lag seiner und anderer maßgeblicher Leute Meinung nach zutiefst im letztlich unergründlichen Wesen des Amtes, das darin Erfüllung fand, einen Zustand zu verwalten, nicht ihn aber zu verändern. Und wie kaum einem anderen Tätigkeitsbereich der Polizei wurde der Abteilung Antony bereitwillig konzediert, dass Veränderung kaum, ja, letztlich gar nicht möglich war, in einem Geschäftsfeld, das als das älteste der Welt galt. Was über die Jahrtausende unverändert sich erhalten hatte, konnte – zumal in den Augen der Konservativen – nicht falsch sein, und war daher vor Veränderung sicher.

Kurzum: Antony war – Figaro hier, Figaro da – der Held der sittlichen Welt und sollte demnächst – den Präsidenten beratend – in den Vorstand der Internationalen Kriminalpolizeilichen Kommission aufgenommen werden.

Meyer wusste, dass Antony – eben aus Rom von deren neunten Tagung zurückgekehrt – kurzfristig für ein Interview zur Verfügung stehen würde; ferner wusste er, dass bei dem Gespräch nicht viel herauskommen würde, weil Antony zum weiß Gott wievielten Male beweisen würde, dass er imstande war, jede beliebige Meinung überzeugend zu vertreten, um sie im nächsten Augenblick als untauglich und gefährlich zu verdammen – kurz: dass man sich wieder einmal würde fragen müssen, warum er nicht längst im Parlament saß oder Anwärter auf einen Ministerposten war.

Meyer unternahm es trotzdem, im Sicheheitsbureau anzufragen. Die eben absolvierte Romreise oder „Zehn Jahre in der Abteilung“ waren ein guter Anlass für ein solches Gespräch, und Antony, der auch anlässlich eines sechseinhalbten Jahresjubiläums ein Interview gegeben hätte, stand tatsächlich dem Herrn Dr. Meyer „selbstverständlich gerne jederzeit zur Verfügung“.

Ferdinand begab sich an Nells Mittagstisch, freute sich über die Einbrennsuppe und das Erdäpfelgulasch und zog sich dann in sein Herrenzimmer zurück, das durch die offene Flügeltür von der Wärme des Ecksalons abbekam, der als einziger Raum in der Wohnung geheizt wurde.

Gegen zwei, als sie mit der Küche fertig war, verließ Frau Abandanell das Haus. Sie ging nicht wortlos, sondern schaute bei Ferdinand durch die einen Spalt geöffnete Tapetentür zum Vorzimmer ins Zimmer und sagte: „Bin fertig. Bis morgen.“

„Danke, Frau Nell!“, sagte Ferdinand. Die Tür wurde zugezogen, aber gleich wieder geöffnet: „Die Mehlspeis’ für Herrn Vinzenz steht in der Kredenz.“

„Danke, Frau Nell!“

Wenig später kam Vinzenz – er musste der Nell auf der Stiege begegnet sein –, Ferdinand schloss die Flügeltür und sie beschworen die Erinnerung an jenen ersten – von Vinzenz schwärmerisch heilig genannten – Nachmittag, an dem er dem Ferdinand erstmals unterlegen war.

Korts Haus würde immer noch dastehen, wenn Ferdinand auch später kam …

In Hietzing angelangt, plauderte Ferdinand zunächst mit Wachmann Vogelsang, der vor der Botschaft gegenüber von Dr. Korts Haus Wache stand, dann widmete er sich der Behausung des Rechtsanwalts, die – wie dessen Anzüge – bescheiden wirkte. Nun war es zwar nicht so, dass er in einer Schrebergartenhütte hauste – was seiner schäbigen Konfektion aus der Leopoldstadt entsprochen hätte –, aber die „Villa", die er als seinen Wohnsitz angab, war lediglich die rechte Hälfte eines wenig beeindruckenden Doppelhauses, freilich in feinster Hietzinger Lage. Hierher an den westlichen Rand der Stadt und in die Nähe des Kaisers hatten sich einst Adel und Kapital gedrängt, ihre Villen und Schlösschen gebaut und dafür gesorgt, dass die Gegend zu einer wurde, die nach Geld förmlich stank. Korts Haus tat das nicht. Es war auch kein Doppelhaus im Sinne zweier gleicher, symmetrischer Hälften, sondern zwei durchaus unterschiedliche, an der Grundstücksgrenze Mauer an Mauer aneinander schließende Gebäude.

Dr. Korts Haus kam verspielt zuckerbäckrig daher, in einem Pseudorokkoko, das auf den ersten Blick dem Erbauer des Nebenhauses wohl Übelkeit verursacht haben würde, denn dieses war von einfacher, an die schlichte Geometrie des Bauhauses erinnernder Gestalt, die neben Korts eklektizistischem Knusperhäuschen noch eleganter wirkte. Allerdings, so enthüllte eine genauere Betrachtung des Objekts, rührte diese Schlichtheit lediglich daher, dass offenbar der Verputz mit allen Schnörkeln abgeschlagen und durch einen glatten Anstrich ersetzt worden war, als wollte es sich mit Gewalt von seinem geschmacklos historisierenden Zwilling absetzen. Der Effekt war verblüffend, denn das siamesisch Zwillingshafte der Konstruktion war damit so sehr verschleiert, dass erst bei sehr genauem Hinsehen klar wurde, dass die eine Hälfte das Spiegelbild der zweiten war, und es sich letztlich um nur einen Baukörper handelte, der offenbar im Eigentum von Dr. Kort stand.

In der von Kort bewohnten Hälfte hätte man nach ihrem Äußeren eher eine greise Burgtheater-Mimin vermutet als einen nachgefragten Rechtsanwalt Ende fünfzig. Ob und wie es mit Dr. Korts Wesen zu tun hatte, dass er den stilistisch verlogenen Teil des Doppelobjekts für sich als Wohnung ausgewählt hatte, war schwer zu sagen. Vielleicht war es einfach der ästhetischen Anspruchslosigkeit des Juristen geschuldet, denn Geschmack und Bildung gehen mit Korts Gewerbe nicht notwenig einher.

Die andere, bauhäusliche Hälfte war an einen gewesenen k. u. k. Diplomaten ungarischer Provenienz vermietet, einen Legationsrat Imre von Balkányi, der sich jedoch nur zeitweise hier aufhielt. Welcher Art die Missionen waren, die ihn zwischen den Metropolen der versunkenen Doppelmonarchie pendeln ließen, war unklar, aber das gehört wohl auch zum Wesen der Diplomatie.

Jedenfalls gab er, offenbar um seine cisleithanischen Kontakte zu pflegen, „diplomatische Empfänge", die – wie Vogelsang bezeugen konnte – keine besonders glanzvolle Angelegenheit waren. Meist kamen zwanzig bis fünfundzwanzig Gäste; Herren, manche mit Damenbegleitung, andere ohne und auch Damen ganz allein.

Im Sommer gab es auf der Terrasse modische Drinks, die Vorhänge blieben geschlossen, und die Gäste verhielten sich unauffällig und ruhig. Zwischen halb eins und eins in der Nacht verließen die letzten Besucher den Legationsrat, dann gingen im Haus die Lichter aus, Stille kehrte ein und am nächsten Morgen erschien eine Putzfrau.

Von Wachmann Vogelsang wusste Ferdinand, dass in der Garage des Legationsrat von Balkányi ein Automobil der Luxusklasse stand, Kort jedoch über kein eigenes Fahrzeug verfügte, sondern mit dem Taxi in die Stadt fuhr. Kort war auch wesentlich ungeselliger als der diplomatische Nachbar. Er empfing niemals Gäste in seiner Villa. War speisendes Zusammensitzen unumgänglich, so erledigte er dies vorzugsweise in den Restaurants nicht allererster Hotels, wo er seine Anonymität gewahrt meinte; wie übrigens auch im Rathauskeller, wegen dessen Weitläufigkeit.

Was das Personal betraf, ähnelte er dem Legationsrat; auch Kort hielt außer einer Bedienerin, die unregelmäßig vorbeischaute, kein Personal. Vom Friedhof kam fallweise ein Gärtner herüber und hielt den Garten im Stande bescheidener Ordnung. Da Dr. Kort, anders als der Legationsrat nebenan, keinen Wert auf einen schick getrimmten Rasen legte, kam der Mann zwei-, dreimal im Jahr mit der Sense vorbei, um das Gras zu schneiden und es dann hinter einem Gebüsch auf einen Haufen zu werfen und verrotten zu lassen.

„Der ist jetzt eh grad wieder da", hatte Vogelsang gesagt, und tatsächlich erblickte Ferdinand den Mann mit der Sense in Korts Wiese, als er das Grundstück umschlich. Ferdinand blieb stehen und versuchte über den Zaun hinweg ins Gespräch zu kommen. „Ganz alte Schule, wie?", rief er dem Mann zu, der innehielt und zu Ferdinand ging. „Ich tät mich leichter mit der Spindel", klagte der Mann, während er einen Wetzstein aus dem Wasserhorn am Gürtel zog und seine Sense zu schärfen begann. „Aber er bleibt dabei. Dabei schaut das fürchterlich aus."

„Dort drüben, das ist doch wirklich schöner", gab Ferdinand dem Gärtner recht.

„Ja, ich versteh nicht, warum der Herr Doktor nicht beide Rasen trimmen lässt", murrte der Gärtner und steckte seinen Wetzstein wieder ins Horn.

„Wie?", staunte Ferdinand. „Drüben lässt Kort trimmen?"

„Aber ja, sag ich doch. Bei ihm wird gemäht, drüben mit der Spindel getrimmt", beendete der missmutige Mann das Gespräch und wandte sich ab, um mit seiner ungeliebten Arbeit fortzufahren.

„Und er bezahlt für beide Gärten?", wollte Ferdinand noch wissen, was der Gärtner mit „Jaja!" bestätigte.

Man könnte glauben, dachte Ferdinand, Kort ist darauf aus, dass es so aussieht, als wären nicht beides seine Häuser. Aber was würde das bringen? Das Grundbuch kannte keinen Unterschied zwischen Rokoko und Bauhaus oder gemäht und getrimmt.

Der Ausflug nach Hietzing war somit ebenso ohne bedeutende Erkenntnisse verlaufen wie Maxens Pilgerfahrt zu Kort ins Café Meteor. Aber am Heimweg gab es noch zu tun. Pater Waitz sollte mittlerweile von der Lehrlingswallfahrt zurückgekehrt sein, um von Ferdinands Unkeuschheit zu vernehmen.

Erst ein Stück zu Fuß, dann mit der Stadtbahn bis zur Station Gumpendorferstraße und weiter durch die zu Nebel noch nicht entschlossene Feuchtigkeit der herbstlichen Dämmerung in die Kirche.

Der Mesner, der immer noch mit seinem Staubwedel zugange war, erkannte Ferdinand sofort wieder und eilte freudig in die Sakristei, um den gewünschten Beichtvater zu holen.

„Pater Waitz kommt sofort“, beschied er Ferdinand und machte sich wieder an seine Arbeit.

Wenig später näherte sich von einem Seitentürchen her eine hagere Gestalt, bestieg den Beichtstuhl, zog den Vorhang vor, und nachdem sich schließlich das Türchen hinter dem Gitter geöffnet hatte, bot Ferdinand einen kurzen Auszug seiner Jahre in der Gosse, um dafür verdammt zu werden oder gütig von seinen Verfehlungen befreit; dann würde er wissen, ob Charly – verzweifelt über seine Sünden – selbst in den Tod gegangen war.

Aber weder das eine noch das andere wurde ihm zuteil. Statt dessen schlug Pater Waitz vor, mit ihm zu kommen, um tätige Buße zu tun. „Wir alle“, raunte der Gottesmann, „sind Gefäße des Herrn, in die er seine Gnade ergießt.“

Ferdinand deutete das Angebot ganz richtig und seine Antwort war entsprechend: „Möglich“, sagte er. „Im Augenblick komme ich mir aber wie sein Scherm vor.“ Und während im Beichtstuhl noch Gemurmel von Buße und Reue zu hören war, stand er auf, verließ – vorbei am immer noch seinen Staubwedel durch das Gotteshaus wirbelnden Mesner – die Kirche und trat hinaus in den Oktoberabend. Aus der Stadtbahnschlucht vor ihm war das Rumpeln eines Zuges zu hören, Ferdinand aber wandte sich zur Gumpendorferstraße hin und schritt mäßig schnell stadteinwärts bis ins Pilgramhof, wo er Max in dessen Korrekturpause zu treffen hoffte, um ihm zu berichten, dass der Beichtvater als erbarmungsloser Rächer der Sittlichkeit ausgefallen war; von ihm war Charly gewiss nur verständnisvolle Vergebung zuteilgeworden, samt anschließender tätiger Reue in Waitzens Zelle, wo Charly dann auch zum Gefäß des Herrn geworden sein dürfte.

19

Ein Kaffeehaus-Detektiv im siebenten Himmel und ein Zirkuskind mit Sehnsucht nach Liebeslust in bürgerlichen Verhältnissen.

Ferdinand war – wie das bei Verliebten gemeinhin der Fall ist – nicht wiederzukennen. Er erledigte Arbeiten vom frühen Morgen weg, um durch nichts abgelenkt zu sein, wenn Vinzenz nach der Schule vor der Tür stand. Begehrt zu werden, war Ferdinand gewohnt. Was war nun anders an dieser Affäre mit Vinzenz? War es die gesellschaftliche Kluft, die sie mit jeder Umarmung überbrückten? Wie auch immer, Ferdinand badete wie Siegfried im Drachenblut in dieser Liebe, die ihn überlegen machte, und er glaubte sich unverwundbar. Aber auch hier gab es ein Lindenblatt, das Ferdinand übersah; denn die Stärke, die Vinzenz ihm gab, war die eines Aufputschmittels. Nur Koffein für die Seele. Aber das zählte nicht, was zählte, war der Wahnsinn, der beide befiel, sobald sie einander unbeobachtet gegenüberstanden. Für Vinzenz, der begierig war, Erfahrungen zu sammeln und sich das Rüstzeug für einen befriedigenden Start ins Leben zu erwerben, war es nur eine Verliebtheit. Ferdinand hätte es erkennen müssen, tat es aber nicht, sondern vergrub sich in diese Liebe.

Béla entging die Verwandlung Ferdinands ebenso wenig wie Max, und er beneidete den Schüler Vinzenz; Neid, aus dem sich eine besonders kritische Haltung gegen das verwöhnte Bürschchen zwangsläufig ergab.

Ferdinand und Vinzenz hatten nichts gemeinsam als die Lust aneinander. Béla erkannte das, anders als Ferdinand, sehr klar und er schöpfte daraus die Zuversicht, dass die *Amour fou* sich recht bald aufgebraucht haben würde, und Ferdinand aus dem Himmel wilder Leidenschaft wieder auf das unsichere Terrain der Wirklichkeit zurückkehren würde, wo eine moderate, gleichwohl beglückende Beziehung festen Boden unter den emotionalen Füßen versprechen würde.

Béla, neunzehnhundertacht geboren, war in die Schule gekommen, als das Reich vergnügt und hoffnungsfroh daran gegangen war, sich den Todesstoß zu versetzen. Die Bürgerschule war dann schon republikanisch gewesen, was im Ergebnis keinen Unterschied machte. Jedenfalls war er kein Zirkuskind, wie er scherzhaft immer gerne von sich behauptete, aber doch aufgewachsen auf verwandtem Terrain, nämlich in jenen dumpfen Kammern, in denen sich die Verwandlung fahler Gestalten in Fürstinnen und mühsam die Miete zusammenkratzender Alkoholiker in mächtige Magier vollzog. Er wuchs bei der Großmutter auf, die Garderoberin im Carl-Theater auf der Praterstraße gewesen war. Und Garderober war nun auch sein Broterwerb; singen und tanzen war ein Extra, das Direktor Marischka gerne duldete, aber dafür nicht eben tief in die Tasche griff; wenn überhaupt.

Die Greißlerei des Stiefvaters draußen in Floridsdorf war Béla zuwider; früh schon hatte er die Halbwelt gesucht, weil er dort Verständnis für sein Anderssein vermutete. Seitens der Gebärerin mit dem Namen Tschinder geschlagen, nannte er sich künstlerhalber York, nachdem er kurz mit dem Gedanken gespielt hatte, sich Bártok zu nennen, nach dem Vater, einem feschen, aber gewissenlosen k. u. k. Honvéd Husaren, der damals im Kaiserjubliäumsjahr die Tschinder Hermi in einem dazu gedachten Hotelzimmer auf der Praterstraße erst hingerissen und dann sitzen gelassen hatte. Vielleicht rührte daher seine tief sitzende Sehnsucht nach geordneten Zuständen oder vielmehr dem, was er darunter verstand.

Béla war nicht, was von den in erotischen Angelegenheiten weniger Erfolgreichen neidvoll eine Schlampe genannt wurde, was Charly Kuhlmann in seiner jugendlichen Dummheit vielleicht gewesen war. Béla hatte sich immer bemüht, in längeren Beziehungen unterzukommen, nur leider waren die schwer zu finden. Trajan Tralescu, ein rumänischer Tenor aus dem Chor des Theaters an der Wien – und dort unter dem Spitznamen Trallallalescu bekannt – war eine Verlegenheitslösung, und die erotische Vorstellung, die Béla damals mit Ferdinand für Hausherr Max als Zuschauer auf dem Westöstlichen gegeben hatte, konnte als ein Ausrutscher gelten. Aber ganz wie Adam Horak im Vorzimmer des Hofrat Bubetz, hegte auch Béla an die flüchtige Paarung mit Ferdinand sehr aufwühlende, den Wunsch nach sehr viel mehr schürende Erinnerungen. Anders aber als Horak, der zu Verzicht neigte und sich mit der Einmaligkeit des Vorfalls sentimental abgefunden hatte, hegte und pflegte Béla die beständige Hoffnung, er könnte Ferdinand doch noch erobern; wenn möglich für immer.

Béla hatte das immer angestrebt, es war ihm niemals wirklich gelungen, und er hatte zum Teil sehr richtige Erklärungen dafür: Sein Tagesablauf, der eher ein Nachtablauf zu nennen war, ließ sich mit einem vom frühen Morgen an schaffenden Gefährten nicht vereinbaren. Eine in den gemeinsamen Stunden überaus befriedigende Beziehung zu einem Maurer, der ab sechs Uhr morgens auf der Baustelle stand, hatte deshalb geendet. Zum anderen aber gab er sich freilich auch der Illusion hin, es wären stets die anderen gewesen, die es an der erforderlichen Ernsthaftigkeit für eine dauerhafte Beziehung hatten fehlen lassen.

Wäre er ehrlich gewesen gegen sich selbst, so hätte er eingesehen, dass ihm auch bei Ferdinand die solide Beziehung weitaus weniger wichtig war als das einzelne Ereignis; und dass die Träumereien von einem dauerhaften Zusammensein vor allem dazu dienten, sich der Möglichkeit fortwährender Hingabe an Ferdinand zu versichern – und die damit weit abseits dessen lagen, was er sich als Sehnsucht nach einer grundsoliden Beziehung vormachte. Denn auch Ferdinands Vergangenheit verursachte Béla wonnige Schauer. Was über den feschen Ferdinand getratscht wurde, entsprach zwar meist nicht ganz der Wahrheit, aber was Béla dann in seinen Träumen daraus formte, war weit jenseits all dessen, was der Ferdl jemals getrieben hatte.

Bélas Begehren war verständlich, so wie er durchaus verstand, was Vinzenz täglich nach der Schule in die Wienzeile traben ließ. Die Größe, es Ferdinand von Herzen zu gönnen – wie Max eines Tages Ferdinand all die anderen gegönnt hatte –, die hatte Béla freilich nicht.

Notgedrungen fuhr er fort, sich – im Rahmen eines geordneten Zustands – seine leiblichen Freuden bei Trajan zu holen. Das war eine vernünftige Sache, beide kamen dabei auf ihre Rechnung und der Südländer war charmant genug, um der Angelegenheit das Odium der Zweckgemeinschaft zu nehmen, die es für ihn letztlich war. Zudem verhinderte die Affäre, dass Béla, ständig angeflogen wurde, weil Trallallalescu im Rufe stand, südländisch eifersüchtig und aufbrausend zu sein. In Wahrheit war Trajan überhaupt nicht eifersüchtig; Grund zu einer Art Eifersucht hätte eher Béla haben müssen, denn Trajan hatte eine Schwäche für sittenwidriges Laufbildmaterial, das er von einem zwielichtigen Händler bezog und von dem er während seiner bisherigen Zeit in Wien einiges angesammelt hatte.

Dass diese Sumpfblüten der achten Muse recht teuer waren, spielte für Trajan keine Rolle. Er hatte einen vermögenden Vater, einen Kaufmann in Bukarest, der Gaben des Morgenlandes ins Abendland handelte – verschob wäre wohl zutreffender gewesen –, sodass Trajans tägliche Auftritte auf Marischkas Operettenbrettern mehr Zeitvertreib denn Broterwerb waren. Es hatte irgendwie mit dem Militärdienst zu tun, den Trajan mit seinem Gastspiel in Wien umging; solange wenigstens, bis es dem Vater gelungen wäre, den Spross auf finanzieller Basis von der lästigen Verpflichtung zu befreien.

Solcherart hatte Bélas wohldosiertes Glück ein absehbares Ende. Dass er mitkommen könnte in den Süden, war nie angesprochen worden; weder Béla noch Trajan schienen das in Erwägung zu ziehen, tatsächlich aber hatten beide Angst, mit einem derartigen Vorschlag auf Ablehnung zu stoßen, weswegen er unterblieb. Aber Béla war des wilden Lebens überdrüssig. Er war eine dieser von der Gesetzeslage deformierten Seelen, die schuldbewusst wie fast alle anderen auch, aber eben noch viel schuldbeladener als die normalen Sünder, sündigten, weil es anders nicht ging. Das vorgebliche Zirkuskind sehnte sich nach bürgerlicher Behäbigkeit der Gefühle, nach gediegener Möblierung seines Trieblebens, nach Berechenbarkeit und nach gesellschaftlicher Anerkennung einer Beziehung – wohl wissend, dass das außerhalb gewisser Lokale nicht zu haben war.

Und nun imaginierte er eine solche Beziehung mit Ferdinand, genährt von der Erinnerung an die Vereinigung auf Maxens west-östlichem Diwan und der Tatsache, dass sie nun Wand an Wand lebten; bedauerlicherweise ohne eine Verbindungstür, wie sie Ferdinands Zimmer zum Salon hin hatte, durch die Neid erweckend zu hören war, wie es Vinzenz erging.

Béla York war ganz und gar ein Kind seiner Zeit; Teil der Illusionsmaschine, lebte er von Tag zu Tag, von Vorstellung zu Vorstellung, sang im Chor mit und tanzte im Ensemble. Abend für Abend ging die Lampen-Sonne der Südsee über der Bühne auf, Glück überall, zweieinhalb Stunden lang, Verwicklungen gab es wohl, aber ganz sicher ein Happy End.

Dass das Theater geschlossen werden könnte, weil gar niemand mehr Geld hatte dafür, sich Sand in die Augen streuen zu lassen, das kam ihm kaum in den Sinn; und wenn doch, schob er die Einsicht rasch beiseite. Aber wenn der Herr Direktor der Ansicht war, sein Profit wäre nicht ausreichend, würde er den Laden schließen und die Leute an die Luft setzen, denn er selbst war auf das Haus nicht angewiesen. Béla stünde dann aber auf der Straße. Zu Kreuze zu kriechen, über die Donau hinüber nach Floridsdorf in die Gemüsehandlung der Mutter, betrachtete er als entehrend. Außerdem war fraglich, ob Stiefvater Schoiswohl ihn, den Fehltritt der Mutter, überhaupt aufnehmen würde. So blieb ihm, was auch den anderen blieb: Glücklich ist, wer vergisst …

In dieser Befindlichkeit trällerte Béla bei Mutter Motz weiter „Golden Baby“ und „Diwanpüppchen“, war vergnügt, duftete nach Kölnisch Seife und ließ sich von Trajan in Restaurants führen, in denen er sich allein nicht einmal eine Suppe hätte leisten können. Natürlich ließ er sich auch jeden neuen der erwähnten Filme zeigen, den Trajan heimbrachte. Und dass das Vergnügen keineswegs zu Ende war, wenn das rituelle „Ende" auf der Leinwand flimmerte, versteht sich von selbst. War an manchen Abenden Trallallalescu mit Geschäftsfreunden des Vaters in Wiens Nachtlokalen unterwegs, dann stieß Béla, sobald er im Theater fertig war, zur abendlichen Runde in Meyers Salon und wurde in die Gespräche oder ins „Mensch ärgere Dich nicht"-Spiel einbezogen.

Und war dabei immer für Überraschungen gut, wie beispielsweise am Donnerstag diese: „Ich hab den Charly in einem von den Filmen gesehen, die der Trajan sammelt!"

20

Was die Christlichsozialen schon immer wussten: Der Film ist der größte Feind der Sittlichkeit.

Trajan Tralescu war außerordentlich geschmeichelt, als er hörte, dass seine Schätze gefragt waren, und etwas enttäuscht, als Béla ihm sagte, dass es nur um einen einzigen ging, jenen mit dem Maler und seinem Modell. Am nächsten Abend, nachdem die „Blume von Hawaii" ihre Blüte geschlossen hatte, waren Béla und Trajan mit Film und Projektionsapparat zur Stelle.

Max kam etwas früher als gewöhnlich – die Korrekturen seiner Texte hatte er einem Kollegen angehängt –, Ferdinand war schon seit dem frühen Nachmittag daheim, und ausnahmsweise war auch Vinzenz anwesend, denn Großpapa und Mutter waren eingeladen und würden nicht vor Mitternacht zurück sein; Vinzenz hatte der Frau Mama etwas von einem Theaterbesuch vorgelogen und war nun Teil der Runde, die sich versammelt hatte, um Charlys Auferstehung auf der Leinwand mitzuerleben.

Die Holzjalousien im Salon klapperten herunter, nicht sosehr um kinomäßige Dunkelheit zu schaffen, sondern um Außenstehende vom Genuss auszuschließen, der über das Leintuch an der Tür zum Vorzimmer flimmern würde; man wusste nie; das Gegenüber war wohl weit weg, aber es gab Ferngläser.

Waren die Abendrunden mit Max immer eine sehr vergnügliche Sache, so ging es diesmal besonders hoch her, denn er hatte sogar für Luxus gesorgt und eine Flasche Sekt geöffnet. Der Cafétier vom Pilgramhof hatte sie ihm für eine freundliche Erwähnung des Lokals in einem Artikel geschenkt.

Max hänselte Vinzenz und Béla damit, dass sie zu jung wären, um so etwas zu sehen, und deshalb besser gehen sollten; Béla hielt dagegen, dass er das Filmdrama, das da bevorstand, ohnehin schon kannte, und Vinzenz gab an, dass er zwar noch die Schulbank drücke, aber nur, weil er so faul gewesen und durchgefallen war. Max ließ es gelten.

Als alle saßen – Max im Kubus, Ferdinand gemeinsam mit Vinzenz im östlichen Fauteuil, auf dem Sofa Trajan und Béla, der Vinzenz beneidete –, schaltete Ferdinand die Stehlampe aus, Trajan warf seine Maschine an, die auf einem Stockerl auf dem Tisch stand, und auf der Leinwand begann das Drama.

„Sündenlohn!" war der Titel, dann ging es gleich zur Sache; stumm, aber mit sehr beredter Bildersprache.

Da steht tatsächlich Karl Kuhlmann junior, oder besser Charly, als griechischer Jüngling auf einem Podest, Lorbeer im Haar, und wird von einem Maler in klimt'schem Malgewand auf Leinwand gepinselt. Nachdem Charly sich eine Weile gedreht und gewendet und von allen Seiten gezeigt hat – was nicht ganz dem üblichen Stillstehen eines Modells entspricht, aber ums Malen ging es hier ja nicht –, legt der Maler Pinsel und Palette beiseite und macht sich über Charly her. Das Malgewand fällt, was Charly bevorsteht, wird sichtbar, und dann stürzt sich der Maler auf den kleine Kuhlmann. Das geht so eine Weile, bis der Wüstling plötzlich aufschreckt: Die Tür zum Atelier wird aufgebrochen und hereinstürmen ein elegant gekleideter Mann, der Vater, und ein Pfaffe, der exorzierend ein Kreuz über den Häuptern schwenkt, sehr ambitioniert ins Bild gesetzt mit Großaufnahmen der in den Rosenkranz verkrallten Faust des geistlichen Rächers.

Charly versucht sich mit einem Tuch zu umhüllen, er stürzt vor dem zürnenden Vater auf die Knie, der weist ihn verdammend von sich, mit tragisch auf den Sünder gerichteten Arm. Im Hintergrund flüchtet, dürftig verhüllt, der Maler, der Vater bemerkt es und ist sofort hinter ihm her. Der Pfaffe beugt sich zu Charly nieder, tröstend, meint man, aber man irrt, der Sünder muss sich auch noch dem Priester hingeben, der dann – sich reuig auf die Brust schlagend – entweicht.

Der aufgewühlte Charly grapscht schluchzend nach einem Stück Papier, nach einem Bleistift und schreibt etwas auf. Als er damit fertig ist, geht er in einen Nebenraum. Indes besinnt sich zu ebener Erde vor dem Haustor der Vater. Vom Wunsch nach Versöhnung getrieben stürmt er die Treppen hinauf, ins Atelier, sucht den Sohn, findet den Brief. Großaufnahme: „Ich habe schwer gesündigt und muss jetzt sterben. Verzeiht Eurem auf Abwege geratenen Sohn."

„Ich werd verrückt!", heulte Ferdinand auf. „Das ist der Brief! Das ist der Abschiedsbrief von der Römischen Ruine!" Tralescu und Vinzenz, die vom Fall Karl Kuhlmann junior wenig Ahnung hatten, blickten ratlos in die Runde. Max und Béla teilten Ferdinands Begeisterung und nahmen kaum mehr wahr, wie auf dem Leintuch der Vater im Atelier umherflimmert, in einen Nebenraum gerät, aus dem offenen Fenster blickt und im nächsten Augenblick die Hände vors Gesicht presst, sich die Haare rauft und zusammenbricht, während im Hintergrund der Pfaffe wieder auftaucht. Schlussbild: Unten im Hof liegt nackt und tot der Charly. ENDE

Béla, der das Machwerk kannte, blieb ziemlich unbeeindruckt von den Vorkommnissen auf der Leinwand. Vinzenz, dem Derartiges bisher wohl noch nicht vergönnt gewesen sein dürfte, war über der Vergewaltigung Charlys in erhebliche Erregung und zu einem Höhepunkt geraten. Ferdinand, dem das nicht entgangen war, nahm sich vor, demnächst auch einmal wüst über seinen Liebling herzufallen. Gleich heute Abend – was Ferdinand gefallen hätte – kam nicht infrage. Vinzenz musste gehen, es war schon fast zu spät, um daheim die Lüge vom Theaterbesuch aufrechterhalten zu können. Außerdem hatte er sein Vergnügen schon gehabt und fühlte sich nun in seiner getränkten Unterwäsche nicht recht wohl.

Auch Tralescu brach auf; er versicherte Max mehrmals, was es ihm für ein Vergnügen gewesen wäre, hilfreich zu sein, packte seine kleine Kinomaschine wieder in ihren Koffer und nahm auch Béla mit. Übrig blieben Max und Ferdinand, der voll Gleichmut die Sektflöten einsammelte, in die Küche trug und mit zwei Weingläsern und einer von Maxens Wärmflaschen zurückkam.

„Der Maler war für meine Begriffe von einem sensiblen Künstler weit entfernt", begann Max das Filmchen zu rezensieren. „Eher ein Landarbeiter oder Gärtner vielleicht. Als Künstler wenig überzeugend."

„Im Gegensatz zu dem, was dann geboten wurde", ergänzte Ferdinand, der genau wusste, was Max gefiel. „Und wie fällt die Kritik für den Charly aus?"

„Karl Kuhlmann junior vermochte als Modell restlos zu überzeugen. Ein vielversprechendes Gesicht, ein junger, geschmeidiger Körper und atemberaubende Verderbtheit, wo es zur Sache geht, fügten sich wie bisher kaum jemals gesehen zu einer Symphonie vollendeter Lust. – Zufrieden?"

Ferdinand nickte. „Brillant, wie immer!"

„Danke, danke", zeigte sich Max geschmeichelt. „Aber wer ist der andere? Kennen wir den?" Ferdinand schüttelte den Kopf.

„Und wo hat er ihn beglückt?", fragte Max weiter.

Ferdinand erwies sich als guter Beobachter: „Ich glaube, der Turm im Hintergrund war das Apollo-Kino." Max sah das genau so. „Ateliers gehen immer nach Norden", steckte er die weitere Vorgangsweise ab. „Das bedeutet, du musst hier in der Gegend suchen. Und was sagst du zu dem Abschiedsbrief?"

„Der Graphologe hat sich nicht geirrt. Charly hat ihn selbst geschrieben. Unter anderen Umständen."

„Erstaunlich, ja!", ließ sich Meyer mit zynischem Unterton vernehmen. „Und weil der Brief schon da war, hat er ihn gleich auch für seinen wirklichen Selbstmord verwendet. Kaum zu glauben."

„Nein, nein", fiel Ferdinand Max ins Wort. „Der wichtige, der richtige Brief war der im Jackett. Den Hinweisen darauf müssen wir nachgehen!"

„Das hat die Polizei auch schon getan", wandte Max wie üblich dämpfend ein. „Und Dr. Kort hatte eine zwar plausible, aber nicht sehr hilfreiche Erklärung geliefert."

Sie standen wieder da, wo sie begonnen hatten. Mensch ärgere Dich nicht!

„Es war sicherlich kein Selbstmord", dachte Max laut weiter. „Auch wenn ich keine Verbindung zur Kort und Kompanie sehe. Kannst du dir vorstellen, dass der kleine Kuhlmann erpressen musste, um zu bekommen, was er wollte? Der hat doch alle um den Finger gewickelt."

„Vielleicht hat er einfach nicht genug kriegen können", bot Ferdinand an.

„Aber dazu musste er doch nicht erpressen", widersprach Max. „Ich sehe es vor mir, wie sie ihn herumgereicht haben, den kleinen, verderbten Engel, die Sensation der Saison …"

„Und so ist er dann auch ganz logisch bei Latsch angekommen", brachte Ferdinand seinen liebsten Verdacht wieder ins Spiel. „Wer weiß, wer ihn dorthin mitgenommen hat, und wer weiß, wer ihn von dort mitgenommen hat, nach wer weiß wohin."

Max verdrehte die Augen. „Statt uns in Spekulationen über deinen bevorzugten Bösewicht zu verlieren, sollten wir lieber herausfinden, woher der Film kommt. Meinst du nicht auch?"

Obszönes mit Bleistift oder Feder auf Papier zu bannen, das konnte jeder einigermaßen Begabte; selbst die auf den Anzeigenseiten der Zeitungen sogenannten „erotischen" Photographien herzustellen, brauchte neben den Darstellern höchstens eine Person mit Photoapparat und in der Dunkelkammer. Einen solchen Film zu machen, war offenbar auch keine Kunst. Auch da reichte neben den Akteuren ein Mann hinter der Kamera. Aber dann? Entwickeln, schneiden, kopieren. Das waren technische Abläufe, die ließen sich nicht einfach in einem abgeschiedenen Vorstadtkeller bewerkstelligen. Den Vertrieb zu organisieren war dagegen wieder ein Kinderspiel. Wo die Kundschaft zu finden war, war bekannt, und die war gewohnt, allerlei dieser Art angeboten zu bekommen, warum nicht auch Filme. Ein noch sehr bescheidener, aber ausbaufähiger Markt, mit großen Gewinnspannen.

Tralescu hatte den Film von einem Agenten im Restaurant St. Hubertus gekauft; Max, ähnlich sammelnd, kannte den Mann. „Das ist der Zadrazil. Der verkauft solche Sachen. In den Lokalen." Und zu Ferdinand, der grinste: „Du brauchst gar nicht so zu grinsen, du siehst ja, wie hilfreich solche Verbindungen sind. Wir sollten dort vorbeischauen."

Das St. Hubertus war ein weitläufiges Etablissement auf der Mariahilferstraße, wenig mehr als hundert Meter von der Stiftskaserne entfernt. Der alte Hubertus-Wirt hatte von seinem Restaurant in Anzeigen stolz wissen lassen, dass es „Rendezvous der Herren k. u. k. Offiziere" sowie aller Waidmänner war und dass neben „St. Hubertus-Saal" und „St. Hubertus Keller" auch „angenehme separierte Speise-, Klub- und Jagdzimmer" zur Verfügung standen. Es brauchte nicht Maxens Phantasie, um sich vorzustellen, welcherlei Wild dort erlegt wurde, als in der Kaserne noch die Infanteriekadetten untergebracht gewesen waren. Damit war um die Jahrhundertwende Schluss; es darf jedoch vermutet werden, dass auch die ausgewachsenen Infanteristen, die folgten, gewiss Abnehmer im Kreis der Herren k. u. k. Offiziere und Waidmänner fanden. Daran hatte auch der Sturz des Hauses Habsburg nichts geändert, nun waren es eben Infanteristen des Bundesheeres, die vielfach nichts dabei fanden, sich den kargen Sold durch Sünde aufzubessern.

Der Wirt, Sohn des Alten, begrüßte Max freundlich, wies einen Tisch an, von dem der Keller einigermaßen überblickbar war, und brachte wenig später das gewünschte Bier. Ferdinand war das Lokal in nicht unbedingt guter, aber doch lebhafter Erinnerung aus seinen wüsten Tagen. Kellner, die damals behände und elegant, ihre Tabletts auf einer Hand über der Schulter balancierend, durch das Lokal gewieselt waren, taten sich jetzt schwerer; einer, altgedient inzwischen, begrüßte Ferdinand freundlich; die anderen kannte er nur von späteren Besuchen des Kellers, wenn ihm der Sinn nach „gehobenerem" Publikum stand, als es die Motze bieten konnten.

Sie waren nicht ganz ein Seidel Bier lang gesessen, als Zadrazil auftauchte, einen Zigarettenstummel im Mundwinkel, das Gesicht nikotingelb, weswegen er im Lokal auch als „der Kineser" bekannt war.

Das dürre Männchen – dessen Alter sich von seinem ungesunden Aussehen nicht abschätzen ließ – ging von Tisch zu Tisch, bot vordergründig Ansichtskarten an, hatte aber im Futter des alten Offiziersmantels, von dem alles Militärische abgetrennt war, ein umfangreiches „Sortiment für Kenner" – wie er gerne werbend von sich sagte. Zadrazil kannte Meyer als Kundschaft und ahnte deshalb nichts vom Ungemach, das ihm bevorstand. Max fragte ganz unverfänglich, ob Zadrazil etwas für ihn hätte, woraus Ferdinand schloss, dass der Händler seine Vorlieben kannte. Natürlich hatte Zadrazil Geeignetes bei sich und wie gewohnt ging er voraus aufs Klosett; Max folgte und wenige Schritte hinter ihm der Ferdinand.

Zadrazil zum Reden zu bringen war keine Kunst. Während Ferdinand den Mann packte, der meinte, man wollte ihn seiner Ware berauben, drohte Max dem verängstigten Mann mit einer Anzeige.

„Du hast es notwendig, du alte Sau", keifte er zunächst gegen Meyer. „Wenn die den ganzen Dreck dann bei dir finden, dann schaust a guat aus!" Es war erbärmlich; trotzdem drehte Ferdinand den dünnen Arm des Händlers etwas weiter, sodass er rasch kooperativer wurde. Dazu trug vor allem die erlösende Einsicht bei, dass er nicht beraubt werden, sondern lediglich eine – wenn auch heikle – Auskunft geben sollte über die Herkunft der Filme.

„Z'erst lass aus", raunzte er Ferdinand an, der nachließ, ohne Zadrazil freizugeben. „Also die Filme … die Filme", bequemte er sich endlich zu einer halben Wahrheit, „die sind aus dem Sarastro ..."

„Der Schediwy?", unterbrach Max. Zadrazil wackelte mit dem Kopf; ob es Zustimmung oder Verneinung war, ließ sich nicht sagen. „Vom Dalibor, dem Ondracek", fand er rasch eine Ausrede. „Aber der eine, der soll nicht verkauft werden, weil doch der Schneider ..."

„Du weißt schon, dass er tot ist?", war Ferdinand nahe dran, dem Mann nun doch den Oberarm zu brechen.

„Jeschuschmaria, no, weiß ich nix. Schrecklich, armer Bub, war so scheen", wimmerte Zadrazil, während Ferdinand fester zugriff.

„Du hast ihn also gekannt?", wollte Max wissen.

„No, nix gekannt, Film hab ich geschaut, im Sarastro, beim Dalibor", winselte der Händler weiter, der weniger fürchtete, Ferdinand könnte ihm den Arm brechen, als dass ihm die beiden nun vielleicht doch seine Ware abnehmen würden, und der deshalb ein Gesicht machte, als hätte sein letztes Stündlein geschlagen.

„Wir wollen nur wissen ...", versuchte Max zu beruhigen, aber es half nichts.

„No, waß i nix ...", wimmerte Zadrazil weiter, offenbar wissend, wie sehr die Erbärmlichkeit, die er da zur Schau stellte, an den Nerven der Gegner zerrte.

„Armes Arschloch", sagte Max, Ferdinand ließ Zadrazil los, der huschte aus dem Klosett und Max und Ferdinand waren nicht viel weiter als davor. Dass der Zadrazil den Film im Sarastro gesehen hatte – er musste ja wissen, was er anzupreisen hatte –, legte den Verdacht nahe, dass der Schediwy mit dem Vertrieb der Sachen zu tun hatte; dass er auch in die Herstellung verwickelt war, bedeutete das noch lange nicht. Und damit endete die Recherche, denn Eduard Schediwy zu fragen, war nicht möglich. Der hätte sie hinauswerfen lassen, und eine Tracht Prügel von seinen Kerlen hätte es in der nächsten Zeit auch irgendwann gegeben, nachts, irgendwo an einer dunklen Ecke. Vor dem Schediwy waren nicht einmal Polizisten sicher, wenn es für ihn eng wurde. Das war sowohl im nobel bürokratischen Präsidium am Schottenring wie auch im derber tätigen Sicherheitsbureau auf der Rossauerlände bekannt, und man verhielt sich entsprechend. Nicht zuletzt, weil der Schediwy ohnehin nicht zu fassen war. Jede Razzia in seinen Lokalen verlief im Sand. Auch Hofrat Bubetz war das schmerzlich bewusst; er vermutete die „Fledermaus" dahinter, aber auf Vermutungen hin war nichts zu gewinnen. Es war zum Aus-der-Haut-Fahren.

Und hier trafen sich Max und Ferdinand stimmungsmäßig mit dem Hofrat. Insgesamt also: Ärgert euch nicht! Zurück an den Start!

21

Ein überaus erfolgreicher Besuch im Modepalais Kuhlmann: Neue Kleidung und neues Wissen für den Kaffeehaus-Detektiv.

Ferdinand schlief in den halben Vormittag hinein. Er hatte sich nichts vorgenommen. Wie mit der Entdeckung der Entstehung des Abschiedsbriefes umzugehen war, musste wohl überlegt werden. Er wollte es daheim beim Mittagessen mit Max besprechen. Bis dahin ging sich ein Besuch bei seinem Auftraggeber aus, und so machte er sich nach dem späten Frühstück auf den Weg ins Modepalais Kuhlmann.

Charles Kuhlmann, in eine Auseinandersetzung mit einem der Verkäufer verwickelt, ließ sofort von dem Angestellten ab und schwebte Ferdinand entgegen. „Neuigkeiten, nicht wahr?", frohlockte er und schob Ferdinand in eine Art Portierloge, ein gläserner Kobel unter den beiden sich rechts und links in die Maßabteilung windenden Treppen. Ferdinand wurde ein Stuhl angewiesen und vom Mattoni-Wasser, das auf dem Tisch stand, angeboten. Alsdann blickte ihn Kuhlmann neugierig, den Kopf leicht vorgeschoben, an.

„Es gibt jetzt Ansatzpunkte, die darauf hindeuten, dass sich ihr Sohn nicht umgebracht hat“, begann Ferdinand; Kuhlmann strahlte. „Aber es gibt leider noch immer die amtliche Version. Die lautet: Selbstmord, und davon geht die Polizei nicht ab. Sie wissen ja.“

„Was kann man da tun?“

„Ich fürchte, gar nichts. Wenn wir keine Beweise haben. Falls Sie recht haben, dass hier jemand von der Polizei gedeckt wird, dann werden keine Beweise zu finden sein.“ Dieser Verdacht gegen das Amt ging Kuhlmann ein wie Honig; dass die Sache wenig aussichtsreich schien, überging er. „Wie haben Sie das …?“, wollte er wissen.

„Ich habe herausgefunden, dass Ihr Sohn Char… Karl kurz vor seinem Tod in einem erotischen Film mitgespielt hat“, begann Ferdinand. „Ich habe den Film nicht, aber ich habe ihn gesehen, und dort hat Karl den Abschiedsbrief geschrieben, den er in der Hand gehalten hat, als er gefunden wurde.“

Um Kuhlmann zu schonen, erwähnte er die Vergewaltigung seines Sohnes nicht – dass Charly es gemocht haben könnte, wäre beim Vater wohl auf Unverständnis gestoßen –, aber er legte Kuhlmann dar, dass zusammen mit der zweiten von seinem Sohn stammenden Mitteilung, die im Rockfutter eingenäht und als Botschaft gedacht war, dieses Papier aus dem Film ein unwiderlegbarer Beweis dafür sei, dass jemand den Selbstmord Charlys habe vortäuschen wollen. „Und wer?“, fragte Kuhlmann aufs Äußerte gespannt.

Er wollte Kort hören, Kälbl … Vor allem Kälbl, denn Charles Kuhlmanns Hass auf den nun enttarnten Mandanten hatte sich mittlerweile ins geradezu Unermessliche gesteigert; nicht aber, weil dieser Mann Kuhlmann junior vermutlich missbraucht hatte – wenn das bei Charlys Bereitschaft, sich gegen Bares missbrauchen zu lassen, so gesagt werden konnte –, sondern wegen der demütigenden Niederlage, die er selbst bei dem Versuch erlitten hatte, den vermeintlichen Mörder in dessen Werkstatt zu einem Geständnis zu bewegen. Die kräftigen Gesellen des Buchdruckers hatten den Schneider auf Weisung ihres Chefs einfach gepackt und äußerst unsanft auf den Gehsteig befördert.

Entsprechend bitter war die Enttäuschung, die sich auf dem Gesicht des Kommerzialrats abzeichnete, als Ferdinand zugeben musste, bezüglich des Täters keine konkrete Spur zu haben. „Darüber können bis jetzt nur Vermutungen angestellt werden", erklärte er. „Sicher ist auf jeden Fall, dass mit dem vorgetäuschten Selbstmord vertuscht wurde, wie Ihr Sohn wirklich gestorben ist. Ob das ein Mord oder vielleicht doch nur ein Unfall war, muss ich noch untersuchen."

„Und darauf ist unsere ‚beste Polizei der Welt' hereingefallen!", triumphierte Kuhlmann. Er sah sich schon zum Telephon greifen und Hofrat Bubetz diese neue Erkenntnis unter die Nase reiben, aber Ferdinand, der Derartiges befürchtete, brachte Kuhlmann um diesen Triumph. „Das müssen wir vorläufig aber noch geheim halten", ernüchterte er seinen Auftraggeber, denn würde es bekannt, könnten durch die Täter die weiteren Ermittlungen erschwert oder gar unmöglich gemacht werden. Kuhlmann fügte sich seufzend in die Verpflichtung zur Verschwiegenheit. Aber er war zufrieden, dass der Rat des Sekretärs Horak gut gewesen war, wie Ferdinands Fortschritte belegten.

„Ich denke, Sie brauchen ein, zwei neue Hemden", sagte Kuhlmann, der sich während des ganzen Gesprächs gegen die Ablenkung seiner Aufmerksamkeit durch Ferdinands leicht angeschmutzten Kragenrand hatte wehren müssen.

Großzügigkeit dieser Art war eine Eigenschaft, die in Kuhlmanns Charakterbild niemand vermutet hätte, der ihn kannte. Jeder Besuch Ferdinands jedoch festigte in Kuhlmann die Überzeugung, mit seinem Kaffeehaus-Detektiv – und das war inzwischen eine fast liebevolle Bezeichnung geworden – einen Haupttreffer gemacht zu haben. Und die Aussicht, dass dieser Kaffeehaus-Detektiv auch noch alle anderen Umstände von Karls Tod aufdecken und er, Kommerzialrat Charles Kuhlmann, diesem Hofrat Bubetz gegenüber schließlich recht behalten würde, stimmte ihn über die Maßen spendabel. Drei Hemden, ein Anzug und – „Weil jetzt der Winter kommt!" – ein Mantel sollten es diesmal sein.

Und während Kuhlmann wie schon beim letzten Mal die Ausstattung Ferdinands überwachte, komponierte er im Geiste bereits ein Rundschreiben an die Presse, in dem er den Tod seines Sohnes aufklärte und in dem Bubetz und „die beste Polizei der Welt" mitsamt Waldhäusl, diesem neuen Besen aus Salzburg, nicht gut wegkam.

Eine weitere Woge von Dankbarkeit wallte im Kommerzialrat bei dem Gedanken auf, dass er damals, bei seiner ersten Begegnung mit Ferdinand im Café Pilgramhof, nahe daran gewesen war, wieder zu gehen. Und so verließ Ferdinand das Modepalais nicht nur in einer Qualität eingekleidet, wie er sie bisher nicht getragen hatte, sondern auch mit einem weiteren Vorschuss von 500 Schilling auf das Erfolgshonorar, das Kuhlmann noch dazu von den ursprünglich veranschlagten eintausend Schilling auf zweitausend verdoppelt hatte.

Vor dem Portal des Modepalais, das Paket mit den drei Hemden unter dem Arm – Anzug und Mantel bedurften einiger Änderung –, vergewisserte sich Ferdinand, dass Kuhlmann ihm nicht nachblickte. Und als er sah, dass der Kommerzialrat seinen Streit mit dem Verkäufer wieder aufgenommen hatte und abgelenkt war, betrat er den Hausflur und stieg die zwei Stockwerke zur Wohnung Kuhlmann hoch.

Das Dienstmädchen öffnete, Ferdinand fragte nach dem Kommerzialrat. „Der ist unten im Salon. Aber wenn Sie schon da sind, helfen sie mir doch. Das muss in die Putzerei." Ferdinand verfehlte eben niemals seine Wirkung auf das schwache Geschlecht, egal ob es weiblich oder männlich daherkam. Sie drückte ihm einen Korbkoffer in die Hand, griff sich einen zweiten, zog die Tür hinter sich zu – die Ferdinand in ihrer Pracht an die Nummer 18 des alten Ploderer erinnerte –, und gemeinsam stiegen sie die Treppe hinunter.

Auf der Straße angekommen, sagte das Dienstmädchen: „Geben Sie her. Sie wollten doch in den Salon!" Aber Ferdinand machte den Kavalier: „Das hat Zeit!", sagte er und begleitete sie zur Putzerei. Unterwegs auf den tragischen Tod des Karl junior angesprochen, entpuppte sie sich als fröhlich sprudelnder Quell von Neuigkeiten.

„Der kleine Bruder war damals noch schrecklich krank. Jetzt geht es ihm Gott sei Dank viel besser. Aber damals im Mai, da hat sich alles nur um ihn gedreht. Den Karli haben sie gar nicht gesehen. Dazu noch die ständigen Zurechtweisungen durch den Alten. Dem hat an dem Buben nichts gepasst, aber wirklich rein gar nichts. Ich versteh schon, dass er wegwollte."

„Er wollte weg?" Ferdinand war erstaunt. Damit hatte er nicht gerechnet. Wie kam sie darauf?

„Natürlich. Packt einer sonst seinen Koffer?", begründete sie ihre Behauptung.

„Er hat seinen Koffer gepackt?", fragte Ferdinand aus allen Wolken gefallen nach.

„Ja! Herr …"

„Nowak", stellte sich Ferdinand vor.

„… ich bin vielleicht vom Land, aber nicht auf den Kopf gefallen. Das ist klar, der wollte weg. Aber dann ham's ihn gefunden. Schrecklich." Sie schnupfte, es sah aus, als würde sie gleich losheulen. Das konnte Ferdinand jetzt nicht brauchen.

Der Koffer interessierte ihn, denn Koffer war keiner gefunden worden. „Und der Koffer?", fragte er.

„Der liegt in seinem Zimmer. Unter dem Bett. Wie immer", gab sie Auskunft.

„Was heißt immer?", verursachte es Ferdinand bei dem Mädchen mit nach oben verdrehten Augen. „Na, immer eben. Sie sind was von schwer von Begriff. Wo Sie doch gar nicht so ausschaun!" Dabei warf sie – „Ich bin die Mali!" – einen koketten Blick auf Ferdinand. „Der Koffer war immer unter dem Bett. Nur war er immer leer. Wenn ich den Boden g'wischt hab, da hab ich das Trumm ganz leicht wegschieben können. Und an dem Freitag, ich mach sein Zimmer immer am Freitag, da war er schwer, und da …"

Haltaus, das hätte sie jetzt nicht sagen dürfen! Es war zu spät, aber es machte nichts, sie hatte das Gefühl, Ferdinand vertrauen zu können.

„Da sind Sie neugierig geworden und haben hineingeschaut?"

„Na, hören Sie!“, erwiderte sie empört. „Ich hab nachg'schaut, ob vielleicht Schmutzwäsche drin ist. Der hat sich ja zweimal am Tag frisch angezogen. Zwei, drei mal am Tag die Unterwäsche gewechselt.“

„Verrückt, in dem Alter!“, staunte Ferdinand.

„Ja, jetzt, wo Sie es sagen!“, fiel es auch der Mali auf. „Mein Gott, wenn ich an meinen Bruder denk!“

„Und war Schmutzwäsche in dem Koffer?“ Ferdinand war ungeduldig; musste er ihr wirklich jedes Wort aus der Nase ziehen?

„Nein!“, schüttelte sie den Kopf. „Hosen, Sakko, Pullover, Hemden, Unterwäsche, Socken, was man so einpackt, wenn man auf Urlaub fahrt.“

„Ist nicht aufgefallen, dass Kleidung im Schrank fehlt?“

„Ah geh, wo denken'S hin! So viele Sachen, wie der g'habt hat! Die Mutter und der Alte genau so. Vollgestopft die Kästen, sag ich Ihnen. Was in einen Koffer passt, geht da im Kasten nicht ab!“

„Und wissen die Eltern ...?“

Sie schüttelt den Kopf. „Nix wissen die. Die haben sich ja überhaupt nicht um den gekümmert. Immer nur um den Kleinen. Erst wie der Beranek die Geschichten mit den Herrn aufgebracht hat. Sie wissen schon“, begnügte sie sich verlegen mit einer Andeutung.

Sie horcht an den Türen, dachte Ferdinand, aber er tat ihr Unrecht. Wenn Kuhlmann außer sich war, musste man sicherlich das Ohr nicht an die Wand halten.

„Und wie hat der Vater auf dem Beranek seine Geschichten reagiert?“

Der denkt, ich horche an den Türen, dachte sie und sagte: „Was weiß ich! Jedenfalls war eine Mordsschreierei zu Mittag. Und dann ist er gegangen.“

Sie muss Charly gemocht haben. Wieder zerdrückte sie eine Träne und schnupfte. „Und jetzt ist er tot.“

„Wissen Sie etwas von dem Revolver?“, erkundigte sich Ferdinand ruhig.

„Woher wissen'S denn das?“, verwunderte sie sich, plapperte dann aber unverdrossen weiter. „Der Karli hat immer einen gehabt. Früher schon. So einen langen. Den hat ihm der Alte dann weggenommen. Nicht viel später war dann der andere da. Der Kleine, mit dem er sich umgebracht haben soll."

Ferdinand horchte auf. War im Hause Kuhlmann das Leugnen des Selbstmords Pflicht oder hatte sie noch andere Gründe, an der amtlichen Version von Charlys Tod zu zweifeln, außer dass einer keinen Koffer packt, wenn er sich umbringen will. Soll ich mit ihr ins Kino?, fragte sich Ferdinand. Nein, so schnell würde sie keinen Abend von der Arbeit fort können, dachte er, aber als sie sich vor der Putzerei verabschiedete, meinte sie lächelnd: „Heut' Abend hab ich frei. Wenn'S noch was wissen wollen vom Karli ..."

Natürlich wollte Ferdinand mehr wissen. Also: abends Kino! Er nahm sich vor, die Sache als Spesen in Kauf zu nehmen. Zufrieden mit sich und der Welt bog Ferdinand in die nächste Gasse ein, die zum Wiental hinunterführte, und kam gerade rechtzeitig nach Hause, um noch von der Nell sein Mittagessen serviert zu bekommen.

„Der Herr Max lässt ausrichten, dass er bei Gericht ist und nicht essen kommen kann", bestellte sie. Und nachdem Ferdinand seine Erbsensuppe ausgelöffelt und den Grenadiermarsch hinuntergewürgt hatte, erledigte sie das Abwaschen und verschwand pünktlich um zwei aus der Meyer'schen Wohnung. Natürlich nicht ohne ihre Bewunderung für die drei Hemden bekundet und deponiert zu haben, dass der Apfelstrudel für Herrn Vinzenz in der Speis zu finden sei. Was, dachte Ferdinand, wird sie erst sagen, wenn sie den Kamelhaarmantel sieht, der – die Pierrette hatte das bei der Anprobe festgestellt – den Ferdinand unwiderstehlich machte.

Wenig später läutete es an der Tür. Ferdinand reagierte auf das Klingeln wie einer von Pawlows Hunden.

Vinzenz war eine überaus sinnliche Kreatur, wie Ferdinand das beim Spross eines Beamtenhaushalts nicht vermutet hätte. Standesgemäß hatte er das Akademische Gymnasium zu besuchen, wo er sich als leicht lernender, aber ungemein fauler Schüler schon nach wenigen Monaten die zwiespältige Aufmerksamkeit des Lehrkörpers zugezogen hatte, was aber bei einem Enkel eines Sektionschefs keine weiteren Folgen hatte.

Der Tag der Zeugnisverteilung, vielen von seinen Mitschülern Stunden des Grauens, und einigen sogar Anlass, ihrem Leben ein Ende zu bereiten, war für ihn deshalb ohne Schrecken, lediglich der unwiderlegbare Beweis dafür, dass nun endlich die Ferien begannen, in denen er seinen Interessen nachgehen konnte. Dass er ein Schuljahr wiederholen musste – wie das einmal der Fall gewesen war –, störte ihn nicht.

Wermutstropfen an den Ferien war allerdings, dass er während der schulfreien Zeit der mütterlichen Überwachung weitaus schutzloser ausgeliefert war, als das unter dem Schuljahr der Fall war. Da gab es freiwillige Übungen, die er zu besuchen vorgab, Museumsbesuche, Tennisstunden im Augarten und dergleichen erdachte schulische Verpflichtungen mehr, die ihm Bewegungsfreiheit im mütterlichen Korsett ermöglichten. Kurzum: Das behütete Kind hatte es fertiggebracht, sich ein Doppelleben einzurichten, das die Ansprüche seiner Mutter ebenso befriedigte wie seinen Drang nach Eigenständigkeit, wovon sie keine Ahnung hatte.

Auch jetzt noch, da er seinen achtzehnten Geburtstag bereits hinter sich hatte, beschrieb Anita Ploderer – bei Teekränzchen daheim oder in Konditoreien – ihren Freundinnen und Verwandten den Sohn wie eh und je als folgsames und artiges Kind, frei von Flausen, mit denen Gleichaltrige ihre Eltern zur Verzweiflung bringen. Privat wie im Schulischen musterhaft, wobei sie die Lernerfolge des Sohnes – im Hinblick auf ihre Pläne – kräftig schönte: Sie denke daran, dem Buben nach einem entsprechenden Studium eine diplomatische Karriere nahezulegen, Papa – das war der Sektionschef – verfüge ja über die nötigen Verbindungen und es wäre gewiss ein Leichtes, den Buben in der Konsularakademie unterzubringen. Sie sei sich sicher, eines Tages stolz auf ihn sein zu können.

Vinzenz nahm das alles mit bewundernswerter Gelassenheit hin. Er schaffte es sogar, manchmal abends bei Ferdinand aufzutauchen. Für die Mutter war er in solchen Fällen im Theater oder in der Oper. Sie war so vollends vom ewig kindhaften Wesen ihres Sohnes überzeugt, dass sie arglos hinnahm, was immer er ihr als Grund für seine Abwesenheit angab. Anita Ploderer glaubte es gerne, denn beschäftigt, wie sie mit ihrer Rolle als Ersatzgemahlin für den verwitweten Vater bei repräsentativen Anlässen war, konnte sie doch nicht alles und jedes kontrollieren; schließlich sei der Bub ja alt genug, um auf sich selber aufpassen zu können. So sagte sie sich und hätte niemals vermutet, dass sie sich etwas vormachte.

Selbstverständlich wäre Vinzenz – ohne sich zu fragen, wie er am nächsten Morgen ausgesehen hätte – gerne die ganze Nacht bei Ferdinand geblieben. Einwände vom Zimmerherrn waren nicht zu befürchten, aber es hätte die Gutgläubigkeit der Mutter denn doch zu sehr strapaziert, wenn nicht gar Argwohn beim Großvater geweckt. Und da Vinzenz untertags nichts missen musste, verzichtete er leichten Herzens auf ein romantisches Erwachen mit Nachtigall und Lerche.

Auch Ferdinand war mit den taghellen Rendezvous sehr zufrieden; derartige Abschweifungen vom Auftrag Kuhlmann brachten zwar keinen wesentlichen Fortschritt bei der Aufklärung des Falles, aber sie halfen enorm, sich zu entspannen und für neue Aufgaben bereit zu machen, wie beispielsweise für den Kinobesuch mit der Mali.

Bevor Ferdinand Kuhlmanns Dienstmädchen abholte, schaute er noch auf einen Sprung in Maxens Korrekturpause vorbei, um die jüngsten Erkenntnisse zu berichten.

„Neuigkeiten, Max! Der Charly wollte verreisen. Er hat gepackt. Genau wie die anderen. Aber er ist gescheiter gewesen. Keine Versprechungen einer besseren Zukunft, kein Trost, sondern: Wenn mir etwas zustoßen sollte, wendet euch an Dr. Kort. Sehr vorsichtig."

„Wie ich schon sagte: kein tapferes Schneiderlein. Und, was hat er eingepackt?", erkundigte sich Max.

„Das weiß ich noch nicht. Das wird mir die Mali nach dem Kino verraten."

„Ohlala! Und was spielt man?"

„‚Ein blonder Traum' im Scala! Willy Fritsch und Lilian Harvey", gab Ferdinand Auskunft.

„Wär nicht die Dietrich als ‚Blonde Venus' besser?", wandte Max ein.

„Zu weit weg", lautete Ferdinands Erklärung; das Scala-Kino konnte er mit der Mali leicht zu Fuß erreichen; sich ein Taxi zu leisten, kam nicht infrage. Er wollte keine falschen Hoffnungen in seiner Begleiterin wecken, die vor Kuhlmanns Modepalais auf ihn wartete.

Max blieb zurück. Überall blond, dachte er, als wäre die ganze Welt mit „Kamilloflor" gewaschen. Das war das Shampoo, das – so die Werbung – das Nachdunkeln des natürlichen Blondkopfs verhindern sollte. Béla benützte es, obwohl sein blond vom Friseur kam.

22

Ein linker Redakteur trifft einen rechten Regierungsrat und erfährt nicht viel Neues.

Dr. Clemens Antony empfing Redakteur Meyer am nächsten Nachtmittag in der PolDion am Schottenring. Dienstlich war er zwar im Sicherheitsbureau an der Rossauerlände zu Hause, die Räumlichkeiten dort entsprachen aber nicht den Vorstellungen, die Antony von einem Rahmen hatte, der angemessen war, sich der Presse zu präsentieren. In der PolDion gab es Besprechungszimmer von gediegener Eleganz, die sich aus den Anfängen der Baulichkeit als Hotel erhalten hatten. Hier gewährte der Regierungsrat Antony dem „roten Tintenjud'" – wie er Meyer bei sich und gegenüber christlichsozialen Kollegen nannte – Audienz. Die Sitzmöbel waren bequem, die Aussicht auf den Schottenring hob die Bedeutung des Benutzers dieses Raumes, und der Kaffee, den Antony für Meyer hatte auftragen lassen, war ausgezeichnet. Antony selbst lebte Enthaltsamkeit bei einem Fläschchen Mattoni-Mineralwasser. Er schenkte sich ein, und während Max Meyer noch mit dem Kaffee beschäftigt war, begann er, ohne eine Frage abzuwarten, das Gespräch.

„Ich bin, das gebe ich gerne zu, zwar nicht ein Anhänger Ihrer Partei, aber ich lese täglich Ihr Blatt. Das gehört zu meinem Beruf. Ihre Artikel lese ich immer mit besonderem Vergnügen. Auch wenn sie sich inhaltlich gegen das Sicherheitsbureau wenden, wie diese Satire über das ‚Massaker in der Komödiengasse' ..."

„Keine Satire", korrigierte Meyer mit einer leichten Verbeugung gegen Antony. „Einfach ein Tatsachenbericht."

„Na, na! Ein Tatsachenbericht schaut für mich anders aus", wandte der Polizeibeamte ein, aber Meyer legte noch eins nach: „Das ist mir bewusst. Wir alle wissen, wie Tatsachenberichte der Behörde zustande kommen."

„Aber deshalb sind Sie doch nicht gekommen", lenkte Antony versöhnlich ein. „Ich nehme an, es geht um mein unmittelbares Aufgabengebiet, nicht wahr? Und ich darf Ihnen gleich im Voraus sagen, wie dankbar ich Ihnen bin, dass Sie sich des Themas annehmen. Diese Dinge werden in unserer Gesellschaft gerne totgeschwiegen; und wenn man von dem großen Kongress in Graz absieht – mein Gott, das ist jetzt auch schon wieder acht Jahre her –, dann wird diese unerfreuliche Thematik in der Presse kaum wahrgenommen." Er blickte Max Meyer an, der schwieg und so setzte Antony seinen Monolog fort: „Niemand, der sich nicht mit dieser Materie befasst, hat eine Vorstellung davon, wie kompliziert es ist, in dieses Geflecht einzudringen. Ein internationales Geflecht übrigens, daher umso schwerer zu überblicken. Da ist es schon ein großer Segen, dass es die Internationale Kriminalpolizeiliche Kommission gibt und dass wir, dank unserem leider verstorbenen Präsidenten Dr. Schober, die Präsidentschaft dieser überaus nützlichen Institution innehaben."

Meyer kannte das alles. Antony hatte es allen Journalisten so erzählt, Max meinte sogar, Textstellen von Kollegen im Wortlaut des Beamten zu erkennen. Er griff nach dem freundlich servierten Kaffee und blickte den Regierungsrat an, der das unverzüglich als Aufforderung verstand, fortzufahren.

„Wie wir alle wissen, handelt es sich hier um ein zutiefst in der menschlichen Natur verankertes Problem, etwas, das wie Hunger oder Durst nicht wegadministriert werden kann. Das Gewerbe, von dem wie hier sprechen – zu sprechen genötigt sind, muss ich betonen, denn wer nimmt schon gerne diese Dinge in den Mund – dieses Gewerbe ist so alt wie die Menschheit und – wenn ich in die trivialen Bereiche der Wirtschaft abschweifen darf – wo eine Nachfrage ist, dort wächst ein Angebot, und aus dem Equilibrium von Angebot und Nachfrage ergibt sich ein markttaugliches ... kurzum, es ist, wenn ich da ganz vulgär sein darf, ein Geschäft wie der Gurkenhandel", – das war ein Seitenhieb auf Meyers Eltern, die neben anderem auch durch den Handel mit Znaimer Gurken reich geworden waren – „nur dass eben nicht nur unter ethischen Gesichtspunkten ein bedeutender Unterschied besteht, ob mit Gurken oder Menschen gehandelt wird. Und weil es eben ein Handel ist, ein Geschäftemachen, so sind die Strukturen auch nicht unähnlich wie beim Gur... übrigen Handel: Es gibt die Ware, es gibt Großhändler und den sogenannten Einzelhandel."

„Sie reden da gewissermaßen von einer Art erotischer Greißlerei?", warf Max ein.

„Sehen Sie", lächelte Antony, „genau das ist es, was mir an Ihren Artikeln so gefällt: diese Pointiertheit, dieser Wortwitz. Es ist schade, dass Sie diese große Begabung nicht anders nutzen als in dieser täglichen Sudelküche des Journalismus."

Das war eine Frechheit, Meyer verstand es wohl, und er reagierte pointiert: „Was bleibt mir anders übrig? In den Himmel des Feuilletons der Presse würde man mich, so wie ich bin, wohl nicht aufnehmen."

„Da könnten Sie recht haben", steuerte der Regierungsrat nun wieder auf sein Aufgabengebiet zu. „Aber das Problem, wenn wir schon beim Kulinarischen bleiben wollen – was meiner Meinung nach nicht ganz abwegig ist, denn Genuss spielt ja da wie dort eine gewisse, wenn nicht sogar bedeutende Rolle –, wenn wir also bei den Bildern bleiben wollen, so ist das Feld, das ich seit vielen Jahren – und wie mir immer wieder versichert wird, mit Erfolg – beackere, zweigeteilt. Da ist auf der einen Seite das

Geschäft mit dem Kunden, nicht wahr, der Mann, der sich eine Prostituierte sucht und leicht – allzu leicht, möchte ich sagen – findet und sie für ihre Tätigkeit bezahlt. Das wäre, natürlich mit Einschränkungen, das müssen Sie mir nicht erklären, an sich keine problematische Sache. Jaja, solange die Dame das nicht aus schrecklicher Not macht oder unter Zwang. Hier, und nur hier ist nun meine Tätigkeit angesiedelt. Denn wenn wir den eben beschriebenen Vorgang damit vergleichen, dass jemand in einem Beisl ein Gulasch bestellt, isst und bezahlt, dann bin ich für den Weg des Fleisches zuständig, das von irgendeiner Weide in den Schlachthof und endlich in die Wirtshausküche geht, wo das Gulasch daraus wird. – Sie können mir folgen?"

Jetzt schlug Max zurück: „Solange Ihre Vergleiche so simpel bleiben, ganz gewiss!"

„Simpel?", parierte Antony. „Was haben Sie gegen simpel; soweit ich weiß, ist es das Um und Auf Ihres Gewerbes, alles so simpel darzustellen, dass selbst Analphabeten es verstehen."

„Verstünden", berichtigte Meyer. Und auf Antonys fragenden Blick: „Wenn sie lesen könnten, die Analphabeten."

„Das ist großartig", lachte Antony; viel hätte nicht gefehlt, und er hätte sich mit der flachen Hand vor lauter Heiterkeit auf den Schenkel geschlagen. In Wahrheit hasste er Meyer in diesem und nicht nur diesem Moment, und seine Vergnügtheit war nur dazu gedacht, diesen Hass nicht auf seinem Gesicht ablesbar zu machen.

„Natürlich, Analphabeten! Aber Sie verstehen doch, was ich meine. Es muss einfach sein, und daher verwende ich immer diesen Vergleich; schon damals, im September vierundzwanzig, beim Kongress in Graz, wie Sie sich vielleicht noch erinnern werden – ich habe Ihre brillante Berichterstattung noch heute in bester Erinnerung ..."

Meyer hatte seinen Kaffee ausgetrunken, lehnte sich zurück und ließ geduldig über sich niederrauschen, was Antony vorzubringen hatte. „... also, wie gesagt – darf ich Ihnen noch einen Kaffee bringen lassen? – ich bin für den Weg vom Stall in den Kochtopf zuständig, und so selbstverständlich das bei Rind und Schwein sein mag, so unerquicklich ist das nicht nur für das betroffene Einzelschicksal, sondern natürlich und fast möchte ich sagen, in erster Linie, für eine Gesellschaft, weil sich darin doch in hohem Maße ihr moralischer Anspruch spiegelt …"

„Ein Kaffee wäre sehr freundlich", unterbrach Meyer, der sich rüstete, seine Fragen zu stellen; dann, so sah er vorher, würde der Redestrom des geschmeidigen Beamten, ein wenig ins Stocken geraten.

Antony griff zum Telephon, das neben ihm am Konferenztisch stand, und orderte noch einen Kaffee für den Herrn Dr. Meyer.

„Es war eine schwere Zeit, die wir durch die umsichtige Führung des Kanzlers gottlob ganz gut überstanden und nun auch hinter uns gelassen haben. Aber ich brauche Sie wohl nicht auf die so präzise das Problem treffenden Worte unseres verstorbenen Präsidenten Schober hinweisen, als er – ich glaube ohnehin in Ihrem Blatt – den großen Krieg als die verhängnisvolle Quelle all der Rohheit und des fehlenden Unrechtsbewusstseins darstellte, gegen das unser leider ebenfalls verstorbener Prälat Seipel sein Programm zur Sanierung der Seelen entwickelt hat …"

Der Artikel von Schober war in der „Wiener Sonn- und Montagszeitung" erschienen, einem Blatt, das Max zutiefst als Revolverblatt verachtete und das Antony nur erwähnt hatte, um ihn zu ärgern. „Mit mäßigem Erfolg, wie wir wissen", bremste Max den abschweifenden Regierungsrat. „Woraus dem seligen Herrn Seipel kein Vorwurf zu machen ist; erstens hat er berufsbedingt von den geschlechtlichen Aspekten wahrscheinlich recht wenig Ahnung gehabt, ja, gar keine Ahnung haben dürfen; und überdies lassen sich solche vitalen Erscheinungen nicht mit frommen Verordnungen regeln."

Antony überging das. Prälat Seipel und seine Seelensanierung waren ihm herzlich egal, er sah auf seine Karriere im Sicherheitsbureau und darauf, dass er ein Leben führen konnte, wie es sich seiner Ansicht nach für ihn als zwar etwas verarmten, aber immer noch recht gut gestellten Bagatelladeligen ziemte. Das „d'" vor dem Antony war leider mit der Republik abhandengekommen, die Villa aber gottlob noch da.

„Ja, mein Gott, der Krieg …", seufzte Antony burgtheaterreif. „Wäre der Krieg nicht gewesen, hätte sich vieles anders entwickelt …"

Jetzt wird er vollends banal, dachte Max. Der Kaffee wurde gebracht, als die Tür hinter dem Diener leise einrastete, fuhr Antony, weit abschweifend, fort.

„Wir kämpfen auch mit einem Phänomen, das beileibe nicht uns allein betrifft, aber hinderlich ist: Wir sind an die Möglichkeiten gebunden, die uns die Rechtsstaatlichkeit erlaubt; die Gegenseite ist durch keine solchen Fesseln behindert. Und das verschafft ihr uns gegenüber natürlich einen Vorsprung. Bevor die Durchsuchung eines verdächtigen Objektes rechtmäßig geworden ist, vergeht Zeit, und so kommt es, dass nichts mehr gefunden wird, wenn die Polizei schließlich zur Tat schreiten kann."

„Wollen Sie sagen, dass Informationen aus dem Sicherheitsbureau hinausgetragen werden zu den Betroffenen?", griff Max an.

„Sie unterstellen mir da etwas, Herr Doktor. Natürlich will ich das nicht sagen. Aber es liegt doch auf der Hand, dass diese Leute ein Gespür dafür haben, ob sich etwas gegen sie zusammenbraut – und dann eben vorbeugend reagieren."

„Sie meinen die Durchsuchung der Druckerei, in der es anstelle der unsittlichen Druckwerke nur Gebetbücher ..."

„Ich meine nichts Spezielles", legte Antony Wert darauf, festzustellen, dass er sich nicht festlegen wollte. „Aber der Fall, den Sie hier zitieren und den Sie ja nicht eben zu unserer Freude in Ihrem Blatt recht – sagen wir – pointiert breitgetreten haben", fuhr er säuerlich fort, „dieser Fall wäre ein solcher."

„Und der Versuch, eine Spielhölle der Frau Ruttersheim auszuheben, wäre wohl auch einer dieser Art?"

„Davon habe ich gehört", sagte Antony. „Aber das verbotene Glücksspiel fällt nicht in meinen Aufgabenbereich. Polizeidirektor Bubetz würde Ihnen in dieser Sache mehr sagen können, aber als gewissenhafter Beamter, als den ich ihn kenne und schätze, wird er es nicht tun."

„Hofrat Bubetz ist neuerdings für das verbotene Glücksspiel zuständig?", gab sich Meyer überrascht.

„Nein keineswegs! Aber bei ihm laufen, wenn ich recht unterrichtet bin, die Fäden dieser gescheiterten Maßnahmen zusammen", gönnte sich Antony einen Seitenhieb auf den Kollegen, obwohl er damit die Grenze amtlicher Verschwiegenheit fast überschritt, und er zog sofort zurück: „Damit will ich natürlich nicht sagen, dass Hofrat Bubetz dieses Scheitern zu verantworten hat. Mehr über seine Tätigkeit ist übrigens auch im Hause nicht bekannt. Sollten Sie sensationelle Enthüllungen von mir erwarten, muss ich Sie enttäuschen. Obwohl ich gestehen muss: Eine Geschichte über die Fehlschläge, die Hofrat Bubetz zu bearbeiten hat, könnte aus Ihrer Feder eine journalistische Delikatesse werden."

Er verachtet Bubetz nicht nur, dachte Max, er hasst ihn. Wofür? Wohl nicht nur für sein elegantes Büro am Schottenring oder die Aussicht auf den Ruhestand, zum Greifen nah. Nagte am Oberpolizeirat mit dem Titel Regierungsrat der „Wirkliche Hofrat", der Bubetz einer war? Konnte die Ursache für die unfreundlichen Gefühle des Antony gegenüber Bubetz tatsächlich in der sonderbaren Praxis begründet sein, dass die Polizei nicht alphabetisch, sondern – wie auch der „Lehmann" – hierarchisch registriert war; vom Präsidenten, den Polizeidirektoren und Wirklichen Hofräten abwärts bis zu den Sicherheitswache-Oberinspektoren zweiter Klasse – was Unterinspektoren gleichkam –, und dass der „Wirkliche Hofrat" demnach viel weiter vorne …? Meyer verwarf den Gedanken. Dieser Antony war zwar ein eitler Pinkel, und in die Abteilung Mädchenhandel hatte er sich gewiss nur hineingedrängt, weil dieser Thematik stets die Aufmerksamkeit der Presse gewiss war, aber Bubetz nur solch windiger Eifersüchtelei wegen zu hassen, das konnte sich Max nicht vorstellen. Noch dazu, wo der Wirkliche Hofrat Bubetz demnächst ohnehin aus der Hierarchie ausscheiden würde.

„Kennen Sie Doktor Kort?", überraschte Max den an der Titelfrage kiefelnden Antony.

„Aber selbstverständlich!", parierte Antony erstaunlich schnell. „Wer kennt nicht diesen hervorragenden Anwalt. Manchmal übertreibt er ein wenig. Das ist bedauerlich, aber insgesamt … Aber warum fragen Sie?"

Meyer wusste es selbst nicht, er wollte nur das Gesicht des Mannes beobachten. Aber es war nichts. Sollte er es mit einer anderen Figur versuchen? Sollte er fragen: Kennen Sie Herrn Eduard Schediwy? Was würde Antony antworten? Schediwy musste ihm bekannt sein. Der „Edi“ war des Regierungsrats Hauptkontrahent in Sachen Moral. Max riskierte es. „Kennen Sie Herrn Eduard Schediwy?“

„Dem Namen nach wohl und aus manchem Akt. Sonst aber nicht“, blieb Antony ganz sachlich. „Verkehren Sie mit diesem Herrn?“, fügte er mit verwundertem Unterton hinzu, während er Max eine Zigarette anbot, der jedoch dankend ablehnte.

„Allerdings“, gab Max zu. „Aber nur beruflich. Der Mann ist eine Figur wie aus einem Balzac Roman, nicht? Übrigens, Schnitzler hielt viel von ihm.“

„Arthur Schnitzler?“ Antony war überrascht, das hatte er nicht gewusst. „Wie das?“

„Nun, Schediwy und Schnitzler waren Nachbarn“, erklärte Max, „um die Ecke, sozusagen, und dort, wo beider Komposthaufen waren, trafen sie einander manchmal am Zaun und plauderten.“

„Sicherlich sehr hilfreich für einen Schriftsteller, der sich mit dem weiten Land Seele beschäftigt“, gab sich Antony kundig, und Max tischte die nächste Überraschung auf: „Die Seele ist kein weites Land“, erlaubte er sich, den Dichter zu korrigieren. „Die Seele, wenn Sie mich fragen, ist ein tiefes Moor, und nachts steigt daraus im Traum so manches herauf an die Oberfläche; so, wie der Volksglaube nächtens Geister und Gespenster aus der grausigen Tiefe heraufsteigen und über das Moor irrlichtern lässt.“

„An Ihnen ist aber auch ein Dichter verloren gegangen“, schmeichelte Antony. „Ich hatte es immer vermutete, Ihre Artikel lese ich ...“ Er bemerkte, dass er sich wiederholte, und schwenkte auf Schnitzler zurück. „Haben Sie eine Ahnung, gibt es im Werk von unserem großen Seelenkenner etwas, das in den Sümpfen des Herrn Schediwy beheimatet ist?“

„Ich habe“, versuchte Max das Thema abzuschließen, „keine Ahnung, was Schnitzler veranlasst hat, sich mit Herrn Schediwy zu unterhalten. Aber weil wir schon bei Schediwy sind“, steuerte Max nun auf den letztlich einzigen Grund für dieses Interview zu: „Es gibt ja auch Nachfrage nach männlichem Gulasch, wenn ich mir Ihren Vergleich zu eigen machen darf. Welche Erfahrungen hat das Sicherheitsbureau auf diesem Gebiet machen können?“

Antony hatte sich während Meyers Attacke körperlich und geistig zurechtgerückt, seine Antwort war erstaunlich. „Kaum welche“, gab er unumwunden zu. „Diese Art Unzucht ist vom Strafgesetz sanktioniert. Hier …“

„Aber sie findet dennoch statt!“, fiel Max dem Regierungsamt brutal ins Wort.

„Ja, natürlich! Wenn Sie mich meinen Gedanken zu Ende entwickeln lassen wollten“, reagierte der Polizeibeamte erstmals gereizt auf Meyers Fragen. „Es ist nämlich so: der Straßenstrich, der hier zweifellos vorhanden ist, der fällt auch bei der normalen Prostitution nicht in meinen Aufgabenbereich“, räusperte sich Antony und griff zu seinem Mattoni-Wasser. „Und weil es in diesem Fall Bordelle nicht gibt, wohin sich jene Handelsbeziehungen ausrichten, für die ich zuständig bin, ist hier keinerlei Erfahrung vorhanden. Natürlich ist auch in diesen Bereichen für Geld so gut wie alles zu haben. Wie Sie jedoch wissen werden, halten wir gerade in diesem Segment der Sittenlosigkeit sehr streng auf Zucht und Ordnung.“

„Aber es ist Ihnen schon bewusst, dass dennoch jedes Jahr mindestens ein Dutzend junger Burschen verschwindet, unter mehr oder minder sonderbaren Umständen?“, zog Max das Engagement der Polizei in Zweifel.

„Selbstverständlich hat das Sicherheitsbureau auch ein Auge auf diese Vorgänge! Aber wie Ihnen ja selbst bestens bekannt ist“, ließ er Meyer wissen, dass er dessen Frage für schikanös hielt, „gibt es für dieses vielfache Verschwinden vielfältige Ursachen. Da sind jugendliche Selbstmörder dabei. Das ist ein sehr, sehr trauriger Aspekt unserer Zeit, da haben wir als Gesellschaft noch sehr viel Arbeit vor uns. Da gibt es auch immer wieder abenteuerlustige Ausreißer, die nach ein paar Wochen wieder auftauchen, ohne dass die Presse oder auch die Polizeikorrespondenz davon Notiz nimmt. Vereinzelt machen sich solche Burschen davon, um zur Fremdenlegion zu gehen. Aber, Sie verzeihen, wenn ich Ihr journalistisches Bedürfnis nach Sensationen nicht befriedigen kann, Mädchenhandel – wie gesagt – liegt hier nicht vor."

„Bubenhandel?", offerierte Max einen Begriff.

Antony schüttelte angewidert den Kopf. „Bubenhandel! Auch wenn Sie es so nennen, das gibt es nicht! So etwas geht hier nicht. Es gab in Budapest vor zwei Jahren einen derartigen Fall. Da hat – Sie werden sich erinnern – Ihr geschätztes Blatt ja darüber berichtet."

„Sie verfügen über ein bemerkenswertes Gedächtnis", gab sich Meyer erstaunt. „Und dafür, dass es Bubenhandel nicht gibt, sind Sie recht gut informiert!"

Antony reagierte moderat empört: „Informiert zu sein, das gehört doch zu meinem Beruf, das muss ich Ihnen wohl nicht sagen. Da sind wir einander durchaus ähnlich. Ich bedaure freilich nicht, dass die Ähnlichkeit auf den Aspekt des Informiertseins beschränkt bleibt. Was aber den Fall in Budapest betrifft: Diese jungen Burschen dort haben das freiwillig gemacht. Natürlich, das will ich gar nicht bestreiten, verführt durch Geschenke und Geld. Gekauft, mit verschiedenen Zuwendungen gefügig gemacht, aber keineswegs gefangen gehalten und mit Gewalt gezwungen, Dinge zu tun, die sie von sich aus nicht tun würden. Wobei ich bei den Psychiatern, die vor Gericht gerne die Angeklagten zu Opfern stilisieren, auch lese, dass es vielfach gar nicht nötig ist, der jugendlichen Neugier durch Zuwendungen zum Durchbruch zu verhelfen."

„Und diese Schüler, wenn ich mich recht erinnere, sind dann von ihren Schulen verwiesen worden, aber den Herren Verführern ist gar nichts passiert", versuchte Max Antonys Meinung auszuloten.

„Aber daraus wollen Sie jetzt nicht ernsthaft mir einen Vorwurf machen", lächelte Antony verbindlich. Er war überrascht, denn er hatte bei Meyer, von dessen Neigungen er selbstverständlich wusste, Verständnis für die Herren des Budapester Klubs erwartet.

„Den Berichten zufolge waren das lauter angesehene Bürger", kam der Regierungsrat aus der Reserve. „Künstler, Intellektuelle … Journalisten. Mein Gott, Horthy-Ungarn! Da ist vieles ganz anders."

„Besser?", warf Meyer ein.

„Das ist auf einen solchen Teilsaspekt bezogen kaum zu beurteilen", wich Antony aus, als er bemerkte, dass er sich – politisch – auf unsicheres Terrain begeben hatte, wusste er doch nur allzu gut, dass die Polizei allgemein im Ruf stand, für rechte Tendenzen höchst empfänglich zu sein. „Mein Wissensstand reicht nicht aus, um hier ein sachlich einwandfreies Urteil abzugeben. Aber Sie können sich sicherlich vorstellen, wie man durch solche Toleranz gegenüber dem Andersartigen sehr unkompliziert politische Abhängigkeiten schaffen kann."

Damit lag der Regierungsrat nicht falsch. Max Meyer dachte einen Augenblick daran, eine Diskussion darüber zu beginnen, wie die gesetzliche Regelung auch hierzulande genutzt wurde, um missliebige Persönlichkeiten entweder durch Bedrohung oder Nachsicht ruhig zu stellen beziehungsweise sie an sich und eine dubiose Vorstellung vom Staat zu binden, aber Antony war schon dabei, vom Einzelfall wieder zum Allgemeinen zurückzufinden: „Dass hier jedoch ein lebhafter Handel stattfindet, wie das mit Mädchen und jungen Frauen der Fall ist, das kann ich mir nicht vorstellen." Und dann kehrte er zu seinem Lieblingsbild vom Markt zurück. „Obwohl die Unzucht wider die Natur bedauerlicherweise weiter verbreitet ist, als es wünschenswert wäre", schöpfte er aus seiner Erfahrung mit dem Mädchenhandel, „so ist das als Markt doch zu klein, als dass hier jemand das Risiko auf sich nehmen würde …"

„Aber auf einem kleinen, risikoreichen Markt, wie Sie das ausdrücken", widersprach Meyer, „da dürften doch auch die Profite viel üppiger ausfallen als, sagen wir, bei der weiblichen Massenware!"

„Da ist wieder der Zyniker, den ich an Ihnen so schätze", schmeichelte Antony, um sofort einzuschränken: „Wenn Sie schreiben! – Realiter ist, so meine ich, die Thematik doch viel zu ernst und das Leiden der Betroffenen viel zu groß, um hier kaltschnäuzig von weiblicher Ware zu reden, noch dazu abgewertet zur Massenware. Seien Sie versichert, wir nehmen in unserer Abteilung alles das sehr ernst! Sollte ich durch das Beispiel mit dem Gulasch den Eindruck erweckt haben, bei uns herrsche eine ebenso zynische Grundhaltung wie offenbar in den Redaktionen, dann bedaure ich das zutiefst. Ich habe dieses Beispiel ja nur gewählt, um den Handelscharakter zu illustrieren, um den Unterschied herauszustreichen zwischen dem Handel, den diese Frauen und Mädchen treiben, und jenem, der mit ihnen getrieben wird."

„Und Bubenhandel gibt es nicht?", bohrte Max weiter.

„Kann es ja gar nicht geben", bemühte der bürgerliche Antony den Jesuiten in sich, „nachdem die Sache ja insgesamt nicht erlaubt ist …"

„… und daher nicht existiert, meinen Sie", fiel ihm Meyer ins Wort.

„Nein, das wäre zu einfach, Herr Doktor. Tötungsdelikte sind auch verboten und dennoch kommen sie vor, wie uns beiden – freilich aus verschiedenen Blickwinkeln – bekannt ist. Das habe ich damit nicht sagen wollen. Aber unbestreitbar ist es doch so, dass Sie sich hier – getrieben von welchem Interesse auch immer – auf ein im Vergleich zu den Aufgaben meines Referates unscheinbar kleines Segment des käuflichen Geschlechtsverkehrs beziehen …"

„… eine Marktnische?"

„Das haben jetzt Sie gesagt, Herr Doktor! Aber wenn Sie so wollen, handelt es sich dabei um eine Marktnische. Eine recht unbedeutende, wie ich hinzufügen muss, denn durch die generelle Strafandrohung werden, wie schon gesagt, diese Abgründe menschlicher Triebhaftigkeit gottlob klein gehalten, sodass es dahier nicht speziellerer Aufmerksamkeit bedarf, als sie durch den Paragraphen 129 ohnehin sichergestellt ist."

Das war druckreif. Meyer nickte bei diesem Gedanken dem Regierungsrat anerkennend zu. Zu sagen: Kompliment, das hätte ich nicht zynischer formulieren können, verkniff er sich.

Antony hingegen hatte an Meyers Gesichtsausdruck genau erkannt, wie der diese Wendung des Gespräches auslegen könnte; gedruckt und vieltausendfach vertrieben konnte das unerfreulich sein. Und obwohl der Chef der Abteilung zur Bekämpfung des Mädchenhandels nicht davon ausging, dass die Probleme der abartigen Mitbürger den Rest der Anständigen sonderlich interessierten, bemühte er sich doch um eine ausgleichende Darstellung; eine, die seiner nicht würdig war. Sein Argument, es handle sich hier – wegen der starken strafrechtlichen Bedrohung – um ein sehr klandestines, geschlossenes System, in das selbst „die beste Polizei der Welt“ nicht wirklich einzudringen fähig sei, war ganz einfach lächerlich. Und bei der Schilderung der Probleme, solchen Verbrechen auf die Spur zu kommen, legte er einen Zynismus an den Tag, vor dem Meyer selbst im äußersten Fall zurückschrecken würde.

„Wie“, hub der Regierungsrat an, „wie sollten wir denn an solche Organisationen herankommen, wenn uns die Zeugen dafür fehlen? Wie wollten wir beweisen, dass jemals ein Schüler oder Lehrling verschleppt und zur Prostitution gezwungen worden ist? Und sollte jemals einer seinen Peinigern entkommen, was sollte er erzählen? Wer würde ihm zuhören? Wer würde wüste Geschichten von geheimen Knabenbordellen glauben? Und all das natürlich nur gesetzt den Fall, dass einer tatsächlich so blöd wäre, sich damit selbst in eine Anklage wegen ‚Unzucht wider die Natur‘ hineinzuplaudern? Die Behörde wäre doch nur daran interessiert, so einen möglichst rasch verurteilen zu lassen und nach Stein zu bringen …“

„… wo es dann für ihn so weiterginge wie vorher“, warf Meyer ein.

„Das zu beurteilen, fehlt mir das entsprechende Wissen“, wehrte Antony ab, und damit, das spürte Meyer, war das Gespräch an seinem Ende angelangt. Der Regierungsrat zog eine goldene Taschenuhr aus seiner hellgrauen Weste, ließ sie – die Kostbarkeit des Chronometers betonend – aufklappen und konstatierte mit einem Verziehen der Unterlippe. „Wie doch die Zeit vergeht! Es war eine außerordentlich bereichernde Unterhaltung, Herr Doktor. Ja, wirklich. Das ist nicht immer so. Unter Ihren Kollegen ist selten einer von derartiger Intelligenz wie Sie.“

Er erhob sich. „Ich hoffe, ich konnte Ihnen einen ausreichend positiven Eindruck von unserer Arbeit vermitteln, und ich darf Ihnen versichern, dass ich jederzeit gerne wieder für ein so geistreiches Gespräch zur Verfügung stehe. Jetzt wollen Sie mich bitte entschuldigen, ich muss zurück ins Sicherheitsbureau, wo meine Arbeit auf mich wartet."

Er schüttelte Meyer die Hand, legte seine Linke obenauf und sagte: „Ich bitte Sie, mich nicht misszuverstehen. Ich wollte keineswegs den Eindruck erwecken, ich wäre der Ansicht, dass eine verachtete und von Strafe bedrohte Minderheit des Schutzes durch den Sicherheitsapparat nicht würdig ist. Wenn Sie mir einen Burschen bringen, der ein Schicksal vorzuweisen hat, wie es die von uns sonst bearbeiteten weiblichen Schicksale sind, dann wenden Sie sich bitte vertrauensvoll an mich. Ich werde dafür sorgen, dass der Sache ganz ohne alle jene Vorurteile nachgegangen wird, die unsere Arbeit in diesen Bereichen bisweilen überschattend behindern."

Meyer durfte gehen. Antony ließ den Wagen kommen und fuhr zurück an die Rossauerlände, in sein mit Abstand nicht so elegantes eigenes Büro.

23

Max Meyer besucht den Hofrat, trifft ihn aber nicht an, weil der sich mit Gattin Emma in den Wienerwald begeben hat.

„Der Herr Hofrat ist bis morgen außer Haus", lautete die freundliche Auskunft, die Sekretär Adam Horak dem Redakteur Meyer gab, als der – von Antony huldvoll entlassen – im Büro von Bubetz vorbeischaute.

„Dienstlich?", wollte Max wissen, worauf Horak mit den Schultern zuckte. „Soll ich dem Herrn Hofrat ausrichten, dass Sie da waren?", erbot er sich dann, aber Max schüttelte den Kopf. „Nicht notwendig, danke!"

Und das war – ohne dass Max es ahnte – klug gehandelt: Denn hätte Bubetz von Meyers Treffen mit Antony erfahren, seine Reaktion darauf wäre mehr als nur ein: „Es ist zum Aus-der-Haut-Fahren!“ gewesen; selbst der Schlag hätte den sonst so gelassenen Hofrat treffen können. Meyer bei Antony! Als wäre nicht schon die Wühlarbeit des Nowak störend genug.

Das alles war jedoch glücklicherweise ausgeblieben, weil Wenzel gemeinsam mit Emma zeitig am Morgen einen Zug der Westbahn bestiegen hatte, der bummelnd die Ansiedlungen im Wienerwald abklapperte und die beiden nach Dürrwien brachte, wo sie ein kleines Sommerhäuschen mit Garten ihr Eigen nannten, das die Gattin in die Ehe mitgebracht hatte.

Während Emma in der Küche aus den Gemüsen des Gartens die Mahlzeiten zubereitete, saß Wenzel dann in einem Liegestuhl auf der Wiese, las die Zeitungen, die er aus dem Amt mitbrachte, und fürchtete sich sommers vor den Wespen, die vor allem im August in großer Zahl lästig waren. Den Bienen gegenüber war er zwar ebenso ängstlich, aber er hasste sie nicht so sehr, weil – so sah das der Mann, der mit den Ehrbegriffen der Vergangenheit groß geworden war – sie wenigstens starben, wenn sie gestochen hatten. Die schwarzgelben Biester aber taten nichts dergleichen, sie waren sozusagen ehrlos, weswegen Bubetz stets mit großer Freude wahrnahm, wenn sich eine in sein Bier gestürzt hatte, um dort zu ertrinken. Der Hofrat kannte da kein Erbarmen.

Früher war Wenzel der Jüngere mit dabei gewesen und hatte für lebhaftere Aufenthalte gesorgt, aber der war nun lange erwachsen und fast ebenso lang weit weg, in angesehener Position über dem Ozean in New York. Die Stille, die Vater Wenzel in jenen Tagen oftmals vermisst hatte, war nun im Übermaß vorhanden. Zeit zu lesen, Zeit zu dösen. Dies dann aber – wegen der fortgesetzten Feindseligkeit der Wespen – lieber im Schlafzimmer hinter dem schützenden Fliegengitter.

Nun hatte sich Bubetz zwar im Laufe seiner Dienstjahre angewöhnt, keine Akten mitzubringen ins familiäre Grün der Wochenenden – der *weekends*, um es der „Neuen Freien Presse“ entsprechend chic zu formulieren –, was er jedoch nicht vermochte, war, an seine Fälle nicht zu denken. Und oft genug waren die *weekends* für ihn überhaupt entfallen, und Emma hatte mit Wenzel dem Jüngeren alleine im Wiener Walde hausen müssen.

Auch in diesem Sommer war Wenzel mehrmals gezwungen gewesen, auf Dürrwien zu verzichten; zwei Todesfälle hatten die Beschaulichkeit seiner *weekends* getrübt: der des Prälaten Seipel und der dessen Widersachers Schober. Bei Schober, der in der Halle der PolDion aufgebahrt worden war, hatte es besonders viel zu tun gegeben. Diese ganze genüssliche Trauer wollte organisiert werden, und das hatte auch Bubetz getroffen.

Nun war dieser Tage zwar ebenfalls alles Tun und Lassen des Hofrats auf Dienstliches ausgerichtet, aber bei der Verfolgung der „Fledermaus" kam es auf sechsunddreißig Stunden mehr oder weniger nicht an. Denn als liebender Gatte, der Wenzel nach mehr als dreißig Ehejahren immer noch war, brachte er es nicht übers Herz, seine Emma alleine hinauszuschicken, um das Nötige zu erledigen. Diesmal freilich stand fest, dass er schon anderntags in die Stadt zurückkehren musste, aber es lag ihm daran, seiner Emma wenigstens guten Willen zu zeigen, obwohl er die spätherbstlichen Besuche in der „Villa Alba" nicht sonderlich schätzte.

Tätigkeiten, wie sie im sich neigenden Jahr in jedem Schrebergarten anfielen, waren auch im Refugium der Bubetze zu erledigen, weshalb auch noch spät im Oktober hinausgefahren wurde; wenig vergnüglich insgesamt, nicht nur wegen der Kälte, gegen die der kleine Petrolgasofen der Marke Kronprinz kaum ankam, sondern auch wegen der Arbeiten, die der Hofrat verschmähte. Laub zusammenzurechen, Rosenstöcke mit Strohhüllen und aufgeworfener Erde für die Winterkälte zu wappnen und unter den Apfelbäumen die letzten fauligen Exemplare, die im Sommer die Wespen angelockt hatten, zu klauben und auf den Komposthaufen zu tragen, das ödete ihn an.

All das verdross Wenzel umso mehr, als es ihn an die Anfang November bevorstehenden, von ihm so genannten „Gräberreisen" gemahnte, den Besuch seiner und seiner Gattin Vorfahren auf zwei weit auseinanderliegenden Friedhöfen, auf deren letzten Ruhestätten dann ebenfalls gärtnerische Hantierungen zu leisten waren. Warum konnte man die Toten nicht einfach ruhen lassen. Na ja.

Die Frau Hofrat stand diesen Dingen weit weniger zimperlich gegenüber. Gartenarbeit – auch solche auf Grabstätten – war zu jeder Jahreszeit zu tun, und weil sie wusste, wie sehr ihr Wenzel die Oktoberaufenthalte in Dürrwien hasste, hielt sie ihm besonders zugute, dass er sie wenigstens für eine Nacht begleitet hatte.

Emma Bubetz war eine friedfertige Frau, auch sie rundlich in sich ruhend, ganz ohne Leidenschaften, die dem harmonischen Zusammenleben in der Wenzelshöhle abträglich hätten sein können.

Die Mutterschaft hatte Emma – ohnehin schon blühendes Leben – weiter aufblühen lassen; den Haushalt zu führen war ihr nicht lästige Pflicht, sondern geliebter Beitrag zum Leben der Familie gewesen, so wie Wenzel sein Gehalt beisteuerte und Wenzel junior seinen Beitrag dadurch leistete, dass er mit seiner Entwicklung den Eltern Anlass zu allerfreudigsten Hoffnungen gewesen war.

Seit er aus dem Haus und in Amerika war – und das war nun schon eine ziemliche Weile her –, bot der Haushalt in Wien nur eine begrenzte Zahl an Beschäftigungsmöglichkeiten für Emma, sodass sie, um nicht einfach herumzusitzen – was sie als Tagedieberei empfunden hätte –, auf Patiencen verfallen war.

Die Frau Hofrat war auch wohltätig tätig. Emma Bubetz frequentierte einen Kreis gleichfalls dem Elend anderer helfend zugetaner Damen, die sich reihum in ihren Wohnungen trafen, wo sie bei Kaffee und Kuchen – während des Krieges und kurz danach Ersatzkaffee und Kuchen vom Schwarzmarkt – stickten, strickten und häkelten für den guten Zweck, der bekanntlich die Mittel heiligt. Dass Kaffee und Kuchen sowie das Geplauder das Wesentliche an der Sache hätten sein können und die Wohltätigkeit nur eine Tarnung für ein ganz ordinäres Damenkränzchen, diese Einsicht fehlte ihnen ganz. Die wohltätige Runde war übrigens ämterübergreifend; neben PolDion und Sicherheitsbureau war auch die Finanz vertreten, ferner die

Stadtverwaltung und das Stadtgartenamt, eine Zugehörigkeit, die Alice Fuchs an ihren Hüten erkennen ließ. Wenzel Bubetz war von diesen geschwätzigen Versammlungen nicht betroffen, weil sie während seiner Bürostunden stattfanden; es fiel ihm mithin leicht, für diese Tätigkeit der Gattin gelassen unbeteiligt nur lobende Worte zu finden, wie das seinem Wesen entsprach.

Der Polizeidirektor Wirklicher Hofrat Emil Wenzel Bubetz war eine durch und durch mittige Persönlichkeit. Nicht groß gewachsen, von eleganter Behäbigkeit durch Rundungen der Figur, die im Lauf der Jahre sich ergeben hatten; weniger dem Sitzen auf dem Posten geschuldet als den Mehlspeisen seiner Gattin Emma.

Politisch war der Hofrat nicht festgelegt. Das Amt, so hatte er gelernt, hatte unabhängig von politischen Präferenzen ausgeübt zu werden, und um das zu gewährleisten, war es das klügste, auch privat keine politische Präferenz zu haben. Gegen die Republik keineswegs feindselig eingestellt, war er klarsichtig genug, um ihre Vorteile und Nachteile gleichermaßen zu erkennen; so wie er vor dem Untergang – immer wurde nur von Untergang geredet, niemals von Anfang – stets gegenwärtig gehabt hatte, was für und was gegen den Habsburgerstaat sprach. Deshalb war er nicht von Gefühlen gefesselt, und wie er loyal gegen den Kaiser gewesen war, anerkannte er nun die Verfassung als oberste Richtlinie seines Wirkens.

Er hielt es auch mit den Zeitungen mittig. Er las die „Neue Freie Presse“ ebenso wie die „Arbeiter-Zeitung“ und deren Erzrivalin, die „Reichspost“. Aber in der „Neuen Freien Presse“, die am ehesten auf dem Mittelweg des Hofrats vermutet werden durfte, stellte Bubetz immer häufiger Ausschläge in die eine oder andere Richtung fest.

Gleichbleibend ärgerlich waren die Revolverblätter, der schrille Boulevard, dessen Sensationsmache der Hofrat wenig abgewinnen konnte, mit denen sich die PolDion aber zu arrangieren hatte. Insgesamt war Bubetz ein Mann unangreifbarer Mitte, der sich getrost sagen konnte, dass seine Ansichten und Argumente stets der Vernunft geschuldet waren und nicht der Emotion; Schobers Schule eben.

Emil Wenzel war zwar katholisch getauft, ebenso seiner Emma angetraut und er würde gewiss nicht ohne Priester in die Grube fahren, im Alltag jedoch – und dazu zählte er auch die Sonntage – hatte er wenig Bedarf an Einflüssen von dieser Seite; wie er ja auch keine Parteiveranstaltungen der Sozis aufsuchte oder welche der Braunen. Wem Bubetz an Wahltagen seine Stimme gab, war schwer zu sagen. Starr eingezwängt in das Prokrustesbett einer Partei, wie das nicht nur bei Kuhlmann der Fall war, sondern die gesamte politische Unkultur der verhärteten Fronten dieser Jahre prägte, hätte Bubetz nicht leben können. Vermutlich wechselte er von Wahl zu Wahl, dem folgend, was seiner Einschätzung nach für das Land wichtiger und richtiger war, und so war er wohl auch in dieser Hinsicht eine eher rare Erscheinung nicht nur am Schottenring, sondern in dieser neuen Wirklichkeit. Einer Wirklichkeit, bestimmt von Vorstellungen, die dem Kaiserreich maßgeschneidert gewesen waren, die Republik aber nicht kleiden wollten.

Gelitten hatten alle während des Krieges. Der Untergang hatte im Universum der Bubetze allerdings nicht jene Verwüstungen hinterlassen, die er in den Geschicken und Gehirnen vieler anderer angerichtet hatte und die nun, statt sich ans Aufräumen zu machen, seither Tag für Tag bitter durch die Trümmer wanderten und grimmig die Wiederkehr der überwundenen Zustände forderten.

Was er für die Zukunft jedoch viel eher heraufdämmern sah als eine Krönung von Zitas Otto, war von einer Art, die ihn dem Ruhestand freudig entgegensehen ließ. Denn im Amt dienstlich aufzugehen war eine Sache, mit dem Herzen dabei zu sein, wie das die Politik gerne forderte, das war eine andere Sache, und Wenzel, der stets geistig die Mitte gehalten, der sein und seiner Familie Lebensschifflein immer mittig zwischen irritierenden Strömungen gehalten hatte, sah es kommen, dass in einer einzigen, alle mitreißenden Strömung, kein Dazwischen und damit kein mittiger Ausweg mehr sein würde. Denn die Idee, ein Staat könne nur autoritär geführt werden, hatte sich als unausrottbar erwiesen.

Bubetz wusste, was an der Spitze gedacht wurde. Brandl, der langjährige Vize von Schober, hatte sich nicht nur darüber beklagt, dass er die Arbeit hatte, der beurlaubte Schober aber das Renommee; Brandl, jetzt Präsident, hatte auch anderes von sich preisgegeben, und damit gezeigt, dass er ein recht in die Vergangenheit gewandter Mann war. Und was er vor sich sah, hatte mit Österreich nichts mehr zu tun.

Der Herr Präsident vertrat auch die Ansicht, dass Seipel im Chaos des fünfzehnten Juli Siebenundzwanzig, als der Justizpalast in Flammen aufgegangen war, es verabsäumt hatte, einen autoritären Staat aufzurichten. Der Feuerschein über der Stadt war für Dr. Brandl die Morgenröte der Diktatur gewesen, aber der Gottesmann an der Spitze hatte ihn enttäuscht. Brandl erklärte sich Seipels Zagen mit dessen geistlichem Stand; allerdings hatte das Priesteramt diesen unfrohen Mann nicht an anderen Grausamkeiten gegenüber dem Volk gehindert. Aber nun war er tot und die Verwirklichung der Weihwasserdikatur war in die Hände des neuen Kanzlers gelegt, in die eines kleinwüchsigen Agrariers. Bubetz seufzte und viele mit ihm.

Der New Yorker Aktienindex war auf annähernd dem Stand des Gründungsjahres vor sechsunddreißig Jahren, und alle, die meinten, tiefer könnte es nicht mehr gehen, hatten recht: Von nun an sollte es langsam, sehr langsam aufwärtsgehen. Aufwühlender als die New Yorker Börsenpunkte waren hierorts ganz andere Zahlen: Eine halbe Million – ein Drittel der arbeitsfähigen Bevölkerung – ohne Arbeit, und davon wieder ein Drittel ausgesteuert; das bedeutete: keine Unterstützung mehr. Aber der Kanzlerzwerg war damit beschäftigt, den Banken in den Rachen zu werfen, was er beim Völkerbund geschnorrt hatte, und es mussten die Bauern gehätschelt werden.

Die größte Sorge des kleinen Mannes war freilich nicht das Wohl des Landes, sondern die Einsicht, dass sich die Christlichsozialen im Rahmen der Demokratie und mit ihrem Instrumentarium nicht mehr lange an der Macht würden halten können; da sie sich aber von Gott berufen fühlten, die Macht in diesem Staate auszuüben, und meinten, ihren Herrgott nicht enttäuschen zu dürfen, sann der kleine Mann auf Auswege.

Fürs Volk indes gab's derweil Operette: „Im Salzkammergut, da kamma gut lustig sein, wenn die Musi spielt, holdrio." Es war zum Aus-der-Haut-Fahren. Bubetz dachte dies, sprach jedoch nicht darüber; auch nicht zu Emma, der Gattin, die Erfüllung in anderen Dingen fand.

24

Eduard Schediwy hat ganz allgemein ein Herz für Journalisten und speziell für Max Meyer sogar einen Zeugen von Charlys letztem Auftritt bei Baron Latsch.

Nachdem Max den Hofrat nicht in seinem Büro angetroffen hatte, kehrte er zunächst in die Redaktion zurück, um Korrekturen zu lesen. Sobald das erledigt war, begab er sich nicht nach Hause zum üblichen, fast schon rituellen abendlichen Umtrunk im großen Ecksalon, sondern pilgerte ins Café Sarastro. Wegen des Hinweises des Lehrlings Ernstl, der Charly habe im Sarastro verkehrt, schien es ihm geboten, sich dort umzuhören, vielleicht eine Quelle für Informationen zu finden und heimzuholen.

Den k. u. k. Cafétier Schediwy einfach zu fragen – das wusste Max – würde nichts bringen; dem stand der Zaun im Weg, der die Gehege trennte und über den hinweg Schediwy in Geschäftlichem kein Geplauder duldete.

Eduard Schediwy, einer Dynastie von Schaustellern im Volksprater entsprossen, schon in zartem Kindesalter verwaist und von einer Tante aufgezogen, hatte die – abgesehen vom noblen Rennplatz – nicht sonderlich hoch angesehene Gegend zwischen Donau und Donaukanal hinter sich gelassen und war vom Billigstrich der Praterauen zum Edel-Strizzi am Rande der Innenstadt aufgestiegen.

Der Volksprater war Schediwys Schule gewesen, eine Schule, in der nicht gelernte Lektionen nicht mit den Methoden sadistischer Lehrer bestraft wurden, sondern in der Regel das Leben kosteten. Dort hatte „der Edi" gelernt, Furchtlosigkeit zu zeigen, auch wenn die Hose schon voll war. Er war erfahren darin, Messern nicht erst auszuweichen, wenn die Klinge aufgesprungen war, sondern zu verhindern, dass sie überhaupt ausklappte. Er hatte sich nie gedrückt, wenn es – faire, weil nicht tödliche – Faustkämpfe zu absolvieren galt, denn gekämpft wurde um fast alles; um die „Weiber" sowieso und natürlich auch um die besten Plätze auf dem Strich.

Der Prater-Strizzi war aber nicht der Kokon gewesen, aus dem er sich herausgewunden hatte beim Aufbruch in die elegante Welt, das Strizzihafte war vielmehr ein Farbtupfer auf den Flügeln dieses bunt schillernden Falters geblieben, der da aus der Venediger Au Richtung Stadtzentrum geflattert war.

Wessen Finanzkraft und Einfluss auf die einem derartigen Aufstieg für gewöhnlich hinderlichen Strukturen und Vorschriften des Staates das Emporkommen des Edi ermöglicht hatten, war unerkundet, aber vielfältig waren des Schediwy Verbindungen und es waren keine armen Leuten, die in diesem Staat, dieser Stadt nichts zu sagen gehabt hätten.

Die Verbindung zu Baron Latsch alleine hätte genügt, der sich vielleicht eines Tages in die freche Visage des Edi verschaut haben mochte, wie er jetzt dem Wilderer verfallen war. Anderseits war Latsch weder mit seinem Geld noch mit seiner Schwäche für die halbwüchsigen Söhne der unteren Schichten im Land ein Einzelfall. Der Edi dürfte demnach mehrere Förderer gehabt haben. Und das nicht unverdient.

Denn er war schlauer gewesen als die dumpfen Erpresser, an denen es unter seinen Kollegen nicht mangelte. Er hatte es verstanden, seine Berührungspunkte mit den einflussreichen Männern des Reiches aus den Niederungen der Fleischeslust in seriöse geschäftliche Kontakte überzuführen, und er kannte eine Menge solcher Leute.

Beispielsweise – wie Meyer bei schon Antony erwähnt hatte – auch den Dichter Arthur Schnitzler, der sein Nachbar gewesen war. Gelegentlich hatten sich die beiden Herren über den trennenden Gartenzaun hinweg unterhalten, und mehr als einmal hatte der Edi dem Seelenkenner Schnitzler Auskunft gegeben über das weite Land der erotischen Halbwelt. Eingeladen hatte ihn der Dichter niemals, was Schediwy ihm jedoch nicht verübelte, denn er fühlte sich außerhalb seiner Sphäre nie richtig wohl. Überdies machte er sich keine falschen Vorstellungen davon, was – Schnitzler ausgenommen – die feinen Herrschaften, die er so vielfältig bediente, hinter der Fassade ausgesuchter Höflichkeit von ihm hielten.

Hätte Schediwy Goethes „Faust" gekannt, er hätte sich in der Rolle des Teufels sehen mögen, der unentbehrlich ist, weil ohne ihn die Guten nicht so richtig gut sein können. Aber nein, so weit ins Philosophische verstieg sich der Edi nie, aber er sammelte Kunst.

Obwohl ohne auch nur die geringste Spur von Kunstverstand, hatte Schediwy eine Gemäldesammlung zusammengetragen, die von exzellenter Kennerschaft sprach. Heinrich „Henri" Breiterer, schwarzes Schaf einer Bier- und Spirituosen-Dynastie, hatte ihm geraten, Geld in Kunst anzulegen, und seither hielt sich Schediwy bei seinen Erwerbungen nicht an den eigenen Geschmack, sondern an Henri Breiterers Empfehlungen. Der Mann hatte vor dem Krieg in Paris gelebt und kannte viele der Maler, die er dem Edi zu kaufen geraten hatte, persönlich. Solcherart hatte Schediwy im Lauf der Jahre nicht nur Meisterwerke der heimischen und deutschen Expressionisten erworben, sondern auch Werke von Leuten gekauft, deren Namen er nie zuvor gehört hatte, sodass nun – als Prunkstücke seiner Sammlung – ein sehr ansprechendes Stillleben von Matisse über der Anrichte im Speisezimmer hing, im Stiegenhaus einige Modigliani und über dem Kamin im Salon ein zur Gänze bläulich gehaltenes Werk eines gewissen Pablo Picasso.

Nur im Schlafzimmer, von dem er ganz sicher war, dass niemand es betreten würde, hatte er seinen persönlichen Neigungen freien Lauf gelassen und eine nahezu lebensgroße Zigeunerin in der Manier von Goyas „Nackter Maya" über das Bett gehängt.

Hier zogen auch keine kubistischen Skulpturen die Blicke auf sich – Lipschitz und Genossen blieben in den Salon verbannt –, sondern eine Reihe teils sehr obszöner nackter Weiblichkeit in Bronze, nicht lebensgroß, aber groß genug, um durch glänzend polierte Stellen zu verraten, wovon Schediwy die Finger nicht lassen konnte.

Henri, der den reich gewordenen Prater-Strizzi Schediwy nicht nur als Vermittler rüde zupackender Burschen schätzte, war auch einer der ganz wenigen Menschen, die Schediwy in seiner Cottage-Villa empfing. Er hatte die noble Immobilie nach dem Umsturz günstig erworben, weil der Vorbesitzer sich an Kriegsanleihen zugrunde gerichtet hatte. Der Blutfleck und das Einschussloch an der Wand des Schlafzimmers, wo jetzt die Zigeunerin hing, hatten den Preis der Liegenschaft erheblich drücken helfen.

Der Edi konnte zwar nach der Schrift reden, aber er unterließ es klugerweise, weil eben immer nur ein „nach der Schrift reden" dabei herauskam, das weder zu seiner Erscheinung passte noch zu seinen Geschäften. Er blieb, was er war, aber er wusste auch, was sich für einen Aussätzigen gehört. Nicht nur der Witwen- und Waisenfonds der Polizei durfte sich alljährlich vor Weihnachten über großzügige Zuwendungen freuen; auch der Polizeiball – für den das Sarastro bedauerlicherweise zu klein war – wurde erst durch die Großzügigkeit des Naschmarkt-Cafétiers zu einem Fest, wie es Latsch oder Rothschild nicht üppiger hätten ausrichten können. Offiziell kamen die ganzen Köstlichkeiten natürlich von „den Kaffeesiedern" der Stadt; dass den Löwenanteil an Schampus und Kaviar aber der k. u. k.-Schediwy beisteuerte, war ein offenes Geheimnis. Umso schmerzlicher war es für den Edi gewesen, nicht auch Vorsteher der Kaffeesieder-Gilde werden zu dürfen.

Mochte das Sarastro zwar für den Polizeiball zu klein sein, so hatte sich erfreulicherweise doch der Tanz auf dem Vulkan schon vor und auch während des „Großen Völkerringens“ zu einem Gutteil in Schediwys Etablissements abgespielt, und auch in der Zeit der Neureichen und Inflationsprofiteuere klingelten für den Edi an vielen Orten die Kassen.

Ein wenig mühsamer war es unter Gotteskanzler Seipel geworden, aber man konnte von der Unzucht der anderen noch immer recht gut leben. Selbst in den Jahren, in denen Baron Latsch in der Schweiz darauf hatte warten müssen, dass sein Steckbrief aus den Wachzimmern und Grenzerhäuschen verschwand, hatte Schediwy keine Not leiden müssen. Richtig hochgeschnellt war der Umsatz jedoch erst wieder nach der Heimkehr des Barons.

Die Zügellosigkeit der schon damals legendären Berliner Zwanzigerjahre hatte sich im bigotten Süden nie richtig entwickeln können. Ein Volk, durch Jahrhunderte dazu erzogen, Verbote und Einschränkungen der persönlichen Freiheit als gottgegeben hinzunehmen, war bei der freizügigen Entfaltung der Unzucht sichtlich benachteiligt. Aber die große Weihwasserwelle, mit der Kanzler Seipel die Unzucht hinwegzuspülen gedacht hatte – so, wie eine Hausbesorgerin mit gekonntem Kübelguss Hingespiebenes vom Gehsteig wegschwemmte –, war letztlich ohne Wirkung geblieben.

Es wurde also gesündigt wie eh und je, lediglich die Schuldgefühle waren dank der grandiosen Propaganda für eine nur der Fortpflanzung dienende Lust größer geworden und lasteten nun schwerer auf den Gemütern jener, die keinen Nachwuchs als Lohn der Lust zu gewärtigen hatten. Den rechten Bürgern, jenen, die von sich meinten, den Keuschheitsforderungen des Kanzlers zu entsprechen – wo sie in Wahrheit vielfach bloß keine Gelegenheit fanden zu sündigen –, kam dieser Sittlichkeitswahn sehr gelegen; konnten sie doch nun umso gehässiger auf jene zeigen, die der Norm, für die der freudlose Priester an der Staatsspitze einstand, nicht entsprachen.

Max hatte es bemerkt und war verzweifelt darüber, dass es die Mehrheit nicht wahrzunehmen schien. Immer wieder wies er – ganz auf Parteilinie – darauf hin, wie hier an Grundrechten der Menschen gehobelt wurde. Und auch darauf, dass dies ein Land war, in dem ein Prälat Bundeskanzler sein konnte und auch ein Polizeipräsident an der Spitze der Regierung als selbstverständlich hingenommen wurde.

Der Presse gegenüber verhielt sich Schediwy im Großen und Ganzen recht vorsichtig bis misstrauisch. Und obwohl es seiner Eitelkeit – gerade nach dem Scheitern der Wahl zum Gremialvorsteher der Kaffeesieder – sehr, sehr wohl getan hätte, hatte er beispielsweise Max Meyers Vorschlag, über seine Kunstsammlung einen Artikel zu verfassen, abgelehnt.

Bei dieser Sorte von Geschichten konnte der Porträtierte nie ganz sicher sein, was über ihn zu lesen sein würde, und ob einer am Ende nicht ganz dumm dastand. Ehrfurcht, wie sie jener Redakteur gezeigt hatte, der Anfang des Jahres in der „Neuen Freien Presse“ über die Werfels und ihr luxuriöses Heim auf der Hohen Warte hofberichtet hatte, konnte er, der Unterweltler, nicht erwarten; Spott und Häme waren vorauszusehen.

Zwar konnte man den Schmierfink dann zwar grün und blau prügeln lassen, aber der Schaden wäre angerichtet und mit den gebrochenen Rippen seines Verursachers nicht wieder gut gemacht. Das war das eine. Das andere war, dass Schediwy zwar wenig über die künstlerischen Werte seiner Sammlung wusste, wohl aber über ihren Marktwert bestens unterrichtet war. Daher schien es ihm nicht geraten, mit den Kunstwerken unvermeidlich auch das Vermögen zur Schau zu stellen, das er in seinem Heim an den Wänden hängen und herumstehen hatte; da hätte er das alles gleich in sein Steuerbekenntnis aufnehmen können.

Und weil schon ein einziges falsches Wort, eine einzige unfreundliche Erwähnung viel Schaden anrichten konnte, gab sich Schediwy der Journaille gegenüber insgesamt aufgeschlossen und spendabel. Ein Kollege von der „Reichspost“ kam im Sarastro regelmäßig in den Genuss sehr intimer Dienstleistungen auf Kosten des Hauses. Max lehnte solche Angebote stets freundlich dankend ab, und vielleicht war er auch deshalb von dem generellen Misstrauen gegen die Journaille ausgenommen. Überdies schien der Edi, aus dem roten Bodensatz der Gesellschaft aufgestiegen, auf solidarisches Verhalten des roten Redakteurs zu vertrauen. Schediwy behandelte ihn sogar besonders freundlich – obwohl er unter den Lesern der „Vorwärts"-Produkte nur wenig oder gar keine Kundschaft für sich vermutete. Kurzum, es war das Verhältnis zwischen Meyer und Schediwy ganz wie jenes zu seinem Dichternachbarn Schnitzler. Man plauderte über den Zaun hinweg und kam einander nicht in die Quere.

Umso erstaunlicher, dass Schediwy – nachdem er Max fast überschwänglich begrüßt und an einen reservierten Tisch begleitet hatte – von sich aus auf Charly zu sprechen kam.

Er zweifelte keinen Augenblick an der Ursache für des seltenen Gastes Auftauchen, und wie ein Dieb einem Wachhund einen Knochen hinwirft, um sicher seiner verbotenen Wege gehen zu können, erschien es dem Edi jetzt geboten, ein wenig Wahrheit preiszugeben, um journalistischer Wühlarbeit vorzubeugen.

„Schrecklich, das mit dem Charly, nicht wahr?", sagte er. „So jung und so begabt." Und seufzend warf er Max den Knochen hin: „Mit dem Erwin hat er sich besonders gut verstanden."

Der besagte Erwin war selbstverständlich unverzüglich zur Stelle, gegen Bares gerne zu haben, und er folgte Max bereitwillig für einen in Aussicht genommenen Dreier nach Hause in den großen Ecksalon. Er wurde auf dem westöstlichen Sofa untergebracht. Erst verkrampft, aufrecht sitzend, die Ellbogen auf den Knien, später lässig hingelehnt, die Beine weit gespreizt.

„Wein, Cognac, Bier?", erkundigte sich Ferdinand. Erwin wollte ein Bier. Mit Schnaps. Max blieb seiner Wärmeflasche treu, Ferdinand gönnte sich auch ein Bier und brachte das Gewünschte aus der Küche: Erwins Bier mit sehr viel Schnaps, schließlich sollte der Kerl auspacken – fürs Erste freilich nicht, was er dachte. Wenig später kam auch Béla dazu.

„Und der Dreier, mit wem jetzt?", wollte Erwin wissen. „Er schaut nur zu", deutete Ferdinand auf Max, und Erwin war zufrieden. Dann zeigte er ihm das Photo von Charly, und es stellte sich heraus, dass der Charly durchaus kein Unbekannter für ihn war.

„Eh klar", sagte er und betrachtete kopfnickend das Bild, das er in der einen Hand hielt; die andere hielt das Bier. „Das war der Charly. Gekannt habe ich ihn schon. Von Einladungen. Im Lokal war er nie."

„Auch nicht unten im Orient?", fragte Ferdinand.

„Keine Ahnung. Das geht über den Seiteneingang. Damit hab ich nix zu tun."

„Und wie war der Charly so bei der Sache?"

„Läschehr." Ein Zustand, der sich auch bei Erwin rasch einstellte, nachdem ihm Ferdinand sein zweites Bier zubereitet hatte.

„Das letzte Mal hab ich ihn beim Baron gesehen. Auf der Burg. Bei dem Fest."

Die Trull spitzte die Ohren. „Ja", sagte Max, „wann war das denn?"

„Ende Mai", erinnerte sich Erwin. „Es war recht warm. Erst haben die einen Film vorgeführt. Da hat der Charly mitgespielt. Und noch einer, den kenn ich aber nicht. Wie dann der Film aus war, ist der Charly selber aufgetreten, so wie in dem Film, ohne was an. Nackert halt und der andere aus dem Film, der ist dann über den Charly hergangen, so wie im Film. Nur dass es jetzt halt wirklich war ..."

„Der Film? War das wie im Kino?", wollte Béla wissen.

„Nein, so ein Schmalfilm, oder wie das heißt", besann sich Erwin zunehmend mühsamer, „der Apparat war nicht groß. Es hat auch ziemlich geflimmert."

„Das ist der Film", triumphierte Ferdinand. Erwin kannte sich nicht aus, aber als ihn alle drei wieder anblickten, redete weiter.

„Da war einer, den hat beim Zuschau'n fast der Schlag getroffen", erzählte Erwin. „Ein Direktor oder einer von einem Ministerium, keine Ahnung. Der hatte eine Maske auf. Manche scheißen sich ja an vor Angst."

„Das war der Lejeune", stellte Max trocken fest.

„Woher weißt du das?", wunderte sich Ferdinand.

„Weil er eine Maske trägt", erklärte Max. „Der Lejeune trägt immer eine Maske. Auch wenn er sonst nichts mehr anhat. Das tut sonst niemand, daher ist er immer leicht zu erkennen."

Erwin grinste. Weil kein drittes Bier für Erwin da war, begnügte er sich mit einem Schnaps ohne Gerstensaft und begann zu fachsimpeln: „Der Kerl hat ihn recht hart hergenommen. Aber der Charly hat viel vertragen. Das hat dem nichts ausgemacht. Eigentlich hat er ja kein Geld gebraucht. Bei dem Vater. Warum er sich dann hat umbringen müssen, keine Ahnung. Dem hat das gefallen, wenn sie über ihn gegangen sind. Und gestrahlt hat er, wenn er gesehen hat, wie sie ihn alle gierig anstarren ..."

„Aber er hat schon auch Geld verlangt?", wollte Max wissen.

„Klar, wär doch schön blöd. Aber das war eine Draufgabe", blieb Erwin bei seiner Meinung über den Charly.

„Was ist nach dem Film und der ... Nummer vom Charly gewesen?", drängte Ferdinand zum entscheidenden Punkt.

„Ich hab ihn aus den Augen verloren. Ich hab auch zu tun gehabt. Da waren so viele Leute. Keine Ahnung. Der Charly war manchmal in dem großen Salon, nackert, zwischendurch ist er dann verschwunden. Ich hab auch zu tun gehabt ... Der hat das genossen ..."

Vielleicht war es zu viel Schnaps gewesen, den Ferdinand verabreicht hatte. „Und dann?", drängte er trotzdem weiter.

„Gegen halb sechs in der Früh hat uns dann der Schatzi nach Wien zurückgebracht. Mit dem Auto. Der Chauffeur vom Baron."

„Kanntest du den?"

„Flüchtig. Nur vom Fahren. Alle sagen Schatzi zu dem. Dabei ist der schiach wie der Zins. Der hat uns auch am Nachmittag im Sarastro abgeholt."

„Und der Charly?"

„Der war nicht da. Ist ja auch nicht mit uns hinausgefahren."

Max fragte, ob er wisse, wie Charly dorthin gekommen sei, oder ob er schon vorher da war? Erwin schüttelte nur mehr träge den Kopf; ob er denn überhaupt noch gebraucht wird, wollte er wissen.

„Aber sicher“, sagte Ferdinand. „Er sagt dir dann, was er will”, deutete er auf Max, stand auf und zog Béla mit sich aus dem Salon, um noch auf einen Sprung zu Mutter Motz zu gehen.

Als die beiden – Béla hatte sich noch kurz verschönt – bei Mutter Motz eintrafen, war am Stammtisch eine hitzige Debatte im Gange. Wachmann Vogelsang hatte ratlos die Frage gestellt, ob denn niemanden aufgefallen wäre, wie selten in jüngster Zeit Razzien stattgefunden hatten.

„Jetzt, wo du's sagst“, fiel es nun auch dem Adolf auf, und die anderen gackerten ebenfalls „Ja, wirklich!“, „Gibt's denn das?“ und andere Bekundungen ihres Erstaunens.

Alle erinnerten sich an den fürchterlichen Frühsommer, als zwei Morde dem Sicherheitsbureau günstigen Vorwand boten, den widernatürlichen Untergrund wieder einmal kräftig durchzuackern. Nirgendwo war Ruhe gewesen; überall, in den Bädern, den Parkanlagen rund um die Bedürfnisanstalten und auch bei Mutter Motz hatten die Trupps des neuen Besen Waldhäusl gewütet, fast jeden Tag.

Schediwy, geschickt wie immer, hatte das Café Sarastro zwei Wochen lang „Wegen Urlaub geschlossen!“ gehalten, sodass niemand behaupten konnte, sein Lokal wäre – was gemeinhin der Fall war – von den Sekkaturen verschont geblieben.

Und jetzt? Nirgendwo ließ sich einer von Waldhäusls Schergen blicken. Und wo einer auftauchte – etwa zwischen Mitternacht und zwei, wenn es bei Mutter Motz hoch herging –, auch dann verhielten sich die Agenten der Sittlichkeit ganz ungewohnt dezent. Da und dort wurde nachgefragt, beispielsweise nach Franz, dem „Finger“, weil der wieder einmal bei einem Kunden etwas hatte mitgehen lassen, aber es gab keine Treibjagden. Ein Viertel bei Mutter Motz, das sie bezahlten, eine Ausweisleistung oder ein paar freundliche Fragen – und sie waren wieder draußen.

„Dienst nach Vorschrift“, meinte die Karolin, aber Grassetto, der gekenterte Leutnant zur See, gab richtig zu bedenken, dass Dienst nach Vorschrift doch viel eher die rücksichtslose und brutale Variante war, die sie im Frühsommer genossen hatten.

War das die Ruhe vor dem Sturm? Niemand verstand es, und Wachmann Vogelsang, vom dem sie erwarteten, dass er imstande wäre, es zu erklären, konnte auch nur Vermutungen anstellen.

Er hielt den Polizeidirektor Bubetz für die Schonzeit verantwortlich; der galt als gemäßigte Erscheinung am Schottenring und war dem Waldhäusl vorgesetzt – noch, bis Ende des Jahres. Bekannt war Vogelsang aber auch, dass beim Herrn Hofrat Vorschriften und Gesetze stets Vorrang hatten gegenüber der eigenen Meinung, und sich im Rahmen seines Auftrags gegen die Gesetze zu stellen, das kam für den Mann nicht infrage. Und das, fand Vogelsang, für den mit Allerheiligen der Wunschtraum vom Innendienst in Erfüllung gehen sollte, unterschied den Hofrat von den meisten Kollegen, die über mehr Stehvermögen verfügten als Standhaftigkeit gegenüber den Anfechtungen der Macht.

Für Vogelsang folgten nun Anfechtungen der Eitelkeit. Das „Weiße Rössl" wurde verlangt, und nach dem üblichen sich Zieren gab er – unter der Bedingung, dass auch Béla singen würde – des unglücklichen Kellners Klage zum Besten.

Während Vogelsang die üblichen Ovationen entgegennahm, tauchte Max in Motzens Walpurgisnacht auf. „Kaum seid ihr weg gewesen, ist er eingeschlafen", beklagte sich Max. „Ein Glück nur, dass er das Sofa nicht vollgekotzt hat. – Und was hast du jetzt vor?"

Max ahnte es, Ferdinand bestätigte die Vermutung. „Ich werde morgen ins Waldviertel fahren. Ein Blick auf die Burg vom Baron kann wohl nicht schaden. Und es wäre schön, wenn ich das Motorrad haben könnte." Max hatte, spät wie es war, nichts dagegen. Er nahm nur ein Achterl Rot, und nachdem Béla sein „Golden Baby" zum dritten Mal gesungen hatte, machte die Trull sich auf in die Betten.

25

Im wilden Waldviertel findet sich Ferdinand wieder in der Natur seiner Kindheit, kann es aber nur beschränkt genießen.

Max Meyer besaß ein Motorrad, eine alte, leichte englische Tourenmaschine der Marke Velocette, die er in den frühen Zwanzigerjahren gekauft, aber so gut wie nie benützt hatte. Ein Motorrad passte einfach nicht zu ihm, musste er feststellen, bald, nachdem er es erworben hatte. Deshalb stand die Maschine im Hausflur, unter Wachstuch geborgen, und war der Badura ein Dorn im Auge, weil sie sich – wie viele andere auch – fragte, wozu Meyer sich das Fahrzeug, das stets ein wenig Öl abtröpfelte, überhaupt noch hielt. Einem ordinären Mieter hätte sie schon klargemacht, dass sie nicht dazu da wäre, Öl aufzuwischen, aber Meyer war der Hausherr, da war nichts zu machen. Manchmal durfte Ferdinand die Maschine benützen, aber nur in der Stadt, weil Max meinte, längere Fahrten würde die *„Old Lady"*, wie Max sie liebevoll nannte, wohl nicht überstehen.

Für die Reise zum Märchenschloss des Baron Latsch – so hatte Max aber eingesehen – war die Franz-Josefs-Bahn nach Krems und eine unschwer als mühsam vorstellbare Autobusfahrt nach dem Dorfe Pauhagen im Waldviertel nicht gut zumutbar.

Burg Wasserstein – tief unten in einer Schlucht, an deren Rand die Dörfer Pauhagen, Utz und Maischen lagen – war einmal eine Kuranstalt gewesen. In den 1860ern hatte ein Professor und Kaiserlicher Rat Přivoznik die Ruine gekauft und in die mittelalterlichen Trümmer einen gotisierenden Bau gesetzt, ein wenig englische Romantik mit nüchterner Bestimmung: ein Sanatorium, das Kaltwasserkuren für die Nervösen und Rekonvaleszenten des Fin de Siècle anbot, mit beachtlichem Erfolg. Da war auch noch die Rede davon gewesen, eine Eisenbahn bis zum Sanatorium zu bauen; ein Projekt, das der Krieg verhinderte.

Nach dem Zusammenbruch hatte der Kaiserliche Rat Přivoznik sich dann erschossen, weil er zahlungsunfähig geworden war, vielleicht aber auch, weil er nicht mehr kaiserlicher Rat sein durfte. Aus dem Nachlass des Kaltwasserpapstes kaufte dann Baron Latsch von Latschenfels die Anlage und nannte Wasserstein fortan Burg Latschenfels, sehr zum Ärger der Dasigen.

Vom Seiberer her, den Maxens Maschine gerade noch bewältigt hatte, lag das Dorf Pauhagen am nächsten, und dorthin, zum Wirtshaus des Sixtus Pachschwöll, das neben der Kirche den Mittelpunkt des gesellschaftlichen Lebens war, lenkte Ferdinand seine erschöpfte „*Old Lady*".

Geruch von Bier und kaltem Rauch, den Ferdinand von Mutter Motz her gut kannte, schlug ihm entgegen, als er die wacklige Türschnalle gedrückt hatte und über knarrenden Boden eingetreten war. Die Wirtshauseinrichtung war schäbig; Spuren von sonntäglichen Raufereien, mutmaßte Ferdinand höchst kompetent. Den Eindruck, dass hier vom schwindenden Rest einer auch nicht sonderlich großen Vergangenheit gezehrt wurde, vermittelte auch der Wirt, der das gewünschte Bier auf den Tisch stellte.

„Ja früher", sagte er, obwohl er gar nicht im Alter war, in dem Leute gemeinhin das Früher priesen. „Früher, das war noch was! Wie die Kuranstalt vom Přivoznik noch Gäste gebracht hat, wie sie sogar eine Bahn haben bauen wollen bis zur Burg, das waren noch Zeiten, aber jetzt?"

Im Krieg sei es noch gegangen, berichtete der Wirt weiter, aber immer weniger, und für die Invaliden, die sich der Herr Kaiserliche Rat Přivoznik erhofft hatte – weil ganz umsonst konnte das Massenschlachten ja nicht gewesen sein –, für die waren seine Preise zu hoch, und das k. u. k. Kriegsministerium wollte sie nicht bezahlen. Anstalten, die von Erzherzögen oder deren Gattinnen betrieben wurden, waren da entschieden besser gestellt gewesen. Und dann stieg vor dem Auge des Wirten der Untergang auf; dann wäre es überhaupt aus gewesen mit allem: Mit dem Kaiser und mit dem Krieg und da hätte sich der Přivoznik halt umgebracht.

Das Schloss sei dann, quoll Pachschwöll – zwischendurch mit seinem Hangerl am Tisch wischend, wie um seine Anwesenheit beim Gast zu rechtfertigen – förmlich über von Erinnerung, das Schloss sei später dann eine Zeit lang leer gestanden, zwei Jahre vielleicht, und dann hätte der Herr Baron die Anlage gekauft.

„Da wurde umgebaut, und die Lieferanten und die Handwerker, die unten beschäftigt waren, haben da bei uns gewohnt", schwärmte der Wirt mit deutlich aufgehelltem Gesicht. „Und die haben unglaubliche Sachen erzählt von dem Luxus, der da getrieben wurde." Seidentapeten, teuerste Vorhänge, die Türschnallen und die Wasserhähne vergoldet, die Waschbecken und die Badewannen – er drehte sein Hangerl verlegen mit beiden Händen und beugte sich konspirativ zu Ferdinand herunter, senkte die Stimme: „Sogar die Klomuscheln aus Augartenporzellan, extra angefertigt."

Er seufzte, richtete sich auf und wischte wieder über die Tischplatte. „Wie die Handwerker dann weg waren, da hat man gar nicht gemerkt, dass dort wer gelebt hat." Nur bei dem großen Fest, mit dem der Baron die Burg eingeweiht hat, da habe es einen riesen Wirbel gegeben; wie beim Blumenkorso unten in der Wachau seien die Autos aufgefahren, der ganze Weg von der Straße bis zum Schloss – und der zieht sich – wäre zugestellt gewesen mit den Automobilen. „Wir haben davon natürlich nichts mitgekriegt, außer von dem Feuerwerk, das es gegeben hat."

Danach sei es still gewesen, und ein paar Wochen später wären alle, die unten waren, abgereist und die Burg gut zehn Jahre leer gestanden. „Weil der Herr Baron hat flüchten müssen, hat es geheißen. In die Schweiz; aber ich kümmere mich um die Sachen nicht, ich hab andere Sorgen, wissen Sie! Und Sie sind sicher, dass Sie nichts essen wollen?" Ferdinand begriff, dass die Mitteilsamkeit des verschrobenen Mannes versiegen würde, wenn er nichts bestellte, und so erkundigte er sich, was es denn zu essen gäbe.

Der Wirt drehte sich um, langte in ein Fach unter einer Abstellfläche für Aschenbecher, Salz, Pfeffer und Zahnstocher und legte ihm die Karte auf den Tisch. Milchsuppe, Erdäpfelsuppe, Saumaisen, Gulasch, Leber geröstet, Bierfleisch, Knödel. Die Preise waren erstaunlich hoch für eine derart abgelegene Gegend; Ferdinand entschied sich für eine Erdäpfelsuppe und die

Saumaisen, eine Spezialität des Landstrichs. Aber, meinte der Wirt, während er die Speisekarte wieder an sich nahm, da müsste er erst in der Küche fragen, ob sie nicht schon aus wären. „Und noch ein Bier", komplettierte Ferdinand seine Bestellung. Auch das bodenständig, ein Zwettler.

Der Wirt verschwand in die Küche, kam dann wieder, zapfte das Bier, brachte es zu Ferdinand und wischte wieder am Tisch herum, bevor er einen Pappuntersetzer aus einem hölzernen Ständer nahm, auf den Tisch legte und das Bierglas darauf stellte. Ferdinand nutzte die Gelegenheit, um nach einem Zimmer zu fragen, einem mit Blick auf die Burg.

Der Wirt winkte ab. Sie würden schon lange keine Zimmer mehr vermieten. „Seit die Wasserkuren weg sind, kommt niemand, wissen Sie. Außerdem, wir sind nicht mehr die Jüngsten, das zahlt sich nicht aus."

Einen Blick auf die Schlucht mit der Burg könnte er ohnehin nicht bieten. Aber die Kleberin vorn am Wald, von der aus könne man die Burg sehen, wobei er nicht wisse, was es da zu sehen gebe. „Die Kleberin, die nimmt immer noch Sommerfrischler, vielleicht fragen'S nachher dort einmal." Zehn Minuten zu Fuß, und wenn's nix wär, dann könnte er, zehn Minuten zurück, immer noch den Postwagen nach Krems erwischen. Wäre der aber versäumt, dann wär's schwer. „Aber Sie sind ja motorisiert", lachte der Wirt dann, „das hätt ich beinah vergessen."

Aus der Küchentür trat die Frau mit der Suppe, stellte sie auf die Schank, wo der Wirt sie abholte und dem Ferdinand servierte. Dann zog er sich zurück, tauschte wenig später den leeren Suppenteller gegen die Saumaisen und kam erst wieder, als Ferdinand „Zahlen, bitte!" gerufen hatte.

Ferdinand beglich seine Zeche, nahm seine Reisetasche, der Wirt ging mit ihm vor die Tür und zeigte ihm mit ausgestrecktem Arm –„dort dreant" – das Haus der Kleberin. „War'n zwei Schwestern früher, die Klebermadln; jetzt is nur die Albin' übrig. Hat's auch net leicht g'habt."

Ferdinand bedankte sich noch einmal, stieg auf und fuhr los, den Weg entlang, den der Wirt gewiesen hatte, auf das Haus zu.

26

Ferdinand quartiert sich bei der Kleberin ein, gibt sich als Vogelkundler aus und wird mit der Landschaft vertraut gemacht.

Er brauchte nicht lang für die kurze Strecke, und die Kleberin, im Garten mit dem herbstlichen Abbrennen dürrer Zweige und gefallener Blättern beschäftigt, kam, als sie das Motorrad hörte, neugierig an den Zaun. Sie verlangte zu wissen, was er wünschte, und erklärte sich bereit, ihm das „Burgzimmer" zu überlassen; so hieß jenes ihrer beiden Gästezimmer, von dessen kleiner Veranda man einen herrlichen Blick über das zerklüftete Tal hatte.

Dann folgte, was er vom Wirt schon gehört hatte: Schlecht wären die Zeiten heutzutage, nach dem Krieg, als der Přivoznik sich dann umgebracht hat, da war's aus; und jetzt, manchmal – der Argwohn gegenüber der Sozialdemokratie saß hier offenbar noch tiefer als sonst üblich – ein paar spinnerte Naturfreunde; so rote Wandervögel; immer nur für eine Nacht, das zahlt sich nicht aus; und: Wie lange er denn bleiben wollte? Um die Jahreszeit!

„Das kommt drauf an", blieb Ferdinand vage.

„Aufs Wetter, jaja, ich glaub, da haben Sie Glück", meinte sie, und er könne gerne schon ins Zimmer, aber das Bett müsse sie erst machen.

Der Raum, in den ihn die Kleberin eintreten ließ, roch muffig. Ferdinand stellte seine Reisetasche neben den Waschtisch mit der Marmorplatte und dem obligaten Wasserkrug im Lavoir und trat hinter der Hausfrau hinaus auf die kleine, verglaste Veranda. Sie öffnete die beiden mittleren Flügel des Fensters. Frische Luft flutete in den Raum; der Blick war tatsächlich überwältigend: Vor ihm lag tief unten die Schlinge des Flüsschens, die den Burgfelsen umfing, auf dem in halber Höhe zu den umgebenden, senkrecht abstürzenden Felswänden die Burg stand. Stolz meinte sie: „Schön, nicht?“, dann ging sie, um die Bettwäsche zu holen.

Ferdinand betrachtete die Szenerie. Romantik pur. Wild und wüst, der Wald wenig gepflegt, Baumriesen, von gelegentlichen Stürmen gefällt, lagen ganz oder schräg zwischen den Überlebenden, die Felsenwände in ihrer Höhe bedrohlich, eine Dekoration wie für den „Freischütz“, zu dem Max den Ferdinand einmal in die Oper mitgenommen hatte.

„Eigentlich heißt sie ja Wasserstein“, riss die Kleberin aus dem Hintergrund den Gast aus seinen Erinnerungen, während sie die Kissen in die Überzüge stopfte und die Zwirnknöpfchen zunestelte. „Aber jetzt wird sie Latschenfels genannt, wegen dem Baron, der seit eineinhalb Jahren wieder dort wohnt.“ Dann pampfte sie die Tuchent in eine weißblau karierte Hülle und schüttelte alles noch auf. Als sie fertig war, kam sie zu Ferdinand in die Veranda und erklärte ihm die Landschaft, und wieder war Stolz durchzuhören darüber, dass sie dem Gast solch einen herrlichen Blick bieten konnte.

„Da unten ist eine große Höhle. Die Bärenhöhle“, begann sie ihre Erläuterungen. „Die kann man von da nicht sehen, die ist unter dem Burgfelsen, ganz unten am Ufer, ein Stückchen höher als das Wasser. Dort drüben, der nackerte Zinken, der hinausragt, das ist der Odinsfelsen, von dem haben sie früher die Hexen hinuntergeworfen, heißt es, und gegenüber, die Höhle, man sieht sie nicht gut, wenn einer nicht weiß, wo sie liegt, das ist die Teufelsluke, dort haben im Krieg Landsknechte ihre Seele dem Bösen verschrieben, damit sie heil herauskommen, wie die Schweden die Burg belagert haben.“

„Im Krieg?“, fragte Ferdinand.

„Ja, im Dreißigjährigen“, erklärte die Kleberin. „Vom letzten haben wir nicht viel gespürt, außer dass der Přivoznik … Da unten, der Weg, der da so ins nirgendwohin führt, sehen Sie, da sollte die Eisenbahn von Krems herauffahren, alles war schon hergerichtet, aber dann ist nichts draus geworden; aus war's Vierzehn, schlagartig! Die ganze Gegend tot wie der Franz Ferdinand.“

Die Erinnerung schien sie in eine rührselige Verfassung zu bringen, ihre Stimme wurde brüchig: „Die Kurgäste sind weggeblieben, die Schulden vom Herrn Professor sind immer mehr geworden, und dann“ – sie versuchte verstohlen eine Träne abzutrocknen – „hat er sich aufg'hängt, der Franz, im Turm von der Ruine.“

Das war lange her und – kopfschüttelnd – „es wär net notwendig g'wesen, dass er sich umgebracht hat.“ Ferdinand schloss aus ihrer Rührung, dass sie eine Geliebte des Kaiserlichen Rates Přivoznik gewesen war und sich offenbar eine glänzende Zukunft an der Seite des Mannes erwartet hatte. Auch ein Sarajevo.

„Jetzt ist an der Straße, dort, wo der Weg zum Schloss abzweigt, ein Gitter. Bis hinunter ins Wasser, und auf der anderen Seite ganz am Felsen, damit ja niemand den Herrn Baron belästigen kann.“

Dieser Gedanke, dass sie nun nicht mehr das Flüsschen entlang zur Burg spazieren konnte, um – zwischen Farn und Huflattich, die majestätische Kulisse der Burg vor sich – ihren Erinnerungen nachzuhängen, diese durch die Betrachtung des Tales aufgescheuchte Trauer schien sie nun vollends zu überwältigten, sie wandte sich ab und floh geradezu aus dem Zimmer.

Ferdinand packte den Feldstecher des alten Meyer aus, den Max ihm geliehen hatte – ein Stück aus Beständen der sieglosen Habsburgerarmee – und suchte das Tal nach den Stellen ab, die ihm seine Wirtin genannt hatte.

Wenig später klopfte es und ohne auf ein „Herein!“ zu warten, trat die Kleberin ins Zimmer und erkundigte sich, wann Ferdinand frühstücken wollte und ob er nun wisse, wie lange zu bleiben er vorhätte, und auf den Präzisierung heischenden Blick der wieder ganz gefassten Frau sagte Ferdinand: „Schon ein paar Tage.“ Sie nickte zufrieden, reckte den Hals, um zu sehen, was Ferdinand in der Hand hielt, und er, als er ihre Neugier bemerkte, sagte: „Vögel!“

Sie hob den Kopf in den Nacken, „Ah!“, und nickte dann: „Wie der Kronprinz Rudolf. Auch ein Vogelkundler.“ Der Přivoznik habe auch Vögel gehabt, mehrere Papageien, die wurden im Wintergarten gehalten. Sie selbst, fügte sie noch hinzu, mache sich recht wenig aus Vögeln, sie habe eine Katze, einen Kater um genau zu sein, und das wäre viel angenehmer. Warum, ließ sie offen.

Da das Frühstück und mit den Vögeln auch der Grund für Ferdinands Aufenthalt nun geklärt waren, zog sie sich wieder zurück, und Ferdinand folgte ihr zur Tür, um abzuschließen, fand aber keinen Schlüssel vor, auch außen nicht. Ob er um einen ersuchen sollte? Es erübrigte sich, denn wenig später tauchte sie noch einmal auf, überreichte Ferdinand einen Schlüssel und bot an, auch für ein einfaches Abendessen zu sorgen.

Ferdinand nahm es dankend an, doch war bis dahin noch reichlich Zeit für einen Spaziergang, eine Erkundung der Landschaft, der Natur, die er in der Stadt so schmerzlich vermisste und die ihn hier so reichlich umgab.

27

Die Waldviertler Landschaft weckt schöne Erinnerungen an Ferdinands Weinviertler Kindheit und daran, dass Gott damals auf seiner Seite war.

Der viel beschworene Dschungel der Großstadt war nicht die Wildnis, von der er träumte; das war immer noch die Landschaft seiner Kindheit, das Dorf, das allseits ummauerte Schloss, der Wald, durch den diese Mauer lief. Auch das hier war nicht Ferdinands Heimat, aber dieser hoch gelegene, geschichtsträchtige Landstrich war seiner freudvoll sonnigen, Weinviertel genannten Heimat benachbart. Dem Meeresspiegel näher, von milderen Wintern und sanfteren Sommern verwöhnt, brachte das Weinviertel, ohne Umstände fruchtbar, nicht nur den namengebenden Rebensaft hervor, auch alles andere gedieh dort;

vor allem aber der Erdapfel, und die Bauern dieser Gegenden durften stolz darauf sein, die größten davon in ihren Kellern zu haben.

Ganz anders das hier: Natur! Urtümliches Wuchern in den Schlünden und Schlüften; tiefe Kerben, die wilde Wasser eingegraben hatten ins wellige Hochland durch unfassbar lange Zeit, an den steilen Hängen dunkler Tann und ganz unten feindselig rauschende Bäche, um es pathetisch zu sagen. Aber auch auf dem welligen Rücken trotzte die Natur dem kultivierenden Zugriff der Menschen. Zwischen Wiesen und Äckern lagen Hochmoore, die sich der Zähmung widersetzten; Wälder, unverändert, seit sie von den Römern als Reich der Germanen respektiert wurden, und unverändert schon lange davor. In Sichtweite der einen Burg hoch oben hockend die nächste; Grenzland in weit zurückliegenden Tagen, Grenzland jetzt wieder. Und wohl kein Sehnsuchtsort.

Hexenfelsen, Odinssteine, Wotansfelsen, Teufelsluken, Schwedenlöcher; kurz, altes Land mit altem Denken. Da hockte – Republik hin oder her – noch alter Adel auf zugigen Burgen, zurückgezogen auf ein, zwei Zimmer, die sie einzig heizten, um ihren Wald zu schonen für kommende Generationen. Beispielsweise die Wassersteiner, die dem Kaltwasserpapst Přivoznik seinerzeit die Ruine verkauft hatten. Das war Adel von echtem Schrot und Korn, und jetzt liebäugelten sie mit einer Heimkehr ins Reich.

Es war zwar trüb, Ferdinand aber sah es verklärt. Strahlende Sonne über grünen Hügeln, Felder dazwischen, Erdäpfel und Mohn – beides längt abgeerntet. Der Mohn, die Zauberpflanze mit kurzer, eintägiger Blüte, die hellviolett, weiß und rot die Landschaft Mitte Juli verzauberte. Seine Seele ging draußen bei Wasserstein auf wie ein Germknödel im Kochtopf der Nell.

Hier war Natur, ganz wie Ferdinand sie sich dachte, und wie sie an den eingemauerten Ufern des Wienflusses fehlte. Es muss der Natur ihre Gleichgültigkeit gegenüber dem Wohlbefinden der in ihr hausenden Kreatur anzumerken sein. Wo sie nicht als Gegnerin auftritt, ist sie wie eine fette, faule, vom Fressnapf abhängige Katze, die den Tag verschläft; und nicht ein kleines, lebendiges Raubtierchen, das durch die Vollkommenheit seiner Beschaffenheit faszinierend zu entzücken vermag. Sich vor den Krallen zu hüten, war angesagt, wie vor den Wettern, Muren und Felsstürzen der gleichgültigen Landschaft.

Bevor Ferdinand sich über einen Feldweg in ein Waldstück aufmachte, stand er eine Zeit lang am Zaun und schaute auf die herbstlichen Überbleibsel des Bauerngartens, den die Kleberin, alter Tradition verpflichtet, in einer Ecke des Grundes angelegt hatte.

Ferdinand spielte die kargen Reste gegen die sommerlichen Bauerngärten seiner Kindheit aus: Phlox, Rittersporn, Ringelblumen, die Cosmea, die sparsam auf zartem Grün ihre einfachen Blüten trug, dann der Mohn, tiefrot und schwarz zur Mitte hin, dann mattgrüne Kapseln. Und die Pfingstrosen! Es waren kleine, sorgsam gegen das Getier des Hofes eingegrenzte, bunte Winkel der Schönheit im rauen Dasein der Dörfler. Meist – ärgerte sich Ferdinand – selbstlos geplündert, wenn es galt, die Altäre zu schmücken oder den Fronleichnamsumzug über Blütenblätter schreiten zu lassen.

Ferdi hatte darunter gelitten, dass seine Mutter die blühende Pracht vor den Fenstern ihrer und seiner Kammer abschnitt und in die Kirche trug; sie dafür zu hassen, vermochte er nicht, ja, nicht einmal Verachtung hatte er dabei für sie. Er war nur böse, dass sie es tat, immer wieder, und es stieg in ihm ohnmächtige Wut auf, wenn er sonntags am Altar welken sehen musste, was vor seinem Fenster frisch und kraftvoll noch lange hätte blühen können.

Das Angelusläuten, das vom Pauhagener Kirchlein herüberkam, erinnerte ihn an das Abendessen. Sie hatte angedeutet, dass sie früh zu Bett ging, so machte er kehrt, schritt weit aus zum Kleberischen Haus, das ferner lag, als er gedacht hatte.

Gegen halb sieben fand er sich in der Küche ein, wo ihn wohlig die Wärme des Herdes empfing, die man hier oben Ende Oktober schon vertrug. Die Mahlzeit war einfach, es gab Brot, Grammeln und Speck, dazu Bier, das sie aus dem Wirtshaus geholt hatte. „Jetzt hat sie wieder ein Opfer gefunden“, hieß es in der Gaststube, nachdem sie gegangen war; Ferdinand fühlte sich aber keineswegs bedauernswert, denn das Essen war gut. Die Kleberin hatte ihr Abendbrot offenbar schon genossen, aber sie leistete Ferdinand Gesellschaft und machte ihn vertraut mit dem, was drüben im Dorf, im Wirtshaus und beim Greißler über den Baron Latsch von Latschenfels geredet wurde.

Der Baron spinnt, das war die übereinstimmende Meinung der Menschen, die da am Rande der Schlucht lebten. Der Wirt hatte es vorsichtig durchblicken lassen, die Kleberin – durch ihre Erinnerung an den Kaltwasser-Kaiser Přivoznik gegen den jetzigen Eigentümer der Burg besonders eingenommen – sprach es aus: Der Baron ist verrückt. Aber auch der Greißler, den sie zu ihrer Unterstützung zitierte, vertrat die Ansicht, dass „die dort unten“ alle nicht ganz richtig wären im Kopf.

„Ein Gespensterschloss, sag ich Ihnen! Den ganzen Tag ist es ruhig, da rührt sich nichts, und auch wenn es finster wird, sind nur die Dienstbotenräume im Keller beleuchtet; die andern Fenster sind Tag und Nacht verhängt. Lichtscheue Leute, die dort unten.“

Nur im Sommer, wenn Gewitterschwüle über der Schlucht brütet, dann seien die dunklen Fenster offen, dann sei auch Musik zu hören – das Echo im Tal sei stark; manchmal seien es auch Schreie; der Teufel weiß, was die dort unten machen.

Nur der Lehrer, ein gebildeter Mann, dem das Dorf vertraute – so floss der Strom der Informationen an Ferdinand weiter –, der wusste, dass es schwarze Messen waren, die dort unten abgehalten wurden. Und Albine Kleber wusste auch, woher der Lehrer es wusste: Der Pfarrer hatte es ihm anvertraut. Woher der sein Wissen herleitete, hatte er nicht verraten; naheliegend aber war, dass der Gottesmann gewiss über einen feinen sechsten Sinn für die Umtriebe des Teufels verfügte.

Allen Menschen der Gegend gemeinsam aber war das Wissen, dass der Mann unermesslich reich war, wie diese amerikanischen Millionäre, von denen in der Zeitung zu lesen war. Die Kleberin gab wieder, was geredet wurde, nämlich, dass der Baron Latsch in Wien Hunderte Zinshäuser besaß. Und war ein Hausherr schon ein vermögender Mann, der nur durch den Herrn eines Eckhauses – wie Max Meyer einer war – übertroffen wurde, so war der Hausherr Latsch von Latschenfels einer, der auch alle Eckhausherrn zu Kapitalzwergen schrumpfen ließ.

Latsch, das klang bei allen durch, war ein Mann ohne Gewissen, die Baronie sehr jung, erst der Vater war zu „von Latschenfels“ erhoben worden, für Verdienste, über die man vielleicht am Hof Bescheid wusste, die dem Volke aber verborgen geblieben waren. Gleichviel, „von“ Latschenfels war Vergangenheit, weggefegt mit dem Federstrich eines Gesetzes dieser bolschewikischen Bande, die auch die Republik heraufbeschworen und durchgesetzt hatte. Schlimm.

Ja, und dann war der Baron lange nicht da gewesen. Eine Weltreise, wurde erzählt, verständlich, in diesen schweren Zeiten, war es hier ja nicht sehr unterhaltsam.

Was ihm alle nicht verzeihen konnten, war, dass die Burg nicht mehr Wasserstein genannt wurde, sondern Latschenfels, damit sie zu seinem Namen passte; wie das Stammschloss – Gattin und Söhne residierten dort – für einen Ziegelbrenner höchst passend „Schloss Lehmgrub“ benannt worden war.

Berauscht von der Gelegenheit, ihr Mitteilungsbedürfnis wieder einmal ausleben zu dürfen, brachte die Kleberin eine Schachtel, in der sie aus den Tagen, als das Schloss noch die Wasserkuranstalt gewesen war, alte Photographien hütete, die sie nun eine nach der anderen ihrem Gast zur Ansicht hinhielt.

Ferdinand – an düstere Verliese denkend – wollte wissen, wie alt das Schloss wäre. „Ach“, sagte sie, „das Schloss ist ganz neu.“ Es war so alt wie sie selbst. Es war in den späten Achtzehnsechzigern gebaut worden, als es modern war, ein altes Schloss zu haben. Romantische Anwandlungen von Leuten, die sich das leisten konnten. „Aber alt ist nur der Trümmerhaufen daneben; der Turm, den haben sie zusammengeflickt, sonst ist nichts übrig. Ideal für den Narren da unten.“

Ferdinand war enttäuscht. Keine Verliese, keine Kerker und keine Folterkammern – wer weiß, vielleicht hatte Latsch ja welche in seinen Keller einbauen lassen –, nichts als ein raubritterlich verkleidetes Landhaus. Spleenig, obwohl Latsch kein Engländer war. Ferdinand wollte sich auf jeden Fall selbst ein Bild davon machen.

Nachdem er sein Abendessen beendet hatte, verabschiedete sich Ferdinand von der Kleberin und legte sich – sie hätte das getadelt – angekleidet nieder, bedacht darauf, nicht tief einzuschlafen, denn gegen zehn, halb elf, sobald etwas Mond sich zeigen würde, wollte er aufbrechen, heimlich.

28

Ferdinands verwegene Annäherung an die Burg des sündigen Barons von Latschenfels nimmt ein unerwartetes Ende.

Er atmete auf, als er gegen Mitternacht, den Feldstecher von Meyer senior um den Hals und mit einem langen Wanderstock der Kleberin, von denen mehrere neben dem Hauseingang lehnten, vom Häuschen her auf den Waldrand zusteuerte. Der Hang war erst noch flach; da war die Wiese, in die tagsüber die beiden Ziegen der Kleberin, an Pflöcke angebunden, kahle Kreise fraßen. Wo die Wiese endete, gab es einen steilen felsigen Geländeabbruch, sodass vom Haus her nur die Wipfel der Bäume zu sehen waren, die unterhalb standen, wo der Wald dicht wurde und auch schroff abfiel, hin zum Flüsschen, das so schwach zu hören war, wie der Lichtschein aus der Latschburg zu sehen. Sein Weg führte ihn durch den vernachlässigten Wald den recht steilen Hang zur Burg hinunter. Er genoss den Geruch des an ewig sonnenlosen Stellen modernden Laubes, freute sich über das Knacken brechender halbmorscher Zweige unter der braunen Laubschicht, wie er es aus seiner Kindheit kannte.

Er fühlte sich sicher. Wer würde erwarten, dass sich da einer den Steilhang hinunterkämpfte – kämpfte, ja, denn es gab Stellen steilen nackten Felsens zu überwinden. Was er suchte, wusste er nicht. Musste er mit Hunden rechnen? Könnten Fangeisen – verboten, aber was scherte das noble Jäger schon – seiner Pirsch ein rasches, blutig schmerzvolles Ende bereiten?

Mit dem langen Stecken tastete er den Weg vor sich ab, um nicht in eine Falle zu tappen. Immer wieder musste Ferdinand innehalten, weil Wolken den ohnehin nur halben Mond verdeckten, und ein Fortkommen riskant erschien, und immer wieder hockte er sich horchend nieder, das Schloss des Barons stets im Blick, stand wieder auf und überlegte die nächsten Schritte abwärts zur Burg. Dort brannte nur im Erdgeschoss Licht. Die Küche vielleicht, die Kammern der Dienerschaft; vielleicht auch ganz andere Kammern? Dass die dunklen Fenster der oberen Stockwerke nichts zu bedeuten hatten, war Ferdinand bewusst. Er hatte ja gehört, dass der Baron tagsüber schlief und auch nachts hinter dichten schweren Vorhängen lebte, in halbbewusstem Dämmer, unter Drogen.

Schleierhaft war, warum Ferdinand nicht einfach die Straße genommen hatte, die unweit seines Quartiers in fünf Haarnadelkurven zur Talsohle hinabführte, um auf der anderen Seite nach kaum dreißig Metern wieder – schräg in den Hang hineingefressen – aufzustreben nach den Dörfern Utz und Maischen. Dort am tiefsten Punkt der Straße zweigte der Fahrweg zum Schloss ab. Kurz vor der Talsohle seitlich ins Gehölz auszuweichen – wo kein Gitter war wie unten über Fluss und Straße –, wäre einfach gewesen. Ferdinand wählte den mühevolleren Weg, den er sich damit rechtfertigte, dass er auf der Straße hätte gesehen werden können. Das hatte etwas für sich, denn wenn schon die Urbevölkerung von Pauhagen, Utz und Maischen zu solch unchristlicher Zeit nicht unterwegs erwartet werden musste – eine Geburt oder ein plötzlich erforderlicher Versehegang des Pfarrers war freilich immer denkbar –, so war es doch immerhin nicht ausgeschlossen, dass nachtaktive Kreaturen aus der Umgebung des exzentrischen Barons sich in Wald und Flur herumtrieben, zu welchem Zweck auch immer.

Ferdinand hatte an die Höhle gedacht, die sich unten am Wasser, am Fuß des Burgberges in den Fels erstreckte, und er hielt es – Béla hätte hier seine Phantasie aufblühen lassen – für denkbar, dass dort irgendwelche satanischen Rituale stattfanden.

Nun, das mochte wohl sein, gewiss aber nicht in einer nebelig feuchten Oktobernacht, mit einer Temperatur um die fünf Grad, also weit unterhalb des bei Orgien noch Erträglichen. Außerdem hätte es den – freilich nur kolportierten – Gewohnheiten des Barons widersprochen, der das Schloss niemals verließ.

Was genau er hier wollte, war ihm selbst nicht ganz klar. Nah ans Schloss heranzukommen, nahe genug, um vielleicht etwas zu erspähen, oder überhaupt ganz heran und durch ungesicherte Öffnungen hinein in das Versteck des Psychopathen mit dem zu vielen Geld.

Alle diese Überlegungen waren dann jedoch mit einem Schlag hinfällig; in ganz wörtlichem Sinn, denn eben als Ferdinand wieder einmal stehen geblieben war, niedergehockt und an den schlanken Stamm einer jungen Fichte gelehnt, traf ihn dieser Schlag auf den Kopf und die Dunkelheit, die ihn außen umfing – der Mond war eben wieder umwölkt –, wurde zu einer inwendigen Dunkelheit, in der sein Hinsinken an den Fuß der Fichte sich verlor, wie auch die Empfindung für den Lederriemen des Meyer'schen Feldstechers um seinen Hals.

29

Wie ein Polizeidirektor ausrückt, um die „Fledermaus" zu vernichten und ein Regierungsrat eine Frau mit einer Säge halbiert.

Während Ferdinand in Pauhagen seinen Angriff auf die Festung des Wüstlings Latsch plante, holte Hofrat Emil Wenzel Bubetz zum – wie er dachte, endgültigen – Vernichtungsschlag gegen die „Fledermaus“ aus.

In langwieriger Kleinarbeit wollte das „Schmächtige Häuflein“ nämlich herausgefunden haben, was sich bei den diplomatischen Empfängen des Legationsrats Imre von Balkányi draußen in Hietzing wirklich abspielte. Was lange Zeit nur seine Gäste gewusst hatten, dass nämlich die „Fledermaus“ im Hause des Legationsrats eine illegale Spielhölle betrieb, war nun auch dem Hofrat Bubetz und seiner Truppe bekannt, und auch, dass an diesem Abend eine Gesellschaft angesagt war.

Tatsächlich hatten Sieber, Seibert und Klusaček – der freilich jetzt, auf Ferdinand angesetzt, in Pauhagen weilte – nicht wirklich etwas herausgefunden; von mühevoller Kleinarbeit konnte überhaupt nicht die Rede sein. Vielmehr war ihnen – dem Seibert, um genau zu sein – ein Zettel zugespielt worden, auf dem von dieser illegalen Veranstaltung die Rede war. Wer jedoch lange hungrig und vom Jagdglück gemieden durchs Revier pirscht, klaubt jeden Knochen auf, und so kam es, dass Bubetz sich nun endlich befähigt fühlte, zur letzten Schlacht gegen die „Fledermaus“ zu blasen.

Wie vom Wetterdienst vorhergesagt, hatte den ganzen Tag über milde Herbststimmung geherrscht, und auch die für den Abend geweissagten lokalen Niederschläge waren nicht ausgeblieben, sodass Hofrat Bubetz von leichtem Nieselregen begleitet im Dienstwagen seiner Apotheose entgegenfuhr. Der krönende Abschluss seiner Laufbahn sollte sein, was er sich für die nächste halbe Stunde ausmalte. Der Mannschaftswagen war angewiesen, in einer Seitengasse im Hintergrund zu bleiben und erst vorzurücken, wenn Bubetz zum Sturm rufen würde; „Donner der Herr, ruft euch, hohe!“ – schwelgte der Wagnerianer Bubetz in apokalyptischen Visionen.

Ernüchternd war wenig später die Mitteilung des Wachmanns Vogelsang, der ein letztes Mal die Botschaft gegenüber der vermuteten Spielhölle hütete. „Da ist niemand zu Hause!“

Bubetz begriff augenblicklich, dass die Aktion zu dem geworden war, was er einen Schlag ins Wasser zu nennen pflegte. Er hatte in seiner Laufbahn viele davon erlebt, auf einen mehr oder weniger sollte es nicht ankommen, möchte man meinen, aber da es hier um seine Aufnahme in die Liste der Unsterblichen vom Schottenring ging, also gewissermaßen um die Himmelfahrt eines Beamten, war der Grant des Hofrats verständlich.

„Die Galgenvögel sind ausgeflogen", fluchte er laut vor sich hin, ohne zu bedenken, dass die Bezeichnung Galgenvögel für einen ungarischen Diplomaten und seine Gäste eine unstatthafte Vorverurteilung bedeutete, die ein korrekter Beamter nicht hätte vornehmen dürfen. Auch und gerade für einen Diplomaten musste die Unschuldsvermutung gelten, gleichviel, auf welche Weise er sich bereicherte.

Dr. Kort von nebenan hätte ihn drauf aufmerksam gemacht. Kort war immer bereit, andere zu belehren und dabei zugleich ins Unrecht zu setzen. Aber Kort war nicht zur Stelle; alle Fenster nebenan waren dunkel, der Anwalt schien nicht daheim zu sein. Bubetz blieb unbelehrt, aber um die schmerzlich nagende Erkenntnis reicher, dass es selbst in seiner ganz geheimen Eingreiftruppe offenbar einen Maulwurf gab.

Bubetz kochte. Er stand da, in einer grauslichen Dienstpelerine, im grauslich verfrühten Novemberwetter, mitten in der Nacht, und alles war umsonst gewesen; er und sein „Schmächtiges Häuflein" waren zu spät gekommen. Wie immer, dachte Bubetz und fraß die Erkenntnis missmutig in sich hinein, obwohl er sich vorgenommen hatte, nicht ausgerechnet im letzten Quartal seiner Laufbahn noch Magengeschwüre zu entwickeln.

Es hätte die Krönung seiner Laufbahn werden sollen, und nun standen sie da, unschlüssig, ob ins Haus einzudringen geraten war – was großen Verdruss mit sich bringen musste im Falle eines Diplomatenhaushalts –, oder ob sie einfach rasch wieder abziehen sollten ins trockene Hauptquartier, was besser gewesen wäre, hätte es ihnen doch das Renkontre mit Dr. Kort, dem Nachbarn der vermeintlichen Spielhölle, erspart, das wenig geeignet war, die Stimmung zu heben.

Denn eben als Bubetz nach einigem Erwägen diesen sinnvollen Rückzug befehlen wollte, ging völlig unerwartet vor und hinter der Eingangstür des Dr. Kort das Licht an und verriet, dass der Anwalt doch zu Hause war. Offenbar vom Geschehen aus dem Schlaf gerissen, erschien er in der Pforte seines mariatheresianischen Knusperhäuschens, mit einem flamboyant gemusterten Schlafrock bekleidet, und begehrte zu wissen, was los wäre.

Hofrat Bubetz berichtete, ohne hereingebeten zu werden, entwürdigend vom Gittertor her den Stand der Dinge. Dr. Kort war entsetzt. Der Geheime Legationsrat Imre von Balkányi hatte stets einen gediegenen Eindruck auf ihn gemacht, versicherte er. „Alte Schule, Sie wissen schon. Findet man heute kaum mehr. Und nun das! Eine illegale Spielhölle nebenan. Ungeheuerlich, nein, wirklich!“

„Haben Sie niemals etwas bemerkt?“, erkundigte sich Bubetz.

Kort schüttelte den Kopf. „Was hätte ich bemerken sollen? Dass von Balkányi manchmal Gäste hat, das bemerke ich. Aber es stört mich nicht; ich schlafe auf der anderen Seite des Hauses, und im Garten haben sich die Leute stets ruhig verhalten.“

Das leuchtete ein. Gäste eines Diplomaten benahmen sich zweifelsohne anders als eine Gesellschaft betrunkener Kutscher und Dirnen. „Aber“, so unternahm der Hofrat einen neuerlichen Versuch, „vielleicht können Sie uns sagen, wo sich Legationsrat von Balkányi aufhält.“

Mit einem verbindlichen, Bedauern heuchelnden Lächeln erklärte Dr. Kort, dass er kein Wissen zum Verbleib des Herrn Legationsrates habe. „Und auch keine Vermutung“, fügte er noch an, um seine Aussage hieb- und stichfest zu machen. „Und nun erlauben Sie, dass ich mich wieder zur Ruhe begebe; ich habe morgen einen Prozess zu gewinnen. Herr Hofrat! Meine Herren! Gute Nacht.“

Dr. Kort verschwand ins Haus, die Tür wurde geschlossen, das Licht verlosch. Bubetz stand mit seinem schmächtigen Häuflein wieder allein im Regen, sprichwörtlich wie auch tatsächlich. Die nette Villa eine illegale Spielhölle der Marke Ruttersheim-Marlow! Der Betreiber, ein ungarischer Diplomat, flüchtig! Und Nachbar Kort ahnungslos! Das war fast zu viel für den aufrechten Mann, und er suchte kurz Zuflucht bei dem Gedanken, er würde träumen, in einen Kolportageroman geraten zu sein. Zwar verschwendete er selbst seine Zeit nicht für derartige Lektüre, aber Sekretär Adam Horak, dem es unmöglich war, von Edgar Wallace nicht gefesselt zu sein, erzählte dem Hofrat regelmäßig von diesen „Fällen", die der Hofrat aber als Fälle nicht anzuerkennen bereit war: „Aus den Fingern gesogen!", lautete stets sein erbarmungsloses Urteil, gegen das Berufung nicht zulässig war. „Und jetzt, Horak, geh'n'S bitte wieder an Ihre Arbeit. Danke."

Es war jedoch alles Wirklichkeit. Unerfreuliche, oktobernächtliche, feucht frösteln machende Wirklichkeit.

Sieber hatte die ganze Zeit nur fasziniert auf die Glatze des Dr. Kort gestarrt, der zwar unter dem Vordach seines Stiegenaufgangs stand, vom rundum richtungslos nieselnden Regen aber doch etwas abbekam, sodass sie mehr und mehr zu glänzen begonnen hatte. Erst das übellaunig laute „Abfahrt!" des Hofrats riss ihn aus seiner Trance und er folgte hastig dem Kollegen Seibert hin zum Mannschaftswagen um die Ecke.

Mit dem Wolfsschlucht-Grauen, das Ferdinands Scheitern mit halbem Monde und Nebelschwaden romantisch verklärt hatte, konnte sich die trüb feuchtelnde Nacht vor des Legationsrats Haus nicht annähernd messen. Es war in hohem Maße banal, was sich hier abgespielt hatte, und so fett sich Bubetz die Beute dieses Abends gedacht hatte, die den Ausklang seines dienstlichen Wirkens am Schottenring einbegleiten sollte, so dürr war das Ergebnis am Ende gewesen.

Wenigstens hatte Bubetz keine auf den Schädel bekommen – realiter. Moralisch war die Aktion ein Knock-out, wie es Max Schmeling nicht schöner hätte verabreichen können. Für einen begossenen Pudel kam zwar nicht annähernd genug Wasser von Himmel, bildlich aber zog Bubetz als ein solcher ab, und schon während des kleinlauten Rückzugs im Dienstwagen, der stadtwärts rollte, braute sich im – von der Erniedrigung angeschlagenen – Hirn des Hofrats der Verdacht zusammen, dieses Scheitern konnte nur, ja, musste auf parallele Aktionen des Ferdinand Nowak zurückzuführen sein, der neuerdings seine Nase ganz offenbar nur in Angelegenheiten steckte, die ihn nichts angingen, befeuert von Kuhlmanns Honorarversprechen und

Kleiderspenden. Im unwesentlichen Randbereich war Bubetz nämlich wohl unterrichtet.

„Max Meyer!“, beschloss Bubetz, „Max muss her, damit er auf den Burschen mäßigend einwirkt.“ Morgen, denn jetzt, nachts, war daran nicht zu denken. Nein, morgen war Sonntag, am Montag also!

All dies bedenkend fühlte sich der Hofrat plötzlich so erschöpft, dass er den Chauffeur anwies, nicht ins Präsidium zu fahren, sondern in die Schlösselgasse, wo Emma ihn – wach noch und Patiencen legend – gewiss erwartete. Nein, halt! Emma weilte in Dürrwien, um die „Villa Alba“ einzumotten, Laub aufzurechen und die Rosen für den Winter zu versorgen! Er war nicht nur von Trotteln umgeben und von missgünstigen Kollegen, er war auch noch allein, ganz allein. Wer würde das Frühstück machen? Ins Café Meteor könnte er gehen, wollte er aber nicht, um nicht vielleicht auf Dr. Kort zu treffen, der sicherlich ein hämisches Lächeln für ihn übrig haben würde, nach der Aktion dieser Nacht.

Endlich daheim und rasch zu Bett, fand Wenzel dennoch keine Ruhe. Herbeigesehnt als gnädiger Auslöscher der Schmach, wollte Schlaf sich nicht einstellen; stattdessen beutelten Gedanken an die „Fledermaus“ und alles, was um sie herum mitflattern mochte, den Hofrat. Und nachdem er gegen drei endlich eingeschlafen war, störte ein erfolgreicher Kollege seine Ruhe.

Wenzel träumte vom „Großen Antony“. Als solcher wurde der Regierungsrat auf einer Bühne angekündigt. Er betrat, begleitet vom Beifall der Zuschauer als Magier mit Cape und Zylinder die Bühne und begann unverzüglich, eine Frau in einer Kiste zu zersägen. Die brüllte wie am Spieß, Blut rann aus der Kiste auf den Bühnenboden, und nachdem die Kiste samt Frau tatsächlich in zwei Teile geteilt war, trat Antony an die Rampe, gebot dem frenetischen Beifall Schweigen und erklärte, dass alle die anderen, bei denen die Frau am Ende unversehrt aus der Kiste stieg, Betrüger wären. Scharlatane, die dem Publikum ein X für ein U vormachten, wo es doch immer nur um die Wahrheit ginge und darum, dass ein X ein X und ein U ein U blieb.

Bubetz erwachte, als im Varieté des Traumes sich der Vorhang vor der schauerlichen Szene senkte. Er empfand es als Zumutung des Kollegen vom Sicherheitsbureau, sich in seine Träume einzuschleichen, und versuchte das makabre Schauspiel zu vergessen, aber das „ein X für ein U" blieb in seinen Überlegungen haften wie eine lästige Klette und ließ in lange nicht wieder einschlafen.

30

Ferdinands traurige Rückkehr,
eine radikale Behandlung durch Albine Kleber.

Albine Kleber, mit seniler Bettflucht geschlagen und auch geformt vom Ablauf des bäuerlichen Tagwerks, das vor der Dämmerung beginnt, erhob sich weit vor sechs am Morgen. Leise, um ihren Gast, den sie in seinem Zimmer im Bett vermutete, nicht zu stören, verließ sie das Haus, um frische Milch zu holen.

Wer jedoch vermochte den Schrecken der Kleberin zu ermessen, als sie dann ihren Gast erblickte, der da auf allen Vieren, gottserbärmlich zugerichtet im morgendlichen Nebel vom Gatter her, auf das Haus zugekrochen kam.

Sie aber, eine beherzte Frau, eilte ihm sogleich entgegen, richtete ihn halb auf und gemeinsam torkelten sie – als wären sie von einem rauschigen Kirtag oder einer Hochzeit früh heimwärts unterwegs – ins Haus, wo Frau Albine an Ferdinand anwenden konnte, was sie als Hilfsschwester im Přivoznik'schen Wassser-Institut seinerzeit gelernt hatte.

Mit leicht tränendem Auge, wie immer, wenn irgendetwas sie an den Medizinalrat erinnerte, säuberte und salbte sie Ferdinands aufgeplatzte Hirnschwarte und legte ihm einen Verband um den Schädel. So versorgt wurde der benommene Gast nun aus der feuchten Kleidung geschält, musste sich nackt in eine Blechwanne hocken, wurde mit einem großen Schwamm mit heißem Wasser abgerieben und endlich in zwei große Handtücher gehüllt und vor den Ofen gesetzt, in dem sie um ihres Patienten willen ein wahres Höllenfeuer entfacht hatte.

Wenig später lag Ferdinand, in ein Nachthemd – vermutlich des Kaltwasser-Papstes – gehüllt, in seinem Bett und bekam Tee verabreicht, den sie aus verschiedenen Kräutern gebraut hatte und der Ferdinand, kaum hatte er das Häferl ausgezuzelt, in einen tiefen Schlaf fallen ließ, zutiefst verwandt der Abwesenheit, die nach dem Schlag auf den Kopf sich eingestellt hatte.

Träumte Ferdinand? Kaum. Und wenn sein erschüttertes Hirn sich dazu imstande gefühlt haben sollte, was hätte er wohl geträumt?

Wie auch immer, dieweil Ferdinand bewusstlos – die Wunde am Kopf kühlend versorgt – im Burgzimmer der Albine Kleber lag, begab diese sich auf ihrem Fahrrad ins Dorf, zum Wirten, um dort Kunde zu geben vom Vorgefallenen.

Wenn es sich herumspräche, dass Gäste im Wald niedergeschlagen wurden, empörte sie sich, ginge der Fremdenverkehr bald gänzlich den Bach hinunter. Schrecklich, da der Gegend ohnehin völlige Verödung drohte.

Der Bürgermeister – zu einem sonntäglichen Frühschoppen im Wirtshaus – gab der Kleberin recht; das war immer das Klügste und half, Auseinandersetzungen mit der – fast – Medizinalrätin kurz und friedvoll zu halten. Der Wirt ging davon aus, dass der Bürgermeister so gut wusste wie er selbst, wer zugeschlagen hatte, und dass es mit Wilderei zu tun hatte, und überhaupt nichts mit dem närrischen Baron. Davon sollte Ferdinand jedoch niemals erfahren.

Gescheitert war aber auch Klusaček, der sich auf des Hofrats Geheiß – bequemer, weil im Automobil – an Nowaks Fersen geheftet hatte und der dann in eben jener Dienstlimousine eingeschlafen war, während er vor dem Haus der Kleberin gewartet hatte, auf dass Nowak sich zeige und seine Absichten erkennbar würden. Die Idee, das Subjekt seiner Observierung könnte an der Rückseite des Häuschens zu nächtlicher Betriebsamkeit aufbrechen, war Klusaček nicht gekommen. Durch seinen Schlaf entgangen war ihm auch, wie Ferdinand aus einem kurz anhaltenden Automobil herausgetragen und hinter die Gartentür der Kleberin gelegt worden war. Im Morgengrauen erwachend, nachdem er seiner Meinung nach lange genug gewartet hatte, war Klusaček dann ins Wirtshaus gefahren, um sich mit Eiern und Speck für die weitere Beschattung des Nowak zu stärken.

Albine Klebers Bericht jedoch überzeugte Klusaček, dass weiteres Verweilen an diesem gottverlassenen Orte nicht mehr notwendig war, und gleich, nachdem er seine Morgenmahlzeit beendet hatte, brach er auf, zurück nach Wien, um dem Hofrat Bericht zu erstatten.

Wer dem Kaffeehaus-Detektiv auf den Kopf geklopft hatte, würde wohl nie eruiert werden. Klusaček war es jedenfalls nicht gewesen.

31

Des Hofrats Erwachen, Kaffee im Kaffeehaus, die „Pinkertons" und eine generell pessimistische Sicht auf die Welt.

Am Sonntagmorgen erhob sich der Hofrat Emil Wenzel Bubetz erst spät aus der zerwühlten Bettstatt.

Der Anblick von Emmas ordentlich aufgeräumter Küche, in der er wohl nur Chaos anzurichten imstande gewesen wäre, scheuchte ihn aus dem Haus ins Kaffeehaus, aber nicht ins Meteor, wie gestern schon erwogen, sondern tiefer in die Josefstadt hinein, zuversichtlich, dass ihn dort niemand kannte und dabei stören würde, seine miese Verfassung auszukurieren.

Bei einer Melange und zwei Briochekipferln überdachte Wenzel nun die Lage, und er sah ein, dass die lange innig gehegte Hoffnung auf die „elegante Lösung" dahinschwand, die er erst Schober und dann Brandl versprochen hatte – und vielleicht auch noch dessen Nachfolger versprechen würde müssen, wäre da nicht die Pensionierung.

Es war zum Aus-der-Haut-Fahren. Endlich war die „Operation Fledermaus" aus einer Phase des peinlich auf der Stelle Tretens in eine Phase der Annäherung ans Ziel geraten, und Bubetz schon nahe dran gewesen, das Geschwür am Beamtenkörper auszubrennen. Da kam ihm Kuhlmann in die Quere, der des Hofrats Verdächtige angeiferte, und, als wäre das nicht störend genug gewesen, hatte sein Sekretär, dieser Trottel, den lästigen Schneidermeister zu Nowak geschickt, der sich mit Bürschchen vom Schlage des jungen Kuhlmann auskannte und der nun durch das Revier des Hofrats kroch. Die Parallelaktion des „Pinktertönchens" konnte Bubetz brauchen wie einen Kropf.

Die „Pinkertons" waren ein Verein von begeisterten Amateurdetektiven, die in der Gunst des Sichereheitsbureaus standen und gelegentlich für kleine Zuträgeraufgaben herangezogen wurden. Ferdinand Nowak gehörte nicht zu diesen naserümpfend durch die Halbwelt irrlichternden Leuten, er hielt sie für weitgehend ahnungslose Wichtigtuer, die mit ihren dilettantischen Holmes- und Poirot-Spielereien dem Ansehen des Berufsstands der Detektive – zu denen er sich, obwohl ohne Konzession und Steuerakt, frech zählte – schwer schädigten.

Dass Bubetz nun in seiner Verärgerung den Nowak als Pinkertönchen bezeichnete, war ehrenrührig an sich, denn unter den Pinkertons fanden sich – nicht nur aus Ferdinands Sicht – vorwiegend wenig inspirierte Geister; besonders beleidigend war die Bezeichnung jedoch, weil unter dem „Tönchen" natürlich auch etwas ganz Anderes verstanden werden konnte.

Ferdinand wusste von dieser Beleidigung nichts, und es war auch die Zeit nicht fern, da Bubetz seine Einschätzung des Kaffeehaus-Detektivs Nowak grundlegend revidieren würde. Im Moment aber störte das Pinkertönchen, und Bubetz sann auf Wege, dem abzuhelfen.

War ein Teil der üblen Laune des Hofrats dem wenig erholsamen Schlaf zuzuschreiben, so ging der überwiegende Rest seines Missmuts auf die Einsicht zurück, dass er nicht nur im Vorzimmer einen Trottel sitzen hatte, sondern von solchen in Gestalt des „Schmächtigen Häufleins" geradezu umstellt war. Auch Seibert hatte sich als Volltrottel erwiesen. Denn angesichts der Niederlage im Regen vor Korts Haus hatte er sich – nutzlos spät – zu dem Geständnis bequemt, dass das Wissen um die Spielhölle nicht – wie behauptet – akribisch erarbeitet war, sondern sich einem Zettel verdankte, der ihm in einem Wirtshaus von einem Unbekannten offenbar in die Tasche seines Mantels gesteckt worden war.

Am Nachmittag – die Laune des Hofrats hatte sich nicht wesentlich gebessert – erreichte ihn dann der Anruf des Sonderermittlers Klusaček, und er durfte vernehmen, dass er, Klusaček, Zeuge eines nächtlichen Angriffs auf Nowak gewesen war; Nowak hätte eine auf die Birne bekommen und liege nun bei einer gewissen Albine Kleber zu Pauhagen im Koma. Das hörte Bubetz nicht ungern. So war Nowak wenigstens ein Weilchen ausgeschaltet, konnte keinen Unfug treiben und den Flug der „Fledermaus" stören.

Hätte Bubetz geahnt, dass sich diese „Beobachtungen" des Agenten nicht aus persönlicher Wahrnehmung, sondern vom Auftritt der Kleberin beim Wirten in Pauhagen herleiteten, Klusaček wäre von Bubetz wohl wie Seibert eingestuft worden; nicht im Kollektiv, sondern einzeln, als vertrotteltes Drittel. Da der Hofrat aber nicht wusste, dass Klusaček nur vom Hörensagen redete, nahm er auch für bare Münze, was der sonst noch im Wirtshaus aufgeschnappt hatte, nämlich, dass Baron Latsch in der vergangenen Nacht angeblich verstorben war.

Der Tod des Barons war für ihn jedoch belanglos; die Front war die alte geblieben, die „Operation Fledermaus" war keinen

Schritt weitergekommen. Und wahrscheinlich würde er sich erfolglos, still und bescheiden in den Ruhestand verdrücken müssen. Seine pessimistische Sicht der Welt hatte ihn wieder einmal eingeholt.

Aufgewachsen war Wenzel Bubetz zunächst mit unglaublicher Zuversicht; anders als aus einem freudig vorwärts blickenden Elternhaus heraus wäre es kaum möglich gewesen, eine solche Karriere zu machen. So war seine Einstellung zum Leben eine stets optimistische geworden.

Später, an Gattin Emmas tagtäglichem Schwarzsehen geschult, wurde er zum Pessimisten: Wenn sie etwas Bestimmtes kaufen wollte, würde es bestimmt nicht vorrätig sein; wenn sie Zeit hätte, auszugehen, würde es regnen; wenn das Gemüse in Dürrwien Wasser am nötigsten hatte, würde es eine Trockenperiode geben, sodass sie mühsam gießen müsste; betrat sie die Stiege der Stadtbahnstation, die zum Bahnsteig hinunter oder hinaufführte, fuhr unten oder oben der Zug gewiss gerade davon; wenn sie die Hausgehilfin am dringendsten brauchte, war diese krank.

Damit lebte Bubetz, und es wäre diese still duldende Mieselsucht der Gattin ohne ansteckende Wirkung gewesen, hätte sie nicht immer recht behalten. So formte sich im Hofrat langsam eine pessimistische Sicht auf die Welt, wozu noch die Berufserfahrung kam, dass es allemal besser war, von den Menschen das Schlechteste anzunehmen, weil einem derart Enttäuschungen so gut wie immer erspart blieben; und wenn doch, dann waren es solche angenehmer Natur.

Dieses immer mit dem Schlimmsten Rechnen war jedoch nur eine Art Notwehr und färbte nur oberflächlich auf das im Grunde herzlich-fröhliche Gemüt des Hofrats ab. Was aber dadurch entstanden war, das war ein gutmütiger Unmut, ein Grant, ohne den Bubetz nun, nach zweiundvierzig Dienstjahren, gar nicht mehr zu denken war.

32

Der Zustand der besten Polizei der Welt ist betrüblich, das Sagen haben sonderbare Leute und der Hofrat sieht keine Möglichkeit, das zu ändern.

Es brauchte viel, um des Hofrats seelisches Gleichgewicht auszuhebeln und die Balance zwischen den vier Eckpunkten seines Lebens zu erschüttern. Diese Eckpunkte waren Amt, Kaffeehaus, die Wenzelshöhle und die Villa Alba, aber dieser so quadratisch wirkende Lebensraum war nicht eckig, hatte keine Kanten, an denen man sich hätte stoßen können, denn er war umzirkelt von der umfassenden Rundung der Gattin Emma.

Solcherart geborgen in einem bescheidenen, aber gesicherten Wohlstand, hatte er es weit gebracht in seiner langen Beamtenkarriere. Über sich de facto nur Vizepräsident und Präsident, war das Zimmer in der Chefetage die letzte Station auf dem Weg nach ganz oben. Die nächste Beförderung, die er mit dem Ende des Jahres vor sich hatte, war die Beförderung in den Ruhestand; nicht wirklich ersehnt, aber auch nicht wirklich ein Schreckensbild. Er hatte sich Privatleben vorgenommen, eine Daseinsform, die bisher zu kurz gekommen war.

Sein Ehrgeiz beschränkte sich darauf, die Institution sauber zu hinterlassen, eine Übergabe des Amtes ohne Hypotheken und unaufgearbeitete innere Angelegenheiten – so nannte er das – und – so fühlte er – die Zeit war dabei, ihm davonzulaufen. Der rabiate Kuhlmann war keine Hilfe, vielmehr eine Katastrophe, und Nowak, den dieser Vorzimmertrottel von Horak ins Spiel gebracht hatte, schon gar nicht.

Vieles war schiefgegangen in letzter Zeit. Schambeck war entwichen, das Puff der Kupplerin Ottersheim leer, und in der Druckerei des Kälbl anstelle von unsittlichem Zeug nur Heiligenbildchen. Bubetz mochte gar nicht daran denken. Aber damit nicht genug; auch Kleinigkeiten wie das „Massaker in der

Komödiengasse“ schadeten dem Ruf der Institution. Würde nun bekannt, dass die Unterwelt mit dem Sicherheitsbureau beiderseits nutzbringend kooperierte, der Schaden wäre unermesslich! Nicht auszudenken, wo man doch auch noch die Präsidentschaft der Internationalen Kriminalpolizeilichen Kommission innehatte.

Hatte sich des Hofrats Stimmung schon Sonntag abends wesentlich aufgehellt, als Emma aus Dürrwien in die Wenzelshöhle zurückgekehrt war, so konnte Bubetz nun, kaum in seinem Büro in der PolDion angekommen, darangehen, seinen Ärger, der immer noch verstockt im Gemüte hockte, gänzlich abzuleiten.

Das hieß: Zunächst einmal Horak – in dem er die Wurzel des Nowak'schen Übels ausgemacht hatte – eine Abreibung zu verpassen. Ganz und gar gegen seine im gesamten Apparat geradezu sprichwörtliche Gelassenheit zitierte er den Sekretär zu sich ins Zimmer mit den Worten:

„Horak, bei allem Respekt, Sie sind ein Trottel. Was ist Ihnen da eingefallen?“

Horak wusste sofort, worum es ging. „Der Mann, er hat mir leidgetan“, versuchte er eine Rechtfertigung. „Ich dachte, helfen zu können.“

„Herrschaft noch einmal, ausgerechnet den Nowak, der den Meyer im Schlepp hat, oder umgekehrt; na ja. Ist auch egal. Da hätten wir die Sache gleich in die Polizeikorrespondenz nehmen können.“ Max Meyer, dem Bubetz als Student nachhelfend Latein eingetrichtert hatte, war ja ein angenehmer Umgang, aber seinen Nowak musste man stoppen.

Und dann: „Rufen'S den Meyer an, Sie kennen ihn eh, oder? Er soll ins Landtmann kommen, gegen halb zwei, wenn ich bitten darf. Er soll sich das so einrichten!“ Der Sekretär zog sich zurück, um Meyer in der Redaktion anzurufen und die Vergatterung durch den Hofrat zu bestellen.

Adam Horak war ein phlegmatischer Mensch und nahm dem Hofrat den „Trottel“ nicht krumm. Er war auch nicht nachtragend; immer freundlich, immer in der – auf ihre Weise – selig machenden Gewissheit, dass jede vergangene Stunde ihn der Pension näher brachte, ohne dabei Bubetz dessen gewaltigen Vorsprung in dieser Sache zu missgönnen. Ein stiller Streber, dessen

Credo seiner beruflichen Laufbahn nicht Leistung war, sondern Sitzfleisch. Neben seiner Tätigkeit für Bubetz studierte er Jus und eines Tages würde er selbst Hofrat sein, und jemand anderer säße dann im Vorzimmer. Warum nicht? Es war nur eine Frage der Ausdauer. Um ihn aufzuhalten, dachte Horak, müsste schon ein Krieg kommen. Aber vom Krieg, meinte er, hatten alle genug.

Ende des Jahres würde er Bubetz ohnehin los sein; und, so fand er, niemand konnte von ihm verlangen, dass er auf Aktionen Rücksicht nahm, in die er nicht eingeweiht war. „Fledermaus" war für ihn nichts weiter als ein nachtaktives Tier und eine Operette. Also!

Der Hofrat, erleichtert, das Fenster zum lärmenden Schottenring wieder schließend, das er geöffnet hatte, um Frischluft in die abgestandene Atmosphäre des Büros zu bringen, konnte nun sein Tagwerk beginnen, wobei er nicht wusste, wo zu beginnen wäre, um die unleidliche Situation zu beenden – dieses fegefeurige Schweben zwischen Himmel und Hölle, Erfolg und Versagen beim Einfangen der „Fledermaus".

Dass mit der Abmahnung des biederen Horak der Überdruck nur kurz – weil an einem Nebenventil – abgelassen war, konnte Bubetz nicht übersehen. Die wirklichen Probleme kamen nicht von seitlich unterhalb, sondern von oben: Kalbeck-Kieselgrund, der Brandl während dessen Abwesenheit als Vizepräsident vertrat, war lästig geworden; er wollte Ergebnisse sehen, und zwar noch während des Italienaufenthalts des Präsidenten, um dann den Erfolg als den seinen verkaufen zu können.

Brandl nämlich war, vom Flugfeld Aspern aufgestiegen, in Rom gelandet, um an der „IX. Tagung der Internationalen Kriminalpolizeilichen Kommission" teilzunehmen, deren Mitbegründer sein Vorgänger Schober gewesen war.

Fünf Tage lang war tüchtig gearbeitet worden: Man hatte eine praktische Definition des Begriffes „Internationaler Verbrecher" zustande gebracht, die Rauschgiftfrage erörtert, sich dem Ausbau des Polizeifunks und besonders des Bildfunks verschrieben, weiters die grenzüberschreitende Bekämpfung des Frauen- und Kinderhandels zu vertiefen beschlossen, sich – auf Vorschlag des Redners Antony aus Wien – dem Problem der Pornographie gewidmet, ein Redaktionskomitee für die „Internationale Öffentliche Sicherheit“ ernannt – jenes Periodikum, in dem Antonys Artikel massenweise erschienen – und zu guter Letzt noch Dr. Franz Brandl als Nachfolger von Johann Schober zum Präsidenten berufen; sehr passend, denn die Organisation sollte – weiland Schober zu Ehren – ihren Sitz auch weiterhin in Wien haben.

Für Brandl bot es sich an, nach so viel Arbeit ein wenig im sonnigen Süden zu verweilen, wo auch das politische Klima seinen Vorstellungen zu entsprechen vermochte. Antony dagegen war nach Wien zurückgekehrt; Fernbleiben von den Pflichten – auch wenn es durch einen Urlaub legitimiert war – kam für ihn nicht infrage. Zudem war die südliche Sonne weniger nach seinem Geschmack; er zog das pannonische Klima vor, sowohl was das Meteorologische betraf wie auch das Politische. In jeder Hinsicht. Antony schätzte den Luxus, den die Budapester Hotels boten, er weilte nicht ungern am Balaton und vor allem liebte er es, im Bakonywald zu jagen. Da schlug die noblere, wenn auch nur kleinadelige Herkunft jedenfalls durch. Und darin wurzelten die Vorbehalte, die Bubetz gegen den Kollegen Antony hegte. Antony hatte etwas mit dem Feuilletonbegriff des Karl Kraus gemein, indem er auf der Glatze seiner Erfolglosigkeit Karrierelocken drehte.

Dr. jur. Clemens d'Antony war ein engagierter Beamter. Alleinstehend, die Eltern tot, geschwisterlos, daher ganz ohne familiäre Verpflichtungen, die seinen häufigen Dienstreisen entgegen gestanden wären. Alle erblickten in Clemens Antony den Reisenden in Sachen Sittlichkeit; was sollte einem Kanzler vom Schlage Seipels besser gefallen haben. Das Privatleben Antonys war mönchisch zu nennen, wenigstens nannten es die Parteigenossen so. In Bubetzens Augen war der große Fehler Antonys dessen offene Parteigängerei mit den Christlichsozialen. Ein Beamter, so lautete das Credo des Hofrats – das einzige das er hatte –, hat der Sache zu dienen und nicht einer politischen Gruppierung.

Darauf angesprochen – nicht von Bubetz natürlich, sondern von Zuträgern, die hier eine Möglichkeit erblickten, Zwietracht zu säen –, entgegnete Antony stets, dass er ohnehin nur der Sache verpflichtet wäre, der Sittlichkeit nämlich. Und dass diese auch das Anliegen der Schwarzen war, sei eine glückliche Übereinstimmung in den Zielen. Weiter nichts. Dass Antony bei Seipels Partei auch den Motor für seinen Aufstieg wusste, lag auf der Hand; aber wer sich der Sittlichkeit verschrieben hatte, der durfte ruhig auch auf das eigene Fortkommen achten.

Vor allem: Je höher Antony hinaufstieg, umso wirkungsvoller sahen die Christlichsozialen ihr Anliegen vertreten, und vollends paradiesische Zustände erträumten Antonys Anschieber für den Tag, da der mönchische Mann endlich zum Polizeipräsidenten gekürt wäre. Auf dieses Ziel hin lebte auch Antony selbst, zurückgezogen in der massigen Villa seiner Eltern in Pötzleinsdorf. Eine asketische Erscheinung mit vollendeten Umgangsformen – die Eltern hatten ihn vor dem Untergang für den diplomatischen Dienst bestimmt –, lauerte darauf, endlich die wenig attraktiven Räumlichkeiten auf der Rossauerlände gegen die repräsentative Umgebung am Schottenring zu tauschen.

Acht Jahre sitzt er schon auf diesem Posten, und das ohne viel Erfolg, ging es Bubetz durch den Kopf, und: Wenn man es unverklärt betrachtet, ist der Antony auch nur ein Salzamt. Was der Hofrat hier geflissentlich übersah, war die Tatsache, dass er und Antony einander sehr ähnlich waren; obwohl Bubetz die Bezeichnung Salzamt für seine „Fledermaus"-Abteilung schroff von sich gewiesen hätte – wohl wissend, dass die Bezeichnungen „Salzamt" und „Schmächtiges Häuflein" als Synonyme gehen konnten.

Wie Antony an der „Sünde" als dauerhafter Gegebenheit sich abarbeitete, so fingerte Bubetz an der ebenfalls dauerhaften Gegebenheit der Gier herum; gemeinsam war beiden Männern, dass sie nichts an diesen Gegebenheiten ändern konnten: Antony nichts an der Sünde, Bubetz nichts an der Korruption in den eigenen Reihen.

Antony aber verfügte offensichtlich über die Fähigkeit, am unverkennbar fehlenden Erfolg dennoch seine Eitelkeit zu befriedigen und eine Karriere voranzutreiben, die des Hofrats gediegene Laufbahn ganz ärmlich aussehen ließ.

Alle die Rückschläge, die Antony unentwegt hinnehmen musste, verwandelte er in wortgewaltige schriftliche Analysen oder mit viel Beifall aufgenommene Reden – wie beispielsweise jene in Rom – und stand dann immer als derjenige da, der kompetent war und befähigt, die Probleme zu bewältigen. Auch Bubetz erreichten so gut wie täglich Elaborate des wendigen Mannes, die von guten Ratschlägen überquollen, substanziell an des Hofrats Kampf nichts zu ändern vermochten. Bubetz setzte den erfolgreichen Kollegen deshalb bei sich mit einem Hochstapler gleich.

An den Erkenntnissen des Nowak teilzuhaben, dünkte Bubetz hingegen nicht unklug. Er dachte daran, ihn – genauer gesagt Max Meyer – auszuhorchen, und Nowak dann ruhig zu stellen. Eine Tücke, die Wenzel für gewöhnlich nicht nur fremd war, sondern sogar verabscheuungswürdig erschien; die ihn hier jedoch der einzige Weg dünkte, sein Ziel zu erreichen: die „Fledermaus" noch vor Ende seiner aktiven Laufbahn zur Strecke zu bringen.

Später nahm er sich vor, würde er sich bei Nowak nicht nur entschuldigen, sondern auch erkenntlich zeigen, beispielsweise durch Weitergabe seines Wissens, das er in den Ruhestand mitnahm.

33

Von der Macht einer vollendeten Suppe und vom weitaus weniger schmackhaften Süppchen, das die Staatsmacht kochte.

Nach einer kräftigen Rindsuppe, in der zerkleinerter Tafelspitz, Stückchen von Hühnerbrust, Scheibchen von Frankfurtern und Wurzelgemüse versammelt waren, alles in löffelgerechter Größe und durchwirkt von feinen Nudeln, ging Bubetz in ganz anderer Stimmung an das Treffen mit Max Meyer heran.

Während er mit Blick auf den Rathauspark die Bissen aus der Suppe gelöffelt hatte – etwas Rindermark hatte das i-Tüpfelchen gebildet – war ihm aufgegangen, dass Nowak Erkenntnisse haben musste, die der eigenen Arbeit in die Quere kamen, indem sie „Fledermaus" und Kompanie aufscheuchten.

Auch dieser ominöse Zettel, den Seibert in seinem Mantel gefunden hatte – dachte sich Bubetz –, konnte nur als ein peripheres Symptom dafür gedeutet werden, dass diese Kreise sich durch Nowak gestört fühlten – und auf die plumpeste Art ablenkten, die sich denken ließ. Sie mussten Seibert kennen, sonst hätten sie ihm die Botschaft anders untergeschoben. Na ja.

Nowak schien dem Hofrat viel heller zu sein als sein „Schmächtiges Häuflein", und so beschloss er, den Nowak – sobald er wieder erwacht und nach Wien zurückgekehrt war – nicht zu Untätigkeit zu verdonnern, sondern an dessen – vermuteten – Erkenntnissen teilzuhaben.

Kurz nachdem der Kellner – von Bubetz mit einem „Hervorragend, wirklich! Kompliment!" begleitet – die leere Suppenschale vom Tisch entfernt und eine Melange in Auftrag genommen hatte, erschien Redakteur Max Meyer an des Hofrats Tisch.

„Servus, Herr Doktor", sagte Bubetz, und wie um Meyer gleich einzustimmen, auf was bevorstand: „Max, so geht das nicht weiter. Nimm Platz! Der Nowak macht mir Sorgen."

„Aha, und warum?", staunte Max.

„Dass er im finstern Wald, ganz alleine um die Latschburg herumschleicht, das ist sehr unvorsichtig, da kann einer leicht eine auf den Plutzer kriegen".

„Er kann sehr gut auf sich selbst aufpassen", wandte Max ein.

„Ja?", grinste der Hofrat. „Und wie ist er dann zu seinem Dippel gekommen, vorgestern in Wasserstein? Was hat er denn dort überhaupt gesucht?"

„Ich habe keine Ahnung", heuchelte Max. „Niedergeschlagen, sagst du?"

„Ja, er wird aber bald wieder beinander sein. Jetzt schläft er sich bei seiner Zimmerwirtin in Wasserstein aus. Eine Frau

Kleber, ehemalige Krankenschwester“, beruhigte Wenzel den besorgten Max. „Aber, was ich sagen wollte: Nicht ich mache mir Sorgen um ihn, sondern er bereitet mir Sorgen, weil er mir Schwierigkeiten macht.“

„Weil er dem Kuhlmann …“

„Ja! Weil er dem Kuhlmann offenbar den Eindruck vermittelt, dass an seiner haarsträubenden Theorie etwas dran wäre …“

„… und die PolDion könnte am Ende dumm dastehen?“

„Nicht wirklich!“, schnitt Wenzel ab. „Außerdem – so würdest du das formulieren – sind wir das ja gewohnt. Ich gönne ihm ja sein Honorar, auch wenn er es wahrscheinlich nicht versteuert, und verbohrt wie Kuhlmann ist, wird er sich bei der Bezahlung doch wohl nicht lumpen lassen?“

Max zuckte mit den Achseln. Wenzel überging es.

„Nun ist es ja nicht so, dass ich für die Ermittlungen im Fall Karl Kuhlmann junior oder auch nur für die Interpretation der Ergebnisse zuständig wäre. Ich bin zu der ganzen Sache mit dem Kuhlmann gekommen wie Jungfrau zum Kind. Du weißt, der Kunschak …“

Max nickte, er konnte sich die Interventionen gut vorstellen. Wenzel fuhr grantig fort: „Ich bin für ganz andere Sachen zuständig, und die will ich erledigt sehen, bevor ich in Pension gehe. Ende des Jahres, wie du weißt!“

„Und?“, fragte Meyer beiläufig, während er den Zucker in seinen Kaffee rieseln ließ, den er schon bei der Annäherung an Wenzels Tisch im Vorübergehen beim Kellner bestellt hatte.

„Er stört meine Kreise!“

„Also ein klassischer Imperativ: ‚Störe meine Kreise nicht‘?“, lachte Max.

„Ja, wenn du so willst“, kam es von Wenzel, abgewandt, mit dem Blick den Ober suchend, um einen Cognac zu bestellen.

„Aber du weißt schon“, legte Max nach, „wie sich diese Aufforderung auf das Leben des Archimedes ausgewirkt hat?“

„Durchaus. Auch ich habe eine humanistische Bildung genossen – obwohl das heutzutage ja nicht mehr wirklich ins Gewicht fällt. Nun bin ich aber weder ein weltfremder Mathematiker, der Kreise in den Sand zeichnet, noch ist der Nowak ein brutaler römischer Soldat", schärfte der Hofrat seinen Ton. „Es ist einfach so, dass es Prioritäten gibt. Und die Frage, ob der kleine Kuhlmann Selbstmord begangen hat oder nicht, ist eben nicht prioritär. Vorrang hat meine Aufgabe und der Nowak stierlt im Dreck herum und wirbelt auf, was besser als Bodensatz unten bliebe, um mir nicht die klare Sicht auf die Dinge zu nehmen."

„Bedeutende Dinge?", versuchte Max listig zu sein.

„Jaja. Aber ich hab dich nicht eingeladen, damit ich dir was erzähl, sondern damit du mir sagst, was der Nowak so treibt!"

Max versuchte, gleichgültig unwissend dreinzuschauen. „Ich habe wenig Ahnung", log er.

„Das mag schon sein", ging Wenzel darüber hinweg, „aber es ändert nichts daran, dass er unsere Ermittlungen stört! Meinetwegen soll er den Kuhlmann noch eine Weile hinhalten. Ich habe nichts übrig für diesen Mann, und er kann es sich auch leisten, Nowak noch eine Weile zu bezahlen. *Non olet*, nicht wahr. Aber bitte, keine Quertreibereien mehr!"

„Das war nicht unsere Absicht!"

„Ja, vielleicht", räumte Bubetz ein. „Aber es ist unerheblich, ob er absichtlich oder aus Naivität stört."

„Also bitte, Naivität kannst du dem Ferdinand wirklich nicht vorwerfen", wendete Max ein, und Wenzel bemerkte dazu leicht grinsend: „Na gut, das musst du wohl besser wissen."

Max zeigt weiterhin Unverständnis für die Gereiztheit Wenzels. „Aber ihr habt den Fall doch als Selbstmord schon abgelegt", nahm er den Faden wieder auf. „Wie kann der Ferdinand denn da stören, naiv oder sonst wie? Oder habt ihr einen Verdacht?"

„Das werde ich dir auf die Nase binden, Herr Redakteur, oder wie stellst du dir das vor? Zigarre?"

Meyer schüttelte dankend den Kopf.

„Nein, ganz im Ernst, Max. Ich habe hier ein gewaltiges Problem. Ich war dabei, es zu lösen. Aber dann kommt dein Ferdinand daher …"

„Nicht mein Ferdinand, wenn ich bitten darf …"

„Nicht mehr dein Ferdinand, ich weiß – bedauerlich, nehme ich an –, aber was macht das für einen Unterschied. Mir ist das wurscht. Du kennst mich, jeder soll nach seiner Fasson glücklich werden." Bubetz zündete sich die Zigarre an.

„Nur Aufruhr darf's keinen geben, verstehst du? Und wenn du auch nur eine Silbe von dem, was wir hier besprechen, in irgendeiner Form journalistisch nutzt – so nennt ihr das doch? – dann ... "

„... dann?"

Es entstand eine beiden peinliche Pause.

„Mir ist dieser Ton auch zu blöd, Max, aber was soll ich denn machen? Wie soll ich den Nowak sonst ruhigstellen? Er ist mir im Weg, er verstellt mir die Sicht ..."

„... verhindert einen Karrieresprung?"

„Geschmacklos, wie immer, Herr Redakteur! Aber darum geht es nicht!", mäkelte der Hofrat.

„Wenzel, du hast dich noch nie verstellen können. Deswegen bist du ja auch so schlecht beim Tarockieren." Das zu bemerken hätte Max besser unterlassen. Der Hofrat konnte fuchsteufelswild werden, wenn seine Fähigkeiten beim Tarock angezweifelt wurden, und das lag daran, dass er selbst nur allzu gut um deren Beschaffenheit wusste.

Tarockieren zu können, war eine Verpflichtung für jeden ordentlichen schwarzgelben Beamten gewesen; deshalb hatte Bubetz es gelernt, obwohl er es als Unterhaltung nicht sonderlich schätzte; er zog es vor, seine Mußestunden mit einem Buch zu verbringen. Aber es war auch jetzt noch eine gesellschaftliche Pflicht, in die er sich fügte. Mit großer Leidenschaft war er noch nie bei einem Spiel gesessen; er spielte es daher auch nicht wirklich gut, war aber dennoch in einer Runde ... Das alles kam nun hoch.

„Wurscht!", fauchte er. „Ich habe die Staatsmacht hinter mir, und ich will sie nicht einsetzen müssen, verstehst du! Der Ferdinand soll Ruh' geben! Ein paar Tage wenigstens. Das ist doch nicht zu viel verlangt. Er soll mit dem Vinzenz ins Kino gehen, ins Theater, ins Museum oder meinethalben auch ins Bett, aber er soll mir nicht den Kort belästigen und den Schediwy und wie sie alle heißen ..."

Es war eine recht weinerliche Aufforderung, die da von der Staatsmacht kam. Max war fast gerührt, vor allem aber erstaunt über Wenzels Wissen. „Woher hast du das mit dem Vinzenz?“, gab er sich überrumpelt und verhalf Wenzel dazu, wieder Oberwasser zu gewinnen.

„Ich bitt dich! Wundert dich das?“, erklärte er schon wieder ganz ruhig. „Ein Sektionschef! Da hat die Republik doch einen Überblick zu haben über die Umtriebe der Familie ... Und der kleine Ploderer ist mit deinem Ferdinand sicherlich bestens bedient, wenn ich mir das zu sagen erlauben darf ...“

„Es ist zwar geschmacklos, aber du darfst“, sagte Max um einen versöhnlichen Ton bemüht. „Ist das alles aus dem Geheimarchiv vom seligen Schober?“

„Ach was, das wird maßlos überschätzt. Der Präsident war einer, der das Gras wachsen gehört hat. Und so hat er halt gerne gewusst, wann, wo und wie lange der Seipel sich mit den Hahnenschwanzlern getroffen hat, und was die und was der Seipel danach gemacht haben. Das gehört dazu; umso mehr, wenn einer als Beamter mit einem Fuß auch in der Politik steht, und wenn, wie man weiß, zwei einander nicht ausstehen können.“

Wenzel schien ins Grübeln zu geraten, weg von seiner Sache. Er blickte auf die leere Kaffeeschale und wuzelte die Verpackung der Zuckerwürfel zu Kügelchen. „Da war es sicherlich hilfreich, Bescheid zu wissen. Genützt hat es dem Schober nichts, wie wir wissen. Und jetzt sind sie beide tot. Amen.“

„Und das Archiv?“, wollte Max wissen. „Wo ist das jetzt?“

Johann Schobers „Privatarchiv“ war schon zu Lebzeiten des Polizeipräsidenten legendär gewesen. Und jetzt, da der Mann tot war, dem man verantwortungsvollen Umgang mit diesem Wissen zutrauen hatte dürfen, wurde allenthalben – von den einen zuversichtlich, von anderen besorgt – gerätselt, wem das Material – wie es verschleiernd hieß – in die Hände gefallen sein mochte.

„Was weiß ich“, wich Wenzel aus. „Ich brauche das nicht. Ich bin nicht taub und ich muss nur aufs Klo gehen, um dies und das aufzuschnappen. Deine Redaktion wird da nicht viel anders sein. Außerdem gibt es Leute im Haus, die mich für so einfach gestrickt halten wie die Putzlappen, die meine Gattin für die Wohltätigkeit produziert. Die halten sich daher nicht zurück und reden vor mir mehr, als sie sollten, um sich wichtig zu machen ... Also Max, kein Wort! Und wenn der Nowak noch einmal stört, wird er hoppgenommen. Wenn du ihn nicht davon überzeugen kannst, dass es besser ist, aufzuhören, dann müssen wir dafür sorgen, dass er uns nicht mehr in die Quere kommt."

„Wobei denn eigentlich?", gab Max nicht auf, während Bubetz einem Herrn grüßend zunickte, der am Nebentisch Platz nahm.

„Übrigens, die ‚Blume von Hawaii', entzückend, nicht! Richtig schad', dass man nicht jünger ist", stürzte Wenzel Max in Ratlosigkeit und steigerte sie noch, in dem er die Melodie von „My Golden Baby" vor sich hinsummte. „Aber ihr von der Presse, ihr lasst's ja an nichts, was den Leuten g'fallt, ein gutes Haar. Nörgeln gehört zum Geschäft, oder? Nicht einmal beim Abraham", wunderte sich Bubetz. „Wo er doch auch ein Jud' ist."

„Ich bin Antisemit, Wenzel!", lachte Max.

„Wenn du meinst! Na ja." Bubetz war plötzlich von einer Umgänglichkeit, die es unmöglich machte abzuschätzen, was er wirklich wollte. „Übrigens, ich war" – Emma hatte sich offenbar durchgesetzt – „beim Marischka zum Abendessen, vorgestern, ein famoser Mann; großartig. Ein Kassenschlager nach dem anderen. Erst das ‚Weiße Rössl', dann das, und was man so hört, dem Kreisler seine ‚Sissy' wird sicherlich auch keine Pleite."

Der Hofrat winkte den Kellner herbei und bezahlte, auch für Max. „Es ist schön. Begleit mich doch noch ein Stück!"

Sie verließen gemeinsam das Kaffeehaus. Der Gehsteig zwischen der Fahrbahn und der Seitenfahrbahn war mit feuchtem Laub bedeckt, die Kronen oben schon mehr als abgerupft. Aber es war nicht kalt.

„Verrückt, das Wetter", stellte Wenzel fest. „Hoffentlich hat er sich nicht verkühlt, dein Ferdinand, wie er im Wald gelegen ist", konnte er sich nicht verkneifen; dann wurde er wieder ernst.

„Ein Wort, Max, über unsere Unterhaltung zu dritten oder in der Zeitung, und du sitzt auf der Rossauerlände, so schnell kannst du gar nicht schauen."

„Wie das?", stellte Max sich dumm.

„Wie das? Max! Muss ich es wirklich aufzählen? Unzucht wider die Natur in mehreren, ich würde sagen, vielen Fällen, geradezu notorisch zu nennen. Gelegenheitsmacherei, Kuppelei, Besitz unsittlicher Druckschriften und Bildwerke. Reicht das?"

Der Hofrat blieb stehen, wie um dem gesagten Nachdruck zu verleihen. „Ich hab nichts dagegen, wie ich schon sagte, aber es gibt im Sicherheitsbureau auch andere Leute. Auch die sagen ganz leger, es macht ja nichts. Zugleich aber meinen sie, dass es doch gut ist, wenn man gegen gewisse Personen etwas in der Hand hat, wenn man's braucht. Und solche Leute sind mit der Sache auch befasst. Also!"

Max wurde klar, dass Wenzel hier unter dem Deckmantel von Drohungen in Wahrheit Warnungen aussprach, und er hörte aufmerksam zu, denn Wenzel war noch nicht fertig.

„Und was deinen ehemaligen Ferdinand angeht! Ich schätze, was du für den Burschen getan hast. Nicht ganz, ohne auch auf deine Rechnung zu kommen, aber doch, alle Achtung. Aber objektiv besehen: ein Detektiv ohne Lizenz, ebenfalls Unzucht, gegenwärtig mit einem Minderjährigen. Keine Sorge, ich kann schweigen wie ein Grab, wenn es erforderlich ist. Und das erwarte ich auch von dir."

„Habe ich jemals mein Wort gebrochen?", reagierte Max beleidigt.

„Nein, eh nicht, versteh mich nicht falsch", wand sich Wenzel. „Aber das hier ist ganz außerordentlich heikel."

„Und was ist denn „das hier" eigentlich?", wollte Max wissen.

Der Hofrat schüttelte den Kopf, weitere Unterbrechungen abwehrend. „Die Angelegenheit ist ernst, sehr ernst und es gibt im Haus Bestrebungen, die zielen auf eine Erledigung hin, die – wurscht wie – die Sache eben aus der Welt schafft. Der Brandl tragt zwar in der Sache auch keine Samthandschuhe, aber der ist jetzt in Rom, und der Vize ist … ich brauch dir ja nichts zu sagen, du kennst ihn ja. Also!"

„Und was, bitte, stört den alten Militärschädl daran, dass der Ferdinand versucht, den Tod vom kleinen Kuhlmann aufzuklären?", gab sich Max verständnislos.

„Der kleine Kuhlmann ist uninteressant. Aber es gibt Überschneidungen mit einer anderen Sache. Daher solltet ihr euch da heraushalten", brachte Wenzel sozusagen sein letztes Aufgebot in Stellung. „Du bist angreifbar, Max. Von mir hast du nichts zu befürchten. Auch dein Ferdinand nicht. Aber ich bin nicht allmächtig, und auch nicht mehr lange da." Und um das unleidliche Thema zu beenden, schweifte er ab: „Ich werde mich im Ruhestand dem Schreiben widmen."

„Erinnerungen an bessere Zeiten?", argwöhnte Max mit einem Lächeln.

Wenzel deutete es richtig und korrigierte: „Erinnerungen an andere Zeiten. Besser waren sie wohl nur für jene, denen es damals gut ging. Und das bedeutet zwangsläufig: besser als heute. Und dorthin wollen sie jetzt zurück. Wie es scheint, um jeden Preis."

Mit einem Anflug von Ekel sah Bubetz Zeiten heraufdämmern, da sich die Polizei zum Wegbegleiter düsterer politischer Ziele hergeben würde, was seiner Auffassung von Pflicht und Ehre eines Beamten zutiefst zuwiderlief. Für ihn selbst aber würde die Pensionierung die ersehnte Unabhängigkeit bringen und damit Ruhe und Befreiung von der Last, Entscheidungen mittragen zu müssen, die er für ungerechtfertigt ansah.

So war es denn auch eine trübe Zukunftsaussicht, mit der sich der Hofrat verabschiedete: „Auf uns kommen ganz große Probleme zu. Servus, Herr Redakteur!" Sprach's, überquerte die Ringstraße und verschwand in der PolDion.

Max ging den Schottenring weiter zum Donaukanal, wo er die Stadtbahn bestieg, die ihn zum Verlag brachte.

Wenzels Aufzählung der Delikte, deren der rote Redakteur Meyer gegebenenfalls bezichtigt werden konnte, war recht komplett. Es wunderte Meyer auch nicht, dass Wenzel das alles wusste, schließlich kannten sie einander, seit der Student Bubetz seinerzeit dem Schüler Meyer beim Lateinischen nachgeholfen hatte.

Was Max jedoch beunruhigte, war die Frage, ob Wenzel hier aus seinem privaten Wissen zitiert hatte oder ob es einen entsprechenden Akt „Meyer, Max, PhDr., Redakteur des ‚Vorwärts'" längst gab. Einen Akt, dessen Inhalt jederzeit und – wie Wenzel es formuliert hatte – „aus gegebenem Anlass" hervorgeholt und der Staatsanwaltschaft übergeben werden konnte. Nicht zuletzt auch im Zusammenhang mit Meyers politischer Position.

Einen „roten Schmierfink" in derart unsittlichen Unrat verstrickt zu sehen, das würde sich die bürgerliche Presse auf der Zunge zergehen lassen. Gerade die sensible Front der Sittlichkeit, wo die Moral „sanierter Seelen" gegen die nichts als Sittenlosigkeit predigenden jüdischen Psychiater und linken Publizisten stand, die anstelle klerikaler Gängelei einfach Selbstbestimmung für die Menschen forderten, gerade da wäre ein derart „vertierter" Roter ein gefundenes Fressen für die „Reichspost".

Dabei ging es gar nicht um Sittlichkeit und Anstand. Worum es den Christlichsozialen unter ihrem kleinen Führer wirklich ging, war, die verhasste Opposition zu diskreditieren und endlich auszuschalten. Max war gewarnt, und das schon im November zweiunddreißig.

Nun fragte sich Max Meyer auf dem Weg zurück zum Verlag natürlich auch, was es denn war, wobei Ferdinand dem Hofrat in die Quere gekommen sein konnte, wenn ihn doch diese Kuhlmann-Geschichte nichts anging, wie er betont hat? Warum dann diese Drohung? Warum durfte es nicht sein, dass Ferdinand in diesen Bereichen herumschnüffelte, wie Wenzel das missbilligend verächtlich nannte?

Was war des Hofrats Anliegen bei der Sache, von der er behauptete, dass sie ihn nicht beträfe, ja, überhaupt nicht Sache der Polizei sei. War es der Auftrag Kuhlmann? Hatte es mit dem Tod des Karl Kuhlmann junior zu tun, der offiziell als Selbstmord zu den Akten gelegt worden war, woran Kuhlmann aber nicht glauben wollte? Max bemerkte, dass er im Kreis dachte, und sah ein, dass das zu nichts führen würde. Kein Wunder, denn von der „Operation Fledermaus" hatte Redakteur Meyer keine Ahnung, und sein journalistisches Selbstbewusstsein wäre schwer beschädigt worden, hätte er gewusst, dass er keine Ahnung hatte.

34

Wie der feinen Gesellschaft ein schwarzes Schaf, der Presse ein ergiebiges Thema und dem Kaffeehaus-Detektiv sein Hauptverdächtiger abhandengekommen ist.

Es war ein düsterer Tag, an dem Ferdinand wiedererwachte. Einer wie jener, an dem Bruegel die Bauern hinausschickte, um Weidenruten zu schneiden zum Flechten. Die perfekte Illustration zu Schopenhauers Erkenntnis, dass das Leben eine missliche Angelegenheit sei.

Hätte Ferdinand den Schwarzseher Schopenhauer gekannt, an diesem Morgen hätte er ihm recht gegeben. Er meinte, es wäre der Abend des Tages seiner morgendlichen Auffindung im Vorgarten. Es war jedoch der trübe Morgen des nächsten Tages. Die Zauberpflanze, die dem Landstrich prägend eigen war und wohl auch im Trank der Kleberin vorhanden, hatte sich glänzend bewährt.

Langsam kehrten Ferdinands Sinne aus der Leere der heilenden Abwesenheit wieder zurück; er fühlte sich ausgeschlafen, hatte weder Erinnerungen an Träume noch an seinen Ausflug in den Wald und hielt sich befähigt, wieder einigermaßen klar zu denken. Scheinbar klar, wie die Kleberin einwandte, denn zum großen Entsetzen seiner Pflegerin äußerte Ferdinand die Absicht, unverzüglich nach Wien aufbrechen zu wollen. Alleine, auf dem Motorrad.

„So kennen'S net auf Wean aufi fahrn", sagte sie. „Außerdem miassns no dableiben, weil der Plomer Franz will mit ihna redn; der Gendarm. Wegen in der Nacht. Er miasst eigentlich scho da sein."

Auf Ferdinands ratlosen Blick reagierend, fuhr sie fort: „Jessas, des wissen'S ja no gar net. Der Baron ist tot."

Wasserstein zeigte sich in diesen Tagen erschreckend grob von seiner dunkelsten Seite. Für Ferdinand brach sein Fall zusammen; die Spur, der er zu folgen versucht hatte – mit wehem Ende! – war sinnlos geworden.

Und während Ferdinand wenig später mit Honigbroten und Häferlkaffee seinen zweitägigen Hunger bezwang, erfuhr er vom Plomer Franz, dass der Baron Latsch in der bewussten Nacht gestorben war, und – so stellte der Gendarm kühne Vermutungen an – vielleicht der Herr Nowak den flüchtenden Täter …?

Ferdinand bedauerte, sich an nichts erinnern zu können; der Gendarm meinte teilnahmslos „Hab i ma eh denkt", und ging.

Die Kleberin war etwas verdrossen darüber, dass sie nun, da Ferdinands Anwesenheit in ihrem Hause amtsbekannt war, einen Meldezettel ausfüllen und „Kurtaxe" an die Gemeinde abliefern musste, aber die Sorge um ihren Patienten war ungebrochen. „Jetzt legn'S ihna no amol nieder. Ich mach ihna noch an Tee, dann schlafen'S ihna aus."

Ferdinand jedoch war entschlossen, die Stätte seiner Niederlage so rasch wie möglich zu verlassen. Den abermaligen mütterlichen Rat der Kleberin: „Na, Herr Nowak, des sollten'S no net mach'n", deutete er gefühllos als den Versuch, die Mieteinnahmen zu verlängern. Er beglich seine Rechnung und schwang sich auf seine Velocette, die den Seiberer hinunter ins Donautal zu jugendlicher Frische zurückfand und ihn, ohne Schwierigkeiten zu machen, weiter über Krems und Stockerau zurück nach Wien brachte.

Ferdinands Scheitern war offensichtlich; angetreten, ins geheimnisvolle Schloss des Baron Latsch einzudringen und den sinistren Schlossherrn eines groß angelegten Menschenhandels zu überführen, zog er nun ab, ohne etwas erreicht zu haben und ohne den Feldstecher des alten Meyer, denn den hatte der niederträchtige nächtliche Wegelagerer – wer immer das gewesen sein mochte – mitgenommen.

Ferdinands Ankunft in Wien war alles andere als triumphal. Müdigkeit, mit der er nicht gerechnet hatte, machte ihm zu schaffen, als er die Velocette in den Hausflur schob und von der

Badura – mit reichlich wenig Anteilnahme – nach der Ursache des Kleberischen Kopfverbandes gefragt wurde. „Ein kleiner Unfall", wimmelte er die Hausmeisterin ab, die bedauerte, dass es den Ferdinand und nicht das ölträufelnde Fahrzeug getroffen hatte.

Max hatte sich nach der Mitteilung des Hofrats, dass Ferdinand niedergeschlagen worden war, Sorgen gemacht; Bubetz hatte ihn aber beruhigt. Woher Wenzel sein kalmierendes Wissen bezog, ward nicht nachgefragt, aber Max bestand darauf, dass sich Ferdinand zum Betriebsarzt des „Vorwärts" bemühte. Der lobte den Verband und die Maßnahmen der Kleberin: Die Ruhigstellung wäre sehr richtig gewesen, meinte er, wenn für den Mediziner auch die Frage offenblieb, womit die Dame diesen Zustand herbeigeführt hatte.

„Wo ist denn das passiert?", erkundigte er sich.

Ferdinand gab: „Im Waldviertel" an, worauf der Arzt „Na, dann!" nickte und trotz Ferdinands Protest damit begann, die Stelle um die Verletzung kahl zu scheren, und nach einer aufpeitschenden Gabe Desinfektionsmittel verschloss er die Wunde mit einem großen Pflaster.

„Wenn'st einen Hut aufsetzt, bemerkt niemand was. Aber zu viel Wärme ist für die Wunde nicht gut. Fürs Hirn auch nicht. Ist ja doch recht erschüttert worden. Eigentlich gehörst ja ins Krankenhaus." Während er seine Gerätschaften wieder einpackte, wollte er noch wissen, wie die Verletzung zustande gekommen war. „Des waß i net", erklärte Ferdinand wahrheitsgemäß und ging; der Doktor dachte an die vermutliche Beschaffenheit von Albine Klebers Tee, versonnen nickend. Die Behandlung war – Meyer sei Dank – gratis.

Und jetzt?

Jetzt war Latsch tot, Wilderer verhaftet, die Fahne derer von Latschenstein in Lehmgrub wehte auf Halbmast und Mutter und Kinder gingen in Schwarz. In der feinen Gesellschaft hielt sich die Aufregung über den Tod des Baron Latsch in vornehmen Grenzen; der Witwe und den Waisen wurde der Form halber das Beileid ausgesprochen, tatsächlich dachten alle, dass der bedauernswerten Frau mit dem Tod des Gatten ein Stein vom

Herzen gefallen sein musste. Vor allem, als sich herausstellte, dass laut Testament an den windigen Sekretär nur ein kleines Legat fiel, das gesamte Vermögen aber an die Familie. Und es wurde darüber spekuliert, ob sie mit den Kindern in ihre bulgarische Heimat zurückkehren würde oder doch lieber nicht.

Weitaus weniger nobel fielen die Reaktionen der Presse auf den Kriminalfall Latsch aus. Kein Erbarmen zeigten naturgemäß die linken Blätter. Voll Verachtung wurde berichtet, wie der triebhafte Baron nichts dabei gefunden hatte, während einer Nacht in einer Bar – einer des Schediwy übrigens – zwanzigtausend Schilling auszugeben, ein Betrag, um den man eineinhalb Luxuscabrios kaufen konnte und ein Maurer fünf Jahre arbeiten musste. Nicht unerwähnt blieb auch, dass Sekretär Wilderer einen besonders reich dotierten Fonds verwaltet hatte, aus dem Erpressungsversuche befriedigt worden waren; was an Rauschgift nach Latschenfels geliefert worden war, hätte ebenfalls immer vierstellig zu Buche geschlagen; und so fort. Insgesamt also ein Klassenfeind, wie ihn bolschewistische Gräuelpropaganda nicht schauderhafter hätte erfinden können. Nun war er tot. Na und?

Bedachte man, dass es doch einer der ihren gewesen war, den der Herr zu sich genommen hatte, so war auch die Trauer in der „Reichspost" bemerkenswert verhalten. Dass das „Unabhängige Tagblatt für das christliche Volk" seiner sittlichen Sendung entsprechend die unsittlichen Begleitumstände dieses Todesfalles verschweigen musste, lag auf der Hand. Und sie tat sich offenbar auch mit dem *De mortuis nil nisi bene* sehr schwer, weil hier doch ein aller Öffentlichkeit als abartig bekannter Sünder dahingegangen war. Das Ergebnis waren zwölf Zeilen einspaltig bei den Todesfällen im „Tagesbericht".

Die „Neue Freie Presse" griff klangvoller in die Saiten, pries mehr Leistungen und Persönlichkeit des Vaters des Verblichenen als ihn selbst und lieferte – wie stets um einen weder erregenden noch langweiligen Mittelweg bemüht – eine Gratwanderung zwischen sensationellem Todesfall und Heimgang eines verdienten Industriellen.

Keine einzige Zeile über den Tod des ebenso märchenhaft reichen wie sündigen Mannes war in der „Sonn- und Montagszeitung“ zu lesen. Max registrierte es mit glückstrahlendem Hohn: Der Herr Baron war nächtens von Samstag auf Sonntag verschieden, die Dienerschaft hatte zunächst nur den Gemeindearzt aus Maischen geholt, der nach langwierigen Untersuchungen nur zu vagen Vermutungen über die Todesursache zu bewegen gewesen war, sodass die offizielle Nachricht vom Ableben des Barons erst am Montag, hinausgegangen war, als schon die Gerichtsmediziner ihre Arbeit aufgenommen hatten. Und da lag das Blatt bereits, schändlich unaktuell, in den Trafiken. Max kam fast um vor Schadenfreude.

Wäre Baron Latsch an einem Mittwoch verstorben, hätte das Sudelblatt reichlich Zeit gehabt, seine Reporter ausschwärmen zu lassen und Berichtenswertes einzusammeln; wobei – wie immer – das Erinnerungsvermögen der Zeugen durch Bares angeregt worden wäre, sodass das Blatt am folgenden Montag seiner gierigen Leserschaft auf der ersten Seite „Die Lebenstragödie des reichsten Mannes Wiens“ wohl gleich in zwei Versionen verkauft hätte: „Morphiumtod oder Sexualmord?“ Weiters „Sensationelle Erhebungen über den Tod des Baron Latsch“ und: „Verhaftung seines Freundes und Sekretärs“.

„Es müssen bange Stunden gewesen sein“, lästerte Max, als Ferdinand sich in der Korrekturpause im Pilgramhof zu ihm setzte. „Es hat sicherlich gedauert, bis das Testament gefunden und vernichtet war. Wilderer über die Maßen großzügig bedacht, die Familie auf das Pflichtteil zurückgestutzt, furchtbar! Der neue Letzte Wille des Verblichenen ist sicherlich günstiger für Witwe und Kinder ausgefallen.“

„Du meinst …?“, staunte Ferdinand.

„Aber ja. Es sollen schon Richter Testamente gefälscht haben, in denen es wahrscheinlich nur um Promille dessen ging, was hier für Witwe und Halbwaisen auf dem Spiel stand.“

Eigenartig, dachte Ferdinand, dass Max, der Sozi, sich Sorgen machte um das Wohl der Reichen, wie das sonst nur der Pöbel so gerne tat. Nun gut. Der Baron war tot, die Beerdigung sollte – anders als Latsch angeblich gewünscht hatte – nicht in der Bärenhöhle unter dem Latschenfelser Burgberg, sondern in der Kapelle von Schloss Lehmgrub stattfinden, im engsten Familienkreis.

Die Blätter beruhigten sich rasch.

Ferdinand war enttäuscht.

Er hatte den nächtlichen Schlag auf den Kopf nur für eine Unterbrechung und nicht für das Ende seiner Nachforschungen im Dunstkreis des Barons betrachtet. Nun erübrigte sich, ein zweites Mal hinauszufahren; Ferdinand bedauerte das, denn Wasserstein war Balsam gewesen für seine Seele: Natur, Wiesen, eine Straße, an deren Rand sich nicht Abfall sammelte, sondern Gräser wuchsen und Blumen; Wege, von denen der Blick weit hinging, ohne sich an verschmutzten Mauern wund zu stoßen. Wasser, das über Steine daherkam und langhaariges Moos in seine Richtung kämmte, anstatt auf Hebeldruck aus gusseisernen Hydranten zu pritscheln.

Die Erinnerung daran ließ Ferdinand – trotz der Beule am Hinterkopf – aufblühen und träumen: Im Sommer mit Vinzenz Ferien machen bei der Kleberin! Ob die das hinnehmen würde, ohne die Betten auseinander zu rücken? Viel eher hätte Ferdinand sich fragen müssen, ob Vinzenz dem etwas hätte abgewinnen können. Vielleicht sogar doch; allerdings wäre in seinem Fall ja nicht die felsig braungrüne Natur vorrangig gewesen, sondern eher die menschliche, die nach Vereinigung drängte.

Beim Gedanken daran, wie er mit Vinzenz im blau karierten Bett des Burgzimmers oder vielleicht in der Bärenhöhle ..., fiel es Ferdinand nicht leicht, zu seinem Fall zurückzufinden, zumal sich der nach den jüngsten Ereignissen recht hoffnungslos darbot. Sein Hauptverdächtiger war dahin. Gut. Der Helfershelfer in Verwahrungshaft. Auch gut, wenn auch unter dem für Ferdinands Ermittlungen nutzlosen Verdacht, seinen Brotherrn ermordet zu haben.

Es blieb Ferdinand nichts übrig, als zur Kenntnis zu nehmen, dass – während er durch die wilde Waldschlucht getappt war – der Baron heimgegangen war zum Herrn; zum Herrn der Finsternis, wie die Menschen in Pauhagen, Utz und Maischen sich bekreuzigend überzeugt waren. Aber, was änderte das?

Nicht viel. Baron Latsch wäre als Zeuge für Charlys verruchten Auftritt als Malermodell ebenso wenig zur Verfügung gestanden, wie Schediwy jemals für irgendetwas verfügbar war, das der Wahrheitsfindung hätte dienlich sein können.

Ferdinand überlegte eine Weile, ob er dem Hofrat Bubetz auftischen sollte, was er wusste? Dass nämlich Charly sein letztes Wochenende auf Latschenfels verbracht hatte, um dort einen erotischen Auftritt zu absolvieren. Doppelt, im Film und in natura. Waldhäusl könnte mit diesem Wissen dem Wilderer sicherlich etwas dazu entlocken – aber was? Charly interessierte die Polizei nicht, sah Ferdinand gleich darauf die Sinnlosigkeit dieses Einfalls ein. Der kleine Kuhlmann war als Selbstmord abgelegt, aus dem Weg geräumt, ob's nun so gewesen war oder nicht. Nach dem Motto: Wir haben ganz andere Sorgen. Und die hatte Bubetz ja wirklich; nicht nur, weil die verhassten Gräberreisen bevorstanden.

35

Wachmann Vogelsangs Orakel über den Fall Latsch und ein Beweis, dass schlechter Geschmack auch sehr hilfreich sein kann.

Die Aufregung um den Tod des Baron Latsch hatte Ferdinand kurz vergessen lassen, dass er keinen Schritt weitergekommen war. Aber er glaubte sich immer noch auf der richtigen Spur. Und nachdem der unmoralische Mann nun tot war, würde es keine Entführungen mehr geben. Für die Aufklärung von Charly Kuhlmanns Tod war das zwar bedeutungslos, musste er sich widerwillig eingestehen, aber die Mütter könnten aufatmen. Und er war auch bereit zuzugeben, dass der Ausflug nach Wasserstein ein Hereinfall gewesen war.

Ähnliches bekam Ferdinand auch von Max zu hören, als er ihn nach Mitternacht bei Mutter Motz traf. „Was hast du denn bisher schon großartig herausgefunden? Dass Charly wahrscheinlich mit dem Pfaffen herumgehurt hat, dass er alleine essen war und danach ein ‚Gastspiel' in Wasserstein gegeben hat. Erfolgreicher vermutlich, als es dein Auftritt dort draußen war."

Max wirkte gereizt, Ferdinand vermutete Ärger mit Emm, dem Chef vom Dienst. Das erklärte auch, warum Max erst recht spät bei Mutter Motz aufgetaucht war.

„Und warum sollte er in Wasserstein erschossen worden sein?", brachte Max Ferdinands Dilemma auf den Punkt. „Bélas Schnapsidee mit dem russischen Roulette können wir ja wohl ausschließen, oder?"

„Eifersucht?", bot Ferdinand an.

Max musste lachen: „Eifersucht? Ich bitt dich! Der Charly war Allgemeingut. Wer soll da auf wen eifersüchtig gewesen sein?"

Ferdinand entwich den Vorwürfen aufs Klosett. Als er wieder in die Schank zurückkehrte, beendete im Extrastüberl eben Wachmann Vogelsang seine Klage des „Rössl"-Kellners. Applaus, Beifallsgejohle eingemengt, brandete auf, Vogelsang verbeugte sich, griff sein Glas vom Klavier und steuerte auf Meyer zu: „Oh! Ein seltener Gast, der Herr Redakteur! Wie geht's denn so?", begrüßte er noch gesangeslaut Max, den Gerichtsreporter, in dem er offenbar eine verwandte Seele erblickte.

„Es geht", erwiderte Max die Höflichkeit. „Und selber?"

„Besser, viel besser, seit der Außendienst wegfallen wird", gab der sichtbar verjüngte Mann Auskunft. „Ist es erlaubt?", fragte er dann, auf den leeren Sessel weisend.

„Aber ja", kam Ferdinand einer Ablehnung durch Max zuvor; er hatte wenig Lust, sich weiter seine fehlenden Erfolge vorhalten zu lassen. Vogelsang nahm Platz, erhob freundlich sein Viertel weiß, Max und Ferdinand taten desgleichen mit ihrem roten.

„Allerhand, wie's da zugeht. Wie im alten Rom", tastete er sich an den Fall Latsch heran, hoffend, vom Journalisten mehr zu erfahren, als der Tratsch im Sicherheitsbureau bisher ergeben hatte. „Gibt's was Neues?"

„Baron Latsch ist tot, und der Wilderer sitzt", sagte Max, wissend, dass das für Vogelsang nichts Neues sein konnte.

„Jaja", sagte der Wachbeamte. „Aber der Doktor Kort vertritt ihn nicht." Das war Max neu; mit viel freundlicherem Gesicht als vorhin, prostete er Vogelsang zu, der stolz plauderte: „Er wird nichts erben. Das ist es. Kort wird das Testament kennen. Kein Interesse an dem Fall."

„Vielleicht fällt eine Kleinigkeit für den Wilderer ab", gab Max Vogelsang recht. „Aber sicherlich nicht genug, um sich davon Kort leisten zu können, vor allem, wo nicht abzusehen ist, wie lange die Sache dauern wird."

„Ah, das wird bald erledigt sein", sagte Vogelsang, bestellte – in der Hoffnung, dass Max es bezahlen würde – bei Adolf noch ein Viertel und legte dann seine Sicht des Falles dar: „Was hat der Wilderer denn schon groß zu befürchten? So wie es ausschaut, hat er den Latsch nicht umgebracht. Also! Unzucht wider die Natur wird er bestreiten. Zeugen gibt es ja keine. Die Dienerschaft ist noch vom guten alten Schlag. Laikaienehre gebietet, nichts zu wissen. Weniger dem Sekretär als dem toten Herrn zuliebe. Außerdem hat der Wilderer eine Geliebte, die Nöht. Vielleicht ist sie ja nur eine Komplizin, aber auf jeden Fall wird sie beschwören, dass der Wilderer völlig normal ist. Außerdem wird er genug Zeugen dafür haben, dass er immer nur organisiert hat. Burschen und Rauschgift, ohne Unterschied. Er wird sich auf Befehlsnotstand berufen. Auf die große Angst, seine Stelle zu verlieren. Das zählt schon in diesen unsicheren Zeiten."

„Glauben Sie?", fragte Ferdinand.

„Ganz sicher. Für den Rauschgiftschleichhandel wird er so viel kriegen, dass es mit der Untersuchungshaft erledigt ist. Die Nöht auch, damit niemand länger sitzt als nötig. Und dem Schediwy würde es ähnlich gehen, wenn sie ihn kriegten. Alles ganz korrekt, alles ganz regulär. Keine Sonderregelungen für Reiche und deren Trabanten. So wird es aussehen und niemand wird beweisen können, dass es ganz anders war. Und alles, ohne dass Doktor Kort damit etwas zu tun gehabt haben wird."

Max spitzte die Ohren. Hatte Kort also doch damit zu tun?

„Sie kennen den Doktor Kort?", erkundigte sich Max.

„Mein Gott", seufzte Vogelsang, weil ihn Kort an den Außendienst erinnerte. „Kennen wär zu viel gesagt. Gesehen habe ich ihn oft, wenn ich bei der Botschaft Dienst gehabt hab, draußen in Hietzing; sein Haus steht vis-à-vis."

Ferdinand befürchtete, dass nun die Geschichte von der Leiche kommen würde, die auf die Tramway gewartet hatte, aber da kam Rettung durch Béla, den Engel.

Wachmann Vogelsang ergriff sein Viertel und stand auf. „Also dann", sagte er. Und: „Guten Abend, die Herren."

Béla war ungewöhnlich spät dran. Sein Tenor hatte ihn verschleppt, und dem Burschen war anzusehen, dass er es genossen hatte. Und – Engel wie immer – sorgte er auch gleich dafür, dass Ferdinands Stimmung sich schlagartig aufheiterte und auch Max von seinen grämlichen Nörgeleien wieder zur gewohnten Tatkraft zurückfand.

Béla, der Engel, der sich jeden Schundfilm anschaute, war im Kino gewesen. „Künstlerliebe", eine primitive Operette aus der Kitschfabrik Maxing-Film.

„Du schreckst vor nichts zurück", warf Ferdinand Béla scherzhaft vor; sein eigener Anspruch war aber nicht viel anders, lediglich Liebesschmalz, auf das Béla neben seinen Detektivfilmen ganz versessen war, kam für ihn nicht infrage. Aber es erwies sich als hilfreich, dass Bélas Geschmack nicht auf das Feinste ausgerichtet war, in diesem Fall eben auf die „Künstlerliebe".

Béla war hingegangen, weil Kollegen von der Komparserie darin beschäftigt waren; er hätte sich den Schund aber auch so angesehen. Kritiken kümmerten ihn nicht. Er war – keineswegs als Einziger – geradezu süchtig nach diesen Infusionen illusionären Glücks, und es dauerte regelmäßig eine Weile, bis er wieder zu sich und in die Wirtschaftskrise zurückfand, wenn er aus dem Dunkel eines Flohkinos in den grausam hellen, christlichsozialen Nachmittag trat. Abendvorstellungen kamen für ihn berufsbedingt nicht infrage.

Wie auch immer. Er hatte die Geschichte vom anständigen Mädel gesehen, das einem brotlosen Künstler zugetan war, aber durch eine Intrige in die Arme eines reichen Verführers zu geraten drohte und – reines Herz, das sie war – wieder zu ihrem

Pinselprinzen zurückkehrte, der sich über ihren Verlust – vergeblich – mit einem Modell hinwegzutrösten versucht hatte. Der bekehrte Verführer kaufte schließlich aus schlechtem Gewissen dem Maler alle seine Bilder ab, bevor er mit dem Modell sein Glück zu finden glaubte. Ende.

Und siehe da, Glück und Unglück des liebenden Paares – Eifersuchtsszenen wegen des Modells inklusive – fanden im nämlichen Atelier statt, in dem auch Charly Kuhlmann tätig gewesen war, oder besser, hatte tätig sein lassen.

Béla bebte vor Aufregung, als er es berichtete. Max und Ferdinand waren beeindruckt, eine weitere Erörterung des Themas wurde jedoch von der Karolin verhindert, die Béla ans Klavier entführte, wo er das „Golden Baby" geben musste.

„Inspektor Zufall?", fragte Ferdinand.

„Nein, *deus ex machina*", belehrte ihn Max, während er in seinen Mantel kroch. „Den hatten schon die alten Griechen, wenn es anders nicht mehr ging."

Max brach auf; Ferdinand wollte warten, bis Béla seinen Auftritt beendet hatte. Jetzt konnte er sich das Suchen nach dem Atelier in der Gegend südlich des Apollo-Kino sparen, mit der er – von Vinzenz stark in Anspruch genommen – noch gar nicht angefangen hatte.

36

Der böse Baron Latsch ist tot und immer noch verschwinden Lehrlinge.

Der Mittagsauftritt von Redakteur Meyer im Pilgramhof verlief wie gewohnt. Ferdinand saß schon an seinem Platz. „Das wird dich interessieren!", sagte Max, legte ein Blatt der Polizeikorrespondenz auf den Tisch und zog den Mantel aus, während Ferdinand las.

„Seit gestern ist der sechzehnjährige Lehrling Edwin Wyorak aus der elterlichen Wohnung in der Rotenlöwengasse abgängig. Wyorak ist hellblond, hat blaue Augen, gesunde Zähne und einen sauberen Teint. Er war vermutlich mit einem grauen Anzug und einem grünen Hubertusmantel bekleidet. Er hat das Elternhaus gegen sieben verlassen, um zur Berufsschule zu fahren, ist dort aber nicht erschienen. Wyorak hat einen Koffer der Marke ‚Elefant' mit mehreren Kleidungsstücken bei sich. Abschiedsbrief wurde keiner gefunden."

„Der Latsch ist tot und immer noch verschwinden die Lehrlinge", stichelte Max. „Ich hab dir immer gesagt, der Baron hat damit nichts zu tun." Ferdinand wollte daran nicht erinnert werden. Latsch, das war für ihn erbärmliches Versagen und ein schmerzhafter Schlag auf den Schädel. Er stand wortlos auf und holte das Adressbuch an den Tisch.

„Wyorak. Hausmeisterin Rotenlöwengasse dreizehn. Ich fahr gleich hin."

„Und wenn sie nicht zu Hause ist?", wandte Max ein. Er wusste, dass Ferdinand sich bloß um das Thema Latsch drücken wollte.

„Eine Hausmeisterin ist immer zu Hause", entkräftete Ferdinand den Einwand, holte seinen neuen eleganten Mantel und legte am Weg zum Ausgang den „Lehmann" wieder an seinen Platz. Der leidigen Debatte, ob der Baron mit den Abgängigen etwas zu tun hatte oder nicht, war er damit fürs Erste entkommen. Er nahm die Stadtbahn bis zur Friedensbrücke, von da war es ein Katzensprung, drei Häuserblocks, bis zu den Wyoraks.

Ferdinand hatte recht behalten, Frau Ernestine Wyorak war zu Hause. Er sah sie durch das offene Fenster der Gangküche, sie war mit dem Abwaschen des Geschirrs von Mittag beschäftigt. Ob der Geruch am Gang von einem Kohlgericht oder von den Aborten kam, kümmerte ihn nicht; er klopfte an die Tür, die Hausmeisterin kam zum Fenster. „Sie wünschen?"

Ferdinand stellte sich vor, erklärte, dass er durch einen anderen Fall, mit dem er beschäftigt sei, mit Abgängigen zu tun habe, und dass möglicherweise Zusammenhang zwischen diesem Fall und dem Verschwinden ihres Sohnes bestehen könnte.

Frau Wyorak war eine bescheidene Frau Anfang vierzig. Sie lebte mit ihrem Mann, einem Lokomotivführer der Franz-Josefs-Bahn, unweit des „Böhmischen Bahnhofs" hausmeisterlich im Erdgeschoss des Hauses an der Ecke zur Glasergasse; Tür an Tür mit der Greißlerei der Frau Schandel und dem Lager der Nürnberger Bleistiftfabrik Staedtler.

„Der Vater schläft", sagte sie, während sie Ferdinand in die Küche eintreten ließ, und legte den Zeigefinger an die Lippen, „hat Nachtdienst gehabt." Entweder war der Tagschlaf des Lokführers seicht oder Ferdinand doch zu laut gewesen, jedenfalls war Vater Wyorak erwacht und aus dem Zimmer in die Küche getreten. „Der Film, immer nur der Film. Und das Theater. Dazu verdienen muss er, hat er gesagt. S'wär net notwendig g'wesen. Aber er hat dann eh aufhören müssen. Es war zu viel, jeden Tag bis bis spät in die Nacht, wo er doch früh hat aufstehen müssen, der Bub."

Ferdinand war also doch zu laut gewesen, der Mann hatte mit angehört, weswegen der Detektiv gekommen war. Nachdem er das Verschwinden des Sohnes mit dessen Neigung zu Film und Bühne in Zusammenhang gebracht hatte, ging Vater Wyorak auf den Gang, kam kurz darauf, begleitet vom Rauschen der Klospülung hinter sich, zurück und legte sich wieder nieder.

Der Mann war wie ein Seemann, gegerbt von Wind und Wetter auf der Lokomotive, einseitig gebraten vom Feuerofen, rückseitig vom Zugwind verkühlt, sehr schwerhörig vom Lärm der Maschine und sehr laut, wenn er redete.

Und weil Herr Wyorak wusste, was es bedeutete, Lokführer zu sein, hatte er es nicht als Verrat betrachtet, dass Edwin nicht Lokführer werden wollte, wie die meisten Buben das in völliger Unkenntnis der Arbeitsbedingungen wollten. Aber was der Edwin werden wollte, Schauspieler nämlich, passte dem Vater auch nicht, ohne dessen Machtwort Frau Wyorak vielleicht mit dem Traum des Jungen einverstanden gewesen wäre; und so fand sich der Edwin nach der Bürgerschule in einer Friseurlehre, bei Herrn Stanislaus Caslowsky, ein paar Gassen weiter. Dass er dort Krampfadern und einen krummen Rücken bekommen würde, beunruhigte die Eltern nicht, aber Glut und Frost am Führerstand der Lok blieben ihm erspart. Er konnte sein Gehör behalten und – was die Mutter am wunderbarsten dünkte – er würde nicht laut reden.

So weit war also alles in Ordnung bei den Wyoraks, irgendwo auch für Edwin, denn kam er unglücklich über seinen Lehrherrn Caslowsky heim, dann tröstete ihn die Mutter damit, dass er auch als Friseur noch immer zum Film gehen konnte. Edwin hatte davon auch in der Berufsschule gehört, beim Perückenmachen. Er könnte sich ja in einem der Studios als Friseur bewerben – und dann entdeckt werden! So stellte er sich das vor, wenngleich er nicht ahnte, dass die meisten dieser Entdeckungen selten weiterführten als bis in die Betten der Entdecker.

Das ging Edwins Mutter vielleicht durch den Kopf, nachdem Ferdinand die Erinnerung wieder aufgewühlt hatte, und sie seufzte: „Mein Gott, der Bub! Das Kino war sein Um und Auf. Schon in der Schule, immer brav und fleißig, aber jede freie Minute beim Onkel Hans im Kino, vorne an der Eck'n."

Vorne an der Ecke zur Porzellangasse war das Rossauer Kino, wo Edwins Onkel – genau genommen war er bloß der Schwager des Lokführers Wyorak – Filmvorführer war. Dort war Edwin oft zu Besuch gewesen, obwohl es wegen der Brandgefahr streng verboten war. Er kannte sich mit den Maschinen aus, die dort standen, für den Onkel durfte er die Filme zurückspulen, bevor sie der Mann mit dem Motorrad abholte, um sie ins nächste Kino zu fahren. Und was unten im Saal über die Leinwand flimmerte, hat er selbstverständlich auch gesehen, der Edwin, nicht sehr bequem zwar, auf einem Stockerl stehend und durch das kleine Fenster mit dem feuerfesten Glas auf die Leinwand starrend, aber die Illusion hatte für ihn dadurch nicht gelitten. Das war die Welt, die er für sich erobern wollte.

„Wo kann er nur sein, der Bub?", redete Frau Wyorak weiter, mehr für sich als für Ferdinand. „Als wär'ma net so schon stolz g'wesen auf ihn; was braucht er da weggehn!"

Ferdinand horchte auf. „Wie war das? Stolz sein?"

„Das hat er geschrieben, in dem Brief, den wir g'fund'n ham."

Von einem Abschiedsbrief war in der Polizeikorrespondenz nichts erwähnt worden. „Davon stand aber nichts in der Zeitung“, wandte Ferdinand ein. Frau Wyorak nickte. „Ja, den hab ich später g'funden“, erklärte sie und begann wieder mit den Tränen zu kämpfen.

„Und warum haben Sie ihn nicht zur Polizei gebracht?“, wollte Ferdinand wissen.

„Nützt doch nichts. Wahrscheinlich ist der Bub längst tot“, sagte sie und konnte ihre Tränen nicht länger zurückhalten.

„Nein, ich glaube nicht, dass der Edwin tot ist“, versuchte Ferdinand die Frau zu trösten. „Der Bub lebt; da bin ich mir ganz sicher. Es könnte sein, dass er irgendwo gefangen gehalten wird.“

Das war natürlich nicht wirklich tröstlich für die Frau und sie begann, hemmungslos zu schluchzen.

„Und wenn wir wissen, wo er ist, dann können wir ihn befreien“, versuchte Ferdinand die Erwähnung der Gefangenschaft abzuschwächen. „Frau Wyorak, bitte, beruhigen Sie sich doch“, redete er weiter auf sie ein, griff nach einem Geschirrtuch, das am Herd lag, und reichte es ihr. Nachdem sie sich gedankenlos in das nicht dafür gedachte Tuch geschnäuzt hatte und wieder etwas zu sich gekommen war, fragte Ferdinand weiter. „Könnte der Edwin vielleicht zur Fremdenlegion gegangen sein?“

„Nein, nein! Der Edwin war ein verträumter Bub; ins Kino ist er gerne gegangen. Wollte Schauspieler werden, der dumme Bub. Immer hat er davon geredet.“

Ferdinand fühlte, wie der Edwin vor der Mutter wieder schmerzlich Gestalt annahm. „Haben Sie den Brief noch?“, fragte Ferdinand, um sie von den Gedanken an ihren Edwin abzulenken.

„Freilich. Warten'S!“ Sie trocknete eine Träne mit dem Geschirrtuch, in das sie die Finger gekrallt hatte, um nicht wieder loszuheulen, und holte aus der Lade des Küchentischs ein gefaltetes Stück Papier. „Das war hinterm Bett.“

Sinngemäß kannte Ferdinand den Text. „Liebe Eltern, verzeiht mir bitte, wenn ich Euch Sorgen mache. Es geht mit gut und schon bald kann ich Euch Geld schicken. Eines Tages werdet ihr noch sehr stolz sein auf mich. Euer Sohn Edwin.“

Während Ferdinand las, redete Frau Wyorak weiter: „Natürlich haben wir es nicht leicht; wer hat's schon leicht heutzutag, aber wir kommen aus. Der Vater hat Arbeit und die Wohnung kost nix ... Warum er uns Geld schicken will, der Bub?"

Ferdinand gab Frau Wyorak das Blatt zurück. „Muss ich das der Polizei geben", wollte sie wissen.

Ferdinand ahnte, dass sie den Brief behalten wollte. „Nein, das ist nicht notwendig", sagte er und sah zu, wie sie es faltete und wieder in die Lade des Küchentisches legte.

„Aber wenn Sie mir ein Photo vom Edwin geben könnten, das würde mir sehr helfen", tastete sich Ferdinand voran, immer gewärtig, dass die Frau wieder in Tränen ausbrach. Sie hielt sich aber tapfer und holte aus der Lade des Küchentisches ein Bild ihres Sohnes: Gruppenbild im Friseursalon, Edwin gemeinsam mit einem Lehrmädchen und dem Lehrherrn Caslowsky.

„Wo ist der Friseur, wo der Edwin gearbeitet hat?"

„Drei Gassen geradeaus und dann links, das zweite Haus auf der rechten Seite. Nicht zu übersehen."

Ferdinand verabschiedete sich von Frau Wyorak, betonte noch einmal, dass der Bub sicherlich nicht tot sei, und machte sich auf den Weg.

Der Salon Caslowsky lag tatsächlich wenig weit entfernt in einer Seitengasse der Rossauerlände; Ferdinand trat ein. Auf den ersten Blick machte der Laden einen verlassenen Eindruck. Zwei der drei Stühle vor den Spiegeln waren frei. Einer davon schien nicht gebraucht zu werden, denn auf ihm lag ein Haufen Handtücher, Umhänge und Arbeitskittel. Hinten, im dritten saß unter einem fleckigen Tuch eine Frau, eine sausende Trockenhaube über dem Kopf, vor sich die „Wiener Bilder" der Vorwoche; aufgeschlagen war die Theaterseite, rechts daneben marschierte die Heimwehr und darunter der Klerus. Es roch leicht nach verbranntem Haar.

In der hinteren Ecke des Raumes standen drei Sessel für allenfalls Wartende; auf einem davon saß – Ferdinand erkannte es sofort – das Lehrmädchen und feilte sich die Fingernägel. „Der Meister kommt gleich", sagte sie, kurz zu Ferdinand aufblickend. „Nehmen'S inzwischen Platz. Wolln'S eine Zeitung?"

Ferdinand blieb stehen und schüttelte den Kopf. „Ich bin wegen dem Edwin da", sagte er. „Wo ist denn der Caslowsky?"

Das Mädchen hob wieder kurz den Blick von ihren Fingern: „Beim Branntweiner", sagte sie verächtlich. „Bleibt aber nicht lang. Was ist mit dem Edwin?"

Ferdinand erklärte ihr, dass er Detektiv sei, und versuche, eine Spur von Edwin zu finden. Anders als ihren Lehrherrn dürfte sie Edwin gemocht haben, denn sie hörte auf, ihre Fingernägel zu feilen, und deutete mit einer Kopfbewegung auf den Sessel neben sich.

Während sich Ferdinand setzte, rümpfte er schnüffelnd die Nase. „Das ist die Haub'n", sagte sie. „Die stinkt immer so." Und dann erzählte sie in etwas anderen Worten, was auch schon Mutter Wyorak berichtet hatte. „Der Edwin war ganz narrisch mit dem Kino", sagte sie. „War eigentlich klar, dass das so kommt. Sie sehen ja selbst!", deutete sie mit dem Kopf auf den heruntergekommenen Laden. „Mir hat er ein Loch in den Bauch geredet, ich soll das auch machen."

„Was machen?", fragte Ferdinand nach.

„Na ja, halt auch zum Film wollen. Einmal hat ihn der Meister zum Scherenschleifer nach Mariahilf geschickt. Da ist der Edwin in das Kaffeehaus gegangen, wo die Leute vom Film sitzen. Hat er mir erzählt. Da hat er den Kellner dort angeredet, dass er zum Film will."

„Und?"

„‚Burschi, schleich dich!' hat der g'sagt. Der Edwin war ganz fertig."

„Und?"

„Nix! Dann hat er wieder geh'n müssen, der Meister hat ja auf die Schneidmaschin' und die Scheren gewartet. Da kommt er grad …"

Gerade war nicht ganz das richtige Wort. Meister Caslowsky schwankte zwar nicht, aber es war offenkundig, dass ihm das Mühe bereitete. „Nehmen Sie Platz", sagte er, als er Ferdinand erblickte. In elegantem Schwung holte er einen Umhang vom Haken an der Wand und deutete auf den ersten Stuhl beim Fenster. „Frisieren? Rasieren?" Das fehlte gerade noch! Ferdinand schüttelte den Kopf, zwinkerte dem Lehrmädchen zu und verabschiedete sich.

„Mitzi! Saumensch elendiges“, fluchte der Meister, der Ferdinands Zwinkern bemerkt hatte. „Was fallt dir ein, mit deine Mannsbilder da im Salon …“ Den Rest verschluckte die hinter Ferdinand ins Schloss klappende Tür. Kein Wunder, dass der Bub da weg wollte, dachte sich Ferdinand. Ob die Eltern wussten, dass der Caslowsky ein Säufer war?

Vom Friseur waren es nur ein paar Schritte zur Stadtbahnstation Rossauerlände; Ferdinand ging dorthin, eine halbe Stunde später war er zu Hause. Vinzenz saß schon im Herrenzimmer. Béla hatte ihn – *nolens volens* – hereingelassen, weil die Nell schon weg gewesen war.

Zunächst gaben sie sich den täglichen Liebesdingen hin; danach aber hatten sie eine Schnapsidee. Gemeinsam gingen sie in die Neubaugasse ins ehemalige Café Fürstenhof, das jetzt ganz republikanisch Café Filmhof hieß und Treffpunkt für die Fürsten des Filmgeschäfts war und natürlich auch für den Pöbel der Branche.

Ferdinand blieb – dem Kaffeehaus gegenüber – vor der Auslage eines Papierwarenladens stehen und beobachtete in der Scheibe, wie Vinzenz den Filmhof betrat und keine zwei Minuten später aus dem Café wieder auf ihn zusteuerte. Was er von seinem Kurzbesuch im Filmhof mitbrachte, entsprach dem, was Ferdinand schon vom Lehrmädel beim Caslowsky gehört hatte, aber es war doch unvergleichlich viel wertvoller: „Wannst blond wärst, sagert i, geh zum Pribitzer. Is aber heut schon weg. Und jetzt schleich di.“ So weit der Kellner auf Vinzenz’ Frage, an wen er sich denn wenden sollte, wenn er zum Film wollte.

Pribitzer also hieß der Mann! Max kannte ihn sicherlich und es war unwahrscheinlich, dass im Archiv nichts über ihn zu finden wäre. Zufrieden machten sie sich auf den Weg zurück in Ferdinands Zimmer und taten dort noch einmal, was sie, wenn sie beisammen waren, nicht lassen konnten. Später als sonst packte Vinzenz an diesem Tag seine Schulsachen und ging nach Hause, unterwegs auf eine brauchbare Ausrede für die Mutter sinnend. Ferdinand rief Max in der Redaktion an: „Was weißt du über einen Herrn Pribitzer?"

Nun, Max wusste einiges und den Rest holte er von den Nornen. Als er sich gegen Mitternacht einer Wärmeflasche gegenüber in seinen Kubus fallen ließ, lag – in die obligate, tarnende Zeitung eingeschlagen – auch schon die Archivmappe „Pribitzer, Moritz" für Ferdinand bereit. Der kam etwas später nach Hause. Er war bei Mutter Motz gewesen, wollte sich umhören, ob dieser Pribitzer irgendeinem der Burschen dort ein Begriff war; nein. Auch mit Edwins Photo blieb er erfolglos. Umso mehr schätzte er, dass auf Max Verlass war.

„Da hast du alles über den Pribitzer!", wurde er empfangen, als er sich im Osten niederließ, und das aus der Küche mitgebrachte Glas am „Mensch Ärgere Dich nicht" vorbei über das Tischchen zu Max hinüberschob.

„Ein Ehrenmann", begann Max, während er Ferdinand Wein einschenkte und auch das eigene, halb leere Glas auffüllte. „Vor dem Untergang war er eine Zeit lang Sekretär im Apollo-Varietétheater. Im Krieg dann Schleichhandel mit allem, was gebraucht wurde; nach dem Krieg weiter Schleichhandel, hauptsächlich Lebensmittel für gehobene Ansprüche."

Während Max plauderte, blättere Ferdinand oberflächlich durch die Ausschnitte in der braunen Pappmappe.

„Übrigens", fuhr Max fort, „weißt du, was der Chef vom Apollo damals gesagt hat, als die Arbeiterräte neunzehn die Speisekammer in seiner Villa in Hütteldorf beschlagnahmt haben?" Ferdinand schüttelte den Kopf. „Meine Herren, sie fердern den Schleichhandel mit Ihre Aktionen! Jetzt muss ich ma das alles um teires Geld nei besorgen."

Meyer war ein Sack voll Anekdoten. Und er wusste auch noch mehr über den Pribitzer Moritz: „Er hat dann auch die Hasardpartien von der Ruttersheim und der Marlow mit Delikatessen und Schampus beliefert. Wurde nie erwischt. Zwanzig ist er dann solide geworden und ins Filmgeschäft eingestiegen. Wenn du Filmgeschäft als solide gelten lassen willst. Er war damals Geschäftsführer bei der Dreamland-Film auf der Hohen Warte; dort haben sie ihn dann hinausgeschmissen, warum ist nicht bekannt. Wahrscheinlich war er doch nicht so solide, wie alle gedacht haben. Dann war er verreist. Sollte angeblich die türkische Filmindustrie aufbauen. Mehr ist da nicht bekannt. Jetzt ist er wieder da, hat eine eigene Firma: Primo-Film, hat aber nichts mit Qualität zu tun. Primo kommt von Pribitzer Moritz. Was er produziert, weiß ich nicht." Und mit einem fast liebevollen Blick auf Ferdinand: „Aber ich kann ihn ja fragen."

Ferdinand fand das großartig und erfuhr gleich, was Max vorhatte. „Der Chef wünscht sich eine Geschichte über die Lage der heimischen Filmindustrie und so; die geht gerade auch ein wie alles andere. Da rede ich morgen mit dem Homolka von der Maxing-Film. Der hat in der Redaktion angerufen. Sie drehen gerade für ‚Ekstase'. Mit der Kiesler." Ferdinand nickte. „Morgen mach ich ein Interview mit ihm und da nehm ich den Pribitzer einfach dazu, wenn er auch da ist." Auf Ferdinands gehobene Augenbrauen hin erklärte Max auch gleich, was der Pribitzer mit der Maxing-Film tun hatte. „Die Primo ist angeblich an der Maxing beteiligt. Und wenn er nicht da ist, dann sitzt er sicher im Filmhof. Und so wichtig, dass man sich bei ihm anmelden müsste, ist der ja nicht."

Zu dem Gruppenbild mit Edwin, das Ferdinand neben die Weinflasche auf den Tisch legte, bemerkte Max zunächst verächtlich: „Wiener Kleingewerbe; Luegers Abschaum!", und dann, auf Edwin bezogen recht knapp: „Nett."

Wenig später komplettierte Béla die Trull. Auch er brachte ein Weinglas aus der Küche mit. Was Menschen betraf, war er Max nicht unähnlich. Béla kannte fast jeden. „Das ist der Edwin", sagte er, als er das Photo auf dem Tisch sah. „Der war bei uns im Theater. Der Friseur hat ihn mitgebracht, der b'soffene Caslowsky. Wollte Schauspieler werden. Filmschauspieler. Der war ganz verrückt nach dem Kino. Er hat alles geglaubt, was er da gesehen hat."

„Eine verwandte Seele", stichelte Max mit Blick auf Béla, der das überging.

Ferdinand hakte ein: „Leichtgläubig? Würde er jemandem glauben, der sagt, er bringt ihn zum Film?"

„Wenn es einem so dreckig geht wie den meisten, klammert man sich doch an jeden Hoffnungsschimmer. Und der Film, das ist doch was“, blieb Béla unkonkret und veranlasste Max damit, den Traum vom Film weiterzuspinnen: „Schnell reich werden, berühmt, alles haben können – das nistet sich bald in den Hirnen ein und keimt, und wenn dann einer daher kommt, der das gießt und düngt, dann …“

„Du bist schon wieder literarisch!“, mahnte Ferdinand, womit er „etwas angesäuselt“ meinte. „Wir müssen uns auf den Pribitzer konzentrieren.“ Max nahm die Kritik als Anlass sich – beleidigt – zurückzuziehen.

37

Max Meyer trifft Wenzel Bubetz im Kaffeehaus beim Handelsgericht und fischt im Trüben.

Kaum hatte das Handelsgericht morgens seine Pforten geöffnet, stürmte Max zum Firmenbuch, um die kolportierten Zusammenhänge zwischen Maxing-Film und Pribitzers Primo verlässlich zu klären. Was er vorfand, befriedigte ihn zutiefst, und er steuerte das Kaffeehaus an der Ecke Riemergasse zur Wollzeile an, um sein verschlamptes, vom *fortissimo* der Nell begleitetes erstes Frühstück korrekt zu wiederholen.

Das Lokal war voll, kein Platz frei, aber an einem der Tische – Max hatte ihn auch von hinten erkannt – saß Wenzel, der niemanden erwartete, sodass Max sich bei ihm niederlassen konnte.

„Aber nichts über Dienstliches!“, verfügte Wenzel streng. „Lieber die Politik, wenn’s schon mehr sein soll als das Wetter!" Max akzeptierte und es war naheliegend, dass sie über kurz oder lang auf die veränderte Stimmungslage im Land zu sprechen kamen.

War es denkbar, dass mit Schober und Seipel eine Ära zu Ende gegangen war? Gewiss, jeder der beiden, vor allem Seipel, hatte die Jahre seit dem Untergang geprägt. Was der Prälat geliefert hatte, war spektakulärer gewesen, hatte für seine Anhänger mehr Wert, für seine Gegner mehr unerfreuliche Bedeutung gehabt, da es von einem Priester kam.

Schober war zwar auch eine unverwechselbare Gestalt gewesen, mit immer gleicher Maske aus Brille und Bart, und Wenzel und Meyer hatten beide das Empfinden, es wäre hinter dem scheinbar Unwandelbaren seines Aussehens untergegangen, wie viel Veränderung für den Staat seine Maßnahmen gebracht hatten. An der letzten Herausforderung war er gescheitert: Die Kampftrupps der Parteien waren bis an die Zähne gerüstet, beide hatten lange auf ihre Waffen nur verzichten wollen, wenn die andere Seite es auch tun würde. Zuletzt nicht einmal mehr das. Die bäurisch-erdigen Führer der Heimwehr wollten die Roten entwaffnet sehen, für sie selbst sollte das nicht gelten. Das hatte Kanzler Schober, der einem Beamtenkabinett vorstand, nicht zulassen wollen. Er musste weichen.

Max meinte, man müsse den Mann der Pflicht, der vor der Kulisse des brennenden Justizpalastes Hunderte Tote zu verantworten hatte, nicht wirklich nachtrauern. Das wollte der Polizeibeamte nicht gelten lassen.

„Du reduzierst ihn wohl nur auf seine Rolle im Juli siebenundzwanzig", sagte Wenzel tadelnd. „Aber damit wirst du ihm nicht gerecht." Der Beamte vom alten Schlag sah Schober – der auch ein solcher gewesen war – ganz anders: „Vieles, was er getan hatte, wird dir, Herr Redakteur, immer unverständlich sein", redete Bubetz. „Ich, mit quasi den gleichen Beamtenhirnwindungen verstehe vieles. Auch den fünfzehnten Juli sehe ich anders als du."

Max hob die Augenbrauen und lauschte.

„Schober hat die Hungerrevolte von neunzehnelf erlebt. Er hat die halbe Million gesehen, die dreizehn das Begräbnis eures ermordeten Schuhmeier auf die Straße gebracht hat. Er hatte auch die Ausschreitungen vom April und Juni neunzehn und zu schlimmer Letzt den ersten Dezember einundzwanzig vor Augen. Ich übrigens auch; und er hatte Jahr für Jahr mit wachsamer Bewunderung gesehen, was ihr am Ersten Mai auf die Straße zu bringen imstande wart ..."

„... und vor der Straße habt ihr Bürgerlichen euch immer gefürchtet", unterbrach Max.

Wenzel nickte: „Denk dir doch, was dein Vater zum fünfzehnten Juli gesagt hätte. Stell dir das einmal vor. Und dass du aus dem Übermut eines widerständigen Halbwüchsigen die Seiten gewechselt hast, war das einfach für deine Eltern? War es einfacher, dich als Bolschewiken zu akzeptieren oder dein übriges ‚so anders sein' hinzunehmen, als gottgewollt, wie das von ordentlichen Bürgern erwartet werden darf."

Max ertrug diese Sticheleien stets höchst geduldig, was ihm umso leichter fiel, als er seit den Zeiten, da Wenzel ihm die lateinischen Poeten nahegebracht hatte, wusste, dass von ihm nichts wirklich unveränderlich gemeint war.

Wer im Amt überleben will, war der Leitspruch des Hofrats, der muss zwei Meinungen haben – eine und ihr Gegenteil – und er sollte imstande sein, beide überzeugend zu vertreten. Denn, nur wer den gegnerischen Standpunkt gut genug kennt, um ihn gegebenenfalls auch zu verfechten, nur der kann eine ernsthafte eigene Position entwickeln.

„Das, bitte, ist aber nicht zu verwechseln mit den wetterwendischen Meinungsfähnchen mancher Beamter, die nur nach oben wollen. Ich halte nichts von Leuten, die ihre wechselnden Überzeugungen laut wie ein Lavendelweib hinaus singen."

Max ahnte, wen Wenzel meinte.

Dann – Max hatte sein Frühstücksei ausgelöffelt – kam die Rede auf die Krise des Parlamentarismus.

„Was für eine Krise?", bagatellisierte Max Wenzels Sorge. „Du meinst, weil ihr die Macht verliert? Ich sehe keine Krise des Parlamentarismus, sondern eine Krise der Christlichsozialen. Eine einzige Stimme Mehrheit. Da kann einem schon der Schiach angehen. Aber das hat doch mit dem Parlamentarismus an sich nichts zu tun! Der wäre bald wieder ganz intakt, wenn es Neuwahlen geben würde."

Der Hofrat bezweifelte das. Max blieb zuversichtlich: Wahlen würden alles verändern. Sie würden die Schwarzen weiter zurückstutzen und der Sozialdemokratie zum Sieg verhelfen. Dass mit den Nazi eine zweite „sozialistische" Partei zur Wahl stand, achtete Max für eine geringe Gefahr. Hatten die Hakinger doch auch bei der Landtagswahl im April nur den Christlichsozialen geschadet. Und so, wie man mit den braunen Radaubrüdern im Gemeinderat zurechtkam, so meinte Max, hätten sie auch im Parlament Narrenfreiheit, sonst aber nichts.

Ganz wie der kleine Kanzler von nichts anderem träumen konnte als von der Zerschlagung der Sozialdemokratie, so sah der rote Redakteur – durchaus repräsentativ für seine Partei – nichts als die Entmachtung der Christlichsozialen vor sich. Die triste Lage der Schwarzen mit ihrer einen Stimme Mehrheit im Parlament war auch recht geeignet, den Blick zu vernebeln und berauscht von einer roten Zukunft zu träumen. Dass die Roten die Rechnung da ohne den Wirt gemacht haben könnten, das kam keinem von ihnen, auch Max nicht, in den Sinn. Bedauerlicherweise, wie sich recht bald zeigen sollte.

Je lauter die Opposition nach Neuwahlen schrie, umso hektischer sannen die Machterhalter auf einen Ausweg aus ihrer Krise. Der Hofrat meinte am Schottenring förmlich riechen zu können, wie die Haltung aufkeimte, dass dies gar nicht unbedingt ein parlamentarischer, ein demokratischer Weg sein musste. Der Zweck heiligt die Mittel, ganz im Allgemeinen und wie denn erst dort, wo es darum ging, den Gottesfürchtigen die Macht zu erhalten.

„Du würdest ja auch einem Kaiser Otto I. loyal dienen", spöttelte Max.

„Das ist das Schicksal des Beamten", war Wenzels immer gleiche geduldige Antwort.

„Eine eigene Meinung?", stichelte Max weiter.

„Im Kaffeehaus und zu Hause", kam es von Wenzel zurück.

„Freiheit in Dürrwien, gewissermaßen."

„Wenn du so willst – ja."

Max fühlte die Partie gewonnen, aber Wenzel wollte sich nicht geschlagen geben. „Bist du denn sehr viel besser?“, zweifelte er an Maxens Standfestigkeit im Wetterwendischen der Politik. „Du würdest doch auch weiterschreiben, selbst wenn du einen Chefredakteur von Dollfuß’ Gnaden hättest?“

„Nein“, stellte Max klar. Wenzel verlegte sich auf Ironie: „Ach ja, das hab ich vergessen: Ein Hausherr kann sich ein Rückgrat leisten. Und wenn die Schwarzen dann ganz ans Ruder kommen, dann werden sich ja auch die Mieten bessern. Für die Hausherrn, die Zinsgeier.“

„Was soll das Theoretisieren?“, war Max bemüht, die Positionen nicht zu weit auseinanderdriften zu lassen. „Das ist doch alles Kaffeesudleserei.“

„Das glaub ich nicht“, bewies Wenzel etwas mehr Ein- und Weitsicht als Max. „Für mich hat das aber alles ohnehin keine Bedeutung mehr. Ich bin ab ersten Jänner in Pension. Da kann ich mir nicht nur denken, was ich will, sondern kann es auch sagen …“

„In Dürrwien?“

„Auch dort!“

Beider Frühstücke waren verzehrt, der Kellner hatte abserviert und in den alten Freunden und Tarockpartnern – was nicht immer dasselbe ist – stieg das unerfreuliche Gefühl auf, sie wären mit den Standpunkten, die sie hier gegeneinander vertraten, Opfer des Ungeists geworden, der das Land seit dem Krieg geprägt und seit dem Juli siebenundzwanzig endlich tatsächlich gespalten hatte.

Weil jedoch beide das im Grunde ihrer Intelligenz für unwürdig erachteten, nahm das Gespräch eine andere Richtung. Max schnitt, ungeachtet des Eingangsbefehls von Wenzel, Dienstliches an: die verschwundenen, höchstwahrscheinlich missbrauchten Burschen.

„Diese jungen Burschen verschwinden, das ist schrecklich“, teilte der Hofrat die Besorgtheit des Redakteurs. „Auch wenn ich nicht hinter jedem einzelnen Verschwinden ein Verbrechen sehen kann. Selbstverständlich ist jeder, der aus Verzweiflung über die Not im Elternhaus in den Tod geht, einer zu viel. Aus

Angst vor Strafen wegen Pflichtvergessenheit, wegen irgendwelcher – meist ja recht geringfügiger – Verfehlungen oder schlechter Noten im Schulzeugnis. Jeder davon ist einer zu viel. Alle, die dann die Donau entlang irgendwo angeschwemmt werden, im Wald mit einer Kugel im Kopf oder aufgehängt gefunden werden, all das ist schrecklich", räumte Wenzel ein, um aber sogleich auch einzuschränken: „Aber es betrifft uns als Ordnungshüter letztlich nicht. Eine Verpflichtung zum Leben gegenüber seinem Volk hat niemand, auch wenn das die Klerikalen immer gerne behaupten, stets darauf aus, Schuld zu erfinden und zuzuweisen."

Erstaunliche Worte für einen Polizeidirektor und Wirklichen Hofrat, dachte Max, er wächst über sich hinaus. „Dazu gehören natürlich auch jene, die Abschiedsbriefe hinterlassen, in denen von besserer Zukunft die Rede ist", tastete sich Wenzel aus der Argumentation hinaus, die ihm nun doch etwas zu nahe ans Dienstliche führte, das er sich eingangs verbeten hatte. „Denn seien wir ehrlich: Eine bessere Zukunft kann ja auch das Paradies bedeuteten."

„Und was ist mit denen, die von Kriminellen mit der Aussicht auf eine glänzende Zukunft fortgelockt werden?", warf Max ein. „Und die dann an sinistren Orten landen, die alles andere als ein Paradies für sie sind?"

Jetzt war es passiert. Der Hofrat ärgerte sich, dass er das Gespräch dahin hatte geraten lassen. In seinem Missmut kam ihm die Idee nicht, der Redakteur könnte gar nichts wissen und einfach nur im Trüben fischen. Aber die „Operation Fledermaus" musste verteidigt werden. Dementsprechend brutal war seine Antwort: „Das würde uns betreffen, da hätten wir einzugreifen. Aber Derartiges ist uns nicht bekannt. Und jetzt", schloss er ab, „bleibt uns als Thema nur mehr das Wetter."

Doch das erachteten beide für nicht wirklich sinnvoll, sie zahlten und kehrten jeder an seinen Arbeitsplatz zurück.

38

Redakteur Meyer begibt sich in die Traumwelt des Films und erwacht mit unvermuteten neuen Einsichten.

Wie mit allem ging es auch mit dem Film bergab. Wo waren die seligen Zeiten des Weltkriegs, da die heimische Filmindustrie den ganzen Markt für sich gehabt hatte, von dem der Feindfilm, vor allem der damals führende französische verschwunden war? Dahin! Und alle haben geglaubt, so geht es weiter. Wie die Schwammerln sind sie aus dem Boden geschossen, die Filmfabriken, der Wildwuchs hat aber nicht lange gedauert.

Die Dreamland-Film – ein gutes Beispiel – auch dahin. Weggefegt die Vita-Film, die sich mit ihrem Klein-Hollywood am Rosenhügel übernommen hatte. Und genau vor einem Jahr war die Sascha-Film krachen gegangen. Und wenn Marktgiganten fallen, kann man sich vorstellen, wie es den Kleinen geht. Wenn's überhaupt noch geht.

Der Import bringt alle um, lautete die Klage der Branche, und das Pflaster der Regierung war eine Quotenregelung: Für eine heimische Produktion durften zwanzig ausländische importiert werden. Aber als österreichische Produktion galt auch eine inländische Gymnastikviertelstunde auf Zelluloid. So musste das Publikum auf nichts verzichten, was Hollywood und Babelsberg an Leinwandsensationen lieferten.

Überraschend, befand Max, kam das alles nicht. Die christlichen Knauser in der Regierung sparten den Staat zu Tode. Was vom Völkerbund geliehen war, wurde an Rothschilds Pleitebanken verfüttert; und man leistete sich eine Hochalpenstraße, die Hunderte Millionen verschlang. Wenn er nur daran dachte, kam Max die Galle hoch. Ein Artikel über die darbende „Filmwelt in Österreich" würde Gelegenheit zum Geifern bieten und war mithin angesagt.

Herr Ingenieur Homolka, Geschäftsführer der Maxing-Film, war bekannt dafür, der Presse jederzeit zur Verfügung zu stehen. Und tatsächlich war „der Ingenieur" – wie er in der Branche hieß – noch am selben Tag zu einem Gespräch bereit. Aufmerksamkeit konnte nie schaden, lief doch gerade das jüngste Werk der Maxing-Film im Kino: „Künstlerliebe", eine Operette, mit der die Kritik nicht sehr freundlich umgegangen war, die aber die Vorstadtkinos recht brauchbar füllte. Außerdem wurden in seinem Hietzinger Atelier dieser Tage von einem tschechischen Regisseur Teile eines Films gedreht, der eine Sensation zu werden versprach.

Die Szenen in Wald und Flur waren in der Hohen Tatra abgedreht, im Studio in der Maxingstraße entstanden die Stummfilmsequenzen des Werks, das als „Ekstase" in die Kinos kommen, Publikum und Sittenwächter gleichermaßen erregen und Hedi Kiesler durch ihre Nacktszenen weltberühmt machen sollte. Die Kiesler! – Im Mai hatte sie in „Die Koffer des Herrn O.F." noch ein biederes Bürgermeistertöchterlein gegeben.

Der Ingenieur, der an dem absehbaren Welterfolg der „Ekstase" zwar nur als Vermieter des Ateliers beteiligt war, witterte hier jedoch eine gute Gelegenheit, sich mit fremden Federn zu schmücken. So was durfte nicht ungenutzt bleiben, weswegen selten ein Gespräch mit einem Journalisten so rasch vereinbart war. Er würde Meyer gerne gegen Mittag erwarten, nicht im Atelier – da wäre es nicht gemütlich – sondern im Café Wunderer an der Hietzinger Brücke. Da könnte der geschätzte Herr Redakteur gerne auch Frau Kiesler kennenlernen, und den Regisseur, den Dings … äh, Machatý. Wird ein ungeheurer Erfolg werden! Das „u" des „ungeheuer" kam langgezogen, fast wie Balzgesang über Homolkas Lippen, in deren Winkeln stets ein wenig Speichel schäumte.

Max Meyer stellte sich pünktlich im Café Wunderer ein, Homolka, übergewichtiger Geschäftsmann mit geschmeidigen Manieren, erhob sich, als Max an seinen Tisch trat.

„Ingenieur Homolka, sehr erfreut. Bitte, Platz zu nehmen. Die Azett? Was interessiert die der Film?"

„Wirtschaft. Arbeitsplätze. Kultur“, gab Meyer Auskunft.

„Hören'S mir auf mit der Kultur“, hob der Ingenieur die Hände zu einer Gott-bewahre-Geste. „Das ist kein Geschäft. Die Menschen brauchen keine Dramen. Die haben sie daheim ohnehin. Oder beim Nachbarn. Wenn sie sich schon eine Kinokarte vom Mund absparen, dann wollen sie lachen und eineinhalb Stunden lang glauben dürfen, dass die Welt gut und das Leben schön ist“, offenbarte er – zwischendurch an seiner Zigarette saugend – sein Credo.

„Damit ist die Kritik aber nicht glücklich“, warf Meyer ein.

„Das macht nichts. Was kümmert mich die Kritik. Wir brauchen volle Häuser. Von einer Lobeshymne in der Zeitung hab ich nichts, wenn die Sitze leer bleiben.“

Und um zu illustrieren, was in dieser Branche wirklich zählte, holte er sich ein Beispiel von der Konkurrenz. „Nehmen Sie zum Beispiel den Marischka mit seinem Theater an der Wien. Wenn der den ‚Fidelio‘ ansetzen tät', könnt er nach einer Woche zusperr'n. Aber der hat eine Nase für Sachen, die monatelang ausverkauft sind. ‚Die Blume von Hawaii‘! Paul Abraham! Da kann der alte Beethoven nicht mit.“

So kann man das auch sehen, dachte Meyer, dann fuhr er fort mit dem Interview. „Und was produzieren Sie?“

„Wir machen zwei Großfilme im Jahr“, berichtete Homolka mit einem Hauch von Stolz im Ton. „Abendfüllend. Operetten. ‚Künstlerliebe‘ läuft gerade. Kommt gut an. Beim Publikum“, hielt er für einen notwendigen Zusatz. „Daneben noch ein paar Kleinigkeiten.“

„Und was darf ich mir unter Kleinigkeiten vorstellen?“, gab sich Meyer ahnungslos.

„Ach, Lehrfilme. Zum Beispiel Kochkurse für Haushaltsschulen. Auch Gymnastik und solche Sachen. Manchmal machen wir Aufnahmen im Burgtheater fürs Archiv. Damit sind wir zur Hälfte ausgelastet. Leben könnten wir davon nicht.“

Plötzlich sprang Ingenieur Homolka auf und schwebte – erstaunliche bei seinem Gewicht – einer Gruppe von Eintretenden entgegen. Max wandte sich um; es war Hedi Kiesler, von drei Herren begleitet. Homolka küsste der Kiesler die Hand, legte eine Hand jovial auf des einen Mannes Schulter – das muss der Regisseur Machatý sein, dachte Meyer – und kehrte dann an den Tisch zurück, während drüben die Kiesler den geküssten Handrücken am Tischtuch abwischte.

„Habe ich es erwähnt? ‚Ekstase'! Sensationell! Da drüben, beim Fenster, die Kiesler und der Dings, der Regisseur, ungeheuer begabt. Wollen Sie?", versuchte Homolka Meyer zu einer Erwähnung der Sache in dem geplanten Artikel zu bewegen. Max dankte. Nein, es ginge vorwiegend um die wirtschaftlichen Aspekte der Filmbranche. Der Ingenieur sah das bedauernd ein und kehrte zum Thema zurück: „Wir vermieten das Atelier auch, wissen Sie! Es kommen immer mehr deutsche Produktionen zu uns. Weil es billiger ist. Die übrige Zeit, die neben den Ausländern leer bleibt, nutzt dann die Primo-Film die Halle."

„Und was produzieren die?", erkundigte sich Meyer.

„Mit den Primo-Filmen haben wir nichts zu tun", sagte Homolka, seine Zigarette penibel im Aschenbecher ausdämpfend, und Meyer hatte das Gefühl, es wäre dem Ingenieur peinlich und er wollte ausweichen.

„Aber Sie müssen doch wissen, was in Ihrem Atelier geschieht", wunderte sich Max.

„Ah, geh! Muss ein Hausherr wissen, was in seinen Wohnungen so alles getrieben wird?", wehrte Homolka ab.

„Wenn es nach den Pfaffen geht, schon", scherzte Max.

„Aber nach denen geht es Gott sei Dank nicht. Nicht überall. Fragen Sie doch einfach den Pribitzer. Den finden Sie in der Neubaugasse, im Filmhof. Immer. Er wohnt dort. Wenn er nicht da ist, dann ist er auf der Toilette, oder der Kellner weiß, wo sie ihn finden, und Sie können …"

„… eine Nachricht hinterlassen." Jaja, Meyer wusste Bescheid.

Für Maxing-Film-Chef Homolka schien damit das Gespräch beendet. Er erhob sich. „Erfreut, Sie kennenzulernen. Ihr Kaffee, ich lad Sie ein", sagte er beiläufig, dem Redakteur Meyer die Hand reichend: „Wissen Sie, mein Motto ist: Leben und leben lassen." Und nach einem neuerlichen leichten Kopfnicken schwebte er hinüber zum Tisch „seiner Stars“, der mit vier Personen ganz besetzt war. Max war sich sicher, der Ingenieur würde sich einen Sessel vom Nebentisch greifen.

Von Hietzing in die Neubaugasse zu kommen, war mit Stadtbahn und Tramway recht umständlich. Max nahm deshalb eines der Taxis, die vor dem Parkhotel standen. Er würde es dem Verlag dienstlich verrechnen. Während der Wagen stadtwärts rollte, kamen Max die letzten Worte Homolkas in den Sinn: „Leben und leben lassen!“ Mit diesem recht unmoralischen Imperativ fühlte sich eine korrupte Gesellschaft offenbar entschuldigt für alles, was nicht ganz koscher war. Die zweite Bemerkung, die sich Max eingeprägt hatte, betraf Homolkas Unwissenheit bezüglich der Primo-Film.

„Was in seinen Wohnungen so alles getrieben wird!“ Was war das denn für eine Ausdrucksweise? Der Vergleich mit dem Hausherrn lag nahe, da es um Vermietung ging; aber dieses „Was in seinen Wohnungen so alles getrieben wird“ war sonderbar. Was in seinen Wohnungen passiert, was sich in den Wohnung abspielt, was die Mieter machen, das wäre naheliegend. Warum hatte er „getrieben wird“ gesagt. Und Meyer wurde klar, dass sich diese Wortwahl weniger auf die Wohnungen im Beispiel bezog, sondern auf die Wirklichkeit im Atelier. Er sah sich auf der richtigen Fährte, die ihn in die Neubaugasse, ins ehemalige Café Fürstenhof, nun Filmhof, führte.

Dort versammelte sich in den geschmackvollen Räumlichkeiten alles, was die Branche an gediegenen und weniger gediegenen Persönlichkeiten zu bieten hatte. Pribitzer, Filmmensch immer noch, wenn auch nur mehr auf Sparflamme, residierte daher auch dort. Von gedrungener Statur, glatzig, mit manikürten Fingernägeln und einer Duftspur von Pitralon um sich, saß er an einem der Fensterplätze. Er trug eine kreisrunde Brille aus schwarzem Bakelit und wirkte auf jeden, der ihn nicht näher kannte, absolut seriös.

Max erspähte den Mann, der in die „Neue Freie Presse“ versunken war, sofort.

„Gestatten, Max Meyer, Azett. Ham Se Zeit?“ fragte er, als er Pribitzers Tisch erreicht hatte.

„Wenn ich alles so hätt wie Zeit! Sie, ich sag Ihnen, jetzt geht bald überhaupt nichts mehr." Egal, was gesagt wurde, Pribitzer nahm alles immer als Anlass zu raunzen.

„Man kann kaum überleben", nahm Pribitzer seine Jeremiade wieder auf. „Wo sind die Zeiten, wie der Kolowrat für Moses und sein Volk das Rote Meer geteilt hat? Als Erster in der Filmgeschichte; in einem Misttricherl; das war revolutionär. Und dann die Dreamland-Film!", schwelgte er in Erinnerungen an bessere Tage. „Und jetzt? Jetzt planschen dort Proleten im Schwimmbecken herum. Sie! Der Film ist heutzutage kein Geschäft mehr."

„Aber so ein alter Hase wie Sie", schmeichelte Meyer. „Sie kennen die Branche doch in- und auswendig, da wird es doch Nischen geben."

„Spezielle Angebote bringen natürlich. Erotik und Aufklärung, ja, das wär schon was. Das zu produzieren wär kein Problem, aber der Vertrieb! In diesem Land, ich bitt Sie, mit den ganzen Weihwasserern in der Regierung. Sie werden ja selbst wissen, wie die sexuelle Aufklärung den Bettauer ins Grab gebracht hat. – Will ich das?"

„Und sonst?", fragte Max nach.

„Alles passé. Mit Film ist nix mehr zu verdienen", jammerte der Primo-Film-Chef weiter.

„Aber Sie leben doch nicht schlecht, soviel ich weiß", begann Meyer den Pribitzer nun zu umstellen.

„Was Sie alles wissen! Wie leb ich denn? Drei Untermieter, von denen zwei die Miete schuldig bleiben, und ich im Kabinett. Ist das ein Leben, frag ich Sie?", raunzte Pribitzer. „Nein, nein! Lassen Sie mich. Es gibt nichts zu erzählen. Die Amerikaner, die können das. Da ist Geld."

Meyer warf ein, dass ein Film doch auch mit Krediten finanziert werden könnte. „Kredit? Ja? Den müssen sie erst kriegen! Und wenn einer kein Eckhaus zum Verpfänden hat, dann ist da nix. Wer bürgt mir denn? Die Konkurrenz, mörderisch, sag ich Ihnen. Und dann der Ton! Das war überhaupt das Ende. Früher hat man die Texte ausgetauscht, der Film war überall absetzbar. Aber heute? Wie viele Leute reden deutsch? Das zahlt sich nicht aus."

„Aber die Spezialangebote", bohrte Max weiter. „Da spielt der Dialog doch keine Rolle. Da ist der Markt doch noch international. Und intakt, denke ich."

„Wie groß kann denn ein Markt für solche Sachen schon sein? Das zahlt sich nicht aus. So was gibt es mit unserer christlichen Regierung nicht", stellte Pribitzer bestimmt fest und hoffte, damit das Thema los zu sein.

„Natürlich gibt es das auch bei uns", blieb Max am Thema. „Gerade unter unserer christlichen Regierung. Bekannt werden darf es nicht! Das ist alles."

„Woher wollen Sie das wissen?", ereiferte sich Pribitzer.

„Ich habe einen dieser Filme gesehen", sagte Max trocken. „Er ist kein Meisterwerk und er wurde in Ihrem Atelier gedreht. Die Dekoration ist ganz deutlich zu erkennen. ‚Künstlerliebe'!"

„Das kann nur ein Irrtum sein", widersprach Pribitzer. „Die ‚Künstlerliebe' ist seit Mai abgebaut."

„Das ist richtig", quälte Max den Mann weiter. „Der Hauptdarsteller ist ja auch schon seit Ende Mai tot!"

Pribitzer begann zu schwitzen, merkte es und sah keine Möglichkeit, es zu verbergen. Indes fuhr Max fort: „Der Film wurde davor gemacht. Wann genau, weiß ich nicht, aber sicherlich vor dem zwanzigsten Mai, diesem Unglückstag. Da muss er aber schon längst fertig und kopiert gewesen sein. Umkopiert auf Schmalfilm, für den privaten Markt."

„Was reden Sie da für einen Unsinn!", begehrte Pribitzer auf. „Ich weiß gar nicht, warum ich mir das alles anhöre! Woher wollen Sie das alles wissen?", wiederholte er sich.

„Ich weiß das", redete Max unbeeindruckt weiter, „weil der Film am darauffolgenden Wochenende auf Burg Wasserstein oder Latschenfels, wenn Ihnen das lieber ist, gezeigt wurde. Und als pikante Draufgabe für den Herrn Baron gab es das Ganze noch einmal in natura. Mit den beiden Hauptakteuren. Den Pfarrer hat man weggelassen."

„Ja, und? Was habe ich damit zu tun?", wand sich Pribitzer weiter.

„Sie produzieren das doch", warf Meyer dem Schwitzenden an den Kopf.

„Das sind ungeheuerliche Unterstellungen!“, ereiferte sich der daraufhin filmreif. „Ich werde Sie verklagen, wenn Sie diese Gerüchte in Ihrem Bolschewikenblattl breittreten!“

Max Meyer blieb gelassen. „Machen Sie, Pribitzer, machen Sie!“, schürte er weiter. „Ich verstehe überhaupt nicht, warum Sie sich so aufregen. Habe ich gesagt, dass Sie für den Tod des jungen Helden dieses Machwerks verantwortlich sind?“

Pribitzer blickte starr vor sich durch seine runden Brillen mit den dicken Gläsern, die seine Augen zu Stecknadelköpfen schrumpften. Er hatte sich umsonst aufgeregt, das begriff er jetzt. Aber es ging ihm auch auf, dass er mit seiner unnötigen Erregung den Verdacht bestätigt hatte, den der Journalist offenbar hegte. Er versuchte einen Gegenangriff: „Sie! Wissen Sie, die Primo produziert nichts! Das ist eine Beteiligungsgesellschaft ...“

„An der auch Doktor Kort beteiligt ist“, unterbrach Max. „Und der hat doch Geld!“

„Was? Woher haben Sie denn das? Der, Geld? Woher soll er haben ein Geld? Was zahlen denn die Leut’, die er hat? Nix. Weiber kann er haben – aber Bares?“ Der Primo-Film-Boss schüttelte angewidert den Kopf. Der Arme, ganz aus dem Häusl war er, als ihm klar wurde, dass er Meyer aufgesessen war, als er sich über Kort so kundig gezeigt hatte, und er versuchte auszubessern: „Und was hat der Kort, bitte, frag ich Sie, was hat der Mann mit mir zu tun?“

„Er ist Ihr stiller Teilhaber. Was sonst noch alles, weiß ich nicht, aber Sie werden es mir sagen“, meinte Max freundlich.

Pribitzer erhob sich kopfschüttelnd. „Nix werd ich Ihnen sagen. Sie sind ein impertinenter Mensch. Ich hab genug“, keifte er noch, schwenkte zwischen den Tischen durch hin zur Tür und verließ eilig das Café. Als der Kellner kam, sagte Max: „Schreiben Sie das für den Pribitzer auf. Er musste weg.“

„Das sagt er immer“, murrte der Kellner, holte seine Brieftasche aus der Gesäßtasche und klappte sie auf: „Darf ich Ihren Kaffee kassieren, Herr Doktor!“

„Er hat mich eingeladen“, versuchte Max den Kaffee zu sparen, aber es verfing nicht. „Das wär das erste Mal“, sagte der

Kellner ungerührt und nannte den Preis des großen Schwarzen. Max zahlte und ging dann auch.

Der Pribitzer steckt da tief drin, dachte er, den Sechsten abwärts unterwegs ins Pilgramhof, wo er Ferdinand treffen wollte. Korrekturpause gab es heute keine, Max hatte nichts im Blatt. In Gedanken ging er die Geschichte über den österreichischen Film durch, die er schreiben wollte; übrigens ohne unappetitliche Randerscheinungen wie den Pribitzer hineinzunehmen.

Er überlegte kurz, was wohl die „Wiener Sonn- und Montagszeitung" daraus machen würde. „Charly Kuhlmann: der Jackie Cooper der widernatürlichen Unzucht!" oder dergleichen. So viel würde der Kommerzialrat gar nicht inserieren können, dass diese Schlagzeile unterblieb! Aber eines stand für Max nun zweifelsfrei fest: Die Burschen wurden mit der Aussicht auf eine Karriere als Filmschauspieler weggelockt und zu ganz anderen Aufnahmen verdammt. Und die Maxing-Film hatte damit zu tun.

„Der Pribitzer ist mit seiner Primo-Film tatsächlich an der Maxing-Film beteiligt", begann er wenig später seine Recherche vor Ferdinand auszurollen. „Davon hat mir der ehrenwerte Herr Ingenieur Homolka nichts gesagt! Und der Pribitzer behauptet, seine Primo-Film ist nur eine Beteiligungsgesellschaft!"

„Eh klar, nix arbeiten, aber mitschneiden", ließ Ferdinand antisemitische Ressentiments durchschimmern.

Max lächelte: „Und weißt du, wer die Gesellschaftsverträge der Primo-Film gemacht hat?"

Ferdinand versuchte so unwissend und beeindruckt wie möglich dreinzuschauen, wie er wusste, dass Max es erwartete; der spielte seinen Gstieß aus: „Der Doktor Kort!"

„Macht das sonst nicht ein Wirtschaftsanwalt?", staunte Ferdinand. „Vertritt er den Pribitzer auch vor Gericht?"

„Soviel ich weiß, nicht. Der Pribitzer ist nie einschlägig aufgefallen! Der sitzt auch nicht beim k. u. k.-Schediwy im Sarastro, aber er hält sich fesche Untermieter."

„Schau an, das kommt mir bekannt vor!", stichelte Ferdinand.

„Schweig!", lachte Max. „Du gehst morgen gleich in aller früh dorthin, zum Pribitzer in die Wohnung, und fragst ihn noch einmal aus. Dir dürfte er erliegen." Ferdinand nahm es sich vor. Für den späteren Abend hatte er aber einen Besuch beim Lustig in Hietzing ins Auge gefasst, um dort nach Charlys tatkräftigem Filmpartner zu suchen. Wie der aussah, war ihm aus dem Film bekannt, dass er ihn beim Lustig finden würde, war kaum eine Vermutung, eher eine vage Hoffnung, die Max mit seinen Neuigkeiten über Pribitzer jedoch etwas gestärkt hatte.

„Hast du Lust, mit auf ein Abendessen zum Lustig zu kommen?", fragte er Max, der unentschlossen wirkte. „Ich lad dich ein."

Da konnte Max natürlich nicht Nein sagen.

39

Ein Besuch beim Lustig in Hietzing beweist, dass der Erdäpfelsalat tatsächlich gatschig ist, und beschert Ferdinand darüber hinaus auch wesentlichere Erkenntnisse.

„Die ganz feine Hietzinger Gesellschaft ist das aber nicht, die sich da versammelt", nörgelte Max, nachdem er sich im Lokal kurz umgeschaut hatte. Das war durchaus zutreffend; die feine Hietzinger Gesellschaft hatte daheim Köchinnen und Dienstmädchen, da kam Tafelspitz auf den Tisch. Beim Lustig waren es Augsburger mit Erdäpflschmarrn und es ging oft bis weit in die Früh hoch her, weniger mit Essen als mit Trinken, wie sonst auch üblich. Dem Lustig Pepperl war es recht, mit Flüssigem war mehr zu verdienen und so sah er besonders gern die Leute vom Film nebenan, die sein Lokal wie eine ausgelagerte Betriebskantine frequentierten. Von den Stars ließen sich nur ganz selten welche blicken; nicht nur beim Wirten, auch im Studio der Maxing-Film des Herrn Ingenieur Homolka. Aber die Kleindarsteller, die Statisten und die Mannschaft waren hier so gut wie immer anzutreffen. Und, so hoffte Ferdinand, vielleicht auch der Partner des Charly aus der drastisch variierten „Künstlerliebe".

„Wir sind nicht zum Vergnügen da", rügte Ferdinand Maxens Nasenrümpfen. „Wenn es dir nicht passt, kannst du ja ins Parkhotel hinübergehen. Dort musst aber selbst bezahlen." Ferdinand in seinem neuen Anzug wäre dort diesmal auch nicht abgewiesen worden; beim Lustig war er mit dem feinen grauen Flanell – in der Diktion des Spenders – ziemlich *„overdressed"*.

Max fügte sich in sein Schicksal. In der Gaststube waren alle Tische besetzt, nur im Extrazimmer war einer frei. Das war für Ferdinands Observation nicht günstig, aber es versöhnte Max mit dem Ort. Abgesondert vom lärmenden Pöbel nahmen sie Platz, sofort umschwärmt von Kellner Egon.

„Hast du mit dem …?", erkundigte sich Max, als Egon mit der Bestellung abgegangen war. Ferdinand schüttelte den Kopf. „Er tät' gern", wies er Maxens Vermutung von sich.

An den beiden Nebentischen, die Max überblickte, erwies sich, dass nicht nur die Filmhalbwelt den Lustig aufsuchte. Ein dürrer Mann, um die sechzig, und eine korpulente Frau waren dabei, jeweils ein Schnitzel zu verschlingen. Auch Erdäpfelsalat schoben sie zwischendurch in die emsigen Münder, und Max meinte erkennen zu können, dass der Salat tatsächlich gatschig war. „Er Krankenkassenbeamter, sie Hausfrau", taxierte er die beiden, Ferdinand nickte. Egon brachte das Bier.

Auch die Einschätzung zweier Herren, die mit einer verlebt wirkenden Frau zwei Tische weiter vor leeren Suppentellern saßen, fiel nicht schmeichelhafter aus. Max wollte in dem Trio einen dreiköpfigen Sparvereinsvorstand erkennen, der hier konspirativ beratschlagte, wie ehrlos entnommene Beträge rückerstattet werden konnten. Ferdinand bewunderte Maxens Phantasie, überlegte kurz, ob Max diese Begabung auch seinen Zeitungsberichten angedeihen ließ, und fand dann, dass an den drei Tischen, die er im Blick hatte, alle Personen völlig durchschnittliche Wirtshausgäste waren, nicht viel anders als jene, die mittags an Mutter Motzens Tische drängten. An einem der Tische riefen zwei hagere Herren „Zahlen!" und gingen, nachdem Egon abkassiert hatte. Charlys rauer Liebhaber, den er suchte, würde jedenfalls eher draußen bei der Schank zu finden sein als hier. Und um eben auch einen Überblick über die Gäste der vorderen Gaststube zu haben, suchte Ferdinand mehrmals das Klosett auf. „Dafür bist du eigentlich noch zu jung", sagte Max.

Die Suppen waren gut, sowohl jene mit dem Leberknödel, die Max löffelte, wie auch die Ferdinands mit den Frittaten. Ebenfalls zufriedenstellend waren das Schnitzel und die geröstete Leber, die Egon nach etwas längerer Wartezeit auftrug. „Heut ist wieder einmal der Teufl los", bemerkte er entschuldigend und fragte sich nebenbei auch, wie er das bis zwölf durchstehen sollte. Das war das Ende seines Dienstes und für Ferdinand gedacht. Der hatte jedoch anderes im Sinn, ein Vorhaben, das ungemein Gestalt gewann, als – entgegen Ferdinands Erwartungen – zwei Männer sich an den einen noch freien Tisch setzten. Der eine der beiden war unverkennbar jener, der sich im Primo-Filmchen so leidenschaftlich des Charly angenommen hatte. Er saß Ferdinand über zwei Tische hinweg gegenüber, der zweite zeigte sein Profil.

„Ich habe ihn auch erkannt", sagte Max, als Ferdinand sich zu ihm wandte. „Hast du eine Ahnung, wer der andere sein könnte?" Ferdinand schüttelte den Kopf und beeilte sich aufzuessen. „Schling nicht so, das ist ungesund", mahnte Max. „Der rennt dir schon nicht weg."

Ferdinand hatte vermutete, die beiden wären nur auf ein Bier gekommen, aber sie schienen doch essen zu wollen, denn Egon kritzelte auch drüben eine Bestellung für die Küche auf seinen Block.

„Ich werde dich jetzt verlassen", sagte Max, als er die Leber verspeist hatte. „Sag dem Egon – so heißt er doch? –, dass sie ausgezeichnet war." Ferdinand nickte. Dieses „So heißt er doch?" bedeutete nichts anders, als dass Max dem Ferdinand nicht glaubte, dass er nichts mit dem Kellner gehabt hatte. Das war im Moment aber gleichgültig.

Kurz nachdem Max gegangen war, brachte Egon den beiden am letzten Tisch zwei kleine Gulasch; Ferdinand bestellte noch ein Bier – Egon dachte, es wäre seinetwegen – und blickte recht unzweideutig zu dem unbekannten Helden hinüber. Wenn der nicht auf den Kopf gefallen war, musste er merken, was Ferdinand vorhatte. Vorläufig aber war der Held noch mit seinem Gulasch beschäftigt, allerdings nicht so sehr, dass ihm Ferdinands Blicke entgangen wären.

Als das Bier Ausweg suchte, folgte ihm Ferdinand auf den Abort und stellte sich zu ihm an die Pisswand. „Du warst doch der Held draußen beim Latsch“, redete Ferdinand den Kerl an. „Hast den Charly ‘pudert, vor alle Leut‘. Gibt’s da Applaus?“

„Eh klar“, sagte der Held, ohne Ferdinand anzublicken. „Der Bua is klass, wann i da sog.“

„Du bist ja recht ordentlich beinand“, tastete sich Ferdinand weiter voran, aber zu tasten wäre nicht notwendig gewesen; der Held war erfreulich unkompliziert. „Wannst wüllst! I bin der Alois.“

Der Alois war also nicht abgeneigt, Kuhlmanns Anzug erweckte offenbar den irrigen Eindruck, dass hier Liebeslohn zu holen wäre. Ferdinand ergriff gerne die Gelegenheit, näher an den Filmhelden heranzukommen, und darin, dass Alois – wie im Film bewiesen – genau wie Ferdinand selbst lieber obenauf war, statt die Unterlage zu geben, sah er kein Hindernis, denn darum ging es ja nicht.

„Und wo?“, fragte Ferdinand.

„Drüben, im Atelier, i hab an Schlüssl.“

An seinen Tisch zurückgekehrt enttäuschte Ferdinand den Egon mit seinem „Zahlen, bitte!“ und ging. Dass auch der Alois – Stammgast bei Lustig und Egon wohl auch darüber hinaus bekannt – zu zahlen wünschte und seinen Begleiter am Tisch zurückließ, deutete der Kellner sehr richtig als Scheitern seiner Hoffnungen.

Kaum zwanzig Schritt vom Lustig aufwärts war der Eingang ins Traumland des Ingenieur Homolka. Alois schloss auf, ließ Ferdinand eintreten und versperrte hinter sich das Tor wieder.

Durch lange Gewohnheit auch in der Dunkelheit völlig sicher, ging Alois dem Ferdinand voran in die große Halle. Im Arbeitslicht einiger schwächlicher Birnen, die an Kabeln aus der Finsternis oben herabhingen, fand sich Ferdinand gänzlich unerwartet in einer schmalen, winkeligen Gasse in Paris. Darauf deutete die Aufschrift „Cabaret Lulu" auf einer der Fassaden hin, wie auch das unverkennbar pariserische Pissoir am Ende der Gasse. Dorthin folgte Ferdinand seinem Führer durchs unsittliche Paris und hinter der grau bemalten Pappe, ging es auf großen Baumwollballen, die einem Hafen hinter der Pappwand gehörten, rasch zur Sache. Allerdings nicht, wie Alois sich das gedacht haben mochte.

Kaum hatte Ferdinand das empfindlichste Teil an Alois im Griff, schloss er seine Faust. „Also, wia war des draußen beim Baron, ha?"

Da Max großen Wert darauf legte, dass sich Ferdinand wenn schon nicht der Schriftsprache, so doch eines etwas gehobeneren Umgangstons bediente, benutzte Ferdinand die Mundart nur, wenn er im Stress war oder wenn es ihm als einzige Möglichkeit erschien, sich dem Gegenüber auch wirklich verständlich zu machen. Hier schien ihm das geboten.

„Was wüllst, des is a Arbeit wie jede andere. Der Baron zahlt, wir liefern", jaulte Alois.

„Wer is wir?"

„Des geht di an Schaß an!"

„Des glaub i aber net. Guat wirst ausschaun, wann i den Film zum Antony im Sicherheitsbureau trag."

„Des kannst ruhig machen, Oarschloch."

„Nanana! Also, wer liefert?"

„Da Schediwy."

„Was liefert der? Kokain? Ja?"

„Eh klar."

„Und wer liefert die Burschn?"

„Waaß i net."

„Aber es wird da glei einfall'n", sprach der Ferdl und packte fester zu. Alois heulte auf. Ferdinand legte den Zeigefinger der freien Hand auf die Lippe. „Pssst!"

„Bist deppert, hear auf", ächzte Alois.
„Und wia war des mit dem Charly?"
„Woher soll i des wissn?"
„Na geh, komm schon", drückte Ferdinand wieder etwas fester. „Du warst do dabei!"
„Au, hear auf. Des war a Unglück."
„A Unglück, na so was!"
„Ja, der Charly hat irgendwas net vatrogn. Auf amoi war er tot. Der Sekretär hat ihm dann in Kopf g'schossn, und dann samma nach Wien. Ins Atelier."
„Und wie ist der Charly auf die Ruine gekommen?"
„I war fria Gärtner im Schloss, ich hab no an Schlissl. Da hab i so a Wagerl fürs Laub g'holt. Damit hab i den Charly hingfiart. Der Wilderer hat dann den Briaf aus dem Film ..."
„Das weiß ich schon", sagte Ferdinand. „Und was hat der Kort mit der Sache zu tun?"
„Wos was I, lass endlich aus ..."
„Und der Pribitzer?"
„Der macht die Film. Alles megliche. Alle Kombinationen. Immer wann nix los is da herinn. Da hat er mi damals angredt, i war brauchbar, hat er gs'agt..."
Da ertönte ein „Hallo, is da wer?" in der Dämmerung der Gasse und der Lichtkegel einer Taschenlampe flackerte über die Dekoration. „Putschandl?"
„Scheiße!", fluchte der Alois Putschandl. „Lass aus!"
Ferdinand ließ den Putschandl los, der zog erlöst die Hose hoch und verschwand tiefer in die Düsternis der Dekoration, in der er sich vermutlich recht gut zurechtfand. Nun war Ferdinand auf sich allein gestellt; da erotische Verzauberung, die sinnverwirrend wirken konnte, sich ohnehin nicht eingestellt hatte, sah er erfreulich deutlich eine Rückzugsmöglichkeit. Er war mit Alois an einem großen Tor mit einer kleinen Tür in den Hof vorbeigekommen; die steuerte er nun an, hoffte, dass sie nicht versperrt war, und hatte Glück. Im Hof fand er sich bereits viel besser zurecht, denn der ungebeten Hinzugekommene – es mochte ein Nachtwächter sein – hatte die Außenbeleuchtung eingeschaltet und so erkannte Ferdinand, dass es über

Gerümpel an der Mauer einen Weg hinübergab, vermutlich in den Tiergarten.

Auf der Mauerkrone zögerte Ferdinand kurz – er wollte nicht in ein Gehege eines womöglich menschenfeindlichen Tieres springen – aber es war drüben wie hüben eine Art Wirtschaftshof, in den er sich fallen ließ. Das größere Problem, sah er ganz richtig, würde es nun aber sein, aus dem Zoo in den Park und vor dort hinaus auf die Straße zu gelangen.

Nachdem er sich aufgeklaubt hatte, rannte er geduckt von der Mauer weg, auf der vom Licht im Hof dahinter deutlich konturiert eine Gestalt stand. Das nächstliegende Gebäude, das Ferdinand erreichte, hatte gläserne Wände; er hielt es für ein Vogelhaus, bei näherem Hinsehen entpuppte es sich jedoch als das kleinere der beiden ehedem k. u. k. Gewächshäuser im Schlosspark. Damit war das Problem, aus dem Zoo heraus zu gelangen, erledigt. Das Gittertor am stadtwärts gelegenen Ende des Parks war keine große Herausforderung, und Ferdinand machte sich, nicht die breite Achse entlang, sondern immer hinter den Hecken am Rand, in Richtung Stadt auf.

Jetzt, da er sich in Sicherheit fühlte, tauchte auch der Alois wieder in seinen Gedanken auf. Eigentlich ein netter Kerl, fand Ferdinand und hoffte, dass er keine Unannehmlichkeiten haben würde. Und auch was den Tod des Karl Kuhlmann jr. anging, legte sich Ferdinand auf dem Weg durch den Schönbrunner Schlosspark eine Sicht zurecht, die stark von Sympathie für Alois Putschandl gefärbt war.

Was war denn schon geschehen, draußen in der Latschburg? Charly war einfach zusammengeklappt. Niemand hatte ihm etwas getan, nichts eingeflößt … Dass der Wilderer dem toten Burschen dann gleich in den Kopf geschossen hatte, damit es blutet, das war dem Alois, sicherlich sehr, sehr unangenehm gewesen. Wahrscheinlich hatte ihm gegraust. Und was den Rest anging, Charly in Wien umzuladen aus Wilderers Auto in den Gärtnerkarren, so war das in seinen Augen nichts Schlimmes. Nicht einmal Beihilfe zur Verdunkelung einer Straftat, sah man von der Unzucht wider die Natur ab. Aber gerade das tat die Justiz nicht, und so war es letztlich doch klug gewesen, den Tod des Charly – mit dem der Alois offensichtlich sehr gerne „zusammengearbeitet“ hatte – als Selbstmord erscheinen zu lassen.

Was das Filmkunstwerk anging, in dem nicht nur der Charly, sondern auch der Putschandl recht gute Figur gemacht hatte, so würde morgen Pribitzer genauer zu befragen sein.

Das wirklich Betrübliche an der Expedition war, dass der neue Anzug recht mitgenommen aussah und möglicherweise eine chemische Reinigung alleine nicht ausreichen würde, ihn wiederherzustellen.

Max, im Ecksalon allein im Kubus – Béla war entweder noch im Theater oder unterlag gerade seinem Tenor –, bemerkte es sofort: „In welchem Saustall hast du dich denn herumgewälzt! War er so mitreißend, dein Filmheld?“

Ferdinand stellte sein Glas auf den Tisch, Max schenkte ein. „Also, lass dich doch nicht so bitten! Wie war's?“

Ferdinands Erzählung amüsierte Max über die Maßen. Als er vom Pappendeckel-Pissoir hörte, wäre er fast an einem Schluck Wein erstickt; als dann das Geständnis des Alois zur Sprache kam, konnte er – für ihn als Zyniker mühsam – doch nicht anders, als seinem Ferdinand aufrichtig zu gratulieren.

„Darauf müssen wir anstoßen!“, verfügte er, und weil keine Wärmflasche mehr in der Küche, Ferdinand aber zu faul war, in den Keller zu steigen, opferte Max die zweite Sektflasche des Cafétiers, von der Béla – in zufriedener Erschöpfung wenig später heimgekehrt – auch noch etwas abbekam; Schädelweh am nächsten Morgen inkludiert. Zumal es ja nicht nur Ferdinands erfolgreiche Aufklärung des Falles zu feiern galt, sondern – und darauf legte Béla großen Wert – auch die Tatsache, dass die phantastische Geschichte, die er zu allererst aufgetischt hatte, zu nüchterner Wahrheit geworden war. Abgesehen natürlich vom russischen Roulette, worauf – schon in der Tür zu seiner Schlafkammer – Max noch einmal hinzuweisen sich nicht verkneifen konnte.

40

Pribitzer kommt Ferdinand sehr entgegen und Charles Kuhlmann findet einmal keine Gelegenheit, sich großzügig zu zeigen.

Der Pribitzer wohnte gutbürgerlich, auch wenn er über die Untermieter jammerte, auf die er angewiesen sein wollte, um überleben zu können. In erotischer Hinsicht mochte das auch so sein, finanziell aber bei dem Friedenszins für die dreieinhalb Zimmer Wohnung in der Lerchenfelderstraße gewiss nicht der Fall.

Die erotischen Filmchen, die er in den abgedrehten Dekorationen der Maxing-Herz-Schmerz-Produktionen offensichtlich herunterkurbelte, mussten einiges abwerfen; vor allem, da der Vertrieb sich nicht auf den Zadrazil beschränkt haben dürfte. Wenn da noch andere mit im Geschäft waren, der Schediwy vielleicht, vermutlich auch der Doktor Kort, dann blieb der Markt sicherlich nicht auf die wirtschaftlich so brustschwache Republik beschränkt.

Vom Niedergang, den der Sprechfilm den heimischen Produktionen bereitet hatte, indem er sie für den europäischen Markt unbrauchbar machte, konnten die Primo-Produkte ja nicht betroffen sein. Walzerklänge, Gesang und innige Liebesschwüre, wie sie die Maxing-Operetten auszeichneten, die sich damit auf den heimischen Leinwänden mehr schlecht und als recht bewährten, waren bei Pribitzers Werken nicht erforderlich.

Das ging Ferdinand durch den Kopf, als er sich – ausnahmsweise auf Maxens Velocette – Pribitzers Quartier näherte, vom Café Filmhof her, wo er den Hintertreppen-Filmmogul nicht angetroffen hatte. Und auch dies überdachte er: Ob Pribitzer wohl selbst Regie geführt hat, bei den erotischen Zelluloid-Träumen? Er stellte sich vor, wie dem Mann immer wieder die Brillen beschlugen, wenn er Anweisungen zu diesen und jenen Hantierungen gab.

Ferdinand hielt gegenüber der Lerchenfelder Kirche vor dem Haus, in dem Pribitzer mit seinen Untermietern lebte. Während er abstieg, meinte er aus der Höhe ein Duett erregter Stimmen zu hören, aus dem sich dann ein lang gezogenes Solo mit unüberhörbarem Crescendo löste. Bevor Ferdinand nach oben blicken konnte, brach dieser Schrei abrupt ab, zugleich schlug etwas vor ihm auf dem Gehsteig auf. Ferdinand fühlte etwas in sein Gesicht spritzen, und deutete es richtig als Blut, denn vor ihm auf dem Gehsteig, direkt vor dem Haustor, lag ein blutiger Klumpen Mensch, den Ferdinand anhand der runden Brille, deren Gläser etwas abseits ihres ehemaligen Trägers zersplittert waren, als Moritz Pribitzer erkannte. Zu spät also.

In Windeseile, fast so schnell, wie Pribitzer vom offenen Fenster im vierten Stock ins Parterre gelangt war, hatten Passanten die am Gehsteig liegende Leiche eingekreist, einige redeten laut auf die anderen ein, sie wüssten, wer der Tote war, und man müsse die Rettungsgesellschaft herbeitelephonieren; andere meinten, dafür wäre es zu spät, aber die Polizei sollte doch verständigt werden. Und während sich um den ersten Ring von Neugierigen ein zweiter bildete und beide Kreise sich an einer Seite öffneten, weil das Blut diese Richtung in den Rinnstein nahm, startete Ferdinand sein Motorrad und schwenkte in die Gasse neben der Kirche ein, die quer durch den Siebenten nach Mariahilf führte, wo er seinem Auftraggeber ganz kurz berichten wollte, um dann die Sachlage mit Max im Kaffeehaus zu besprechen.

Ein glücklicher Zufall wollte es, dass der Kommerzialrat vor dem Geschäftsportal mit einem vermutlich für die Gestaltung der Auslagen zuständigen Mann nicht einer Meinung war. Mit weit ausladenden Gesten und ausgestrecktem Zeigefinger fuchtelte Kuhlmann herum, ließ aber sofort von seinem Untergebenen ab, als er gewahr wurde, wie Ferdinand an den Gehsteigrand rollte, und schwebte ihm entgegen: „Sie sind unglaublich, Herr Nowak, Tag für Tag gute Nachrichten, kommen Sie bitte!“ Ferdinand, der gar nicht von seinem Motorrad abgestiegen war, winkte ab; er sei in Eile und was es Neues gab, wäre in Kürze berichtet: „Der Putschandl sagt, es war ein Unfall“, begann Ferdinand für Kuhlmann zunächst unverständlich.

„Das war der Mann, der mit Karl in dem Film … äh … auf dem Fest im Waldviertel war. Dort ist er gestorben. Warum ist noch unklar. Es sieht so aus, als hätte er irgendeines von den Aufputschmitteln des Herrn Baron nicht vertragen." Kuhlmann war fassungslos; es war ihm peinlich, dass er zu spät bemerkte, wie ihm der Mund offen stand. „Ja und dann?", war alles, was er herausbrachte, und Ferdinand erzählte den Rest. „Damit der Verdacht nicht auf den Baron fällt, hat dann einer ihren toten Sohn angeschossen. Danach wurde er nach Wien gebracht und in Schönbrunn hingelegt, zusammen mit dem Abschiedsbrief, den er früher in dem Film geschrieben hat."

Vom Baron Latsch von Latschenfels hatte Kuhlmann schon immer nichts gehalten. Der Nabob von Wien war niemals sein Kunde gewesen, denn er ließ in Savile Row in London maßschneidern. Nun war er auch noch am Tod des Sohnes schuld. Empörend.

Ferdinand dachte kurz, dass er mindestens drei Hosen und zwei Jacketts einbüßte, wenn er jetzt abfuhr, aber er startete trotzdem seine Velocette und winkte Kuhlmann, der ratlos am Gehsteigrand zurückblieb.

41

Hofrat Bubetz begibt sich hoffnungsvoll ins Café Pilgramhof und muss enttäuscht und hastig in die PolDion zurückkehren.

Entschlossen, an den Erkenntnissen Nowaks teilzuhaben, bemühte sich Hofrat Bubetz höchstselbst per Dienstwagen ins Café Pilgramhof, um mit dem Kaffeehaus-Detektiv zu reden.

Er hätte auch Wachleute schicken können und Ferdinand auf den Schottenring bringen lassen, aber Bubetz vermutete – ganz richtig, übrigens –, dass Ferdinand mit unkonstruktivem Trotz reagiert hätte. Andere seines Standes hätten es für entwürdigend gehalten, sich mit Angelegenheiten von höchster – interner – Priorität in die Niederungen eines Vorstadtkaffeehauses zu begeben, Bubetz jedoch sah es als den sinnvollsten Schritt an, den er unter den gegebenen Umständen tun konnte.

„Wo ist der Nowak?", fragte er den Kellner; der deutete mit dem Kopf nach hinten, wo Ferdinand saß. Bubetz bestellte einen Cognac, dann schritt er zu Ferdinand und nahm unaufgefordert Platz.

„Herr Nowak!", begann der Hofrat ganz ruhig, „Haben Sie immer noch nicht genug? Wollen Sie noch einmal eine auf den Schädel bekommen? Sie haben da in ein Wespennest gestochen, was sage ich, Hornissen eher. Begreifen Sie doch endlich, dass diese Angelegenheit Sie überfordert?"

Das stieß Ferdinand sauer auf. Ihn etwas überfordern? Was bildete der Mann sich ein. Er blickte ihn wortlos an. Der Kellner brachte den Cognac für den Hofrat.

„Alkohol im Dienst?", lästerte Ferdinand.

„Aber, Herr Nowak", versuchte es Bubetz mit Verbrüderung. „Ich bin doch kein ordinärer Wachmann, Sie wissen das. Seien Sie doch nicht so trotzig. Wollen Sie auch einen? Herr Ober, noch einen für den Herrn."

„Nowak!", begann er abermals sanft und weit ausholend, eine Methode, die er gerne anwandte, weil sie auf das Gegenüber leicht hypnotisierend wirkte durch die Langeweile, die dabei aufkam. „Ich habe viel mitgemacht in meiner Laufbahn, wissen Sie. Dienst in den Vororten, Hernals, Döbling, das war schön. Beschaulich. Aber so ist die Welt bekanntlich nicht. Auch mit dem Oberst Redl hab ich zu tun gehabt. Ich musste mich mit den Aufständen neunzehn und zwanzig herumschlagen und mit dem Juli siebenundzwanzig. Das war alles sehr aufreibend, hat aber nur ein bescheidenes Gehalt gebracht. Die Entschädigung dafür war, manchmal einen Erzgauner hoppgenommen oder ein Unglück verhütet zu haben."

Ferdinand, das konnte Bubetz sehen, ging ihm langsam auf den Leim. „Und deshalb", redete der Hofrat weiter, „beabsichtige ich nicht, mich sang- und klanglos in die Pension zu verabschieden. Ich meine: ohne einen ganz großen Erfolg." Ferdinand dachte: Aha, er schafft es alleine nicht, er braucht mich.

Es war großzügig von Bubetz, wie er mit seiner Zeit umging, denn in Wahrheit saß er auf Nadeln. Aber aus den Erzählungen von Max wusste er, dass Ferdinand zwar einen Gerechtigkeitsfimmel hatte, den er anzusprechen gedachte, dass er aber auch sehr aufbrausend sein konnte. Nicht nur in seinem Büro, auch hier im Kaffeehaus, lag dem Hofrat viel daran, Aufsehen zu vermeiden.

„Vielleicht werde ich dann meine Memoiren schreiben – erwarten Sie keine Enthüllungen. Aber für Sie wird sich ein Platz darin finden: Als Laus im Pelz, wenn Sie mir diese respektlose Formulierung gestatten. Eine Laus im Pelz: uneinsichtig sich und andere gefährdend."

„Herr Kuhlmann hat mich beauftragt, den Tod seines Sohnes zu klären. Weil die Polizei wieder einmal versagt hat. Das ist alles", erwiderte Ferdinand gleichgültig. Der Hofrat überging die spitze Bemerkung. „Und zu welchem Ergebnis sind Sie gekommen, Herr Nowak?"

Ferdinand verstand nicht ganz, was der alte Herr hier wirklich wollte. Entweder beabsichtigte der Beamte Ferdinands Erfolge – welche eigentlich? – zu torpedieren und drängte deshalb so sehr auf Auskunft. Oder aber, und dieser Gedanke gefiel Ferdinand zusehens, der Hofrat und seine Leute stocherten auf ihrer großartigen Spur noch immer verzweifelt im Dunkel und waren auf Ferdinands Erkenntnisse angewiesen wie auf einen Bissen trockenes Brot. Darauf baute er nun seine Haltung gegenüber Bubetz.

„Üblicherweise werde ich für Auskünfte, die ich geben kann, bezahlt ...", hob er an, aber Bubetz fuhr ihm gleich übers Maul. „Nowak, ich bitt Sie, dass andere Sie dafür bezahlen, weiß ich. Und ich weiß auch, dass Sie dafür keine Steuer bezahlen. Also, lassen Sie uns doch zusammenarbeiten."

Die unendliche Geduld, die Bubetz immer noch an den Tag legte, bestärkte Ferdinand aber in seiner Annahme, dass die Polizei gar nichts wusste und darauf aus war, sich bei der Aufklärung des Falles mit fremden, sprich: mit Ferdinands Federn zu schmücken.

„Also: Beim Latsch wurde russisches Roulette gespielt“, begann Ferdinand, aber das verfing nicht. Im Gegenteil, Bubetz fühlte sich gepflanzt und wurde grantig.

„Nowak, hab ich's schon gesagt? Sie sollten Schundromane schreiben. Beim Latsch ist niemals russisches Roulette noch sonst was gespielt worden. Der Latsch war ein Lüstling und rauschgiftsüchtig, aber kein Spieler. Obwohl, er hätte sich auch das leisten können. Also: Wer könnte den jungen Kuhlmann erschossen haben?“

„Der Wilderer“, überraschte Ferdinand den Hofrat. „Aha, und warum, wenn ich fragen darf?, wollte der wissen.

„Weil er tot war“, grinste Ferdinand.

Noch verlor Bubetz nicht die Geduld. Er fühlte sich nur zutiefst beleidigt von der vermuteten Frechheit Ferdinands. Aber er verharrte in der Pose gespielter Gelassenheit.

„Aha“, sagte er ganz ruhig. „Und warum erschießt man einen Toten?“

„Das wissen Sie nicht? Arme Polizei!“, gab Ferdinand mit überheblich mitleidvoller Miene Auskunft und hatte damit die Geduld des Hofrats überstrapaziert.

Bubetz schlug mit der flachen Hand auf den Tisch. „Nowak, es reicht. Warum wollen Sie uns nicht helfen? Wenn es Ihnen lieber ist, können wir das auch auf dem Präsidium klären. Also, zu welchem Ergebnis sind Sie gekommen?“

„Zu keinem“, log Nowak.

„No, das wird den Kuhlmann aber freuen. Schließlich blättert er ordentlich was auf den Tisch. Und neu eingekleidet, höre ich, hat er Sie auch.“

„Geredet wird viel!“, murrte Ferdinand, der sich langsam doch etwas unbehaglich zu fühlen begann.

Da kam unerwartet Entsatz: Wenn man vom Teufel spricht … Kuhlmann stürmte ins Café und trabte mit weit ausholenden Schritten zu Ferdinands Tisch am Ende des Raumes.

„Ha! Da sind sie ja! Holen Sie sich gute Ratschläge bei Herrn Nowak, ja? Den übrigens ich bezahle, nicht wahr? Weil selbst bringen Sie ja nichts weiter!" Kuhlmann zog vom Nebentisch einen Sessel herüber und setzte sich, ohne den Mantel abzulegen, rittlings darauf, die Lehne Bubetz zugekehrt, darauf verschränkt seine Arme.

„Hat er Ihnen schon gesagt, wie sich der Selbstmord meines Sohnes abgespielt hat? Hat er? Nein, wohl nicht, Sie sehen noch so selbstzufrieden aus, Herr Hofrat!" Da war wieder der verächtliche Unterton in diesem „Hofrat", wie beim Gespräch am Schottenring. „Dann werde ich Ihnen sagen, was ihre ‚beste Polizei der Welt' nicht in der Lage war zu klären: Mein Sohn war eingeladen bei Baron Latsch auf Latschenfels" – was natürlich eine sehr geschönte Bezeichnung für Charlys Anwesenheit bei der Orgie war – „und dort ist er gestorben. An irgendetwas; es gab viel, was er nicht vertragen hat. Und damit der Baron nicht in Verruf kommt, nicht wahr, nicht noch mehr, meine ich, weil davon hatte er ja schon genug, seit er damals in die Schweiz musste – deshalb hat man meinem Sohn in den Kopf geschossen; mit der Pistole, die er ja praktischerweise dabei hatte. Kälbl hat sie ihm geschenkt, Herr Hofrat, das weiß ich inzwischen auch ..."

Bubetz war sprachlos. Nicht nur über die – in seinen Augen überraschend vulgäre – Art, wie der Kommerzialrat abzurechnen begonnen hatte mit der Behörde, als die der Hofrat hier saß, sondern auch über die Einzelheiten, die ihm Kuhlmann *triumphans* überheblich grinsend entgegenschleuderte.

„Und dann wurde mein Sohn auf der Römischen Ruine abgelegt, so, als hätte er sich erschossen; mit einem Abschiedsbrief, den er selbst, ja, selbst, aber unter ganz anderen Umständen, geschrieben hat; beschämenden Umständen, wie ich zugeben muss, aber so war es. Und Sie sind darauf hereingefallen."

Er fixierte Bubetz hasserfüllt: „Oder es kam Ihnen sehr zupass, weil Sie doch den Baron Latsch schützen mussten, nicht wahr, den sittenlosen Nabob. Wer so viel Geld hat, der erfreut sich doch besonderer Aufmerksamkeit unserer besten Polizei der Welt." Und dann, weil Bubetz schwieg, fuhr Kuhlmann ihn ganz unverschämt laut an: „Sagen Sie, dass ich mich irre, wenn Sie sich das trauen."

Bubetz holte tief Luft. „Und von wem haben Sie diese G'schichterln?", fragte er ganz gelassen. Das wirkte. Kuhlmann kam zu sich und antwortete vergleichsweise zivilisiert: „Na, was glauben Sie? Von diesem hervorragenden jungen Mann!", deutete er auf Ferdinand. „Von seiner Sorte sollten Sie welche in Ihrer Truppe haben; damit wäre der Bevölkerung sehr gedient."

Mit versteinerter Miene saß Bubetz da, sein „Schmächtiges Häuflein" vor dem inneren Auge, und gab dem Mann schweigend recht. Er glaubt sich wohl wieder im Wahlkampf für Kunschak, dachte Bubetz dann und wandte sich an Ferdinand: „Und woher, Nowak, bitte, haben Sie das alles?"

„Ich habe mit dem Putschandl geredet", gab Ferdinand Auskunft.

„Sie haben sich den Putschandl vorgenommen, trifft wohl eher zu", korrigierte Bubetz. „Und?"

„Der Putschandl hat alles gestanden."

„Allerhand! Das muss Ihnen der Neid lassen. Sie phantasieren sich da was zusammen und gehen dann hin und suchen sich die passende Wirklichkeit dazu. Will sagen: Und prügeln sich die entsprechenden Zeugenaussagen zurecht. Alle Achtung. Gratuliere."

Der Hofrat nahm einen Schluck von seinem Cognac und fuhr ernsthaft fort: „Und dann hatte der Putschandl vermutlich ausgerenkte Finger, gebrochene Rippen, ein blaues Auge und eine dicke aufgeplatzte Lippe, Herr Detektiv, nicht wahr?"

Ferdinand schüttelte sehr aufrichtig den Kopf. „Auf diese Methoden der Polizei bin ich nicht angewiesen", reizte er den Hofrat weiter, „Sie würden nicht glauben, an welcher Stelle der Putschandl weich geworden ist."

Bubetz konnte es sich vorstellen. Waldhäusl kannte diese Stellen auch; er selbst verachtete das, aber Waldhäusl war eben ein Kegler, er, Bubetz zog das Schachspiel vor. An Ferdinand gewandt fuhr er fort: „Und er hätte sich den Kort als Anwalt genommen, und der hätte ihm geraten, alles zu leugnen, weil es unter Einwirkung brutaler Gewalt aus ihm herausgeprügelt worden ist. Gott sei Dank nicht von der Polizei."

„Diesmal nicht von der Polizei", höhnte Ferdinand.

Bubetz überhörte auch das. Die Engelsgeduld, die er bisher an den Tag gelegt hatte, wuchs nun zu geradezu erzengelhafter Langmut. „Klug war das nicht, Herr Nowak, das ist Ihnen doch hoffentlich klar? Jetzt wissen Sie zwar etwas, aber können es nicht beweisen! Der Putschandl ist nämlich tot!“

Ferdinand starrte den Hofrat entgeistert an.

„Ah, das wissen Sie noch nicht?“, war es nun am Hofrat zu sticheln.

„Was? Aber ich habe doch nur …“, war alles, was Ferdinand im Augenblick herausbrachte, aber der Hofrat wollte ihm ja gar nicht einen Mord unterschieben: „Beruhigen Sie sich, Herr Nowak. Ein Arbeitsunfall. Er hat sich elektrisiert und ist von der Beleuchterbrücke gefallen; ganz von allein. Na ja. Ein Jammer.“

Sie haben ihn umgebracht, schoss es Ferdinand durch den Kopf, damit sie ihr Selbstmordtheater weiter spielen können. Die Polizei entledigt sich missliebiger Zeugen; weit haben wir's gebracht.

Und es kam noch schauerlicher.

Max Meyer stürzte ins Kaffeehaus, hastete – ohne sich nach den Billardspielern umzusehen – zum Tisch, wo Ferdinand, Kuhlmann und der Hofrat saßen.

„Ferdinand! Ferdinand! Sie haben den Vinzenz!“, keuchte er fassungslos.

„Das wollte ich ihm gerade schonend beibringen“, sagte Bubetz, „und ihn davon überzeugen, mit uns zusammenzuarbeiten. Aber er lässt ja nicht mit sich reden!“

Ferdinand sah rot. Bubetz hatte Vinzenz in seine Gewalt gebracht, um ihn zu erpressen! Das sah der ‚besten Polizei der Welt‘ ähnlich. Eine Horde von … Er sprang auf und wollte Bubetz an die Gurgel, aber Max ging dazwischen. „Ferdl, nicht die Kieberei, die Mörder vom Charly!“

Ferdinand sackte zusammen, zurück auf seinen Stuhl. Stumm den Kopf schüttelnd. Langsam dämmerte ihm, dass er da wirklich in ein Hornissennest gestochen hatte; allerdings konnte er noch immer nicht ganz glauben, dass die wild und angriffslustig herumschwirrenden Hornissen nicht doch zum Polizeiapparat des Hofrat Bubetz gehörten, oder ob hier tatsächlich ganz amtsfremde Personen am Werke waren.

„Also, vielleicht jetzt doch?", gab sich Bubetz trotz der versuchten Attacke auf ihn versöhnlich. Wo die Liebe hinfällt, man kannte das ja. „Haben Sie eine Ahnung, was dem jungen Ploderer eingefallen ist, sich in die Hände dieser Verbrecher zu begeben? Wollte er Ihnen zur triumphalen Aufklärung Ihres Falles verhelfen?" „Aus Liebe!" hinzuzufügen versagte sich Bubetz; Ferdinand sollte sich sammeln können und endlich einen Überblick geben über das, was er herausgefunden hatte.

Ferdinand war schwer angeschlagen und griff nun doch zum bis dahin stolz verweigerten, von Bubetz gespendeten Cognac.

„Was ist Ihnen eingefallen, Ihren jungen Freund vorzuschicken? Als Lockvogel für Leute, denen Sie nicht gewachsen sind?", schimpfte der Hofrat.

„Ich weiß gar nicht, was Sie meinen. Ich habe ihn nirgendwo hingeschickt", redete Ferdinand tonlos vor sich hin. „Die Schnapsidee muss er ganz alleine gehabt haben. Er hat mir auch nichts davon gesagt. Ich verstehe das nicht." Tatsächlich wollte er sich nicht eingestehen, dass er sehr wohl eine Idee hatte von den Beweggründen des Burschen. Es stand ihm vor Augen, wie Vinzenz damals auf den Film reagiert hatte, und er machte sich Vorwürfe, dass er ihn ins Café Filmhof geschickt hatte, um nach dem Pribitzer zu fragen. Wahrscheinlich war es wirre Hoffnung auf irgendwelche erotische Abenteuer gewesen, die Vinzenz wieder dorthin geführt hatte. Dass ihn jetzt vermutlich ganz anderes als vergnügliche Erotik erwarten würde, daran mochte Ferdinand gar nicht denken.

„Sie wollen den jungen Ploderer doch wiederhaben, oder?", begann Hofrat Bubetz erneut in Ferdinand zu dringen. „Also! Was wissen Sie von der Sache? Was wissen Sie über die ganze Angelegenheit."

„Kuhlmann hat ..."

„Ja, gut. Kommerzialrat Kuhlmann hat damit angefangen, ich weiß. Aber ohne Sie wäre all das nicht passiert, was inzwischen passiert ist!"

„Was ist denn schon groß passiert?", sagte Ferdinand, der alles geringschätzte im Vergleich zum Verschwinden seines geliebten Vinzenz.

„Na ja, der Pribitzer ist aus dem Fenster gefallen, der Putschandl von der Beleuchterbrücke gestürzt. Weiters" – Bubetz ließ den Cognac im erhobenen Glas kreisen – „ist Baron Latsch tot und der Wilderer sitzt. Aber – und das, Nowak, ist ja das Unerfreuliche an ihrer Herumstierlerei – das alles hat mit dem wirklichen Fall nichts zu tun."

Ferdinand schaute den Hofrat unglaublich dumm an, Kuhlmanns Blick war ähnlich, nur Max spitzte die Ohren. Vielleicht verredete sich Wenzel doch noch, und es würde endlich klar, womit es der alte Freund wirklich zu tun hatte.

„Sie haben Leute, deren Fährte wir nach langem Tappen im Dunkeln endlich aufspüren konnten, kopfscheu gemacht, aufgescheucht und uns auf diese Weise, durch Ihre Dummheit ..."

„Also bitte!", protestiert Max; Bubetz winkte ab. „... uns um wichtige Zeugen gebracht. Den Pribitzer beispielsweise und natürlich auch den Putschandl."

„Vom Putschandl haben Sie doch gar keine Ahnung gehabt. Den Putschandl hat es für Sie vor zehn Minuten doch noch gar nicht gegeben", keppelte Ferdinand in feindseligem Ton; Bubetz überging es mit bewundernswerter Gelassenheit. „Aber Sie wollen doch sicherlich, dass wir den jungen Ploderer wieder finden, oder? Eben."

„Er kennt den Vinzenz?", wandte sich Ferdinand verständnislos an Max.

„Jaja, natürlich; seit den Windeln", erklärte Bubetz. „Ich hab mit dem alten Ploderer studiert. Ein großartiger Beamter, ein bisserl von oben herab, und mit Erziehung kennt er sich gar nicht aus; na ja, und erst die Tochter ...!" Er verdrehte kaum merklich die Augen und schwieg.

„Der Charly sollte auch entführt werden", packte Ferdinand nun langsam aus. Er hatte zu begreifen begonnen, dass die Latsch-Linie der Geschichte tatsächlich nichts mit dem „großen Fall" zu tun hatte, von dem Bubetz die ganze Zeit über redete. Bubetz war über die Maßen erstaunt. „Woher haben Sie das?"

Ferdinand erzählte vom Kinobesuch mit Kuhlmanns Dienstmädchen, was Bubetz recht anzüglich mit: „Alle Achtung! Sie bringen Opfer für den Beruf!" kommentierte.

In diesem Augenblick läutete drüben bei den Zeitungen das Telephon. Ferdinand fuhr hoch, als hätte er auf den erpresserischen Anruf der Entführer seines Geliebten gewartet. Franz schlurfte zum Telephon, hob ab und wandte sich dann um. „Herr Hofrat Bubetz?", sagte er vernehmlich in den Raum. Bubetz erhob sich und ging – zuversichtlich, die Meldung von der Verhaftung der „Fledermaus" entgegennehmen zu dürfen – zum Apparat. Der Stimmungsumschwung, kaum hatte er den Hörer am Ohr, war gewaltig: „Ich fasse es nicht, ich fasse es einfach nicht", keifte er ganz und gar nicht hofrätlich vor sich hin, legte auf und kehrte zum Tisch zurück.

„Was ist los?", wollte Max wissen, aber Bubetz machte nur eine übellaunig wegwerfende Handbewegung. „Das wissen wir nicht und das wollen wir auch gar nicht wissen, und es wäre besser, wenn auch du es nicht zu wissen wünschtest", war des Hofrats wirre Auskunft. Er schnappte seinen Mantel vom Haken, schlüpfte mit großen weit ausholenden Gesten in die Ärmel – Meyer musste jäh zurückweichen, um nicht gestoßen zu werden – und hastete, ohne zu bezahlen, hinaus zu seinem Dienstwagen, der Sekunden später die Schönbrunnerstraße stadteinwärts verschwunden war.

Von der Enttäuschung zusammengedrückt hockte der Hofrat da und holte tief Luft. Die Schläge in die Magengrube häuften sich; ein Boxer, Schmeling, nicht wahr, der mochte das ungerührt hinnehmen, der hatte harte Bauchmuskeln, wahrscheinlich war auch dieser Nowak mit einer schützenden Bauchdecke gesegnet. Ihm selbst ging solche Panzerung zur Gänze ab. Der Gedanke war unerfreulich, es rumorte leicht im Darm.

42

Ferdinand Nowak erfährt mehr vom Tod des Alois Putschandl und begeht einen dummen Fehler.

Der Abgang des aufgescheuchten Hofrats hatte Ferdinand, Max und Kuhlmann in ratlos staunendem Schweigen zurückgelassen. Ferdinand kam als Erster wieder zu sich. „Der Putschandl tot, mein Gott“, sagte er vor sich hin. „Kein Unfall, sicher nicht.“

Max verlangte Aufklärung. Ferdinand fühlte sich schuldig; er dachte, dass das Geständnis, das er dem Alois buchstäblich abgequetscht hatte, ihn das Leben gekostet haben musste.

„I spür des im Urin“, sagte er, und ohne zu präzisieren, welche Erkenntnis er seiner Blase verdankte, schnappte er seine Lederjacke, die über seiner Sessellehne hing, und hastete hinaus. Die Lösung, davon war er fest überzeugt, war beim Lustig zu finden; wie und warum konnte er nicht sagen, aber er musste seiner volksmündlich formulierten Intuition folgen.

Mit dem Motorrad war es keine dreißig Minuten hinaus zum Lustig.

„Sie scho wieda?“, fragte der Wirt, als er sich vom Eiskasten seiner Gaststube zuwendend den Ferdinand vor der Theke erblickte. „Was darf’s sein?“

„Ein Bier! – Wo ist denn der Alois?“, erkundigte sich Ferdinand betont gleichgültig.

„Na ja, wär er nicht aufeg’stiegen, war er net abeg’fallen“, sagte der Lustig. „Sie haben ja keine sehr hohe Meinung von dem Mann“, fühlte sich Ferdinand verpflichtet, für den Alois Partei zu ergreifen.

„Der ist mir noch was schuldig“, murrte der Wirt und stellte Ferdinand sein Bier hin. „Kann ich jetzt in’ Kamin schreiben.“

„Wie ist denn das passiert?“, fragte Ferdinand.

„Ja, was waaß i. Frag'n'S den Ernö, der war dabei", murrte er und zeigte auf einen kräftigen Mann, der an einem der Fensterplätze saß, mit einer kostümierten Frau. „Oder die Anni, die hat mit eam – ah was …"

Recht vielseitig, der Alois, dachte Ferdinand, nahm sein Bier und ging hinüber zu diesem Ernö und erkundigte sich nach Alois.

„Mein Gott, i hab den Loisl ja scho kennt, wiar a no Gärtner war, drüben im Schlosspark. Bevur earm der Dings fürn Fühm entdeckt hat."

„Der wer?", fragte Ferdinand nach.

„No, da Blade, vom Fühm daneben", gab die kostümierte Person Auskunft, die vor sich ein Häferl Tee hatte, an dem sie sich die Hände wärmte; für die innere Wärme gedacht war der Rum, der – dem Duft nach zu schließen, den das Getränk verströmte – großzügig beigegeben war. „Poldl, sag', wia haaßt der schnell?", wandte sie sich über die Schulter an einen Mann am Nebentisch.

„Da Pribitza!", gab der ebenfalls über die Schulter Auskunft. „Der war a großer Entdecker."

„Der hat's jetzt a überstand'n", sagte die Anni, schlürfte an ihrem Tee, und der Ernö ergänzte. „Der G'sölchte hat g'sagt, den Pribitza hat's dawischt. Vierter Stock! Des zahlt si aus."

„Der G'sölchte?", fragte Ferdinand; er vermutete einen Bekannten hinter der Bezeichnung.

„Was was i!", gab der Ernö Auskunft. „Allewei an Tschik in der Pappn, ganz gelb wara scho. Der hat des Kokain 'bracht, für die Schauspieler."

„Der Pribitza, wann i ihna sag, der war a Mensch …", mischte sich der Poldl vom Nebentisch ein, ohne zu erwarten, dass irgendwer auf seine Erinnerungen einging.

Ferdinand begriff: der „G'selchte", das war der „Kineser", also der Zadrazil, und das wiederum war eine Verbindung zum k. u. k.-Schediwy. Aber dass der mit Kokain handelte, war nicht Neues, allgemein bekannt, auch auf der Rossauerlände, und also kein Grund, den Alois Putschandl umzubringen. Schediwy scheidet aus, dachte Ferdinand, noch bevor er sich nach den

Ungereimtheiten beim Heimgang des Loisl – wie ihn der Ernö nannte – erkundigt hatte; wobei es „Ungereimtheiten" für Ernö und die anderen hier nicht zu geben schien: „Na, wie so was halt passiert", erklärte er dem Ferdinand. „Unvorsichtig, das Kabel abg'wetzt, patsch, und schon liegt er da", schilderte er sehr drastisch den Abgang des Alois und legte noch zu: „Da die Anni, vü hat net g'föht, und sie warat jetzt a dahin." Die Anni, ihr Teehäferl von den Lippen nehmend bestätigte das: „So wia Sie da sitzen, so iss er neben mir abakumma!"

„Grauslich, des Bluat, die Anni hat g'schrian wia am Spieß", vollendete Ernö den Bericht. „War nix mehr zum machen."

„Wann ist das Begräbnis?", erkundigte sich Ferdinand pietätvoll.

„Am Meidlinger, glaub i", gab Ernö den Ort an.

„Na", verbesserte die Anni. „Am Zentral. Nächste Woch'n. Durt hängt da Patazettl; i geh net hin."

Aber ich, sagte sich der Ferdinand, der keine Ahnung hatte, dass bis dahin noch sehr viel geschehen würde, „passieren", wie es hierorts tröstlich hieß, weil so das schrecklichste Geschehen zu einer vorübergehenden Angelegenheit gemildert wurde; ganz auf der Linie des „Glücklich ist, wer vergisst ..." der „Fledermaus". Nicht der des Hofrats, der von Strauß Sohn.

Was Ferdinand dann tat, entsprach seiner chaotischen Art, an die Dinge heranzugehen. Er schob die Spur des „Kineser" als unbedeutend beiseite und fühlte – Bauch oder Blase machte da keinen Unterschied –, dass die Antwort auf alle Fragen nur Dr. Kort geben konnte und niemand anderer. Nun war der zwar bekanntermaßen nicht sehr gesprächig, aber Ferdinand war zuversichtlich, dass es ihm gelingen würde, die Schweigsamkeit des Herrn Rechtsanwalt etwas zu lockern. Vielleicht wie beim Putschandl, dachte er, nicht wissend, dass Kort – von einer gewissen Hermine Gatterhölzl trainiert – härter im Nehmen sein würde, als es der arme Alois gewesen war.

Ferdinand verabschiedete sich freundlich von Anni und Ernö, bezahlte beim Kellner Egon, der ein beleidigtes Gesicht machte, sein Bier, schenkte ihm als Trinkgeld einen Hoffnung weckenden Blick und schwang sich draußen auf sein Motorrad, was des nachblickenden Kellners Phantasie recht erheblich beflügelte.

Als sich Ferdinand draußen in Hietzing Korts Villa näherte, sah er schon von der Hauptstraße her Licht im Haus; hinter den zugezogenen Vorhängen war Bewegung, die Schatten kündeten von Betriebsamkeit. Er stellte den Motor ab und ließ sich in die Seitengasse rollen.

Der Wachmann, der drüben bei der Botschaft wachsam von einem kalten Fuß auf den anderen trat, war heute nicht Vogelsang; der machte vielleicht schon Innendienst. Sollte er den fremden Beamten um Hilfe bitten? Würde der ihm glauben? Der alte Vogelsang wahrscheinlich schon, jeder andere wahrscheinlich nicht.

Er war auf sich allein gestellt, und es ging ihm ohnehin gar nicht so sehr darum, die Verbrecher zu fassen; er wollte einfach nur seinen Vinzenz befreien. Also, keine Gedanken an Unterstützung verschwenden, sondern handeln! Sich über den gusseisernen Zaun zu schwingen war keine Kunst, das Aufsetzen im Rosenbeet dahinter etwas problematischer. Die Kellerfenster glommen matt im frühen Abenddämmerlicht. Ins Haus! Der Dienstboteneingang lag vor ihm, ein paar Stufen ins Souterrain hinab, die Tür versperrt. Gleich oberhalb, auf der Terrasse, führten zwei Flügeltüren ins Innere der Villa. Kein Licht dahinter, aber der eine Flügel nur angelehnt. Ferdinand – nichts anderes im Kopf als seinen Liebling – ging in die Falle. Nicht hart wie in Wasserstein, ganz sanft mit einem Wattebausch wurde er aus der Welt genommen. Der Versuch, der Umklammerung zu entkommen, machte ihn tief einatmen, er sah eine Perlenkette auf dunklem Brokat, dann Urlicht aufflammen und Finsternis.

43

Hofrat Bubetz erträumt sich Erleuchtung und holt abermals zum endgültig vernichtenden Schlag gegen die „Fledermaus" aus.

Bubetz hastete in der PolDion die Stiegen hinauf in sein Büro; dort stand Horak bereits mit dem Protokoll des „Schmächtigen Häufleins" neben dem Schreibtisch des Hofrats. Er überreichte es wortlos und machte sich davon. Ohne den Mantel auszuziehen, warf Bubetz einen Blick auf das Dokument des Scheiterns.

„Es ist zum Aus-der-Haut-Fahren!", schimpfte er, während er die Seiten überflog: Die Observierung des Objekts wäre ohne Auffälligkeiten verlaufen, las er da, während er das Papier von einer Hand in die andere nahm, um aus seinem Mantel schlüpfen zu können. Die „Fledermaus" hätte in der Früh einen kurzen Spaziergang unternommen und wäre gegen zehn in die Villa zurückgekehrt. Gegen Mittag, so las er weiter, hatten Sieber, Seibert und Klusaček, unterstützt von einem Dutzend Wachebeamten, die Villa der „Fledermaus" gestürmt: Die aber war davongeflattert. Alles sei durchsucht worden, die Wände abgeklopft, jeder Schrank, jede Truhe durchwühlt, sogar die Kamine kontrolliert. Niemand da.

Bubetz verfiel während des Lesens der Misserfolgsmeldungen in ein fortwährendes Kopfschütteln, aus dem ihn erst die Stimme des Vizepräsidenten riss, der eintrat. „Habe die Ehre, Hofrat!", sprach Ottokar Kalbeck-Kieselgrund – der hatte Bubetz gerade noch gefehlt.

„Wie wollen wir das in Ordnung bringen?", verlangte der Vize mit sozusagen strammstehender Stimme zu wissen; dass der Hofrat wusste, was er damit meinte, setzte er voraus. Bubetz ahnte, was in dem alten Militärschädel vorging, und hob ratlos die Schultern, indes die Mundwinkel nach unten gingen. „Warum schauen Sie mich so an?"

„Nun … ja … Sie waren doch dabei, damals, als der Redl …"

„Jaja", erwiderte Bubetz, „Sie auch, ich erinnere mich. Lieblich war die Maiennacht … und dann war der Einzige tot, der sagen hätte können, was er den Russen alles verraten hat. So haben wir den Krieg verloren, und jetzt schlagen Sie vor, wir sollten der „Fledermaus" auch eine Pistole in die Hand drücken …?"

„Ein Selbstmord wäre leicht zu argumentieren, bei allem, was er sich geleistet hat", bemerkte der Militärschädel trocken.

„Das schon", dämpfte Bubetz die Hoffnung des Mannes. „Aber Gott sei Dank ist Ehre dieser altmodischen Art diesem Mann gänzlich fremd. So werden wir vielleicht erfahren, was er sich alles geleistet hat. Vor allem aber", schob Bubetz vollends desillusionierend noch nach, „müssten wir ihn erst einmal haben, nicht wahr?"

„Ich verstehe nicht, wie er entkommen konnte!", ereiferte sich nun der Vizepräsident, zutiefst enttäuscht darüber, dass sein Vorschlag einer ehrenhaften Lösung nicht goutiert wurde, und er attackierte: „Wo waren denn eigentlich Ihre Leute?"

„Unsere Leute, mit Verlaub!", korrigierte Bubetz in einem dem Vorgesetzten gegenüber ungewöhnlich scharfen Ton. „Unsere Leute waren da, aber das Haus war leer. Und er hat es nicht verlassen. Auch der Garten war überwacht."

Details interessierten Kalbeck-Kieselgrund nicht, er wich vom Thema ab. „Mein Gott, wenn ich dran denk, damals!" – das war auf den Redl bezogen – „Was war der Mann für eine große Hoffnung … Elegant, eloquent, effizient – und dann die Karriere …" Er verlor den Faden, schaute Bubetz kurz ratlos an und wandte sich kopfschüttelnd zur Tür. „Und jetzt das! – Hofrat, ich verlass mich auf Sie!"

Auf das kam es letztlich immer heraus: Verantwortung delegiert, Abgang Präsidiale. Bubetz zog seufzend ein säuerliches Gesicht. Irgendwie verstand er den Mann ja; Präsident Schober war Bundeskanzler und Außenminister gewesen, die Polizeiarbeit durften die anderen machen. Und dann ist der Herr Präsident mit den Erfolgen hausieren gegangen. Na ja. So viele waren es ja auch nicht … Und als hätte er das Gefühl, Derartiges zu denken wäre nicht gestattet, fühlte der Hofrat plötzlich stärkeres Grimmen im Leib und er begab sich unverzüglich eilig dorthin, wohin sprichwortweise auch der Kaiser zu Fuß gegangen war.

Keine zehn Minuten später hatte der Hofrat seine Kleidung wieder geordnet und durch Ziehen an der Kette mit dem weißen Porzellangriff die Spülung eingeleitet. Er trat hinaus in den Waschraum und – vor dem Becken stehend, um die Hände zu waschen – betrachtete er sich im Spiegel: rapider Verfall, ein Vorgeschmack auf den Ruhestand? Er fühlte sich um Jahre gealtert, und was ihm da entgegensah, bestätigte dieses unerfreuliche Gefühl. Kurz flackerte der Gedanke auf, er würde die Pensionierung Ende des Jahres gar nicht mehr erleben. Er fühlte sich schwindlig. Alles war anders: Die Toilette hatte unbenutzt ausgesehen, die Sauberkeit des Waschtisches war ungewohnt und befremdlich war auch, dass ein ganzer Stapel sauberer Handtücher bereitlag – aus der Feinwäscherei Habsburg, wie der Aufdruck verriet.

Zuerst dachte Bubetz, er würde träumen – das Gespräch mit dem Militärschädel war ja auch schon etwas irreal gewesen –, dann aber schoss ihm der Gedanke durch den Kopf, dass er bereits tot war und im Himmel, wo die Toiletten sicherlich sehr, sehr sauber sein mussten, weil sie ja nicht benützt wurden! Aber, keimte doch noch ein letzter Rest Logik in ihm auf, wenn er im Himmel war, wo niemand zur Toilette musste, weshalb hatte er selbst sie dann eben benützt? Zögernd griff er nach dem Handtuch, das sich zu seiner Beruhigung als ganz real erwies, trocknete sich damit die Hände und trat dann hinaus auf den Gang.

„Hamma uns in der Tür g'irrt!“, lachte ihm Nekladal entgegen, der eben in die Herrentoilette nebenan strebte. Bubetz blickte sich um, tatsächlich, es war die Damentoilette, aus der er kam und von der es in jedem Stockwerk eine gab, obwohl die Polizeidirektion eine Männerfestung war. Offenbar waren aber Damentoiletten auch dort einzurichten, wo es keine Damen gab; irgendeiner Vorschrift folgend, deren Vorhandensein zugleich ihre Existenzberechtigung war, ganz unabhängig von objektiver Sinnhaftigkeit, wie das häufig vorkam.

Immer noch etwas benommen und obwohl Nekladal längst verschwunden war, murmelte Bubetz ein teilnahmsloses „Jaja“ als Antwort vor sich hin und begriff: Die himmlische Beschaffenheit der Toilettenanlage – sie waren auch in besseren Ämtern stets eher dem Orkus zuzurechnen – rührte von ihrer ganz irdischen Unbenütztheit durch die ihr zugeteilten, aber nicht vorhandenen Damen. Getragen von dieser beruhigenden Erkenntnis machte sich Bubetz auf den Weg zurück in sein Büro; dort saß Horak im Vorzimmer und der Hofrat wusste sich endgültig wieder im Leben und auf der Erde angekommen. Die Sorgen waren inzwischen nicht weniger geworden; im Gegenteil, und das erforderte unverzüglich stützende Maßnahmen.

Er schloss die Tür zum Vorzimmer hinter sich und holte den Cognac aus dem Aktenschrank – feinster französischer, ein Geschenk des verstorbenen Präsidenten Schober. Für Gäste gab es Weinbrand in Kristallflaschen, die nichts von der niedrigen Herkunft ihres Inhalts verrieten; die Gläser, von denen er eines füllte, waren in beiden Fällen dieselben. Bubetz verstaute die Flasche wieder im Aktenschrank und schloss ihn ab.

Nun war er mehr als vierzig Jahre im Dienst bei der Polizei und hatte sich nirgendwo jemals in der Klotür geirrt, und auch in den vierzehn Jahren hier im Hause hatte er immer den richtigen Weg zur Erleichterung gefunden. Was zum Teufel, dachte er, hat mich in die Damentoilette getrieben? Das Gespräch mit dem Vizepräsidenten war nicht erfreulich gewesen, gewiss, aber davon hatte es davor so viele ähnliche gegeben, kein Grund also, für so unverzeihliche Verwirrtheit.

Bubetz saß nun bei seinem Schreitisch, zurückgelehnt, den Cognacschwenker in der Hand, und blickte hinaus auf die bis auf vereinzelte Blätter – er zählte sieben – kahlen Baumwipfel.

Was hatte ich in der Damentoilette zu suchen?, fragte er sich immer wieder, während er in kleinen Schlucken sein Glas leerte. Nichts!, lautete die Antwort, die er sich selbst gab, und er sah ein, dass es ein Denkfehler war, anzunehmen, er wäre bewusst durch die falsche Tür gegangen. Denn: Warum sollte er? Und doch hatte er sich in der Tür geirrt, das erste, allererste mal, und das heute, und warum?

Das zizerlweise Aufnehmen des Alkohols machte ihn schläfrig, er stellte das leere Glas auf einer Aktenmappe ab, lehnte sich zurück und schloss die Augen mit der Absicht, keinesfalls einzuschlafen. Vergeblich; er schlief dennoch ein und träumte und naheliegend war, was er träumte. Das gemarterte Gehirn schaltete um auf Gemütlichkeit, und dem gebeutelten Mann wurde Beruhigung zuteil: Er lag in der vertrauten „Villa Alba" in seinem Bett – die feindlichen Insekten durch das Fliegengitter am Fenster abgehalten – und er blickte auf die Wand gegenüber, an der gewöhnlich die Photographien hingen, die markante Punkte der Familiengeschichte verewigten. Nun aber war die Bilderchronik des Hauses Bubetz verschwunden und stattdessen hing – übergroß – das Wetterhäuschen dort. Das Wetterhäuschen, das eine Erinnerung an eine Sommerfrische in Alt-Aussee war und das sich üblicherweise in normaler Größe in der Küche befand und durch wechselseitiges Auftreten und Verschwinden eines geschnitzten Trachtenpärchens vom Wetterwechsel im Wienerwald kündete. Stand der Mann vor seiner Tür, bedeutete das Schlechtwetter, zog er sich zurück, und die Dirn kam vor die Tür, stand Schönwetter bevor. Warum eigentlich nicht umgekehrt?, dachte Bubetz im Traum, und da fiel das Wetterhäuschen von der Wand, krachte auf den Boden und der Hofrat fuhr aus seinem Schlummer hoch. Die Aktenmappe war zu Boden gefallen, der Cognacschwenker mit ihr und in Scherben. „Horak!", brüllte der Hofrat, „Horak, der Sieber soll kommen, sofort."

„Wo soll ich den jetzt erreichen …"

„Das ist mir wurscht, ich will ihn sofort sehen! Hier! Also gemma!"

Horak kannte Bubetz als bedachtsamen Mann, dieser Ausbruch von Temperament, noch dazu so kurz vor dem Ruhestand, verstörte den biederen Sekretär. Er schlüpfte zurück ins Vorzimmer, telephonierte mit den zuständigen Stellen und konnte wenig später dem Hofrat melden, der Sieber sei im Sicherheitsbureau, aber unabkömmlich, denn er habe Journaldienst.

„Gut, er soll bleiben, ich fahr zu ihm hinüber." Bubetz packte die eine Seite aus dem Protokoll der Observation, stopfte sie in seine Manteltasche und rauschte, seinen Mantel anziehend, hinaus; dann steckte er den Kopf noch einmal durch den Türspalt: „Räumen'S, bittschön, die Scherben auf, ja?"

Scherben bringen Glück, ging es Bubetz durch den Kopf, und hurtig – erstaunlich nach der Lähmung, in die er auf der Toilette und dann durch den Cognac verfallen war – wieselte der Hofrat die Treppe hinab zu den Dienstautos und war in kaum fünf Minuten im Sicherheitsbureau auf der Rossauerlände.

Sieber tat Dienst gleich neben dem Eingang, in der Einlaufstelle. Bubetz holte das Protokoll aus der Manteltasche, strich es auf der Budel, die ihn von den Beamten an ihren Schreibtischen trennte, glatt und las vor: „Die ‚Fledermaus' hat das Haus betreten, schreiben Sie da, gegen zehn am Vormittag, aber später das Haus nicht verlassen, ja? Und wieso, bitte, ist er dann weg?"

Sieber war kein ganz heller Kopf – zu dumm, um korrupt zu sein, wir erinnern uns. Der Besuch des Hofrats aus dem Präsidium machte ihn kopfscheu, zumal er der Auffassung war, völlig korrekt agiert zu haben. „Ja, ich weiß nicht", war seine höchst nutzlose Antwort.

„Und sonst? Kein Kommen und Gehen? Kein Gärtner vielleicht, kein Chauffeur?" Sieber schüttelte den Kopf. „Nein, nur die Köchin."

„Die Köchin, aha! Und warum lese ich das nicht im Protokoll?"

Sieber fühlte sich immer noch im Recht. „Aber es ging doch nicht um die Köchin, sondern um den ...", entgegnete er trotzig. Bubetz, obwohl er stand, sank resignierend in sich zusammen. Da mischte sich ein Kollege an einem Schreibtisch weiter hinten ein: „Von der hamma sogar a Photo!"

„Und warum liegt das nicht im Protokoll?", schnaubte Bubetz, und Sieber bewies einmal mehr, dass der Hofrat ihn richtig einschätzte: „Aber es ging doch um den Regierungsrat!"

„Der ist sicherlich längst über alle Berge", keifte Bubetz verärgert, vor allem auch, weil Sieber das Wort „Regierungsrat" wegen der Geheimhaltung nicht hätte verwenden dürfen. Bubetz ärgerte sich jedoch auch über sich selbst. Er hatte es tief drinnen in seiner Polizistenseele vermutet, aber er hatte es nicht ins Bewusstsein aufsteigen lassen wollen, weil es doch etwas war, wofür die Schundromane zuständig waren, die Kolportage, Edgar Wallace und die Detektive im Kino. In seriöser Polizeiarbeit hatte eine Köchin mit dem Titel eines Regierungsrates nichts verloren, daher wurde es auch nicht gedacht, geschweige denn protokolliert. Und es durchzuckte Bubetz die Erkenntnis, dass ihn dieses tiefinnere Wissen erst in die Damentoilette geführt und ihm danach den Traum des Wetterhäuschens beschert haben musste, damit er sehend würde. Er hatte es nur nicht gleich zuordnen können; und nebenbei schämte er sich ein wenig dafür, dass er am Klo gedacht hatte, im Himmel zu sein.

Das Photo wurde Bubetz gereicht, er hielt es mit gestrecktem Arm von sich – seine Augengläser hatte er in der Eile am Schottenring vergessen.

„Die Blade kenn ich!", ließ sich da ein Kollege vernehmen, der hinter Bubetz mit einem Stapel Akten die Einlaufstelle betreten hatte. „Das ist die Geliebte vom Doktor Kort. Die war öfter bei den Empfängen vom Balkányi; vis-à-vis ist die Botschaft, da hab ich früher oft Dienst gemacht", präzisierte – endlich im Innendienst – Wachmann Vogelsang seine Beobachtung. Aber niemand hörte mehr zu.

Bubetz witterte Morgenluft: „Kommen'S, ab nach Hietzing", rief er, und Sieber kam umständlich hinter der Budel hervor. Dazu musste er einen Teil der Platte hochklappen und dann das Türchen in der Trennwand öffnen. Bubetz wurde ungeduldig: „Worauf warten'S denn noch, kommen'S endlich. Der Seibert und der Klusaček sollen nachkommen!"

Nun ging es in rasender Fahrt hinaus nach Hietzing; das war ein weiter Weg, und umso weiter, als Bubetz es nicht erwarten konnte, seiner so lange gejagten „Fledermaus" endlich habhaft zu werden.

44

Ferdinand und Vinzenz in Fesseln, Kort und Kompanie auf und davon, aber der Hofrat naht.

Als Ferdinand wieder zu sich kam, lag er mitten auf einem großen Teppich im Salon hinter der Terrasse, zusammengeschnürt und geknebelt. Verschwommen nahm er wahr, dass über die verspielte Stuckatur des Plafonds Feuerschein flackerte, und mühsam hinter sich blickend erkannte Ferdinand aus den Augenwinkeln, dass im Kamin an der Rückwand des Salons ein Feuer brannte, das Dr. Kort mit Stapeln von Schriftstücken fütterte, und das zwischendurch zu ersticken drohte, wenn die Aktenmenge zu groß war, die Kort und sein Komplize den Flammen übergaben.

Im Grunde genommen waren Männer in Frauenkleidern für Ferdinand nichts Außergewöhnliches. Und unter anderen Umständen hätte er es sogar für sehr komisch gehalten, wie dieser grell geschminkte Mann im brokatenen Abendkleid, Perlen um den Hals, die eigenen Haare mit einer Binde für eine Perücke niedergehalten, dem Kort zweifelsohne dabei half, an Beweisen zu vernichten, was ging.

Immer wieder verschwanden die beiden eilig in angrenzenden Räumen und kamen mit Papierstößen zurück, die sie ins Feuer warfen. Als sie bemerkten, dass Ferdinand zu sich gekommen war, schleppten sie ihn recht grob die Stufen hinab in den Keller, mit den Füßen voran, sodass er Mühe hatte, den Kopf hochzuhalten, um nicht auf die steinernen Stiegen zu schlagen. Unten zwängten sie den Gefangenen – fest verschnürt, wie er war – zwischen zwei modrige Möbelstücke. In einem halbblinden Spiegel, der schräg vor ihm an der Wand lehnte, sah Ferdinand, dass das Tuch im Mund ein rot kariertes Geschirrtuch war, wie die Nell sie auch verwendete. Und in diesem Spiegel erblickte er auch seinen Vinzenz, in einem großen, offen an die

Wand gelehnten Schiffskoffer, ebenfalls verschnürt, geknebelt und mit verbundenen Augen.

Kort und sein Kumpan verschwanden wieder nach oben, nach kurzer Zeit aber hörte Ferdinand die Schritte nur einer Person die Kellerstiege herunterkommen und er konnte im Spiegel sehen, wie der Mann im Fummel zu Vinzenz trat und anfing, ihn zu berühren.

Dabei wirkte er verwirrt, getrieben, was Ferdinand verstand; Vinzenz konnte einen um den Verstand bringen. Hier allerdings, zusammengeschürt, ein Häufchen Elend? Vielleicht war der Mann aber gerade deshalb so erregt. Er streichelte Vinzenz die Wange, flüsterte, für Ferdinand kaum vernehmbar, „Mein süßer Kleiner" und begann sein Kleid zu raffen.

Außer sich geraten durch die Vorstellung, was dieser lächerlich wirkende Mann mit seinem Liebling vorhatte, versuchte Ferdinand zu lärmen, indem er gegen den Kasten trat, und sich aus seiner Verschnürung zu strampeln. Er musste aber feststellen, dass die Anstrengung zu groß war für die beschränkte Menge Luft, die er durch die – noch dazu leicht verlegte – Nase atmen konnte.

Es kam jedoch Hilfe, bevor der Mann im Kleid sein Vorhaben an Vinzenz noch begonnen hatte. „Bist du verrückt? Was machst du da!", schrie Dr. Kort, der die Treppe herunterstürmte. „Kommt nicht infrage, ihn wieder aufzuschnüren!", herrschte er den Mann im Abendkleid an, aber der wandte ein, es wäre nicht nötig, das Bubi aufzuschnüren; er wollte lediglich den Knebel entfernen, wobei er sicher zu sein schien, dass sein Opfer eingeschüchtert genug war, um nicht zu beißen.

„Kannst du an nichts anderes denken?", schimpfte Kort, nahe daran, die Nerven zu verlieren. „Jede Minute kann die Polizei das Haus stürmen, und du hast nichts anderes im Kopf, als dein Bubi ... Mach dich endlich fertig, wir müssen fahren!" Das beeindruckte den anderen wenig. Weiter gut gelaunt und unbesorgt meinte er, es sei doch nichts dabei, sich von dem Bubi noch verwöhnen zu lassen, bevor er ihn ablieferte. Aber Kort schnitt diese Ambitionen schroff ab. „Das kannst du in Pressburg noch immer", herrschte er seinen Komplizen an. „Jetzt müssen wir schauen, dass wir weiterkommen!"

Nach diesem bizarren Streit, der damit endete, dass Kort den anderen nach oben drängte, war eine Zeit lang nichts zu hören als das Stöhnen von Vinzenz und hektisches Hin- und Herlaufen im Stockwerk oberhalb. Ferdinand war erleichtert; mit etwas geringerem Aufwand versuchte er weiter, sich von seinen Fesseln zu befreien, aber es gelang nicht. Das Seil war – soweit Ferdinand es sehen konnte – mit vielen sinnlos wirkenden Schlingen und Knoten um ihn gewunden, als wäre es weniger um eine notwendige Maßnahme als um eine rituelle Handlung gegangen.

Hätte Kort gewusst, dass Ferdinands Eindringen ein verzweifelter Alleingang war, er hätte seinem eigenartigen Begleiter das Vergnügen vielleicht doch gegönnt. Da er Ferdinand aber für den Vorgeschmack auf eine große Aktion der Polizei hielt, war ihm offenbar nur daran gelegen, möglichst rasch zu verschwinden. Ferdinand bewunderte die Zielstrebigkeit, mit der Dr. Kort hier Flucht und Entführung ins Werk setzte, kühl und bedachtsam, den labilen, lüsternen Komplizen verfluchend, der den Ernst der Lage scheinbar nicht begreifen wollte.

Mehrmals kamen Kort und der Mann im dunkelblauen Brokat, der jetzt auch eine Perücke trug, mit Koffern und Taschen die Treppe herunter und verschwanden – Ferdinand konnte es nur hören – in den benachbarten zweiten Kellerraum, um wenig später unbeladen wiederzukehren und ins Erdgeschoss zu steigen. Schließlich – es schien alles Gepäck bis auf Vinzenz verladen – klappten sie den Schiffskoffer zu, ließen die Schnallen einrasten und schleppten ihn – da und dort etwas von dem Gerümpel umstoßend – in den Nebenraum und weiter, vermutlich hinauf in die Garage.

Von fern, sehr fern, war das Alarmhorn des Überfallkommandos zu hören. Ferdinand nahm undeutlich wahr, dass oben ein Wagen gestartet wurde und abfuhr. Dann blieb es still. Das Licht hatte Dr. Kort beim letzten Durchmarsch abgedreht; Ferdinand hatte nur kurz Gegebenheit gehabt, sich über das dichte schwarze Haar des gewöhnlich glatzköpfigen Mannes zu wundern sowie über das Bärtchen und die Augengläser, die er nun trug. Nun lag er im Dunkel da, verschnürt wie ein Selchkarree, und fragte sich, ob er wohl jemals gefunden werden oder, wie Béla es von einem Gruselfilm erzählt hatte, hier lebendigen Leibes vermodern würde.

Bubetz *ante portas!* Keine Aussicht auf Verwesung! Kaum hatte der Wagen des Hofrats vor der Botschaft gehalten, sprang Bubetz auf den Gehsteig, stürzte sich auf den dort diensttuenden Wachmann und fragte nach einer Köchin, die gegenüber ins Haus gegangen sein musste, und erhielt eine von Kopfschütteln begleitete Antwort, die unwillkommen war: Gegen Mittag sei eine Dame zu Dr. Kort gekommen. Dem Aussehen nach – sie trug einen auffälligen Hut – keine Köchin, eher eine Klientin, vielleicht eine Geliebte. Er hob ratlos die Schultern. „Was weiß ich." Und dann, vor einer Dreiviertelstunde ungefähr, sei auch noch ein Mann, vielleicht der eifersüchtige Gatte der Dame, gekommen, auf einem Motorrad, und drüben über den Zaun geklettert. Das habe ihn gewundert, einen Grund einzuschreiten habe er jedoch nicht gesehen; Liebeshändel des Rechtsanwalts da drüben gingen ihn nichts an, er wäre lediglich für die Botschaft zuständig, nicht wahr?

„Und vor fünf Minuten", vollendete er schließlich des Hofrats Missmut, „ist dann der Legationsrat Balkányi weggefahren. Er am Steuer, hinten die Dame. Sehr eilig! Sie haben", wies er mit ausgestrecktem Arm auf die andere Straßenseite, „nicht einmal das Garagentor wieder zugemacht!"

Bubetz schwante Fürchterliches. Ohne auf Fahrzeuge zu achten, trabte er über die Straße hinüber zum Doppelhaus des Dr. Kort und wäre dabei um ein Haar von einer Tramway überfahren worden. Er läutete Sturm, aber es regte sich nichts. Mittlerweile waren auch Sieber und der Wachmann herübergekommen und blickten den Hofrat an, auf Order wartend. Die kam unverzüglich und überraschte die beiden Beamten. „Aufbrechen! Einbrechen!", kommandierte Bubetz erhitzt, ohne sich eine Vorstellung davon zu machen, wie das gehen sollte. Und während Sieber mit einem untauglichen Dietrich im Schloss des Gartentores stocherte, ging Bubetz zu der offenstehenden Garage des Legationsrats von Balkányi nebenan und durch die hintere Tür dort ins Haus, und weil von unten dumpfe, sonderbare Geräusche kamen, rief er seine beiden Beamten herbei und gemeinsam stiegen sie in den Keller.

„Eigentlich", meinte der Wachmann, der gewohnt war, die Botschaft gegenüber zu bewachen – und seinen Posten nicht hätte verlassen dürfen – „eigentlich ist das nicht erlaubt; das ist diplomatisch exterritorial, das weiß ich, weil ..."

„Heute nicht!", unterbrach Bubetz den Mann schroff. „Haben Sie eine Taschenlampe?"

Der Mann hatte, und so gingen sie zwischen allerhand abgestelltem Hausrat von einem Kellerraum zum nächsten, bis sie zu einem von der Wand schräg in den Raum geschobenen Schrank mit verschiedenen Kompott- und Gurkengläsern kamen, hinter dem sich eine Tür befand. „Aufbrechen!", keuchte Bubetz, der übersehen hatte, dass sie ohnehin nur angelehnt war; die dumpfen Laute – Bubetz kam es vor, als wollte ein ungezogenes Kind mit vollem Munde reden – kamen aus der Ecke jenes Raumes, in den hinein sie sich nun hinter einem ebenfalls weggerückten Schrank hervorquetschten. Dort, im schwachen Lichtkegel von Siebers langsam verendender Taschenlampe, hockte am Boden, eingepfercht zwischen zwei Schränke, Ferdinand Nowak, mit Wäscheleine gefesselt – unsachgemäß, wie der Wachmann gleich feststellte – und mit einem Geschirrtuch im Mund. Während Sieber und der Wachmann staunend starrten, stieg Bubetz über den Kram, der am Boden lag, hinüber und zog Nowak das Geschirrtuch aus dem Mund.

„Endlich!", keuchte der. „Machen Sie Licht, dort neben der Tür ist der Schalter." Und während Sieber dorthin tappte – die Taschenlampe des Kollegen war fast verloschen – und der Wachmann im Dunklen tastend Ferdinand von der Wäscheleine befreite, stand Bubetz sprachlos da und rätselte, ob sich im Kellerlicht als Wirklichkeit erweisen würde, was er im verdämmernden Schein der Dienstfunzel zu sehen gemeint hatte: Einen Roulettetisch, Baccaraschlitten, Spielkarten, noch verpackt.

Es war Wirklichkeit. Sieber hatte endlich den Schalter gefunden und der Kellerraum lag nun vom knausrigen Schein einer Zwanzigwattbirne matt erleuchtet da und enthüllte seinen Zweck: ein Lager von Gerätschaften, die es braucht, einen illegalen Spielklub zu betreiben. Bubetz schlich zwischen den Fundstücken umher wie ein Spediteur, der eine Lieferung kontrolliert; Seibert war rehabilitiert, es war alles so, wie der ominöse Zettel in seiner Manteltasche nahegelegt hatte. Bloß der Zeitpunkt des Ausritts war schlecht gewählt gewesen, aber wer hätte ahnen sollen, dass an jenem Abend die Pforten der Spielhölle geschlossen geblieben waren?

Mittlerweile hatte sich Ferdinand einigermaßen erfangen. Die Sorge des Hofrats um seine Starre tat er mit „Es geht schon" ab, streckte und reckte sich und machte drei, vier Kniebeugen, um den Kreislauf wieder auf Touren zu bringen. „Sie haben Vinzenz! Weit können sie noch nicht sein", erfreute er dann den Hofrat und reichte weiter, was er von Korts Mahnung an den Komplizen aufgefangen hatte. „Sie wollen nach Pressburg."

Dass Pressburg – seit der Kaiser nicht mehr war – Bratislava hieß, machte für Ferdinand und den Hofrat im Augenblick keinen Unterschied, wobei Bubetz die Krönungsstadt der ungarischen Königin Maria Theresia noch lieber Pozsony genannt wissen wollte. Für derlei Geschichtsbetrachtungen war im Augenblick jedoch keine Zeit. Ferdinand zog den Hofrat mit sich zur Kellerstiege: „Meine Maschine steht in der Seitengasse, wir können sie noch erwischen. Nur nicht schießen, Vinzenz ist im Koffer hinten am Wagen."

Die Wachleute blickten ratlos, Bubetz wusste Bescheid. Er bellte seine Anweisungen: Sieber sollte unverzüglich zurück ins Sicherheitsbureau: Grenzübergänge sperren lassen, Posten auf der Strecke abfragen, ob der Wagen des Legationsrats Balkányi gesichtet worden sei. „Worauf warten'S denn noch?", keifte Bubetz seine Leute an, und während der Wachmann zu seiner eigentlichen Aufgabe vor der Botschaft zurückkehrte, machte sich Sieber auf den Weg in die Stadt, um Seibert und Klusaček zu instruieren, die es vorgezogen hatten, nicht zu erscheinen.

Ferdinand startete seine Maschine, der Hofrat hockte hinten auf, und sofort ging es höllisch dahin, quer durch die halbe Stadt, dann an der Donau entlang, nach Osten, indes der Mantel des Hofrats an den Speichen flatterte und zu Fransen ging, in Richtung Pressburg.

45

Wie am Weg nach Osten des Hofrats Leben und sein Ende an ihm vorüberzieht und er doch an der Grenze ankommt.

Hier folgte nun, was Bubetz später seine Höllenfahrt nennen sollte, und er nahm sich vor, im kommenden Sommer, im Liegestuhl auf der Wiese vor der „Villa Alba" darüber nachzudenken, ob es sich schickte, diese Höllenfahrt in seine Memoiren aufzunehmen oder nicht.

Zunächst war es der Rausch des Abenteuers, der den sonst so seriösen Mann umfing. Es war auch der Rausch der Jugend, ein Nachholen von Versäumtem, der Ausbruch aus dem Büro, in dem er so lange – viel zu lange – gehockt war. Als Wagnerianer hätte ihm jetzt ein „Hoijotoho!" entfahren müssen.

Aber es war noch mehr. Bubetz erlag dem Körper, den er umklammert hielt, um nicht vom Fahrtwind und der Fliehkraft der Kurven vom Fahrzeug gefegt zu werden.

Er hatte seine Arme fest um Ferdinands Mitte geschlungen, und es war nicht ein Geliebter, sondern einfach Jugend und Gesundheit, die er da umklammert hielt. Und, wie Charles Kuhlmann Ferdinand eingekleidet hatte, so schälte Bubetz nun seinen Fahrer aus der ledernen Hülle, streifte sein Hemd und sein Leibchen ab, und auch noch mehr, aber sittsam nicht weiter als bis zu jenem Zustand, in dem er Ferdinand im Strandbad begegnet wäre, und er spürte mit geschlossenen Augen straffe, harte Muskeln, spürte Jugend. War er zu weit gegangen? Es schien so, denn in die verbotenen Bilder kraftstrotzender junger Männlichkeit drängte sich als Mahnung zu Sittlichkeit und Anstand nun Emmas schlaffer, lose an ihrem tief innen liegenden Skelett herabhängender Körper, an dem nichts mehr übrig war von der beruhigenden Rundheit der Braut, der er 1894 zum Altar gefolgt war.

Reuig kleidete Bubetz seinen Fahrer wieder an, zog die haltende Klammer seiner Arme aber etwas fester um Ferdinands Bauch, und unter dem sperrigen Panzer der Lederjacke meinte er abermals die imaginierten, angespannt jugendlichen Muskeln Nowaks zu spüren.

Es ist die Jugend, die fasziniert, sagte er sich, nur die kraftvolle, lebendige, trotz aller Zeitumstände lebensfrohe Jugend, die – anders als er – den Großteil des Lebens noch vor sich hatte, sonst nichts. Nowak jagte mit Höllentempo dahin und Bubetz wusste: „Nicht so schnell!" zu sagen, würde nichts nützen, weil Ferdinand es erstens vermutlich nicht hören konnte, vor allem aber, weil der Rasende nur den Koffer im Sinn hatte, in dem der junge Vinzenz Ploderer steckte.

Es heißt ja, das Leben gleite rasend vor dem inneren Auge des Sterbenden vorüber, und gerade so fühlte es jetzt der Hofrat auf dem Motorrad. Und der alte Mann begann, sich auf sein Ende einzurichten. Emma würde durch eine Witwenpension vor dem Ärgsten bewahrt, und vielleicht würde sie dann aus der Wenzelshöhle in der Josefstadt ausziehen und sich ganz in ihrer „Villa Alba" einnisten; er hatte ja immer das Gefühl gehabt, dass sie sich in der Großstadt nicht so wohl fühlte.

Die Welt würde seine Memoiren entbehren müssen, und er dachte, dass es wohl auch „ihr erspart bleiben" heißen könnte. Er würde nicht wie Johann Schober, der ehemalige Präsident, Kanzler und Außenminister, in der Halle des Präsidiums am Schottenring aufgebahrt und von Kollegen zur Totenmesse in die Votivkirche getragen werden. Präsident Brandl würde am Grab Lobendes sprechen, der Polizeichor würde singen, irgendetwas Erhebendes – unpassend, wo es doch darum ging, abwärtszufahren in die Grube –, und Emma, Wenzel junior und die Schwiegertochter würden ein Schäuflein Erde auf den erschwinglichen Eichensarg rieseln lassen. Und sobald sie weg wären, würde er sich die Kranzschleifen ansehen, auf denen er als „unvergessener Gatte und Vater" gewürdigt wurde, und als „Vorbildlicher Beamter und Kollege" auf dem Kranz der Polizei. Was seine Tarockpartner ihrer Blumenspende als letzte Botschaft anhängen würden, das wollte er sich nicht denken; hatten sie in ihm doch einen „tapferen Verlierer“ verloren.

So weit die Höllenfahrt des Hofrats, aus der er sich, durch ein Schlagloch auf der Fahrbahn bedingt, wieder ins Leben erhob und sofort in bange dienstliche Zweifel verfiel, ob das „Schmächtige Häuflein“ es geschafft hatte, den Grenzposten telephonisch zu alarmieren. Denn hinter der Grenze war nun, nach Habsburgs Fall, nichts mehr zu machen; Bubetz nahm das der Republik in diesem Augenblick sehr übel.

Die Sorge war unbegründet, denn das „Schmächtige Häuflein“ war auf unergründliche Weise über sich hinausgewachsen und hatte den Grenzern Anweisung gegeben, den Wagen des Legationsrats Balkányi unbedingt so lange aufzuhalten, bis Polizeidirektor und Wirklicher Hofrat Emil Bubetz eintreffen würde. Danach hatten sie sich selbst auf den Weg an die Grenze gemacht.

46

Das Ende einer diplomatischen Karriere, Kugelhagel und ein Triumph der „besten Polizei der Welt“.

Legationsrat Imre von Balkányi kochte. Der Grenzbalken war geschlossen, sein und seiner Gattin lässig aus dem Fenster präsentierte Diplomatenpässe, die bisher die Schranken immer hatten hochgehen lassen, verfehlten aus unerfindlichen Gründen ihre Wirkung.

„Wir genießen diplomatische Immunität!“, brüllte Balkányi den Grenzer an. „Was fällt Ihnen ein! Seit einer halben Stunde halten Sie uns hier auf! Das wird nicht ohne Folgen für Sie bleiben!"

Der Grenzer, ein in seiner Motorik wie auch im Gemüt behäbiger Mann, ließ sich davon nicht beeindrucken. „Was hamma denn da im Koffa?", fragte er. Der Diplomatenstatus, auf den sich der Legationsrat immer lauter und ungeduldiger berief, war dem Beamten entweder unbekannt oder einfach wurscht.

Und eben als der Zollwachbeamte aufreizend mundartlich wieder fragte: „Ja, was hamma denn da im Koffa?", donnerte Nowak heran, bremste, dass die Maschine sich quer stellte und Bubetz fast vom Sattel geschleudert worden wäre. Der Hofrat stieg ab, und dass der Saum seines Mantels von den Speichen völlig ausgefranst war, tat der Würde der Amtshandlung, zu der er sich anschickte, keinen Abbruch. Er trat an den Legationsrat heran, der sofort reflexartig „Wir genießen diplomatische Immunität!" geiferte, ohne aber Bubetz damit zu beeindrucken, der trotz der Maskerade des Legationsrats klar sah: „Geschenkt, Herr Doktor Kort", sagte er und an den Grenzer gewandt: „Nehmen Sie diesen Mann fest."

Kort versuchte Widerstand zu leisten. Es kam zu einem Handgemenge, in dessen Verlauf Bubetz dem angeblichen Legationsrat den Hut wegzog und die Perücke dazu, sodass jener kahle Dr. Kort zum Vorschein kam, den alle kannten. Während dieses Tumults war jedoch die Dame, die sich bisher am Rücksitz still verhalten hatte, aus dem Wagen geschlüpft. Bubetz und der Zollbeamte, die mit Kort rangen, wurden ihrer Flucht erst gewahr, als sie mitten auf dem Feld war, über das die Grenze verlief. Geistesgegenwärtig zog einer der Grenzer seine Waffe und feuerte der Flüchtenden nach, ohne aber zu treffen.

Bubetz, der einen bangen Augenblick lang das Gefühl hatte, dass ihm Kugeln um den Schädel pfiffen, ging in Deckung, Kort und den Beamten mit sich ziehend, und als er sich wieder aufrichtete, sah er Korts vorgebliche Gattin schon am Ende des Feldes in dem Wäldchen verschwinden, das an den Acker grenzte.

„Er wird nicht weit kommen", bemerkte der Hofrat trocken und verursachte dem Zöllner ein ratloses Gesicht. „Das ist die ‚Fledermaus'", präzisierte er, ohne damit das ungläubige Staunen des Mannes zu beenden. Dann wandte er sich wieder Kort zu, der nun in Handschellen dastand. Das aufgeklebte Bärtchen war während des Gerangels etwas verrutscht und der Herr Rechtsanwalt sah aus wie ein Filmkomiker aus einem Leinwandlustspiel der Maxing-Film. Und vielleicht war es gerade dieses dümmliche Aussehen Korts, das den Grenzer veranlasste, abermals seine ebenfalls etwas dümmlich klingende Frage zu stellen: „Ja, was hamma denn da im Koffa?"

Eine Antwort Korts erübrigte sich, denn Ferdinand hatte inzwischen die Ledergurte entfernt, mit denen das riesige Gepäckstück am Diplomatenwagen angeschnallt war, dann die beiden Schlösser mit einem Schraubenzieher aus seiner Werkzeugtasche aufgesprengt und das Reisemöbel geöffnet.

Da hockte Vinzenz, zusammengeschnürt und mundtot gemacht wie zuvor Ferdinand, aber strahlend bei dessen Anblick. Ferdinand hob Vinzenz aus dem Koffer und trug ihn zu einer Bank vor dem Zollhaus. Dort wurde der etwas steife Bursche mithilfe eines Grenzers, der eine große – aber nur mäßig hilfreiche – Papierschere gebracht hatte, aus seiner Verschnürung befreit und, seinem dringenden Wunsche entsprechend, von Ferdinand zur Toilette gebracht, wo die Wiedersehensfreude nur kurz währte. Denn dort, von Vinzenz darauf aufmerksam gemacht, bemerkte Ferdinand, dass sein linker Oberarm schmerzte und aus dem Ärmel Blut sickerte. Bubetz hatte sich nicht getäuscht, als er sich unversehens in einen Kugelhagel geraten meinte; von den Schüssen, die der wackere Grenzer auf die gen Ungarn flüchtende Gestalt abgefeuert hatte, war einer durch Ferdinands Jacke gegangen und hatte den Oberarm durchbohrt.

Als dem Hofrat Ferdinands Verwundung gemeldet wurde, verzweifelte er kurz, aber der Zusatz, dass Erste Hilfe bereits geleistet worden wäre, und der Herr Detektiv besser in Wien ins Krankenhaus gebracht werden sollte, versöhnte Bubetz mit der Sachlage, die – zuvorderst durch des Nowaks Tatendrang – sich so erfreulich gestaltet hatte.

Polizeidirektor Emil und mit ihm auch Wenzel Bubetz waren außerordentlich zufrieden und trotz des kaputten Mantels – Emma wird es überleben! – recht guter Laune: „Da kommt allerhand zusammen, Herr Doktor Kort. Eine illegale Spielhölle, Fälschung von Dokumenten, der Tod der beiden Filmhelden Putschandl und Pribitzer, Menschenraub und Widerstand gegen die Staatsgewalt, Anmaßung eines Amtscharakters. Wie viele Jahre das zusammen macht, können Sie sich ja wohl selbst ausrechnen. Und im Häfen sind Ihr Doktor und die Zulassung als Rechtsanwalt dann auch nichts mehr wert."

„Wie wollen Sie das alles beweisen?", fragte Kort in arrogantem Tonfall.

„Aber, aber! Die Frau Gemahlin ist zwar entkommen", bemerkte Bubetz, und der hämische Unterton war nicht zu überhören. „Aber Sie werden uns früher oder später ja auch Auskunft geben. Der Waldhäusl freut sich schon auf Sie."

„Wollen Sie mir drohen?", fauchte Kort.

„Ja, wie denn das? Herr Doktor! Halten Sie die Aussicht auf ein Gespräch mit Oberpolizeirat Waldhäusl im Sicherheitsbureau für eine Drohung?"

Kort schwieg, indes der Hofrat leichten Herzens fortfuhr: „Beweise zu erbringen wird keine Schwierigkeit sein. Der Wilderer sitzt, wie Sie ja wissen, und wenn er erfährt, dass sein Verteidiger jetzt auch sitzt, da wird er schon auspacken."

Kort fühlte sich verhöhnt und würdigte danach den vergnügten Hofrat keines Blickes mehr.

Ein Problem gab es freilich noch: Die Grenzer versuchten, den Gefangenen für sich zu beanspruchen, aber Bubetz setzte sich mit großer Geste darüber hinweg. „Kommt gar nicht infrage, meine Herren. Glauben Sie im Ernst, ich habe mit dieser Motorradfahrt mein Leben riskiert, um" – er warf einen abschätzigen Blick auf Kort – „die Beute dann Ihnen zu überlassen? Ich denke nicht daran. Und die Gattin dürfen Sie auch nicht behalten, sollte Ihnen der Kerl irgendwie in die Hände laufen. Das ist nämlich der Komplize dieses sauberen Herrn hier, „die Fledermaus", hinter der ich fast zwei Jahre lang her war."

Und weil die Beamten, die ihn und Kort umstanden, stur blickend offenbar immer noch nicht begriffen, was hier vorging, fügte der Hofrat hinzu: „Rufen'S den Präsidenten an, wenn Sie mir nicht glauben." Das wirkte. Der Hinweis auf die oberste Autorität schaffte alle Reste von Eigeninitiative aus der Welt.

Mittlerweile hatte auch das „Schmächtige Häuflein" die Grenzstation erreicht; gerade rechtzeitig, um beim Einpacken zu helfen. Dann ging es unverweilt im Triumphzug zurück nach Wien. Allen voran Sieber mit dem Wagen des Herrn Legationsrats Imre von Balkányi alias Kurt Kort. Zunächst hatte der brave Beamte eingewandt, dass er doch mit einem gefälschten Kennzeichen – denn das war es – nicht unterwegs sein dürfte, aber ein strenger Blick des Hofrats hatte genügt, und kaum hatte er hinter dem Volant der großen Steyrer-Limousine Platz genommen, überließ er sich – völlig dienstvergessen – dem Luxus, der ihn hier umgab. Den Beifahrersitz besudelte Ferdinand, dessen Wunde wieder zu bluten begonnen hatte, und Kollege Seibert saß generaldirektorsmäßig im Fond, den befreiten Vinzenz neben sich. Hintennach im Polizeiauto folgte Bubetz mit seinem Gefangenen und Klusaček als Chauffeur. Das Motorrad blieb dampfend zurück, und Ferdinand ahnte, dass es die letzte Fahrt von Maxens „*Old Lady*" gewesen war. Erstaunlich und verdienstvoll, dass sie überhaupt bis zur Grenze durchgehalten hatte.

Beschaulich – Bubetz nahm als Maßstab das Tempo der Anreise zur Grenze – ging die Fahrt dahin; nur Kort begann, unangenehm zu werden. Zwar unternahm er keinen Fluchtversuch, aber er meinte, den Hofrat durch die Zusage beträchtlicher Summen dafür gewinnen zu können, ihn laufen zu lassen. „Und Sie wissen ja", zitierte er seinen Werbespruch, „Kort hält Wort!" Aber Bubetz blieb hart. Er wusste, dass er Ende des Monats für ganze vier Wochen zum Vizepräsidenten der Polizeidirektion ernannt werden würde und dass diese Würdigung seines Lebenswerkes die Ruhebezüge so weit aufbesserte, dass bescheidene Menschen wie er und seine Emma davon für ihre Begriffe geradezu luxuriös leben konnten. Und so schnitt er Korts geflüsterte Bestechungsversuche schroff mit der ganz und gar nicht hofrätlichen Bemerkung ab: „Gehn'S doch scheißen, Sie Oarschloch!" Und es schien, dass er damit einen Ton getroffen hatte, den Dr. Kort verstand, denn von da an schwieg er.

Bubetz war über die Maßen zufrieden. „Überstanden!“, kreiste in seinem Kopf, und die Anwandlungen, die er bezüglich Ferdinands jugendlich muskulösen Körpers gehabt hatte, versickerten in dem erhebenden Gefühl, über das Böse mit den Titeln „Regierungsrat“ und „Doktor der Rechte“ triumphiert zu haben. Kein diesiger Herbstabend jemals zuvor war ihm so lieblich erschienen wie diese feuchtkalte, trübe und nebelige Nacht, in der er die Beute heimbrachte, mit der er in den Olymp der PolDion aufsteigen würde.

Was – nach den Anstrengungen des Tages begreiflicher – Selbstbetrug war, denn zwar saß Kort in Handschellen neben ihm – durchaus ein Finsterling, dieser Mann –, die „Fledermaus“ Antony war jedoch entflattert, nach Bratislava zunächst, wo vermutlich Komplizen zu Stelle waren, um nach Ungarn zu weiterzuhelfen. Bedauerlich, aber so war es nun einmal. Und Bubetz fürchtete, dass auch Kalbeck-Kieselgrunds alte schwarzgelbe Kanäle ins königlose Königreich Herrn Horthys sich in diesem Fall als wertlos erweisen würden. Aber: Der rasende Nowak hatte den Gebrauch der Waffe durch einen Beamten überlebt und, ebenfalls hoch erfreulich, der junge Ploderer war den Klauen seiner Entführer entrissen worden. Was will der Mensch mehr. Na ja.

47

Hofrat Emil Wenzel Bubetz beweist, dass er nicht nur im Beschwichtigen unerreicht ist, sondern auch das Verschleiern tadellos beherrscht.

Im Präsidium angekommen verabreichte Bubetz dem jungen Ploderer zunächst eine Portion Cognac aus der Schober'schen Flasche und klärte Vinzenz dann über die vielen unerfreulichen Folgen auf, die nun zu gewärtigen waren, würde nicht klug gehandelt. Im Laufe des Gesprächs erläuterte er dem immer noch etwas verstörten Burschen auch, was klug handeln in diesem Fall bedeutete. Zuerst aber lautete die einfache Frage des Hofrats: „Wie war das alles?", und was sich Bubetz in der Folge darstellte, war simpel: Der kleine Vinzenz war im Grunde nicht anders als das Kuhlmännlein, von großer Neugier auf die Freuden des Körpers getrieben; mit dem erfreulichen Unterschied, dass er sich wenigstens nicht verkaufte. In Ferdinand verliebt, hirnlos, wie in solcher Verfassung üblich, hatte er sich dem Pribitzer angedient, hatte geglaubt, er könnte seinen geliebten Ferdinand beeindrucken, indem er den Fall klärte. Dazu hatte er letztlich auch irgendwie beigetragen. Ohne Vinzenz im Koffer wäre Ferdinand wohl nicht so schnell gefahren. Aber es war dann anders gekommen, als Vinzenz sich das vorgestellt hatte, und schließlich doch zu einem guten Ende.

„Aber es kann noch immer schlimm ausgehen. Für alle!", sagte Bubetz streng. „Was Doktor Kort aussagen wird, ist unschwer zu erraten. Das wird man glauben können oder auch nicht. Ich bin für nicht glauben, aber das wird nur funktionieren, wenn du nichts weißt. Gar nichts. Hast du mich verstanden?"

Vinzenz, in Abwesenheit Ferdinands durchaus nicht auf den Kopf gefallen, nickte. „Man hat dir einen Sack über den Kopf gezogen und eine auf den Schädel geklopft; wo, tut nicht viel zur Sache, sagen wir einfach am Heimweg aus dem Kino. Dann war nichts mehr, bis du im Keller von Doktor Kort erwacht bist. Später haben sie dich dann in den Koffer gesteckt, und den Rest kennen wir." Bubetz blickte Vinzenz mit einem Ausdruck verständnisvoller Strenge an: „Hast du das verstanden, Vinzenz?"

„Ja, und danke vielmals", war das einzige, was Vinzenz herausbrachte, nachdem ihm langsam die Tragweite seiner Aktion aufgegangen war.

„Bedanken solltest du dich bei deinem Ferdinand, aber dazu wird es wohl keine Möglichkeit mehr geben." Vinzenz verfiel. „Ja, so leid es mit tut", fuhr Bubetz fort, „es geht nicht anders. Und es ist besser für ihn und auch für dich. Ihr hattet ja nichts miteinander!"

Vinzenz begriff, dass der eigenartige Hofrat, den er von gelegentlichen Besuchen bei seinem Großvater kannte, nicht nur eine schützende Hand reichte, sondern gleich zwei, die zurückzuweisen dumm gewesen wäre. „Und über die Entführung und vor allem über unser Gespräch hier kein Wort zu irgendwem. Du könntest dich damit in Teufels Küche bringen. Und den Ferdinand dazu. Versprich mir das!"

Vinzenz versprach es, in letzter Sekunde sozusagen, denn da war auch schon Lärm im Vorzimmer zu hören, in dem – spät nachts – kein Horak wachte. Die Tür flog auf, herein stürmte des Hofrats alter Studienkollege, der Sektionschef Orestes Ploderer. Anita Ploderer, Vinzenz' Mutter, spitze Schreie ausstoßend, knapp hinter ihm. „Was hast du mir angetan!", kreischte sie dem Buben vorwurfsvoll entgegen, der das, wie alles, was von ihr kam, seit Langem überging. „Was hast du dir nur dabei gedacht? Hast du gar nicht daran gedacht, wie ich leiden musste?"

Bubetz verkniff sich einen Kommentar; der Bub ist achtzehn, verknallt und hat sich wohl gar nichts gedacht dabei. Und die Mutter hat sicherlich eine Ahnung gehabt, aber ein selbstständiger Vinzenz war natürlich viel bequemer als einer, hinter dem man her sein musste. Andererseits stiegen Erinnerungen an Wenzel junior im Hofrat auf, in diesem Alter kann man noch so viel verbieten, die Burschen finden doch immer wieder einen Weg, sich darüber hinwegzusetzen.

„Der blöde Bub, wie ist er überhaupt in solche Kreise geraten?", ereiferte sich der Sektionschef, ohne Bubetz zu begrüßen. „Man muss das genau untersuchen und restlos aufklären!"

„Einzelheiten braucht es nicht!", dekretierte der Hofrat. „Hauptsache, der Bub ist wieder da."

„Aber das kann man doch nicht so einfach hinnehmen", meuterte Sektionschef Ploderer weiter.

Bubetz schüttelte den Kopf: „Lass das! Sei froh, dass es nicht so ausgegangen ist wie bei Kuhlmann, und schick den Buben irgendwohin weit weg in die Schule, in die Schweiz oder meinetwegen nach England. Das solltest du wirklich machen und möglichst schnell. Das wird ihm guttun; und, glaub mir, alles andere ist uninteressant."

„Erstaunliche Ansichten für einen Polizeibeamten deines Ranges!", ließ der alte Ploderer nicht davon ab, irgendwo weit weg von sich und seiner Tochter Verantwortliche zu suchen.

„Mag sein", antwortete Bubetz gleichgültig. „Aber nicht alle Entführungen enden mit einem verhafteten Täter und der Heimkehr des Opfers. Orestes, lass es gut sein." Die alte Vertrautheit des Studienkollegen wirkte. „Also, eine Entführung mit glücklichem Ausgang", hellte sich Orestes Ploderers Gesicht kurz auf, bevor er verwundert hinzufügte: „Wir haben aber keine Forderungen erhalten!"

„Wozu auch?", konterte Bubetz rasch „Doktor Kort hatte nicht die Absicht, deinen Enkel wieder laufen zu lassen. So nebenbei auch noch Lösegeld zu kassieren, das war ihm wohl doch zu gefährlich. Dazu ist er zu gerissen." Der alte Ploderer verstand nicht, wovon Bubetz redete, aber er nickte Zustimmung. Der Hofrat war stolz auf sich.

„Der blöde Bub mit seiner Leserei! Nichts wie Kriminalromane hat er in sich hineingefressen und im Kino hat er keinen Gangsterfilm versäumt", murrte – weil jedes Beben ohne Nachbeben nicht auskommt – Orestes Ploderer noch, während Wenzel die wiedervereinte Familie zur Tür begleitete. Die Schuldigen waren mithin nun doch gefunden.

Bubetz beschloss, sich trotz der weit vorgerückten Stunde – es ging auf halb vier – ins Krankenhaus zu begeben, wohin er

Ferdinand von Sieber hatte bringen lassen. Auch dort hatte der umsichtige Beamte Vorkehrungen zu treffen, damit von der ganzen Angelegenheit nichts, aber auch schon gar nichts jemals ans Licht der Öffentlichkeit dringen würde. Fürs Erste verfügte der Hofrat, dass Herr Nowak in einem verschlossenen Einzelzimmer zu halten sei, mit einem Polizeibeamten vor der Tür, der ihn gegebenenfalls aufs Klosett begleiten sollte. Und es traf Klusaček, die erste Wache zu übernehmen.

48

Vom Krankenbett her muss Ferdinand Nowak tatenlos zusehen, wie Hofrat Wenzel Bubetz sein Leben verändert.

Als Ferdinand nach der Operation halbwegs zu sich kam, war Bubetz schon wieder fort, nur Klusaček stand als Schatten hinter der Milchglasscheibe in der Tür. Speiübel vom Äther erbrach er sich mehrmals in eine von der Schwester untergehaltene Schüssel. „Sie bleiben hier!“, ordnete der Arzt an, der neben der Schwester stand. Ferdinand nickte. Obwohl es nur ein Durchschuss war, erklärte der Arzt den Zustand des Armes für beobachtenswert. Er pumpte eine Ladung gelb-weißlicher Flüssigkeit in Ferdinands Vene, meinte teilnahmslos noch: „Das wird schon wieder!“, und ging.

Die Gabe entfaltete rasch die gleiche Wirkung, wie der Trank der kräuterkundigen Waldviertlerin es getan hatte. Ferdinand sah noch Mohnfelder ihre Blüten abwerfen; Urlaub mit Vinzenz in Wasserstein, wie er sich ausgemalt hatte – dann war er dahin.

Wiederkehrend aus tiefem Schlaf, fand er sich in einem Bett allein in einem Zimmer und staunte über die privilegierte Unterbringung. Der Arm steckte in einem Gips, unter dem es schmerzte und pochte.

Die Schwester kam, die Schwester ging, und Ferdinand fiel auf, dass sie jedes Mal hinter sich die Tür versperrte. Ferdinand fragte: „Ist das notwendig?"

„Natürlich", sagte die Schwester. „Sonst fahren Sie uns ja ab." Offenbar zweifelte sie an den Fähigkeiten der Wächter. Abzusperren wäre jedoch nicht notwendig gewesen, denn Ferdinand fühlte sich ganz und gar nicht in der Lage, abzufahren; er überließ sich seiner Erschöpfung, döste vor sich hin und fand in seinen Träumen, dass er heldenhaft gehandelt hatte.

Gegen elf – Bubetz hatte wenige Stunden auf dem Sofa in seinem Büro geschlafen – erschien der Hofrat abermals im Allgemeinen, hoffend, dass Nowak in einem ansprechbaren Zustand war.

Ferdinand löffelte gerade eine Grießsuppe mit Fäden von geronnenem Ei, als Bubetz von der Schwester eingelassen wurde. Wie sich das bei einem Krankenbesuch gehört, erkundigte sich Bubetz – „Wie geht es Ihnen heute?" – zunächst nach Ferdinands Befinden; darauf zerstreute er noch etwaige Sorgen wegen des Einzelzimmers: „Das geht auf die PolDion, Herr Nowak!", um endlich auf den wahren Grund seines Besuches zu kommen, mit einer recht drastischen Einleitung.

„Seien Sie froh, dass nicht der Kalbeck-Kieselgrund mit der Sache befasst war; der Mann hat ganz andere Vorstellungen davon, wie mit unangenehmen Zeugen zu verfahren ist."

„Ich? Unangenehmer Zeuge?" Ferdinand war baff.

„So etwas in der Art", blieb Bubetz vage. „Einzelheiten sind nicht erforderlich. Wesentlich ist nur, dass wir hier Übereinstimmung erzielen über den Verlauf der ganzen Angelegenheit."

Ferdinand schien das nicht allzu schwierig, seine Erinnerungen an diese Nacht waren – im Gegensatz zu jener in Wasserstein – völlig intakt. Indes, der Hofrat verlangte das Gegenteil: „Rekapitulieren wir diese ganze Remasuri! Warum sind Sie zum Kort hinausgefahren?"

„Wegen Vinzenz!"

Bubetz schüttelte abwehrend den Kopf. „Nein, sehen Sie, Nowak, das ist falsch. Mit dem Vinzenz Ploderer haben Sie gar nichts zu tun. Sie sind zu Kort hinaus wegen dem Charly Kuhlmann. Der alte Kuhlmann ist ja Ihr Auftraggeber, nicht wahr? Dass Sie bei Kort die Entführung des jungen Ploderer mitgekriegt haben, das war reiner Zufall. Haben Sie mich verstanden?"

Ferdinand verstand nicht, aber er nickte.

„Gut!", breitete Bubetz weitere Schleier über die Tatsachen: „Auch davon, wer diese Frau da war, diese Person in den Frauenkleidern, haben Sie keine Ahnung."

Ferdinand nickte, bevor Bubetz abermals „Haben Sie mich verstanden?" fragen konnte. „Vergessen Sie das alles!", legte der Hofrat mit sanftem Ton nahe. „Sie haben keine Ahnung. Es war ein Traum!"

„Und das da?", zeigte Ferdinand auf seinen verletzten Arm.

„Eine Schussverletzung. Hätte schlimmer ausfallen können. Eine Unachtsamkeit des Grenzers", tat Bubetz den Einwand ab.

Ferdinand zog eine Grimasse. „Unachtsamkeit!" maulte er, während Bubetz mit seinen Instruktionen fortfuhr: „Vinzenz wurde von Doktor Kort entführt. Er kann sich an nichts erinnern, weil er betäubt worden war, wie Sie ja auch. Nicht wahr? Kort war allein im Haus. Wer diese zweite Person war, wissen wir nicht. Ich nicht, Sie auch nicht. Ich meine das sehr ernst!"

Ferdinand begriff langsam, wie ernst es dem Mann war, der da auf dem weiß lackierten Sessel saß, eine Cognacflasche in der Hand, vom Feinsten.

„Diese Frau Legationsrat – wer immer das gewesen sein mag – werden wir wohl nicht erwischen", führte Bubetz weiter aus, obwohl ihn sehr wurmte, was er da sagte und dienstpflichtgemäß selbst glauben musste. Aber die notwendige Verschleierung der Tatsachen erforderte dieses Opfer.

„Persönlich bin ich Ihnen zu großem Dank verpflichtet, Herr Nowak", sagte Bubetz und stellte die Cognacflasche auf das blecherne Nachtkastl, das unter der kostbaren Last leise schepperte. „Ohne Sie hätten wir den Ploderer nicht befreien können. Wer weiß, wo der gelandet wäre, der blöde Bub. Was hat er sich denn überhaupt gedacht dabei?"

Nun, davon hatte Ferdinand wirklich keine Ahnung. Auch er hatte sich schon ungezählte Male gefragt, wie Vinzenz in die Fänge dieses verbrecherischen Duos geraten konnte, das nun von Bubetz auf ein Solo umgebogen worden war.

„Übrigens“, sagte Hofrat Bubetz trocken und stand auf. „Den jungen Ploderer werden Sie nicht mehr sehen.“ Und auf Ferdinands entsetzten Blick hin: „Es geht nicht anders. Sie wollen nicht ins Gefängnis und Vinzenz sollte das doch auch erspart bleiben, oder?“ Er blickte Ferdinand streng an. „Es war eine Entführung, weiter nichts.“ Ferdinand war unfähig, etwas zu erwidern. Eben hatte er sich noch mit Vinzenz durch die blühenden Mohnfelder Wassersteins strolchen und in der karierten Bettwäsche der Kleberin wälzen sehen, und nun das!

„Das Abenteuer ist jetzt einfach vorbei. Er kommt nach England in die Schule“, erklärte der Hofrat und stellte den Sessel ordentlich ans Fußende des Bettes; süffisant lächelnd fügte er noch an: „Dort wird es ihm an nichts fehlen.“

Ferdinand taumelte im Geiste und ging zu Boden; die Schwester trat ein, nicht aber um ihn auszuzählen, sondern um bei Bubetz Ruhe für den Patienten einzumahnen.

„Jaja, ich bin schon weg“, murrte Bubetz. Und als die Schwester wieder verschwunden war, machte er Ferdinand noch darauf aufmerksam, dass die Presse sich auf ihn stürzen würde. „Nur wenn nichts, aber auch gar nichts durchsickert, ist alles gut. Vinzenz bleibt auf freiem Fuß und Sie, Nowak, bleiben auch auf freiem Fuß, und es wäre doch schade, wenn das nicht so wäre, nicht wahr? Wir verstehen einander, ja?“

Wehrlos, im Krankenhaus gefangen gehalten, gab es für Ferdinand keine andere Antwort als: „Ja!“

Nachdem Bubetz gegangen war, hatte Ferdinand Zeit, die Sache neu durchzudenken. Auf einen grünen Zweig kam er dabei nicht. Ihm war nur klar, dass dieser Komplize Korts aus der Sache herausgehalten werden sollte. Warum? Ein hoher Polizeibeamter in Frauenkleidern? Peinlich! Er zuckte mit den Achseln, wegen des Schmerzes nur in Gedanken. Aber er ahnte, dass er dem Hofrat Probleme gemacht haben musste mit seiner Querarbeit.

Natürlich war es auch eine massive Drohung gewesen, die der Hofrat da so sehr charmant und verständnisvoll vorgetragen hatte. Akten über ihn, Ferdinand, gab es, keine Frage, dessen war er sich sicher. Über Max auch. Also: Ich weiß von nichts. Betäubt, was also sollte ich da mitbekommen haben? Heldenhaft den Burschen befreit, den der üble Dr. Kort verschleppt hatte, angeschossen, keine Ahnung von nichts.

Ferdinand sah ein, dass er sich damit zufriedengeben musste, wollte er weiterleben wie bisher, obwohl ihm ein Leben ohne Vinzenz im Augenblick gar nicht sehr erstrebenswert schien.

Für den Putschandl hegte er Sympathie. Der Kerl machte seine Arbeit, was hatte er – den Schraubstock von Ferdinands Faust im Schritt – gewimmert. Und so war es auch. Dass er bei der Beseitigung der Leiche von Charly behilflich gewesen war, mein Gott, was sollte er sonst tun; er war wohl von Kort abhängig, wie wahrscheinlich auch der Pribitzer. Also.

Auch Wilderer, nahm Ferdinand an, würde sich auf eine Art zivilen Befehlsnotstand berufen. In Zeiten wie diesen, da ein Drittel aller Erwerbsfähigen ohne Arbeit war, da machte man seinem Chef auch gerne einen Gefallen, sorgt dafür, dass ihm sein Gift nicht ausgeht und ist umsichtig behilflich beim Verlagern von Leichen, wenn es erforderlich ist, üble Verdächtigungen abzuwenden.

Wenig später tauchte Max auf; er hatte den mittäglichen Besuch im Café Pilgramhof geopfert. „Wie lange noch?", wollte Ferdinand wissen, bevor Max noch seinen Mantel ausgezogen und über das Fußende des Bettes geworfen hatte.

Max hatte Wenzel versprochen, das Geheimnis nicht zu verraten, aber er schwankte. Der Anblick seines verwundeten Ferdinand rührte ihn gar zu sehr. „Bis Vinzenz abgereist ist", verriet er mit der Auflage, dass Bubetz das nicht erfahren durfte, der für diese Regelung gesorgt hatte.

Dann erzählte Max grinsend: „Stell dir vor, der alte Ploderer hat den Buben zum Freud geschleppt!"

„Wozu?", fragte Ferdinand verständnislos.

„Damit er sich von dem Schock erholt, vom Aufenthalt im Koffer. Geburtstrauma hätte der Professor das wohl genannt, hätte er die beiden Ploderer nicht sofort hinauskomplimentiert. Er hat Wichtigeres zu tun. Ha! Das dem Sektionschef!"

Ferdinand, der Orestes Ploderer von der Begegnung an der Wohnungstür kannte, konnte sich vorstellen, wie das den eitlen Mann aufgebracht haben musste. Max bestätigte diese Vermutung: „Der Ploderer hat gleich eine Aufwallung von christlichsozialem Antisemitismus bekommen. Aber, wenn du mich fragst: Dem Vinzenz fehlt nichts weiter als eine kräftige Tracht Prügel. Der blöde Bub! Was hat er geglaubt, was die mit ihm machen?"

Ferdinand schwieg; er ahnte, dass der Bub eine Tracht Prügel wahrscheinlich genießen würde, vorausgesetzt die richtige Person verabreichte sie.

Max war hastig. Seine Geschichte über die Lage des österreichischen Films sollte erscheinen und war noch nicht über die Hälfte gediehen. Ärger mit Emm, dem Chef vom Dienst, war vorhersehbar, und das wollte Max um jeden Preis vermeiden. Unterschwelliger sozialdemokratischer Antisemitismus, wie Emm ihn pflegte, war nicht besser als christlichsozialer. Der Redakteur rauschte also ab, nicht ohne noch spöttisch seine Zufriedenheit darüber kundzutun, dass sein Ferdinand so gut bewacht war.

Ferdinand verfiel in oberflächlichen Schlummer, aus dem ihn kurz darauf Béla weckte, der den Apfelstrudel von der Nell neben die Cognacflasche auf das Nachtkästchen legte, das diesmal nicht ehrfurchtsvoll erbebte. Er hatte es eilig, weil er zur Nachmittagsvorstellung ins Theater musste, aber unbedingt wissen wollte, wie es um Ferdinand stand. Diese Sorge – „Mein Gott, wie konnte das passieren? Geht es dir gut?" – war selbstsüchtigster Art: Béla fragte sich, ob der Angeschossene jemals wieder in der Lage sein würde, so zu umarmen, wie er es einmal hatte erleben dürfen.

Auch Ferdinand bangte. Ob Béla etwas von Vinzenz gehört habe, wollte er wissen. Béla hatte keine Ahnung, und hätte er eine gehabt, er hätte auch den Kopf geschüttelt. Ferdinand litt daraufhin noch mehr, aber das war für einen Verwundeten nur recht und billig. Er zeigte auch schon Anzeichen von jenem Trübsinn, der in der Folge von Tag zu Tag zunehmen sollte. Fürchterlich.

Auch als am nächsten Tag Kuhlmann, von der Schwester eingelassen, mit gewohnt ausholenden Gesten auf Ferdinands Bett zusteuerte, um – wie er sagte – seine tiefe Schuld zu tilgen, und das restliche Honorar auf die Bettdecke blätterte, heiterte sich Ferdinands Miene nur wenig auf. Kuhlmann wünschte noch gute Besserung und rauschte wieder davon, wie er gekommen war; hinter ihm drehte sich der Schlüssel im Türschloss, und der Schatten eines Teils des „Schmächtigen Häufleins" war auf der Milchglasscheibe immer noch vorhanden.

Ferdinand blieb zurück mit seiner Niedergeschlagenheit und der „Sonn- und Montagszeitung", die Kuhlmann zurückgelassen hatte und deren Lektüre nur wenig geeignet war, Ferdinand aufzuheitern.

Der erste Balken war ganz auf den Kommerzialrat zugeschnitten: „Geheimnis um Selbstmord des Lehrlings Kuhlmann gelüftet! Notorisches Versagen der Polizei. Es war doch Mord." Das war zwar nicht ganz wahr, aber es machte sich gut auf dem Titelblatt und Ferdinand war überzeugt, dass der Schmierfink, der das zu verantworten hatte, nun von oben bis unten nagelneu eingekleidet war.

Dann wurde Ferdinand bejubelt: „Angeschossen auf der Jagd nach den Verbrechern", hieß es weiter unten, und auf der nächsten Seite: „Unterweltsanwalt Kort in Haft". Und vielversprechend über der nächsten Spalte: „Waldhäusl leitet die Vernehmungen!"

Jetzt, wo der Kort sitzt, sind sie mutig, dachte Ferdinand und staunte nicht schlecht über die kleineren Meldungen auf der Seite drei. „Kein Zusammenhang mit dem Fall des Baron Latsch." Nun, auch das entsprach nicht der Wahrheit, aber die „Sonn- und Montagszeitung" hatte sich damit zweifellos sehr viele Annoncen der verschiedensten Betriebe des verblichenen Barons eingehandelt. Ganz schlimm wurde es dann beim Bericht über den Hergang der Befreiung. „Mit schmerzverzerrtem Gesicht berichtet ‚Pinkerton-Detektiv' Ferdinand Nowak, von der Verfolgung …" Ferdinand heulte auf; der „Pinkerton-Detektiv" tat mehr weh, als der Arm es je getan hatte.

Es folgte eine Schimpftirade gegen die „beste Polizei der Welt“, ein wenig Polemik gegen Brandl, den Präsidenten der Internationalen Kriminalpolizeilichen Kommission, der während dieser skandalösen Vorfälle in Rom spazieren ging, und gegen den „Beschwichtigungshofrat Emil Bubetz“, dem ein Ende seiner Karriere bei der Polizei prophezeit wurde. Die Identität des Entführungsopfers wurde nicht enthüllt – dafür dürfte Orestes Ploderer gesorgt haben.

Nach drei Tagen brachte Max endlich Erlösung: „Morgen fliegt Vinzenz nach London, um zehn. Dann kannst du nach Haus. Der Béla hat sich schon ein Schwesternhäubchen besorgt … aus dem Fundus.“ Ferdinand fehlte der Sinn für Maxens Humor.

Aber immerhin: Kaum war Vinzenz anderntags von Aspern aufgestiegen, hin gen Engelland, als das Telephon der Stationsschwester läutete, und Hofrat Bubetz die Entlassung genehmigte.

Anstelle des Gipses wurde ein ganz unscheinbarer Verband angelegt, der unter dem durchlöcherten Ärmel der Lederjacke verschwand, Ferdinand packte seine Banknoten und den Cognac und wurde am Tor von Klusaček erwartet, der ihn heimbringen sollte, wo ihm die nächste Verzweiflung bevorstand.

Ferdinand erkannte sein Zimmer nicht wieder, und der erste Schreck – ein Schock geradezu – legte sich erst, als er bemerkte, dass ganz anders als sonst die Dinge alle an ihrem gewohnten Platz waren, abgestaubt, gewischt, gewaschen, aber nicht irgendwo, nicht terroristisch weggestapelt, sondern dort, wo sie für ihn hingehörten. Das konnte nicht das Werk des teuflischen Duos Nell-Badura gewesen sein. Béla, der in der Tür lehnte, lächelte verlegen.

In den folgenden Tagen hatte Béla wenig zu lächeln. Ferdinands Zustand war erbarmungswürdig. Béla war nicht so einfältig anzunehmen, dass der Angebetete ihm in Ermangelung seines Vinzenz gleich um den Hals fallen würde. Dass der Ferdinand aber so tief in Trübsinn versinken sollte, hatte er, der auch in Liebesdingen sehr praktisch dachte, nicht erwartet.

„Müssen wir dich auch in die Berggasse bringen?“, machte Max einen recht untauglichen Versuch, Ferdinand aufzuheitern. Zwecklos.

49

Ferdinand erweist dem feschen Alois die Letzte Ehre und wird Zeuge eines weiteren hofrätlichen Triumphes.

Die Fahrt mit dem 71er hinaus auf den Zentralfriedhof war lange und öde. Bei einem der Blumenstände am „Zweiten Tor“ kaufte Ferdinand eine gelbe Chrysantheme. Dann suchte er die Halle, wo Alois Putschandl aufgebahrt war. Es war eine Aufbahrung letzter Klasse. Fünf Leute waren da; die eine, ganz alte Frau, als Einzige wirklich erschüttert, dürfte die Mutter vom Alois gewesen sein. Ferdinand hörte, wie sie vor sich hinmurmelte: „Was hat er denn verbrochen, der Loisl?“ Nichts, Frau Putschandl, dachte Ferdinand; fesch war er halt, der Loisl.

Unerwartet kam für Ferdinand die Anwesenheit des Schediwy und der Odette, samt Schläger. Der große, protzige Kranz war von ihm, der Einzige übrigens neben einem Bukett mit roten Nelken und einen einfachen Blumenstrauß. „Unvergessen“ stand auf der einen Schleife, Café Sarastro auf der anderen.

Ferdinand wollte den Schediwy auf den Putschandl anreden, aber er kam nicht weit. Kaum, dass er sich auf ein paar Schritt genähert hatte, drängte ihn Schediwys Begleiter ab: „Schleich di, da Chef trauert.“ Weshalb blieb unklar, Ferdinand glaubte jedoch am Gesicht der Odette ablesen zu können, dass sie weitaus tiefer trauerte als der Edi. Der Alois war ja wirklich ein fescher Kerl gewesen ... Da riss Unerwartetes den Ferdinand aus seinen Gedanken.

Urplötzlich lösten sich aus einem vorüberschleichenden Trauerzug sechs Gestalten – es mochte auch sein, dass sie durch die Menschenkolonne durchgebrochen waren. Zwei davon stürzten sich auf Schediwys Beschützer, der seine Waffe ziehen wollte, aber von Handschellen daran gehindert wurde. Sekunden später war auch Schediwy in einem Zustand, den er später – in seinen Memoiren – als „in Ketten“ beschreiben sollte, um die tiefe Entehrung auszudrücken, die ihm dadurch zugefügt worden war.

Und das war es auch. Jahrzehntelang hatte Eduard Schediwy ungeheures Geschick darin bewiesen, sich in heiklen, auch sehr heiklen Situationen stets an anderen abzuputzen und als völlig unangepatzt aus jeglicher Kalamität hervorzugehen. Das war wie mit dem „k. u. k.“, das er lächelnd als „Kaffee und Kuchen“ erklärte und sich von anderen Deutungen distanzierte. So war er aus zig Affären unschuldig, ahnungslos missbraucht, getäuscht und ausgenützt, hervorgegangen. Dass er in die Affäre um den Tod des Baron Latsch hineingezogen worden war, lag an einem alten Diener auf Burg Latschenfels, der die Pakete aus Wien in Empfang genommen und der ausgesagt hatte, er habe den Herrn Rittmeister im Zusammenhang mit einem solchen Paket den Namen Schediwy nennen hören.

Schicksalsschläge war der Schediwy gewohnt; er hatte gelernt, sie gelassen zu ertragen, wie beispielsweise den gescheiterten Versuch, Gremialvorsteher der Kaffeesieder Wiens zu werden. Nur ein Machtwort von Leopold Kunschak – der Interventionen für Freunde, beispielsweise Charles Kuhlmann, nicht abgeneigt war – hatte Schediwys Aufstieg an die Spitze eines überwiegend höchst ehrbaren Gewerbes verhindert. Schwarze Schafe gab es immer, so auch hier, aber bitte, bitte nicht als Leithammel, hatte Kunschak sein Quertreiben begründet.

Das war ein schwerer Schlag für den Edi gewesen, aber solche Schmach wie hier war ihm bisher nie zugefügt worden in seinem nun doch schon langen Wandeln am schmalen Grat zwischen Gesetz und Geschäft. Nun hatten sie ihn doch noch eingebuchtet.

Die Odette – offenbar einem Urinstinkt folgend – war kreischend auf und davon, und keiner der Kriminalbeamten – unter ihnen auch des Hofrats „Schmächtiges Häuflein“ – machte sich die Mühe, ihr zu folgen. Schediwy und sein Schläger wurden eilig in ein Polizeiauto verfrachtet, das hinter der Aufbahrungshalle gewartet hatte und nun davon fuhr, würdevoll langsam, um den Ort nicht zu entehren, oder aber in maßvoll stillem

Triumph, den Schediwy gefasst zu haben, einer Lappalie wegen, wie er meinte.

Die Verwirrung unter den übrigen Trauergästen legte sich rasch. Die für Schediwy so unerfreuliche Amtshandlung war wie ein jäher Windstoß in die kärgliche Einsegnung gefahren, aber ohne sozusagen viel Staub aufzuwirbeln, und als sich die Blicke der beiden verbliebenen Trauergäste vom abfahrenden Polizeiwagen wieder auf den Pfarrer gerichtet hatten, fuhr dieser fort, Vorgefertigtes zu reden: Der Mutter immer ein guter Sohn gewesen – sie schluchzte – und sein Lebtag lang ein wackerer Christ – niemand lächelte. Dann wurde zur Grube hin aufgebrochen. Ferdinand ersparte sich, dem Sarg zu folgen. Er rechnete nicht damit, dass über den Alois Putschandl, der auf der Beleuchterbrücke und auch sonst seinen Mann gestanden hatte, noch mehr zu erfahren war, als er schon wusste und – die Odette betreffend – darüber hinaus vermutete; und er verstand ihre Trauer.

Beim Ausgang der Aufbahrungshalle wandte er sich an den Pompfüneberer, der sich anschickte, das Lokal für die nächste Leich vorzubereiten.

„Wer war der Herr mit den roten Nelken?", fragte Ferdinand.

„Na wer wird des scho gewesen sein?", nuschelte der Mann. „Die Gewerkschaft; wer sonst kommt mit ana rodn Nökn daher. A Opfer der Arbeit! Als wär ma net alle Opfer der Arbeit. Habe die Ehre."

Ein Philosoph, dachte Ferdinand und machte sich auf den Weg zum großen Tor, und hinaus zur Haltestelle des 71ers. Dort stand verzweifelt die Odette, und er bot ihr an, sie ins Sarastro zu bringen. Sie war ganz außer sich, weil sie den Edi hoppgenommen hatten. Während der langen Fahrt des 71ers in die Stadt wimmerte sie von Zeit zu Zeit „Schrecklich, schrecklich" in ihr Taschentuch. Zwischen zwei solchen Ausbrüchen deutete sie einmal wortlos mit dem Kopf auf Ferdinands Arm in der Schlinge und blickt ihn fragend an. „Grenzpolizei!", gab Ferdinand Auskunft. „Streifschuss!", woraufhin sie kopfschüttelnd wieder in ihre Verzweiflung abtauchte.

Auf dem Weg von der Endstation der Elektrischen zum Naschmarkt sprach sie gar nichts mehr. Doch: „Danke!", als Ferdinand sie ins Café geführt hatte, und: „Willst einen Kaffee?"

„Ein Schnaps wär mir lieber", sagte Ferdinand, sie nickte Einverständnis, wies den Kellner an und verschwand im Büro hinter der Theke. Ferdinand kippte den spendierten Weinbrand hinunter und ging nach Hause.

50

Dr. Kort und Dr. Waldhäusl im Gespräch, Regierungsrat Antony kehrt von einem Jagdausflug heim, und Wenzel Bubetz versenkt seinen Fall im Archiv.

Vier Nächte Waldhäusl, das steht keiner durch, und was Kort im Sicherheitsbureau vorgehalten wurde, war stark.

„Sie stehen im Verdacht, den Filmproduzenten Pribitzer" – ein verächtliches Lächeln Korts beim „Produzenten" – „wie auch den Kleindarsteller Putschandl ermordet oder seine Ermordung veranlasst zu haben. Sie haben sich gemeinsam mit unbekannten Dritten erwiesenermaßen der Entführung und Verschleppung des Schülers Vinzenz P. schuldig gemacht und stehen im Verdacht, auch mehrere andere Jugendliche verschleppt oder Vorschub dazu geleistet zu haben. Sie haben als ‚Imre von Balkányi' eine illegale Spielhölle betrieben. Sie haben amtliche Dokumente gefälscht und sich so der Irreführung der Behörden schuldig gemacht. Sie haben gemeinsam mit dem ermordeten Pribitzer und unbekannten Dritten gewerbsmäßig unsittliches Bild- und Filmmaterial hergestellt und vertrieben sowie junge Burschen ins Ausland verschleppt. Kurz: Sie haben sich einiges geleistet."

Kort kochte. Vor allem die „unbekannten Dritten“ brachten ihn in Rage. „Ihr unbekannter Dritter, der nach Ungarn entwischt ist, heißt Antony und ist hier ein paar Zimmer weiter zuständig für Mädchenhandel und Geschlechtskrankheiten“, schnaubte Kort, „und er wird unter der Bezeichnung ‚Operation Fledermaus‘ seit Jahren von Ihrem erfolglosen Kollegen Bubetz verfolgt. Weil er sich nämlich“, legte Kort nach, „von der Unterwelt im großen Stil dafür hat bezahlen lassen, dass Razzien erfolglos blieben und zahllose gesuchte Verbrecher ihrer Verhaftung entgehen konnten.“

Waldhäusl hielt völlig gelassen dagegen, dass Derartiges der Behörde nicht bekannt sei und dass eine „Operation Fledermaus“ – „Was, bitte sollte das sein?“ – nur das recht geistlose Hirngespinst eines auf Verschleierung von Tatsachen hinarbeitenden Rechtsanwalts sein sein könnte. „Gewesenen Rechtsanwalts“, korrigierte Waldhäusl noch süffisant, worauf Kort – anfangs häufiger als später – mit der Faust auf den Tisch schlug und – anfangs ebenfalls öfter – brüllte: „Was heißt der Behörde nicht bekannt! Ich bringe es der Behörde gerade zur Kenntnis!“ Waldhäusl damit zu beeindrucken gelang jedoch nicht; seine Antwort lautete überheblich schlicht: „Kann sein. Aber Sie sind als Beschuldigter kein glaubwürdiger Zeuge.“

So ging das dahin. Waldhäusl hatte es sich leichter vorgestellt, als Kort es ihm tatsächlich machte, aber, wie gesagt, vier Nächte Waldhäusl steht keiner durch. Kort brach zusammen.

So nannten das die Zeitungen. Das war die gängige Formel für den Moment, in dem ein Angeklagter sein Leugnen aufgab und geständig wurde. Es war – und das war das leicht Unappetitliche daran – wie der Moment, in dem in spanischen Arenen der Stier einknickt und in den Sand stürzt und die Masse den Torero frenetisch bejubelt. Geschmäcker und Watschen sind eben verschieden, Waldhäusl jedenfalls sah sich kurz vor dem Ziel.

Aber dann wendete sich das Blatt noch einmal. Die „Fledermaus“ tauchte wieder auf! Was als Gattin des angeblichen Legationsrates Imre von Balkányi über den Acker entwichen war, wurde als Oberpolizeirat mit dem Titel Regierungsrat an die PolDion retourniert. Im Sarg. Ein Jagdunfall, wie er gelegentlich schon vorkommen kann, wenn einer im Bakonywald auf Wildschweine pirscht. Das war die an die Presse gegebene Version, und wer sollte daran zweifeln. Dass es auch anders gewesen sein könnte – und Bubetz hatte sich seinen Möglichkeitssinn durch all die Jahre im Präsidium wach erhalten –, war natürlich nicht auszuschließen. Bubetz hatte auch noch im Ohr, wie von Vize Kalbeck-Kieselgrund für das „Schwarze Schaf" Antony die elegante Redl-Lösung ins Gespräch gebracht worden war, und die Kontakte der Führung zum autoritären Horthy-Ungarn waren augenscheinlich intensiver und besser als zugegeben werden durfte.

Aber Hofrat Emil Wenzel Bubetz begehrte das alles nicht mehr zu wissen. Der Polizeigefangene Kort hingegen, dem der Heimgang des Regierungsrates Antony nicht verborgen blieb, sah im Ableben seines Komplizen ein gemeinsames Komplott der PolDion und dunkler pannonischer Figuren und dachte durch diese Sicht auf die Sache, seine Position Waldhäusl gegenüber im Verhör zu verbessern. Er drohte – laut und wieder mit Hieben auf den Tisch – er werde die Hinrichtung – mehrmals betonte er den Terminus Hinrichtung! – des Regierungsrates publik machen. Er sei dazu selbstverständlich auch aus der Haft heraus in der Lage und so weiter. Das Übliche an Drohungen, alles in der Hoffnung, sich vielleicht aus der Sache doch noch herauswinden zu können.

Ganz das Übliche war es dann auch, dass Kort am nächsten Tag erhängt in seiner Zelle aufgefunden wurde. Schlampige Polizeiarbeit hatte es möglich gemacht; niemand hatte daran gedacht, dem Mann seinen Selbstbinder abzunehmen.

Ein gewaltiger Seufzer der Erleichterung ging durch die Stadt, als das Hinscheiden des Herrn Dr. Kort bekannt wurde, und jeder, der jemals mit ihm zu tun gehabt hatte, stellte Überlegungen an, wer denn die endlich befreiende Tat gesetzt haben mochte.

Dr. Kort hatte seinen Weg gewählt, begreiflich angesichts des tiefen Falles dieses Mannes, vor dem einst die Gerichtspräsidenten Spundus gehabt hatten. So hieß es in den Zeitungsmeldungen; bedauerlich, aber eben nicht zu ändern. Die Anwaltskammer blieb stumm, Korts Körper wurde der Anatomie übergeben, das Hietzinger Doppelhaus fiel später an die Republik und die Unterwelt, vor allem jene dem Geschlechtlichen geschäftlich verbundene Abteilung, trauerte. Gleich zwei ihrer Stützen waren nun dahin. Ein Jammer.

Am Schottenring wurde nach den Untaten der „Fledermaus" nicht weiter gefragt. Wozu auch? Antworten wären nicht zu haben gewesen. *Omertà*. Das vorläufig dunkelste Kapitel in der Geschichte der Abteilung für Bekämpfung des Mädchenhandels und der Geschlechtskrankheiten war aktenmäßig abgeschlossen.

Ob nun Bubetz die Sache beendet hatte oder ob der wahre Schlussstrich unter die Sache irgendwo – k. u. k. kollegial – drüben in Horthy-Ungarn gezogen worden war und mit wessen Unterstützung aus Wien, spielte in der Auffassung des Amtes keine Rolle. Der „Schwarze Peter" blieb dem Dr. Kort, der sich nun auch nicht mehr wehren konnte. Die Sache war damit erledigt, eleganter, als es Bubetz jemals zu träumen gewagt hatte. Die Verwicklung des kleinen Ploderer in die „Operation Fledermaus" hätte sehr übel ausgehen können, aber auch das war überstanden, dank Nowak. Bubetz beschloss, ihn zu besuchen und noch eine Falsche Cognac mitzubringen, von jener Sorte, die der Präsident einst gerne geschenkt hatte.

Und noch etwas beschloss Bubetz: Das Unkraut zu vertilgen, das im Umkreis von Regierungsrat Antony in der Behörde hochgeschossen war, wollte er seinen Nachfolgern überlassen, auf die er – in langjähriger Kenntnis des Apparats und seiner Gegenspieler – gewaltige Probleme zukommen sah.

In dem Gerangel, wer vis-à-vis der Unterwelt in Antonys Fußstapfen treten sollte, würde sich der eine oder andere – wenn nicht von Konkurrenten denunziert – sicherlich selbst entlarven und zu Fall bringen. Und von der Schattenseite der Gesellschaft her würde es Unterstützung geben für jenen einen, ihren Zwecken Dienlichsten, begleitet von der Auslöschung wetteifernder, doch unbrauchbarer Kandidaten.

„Eine Polizei, die mit der Unterwelt nicht kooperiert, ist in weiten Bereichen chancenlos ... nur darf dabei das Bewusstsein nicht verloren gehen, dass man hier in einer Grauzone zugange ist", hatte Wenzel einmal in einem Gespräch mit Max gesagt, einen inoffiziellen natürlich.

Mitte November wurde die „Fledermaus" zu Grabe getragen. Der Schediwy, der eine Schwäche für *pompes funèbres* hatte, wäre gewiss gekommen, um seiner langjährigen Stütze im Sicherheitsbureau die letzte Ehre zu erweisen; er war jedoch verhindert. Er versäumte nicht viel, denn für den toten Regierungsrat wurde nur das kleine Menü angerichtet. Krematorium am Zentralfriedhof; die Polizeikapelle blies den gehabten guten Kameraden und der Polizeipräsident sagte etwas in der Art wie: Die Abteilung zur Bekämpfung des Mädchenhandels habe eine bemerkenswerte Persönlichkeit verloren. Im Anschluss fuhr der Regierungsrat in den Feuerofen, als wollte man sicherstellen, dass es für immerwährende Zeiten ein Jagdunfall bliebe. Dann gingen alle.

In einem Jahr, wenn das zehnjährige Jubiläum der Internationalen Kriminalpolizeilichen Kommission anstand, das in Wien gefeiert werden sollte und in dessen Verwaltungsausschuss Antony viel von sich reden gemacht hatte, würde sich niemand mehr an die Angelegenheit erinnern. Unwissende Delegierte könnten sich in den Urnenhain begeben, um einen Kranz vor der Asche des „Schwarzen Schafes" Antony niederzulegen; mehr jedoch war nicht zu erwarten.

Hofrat Emil Wenzel Bubetz war durch seinen Erfolg nun tatsächlich in den Kreis der Unsterblichen der PolDion eingezogen. Den Akt über die geheime „Operation Fledermaus" trug er eigenhändig in sein Vorzimmer, griff nach dem *„ad acta"*-Stempel, der gewöhnlich von Horak geschwungen wurde, färbte ihn – ihn genüsslich auf dem Tintenkissen wiegend – ein und hieb ihn dann mit der geballten Kraft seiner Amtsgewalt auf die braune Pappmappe, in der einige lose Blätter versammelt waren, die wenig – genau genommen: gar nichts – über Leben, Treiben und Sterben des Regierungsrats Antony, genannt „die Fledermaus", verrieten. Die Seiten waren wahllos aus Makulatur zusammengestellt, ohne gemeinsamen Sinn; ihre Einverleibung ins Archiv war eine Ablage *in effigie*, sozusagen, und der Hofrat ließ es sich auch nicht nehmen, die Mappe selbst in den Keller zu tragen und einzuordnen, an nicht entsprechender Stelle, unauffindbar dem Suchenden, zufälligen Findern überlassen. Eine Arbeit, die gewöhnlich ebenfalls Horak verrichtete.

Das „Schmächtige Häuflein" des Hofrats zerfiel in seine Einzelpersonen, und nun, da er mit der Grablegung des Aktes im Archiv die „Operation Fledermaus" amtswegig endgültig abgeschlossen hatte, verschwand der gesamte Vorgang auch aus seinem Kopf. Kalbeck-Kieselgrund, den Militärschädel, und seine mögliche Involvierung in das ungarische Ende der „Fledermaus" verbannte Bubetz ebenfalls aus seinen Gedanken, um sich danach ganz ungestört auf seine Ernennung zum Vizepräsidenten einzustimmen; früher als erwartet, als Nachfolger des überraschend – aus privaten Gründen – zurückgetretenen Kieselgrund und als Ouvertüre zu einem finanziell besser ausgestatteten Ruhestand.

Bubetz wusste, dass er als Abschiedsgeschenk vom Präsidium eine nagelneue, moderne Reiseschreibmaschine bekommen würde. Sie würde in der hinauskomplimentierenden Laudatio erwähnt werden als das Requisit, mit dessen Hilfe er der Welt seine Erinnerungen übermitteln möge. Aber er durfte das nicht wissen.

Gattin Emma, der bekannt war, dass Wenzel es vorzog, mit der Hand zu schreiben, würde ihm eine neue edle Füllfeder unter den Christbaum legen. Bubetz war – wie es sich für einen erfolgreichen Kriminalisten gehört – auch das bekannt; er hatte sich aber vorgenommen, bei der Bescherung unter dem Lichterbaum freudige Überraschung zu zeigen.

Im Übrigen blickte er dem Sommer dreiunddreißig entgegen, den er sich als geruhsame Wochen im Liegestuhl auf der Wiese vor der „Villa Alba" dachte, seine Memoiren skizzierend, in denen es eine Fledermaus nicht geben sollte und wenn doch, dann nur als Musenkind des Johann Strauß. Abends, in der von Gelsen durchsirrten Dämmerung, würde er auf der Veranda seiner Emma beim Schein der neuen elektrischen Stehlampe das Textwerk des Tages vorlesen. Sie würde andächtig lauschen, wie sie ihr achtunddreißig Jahre währendes Eheleben und ein

Jahr des Verlobtseins lang ihrem Wenzel gelauscht hatte. „Das hast du gut gesagt“, würde sie dann loben, „aber morgen müssen wir uns um die Wiese kümmern.“

„Er wird uns fehlen“, schrieb Meyer in seinem Artikel über den Abschied des Polizeivizepräsidenten Hofrat Emil Wenzel Bubetz. Wie sehr ein Mann fehlen würde, der wie Bubetz Grundsätze und Prinzipien nicht nur hatte, sondern auch lebte, das sollte sich im nächsten Jahr bereits abzeichnen, und ein weiteres Jahr später sollte klar werden, dass ganz andere Zeiten angebrochen waren, aber keineswegs bessere.

Das galt auch für den k. u. k.-Schediwy. Er hätte viel besser geschlafen, wenn sein Umgang mit den Mitbewerbern am Markt der Sünde immer noch von jener Art gewesen wäre, wie er ihn mit Nachbar Schnitzler gepflogen hatte: Man wechselte freundliche Worte am Zaun, ohne einander ins Gehege zu kommen. Das schien nunmehr Geschichte zu sein.

Waren Kindheit und Jugend des Eduard Schediwy mit dem Ende seiner Tante und ihres Prateretablissements zu einem abgeschlossenen Kapitel geworden, so deutete nun alles darauf hin, dass die entehrende Festnahme bei der Beerdigung des Alois Putschandl sich zum Schlusspunkt seiner Laufbahn als Unternehmer entwickeln würde.

Der Edi, der bei Unterwelt und Polizei den gleichen Respekt genossen hatte, war nicht mehr derselbe, seit er aus der Haft entlassen worden war. Gebrochen wäre zu viel gesagt, aber es hatte etwas davon; nicht, weil die Haftbedingungen oder die „Gespräche“ mit Waldhäusl übermäßig zermürbend gewesen wären oder die zu erwartende Geldstrafe ruinös ausfallen konnte; das nicht. Aber seine Verhaftung – unter noch dazu so unwürdigen Umständen – hatte ihm gezeigt, dass die Zeiten vorbei waren, in denen er so gut wie unangreifbar die Reichen der Stadt mit verbotenen Lüsten hatte versorgen können. Es gab rücksichtslose Razzien da und dort, sein Bad war mit der Begründung unhaltbarer hygienischer Zustände geschlossen worden, und Odette hatte – „mit den Nerven völlig fertig“, wie sie das formulierte – die Geschäftsführung des Sarastro niedergelegt und sang dort auch nicht mehr.

Warum plötzlich alles anders war, konnte er sich zunächst nicht erklären. Die Flucht des Antony war nicht bekannt gegeben worden – dafür hatte Bubetz gesorgt –, nur Gerüchte waren ihm zu Ohren gekommen, aber auf Gerüchte hatte er nie etwas gegeben. Als die Zeitungen dann vom Jagdunfall des Regierungsrats Antony berichteten, hatte er es glauben müssen. Der Fuß in der Tür des Sicherheitsbureaus war amputiert. Aber selbst das, hatte er sich gesagt, war letztlich nicht schlimm. Bereit, einiges zu investieren, hätte er sich durchaus auch mit Antonys Nachfolgern auf der Rossauerlände arrangiert. Viel schwerer wog dagegen, dass sich die Legende von der Unverwundbarkeit des Edi als eben nur eine Legende herausgestellt hatte, und wo Führer Schwäche zeigen, schwillt manchem unter dem Fußvolk, der bisher gekuscht hatte, der Kamm.

Kurzum: Die wenigen Tage, die er seinem Unternehmen entzogen gewesen war durch die entehrende Haft, hatte den Renegaten ausgereicht, den k. u. k.-Schediwy seiner Gefolgschaft madigzumachen und eine neue Zeit auszurufen. Ein Verhältnis wie zu Schnitzler war zu diesen Leuten nicht möglich, es gab eben den Zaun nicht mehr. Damit war es ein für alle Mal vorbei.

Schediwy zog sich waidwund in seine Villa zurück, bat Henri Breiterer zu einem Souper und wollte beim Tafelspitz wissen, ob er jemanden empfehlen könnte, der in der Lage wäre, gegen entsprechendes Entgelt natürlich, seine, des Schediwys, Memoiren zu schreiben. Als Titel schwebte ihm „Witwer und Waise“ vor. Man würde ihm das noch ausreden können, war Henri überzeugt, und empfahl seinem Gastgeber den Redakteur Max Meyer vom „Vorwärts“ als den allerbesten Mann für diese Aufgabe.

Der war momentan jedoch hinter einer anderen Sache her, nämlich der – für viele Leute in der Stadt rechten bangen – Frage, wohin die legendäre Kartei des Dr. Kort verschwunden war. Als die Mannen des Sicherheitsbureaus das Hietzinger Knusperhäuschen des toten Anwalts durchsucht hatten, war kein Karteikasten gefunden worden. Manche meinten daraufhin erleichtert, dass Korts böse Kärtchen tatsächlich nur eine Legende gewesen waren. Doch das, so sagte sich Redakteur Meyer, war nichts als lautes Singen im dunklen Wald.

51

Ferdinand trauert seinem Vinzenz nach und Tarzan schwingt sich über die Kinoleinwand. Der kann ihn aber ebenso wenig aufheitern wie Max oder Béla.

Ferdinand war verzweifelt. Was er – eingelullt von seinem Wunschdenken – im Krankenhaus noch als bloßes Gerede abgetan hatte, war Wirklichkeit geworden: Großpapa Ploderer hatte den sittenlosen Enkel tatsächlich über den Kanal nach England abgeschafft. Er war dahin, und Ferdinand blieb nichts, als um seinen Vinzenz zu trauern.

Max Meyer sah sich unversehens wieder in die Rolle des strengen väterlichen Freundes gedrängt, den er für den jungen Ferdl einst so erfolgreich gegeben hatte, mit der er jetzt aber keinen Beifall fand. Er schlug vor, Ferdinand möge mit dem Honorar von Kuhlmann ein eigenes Detektivbüro eröffnen und viel Geld verdienen. „Was nützt mir das Geld, wenn ich es nicht mit Vinzenz ausgeben kann?", war Ferdinands Antwort.

Max redete ihm zu, beruflich auszunutzen, dass die Presse ihn als den heldenhaften Aufklärer des Kuhlmann-Falles feierte. Was war die Antwort? „Was nützt mir Erfolg, wenn ich ihn nicht mit Vinzenz teilen kann?"

Max ermahnte Ferdinand, sich nicht gehen zu lassen, legte ihm nahe, sich doch wenigstens daheim anzusaufen, weil das billiger und auch die Luft viel besser wäre als bei Mutter Motz. Alles sehr vernünftige Ratschläge, aber was taugt Vernunft selbst in glücklichen Liebesdingen? Wenig. Und bei Liebeskummer versagt sie dann vollends.

Max überwand sich sogar dazu, seinem Ferdinand mit bitterer Wahrheit zu kommen: Vinzenz wäre viel zu jung und viel zu neugierig gewesen, um auf längere Sicht mit ihm allein das Auslagen zu finden. Er hätte doch bemerken müssen, wie der

Junge auf den Film mit Charly reagiert hatte. Und ob sich Ferdinand nicht auch schon gefragt habe, ob Vinzenz tatsächlich ganz einfach entführt worden war oder ob er sich nicht vielleicht doch ganz freiwillig und lüstern in Pribitzers erotische Filmwelt begeben hatte.

Max hatte recht. Ferdinand sah in klaren Momenten auch ein, dass die Affäre mit Vinzenz ohnehin bald zu Ende gegangen wäre. Deshalb vernebelte er sein Denken, um sich das nicht eingestehen zu müssen. Eine schmerzende Kerbe, in die Max da mit seinem an die Vernunft gerichteten „Trost“ geschlagen hatte. Und auch das Wetter war nicht so, dass Lebensfreude daraus zu schöpfen gewesen wäre; schon gar nicht vermochte der Blick aus dem Fenster auf die steinerne Rinne, durch die neben der Stadtbahn der Wienfluss dreckig dahingurgelte, Ferdinands Trübsinn zu vertreiben. Im Gegenteil: Ferdinand dachte an den Bach, der seine Kindheit durchflossen hatte. Max und Béla, geeint durch ihre Schwäche für Ferdinand, mussten hilflos zusehen, wie das Objekt ihrer Zuneigung ganz gottserbärmlich vor sich hindämmerte.

Ferdinands Trübsinn war in den ersten Novembertagen ausgebrochen, und seit Anfang des Nebelmonats lief in Wiener Kinos als Höhepunkt der Saison Meisterschwimmer Johnny Weißmüller in dem größten und sensationellsten Dschungelfilm „Tarzan, der Herr des Urwalds“.

Von der Kritik als herziges „Urwaldidyll“ milde belächelt, brachten die „Urwaldabenteuer des englischen Edelknaben“ den Kinos volle Häuser, ganz wie es der Regel – schlechte Kritiken, gutes Geschäft – des Ingenieur Homolka entsprach.

Nannten die einen gewerbsmäßigen Nörgler den Tarzan augenzwinkernd einen „feschen Waldmenschen“, erblickten andere, vermutlich Deutschnationale, im Urwaldhelden eine Art „Dschungel-Siegfried“, und die züchtige „Reichspost“ enttarnte den „Affenjüngling“ unbarmherzig als modernen „Sportsmann, der eine neuzeitliche Frisur trägt und nach modernem Sportstil turnt und schwimmt“.

Linken Blättern war „der stattliche, zwar wenig bekleidete, aber wohlrasierte und auch sonst ziemlich gentlemanmäßige

Affenmensch“ offenbar zu wenig animalisch, und Max Meyers „Kleines Blatt“ beklagte, dass „sich die Urwaldliebesgeschichte bei all ihrer spekulativen Lüsternheit, doch recht tugendsam vollzog“.

Mehr hatte das von Sittenwächtern umlauerte Hollywood tatsächlich nicht zu bieten, aber es ließ erfreulich viel Raum für individuell erträumte Dschungelnächte mit dem Olympiaschwimmer. Das mehrfach geäußerte Unverständnis darüber, dass das freche Dschungelgirl bei Tarzan im Urwald bleibt, teilte Béla nicht. Er gab unumwunden zu, dass er gerne bei Johnny Weißmüller im Dschungel bliebe, und er war mit dieser Vorstellung ganz gewiss nicht allein. Allen jenen jedoch, die Béla neuerdings mit dem Versprechen „Ich Tarzan, du Jane“, unterkriegen wollten, war kein Erfolg beschieden.

In einem waren sich die stets mäkelnden Kritiker allerdings einig: Dass der „Herr des Urwaldes“ nicht sprechen oder singen, sondern nur „auf afrikanisch Jodeln“ konnte, wurde dem Film als unschätzbarer Vorzug angerechnet. Er war keine Operette, wie sie serienweise daherkamen, mehr oder weniger niveauvoll, und dann eben auch von Ingenieur Homolkas Maxing-Film.

Ferdinand, den Max und Béla ins Apollo-Kino geschleppt hatten, heiterten die Abenteuer des gepflegten Urwaldhelden nicht auf, ganz in Gegenteil. Dieser Kerl war erfolgreich, und er? Er hatte im Wald eine auf den Schädel bekommen, war dann in einen betäubenden Wattebausch gelaufen, und Vinzenz, so begriff er jetzt schaudernd, war das letzte Aufbäumen vor der Impotenz gewesen. Ferdinand sah sich am Ende. So sehr am Ende, wie er sich seit dem Tod seiner Mutter nicht gesehen hatte.

Dass die Presse ihn feierte, beeindruckte ihn ebenfalls kaum, und sogar die ärgerliche Tatsache, dass alle ihn den „Pinkertons“ zurechneten, gerann im Schmerz über den Verlust seines Vinzenz zu Bedeutungslosigkeit. Er war mit einem Mal ein auch als Detektiv begehrter Mann. Die „Pinkertons“, denen ihn die „Sonn- und Montagszeitung“ gedankenlos schlampig zugeordnet hatte, dementierten Ferdinands Zugehörigkeit nicht; im

Gegenteil, sie hofierten ihn in einem schmeichelhaften Brief. Bedauernd, dass dem Reporter dieser Fehler unterlaufen war, gaben sie der Hoffnung Ausdruck, diese Falschmeldung könnte vielleicht korrigiert werden dadurch, dass der hochgeschätzte Herr Nowak sich vielleicht ihrem ebenso angesehenen wie erfolgreichen Verein anschloss. Die einzige Möglichkeit, eine höfliche Antwort zu geben, war keine zu geben.

Eine weitere, ebenfalls zweifelhafte Versuchung kam vom Detektivinstitut Apollo am Judenplatz. Herr Wolf, in früheren Militär- und Staatsdiensten vielfach ausgezeichnet – ob er Redl gekannt hatte? –, wollte ihn engagieren. „Verwickeltste Geheimaufträge“ würden auf ihn warten, ebenso Eheaffären, Beobachtungen, und Reiseaufträge überall hin. Ferdinand erbat sich Bedenkzeit – einfach um das Angebot zu vergessen. „Da kann ich mich gleich einsperren lassen“, verbannte er eine feste Anstellung aus dem Bereich des Denkbaren.

Max missbilligte das. Wie lange, hielt er Ferdinand vor, würde das Geld von Kuhlmann reichen? Ferdinand jedoch war allem Vernünftigen unzugänglich. Er hatte nur Vinzenz im Kopf, in dem langsam und quälend doch die – vernunftgelenkte – Einsicht aufzudämmern begann, dass sich der Junge rasch abfinden und mit anderen trösten würde, obwohl – so viel Eitelkeit war Ferdinand noch geblieben – die Latte hoch lag für jeden, der nach ihm kam … drüben, in England; insgesamt dennoch kein Gedanke, der aufbauend wirken konnte.

Wenig tröstlich waren desgleichen die Weisheiten von Mutter Motz. „Auch andere Mütter haben brauchbare Söhne“, sagte sie, aber aller Trost war schal wie die Soßen, unter denen sie ihre Braten erstickte. Er hatte es ihr immer sagen wollen, es aber nie übers Herz gebracht, und er brachte es auch jetzt nicht übers Herz, ihre Kochkunst in Zweifel zu ziehen.

Wichtig war ihm nur sein – wie er sich einbildete – vom Schicksal Geschlagensein, sein Elend. Nun mochte es zwar bedauerlich sein, Vinzenz’ mittägliche Besuche missen zu müssen, am Unglück beispielsweise Frau Wyoraks und ihres Mannes gemessen, war es – man kann es anders nicht nennen – ein Lercherlschas.

Eines Tages stand dann die Mutter des verschwundenen Edwin vor der Wohnungstür – Kellner Franz hatte ihr gegen Trinkgeld Ferdinands Adresse preisgegeben – und heulte ihn an: Sie hätte Erspartes, ihr Bruder, der Fleischhauer war, hätte auch Geld gegeben, er könnte das alles haben, wenn er nur den Edwin wiederfinden würde. „Immer geschehen sonderbare Sachen“, sagte sie und machte damit auf Ferdinand den Eindruck, nicht ganz Herrin ihrer Sinne zu sein. Nicht vom Alkohol, vor lauter Kummer.

Was sollte er ihr sagen? Er bat sie in den Ecksalon und redete herum. Er könnte nichts tun, sagte er. Diese Leute, versuchte er der verwirrten Frau klarzumachen, diese Leute verschleppen ihre Opfer ins Ausland, nach Ungarn wahrscheinlich. Aber genau ließe sich auch das nicht sagen. Und um ganz ehrlich zu sein: Man könnte gar nichts sagen, denn der Pribitzer war tot, das war der Mann vom Film gewesen, dem der Edwin auf den Leim gegangen war. Tot war auch der Putschandl, der sich in diesen Kreisen bewegt hatte und aus dem man vielleicht etwas mehr hätte herausquetschen können, obwohl er wahrscheinlich gar nichts wusste, sondern nur den nützlichen Idioten hatte abgeben dürfen.

Begraben war auch der Regierungsrat Antony, von dem Ferdinand verboten war anzunehmen, er könnte der Drahtzieher hinter der ganzen Sache gewesen sein, worüber aber eben geschwiegen werden musste. Was jedoch am schwersten wog: auch Dr. Kort, der hätte verraten können, an wen auch Vinzenz verschachert worden wäre, auch der war tot – ganz wie seinerzeit der Oberst Redl. Aber im vorliegenden Fall ging es wenigstens nicht darum, einen Weltkrieg zu verlieren. Frau Wyorak verstand kein Wort.

Außerdem, redete sich Ferdinand weiter heraus, wo, Frau Wyorak, wo in Ungarn sollte er denn beginnen? In Budapest, ja, aber wo denn dort? Er war ja nicht so, dass es gereicht hätte, mit offenen Augen durch Budapest zu gehen, und dann wären sie einem schon über den Weg gelaufen, die Verschwundenen. Er kannte sich in Wien ganz gut aus, in Budapest aber hatte er keine Kontakte, selbst Max vermochte dort unten keine Hilfe zu bieten. Alles, was getan werden konnte, war getan worden. Leider.

„Es wäre ein Verbrechen, würde ich Ihr Geld nehmen“, schloss er das Gespräch ab und bat sie zu gehen.

Alles, was getan werden konnte ... Ferdinand war nicht glücklich über die Auskunft, die er der Frau gegeben hatte, und als er sie aus dem Fenster unten die Wienzeile hinaufgehen sah, dachte er: Hoffentlich tut sie sich nichts an.

Denn was hieß das schon: Alles, was getan werden konnte, war getan worden? Hatte das Bubetz nicht auch gesagt, als ihn Kuhlmann damals so lästig angestrudelt hatte?

Die Frau in ihrem Elend passte zum Wetter. Ein mieser Novembertag. Grau, verhangen, alles so, wie ein mieser Novembertag in billigen Romanen beschrieben wird. Es kostete Kraft, nicht die Wäscheleine zu nehmen, auf den Dachboden zu steigen und sich aufzuhängen.

Ferdinand hatte noch Kraft, am Leben zu bleiben, wenn er sie gegenwärtig auch hauptsächlich aus der Flasche bezog. Mutter Wyorak hatte sie – ganz unbegreiflicherweise – auch. Tapfer ging sie wieder nach Hause zu ihrem Mann, der ihr Vorwürfe machte, den „Film-Fimmel“ des Buben unterstützt zu haben, oder wenigstens nicht gedämpft. Aber sie kaufte keine Kerzen, sie ging nicht in die Kirche, um zu winseln, und sie zürnte dem Herrgott auch nicht, weil sie keinen hatte. So gesehen war sie besser dran als die meisten anderen.

Ferdinands Trübsinn war fundamental. Er ließ sich kaum mehr im Kaffeehaus blicken und schlief bis tief in den Nachmittag hinein. Sogar seine geliebten Töpfe am Balkon schien er vergessen zu haben, und streng hatte ihn die Nell – mit der Zeitung in der Hand den Wetterbericht zitierend – ermahnen müssen, seine Pflanzen da draußen endlich für den Winter einzurichten, was in den meisten Fällen bedeutete: ausstopfen und in den Abfall damit. Nur die Kastanienbäumchen mussten warm in alte Kohlensäcke aus dem Keller gepackt werden. Ferdinand tat es; eine Rückkehr in den Alltag brachte es nicht. Wie alles andere auch: Die Nell bemühte sich beim Kochen, Ferdinands liebste Gerichte auf den Tisch zu bringen und in der Küche nur piano zu lärmen; Max versuchte mit Einladungen ins Kino und Theater die trüben Gedanken an Vinzenz zu verscheuchen, sogar Hofrat Bubetz – von Max eingeladen – kam vorbei, um aufmunternd zu wirken. Auch das vergeblich.

War Ferdinand früher nur gelegentlich bei Mutter Motz aufgetaucht, so hockte er nun tagtäglich schon vom frühen Abend an in der verrauchten Bude, lange, bevor Anni und Fritz das Feld für die Eltern, die guten Geister der Nacht, räumten.

Der von der Presse hochgelobte Detektiv Nowak, den sogar der Polizeivizepräsident daheim besuchte, saß Trübsal blasend da, fest entschlossen, seinen Kummer zu ersäufen. Die Karolin kam zu ihm und versuchte ihn zu trösten, und dem einfältigen Mann fiel nichts Besseres ein, als: „Na ja, man wird auch nicht jünger ...“ Die Pierrette drückte ihren leicht fettigen Hintern – wie machte sie das nur in diesen schlechten Zeiten? – an Ferdinands Schulter, während sie an ihrem Eierlikör nippte. Ferdinand bemerkte es gar nicht.

Wenn Wachmann Vogelsang „Zuaschaun kanni net!“ aus dem „Weißen Rössl“ intonierte, sprach er damit Ferdinand aus der Seele. Weniger hilfreich waren gelegentliche Bemerkungen, die das Radlmadl fallen ließ, wenn sie das Glas auf sein Wohl erhebend meinte: „Jaja, zwanzig müsste man wieder sein.“ *In vino veritas!* Ferdinand erlebte das recht deutlich. Was die Alten da so gedankenlos hinsagten, das hatte etwas für sich. Zweiunddreißig und schon altes Eisen.

Niedergeschlagen und haltlos, wie er war, bot er seiner Umgebung bald nicht mehr das Bild des feschen, begehrenswerten Mannsbilds, und sogar die Pierrette gab eines Nachts auf, ihren Fettarsch an seine Schulter zu drücken. Sie schrieben Ferdinand ab. „Tragisch“, redeten sie. „Grad’ jetzt, wo er beruflich so einen Erfolg hat.“

Béla hatte Ferdinand bisher für sehr stabil, für wenig erschütterbar gehalten und kaum aus dem Selbstlot zu bringen; ein Mann zum Anlehnen. Nun sah er sich einem erbärmlichen Wrack gegenüber. Aber er gab nicht auf. Die Pierrette, die ihre Annäherungsversuche eingestellt hatte, war für Béla eine charakterlose Kuh. Er war überzeugt, dass es nicht aussichtslos war, nicht bloß nicht, sondern sogar keineswegs. Er musste dem Verfall von Ferdinand nur lange genug zur Seite stehen, dann würde es sich eines Tages lohnen. Ferdinand war einfach zu wertvoll, um ihn wegen dessen Trübsinn jetzt aufzugeben. Für einen Abartigen – die ja generell der oberflächlichen Lüsternheit verdächtigt wurden, als wären Bankdirektoren davon nicht betroffen – war das ein bemerkenswertes Verhalten.

Vor allem, weil Béla keine Schwierigkeiten gehabt hätte, einen anderen an Land zu ziehen, der einigermaßen seinen Vorstellungen entsprach. Sein gewinnendes Wesen, seine Fröhlichkeit zogen überall die Blicke auf ihn. Aber Béla hielt Ferdinand die Treue. „... ich will in deinen starken Händen häppy enden. Ich brauch zum Glücklichsein, nur dich allein ...", trällerte er, unverdrossen den Blick auf Ferdinand geheftet, der seinerseits den Blick auf das Viertel vor sich gerichtet hatte, das wievielte war meist nicht klar.

52

Nun ward der Winter unsers Missvergnügens
Glorreicher Sommer durch die Sonne Yorks.
Shakespeare passt immer.

Nebel im nördlichen Alpenvorland, allgemein trüb, Morgenfröste möglich. Dann doch ozeanische Luft von Frankreich her. Tagsüber null Grad, in den höheren Tälern auch schon Schnee.

Es war Zeit, sich einzuwintern, und das galt auch für die Seele. Nicht nur die Kleiderschränke – Ferdinand hatte nur einen – wurden umgeschichtet und Mottekugeldurchseuchtes nach vorne gebracht für nasskalte Zeiten, auch die Seele richtete sich auf die dunklen Tage ein.

Winterlicher als Ferdinands Gemüt nun schon seit Anfang November beisammen war, konnte es kaum werden. Es fröstelte nicht nur der Leib, wenn einer sich morgens aus der Nachtwäsche schälen musste, aber da gab es den Ofen, der nach einer Weile Abhilfe schaffte. Ferdinands Gemüt konnte nichts aus dieser eiskalten Aussichtslosigkeit aufwärmen. Allenfalls vermochte der Griff zur Flasche die Seele etwas zu erwärmen; umso arktischer war dann am nächsten Morgen das Erwachen.

Béla war das genaue Gegenteil. Trallallalescu war seit zehn Tagen wieder in seiner Heimat, aber Béla, ungeachtet aller Nebelschwaden in frühsommerlicher Stimmung, zeigte wenig Kummer über den Abgang seines Tenors. Er hatte ihn nach Aspern auf das Flugfeld begleitet und aufsteigen sehen in den herbstlichen Himmel – damit war die Affäre für ihn abgeschlossen.

Unversorgt nun begann er aufzublühen, einer fleischfressende Pflanze nicht unähnlich, die sich aufrüstet mit lockender Pracht. Er kleidete sich nicht anders, er pflegte sich nicht mehr als üblich – das wäre wohl auch gar nicht möglich gewesen –, aber plötzlich war an ihm etwas von einer reifen Frucht, die gepflückt sein wollte. Alle im Theater und bei Mutter Motz bemerkten das, auch Max, nur Ferdinand nahm es nicht wahr.

Seine Abende verliefen wie fast alle anderen davor. Er hockte neben den Pferdedecken der Eingangstür – das Extraststüberl mit den schrillen Alten war ihm lästig – und brütete über seinen Vierteln vor sich hin. Die Leitfossile drüben erzählten ihre immer gleichen Geschichten, es wurde über die immer gleichen ordinären Zoten des Radlmadls gelacht, Vogelsang gab den Kellner Leopold und gegen zwölf hatte Béla seinen Aufritt mit der „Blume von Hawaii", bejubelt und begrapscht wie immer.

Gegen halb zwei brach Ferdinand auf. Béla begleitete ihn als noch nicht unbedingt erforderliche, aber doch willkommene Stütze. Das Haustor war leicht bewältigt – Béla führte den Schlüssel –, mühsamer war der Aufstieg in den dritten Stock. Gewöhnlich trennten sich im Vorzimmer ihre Wege: Béla schlüpfte durch die Küche in sein Dienstbotenkabinett, während Ferdinand geradaus ins einstige Herrenzimmer schritt. Weil aber von schreiten im Moment bei Ferdinand keine Rede mehr sein konnte, stützte Béla den Angebeteten bis an die Kante des Bettes. Dort blickte er ihm tief in die vom Weine verschwommenen Augen und bot den ganzen Schmelz seiner Stimme auf: „Du Tarzan, ich Jane!", hauchte er, und Ferdinand, längst wieder ohne Verband um den Arm, griff zu.

Was ihn so lange umfangen hatte, war die Düsternis einer Geisterbahn, das schaurige Dunkel der Bretterbude gewesen, dies nun war jener Augenblick, in dem am Ende der Fahrt durch die staubige Gruselwelt die Türen auffliegen und die Helligkeit des Tages blendend den Spuk hinter sich begräbt. Es war vorüber.

Ferdinand und Béla hatten – jeder für sich – eine doch gemeinsame Geschichte. Und nicht nur deshalb gehörten sie zusammen. Es hatte sich schon damals angedeutet, als sie für den Voyeur Max – wie sich jetzt zeigte, so schicksalhaft – ineinandergeraten waren. Béla hatte es immer gewusst, Ferdinand sah das mit einem Mal auch ein: Es musste fortgeführt werden. Und es ward.

Was ihn so ganz unvermittelt aus dem Grab aller Hoffnungen und jeglicher Zuversicht hatte auferstehen lassen, in diesen ersten Stunden des 24. Novembers sollte ein Rätsel bleiben. Wahrscheinlich konnte er sich trotz seines herabgeminderten Zustandes im emotionellen Winterschlaf Bélas lockender Bereitschaft nicht entziehen.

Das Wetter konnte nur unwesentlich beigetragen haben zu Ferdinands Auferstehung. Zwar hatte eine milde Südwestströmung Deutschland schon erreicht und verhieß Aussicht auf einige milde Tage, zunächst aber waren noch Regen aus trübem Himmel und auffrischende Winde angesagt. Letztlich aber dürfte es einzig und allein dieses: „Du Tarzan, ich Jane!" gewesen sein, das Ferdinand aus seinem Zustand der Verweigerung gerissen hatte. Und wie! Es war wegen der zum Ofen hin offenstehenden Flügeltür bis in Maxens Schlafzimmer zu hören, bevor erschöpfter Schlummer die beiden befiel, bis tief in den nächsten Tag hinein.

Wie von der Wettervorhersage versprochen, hatte der Einbruch der Westluft im Alpenvorland tatsächlich zu Morgentemperaturen von neun Grad geführt. Der Himmel blieb zwar vorwiegend bewölkt und über tausend Meter fiel Schnee, in Wien jedoch war es zeitweise sonnig, nur am späten Nachmittag zog eine kräftige Regenbö vorüber.

Als Ferdinand von Durst getrieben in die Küche kam, gegen Mittag, wie er dachte – in Wahrheit war es halb fünf am Nachmittag –, prasselte Regen auf das Fensterbrett. Die Nell war längst weg, auf dem Tisch lag im Schein der Hängelampe eine aufgeschlagene „Azett“, darauf ein Zettel in der Haushälterin Handschrift: „Das Essen ist im Rohr und der Apfelstrudel für Herrn Béla steht in der Speis“.

„Mochten die Liebhaber auch wechseln, der Apfelstrudel war ewig!“, wäre Max dazu eingefallen.

Nach Apfelstrudel war Ferdinand allerdings wenig zumute; er ließ das größte Glas, das er fand, mit kaltem Wasser vollrinnen und schüttete es in sich hinein. Vertrug er keinen Alkohol mehr? War es die schlechte Luft bei Mutter Motz? Wurde er schrecklich alt? Oder hatte Béla ihn so ausgewrungen? Das ging ihm durch den Kopf, als er das Glas auf den Tisch stellte und sein Blick auf die aufgeschlagene Zeitung fiel und auf jene Meldung, die vom Zettel der Nell zunächst verdeckt gewesen war. Die wenigen Zeilen waren seitlich mit zwei dicken roten Strichen markiert, mit einem Kracks am Ende des einen Strichs, der belegte, dass der Stift hier gebrochen war, wie Max das in Rage öfter passierte.

„Fünfundzwanzig verschleppte junge Burschen aufgefunden!“, las Ferdinand und begriff nicht gleich. „Budapest, 23. November. In einer Wohnung in der Josefstadt, deren Eigentümer sich durch verschiedene Manipulationen verdächtig gemacht hatte“, begann er zu lesen, „hat die Polizei eine Razzia vorgenommen. Sie lieferte das überraschende Ergebnis, dass sich in der Wohnung fünfundzwanzig junge Burschen im Alter von vierzehn bis siebzehn Jahren befanden, die von ihren Eltern zum größten Teil als vermisst gemeldet worden waren. Der Eigentümer, ein in Spielerkreisen berüchtigter, gewesener Kaufmann, hatte die jungen Leute zu geschlechtlichen Verirrungen verleitet und sie buchstäblich in seiner Gewalt gehalten.“ Und unter den Befreiten hieß es weiter, wären auch drei Wiener. Großartig, dachte Ferdinand. Mutter Wyorak fiel ihm ein, und er hoffte für sie.

Dann stellte er das Glas in die Abwasch und kehrte ins Herrenzimmer zurück, wo ihn sein „Diwanpüppchen“ mit einem Augenaufschlag empfing, der unbedingt Vergeltung forderte.

Glossar

71er	Straßenbahnlinie zum Zentralfriedhof
abgeschafft	gerichtliche Verbannung
Agioteur	jemand, der unrechtmäßig z.B. mit Eintrittskarten zu überhöhten Preisen handelt
Akt, der	lokal für „die Akte“
Allgemeines	kurz für Allgemeines Krankenhaus der Stadt Wien
anstrudeln	auf jemanden haltlos einreden
Apollo	Berühmtes Varietétheater; eröffnet 1904, seit 1928 Kino.
Augsburger	eine ungeräucherte und ungerötete Variante der Knacker
Azett	kurz für „Arbeiter-Zeitung“
Beisl	kleines Gasthaus mit lokaler Kundschaft, dem Tschocherl ähnlich
beste Polizei der Welt	Eigenlob der Wiener Polizei unter Präsident Schober und Nachfolgern
Bettauer	Hugo, Schriftsteller und Verleger, wegen seiner Aufklärungsarbeit von einem Fanatiker 1925 erschossen
Bettgeher	Mieter einer Schlafstatt
Beuschel	Speise aus Herz und Lunge
Budel	Theke, Ladentisch
Carl-Theater	Wiener Vorstadt-Theater
cisleithanisch	Gegensatz zu transleithanisch; die beiden Reichshälften der Monarchie, die der Fluss Leitha trennte
Cooper	Jackie, damals Kinderstar in Hollywood
Cottage	Villenbezirk in Währing und Döbling
Dasigen	Ansässige
der Sechste	Der 6. Wiener Gemeindebezirk Mariahilf
Dianabad	Hotel mit Bad, ähnlich dem Gellert in Budapest. 1945 ausgebrannt, später abgerissen

Dienstradl	Dienstschema für Schichtdienst
Diwanpüppchen	Song aus Paul Abrahams Operette „Die Blume von Hawaii"
Doppler	Weinflasche für zwei Liter
Dorotheum	1707 gegründetes Pfandleih- und Auktionshaus
dort dreant	dort drüben
Dreierstiagn	Nummer drei von mehreren Stiegen im Hof eines Zinshauses
Egger-Lienz	bekannter Maler knorriger Bauerngestalten (1968 – 1926)
eibrennde Erdäpfel	eingebrannte Erdäpfel: Kartoffel in Mehlschwitze
einen Anstand haben	Schwierigkeiten haben
Elektrische	Straßenbahn, auch Tramway
Erlauer	Egri Bikavér; ungarischer Wein; „Erlauer Stierblut"
Fluchtachtel	angeblich letztes Achtel Wein vor dem Verlassen eines Lokals
Franz-Josefs-Bahn	Bahnlinie von Wien nach Böhmen
Friedenszins	eingefronene, geringe Miete in Kronen vor dem 1. Augsut 1914
Funsn	eingebildete dumme Frau
G'sölchte	von geselcht, für Kettenraucher
G'spritzter	gespritzer Wein, mit Sodawasser verdünnt, halb halb. Sparsame Wirte sammeln Sektreste, um sie dann als G'spitzn zu verkaufen.
Gangkabinett	Einzelner Wohnraum mit Wasser und WC im Stiegenhaus.
Germknödel	Hefekloß
Gerngroß	Großes Warenhaus in der Mariahilferstraße
Gloriette	Bauwerk im Park von Schönbrunn

Golden Baby	Song aus Paul Abrahams Operette „Die Blume von Hawaii“
Goscherl	zärtlich von Gosch'n (Mund): Mäulchen
Grammeln	Grieben
Grant	üble Laune, kann auch liebenswürdig sein
Greißler	Lebenmittelhändler
Greißlerei	Lebenmittelladen
Grenadiermarsch	Gericht aus Resten von Kartoffeln und Nudeln
Gschlader	schlechter, dünner Kaffee
Gstieß	Sküs, beim Tarock
Gulaschhütte	Tschocherl oder Beisl nahe an einem Markt, mit eingeschränktem Speiseangebot
Häfen	Gefängnis
Hahnen-schwanzler	Angehörige der nach dem 1. Weltkrieg gegründeten „Heimwehr“-Verbände wurden wegen der Hahnenfedern am Hut verächtlich so genannt. Die „Heimwehr“ war im latenten Bürgerkrieg Gegenspieler des „Republikanischen Schutzbundes“.
halbseiden	zweifelhaften gesellschaftlichen Standes
ham's	haben sie
Hangerl	Serviette, die ein Wirt oder Kellner bei sich hat
Hingespiebenes	Erbrochenes
Hirschengasse	Anschrift des Nazi-Hauptquartiers „Braunes Haus“
Hoffmann	Josef, Architekt und Designer u.a. für die „Wiener Werkstätten“
hoppgenommen	festgenommen, verhaftet
Hundertneunundzwanziger	entspricht dem § 175 in Deutschland
Inrusa-Bett	Markenname eines weit verbreiteten Klappbettes
Internationale Kriminalpolizeiliche Kommission	1923 in Wien gegründeter Vorläufer von Interpol

K.&.K – k. u. k.	Kaiserlich und Königlich waren jene Institutionen, die für beide Reichshälften wirkten (z.B. Außenmisterium, Kriegsminsiterium). Kaiserlich-königlich waren nur Österreich betreffende Institutionen: k. u. k. Hofmobliendepot
kaisergelb	Schönbrunner Gelb, Farbe österreichischer Repräsentationsarchitektur im ausgehenden Barock
Karfiol	Blumenkohl
Katechet	Religionslehrer
kiefeln	kauen, nagen
Kleine Blatt, das	erfolgreiche sozialdemokratische Zeitung
Knacker	Knackwurst; der Augsburger und entfernt der Bockwurst verwandt
Konsum	kurz für Arbeiter-Konsumgenossenschaft
Korso	Umzüge im Frühling mit geschmückten Blumenwagen
Kracherl	Limonade in Flaschen mit Draht-Porzellan-Gummi Verschluss
Krügel	Glas für einen halben Liter Bier
Kubus	Fauteuil des Wiener Werkstätten-Architekten und Designers Josef Hoffmann
Kunschak, Leopold	Christlichsozialer Politiker (1871 – 1953)
Laberl	Laibchen, Milchlaibchen, eine Art Brötchen
Lainzer Tiergarten	ehedem Kaiserlicher Wildpark im Westen Wiens; Standort der „Hermesvilla“ der Kaiserin Elisabeth I.
Läschehr	leger
Lehmann	Adressbuch Wiens (1859 – 1942)
Leich	Begräbnis
Lercherlschas	Furz einer Lerche, steht für etwas völlig Bedeutungsloses
Loge	ein durch die Rückenlehnen der Bänke abgetrennter Sitzplatz im Kaffeehaus
Löwe von Aspern	Denkmal in Aspern für den Sieg der österreicher über Napoleon

Lueger, Karl	(1844 – 1910) von 1897 bis 1910 Bürgermeister von Wien; populistischer Antisemit, Gründer der Christlichsozialen Partei
Makart, Hans	Mode-Maler des Historismus (1840 – 1884)
Marktfieranten	Marktfahrer
Mattoni	Mineralwasser
Mieselsucht	Depression
Mistelbacher	Spottname für Polizisten; nach Mistelbach, Kleinstadt im Weinviertel, Standort einer Polizeischule.
Misttricherl	kleine Mistkiste, Abfalltruhe
Naschmarkt	damals Wiens zentraler Großmarkt
Nökn	Nelke
notig	knausrig
Oberst Redl	Adolf Redl, Generalstabsoffizier und von Russland wegen seiner Homosexualtiät zur Spionage für den Zaren erpresst
Pappn	Maul
Pelikanol	Klebestoff
Pepihacker	Pferdeschlachter
Pepperl, Pepi	Koseform von Josef
Pflanzerei	Verarschung
PhDr.	Dr. phil.
Philharmonische	Das traditionelle Sonntagskonzert der Wiener Philharmoniker
Pinkertons	Verein von Amateurdetektiven
Pitralon	beliebtes Rasierwasser
Plutzer	Kopf
PolDion	Polizeidirektion
Pompfüneberer	Leichenbestatter
Quetsche	kleines Geschäft oder kleine Werkstatt
Raubersg'schicht	wüste, wenig glaubwürdige Erzählung
Remasuri	Unordnung

Republikanischer Schutzbund	1923/24 gegründete, paramilitärische Organisation der österreichischen Sozialdemokratischen Arbeiterpartei. 1933 verboten, bis 1934 im Untergrund. Im latenten Bürgerkrieg der Zwanziger- und Dreißigerjahre Gegenspieler der rechten „Heimwehr“
Salzamt	fiktive Behörde, für Beschwerden zuständig, für die sonst niemand zuständig ist
Schanigarten	vor einem Lokal stehende Tische und Sessel für Gäste
Schas	Furz, aber dramatischer
Scherm	von Scherben, für Nachtgeschirr, Nachttopf
Schiach	Angst, Beklemmung
Schmähtandler	Schwadroneur, Schwätzer, Aufschneider
Schutzbundmann	Angehöriger des „Republikansichen Schutzbundes“
Schwarzer, großer	doppelter Mokka in großer Schale
Seiberer	Berg in der Wachau
Seidel	Glas für ein Drittelliter Bier
Slibowitz	Pflaumen- bzw. Zwetschkenschnaps
Speis	Speisekammer
Spundus	Furcht, Respekt
Stanitzel	kegelförmige Papiertüte
stark	Umschreibung von füllig, fettleibig
Stein	Stein an der Donau, Standort eines großen Gefängnisses
Steinhof	von Otto Wagner erbautes, 1907 eröffnetes Psychiatrisches Krankenhaus der Stadt Wien
Stoß	Kartenspiel, Hasardspiel, 21, Meine Tante, deine Tante oder Naschi Waschi
Theater an der Wien	Theater, erbaut vom Librettisten der Zauberflöte, Emanuel Schikaneder; Uraufführungsort von Beethovens „Fidelio“

Topfen-golatschen	flache, böhmische Mehlspeise mti Quark
Tramway	Straßenbahn (Elektrische)
Tröpferlbad	Öffentliche Badeanstalt, die nur über Duschen verfügte
Trull	beim Tarock die hochwertigen Karten Pagat, Mond und Sküs g Gstieß
Tschocherl	kleines Wirtshaus oder Café, meist schlechter Qualität; auch Beisl
Tuchent	dicke, dauenengefüllte Bettdecke
Venediger Au	seinerzeit anrüchige Gegend im Prater
Verlängerter	Espresso mit mehr Wasser
Viertel Spezial	„Spezial" war in den Wirtshäusern ein seiner Herkunft nach nicht näher nachvollziehbarer Wein
WÖK	Wiener öffentliche Küchen-Betriebsgesellschaft, gemeinnützig orientierte Speisehäuser
wurscht	gleichgültig
Zentral	kurz für Zentralfriedhof
Zins	Miete; schiach wia da Zins!
zitzerlweise	nach und nach, in kleinen Stücken
Zweierlinie	Wiener Straßenbahnlinie
Zwettler	Bier aus der 1708 in der Stadt Zwettl in Niederösterreich gegründeten Brauerei

Namensverzeichnis

Abandanell	Melanie, Haushälterin bei Max Meyer
Aberwicz	Koloman, Gymnasialprofessor in Ruhe, Mieter von Meyer
Aigner	Jakob, „Das Radlmadl“, Gast bei Motz
Albin	Lehrling bei Beranek
Anni	Komparsin, Gast bei Lustig
Antony	Clemens, JurDr., Oberpolizeirat mit den Titeln Regierungsrat und Hofrat
Badura	Hausmeisterin bei Meyer
Balkányi	Imre von, Legationsrat, Ungarischer Diplomat
Beranek	Rudolf, Lehrherr von Karl Kuhlmann jr.
Breiterer	Heinrich „Henri“, Kunde von Schediwy
Bruno	Chauffeur von Kuhlmann
Bubetz	Emma, Gattin von Wenzel
Bubetz	Emil Wenzel, Wirklicher Hofrat mit dem Titel Polizeidirektor
Caslowsky	Stanislaus, Friseur, Lehrherr von Edwin Wyorak
Egon	Kellner bei Lustig
Ernö	Komparse, Gast bei Lustig
Ernstl	Lehrling bei Beranek
Erwin	Strichjunge
Franz, der „Finger“	Strichjunge
Gatterhölzl	Hermine, Domina
Grassetto	Carlo, Fregattenleutnant, Gast bei Motz
Homolka	Arnold, Filmproduzent Maxing-Film
Horak	Adam, Sekretär von Hofrat Bubetz
Huygens	Maarten, Vermisster Schüler
Kalbeck-Kieselgrund	Ottokar, Polizei-Vizepräsident

Kälbl	Ambros, Drucker, Mandant von Dr. Kort
Kleber	Albine, Zimmervermieterin in Wassserstein
Klusaček	Josef, Agent von Bubetz
Kort	Kurt, JurDr., Rechtsanwalt
Kuhlmann	Karl, „Charles“, Modehausbesitzer
Kuhlmann	Karl junior, „Charly“, Sohn von „Charles“
Kuhlmann	Gustav, jüngerer Sohn von Karl senior
Latsch von Latschenfels	Baron Ludwig, Industrieller
Loiskandl	Friederich, Fritz, Kellner, Gatte der Anni Loiskandl geb. Motz
Loiskandl	Anni, Köchin, Tochter von Josefa Motz
Löwy	Buchhändler auf der Kärntnerstraße
Lustig	Josef, „Pepperl“, Wirt
Lustig	Fini, Wirtin
Mali	Dienstmädchen bei Kuhlmann
Meyer	Max, JurDr., Redakteur, Hausherr
Mitzi	Lehrmädchen bei Caslowsky
Mladek	Eisengießer, Bettgeher bei Nowaks
Moldauer	Peter, „Pierrette“, Verkäufer bei Kuhlmann, Gast bei Motz
Motz	Adolf, Gatte der Josefa, Kellner
Motz	Josefa, Wirtin
Nekladal	Leiter des Korrespondenzbüros der Polizeidirektion
Nöht	Hildegard, Lebensgefährtin von Heinrich Wilderer
Nowak	Ferdinand, Detektiv
Nowak	Eisenbahner, Ferdinands Stiefvater
Nowak	Paula geborene Haslinger, Ferdinands Mutter
Ondracek	Dalibor, Garderober im Café Sarastro
Ottersheim	Manon, Bordellbesitzerin
Pachschwöll	Sixtus, Wirt in Pauhagen

Panagl	Erich, Glasbläser, genannt „der Goscherl“
Peham	Karl, „Die Karolin“, Gast bei Motz
Ploderer	Orestes, JurDr., Sektionschef im Finanzministerium, Großvater von Vinzenz
Ploderer	Anita, Private, Mutter von Vinzenz
Ploderer	Vinzenz, Schüler, Geliebter von Ferdinand
Pribitzer	Moritz, Filmproduzent Primo-Film
Přivoznik	Franz; vormals Betreiber des Sanatoriums Wasserstein, Geliebter der Albine Kleber
Putschandl	Alois, Beleuchter bei Maxing-Film
Rappel	Wirt
Schambeck	Mädchenhändler
Schatzi	Chauffeur von Baron Latsch
Schediwy	Eduard, „Edi“, Cafétier des Sarastro, Nachtlokal König
Schnitzler	Arthur, MedDr., Schriftsteller, Nachbar von Schediwy in der Cottage
Schober	Johann, JurDr., Polizeipräsident, Bundeskanzler und Aussenminister a.D.
Schuldt	Käthe, Archivarin im „Vorwärts“-Verlag
Schwab	Ottilie, „Odette“, Sarastro-Geschäftsführerin
Seibert	Josef, Agent von Bubetz
Sieber	Josef, Agent von Bubetz
Tralescu	Trajan, Tenor, „Tralalalescu“, Liebhaber von Béla York
Vogelsang	Wachtmeister, Gast bei Motz
Waitz	Pater, Beichtvater von Karl Kuhlmann jr.
Waldhäusl	Franz, JurDr., Chef des Sicherheitsbureaus
Wilderer	Rittmeister Heinrich, Edler von Zwy, Sekretär von Baron Latsch, Lebensgefährte der Hildegard Nöht
Wyorak	Edwin, abgängiger Lehrling
Wyorak	Ernestine, Edwins Mutter
York / Tschinder	Béla, Garderober, Untermieter bei Meyer

Zadrazil	fliegender Händler
Ziesel	Fräulein, Hilfskraft in Korts Kanzlei
Zwick	Sidonie, Kaffeesiederin, Café Meteor

CRIMINAL

DIE NEUE REIHE AUS DEM QUERVERLAG

Band VII – Töten ist ein Kinderspiel
Kriminalroman
Corinna Waffender
12,90 €, 978-3-89656-179-4

Inge Nowaks zweiter Fall- Ein kaltblütiger Mord führt zu einem unaufgeklärten Verbrechen. Ein spannender Plot meisterhaft erzählt.

Band VIII – Schattengesicht
Kriminalroman
Antje Wagner
12,90 €, 978-3-89656-180-0

Zwei Frauen auf der Flucht vor einem Geheimnis.
Eine packende Reise in die Tiefen der menschlichen Psyche.

Band IX – Tödliche Aussicht
Kriminalroman
Markus Dullin
12,90 €, 978-3-89656-181-2

Nach einem mysteriösen Tod am Grand Canyon ermittelt Kommissarin Seyfahrt in der Berliner Szene. Krimidebüt mit Spürsinn und Hochspannung.

Band X – Toter als tot
Kriminalroman
Christine Tapking
12,90 €, 978-3-89656-189-3

Als Friedrich mit seinem Hund im Gebüsch eine Leiche findet, ahnt er nicht, dass er dem Mann am nächsten Morgen beim Einkaufen begegnet und noch einen Tag später unter Mordverdacht steht.

Band XII – Aus Wut
Kriminalroman
Jan Stressenreuter
12,90 €, 978-3-89656-191-6

Leichen in der Domstadt, alle grausam zugerichtet; alle tragen einen Zettel auf der Stirn: „Niemand kann seiner Strafe entkommen“. Das spannungsgeladene Finale der Plasberg-Brinkhoff-Trilogie

Band XI – Sterben war gestern
Kriminalroman
Corinna Waffender
12,90 €, 978-3-89656-190-9

Inge Nowaks 3. Fall führt sie in eine psychosomatische Klinik an der Ostsee. Die Hauptkommissarin steht vor mysteriösen Verbrechen und vor abgründigen Seelenlandschaften.

Unsere quer criminal-Reihe finden Sie auch als eBook u.a. im Apple iTunes-Store und auf Amazon!